PAÑCATANTRA
OF VIṢṆUŚARMAN

PAÑCATANTRA

OF VIṢṆUŚARMAN

[पञ्चतन्त्रम्]

Edited with a short Sanskrit Commentary, a literal English Translation of almost all the ślokas occurring in it, and of difficult prose passages, and critical and explanatory Notes in English by

M.R. Kale

MOTILAL BANARSIDASS PUBLISHERS
PRIVATE LIMITED • DELHI

Reprint: Delhi, 1986, 1991, 1995, 1999, 2005, 2008
First Edition: Bombay, 1912

ISBN: 978-81-208-0219-3 (Cloth)
ISBN: 978-81-208-0220-9 (Paper)

MOTILAL BANARSIDASS
41 U.A. Bungalow Road, Jawahar Nagar, Delhi 110 007
8 Mahalaxmi Chamber, 22 Bhulabhai Desai Road, Mumbai 400 026
203 Royapettah High Road, Mylapore, Chennai 600 004
236, 9th Main III Block, Jayanagar, Bangalore 560 011
Sanas Plaza, 1302 Baji Rao Road, Pune 411 002
8 Camac Street, Kolkata 700 017
Ashok Rajpath, Patna 800 004
Chowk, Varanasi 221 001

Printed in India

BY JAINENDRA PRAKASH JAIN AT SHRI JAINENDRA PRESS,
A-45 NARAINA, PHASE-I, NEW DELHI 110 028
AND PUBLISHED BY NARENDRA PRAKASH JAIN FOR
MOTILAL BANARSIDASS PUBLISHERS PRIVATE LIMITED,
BUNGALOW ROAD, DELHI 110 007

EXTRACT FROM THE PREFACE TO THE FIRST EDITION

The present edition is meant for such of the students as have not the means of securing private assistance....A full English translation has been given of all difficult verses. But in the case of easier ones, the translation stops after giving a rendering of the unintelligible parts only. The same has been done with regard to the difficult prose passages. Thus there is scope left for the boys to exercise their own brain power. A short commentary explaining all difficult compounds and giving the prose order of difficult verses has been added. In the case of intricate passages I have added, sometimes a word, at others, a sentence or two to make the sense clear. The exigencies of space, however, did not permit me to add full explanations. But what is given is sufficient to make the text intelligible to a student of ordinary understanding. A special feature of the present edition is this—that it gives different readings and some additional verses found in two MSS consulted by me.

The student will observe that the reflections and citations which are so profusely interspersed in the first three Tantras become much less copious in the last two—a circumstance which, however, much adds to the interest, if not to the utility, of the compilation.

Girgaon Back Road
Bombay-4
Dec. 1911

M.R.K.

CONTENTS

Text with Short Commentary in Sanskrit

II मित्रसंप्राप्तौ

III काकोलूकीये

IV लब्धप्रणाशे

V अपरीक्षितकारके

Notes with Translation of Difficult Verses and Prose Passages

॥ श्रीः ॥

पञ्चतन्त्रम् ।

कथामुखम् ।

ॐ नमः श्रीशारदागणपतिगुरुभ्यः[2] । महाकविभ्यो नमः ॥

ब्रह्मा रुद्रः कुमारो हरिवरुणयमा वह्निरिन्द्रः कुबेर-
श्चन्द्रादित्यौ सरस्वत्युदधियुगनगा वायुरुर्वीभुजङ्गाः ।
सिद्धा नद्योऽश्विनौ श्रीर्दितिरदितिसुता मातरश्चण्डिकाद्या
वेदास्तीर्थानि यज्ञा गणवसुमुनयः पान्तु नित्यं ग्रहाश्च ॥ इति पद्यं क्वचित् ।

मनवे[1] वाचस्पतये शुक्राय पराशराय ससुताय ।
चाणक्याय च विदुषे नमोऽस्तु नयशास्त्रकर्तृभ्यः ॥ १ ॥
सकलार्थशास्त्रसारं जगति समालोक्य विष्णुशर्मेदम् ।
तन्त्रैः पञ्चभिरेतच्चकार सुमनोहरं शास्त्रम् ॥ २ ॥

तद्यथानुश्रूयते—अस्ति दाक्षिणात्ये जनपदे महिलारोप्यं नाम नगरम् । तत्र सकलार्थिसार्थकल्पद्रुमः प्रवरनृपमुकुटमणिमरीचिमञ्जरीचयचर्चितचरणयुगलः सकलकलापारंगतोऽमरशक्तिर्नाम राजा बभूव । तस्य त्रयः पुत्राः परमदुर्मेधसो वसुशक्तिरुग्रशक्तिरनेकशक्तिश्चेति नामानो बभूवुः । अथ राजा ताञ्शास्त्रविमुखानालोक्य सचिवानाहूय प्रोवाच—भोः ज्ञातमेतद्भवद्भिर्यन्ममैते त्रयोऽपि पुत्राः

ससुताय व्याससहिताय । सकलं च तदर्थशास्त्रं च तस्य सारः तम् । अर्थिनां सार्थः अर्थिसार्थः याचकसमूहः । सकलश्चासौ अर्थिसार्थश्च तस्य कल्पद्रुम इव स्थितः । प्रवराश्च ते नृपाश्च तेषां मुकुटे ये मणयस्तेषां मरीचीनां किरणानां मञ्जर्यस्तासां चयेन संघातेन चर्चितं चरणयुगलं यस्य । परमं दुष्टा मेधा येषां ते परमदुर्मेधसः । विगतं मुखं येषां ते विमुखाः । शास्त्रेभ्यो

---

१ इदमधिकं क्वचित्—नमो मनुबृहस्पतिव्यासवाल्मीकिप्रभृतिभ्यः । २ एतत्स्थाने-वन्दे सरस्वतीं नित्यं वाङ्मनःकायकर्मभिः । वाक्समुद्रो यया नद्धो दुस्तरस्त्रिदशैरिव ॥ प्रणम्य विघ्नहर्तारं गणाधीशमुमासुतम् । नीतिशास्त्रमिदं वक्ष्ये कथामार्गविवर्धनम् ॥ इमे पद्ये पुस्तकान्तरे ।

शास्त्रविमुखा विवेकरहिताश्च । तदेतान्पश्यतो मे महदपि राज्यं न सौख्यमावहति । अथवा साध्विदमुच्यते—

अजातमृतमूर्खेभ्यो मृताजातौ सुतौ वरम् ।
यतस्तौ स्वल्पदुःखाय यावज्जीवं जडो दहेत् ॥ ३ ॥
वरं गर्भस्रावो वरमृतुषु नैवाभिगमनं
वरं जातः प्रेतो वरमपि च कन्यैव जनिता ॥
वरं वन्ध्या भार्या वरमपि च गर्भेषु वसति-
र्न चाविद्वान्रूपद्रविणगुणयुक्तोऽपि तनयः ॥ ४ ॥
किं तया क्रियते धेन्वा या न सूते न दुग्धदा ।
कोऽर्थः पुत्रेण जातेन यो न विद्वान्न भक्तिमान् ॥ ५ ॥

तदेतेषां यथा बुद्धिप्रबोधनं भवति तथा कोऽप्युपायोऽनुष्ठीयताम् । अत्र च मद्दत्तां वृत्तिं भुञ्जानानां पण्डितानां पञ्चशती तिष्ठति । ततो यथा मम मनोरथाः सिद्धिं यान्ति तथानुष्ठीयताम् इति । तत्रैकः प्रोवाच—देव द्वादशभिर्वर्षैर्व्याकरणं श्रूयते । ततो धर्मशास्त्राणि मन्वादीनि अर्थशास्त्राणि चाणक्यादीनि कामशास्त्राणि वात्स्यायनादीनि । एवं च ततो धर्मार्थकामशास्त्राणि ज्ञायन्ते । ततः प्रतिबोधनं भवति । अथ तन्मध्यतः सुमतिर्नाम सचिवः प्राह—अशाश्वतोऽयं जीवितव्यविषयः । प्रभूतकालज्ञेयानि शब्दशास्त्राणि । तत्संक्षेपमात्रं शास्त्रं किंचिदेतेषां प्रबोधनार्थं चिन्त्यतामिति । उक्तं च यतः—

अनन्तपारं किल शब्दशास्त्रं स्वल्पं तथायुर्बहवश्च विघ्नाः ।
सारं ततो ग्राह्यमपास्य फल्गु हंसैर्यथा क्षीरमिवाम्बुमध्यात् ॥ ६ ॥

तदत्रास्ति विष्णुशर्मा नाम ब्राह्मणः सकलशास्त्रपारंगमश्छात्रसंसदि लब्धकीर्तिः । तस्मै समर्पयतु एतान् । स नूनं द्राक्प्रबुद्धान्करिष्यति इति । स राजा तदाकर्ण्य विष्णुशर्माणमाहूय प्रोवाच—भो भगवन्

विमुखाः शा० । यावत् जीवस्तावत् । वृत्तिर्वर्तनजीवने इत्यमरः । मन्वादीनि मनुस्मृत्यादीनि । अविद्यमानः अन्तः यस्य तादृशः पारः यस्य तत् । अन्यैः सदृशा न भवन्तीति अनन्यसदृशाः तान् सर्वोत्कृष्टानित्यर्थः । शासनं राजदत्तावृत्तिः ।

---

१ अस्मात्परं—वरमिह वा सुतमरणं मा मूर्खत्वं कुलप्रसूतस्य । येन विबुधजनमध्ये जारज इव लज्जते मनुजः ॥ गुणिगणगणनारम्भे न पतति कठिनी ससंभ्रमा यस्य । तेनाम्बा यदि सुतिनी वद वन्ध्या कीदृशी भवति ॥ इत्यधि. श्लोकौ.

मदनुपहार्यमेनानर्थशास्त्रं प्रति द्राग्यथानन्यसदृशान्विदधासि तथा कुरु । तदाहं त्वां शासनशतेन योजयिष्यामि । अथ विष्णुशर्मा तं राजानमूचे—देव श्रूयतां मे तथ्यवचनम् । नाहं विद्याविक्रयं शासनशतेनापि करोमि । पुनरेतांस्तव पुत्रान्मासषट्केन यदि नीतिशास्त्रज्ञान्न करोमि ततः स्वनामत्यागं करोमि[1] ।

अथासौ राजा तां ब्राह्मणस्यासंभाव्यां प्रतिज्ञां श्रुत्वा ससचिवः प्रहृष्टो विस्मयान्वितस्तस्मै सादरं तान्कुमारान्समर्प्य परां निर्वृतिमाजगाम । विष्णुशर्मणापि तानादाय तदर्थं मित्रभेद-मित्रप्राप्ति-काकोलूकीय-लब्धप्रणाश-अपरीक्षितकारकाणि चेति पञ्च तन्त्राणि रचयित्वा पाठितास्ते राजपुत्राः । तेऽपि तान्यधीत्य मासषट्केन यथोक्ताः संवृत्ताः । ततः प्रभृत्येतत्पञ्चतन्त्रकं नाम नीतिशास्त्रं बालावबोधनार्थं भूतले प्रवृत्तम् । किं बहुना ।

अधीते य इदं नित्यं नीतिशास्त्रं शृणोति च ।
न पराभवमाप्नोति शक्रादपि कदाचन ॥ ७ ॥

इति कथामुखम् ।

अथ मित्रभेदम् ।

अथातः प्रारभ्यते मित्रभेदं नाम प्रथमं तन्त्रम् । यस्यायमादिमः श्लोकः—

वर्धमानो महान्स्नेहः सिंहगोवृषयोर्वने ।
पिशुनेनातिलुब्धेन जम्बुकेन विनाशितः ॥ १ ॥

तथा इत्यस्य भावः तथा साधु इति वा तथ्यं तस्य वचनम् । मित्रयोः भेद स एव अभेदोपचारात्तन्नामकं तन्त्रम् । एवं मित्राणां प्राप्तिः सैव तन्त्रम् । अपरीक्षितस्य कारकः स एव तन्नामकं तन्त्रम् । काकाश्च उलूकाश्च काकोलुकास्तानधिकृत्य कृतं तन्त्रं काकोलुकीयम् । अधिकृत्य कृते ग्रन्थे इति छः (ईयप्रत्ययः) । बाला ग्रहणधारणपटवः । सिंहश्च गोवृषः उत्कृष्टगौश्च तयोः । पिशुनेन खलेन ।

---

१ अस्मात्परमित्यधिकं क्वचित्—किं बहुना । श्रूयतां ममैष सिंहनादः । नाहमर्थलिप्सुर्ब्रवीमि । ममाशीतिवर्षस्य व्यावृत्तसर्वेन्द्रियार्थस्य न किंचिदर्थेन प्रयोजनम् । किंतु त्वत्प्रार्थनासिद्ध्यर्थं सरस्वतीविनोदं करिष्यामि । तल्लिख्यतामद्यतनो दिवसः । यद्यहं षण्मासाभ्यन्तरे तव पुत्राान्नयशास्त्रं प्रत्यनन्यसदृशान्न करिष्यामि ततो नार्हति देवो देवमार्गं संदर्शयितुम् ।

तद्यथानुश्रूयते—अस्ति दाक्षिणात्ये जनपदे महिलारोप्यं नाम नगरम्। तत्र धर्मोपार्जितभूरिविभवो वर्धमानको नाम वणिक्पुत्रो बभूव। तस्य कदाचिद्रात्रौ शय्यारूढस्य चिन्ता समुत्पन्ना—यत्प्रभूतेऽपि वित्तेऽर्थोपायाश्चिन्तनीयाः कर्तव्याश्चेति। यत उक्तं च—

न हि तद्विद्यते किंचिद्यदर्थेन न सिद्ध्यति।
यत्नेन मतिमांस्तस्मादर्थमेकं प्रसाधयेत्॥ २॥
यस्यार्थास्तस्य मित्राणि यस्यार्थास्तस्य बान्धवाः।
यस्यार्थाः स पुमाँल्लोके यस्यार्थाः स च पण्डितः॥ ३॥
न सा विद्या न तद्दानं न तच्छिल्पं न सा कला।
न तत्स्थैर्यं हि धनिनां याचकैर्यन्न गीयते॥ ४॥
इह लोके हि धनिनां परोऽपि स्वजनायते।
स्वजनोऽपि दरिद्राणां सर्वदा दुर्जनायते॥ ५॥
अर्थेभ्योऽपि हि वृद्धेभ्यः संवृत्तेभ्यस्ततस्ततः।
प्रवर्तन्ते क्रियाः सर्वाः पर्वतेभ्य इवापगाः॥ ६॥
पूज्यते यदपूज्योऽपि यदगम्योऽपि गम्यते।
वन्द्यते यदवन्द्योऽपि स प्रभावो धनस्य च॥ ७॥
अशनादिन्द्रियाणीव स्युः कार्याण्यखिलान्यपि।
एतस्मात्कारणाद्वित्तं सर्वसाधनमुच्यते॥ ८॥
अर्थार्थी जीवलोकोऽयं श्मशानमपि सेवते।
त्यक्त्वा जनयितारं स्वं निःस्वं गच्छति दूरतः॥ ९॥
गतवयसामपि पुंसां येषामर्था भवन्ति ते तरुणाः।
अर्थेन तु ये हीना वृद्धास्ते यौवनेऽपि स्युः॥ १०॥

स चार्थः पुरुषाणां षड्भिरुपायैर्भवति—भिक्षया, नृपसेवया, कृषिकर्मणा, विद्योपार्जनेन, व्यवहारेण, वणिक्कर्मणा वा। सर्वेषामपि तेषां वाणिज्येनातिरस्कृतोऽर्थलाभः स्यात्। उक्तं च यतः—

कृता भिक्षारेकैर्वितरति नृपो नोचितमहो
कृषिः क्लिष्टा विद्या गुरुविनयवृत्त्यातिविषमा।
कुसीदाद्दारिद्र्यं परकरगतग्रन्थिशमना-
न्न मन्ये वाणिज्यात्किमपि परमं वर्तनमिह॥ ११॥

धर्मेणोपार्जितो भूरिः बहुः विभवो द्रव्यं येन। चिन्ता विचारः। स्वजनायते स्वजनवदाचरति। वाणिज्येन वणिक्कर्मणा। अतिरस्कृतः अवाच्यः स्यात्। यद्वा स्फुटो ध्रुवः इत्यर्थः। भिक्षा रेकैः कृता अत्रोपमानास्पदम्।

---

१ भिक्षानेकैः इ. पा. २ क्लिष्टाऽवृष्ट्या प्रचुरगहनः सेवनविधिः.

उपायानां च सर्वेषामुपायः पण्यसंग्रहः ।
धनार्थं शस्यते ह्येकस्तदन्यः संशयात्मकः ॥ १२ ॥

तच्च वाणिज्यं सप्तविधमर्थागमाय स्यात्। तद्यथा—गान्धिकव्यवहारः निक्षेपप्रवेशः गोष्ठिककर्म परिचितग्राहकागमः मिथ्याक्रयकथनं कूटतुलामानं देशान्तराद्भाण्डानयनं चेति । उक्तं च—

पण्यानां गान्धिकं पण्यं किमन्यैः काञ्चनादिभिः
यत्रैकेन च यत्क्रीतं तच्छतेन प्रदीयते ॥ १३ ॥
निक्षेपे पतिते हर्म्ये श्रेष्ठी स्तौति स्वदेवताम् ।
निक्षेपी म्रियते तुभ्यं प्रदास्याम्युपयाचितम् ॥ १४ ॥
गोष्ठिककर्मनियुक्तः श्रेष्ठी चिन्तयति चेतसा हृष्टः ।
वसुधा वसुसंपूर्णा मयाद्य लब्धा किमन्येन ॥ १५ ॥
परिचितमागच्छन्तं ग्राहकमुत्कण्ठया विलोक्यासौ ।
हृष्यति तद्धनलुब्धो यद्वत्पुत्रेण जातेन ॥ १६ ॥

अन्यच्च ।

पूर्णापूर्णे माने परिचितजनवञ्चनं तथा नित्यम् ।
मिथ्याक्रयस्य कथनं प्रकृतिरियं स्यात्किरातानाम् ॥ १७ ॥

अन्यच्च ।

द्विगुणं त्रिगुणं वित्तं भाण्डक्रयविचक्षणाः ।
प्राप्नुवन्त्युद्यमाल्लोका दूरदेशान्तरं गताः ॥ १८ ॥

इत्येवं संप्रधार्य मथुरागामीनि भाण्डान्यादाय शुभायां तिथौ गुरुजनानुज्ञातः सुरथाधिरूढः प्रस्थितः। तस्य च मङ्गलवृषभौ संजीवकनन्दकनामानौ गृहोत्पन्नौ धूर्वोढारौ स्थितौ । तयोरेकः संजीवकाभिधानो यमुनाकच्छमवतीर्णः सन्पङ्कपूरमासाद्य कलितचरणो युगभङ्गं विधाय निषसाद । अथ तं तदवस्थमालोक्य वर्धमानः परं विषाद-

क्लिष्टा क्लेशपूर्णा। गुरौ विनयवृत्तिः विनयेनाचरणं तथा। कुसीदात् वृद्ध्यर्थदानात्। परकरगतद्रव्यनाशाद्दारिद्र्यं जायते अतस्तदपि नेष्टम्। कूटं माया विपरीतदर्शनम्। तत्स्वरूपा तुला तया मानम्। भाण्डानि पण्यवस्तूनि। द्विगुणं द्वौ गुणौ यस्य। विचक्षणा विक्रयकरणे चतुराः। कच्छो जलप्रायः तीरप्रदेशः। कलितचरणः संयत-

१ किमुच्चैः २ निजधर्मैः ३ वापि. ४ विधानतः.

मगमत्। तदर्थं च स्नेहार्द्रहृदयस्त्रिरात्रं प्रयाणभङ्गमकरोत्। अथ तं विषण्णमालोक्य सार्थिकैरभिहितम्—भोः श्रेष्ठिन् किमेवं वृषभस्य कृते सिंहव्याघ्रसमाकुले बह्वपायेऽस्मिन्वने समग्रोऽपि सार्थस्त्वया संदेहे नियोजितः। उक्तं च—

न स्वल्पस्य कृते भूरि नाशयेन्मतिमान्नरः।
एतदेवाहि पाण्डित्यं यत्स्वल्पाद्भूरिरक्षणम्॥ १९॥

अथासौ तदवधार्य संजीवकस्य रक्षापुरुषान्निरूप्याशेषसार्थं नीत्वा प्रस्थितः। अथ रक्षापुरुषा अपि बह्वपायं तद्वनं विदित्वा संजीवकं परित्यज्य पृष्ठतो गत्वान्येद्युस्तं सार्थवाहं मिथ्याहुः—स्वामिन् मृतोऽसौ संजीवकः। अस्माभिस्तु सार्थवाहस्याभीष्ट इति मत्वा वह्निना संस्कृतः इति। तच्छ्रुत्वा सार्थवाहः कृतज्ञः स्नेहार्द्रहृदयस्तस्यौर्ध्वदेहिकक्रिया वृषोत्सर्गादिकाः सर्वाश्चकार। संजीवकोऽप्यायुःशेषतया यमुनासलिलमिश्रैः शिशिरतरवातैराप्यायितशरीरः कथंचिदप्युत्थाय यमुनातटमुपपेदे। तत्र मरकतसदृशानि बालतृणाग्राणि भक्षयन्कतिपयैरहोभिर्हरवृषभ इव पीनः ककुद्मान्बलवांश्च संवृत्तः प्रत्यहं वल्मीकशिखराग्राणि शृङ्गाभ्यां विदारयन्प्रगर्जंश्चास्ते। साधु चेदमुच्यते—

अरक्षितं तिष्ठति दैवरक्षितं सुरक्षितं दैवहतं विनश्यति।
जीवत्यनाथोऽपि वने विसर्जितः कृतप्रयत्नोऽपि गृहे न जीवति॥२०॥

अथ कदाचित्पिङ्गलको नाम सिंहः सर्वमृगपरिवृतः पिपासाकुल उदकग्रहणार्थं यमुनातटमवतीर्णः संजीवकस्य गम्भीरतरशब्दं दूरादेवाशृणोत्। तं श्रुत्वातीवव्याकुलहृदयः ससाध्वसमाकारं प्रच्छाद्य वटतले चतुर्मण्डलावस्थानेनावस्थितः। चतुर्मण्डलावस्थानं त्विदम्—सिंहः सिंहानुयायिनः काकरवाः किंवृत्ता इति। अथ तस्य करटकदमनकनामानौ द्वौ शृगालौ मन्त्रिपुत्रौ भ्रष्टाधिकारौ सदानुयायिना-

---

चरणः। सार्थो वणिक्समूहे स्यात्। इ. मेदिनी। स्वल्पात्स्वल्पस्य नाशात्। सार्थं वाहयतीति सार्थवाहः। प्रशस्ता ककुदस्य विद्यतेऽसौ ककुद्मान्। वामलूरश्च नाकुश्च वल्मीकं पुंनपुंसकम्। इत्यमरः। पिपासा पातुमिच्छा तृष्णा तयाकुलः। भीतिर्भीःसाध्वसं भयम्। इत्य०। चत्वारि मण्डलानि यस्मिंस्तादृशमवस्थानम्। काकरवा मध्यमवर्गभृत्याः। किंवृत्ता वार्ताहराश्चारादयः।

---

१ शेष. २ कृतज्ञतया ३ गर्जमानः. ४ विनश्यति. ५ पानार्थं ६ रावं ७ वर्गः.

वास्ताम् । तौ च परस्परं मन्त्रयतः । तत्र दमनकोऽब्रवीत्—भद्र करटक अयं तावदस्मत्स्वामी पिङ्गलक उदकग्रहणार्थं यमुनाकच्छमवतीर्य स्थितः । स किंनिमित्तं पिपासाकुलोऽपि निवृत्त्य व्यूहरचनां विधाय दौर्मनस्येनाभिभूतोऽत्र वटतले स्थितः । करटक आह—भद्र किमावयोरनेन व्यापारेण । उक्तं च यतः—

अव्यापारेषु व्यापारं यो नरः कर्तुमिच्छति ।
स एव निधनं याति कीलोत्पाटीव वानरः ॥ २१ ॥

दमनक आह—कथमेतत् । सोऽब्रवीत्—

॥ कथा १ ॥

अस्ति कस्मिंश्चिन्नगराभ्यासे केनापि वणिक्पुत्रेण तरुषण्डमध्ये देवतायतनं कर्तुमारब्धम् । तत्र च ये कर्मकराः स्थपत्यादयस्ते मध्याह्नवेलायामाहारार्थं नगरमध्ये गच्छन्ति । अथ कदाचित्तत्रानुषङ्गिकं वानरयूथमितश्चेतश्च परिभ्रमदागतम् । तत्रैकस्य कस्यचिच्छिल्पिनोऽर्धस्फाटितोऽञ्जनवृक्षदारुमयः स्तम्भः खदिरकीलकेन मध्यनिहितेन तिष्ठति । एतस्मिन्नन्तरे ते वानरास्तरुशिखरप्रासादशृङ्गदारुपर्यन्तेषु यथेच्छया क्रीडितुमारब्धाः । एकश्च तेषां प्रत्यासन्नमृत्युश्चापल्यात्तस्मिन्नर्धस्फाटितस्तम्भ उपविश्य पाणिभ्यां कीलकं संगृह्य यावदुत्पाटयितुमारेभे तावत्तस्य स्तम्भमध्यगतवृषणस्य स्वस्थानाच्चलितकीलकेन यद्वृत्तं तत्प्रागेव निवेदितम् । अतोऽहं ब्रवीमि—अव्यापारेषु इति ॥ आवयोर्भक्षितशेष आहारोऽस्त्येव । तत्किमनेन व्यापारेण । दमनक आह तत्किं भवानाहारार्थी केवलमेव । तन्न युक्तम् । उक्तं च—

सुहृदामुपकारकारणाद्द्विषतामप्यपकारकारणात् ।
नृपसंश्रय इष्यते बुधैर्जठरं को न बिभर्ति केवलम् ॥ २२ ॥

किंच । यस्मिञ्जीवति जीवन्ति बहवः सोऽत्र जीवति ।
तथा च । वयांसि किं न कुर्वन्ति चञ्च्वा स्वोदरपूरणम् ॥ २३ ॥

दुष्टं मनो यस्यासौ दुर्मनाः तस्य भावो दौर्मनस्यम् । कीलमुत्पाटयतीति कीलोत्पाटी । स्थपतिः प्रधानस्तक्षा । आनुषङ्गिकमनुषङ्गादागतं तत्र संचरणशीलमित्यर्थः । अञ्जनवृक्षस्य दारु तस्य विकारः मयः । शृङ्गाणि दारुपर्यन्ताश्च तेषु । उपकारकारणादुपकारकरण-

यज्जीव्यते क्षणमपि प्रथितं मनुष्यै-
र्विज्ञानशौर्यविभवार्यगुणैः समेतम् ।
तन्नाम जीवितमिह प्रवदन्ति तज्ज्ञाः
काकोऽपि जीवति चिरं च बलिं च भुङ्क्ते ॥ २४ ॥

सुपूरा स्यात्कुनदिका सुपूरो मूषिकाञ्जलिः ।
सुसंतुष्टः कापुरुषः स्वल्पकेनापि तुष्यति ॥ २५ ॥

किंच । किं तेन जातु जातेन मातुर्यौवनहारिणा ।
आरोहति न यः स्वस्य वंशस्याग्रे ध्वजो यथा ॥ २६ ॥

परिवर्तिनि संसारे मृतः को वा न जायते ।
जातस्तु गण्यते सोऽत्र यः स्फुरत्यन्वयाधिकम् ॥ २७ ॥

किंच । जातस्य नदीतीरे तस्यापि तृणस्य जन्मसाफल्यम् ।
यत्सलिलमज्जनाकुलजनहस्तालम्बनं भवति ॥ २८ ॥

तथा च ।

स्तिमितोन्नतसंचारा जनसंतापहारिणः ।
जायन्ते विरला लोके जलदा इव सज्जनाः ॥ २९ ॥

निरतिशयं गरिमाणं तेन जनन्याः स्मरन्ति विद्वांसः ।
यत्कमपि वहति गर्भं महतामपि यो गुरुर्भवति ॥ ३० ॥

अप्रकटीकृतशक्तिः शक्तोऽपि जनस्तिरस्क्रियां लभते ।
निवसन्नन्तर्दारुणि लङ्घ्यो वह्निर्न तु ज्वलितः ॥ ३१ ॥

हेतोः । विज्ञानं च शौर्यं च विभवश्च आर्यगुणाः शीलादयश्च तैः समेतं युक्तम् । तदुक्तं—कुलं शीलं दया दानं धर्मः सत्यं कृतज्ञता । अद्रोह इति येष्वेतत्तानार्यान् संप्रचक्षते ॥ सुखेन पूर्यते इति सुपूरा । कुत्सिता नदी कुनदिका अल्पसरित् । श्रिया अधिकः प्रकृष्टश्रीः । यौवनं तारुण्यं हरतीति तेन । अन्वयादधिकमन्वयाधिकम् । पूर्वजानतीत्य प्रकाशते इत्यर्थः । सलिले मज्जनं तेनाकुलो यो जनस्तस्य हस्तयोरवलम्बनम् । स्तिमित उन्नत ऊर्ध्वमुच्चैश्च संचारो गतिराचारश्च येषाम् । जनानां संतापं निदाघजां पीडां दुःखं च । एवं जलदा इव सज्जना विरला जायन्ते इत्यन्वयः । यत् यस्मात्कारणात् । कमपि अनिर्वचनीयं गर्भं वहति तेन तस्मात्कारणाज्जनन्याः । निर्गतोऽतिशयो यस्मात्तं निरतिशयम् । माता सर्वेषां नितरां श्रेष्ठेत्यर्थः । न प्रकटा

---

१ अस्मात्परमिदं पद्यमधिकं क्वचित्—यो नात्मना न च परेण च बन्धुवर्गे । दीने दयां न कुरुते न च मर्त्यवर्गे । किं तस्य जीवितफलं हि मनुष्यलोके । काकोऽपि जीवति चिरं च बलिं च भुङ्क्ते । २ स्फुरेच्च श्रियाधिकः ।

करटक आह—आवां तावदप्रधानौ। तत्किमावयोरनेन व्यापारेण।

उक्तं च—

> अपृष्टोऽत्राप्रधानो यो ब्रूते राज्ञः पुरः कुधीः।
> न केवलमसंमानं लभते च तिरस्क्रियाम्॥ ३२॥

तथा च। वचस्तत्र प्रयोक्तव्यं यत्रोक्तं लभते फलम्।
> स्थायीभवति चात्यन्तं रागः शुक्लपटे यथा॥ ३३॥

दमनक आह—मा मैवं वद।

> अप्रधानः प्रधानः स्यात्सेवते यदि पार्थिवम्।
> प्रधानोऽप्यप्रधानः स्याद्यदि सेवाविवर्जितः॥ ३४॥

यत उक्तं च—

> आसन्नमेव नृपतिर्भजते मनुष्यं
> विद्याविहीनमकुलीनमसंस्कृतं वा।
> प्रायेण भूमिपतयः प्रमदा लताश्च
> यत्पार्श्वतो भवति तत्परिवेष्टयन्ति॥ ३५॥

तथा च। कोपप्रसादवस्तूनि ये विचिन्वन्ति सेवकाः।
> आरोहन्ति शनैः पश्चाद्धुन्वन्तमपि पार्थिवम्॥ ३६॥
>
> विद्यावतां महेच्छानां शिल्पविक्रमशालिनाम्।
> सेवावृत्तिविदां चैव नाश्रयः पार्थिवं विना॥ ३७॥
>
> ये जात्यादिमहोत्साहान्नरेन्द्रान्नोपयान्ति च।
> तेषामामरणं भिक्षा प्रायश्चित्तं विनिर्मितम्॥ ३८॥
>
> ये च प्राहुर्दुरात्मानो दुराराध्या महीभुजः।
> प्रमादालस्यजाड्यानि ख्यापितानि निजानि तैः॥ ३९॥

अप्रकटा अप्रकटा प्रकटा सम्पद्यमाना कृता प्रकटीकृता। न प्र० अप्रकटीकृता शक्तिः येन। अप्रधानः सन् यः कुधीः कुत्सिता धीर्यस्य अपृष्टः ब्रूते इत्यादि। असंस्कृतमकृतसंस्कारम्। कोपप्रसादयोः वस्तूनि कारणानीति यावत्। कोपकारणं विज्ञाय तत्परिहरन्ति येन प्रसादः स्यात्तत्कुर्वन्ति इत्यर्थः। धुन्वन्तमौद्धत्येन विक्षिपन्तम्। विद्याविक्रमाभ्यां शालन्ते तेषाम्। जात्यादिना यो महोत्साहस्तस्मात्। यद्वा जात्यादिभिर्महोत्साहा उन्नतेच्छा येषामिति नरेन्द्रविशेषणम्। ये दुरात्मानः

---

१ विडम्बनम्. २ जना विगतोत्साहाः।

सर्पान्व्याघ्रान्गजान्सिंहान्दृष्ट्वोपायैर्वशीकृतान् ।
राजेति कियती मात्रा धीमतामप्रमादिनाम् ॥ ४० ॥

राजानमेव संश्रित्य विद्वान्याति परां गतिम् ॥
विना मलयमन्यत्र चन्दनं न प्ररोहति ॥ ४१ ॥

धवलान्यातपत्राणि वाजिनश्च मनोरमाः ।
सदा मत्ताश्च मातङ्गाः प्रसन्ने सति भूपतौ ॥ ४२ ॥

करटक आह—अथ भवान्किं कर्तुमनाः । सोऽब्रवीत्—अद्यास्मत्स्वामी पिङ्गलको भीतो भीतपरिवारश्च वर्तते । तदेनं गत्वा भयकारणं विज्ञाय संधि-विग्रह-यान-आसन-संश्रय द्वैधीभावानामेकतमेन संविधास्ये । करटक आह—कथं वेत्ति भवान्यद्भयाविष्टोऽयं स्वामी । सोऽब्रवीत्—किमत्र ज्ञेयम् । यत उक्तं च—

उदीरितोऽर्थः पशुनापि गृह्यते
हयाश्च नागाश्च वहन्ति चोदिताः ।
अनुक्तमप्यूहति पण्डितो जनः
परेङ्गितज्ञानफला हि बुद्धयः ॥ ४३ ॥

तथा च मनुः—

आकारैरिङ्गितैर्गत्या चेष्टया भाषणेन च ।
नेत्रवक्त्रविकारैश्च लक्ष्यतेऽन्तर्गतं मनः ॥ ४४ ॥

तदद्यैनं भयाकुलं प्राप्य स्वबुद्धिप्रभावेण निर्भयं कृत्वा वशीकृत्य च निजां साचिव्यपदवीं समासादयिष्यामि । करटक आह—अनभिज्ञो भवान्सेवाधर्मस्य । तत्कथमेनं वशीकरिष्यसि । दमनक आह । यथैत्र

मन्दधियः महीभुजो दुःखेनाराधयितुं शक्या इति प्राहुः ३०। आतपाच्चायत इत्यातपत्रं छत्रम् । सन्धिः सुवर्णदानादिना शत्रुणा प्रत्युत्पादनेन मैत्रीकरणम् । विग्रहो युद्धम् । यानं शत्रोरवस्कन्दनार्थं गमनम् । उचितकालप्रतीक्षया दुर्गादि वर्धयतः स्थितिरासनम् । बलवतः शत्रोः सेवया कोषादिदानेन वाश्रयणं संश्रयः । द्वैधं द्विप्रकारवर्तनम् । संविधास्ये स्ववशं नेष्यामि । उदीरित उच्चैरुच्चारितः । ऊहति वितर्क्य जानाति । परेषामिङ्गितस्य हृद्गतभावस्य ज्ञानं फलं यासां ताः ।

---

१ अत्र सोऽब्रवीत्—कथनहं सेवानभिज्ञः । मया हि तातोत्सङ्गे क्रीडताभ्यागतसाधूनां नीतिशास्त्रं पठतां यच्छ्रुतं सेवाधर्मस्य सारभूतं हृदि स्थापितम् । श्रूयताम् । तच्चेदम्—इति पा.

तु पाण्डवानां विराटनगरप्रवेशकाले धौम्यमहर्षिकथितः सकलो प्यनुजीविधर्मो विज्ञात इति ।

सुवर्णपुष्पितां पृथ्वीं विचिन्वन्ति नरास्त्रयः ।
शूरश्च कृतविद्यश्च यश्च जानाति सेवितुम् ॥ ४५ ॥
सा सेवा या प्रभुहिता ग्राह्या वाक्यविशेषतः ।
आश्रयेत्पार्थिवं विद्वांस्तद्द्वारेणैव नान्यथा ॥ ४६ ॥
यो न वेत्ति गुणानस्य न तं सेवेत पण्डितः ।
न हि तस्मात्फलं किंचित्सुकृष्टादूषरादिव ॥ ४७ ॥
द्रव्यप्रकृतिहीनोऽपि सेव्यः सेव्यगुणान्वितः ।
भवत्याजीवनं तस्मात्फलं कालान्तरादपि ॥ ४८ ॥
अपि स्थाणुवदासीनः शुष्यन्परिगतः क्षुधा ।
न त्वेवानात्मसंपन्नाद्वृत्तिमीहेत पण्डितः ॥ ४९ ॥
सेवकः स्वामिनं द्वेष्टि कृपणं परुषाक्षरम् ।
आत्मानं किं स न द्वेष्टि सेव्यासेव्यं न वेत्ति यः ॥ ५० ॥
यमाश्रित्य न विश्रामं क्षुधार्ता यान्ति सेवकाः ।
सोऽर्कवन्नृपतिस्त्याज्यः सदा पुष्पफलोऽपि सन् ॥ ५१ ॥
राजमातरि देव्यां च कुमारे मुख्यमन्त्रिणि ।
पुरोहिते प्रतीहारे सदा वर्तेत राजवत् ॥ ५२ ॥
जीवेति प्रब्रुवन्प्रोक्तः कृत्याकृत्यविचक्षणः ।
करोति निर्विकल्पं यः स भवेद्राजवल्लभः ॥ ५३ ॥
प्रभुप्रसादजं वित्तं सुपात्रे यो नियोजयेत् ।
वस्त्राद्यं च दधात्यङ्गे स भवेद्राजवल्लभः ॥ ५४ ॥
अन्तःपुरचरैः सार्धं यो न मन्त्रं समाचरेत् ।
न कलत्रैर्नरेन्द्रस्य स भवेद्राजवल्लभः ॥ ५५ ॥

सुवर्णस्य पुष्पाणि अस्याः संजातानि सा सुपुष्पिता ताम् । तेषां पृथ्वी सर्वत्र सुवर्णप्रदेत्यर्थः । यः सेव्यस्य सेवार्हस्य ये गुणास्तैरन्वितः स द्रव्येण प्रकृतिभिः सचिवैश्च हीनोऽपि । अनात्मसंपन्नात् आत्मसंपन्नो न भवतीति तस्मादजितात्मनः । यद्वा न विद्यते आत्मसम्पदात्मगुणा यस्य तस्मात् । पण्डितो नैवं तु वृत्तिमीहेत इच्छेत् । पुष्पवत्फलानि यस्मात् । पक्षे पुष्पाणि फलानि च यस्य । प्रोक्तः कार्यं कर्तुमादिष्टः । कृत्येषु कार्येषु विचक्षणः चतुरः । निर्गता विकल्पा यस्मिन् कर्मणि

---

१ नरास्त्रयः । २ कृत्याकृत्य.

संमतोऽहं प्रभोर्नित्यमिति मत्वा व्यतिक्रमेत्।
कृच्छ्रेष्वपि न मर्यादां स भवेद्राजवल्लभः ॥ ५६ ॥
द्वेषिद्वेषपरो नित्यमिष्टानामिष्टकर्मकृत्।
यो नरो नरनाथस्य स भवेद्राजवल्लभः ॥ ५७ ॥
द्यूतं यो यमदूताभं हालां हालाहलोपमाम्।
पश्येद्दारान्वृथाकारान्स भवेद्राजवल्लभः ॥ ५८ ॥
युद्धकालेऽग्रगो यः स्यात्सदा पृष्ठानुगः पुरे।
प्रभोर्द्वाराश्रितो हर्म्ये स भवेद्राजवल्लभः ॥ ५९ ॥

करटक आह—अथ भवांस्तत्र गत्वा किं तावत्प्रथमं वक्ष्यति तत्तावदुच्यताम्। दमनक आह—

उत्तरादुत्तरं वाक्यं वदतां संप्रजायते।
सुवृष्टिगुणसंपन्नाद्बीजाद्बीजमिवापरम् ॥ ६० ॥

अपायसंदर्शनजां विपत्तिमुपायसंदर्शनजां च सिद्धिम्।
मेधाविनो नीतिगुणप्रयुक्तां पुरः स्फुरन्तीमिव दर्शयन्ति ॥ ६१ ॥

एकेषां वाचि शुकवदन्येषां हृदि मूकवत्।
हृदि वाचि तथान्येषां वल्गु वल्गन्ति सूक्तयः ॥ ६२ ॥

न चाहमप्राप्तकालं वक्ष्ये। आकर्णितं मया नीतिसारं पितुः पूर्वमुत्सङ्गं हि निषेवता।

अप्राप्तकालं वचनं बृहस्पतिरपि ब्रुवन्।
लभते बुद्ध्यवज्ञानमपमानं च पुष्कलम् ॥ ६३ ॥

करटक आह—

तद्यथा तथा। वृथा असेव्यत्वादाकारो येषाम्। नरनाथस्य द्वेषिणि शत्रौ द्वेषपरः। सुवृष्टिरिव गुणस्तेन संपन्नमुपचितं तस्मात्। मेधाविनो नीतेर्गुणा नीतिगुणास्तैः प्रयुक्ता न भवतीति अनीति० तामनीतिगुणप्रयुक्तामत एव अपायानां संदर्शनं तस्माज्जायते तां विपत्तिं तथा नीतिगुण० उपाय० सिद्धिम् इत्या०। वल्गु सुन्दरं यथा तथा वल्गन्ति स्फुरन्ति। न प्राप्तः कालो यस्य तत्। बुद्धेरव-

---

१ अस्मात्परमेते श्लोका अधिकाः पुस्तकान्तरे—प्रोक्तः प्रत्युत्तरं नाह विरुद्धं प्रभुणा च यः। न समीपे हसत्युच्चैः स भवेद्राजवल्लभः ॥ यो रणं शरणं तद्वन्मन्यते भयवर्जितः। प्रवासं स्वपुरावासं स भवेद्राजवल्लभः ॥ न कुर्यान्नरनाथस्य योषिद्भिः सह संगतिम्। न निन्दां न विवादं च स भवेद्राजवल्लभः ॥ २ चारु.

दुराराध्या हि राजानः पर्वता इव सर्वदा ।
व्यालाकीर्णाः सुविषमाः कठिना दुष्टसेविताः ॥ ६४ ॥

तथा च ।

भोगिनः कञ्चुकाविष्टाः कुटिलाः क्रूरचेष्टिताः ।
सुदुष्टा मन्त्रसाध्याश्च राजानः पन्नगा इव ॥ ६५ ॥

दुरारोहं पदं राज्ञां सर्वलोकनमस्कृतम् ।
स्वल्पेनाप्यपकारेण ब्राह्मण्यमिव दुष्यति ॥ ६६ ॥

दुराराध्याः श्रियो राज्ञां दुरापा दुष्परिग्रहाः ।
तिष्ठन्त्याप इवाधारे चिरमात्मनि संस्थिताः ॥ ६७ ॥

दमनक आह--सत्यमेतत्परम् । किंतु

यस्य यस्य हि यो भावस्तस्य तस्य हि तं नरः ।
अनुप्रविश्य मेधावी क्षिप्रमात्मवशं नयेत् ॥ ६८ ॥

भर्तुश्चित्तानुवर्तित्वं सुवृत्तं चानुजीविनाम् ।
राक्षसाश्चापि गृह्यन्ते नित्यं छन्दानुवर्तिभिः ॥ ६९ ॥

सरुषि नृपे स्तुतिवचनं तदभिमते प्रेम तद्द्विषि द्वेषः ।
तद्दानस्य च शंसा अमन्त्रतन्त्रं वशीकरणम् ॥ ७० ॥

करटक आह--यद्येवमभिमतं तर्हि शिवास्ते पन्थानः सन्तु । यथाभिलषितमनुष्ठीयतामिति । सोऽपि करटकं प्रणम्य पिङ्गलकाभिमुखं प्रतस्थे ।

अथागच्छन्तं दमनकमालोक्य पिङ्गलको द्वाःस्थमब्रवीत्--अपसार्यतां वेत्रलता । अयमस्माकं । चिरंतनो मन्त्रिपुत्रो दमनकः समागतः । तत्प्रवेश्यतां द्वितीयमण्डलवर्ती यथार्थवादी च । अथोपसृत्य दमनको निर्दिष्ट

कञ्चुकः वर्म निर्मोकश्च । कुटिलाः जिह्मचेतसः वक्रगामिनश्च । मन्त्रो गुप्तवादः पक्षे वशीकरणमन्त्रश्च । दुरारोहं दुःखेनारोढुं शक्यम् । दुरापा दुःखलभ्याः । तस्य तस्य तं तं भावमनुप्रविश्य मेधावी नरः तं क्षिप्रमात्मवशं नयेत् । चिन्त चिन्तनमभिप्रायो वा । सुवृत्तं सदाचारः । रुषा सहितः सरुट् तस्मिन् । तस्याभिमते पुरुषे । न सन्ति मन्त्रास्तन्त्राणि च यस्मिंस्तत् । मुखमभि अभिमुखं पिङ्गल-

---

१ दुःख इ. पा. २ क्रूराः कुटिलगामिनः ३ अस्मात्परमिमौ श्लोकौ क्वचित्-
द्विजिह्वाः क्रूरकर्माणोऽनिष्टाश्छिद्रानुसारिणः । दूरतोऽपि हि पश्यन्ति राजानो भुजगा इव ॥ स्वल्पमप्यकुर्वन्ति येऽभीष्टा हि महीपतेः । ते वह्नाविव दह्यन्ते पतङ्गाः पापचेतसः ॥ ४ तेन तेन समाचरेत् इ. पा. ५ चिन्ता. ६ नतिः. ७ अव्याहतप्रवेशः । ८ ०भागी इति । स आह यथावादीद्भवानिति ।

आसने पिङ्गलकं प्रणम्य प्राप्तानुज्ञ उपविष्टः । स तु तस्य नखकुलिशालंकृतं दक्षिणपाणिमुपरि दत्त्वा मानपुरःसरमुवाच—अपि शिवं भवतः । कस्माच्चिरादृष्टोऽसि । दमनक आह—न किंचिद्देवपादानामस्माभिः प्रयोजनम् । तथापि प्राप्तकालं वक्तव्यं यत उत्तममध्यमाधमैः सर्वैरपि राज्ञां प्रयोजनम् । उक्तं च—

दन्तस्य निष्कोषणकेन नित्यं कर्णस्य कण्डूयनकेन वापि ।
तृणेन कार्यं भवतीश्वराणां किमङ्ग वाग्घस्तवता नरेण ॥ ७१ ॥

तथा वयं देवपादानामन्वयागता भृत्या आपत्स्वपि पृष्ठगामिनो यद्यपि स्वमधिकारं न लभामहे तथापि देवपादानामेतद्युक्तं न भवति । उक्तं च—

स्थानेष्वेव नियोक्तव्या भृत्याश्चाभरणानि च ।
न हि चूडामणिः पादे प्रभवामीति बध्यते ॥ ७२ ॥

यतः । अनभिज्ञो गुणानां यो न भृत्यैरनुगम्यते ।
धनाढ्योऽपि कुलीनोऽपि क्रमायातोऽपि भूपतिः ॥ ७३ ॥

उक्तं च । असमैः समीयमानः समैश्च परिहीयमाणसत्कारः ।
धुरि यो न युज्यमानस्त्रिभिरर्थपतिं त्यजति भृत्यः ॥ ७४ ॥

यच्चाविवेकितया राजा भृत्यानुत्तमपदयोग्यान्हीनाधमस्थाने नियोजयति न ते तत्रैव तिष्ठन्ति स भूपतेर्दोषो न तेषाम् । उक्तं च—

कनकभूषणसंग्रहणोचितो यदि मणिस्त्रपुणि प्रतिबध्यते ।
न स विरौति न चापि स शोभते भवति योजयितुर्वचनीयता ॥ ७५ ॥

यच्च स्वाम्येवं वदति चिरादृश्यसे तदपि श्रूयताम्—

सव्यदक्षिणयोर्यत्र विशेषो नोपलभ्यते ।
कस्तत्र क्षणमप्यार्यो विद्यमानगतिर्वसेत् ॥ ७६ ॥
काचे मणिर्मणौ काचो येषां बुद्धिर्विकल्पते ।
न तेषां संनिधौ भृत्यो नाममात्रोऽपि तिष्ठति ॥ ७७ ॥

कस्याभिमुखम् । नखान्येव कुलिशं नखकुलिशं तेनालंकृतम् । मानः पुरःसरो यस्मिन् कर्मणि तद्यथा तथा । ईश्वराणां नृपाणां श्रीमतां वा । समीयमानः समीक्रियमाणः । परिहीयमाणः सत्कारो यस्य न सत्क्रियते इत्यर्थः । विवेकोस्यास्तीति विवेकी न विवेकी अविवेकी तस्य भावः अविवेकिता तया । कनकभूषणे संग्रहणं तत्रोचितः । वचनीयता निन्दा । विद्यमाना गतिर्यस्य । अन्यत्र वृत्तिं लभमान इत्यर्थः । विकल्पते सदसतो र्निर्णयेन नानिश्चयमेतीत्यर्थः ।

---

१ नास्ति हस्तयोः । २ इमौ श्लोकौ अधिकौ क्वचित्-परीक्षका यत्र न सन्ति देशे नार्घन्ति रत्नानि समुद्रजानि । आभीरदेशे किल चन्द्रकान्तं त्रिभिर्वराटैर्विपणन्ति गोपाः ॥ लोहिताख्यस्य च मणेः पद्मरागस्य चान्तरम् । यत्र नास्ति कथं तत्र क्रियते रत्नविक्रयः ॥

यत्र स्वामी निर्विशेषं समं भृत्येषु वर्तते ।
तत्रोद्यमसमर्थानामुत्साहः परिहीयते ॥ ७८ ॥
न विना पार्थिवो भृत्यैर्न भृत्याः पार्थिवं विना ।
तेषां च व्यवहारोऽयं परस्परनिबन्धनः ॥ ७९ ॥
भृत्यैर्विना स्वयं राजा लोकानुग्रहकार्यपि ।
मयूखैरिव दीप्तांशुस्तेजस्व्यपि न शोभते ॥ ८० ॥
अरैः संधार्यते नाभिर्नाभौ चाराः प्रतिष्ठिताः ।
स्वामिसेवकयोरेवं वृत्तिचक्रं प्रवर्तते ॥ ८१ ॥
शिरसा विधृता नित्यं स्नेहेन परिपालिताः ।
केशा अपि विरज्यन्ते निःस्नेहाः किं न सेवकाः ॥ ८२ ॥
राजा तुष्टोऽपि भृत्यानामर्थमात्रं प्रयच्छति ।
ते तु संमानमात्रेण प्राणैरप्युपकुर्वते ॥ ८३ ॥
एवं ज्ञात्वा नरेन्द्रेण भृत्याः कार्या विचक्षणाः ।
कुलीनाः शौर्यसंयुक्ताः शक्ता भक्ताः क्रमागताः ॥ ८४ ॥
यस्मिन्कृत्यं समावेश्य निर्विशङ्केन चेतसा ।
आस्यते सेवकः स स्यात्कलत्रमिव चापरम् ॥ ८५ ॥
यः कृत्वा सुकृतं राज्ञो दुष्करं हितमुत्तमम् ।
लज्जया वक्ति नो किंचित्तेन राजा सहायवान् ॥ ८६ ॥
योऽनाहूतः समभ्येति द्वारि तिष्ठति सर्वदा ।
पृष्टः सत्यं मितं ब्रूते स भृत्योऽर्हो महीभुजाम् ॥ ८७ ॥
अनादिष्टोऽपि भूपस्य दृष्ट्वा हानिकरं च यः ।
यतते तस्य नाशाय स भृत्योऽर्हो महीभुजाम् ॥ ८८ ॥
ताडितोऽपि दुरुक्तोऽपि दण्डितोऽपि महीभुजा ।
यो न चिन्तयते पापं स भृत्योऽर्हो महीभुजाम् ॥ ८९ ॥
न क्षुधा पीड्यते यस्तु निद्रया न कदाचन ।
न च शीतातपाद्यैश्च स भृत्योऽर्हो महीभुजाम् ॥ ९० ॥
श्रुत्वा सांग्रामिकीं वार्तां भविष्यां स्वामिनं प्रति ।
प्रसन्नास्यो भवेद्यस्तु स भृत्योऽर्हो महीभुजाम् ॥ ९१ ॥

निर्विशेषं—निर्गतो विशेषो यस्मिन्कर्मणि । परस्परं निबध्नातीति पर० । मयूखैः किरणैर्विना मेघादिना जातलेपैरप्रकटीकृतैर्वा । दीप्ता अंशवो यस्य स दीप्तांशुः सूर्य इव । अराः काष्ठदण्डविशेषाः । नाभिः पिण्डिका । निर्गतः स्नेहः प्रेम तैलं च येभ्यः । शीतं च आतपश्च शीतातपौ आद्यौ येषां तैः । भविष्यां सांग्रामिकीं वार्तां भविष्यत्संग्रामसम्बन्धिनीं वार्तामित्यर्थः ।

---

१ नु. ८९-९० योर्मध्ये—न गर्वं कुरुते माने नापमाने च तप्यते । स्वाकारं रक्षयेयस्तु स भृत्योऽर्हो महीभुजाम् ॥

सीमा वृद्धिं समायाति शुक्लपक्ष इवोडुराट् ।
नियोगसंस्थिते यस्मिन्स भृत्योऽर्हो महीभुजाम् ॥ ९२ ॥
सीमा संकोचमायाति वह्नौ चर्म इवाहितम् ।
स्थिते यस्मिन्स तु त्याज्यो भृत्यो राज्यं समीहता ॥ ९३ ॥

तथा शृगालोऽयमिति मन्यमानेन ममोपरि स्वामिना यद्यवज्ञा क्रियते तदप्ययुक्तम् । उक्तं च यतः—

कौशेयं कृमिजं सुवर्णमुपलाद् दूर्वापि गोरोमतः
पङ्कात्तामरसं शशाङ्क उदधेरिन्दीवरं गोमयात् ।
काष्ठादग्निरहेः फणादपि मणिर्गोपित्ततो रोचना
प्राकाश्यं स्वगुणोदयेन गुणिनो गच्छन्ति किं जन्मना ॥ ९४ ॥

मूषिका गृहजातापि हन्तव्या सापकारिणी ।
भक्ष्यप्रदानैर्मार्जारो हितकृत्प्रार्थ्यते जनैः ॥ ९५ ॥

एरण्डभिण्डार्कनलैः प्रभूतैरपि संचितैः ।
दारुकृत्यं यथा नास्ति तथैवाज्ञैः प्रयोजनम् ॥ ९६ ॥

किं भक्तेनासमर्थेन किं शक्तेनापकारिणा ।
भक्तं शक्तं च मां राजन्नावज्ञातुं त्वमर्हसि ॥ ९७ ॥

पिङ्गलक आह—भवत्वेवं तावत् । असमर्थः समर्थो वा चिरंतनस्त्वमस्माकं मन्त्रिपुत्रः । तद्विश्रब्धं ब्रूहि यत्किंचिद्वक्तुकामः । दमनक आह—देव विज्ञाप्यं किंचिदस्ति । पिङ्गलक आह—तन्निवेदयाभिप्रेतम् । सोऽब्रवीत्—

अपि स्वल्पतरं कार्यं यद्भवेत्पृथिवीपतेः ।
तन्न वाच्यं सभामध्ये प्रोवाचेदं बृहस्पतिः ॥ ९८ ॥

तदैकान्तिके मद्विज्ञाप्यमाकर्णयन्तु देवपादाः । यतः—

षट्कर्णो भिद्यते मन्त्रश्चतुष्कर्णः स्थिरो भवेत् ।
तस्मात्सर्वप्रयत्नेन षट्कर्णं वर्जयेत्सुधीः ॥ ९९ ॥

अथ पिङ्गलकाभिप्रायज्ञा व्याघ्रद्वीपिवृकपुरःसराः सर्वेऽपि तद्वचः समाकर्ण्य संसदि तत्क्षणादेव दूरीभूताः । ततश्च दमनक आह—उदकग्रहणार्थं प्रवृत्तस्य स्वामिनः किमिह निवृत्त्यावस्थानम् । पिङ्ग-

---

उडूनां नक्षत्राणां राट् चन्द्रः । नियोगो राज्यतन्त्राधिकारः । तत्र संस्थिते । राज्यं राज्यचिरस्थितिम् । कौशेयं कृमिकोशोत्थं वस्त्रम् । अज्ञैःप्रयो॰ अज्ञा न कस्मैचिदपि स्वामिकार्याय प्रभवन्ति । वक्तुं कामो यस्य । ऐकान्तिके रहसि । चतुष्कर्णो द्वाभ्यां मिथः कृतः ।

१स्वप. २अवधारयन्तु ३ न भिद्यते ४अतःपरं—तथा च । षट्कर्णो भिद्यते मन्त्रः कुब्जकेनैव भिद्यते । कुब्जको जायते राजा राजा भवति भिक्षुकः । पिङ्गलक आह कथमेतत् । दमनकः कथयति । इत्यादि कथा एकस्मिन् पुस्तकेऽत्र विस्तरभयान्न संगृहीता ।

लकं आह संविलक्षस्मितम्—न किंचिदपि। सोऽब्रवीत्—देव यद्यनाख्येयं तत्तिष्ठतु। उक्तं च—

दारेषु किंचित्स्वजनेषु किंचिद्गोप्यं वयस्येषु सुतेषु किंचित्।
युक्तं न वा युक्तमिदं विचिन्त्य वदेद्विपश्चिन्महतोऽनुरोधात्॥ १००॥

तच्छ्रुत्वा पिङ्गलकश्चिन्तयामास—योग्योऽयं दृश्यते। तत्कथयाम्येतस्याग्र आत्मनोऽभिप्रायम्। उक्तं च—

स्वामिनि गुणान्तरज्ञे गुणवति भृत्येऽनुवर्तिनि कलत्रे।
सुहृदि निरन्तरचित्ते निवेद्य दुःखं सुखी भवति॥ १०१॥

भो दमनक शृणोषि शब्दं दूरान्महान्तम्। सोऽब्रवीत्—स्वामिन् शृणोमि। तत्किम्। पिङ्गलक आह—भद्र अहमस्माद्वनाद्गन्तुमिच्छामि। दमनक आह—कस्मात्। पिङ्गलक आह—यतोऽद्यास्मद्वने किमप्यपूर्वं सत्त्वं प्रविष्टं यस्यायं महाशब्दः श्रूयते। तस्य च शब्दानुरूपेण पराक्रमेण भवितव्यमिति। दमनक आह—यच्छब्दमात्रादपि भयमुपगतः स्वामी तदप्ययुक्तम्। उक्तं च—

अम्भसा भिद्यते सेतुस्तथा मन्त्रोऽप्यरक्षितः।
पैशुन्याद्भिद्यते स्नेहो वाचा भिद्येत कातरः॥ १०२॥

तन्न युक्तं स्वामिनः पूर्वोपार्जितं वनं त्यक्तुम्। यतो भेरीवेणुवीणामृदङ्गपटहशङ्खकाहलादिभेदेन शब्दा अनेकविधा भवन्ति। तन्न केवलाच्छब्दमात्रादपि भेतव्यम्। उक्तं च—

अत्युत्कटे च रौद्रे च शत्रौ प्राप्ते न हीयते।
धैर्यं यस्य महीनाथो न स याति पराभवम्॥ १०३॥

दर्शितभयेऽपि धातरि धैर्यध्वंसो भवेन्न धीराणाम्।
शोषितसरसि निदाघे नितरामेवोद्धतः सिन्धुः॥ १०४॥

तथा च।

यस्य न विपदि विषादः संपदि हर्षो रणे न भीरुत्वम्।
तं भुवनत्रयतिलकं जनयति जननी सुतं विरलम्॥ १०५॥

तथा च।

शक्तिवैकल्यनम्रस्य निःसारत्वाल्लघीयसः।
जन्मिनो मानहीनस्य तृणस्य च समा गतिः॥ १०६॥

अपि च।

विगतं लक्षं यस्मात्तद्विलक्षं। विलक्षो विस्मयान्विते इत्यमरः। विलक्षेण स्मितेन सहितं यथा तथा। निर्गतमन्तरं यस्मात् स तथा। मनसा एक इत्यर्थः तास्मिन्। पिशुनस्य भावः पैशुन्यं खलाचारः। भेरी दुंदुभिः। शक्तेर्वैकल्यं दुर्बलता तेन नम्रस्य।

१ भिद्यते वाग्भिरातुरः। इ. पा. २ प्राप्ते महीनाथे.

अन्यप्रतापमासाद्य यो दृढत्वं न गच्छति ।
जतुजाभरणस्येव रूपेणापि हि तस्य किम् ॥ १०७ ॥

तदेवं ज्ञात्वा स्वामिना धैर्यावष्टम्भः कार्यः । न शब्दमात्राद्भेतव्यम् । उक्तं च— पूर्वमेव मया ज्ञातं पूर्णमेतद्धि मेदसा ।
अनुप्रविश्य विज्ञातं यावच्चर्म च दारु च ॥ १०८ ॥

पिङ्गलक आह—कथमेतत् । सोऽब्रवीत्—

कथा २ ।

कश्चिच्छृगालः क्षुत्क्षामकण्ठ इतस्ततः परिभ्रमन्वने सैन्यद्वयसंग्रामभूमिमपश्यत् । तस्यां च दुन्दुभेः पतितस्य वायुवशाद्वल्लीशाखाग्रैर्हन्यमानस्य शब्दमश्टणोत् । अथ क्षुभितहृदयश्चिन्तयामास—अहो विनष्टोऽस्मि । तद्यावन्नास्य प्रोच्चारितशब्दस्य दृष्टिगोचरे गच्छामि तावदन्यतो व्रजामि । अथवा नैतद्युज्यते सहसैव पितृपैतामहं वनं त्यक्तुम् । उक्तं च—

भये वा यदि वा हर्षे संप्राप्ते यो विमर्शयेत् ।
कृत्यं न कुरुते वेगान्न स संतापमाप्नुयात् ॥ १०९ ॥

तत्तावज्जानामि कस्यायं शब्दः । धैर्यमालम्ब्य विमर्शयन्यावन्मन्दं मन्दं गच्छति तावद्दुन्दुभिमपश्यत् । स च तं परिज्ञाय समीपं गत्वा स्वयमेव कौतुकादताडयत् । भूयश्च हर्षादचिन्तयत्—अहो चिरादेतदस्माकं महद्भोजनमापतितम् । तन्नूनं प्रभूतमांसमेदोऽसृग्भिः परिपूरितं भविष्यति । ततः परुषचर्मावगुण्ठितं तत्कथमपि विदार्यैकदेशे छिद्रं कृत्वा संहृष्टमना मध्ये प्रविष्टः । परं चर्मविदारयतो दंष्ट्राभङ्गः समजनि । अथ निराशीभूतस्तद्दारुशेषमवलोक्य श्लोकमेनमपठत्—पूर्वमेव मया ज्ञातमिति ॥ ततो न शब्दमात्राद्भेतव्यम् । पिङ्गलक आह—भोः पश्यायं मम सर्वोऽपि परिग्रहो भयव्याकुलितमनाः पलायितुमिच्छति । तत्कथमहं धैर्यावष्टम्भं करोमि । सोऽब्रवीत्—स्वामिन् नैतेषामेष दोषो यतः स्वामिसदृशा एव भवन्ति भृत्याः । उक्तं च—

अश्वः शस्त्रं शास्त्रं वीणा वाणी नरश्च नारी च ।
पुरुषविशेषं प्राप्ता भवन्त्ययोग्याश्च योग्याश्च ॥ ११० ॥

तत्पौरुषावष्टम्भं कृत्वा त्वं तावदत्रैव प्रतिपालय यावदहमेतच्छब्दस्वरूपं

प्रतापमासाद्य तापस्य गोचरं गत्वा । दृढत्वं स्थैर्यं । जतु लाक्षा तस्माज्जायते इति जतुजमाभरणं तस्य । क्षुधा क्षामः कण्ठो यस्य । प्रकर्षेणोच्चारितः शब्दः येन तस्य सत्त्वस्य । पितृपितामहयोरिदं पितृपैतामहं । प्रभूतं मांसं मेदोऽसृक् च तैः । दारु एव शेषो यस्य ।

---

१ श्रुत्वैव भैरवं शब्दं मन्येहं मेदसां निधिम् । अनुप्रविश्य विज्ञातं यावच्चर्म च दारु च ॥ प्रतिनिर्गत्यान्तर्लीनमुपहस्याब्रवीत् पूर्वमेव इ० ।

ज्ञात्वागच्छामि । ततः पश्चाद्यथोचितं कार्यमिति । पिङ्गलक आह—किं तत्र भवान्गन्तुमुत्सहते । स आह—किं स्वाम्यादेशात्सद्भृत्यस्य कृत्याकृत्यमस्ति । उक्तं च—

स्वाम्यादेशात्सुभृत्यस्य न भीः संजायते क्वचित् ।
प्रविशेन्मुखमाहेयं दुस्तरं वा महार्णवम् ॥ १११ ॥

तथा च । स्वाम्यादिष्टस्तु यो भृत्यः समं विषममेव च ।
मन्यते न स संधार्यो भूभुजा भूतिमिच्छता ॥ ११२ ॥

पिङ्गलक आह—भद्र यद्येवं तद्गच्छ । शिवास्ते पन्थानः सन्तु इति । दमनकोऽपि तं प्रणम्य संजीवकशब्दानुसारी प्रतस्थे ।

अथ दमनके गते भयव्याकुलमनाः पिङ्गलकश्चिन्तयामास—अहो न शोभनं कृतं मया यत्तस्य विश्वासं गत्वात्माभिप्रायो निवेदितः । कदाचिद्दमनकोऽयमुभयवेतनो भूत्वा ममोपरि दुष्टबुद्धिः स्याद्भ्रष्टाधिकारत्वात् । उक्तं च—

ये भवन्ति महीपस्य संमानितविमानिताः ।
यतन्ते तस्य नाशाय कुलीना अपि सर्वदा ॥ ११३ ॥

तत्तावदस्य चिकीर्षितं वेत्तुमन्यत्स्थानान्तरं गत्वा प्रतिपालयामि । कदाचिद्दमनकस्तमादाय मां व्यापादयितुमिच्छति । उक्तं च—

न वध्यन्ते ह्यविश्वस्ता बलिभिर्दुर्बला अपि ।
विश्वस्तास्त्वेव वध्यन्ते बलवन्तोऽपि दुर्बलैः ॥ ११४ ॥

बृहस्पतेरपि प्राज्ञो न विश्वासं व्रजेन्नरः ।
य इच्छेदात्मनो वृद्धिमायुष्यं च सुखानि च ॥ ११५ ॥

न विश्वासं विना शत्रुर्देवानामपि सिद्ध्यति ।
विश्वासात्त्रिदशेन्द्रेण दितेर्गर्भो विदारितः ॥ ११६ ॥

एवं संप्रधार्य स्थानान्तरं गत्वा दमनकमार्गमवलोकयन्नेकाकी तस्थौ । दमनकोऽपि संजीवकसकाशं गत्वा वृषभोऽयमिति परिज्ञाय हृष्टमना व्यचिन्तयत्—अहो शोभनमापतितम् । अनेनैतस्य संधिविग्रहद्वारेण मम पिङ्गलको वश्यो भविष्यति । उक्तं च—

कृत्याकृत्यं कृत्यं कर्तुमुचितमिदं नेदमिति विचारणा । सर्वमेव कर्तव्यतामापततीत्यर्थः । अहेः सर्पस्येदमाहेयं । उभयाभ्यां वेतनं यस्य । कर्तुमिष्टं चिकीर्षितम् । संमानित०—आदौ संमानिताः पश्चाद्विमानिताः । संधितस्य कृतसन्धेः । सिध्यति वशगो भवति । दितिः कश्यपभार्या दैत्यमाता । एतस्य सिंहेन संधिः विग्रहश्च तयोर्द्वारेण ।

१ आयुर्वृद्धिं. २ अस्मात्परं—शपथैः संधितस्यापि न विश्वासे व्रजेद्रिपोः । राज्यलाभोद्यतो वृत्रः शक्रेण शपथैर्हतः ॥ इदमधिकं क्वचित्. ३ महामतिरपि प्राज्ञ न विश्वासं व्रजेद्रिपौ । ड. पा. ४ विश्वास्य...निपातितः ।

न कौलीन्यान्न सौहार्दान्नृपो वाक्ये प्रवर्तते ।
मन्त्रिणां यावदाप्तं न व्यसनं शोक एव च ॥ ११७ ॥

सदैवापद्गतो राजा भोग्यो भवति मन्त्रिणाम् ।
अत एव हि वाञ्छन्ति मन्त्रिणः सापदं नृपम् ॥ ११८ ॥
यथा नेच्छति नीरोगः कदाचित्सुचिकित्सकम् ।
तथापद्रहितो राजा सचिवं नाभिवाञ्छति ॥ ११९ ॥

एवं विचिन्तयन्पिङ्गलकाभिमुखः प्रतस्थे । पिङ्गलकोऽपि तमायान्तं प्रेक्ष्य स्वाकारं रक्षन्यथापूर्वमवास्थितः । दमनकोऽपि पिङ्गलकसकाशं गत्वा प्रणम्योपविष्टः । पिङ्गलक आह किं दृष्टं भवता तत्सत्त्वम् । दमनक आह——दृष्टं स्वामिप्रसादात् । पिङ्गलक आह——अपि सत्यम् । दमनक आह किं स्वामिपादानामग्रेऽसत्यं विज्ञाप्यते । उक्तं च—

अपि स्वल्पमसत्यं यः पुरो वदति भूभुजाम् ।
देवानां च विनश्येत स द्रुतं सुमहानपि ॥ १२० ॥

तथा च । सर्वदेवमयो राजा मनुना संप्रकीर्तितः ।
तस्मात्तं देववत्पश्येन्न व्यलीकेन कर्हिचित् ॥ १२१ ॥
सर्वदेवमयस्यापि विशेषो नृपतेरयम् ।
शुभाशुभफलं सद्यो नृपाद्देवाद्भवान्तरे ॥ १२२ ॥

पिङ्गलक आह—सत्यं दृष्टं भविष्यति भवता । न दीनोपरि महान्तः कुप्यन्तीति न त्वं तेन निपातितः । यतः ।

तृणानि नोन्मूलयति प्रभञ्जनो मृदूनि नीचैः प्रणतानि सर्वतः ।
स्वभाव एवोन्नतचेतसामयं महान्महत्स्वेव करोति विक्रमम् ॥ १२३ ॥

अपि च । गण्डस्थलेषु मदवारिषु बद्धराग-
मत्तभ्रमद्भ्रमरपादतलाहतोऽपि ।
कोपं न गच्छति नितान्तबलोऽपि नाग-
स्तुल्ये बले तु बलवान्परिकोपमेति ॥ १२४ ॥

दमनक आह—अस्त्वेवं स महात्मा वयं कृपणाः । तथापि स्वामी यदि कथयति ततो भृत्यत्वे नियोजयामि । पिङ्गलक आह सो-

---

कुलीनस्य, भावः कौलीन्यम् । देववत् भक्तिमता सत्यनिष्ठेन चान्तःकरणेन । व्यलीकेन कपटभावेनाकार्यकरणेन वा । भवान्तरे जन्मान्तरे । गण्डस्थलेषु यानि मदवारीणि तेषु । बद्धः रागो यैस्ते बद्धरागाश्च ते मत्ताश्च ये भ्रमन्तो भ्रमरास्तेषां पादतलैराहतोऽपि ।

---

१ यावदभ्येति...शोकमेव. २ कांक्षति. ३ गूहमानः. ४ सत्यं दृष्टं भविष्यति. ५ तस्मात्तमेव सेवेत. ६ दत्ते सद्यो देवाः. ७ समुच्छ्रितानेव तरून्प्रबाधते । इ. पा. ८ गल. ९ वारिलवोपलुब्ध. १० असत्ये.

च्छ्वासम्—किं भवाञ्शक्नोत्येवं कर्तुम्। दमनक आह—किमसाध्यं बुद्धेरस्ति । उक्तं च—

न तच्छस्त्रैर्न नागेन्द्रैर्न हयैर्न पदातिभिः ।
कार्यं संसिद्धिमभ्येति यथा बुद्ध्या प्रसाधितम् ॥ १२९ ॥

पिङ्गलक आह—यद्येवं तर्ह्यमात्यपदेऽध्यारोपितस्त्वम् । अद्यप्रभृति प्रसादनिग्रहादिकं त्वयैव कार्यमिति निश्चयः ।

अथ दमनकः सत्वरंगत्वा साक्षेपं तमिदमाह—एह्येहि दुष्टवृषभ स्वामी पिङ्गलकस्त्वामाकारयति । कि निःशङ्को भूत्वा मुहुर्मुहुर्नदसि वृथा इति । तच्छ्रुत्वा संजीवकोऽब्रवीत् – भद्र कोऽयं पिङ्गलकः । दमनक आह—किं स्वामिनं पिङ्गलकमपि न जानासि । तत्क्षणं प्रतिपालय । फलेनैव ज्ञास्यसि । नन्वयं सर्वमृगपरिवृतो वटतले स्वामी पिङ्गलकनामा सिंहस्तिष्ठति । तच्छ्रुत्वा गतासुमात्मानं मन्यमानः संजीवकः परं विषादमगमत् । आह च—भद्र भवान्साधुसमाचारो वचनपटुश्च दृश्यते । तद्यदि मामवश्यं तत्र नयसि तदभयप्रदानेन स्वामिनः सकाशात्प्रसादः कारयितव्यः । दमनक आह—भो सत्यमभिहितं भवता । नीतिरेषा । यतः ।

पर्यन्तो लभ्यते भूमेः समुद्रस्य गिरेरपि ।
न कथंचिन्महीपस्य चित्तान्तः केनचित्क्वचित् ॥ १२६ ॥

तत्त्वमत्रैव तिष्ठ यावदहं तं समये दृष्ट्वा ततः पश्चात्त्वामानयामि इति । तथानुष्ठिते दमनकः पिङ्गलकसकाशं गत्वेदमाह—स्वामिन् न तत्प्राकृतं सत्त्वम् । स हि भगवतो महेश्वरस्य वाहनभूतो वृषभ इति । मया पृष्ट इदमूचे—महेश्वरेण परितुष्टेन कालिन्दीपरिसरे शष्पाग्राणि भक्षयितुं समादिष्टः । किं बहुना । मम प्रदत्तं भगवता क्रीडार्थं वनमिदम् । पिङ्गलक आह सभयम्—सत्यं ज्ञातं मयाधुना । न देवताप्रसादं विना शष्पभोजिनो व्यालाकीर्णं एवंविधे वने निःशङ्का नन्दतो भ्रमन्ति । ततस्त्वया किमभिहितम् । दमनक आह—स्वामिन् एतदभिहितं मया यदेतद्वनं चण्डिकावाहनभूतस्य पिङ्गलकस्य विषयीभूतम् । तद्भवानभ्यागतः प्रियोऽतिथिः । ततस्य सकाशं गत्वा भ्रातृस्नेहेनैकत्र भक्षणपानविहरणक्रियाभिरेकस्थानाश्रयेण कालो नेयः इति । ततस्तेनापि सर्वमेतत्प्र-

---

प्रसादो निग्रहो दण्डश्च आदी यस्य तत् । आक्षेपेण निन्दया सहितं यथा तथा । गता गतप्राया असवो यस्य तम् । समये योग्यावसरे । शष्पाणि बालतृणाग्राणि । शष्पाणि भुञ्जत इति शष्पभोजिनः । चण्डिकाया वाहनं चण्डिकावाहनं तथा भूतः तस्य । भक्षणं च पानं च विहरणं च तानि एव क्रियास्ताभिः ।

---

१ निर्भीकः. २ वटाभ्यासे मानोन्नतचित्तः. ३ गतायुषमिव. ४ मत्स्वामिनः; पि० नाम्नः सिंहस्य.

क्षिपकम् । उक्तं च सहर्षं स्वामिनः सकाशादभयदक्षिणा दापयितव्या इति। तदत्र स्वामी प्रमाणम् । तच्छ्रुत्वा पिङ्गलक आह—साधु सुमते साधु। मन्त्रिश्रोत्रिय साधु । मम हृदयेन सह संमन्त्र्य भवतेदमभिहितम् । तद्दत्ता मया तस्याभयदक्षिणा । परं सोऽपि मदर्थेऽभयदक्षिणां याचयित्वा द्रुततरमानीयतामिति । अथ साधु चेदमुच्यते—

अन्तःसारैरकुटिलैरच्छिद्रैः सुपरीक्षितैः ।
मन्त्रिभिर्धार्यते राज्यं सुस्तम्भैरिव मन्दिरम् ॥ १२७ ॥

तथा च । मन्त्रिणां भिन्नसंधाने भिषजां सांनिपातिके ।
कर्मणि व्यज्यते प्रज्ञा स्वस्थे को वा न पण्डितः ॥ १२८ ॥

दमनकोऽपि तं प्रणम्य संजीवकसकाशं प्रस्थितः सहर्षमचिन्तयत्—अहो प्रसादसंमुखो नः स्वामी वचनवशगश्च संवृत्तः । तन्नास्ति धन्यतरो मम । उक्तं च—

अमृतं शिशिरे वह्निरमृतं प्रियदर्शनम् ।
अमृतं राजसंमानममृतं क्षीरभोजनम् ॥ १२९ ॥

अथ संजीवकसकाशमासाद्य सप्रश्रयमुवाच—भो मित्र प्रार्थितोऽसौ मया भवदर्थे स्वाम्यभयप्रदानम् । तद्विश्रब्धं गम्यतामिति । परं त्वया राजप्रसादमासाद्य मया सह समयधर्मेण वर्तितव्यम् । न गर्वमासाद्य स्वप्रभुतया विचरणीयम् । अहमपि तव संकेतेन सर्वां राज्यधुरममात्यपदवीमाश्रित्योद्धरिष्यामि । एवं कृते द्वयोरप्यावयो राजलक्ष्मीभोग्या भविष्यति । यतः ।

आखेटकस्य धर्मेण विभवाः स्युर्वशे नृणाम् ।
नृप्रजाः प्रेरयत्येको हन्त्यन्योऽत्र मृगानिव ॥ १३० ॥

तथा च । यो न पूजयते गर्वादुत्तमाधममध्यमान् ।
नृपासन्नान् स मान्योऽपि भ्रश्यते दन्तिलो यथा ॥ १३१ ॥

संजीवक आह—कथमेतत् । सोऽब्रवीत्—

कथा ॥ ३ ॥

अस्त्यत्र धरातले वर्धमानं नाम नगरम् । तत्र दन्तिलो नाम नानाभाण्डपतिः सकलपुरनायकः प्रतिवसति स्म । तेन पुरकार्यं नृपकार्यं च कु-

---

अन्तःसारैः अन्तः सारो येषां तैः । सप्रश्रयं सप्रणयम् । समयधर्मेण कृतसंकेतानुसारेणेत्यर्थः । आखेटकः मृगया । तस्य धर्मेण तन्न्यायेन ।

---

१ यदात्मप्रसाद. २ संगतिः सताम्. ३ न पूजयति योगर्वाद्यथौचित्यं नृपाश्रितान् । स प्राप्नोति पदभ्रंशं नृपतेः इ. पा. ४ भूपसंमान. ५ तत्र वृषसेनो नाम राजातस्यामात्यः

र्वता तुष्टिं नीतास्तत्पुरवासिनो लोका नृपतिश्च । किं बहुना । न कोऽपि तादृक् केनापि चतुरो दृष्टो श्रुतो वा । अथवा सत्यमेतदुक्तम्—

नरपतिहितकर्ता द्वेष्यतां याति लोके
जनपदहितकर्ता त्यज्यते पार्थिवेन्द्रैः ।
इति महति विरोधे वर्तमाने समाने
नृपतिजनपदानां दुर्लभः कार्यकर्ता ॥ १३२ ॥

अथैवं गच्छति काले दन्तिलस्य कदाचिद्विवाहः संप्रवृत्तः । तत्र तेन सर्वे तत्पुरनिवासिनो राजसंनिधिलोकाश्च संमानपुरःसरमामन्त्र्य भोजिता वस्त्रादिभिः सत्कृताश्च । ततो विवाहानन्तरं राजा सान्तःपुरः स्वगृहमानीयाभ्यर्चितः । अथ तस्य नृपतेर्गृहसंमार्जनकर्ता गोरम्भो नाम राजसेवको गृहायातोऽपि तेनानुचितस्थान उपविष्टोऽवज्ञयार्धचन्द्रं दत्त्वा निःसारितः । सोऽपि ततःप्रभृति निःश्वसन्नपमानान्न रात्रावपि शेते । कथं मया तस्य भाण्डपते राजप्रसादहानिः कर्तव्येति चिन्तयन्नास्ते । अथवा किमनेन वृथा शरीरशोषणेन । न किंचिन्मया तस्यापकर्तुं शक्यमिति । अथवा साध्विदमुच्यते—

यो ह्यपकर्तुमशक्तः कुप्यति किमसौ नरोऽत्र निर्लज्जः ।
उत्पतितोऽपि हि चणकः शक्तः किं भ्राष्ट्रकं भङ्क्तुम् ॥ १३३ ॥

अथ कदाचित्प्रत्यूषे योगनिद्रां गतस्य राज्ञः शय्यान्ते मार्जनं कुर्वन्निदमाह—अहो दन्तिलस्य महद्धृष्टत्वं यद्राजमहिषीमालिङ्गति । तच्छ्रुत्वा राजा ससंभ्रममुत्थाय तमुवाच—भो गोरम्भ सत्यमेतत् यत्त्वया जल्पितम् । किं देवी दन्तिलेन समालिङ्गिता इति । गोरम्भः प्राह—देव रात्रिजागरणेन द्यूतासक्तस्य मे बलान्निद्रा समायाता । तन्न वेद्मि किं मयाभिहितम् । राजा सेर्ष्यं स्वगतम्—एष तावदस्मद्गृहेऽप्रतिहतगतिः । तथा दन्तिलोऽपि । तत्कदाचिदनेन देवी समालिङ्ग्यमाना दृष्टा भविष्यति । तेनेदमभिहितम् । उक्तं च—

यद्वाञ्छति दिवा मर्त्यो वीक्षते वा करोति वा ।
तत्स्वप्नेऽपि तदभ्यासाद्ब्रूते वाथ करोति वा ॥ १३४ ॥

तथा च ।

संमानः पुरःसरो यस्मिन्कर्मणि । अन्तःपुरेण राजस्त्रीजनेन सहितः सान्तःपुरः । गृहस्य समार्जनं करोतीति कर्ता । अर्धचन्द्रं दत्त्वा प्रसारिताङ्गुष्ठतर्जनीभ्यां निष्कास्य । इर्ष्या अक्षान्तिः । ईर्ष्यया सहितं यथा तथा सेर्ष्यम् । अप्रतिहता गतिः प्रचारो यस्य । तदभ्यासात्तस्य पुनः पुनश्चिन्तनात् ।

---

१ वर्तमानस्य तस्य कदाचित् कन्याविवाहः. २ विज्ञाय. ३ द्वसलं. ४ सक्ततया मार्जनकर्म कुर्वतोऽपि मे.

शुभं वा यदि वा पापं यन्नृणां हृदि संस्थितम् ।
सुगूढमपि तज्ज्ञेयं स्वप्नवाक्यात्तथा मदात् ॥ १३५ ॥

अथवा स्त्रीणां विषये कोऽत्र संदेहः

जल्पन्ति सार्धमन्येन पश्यन्त्यन्यं सविभ्रमाः[1] ।
हृद्गतं चिन्तयन्त्यन्यं प्रियः को नाम योषिताम् ॥ १३६ ॥

अन्यच्च ।

एकेन स्मितपाटलाधररुचो जल्पन्त्यनल्पाक्षरं
वीक्षन्तेऽन्यमितः स्फुटत्कुमुदिनीफुल्लोल्लसल्लोचनाः ।
दूरोदारचरित्रविभवं ध्यायन्ति चान्यं धिया
केनेत्थं परमार्थतोऽर्थवदिव प्रेमास्ति वामभ्रुवाम् ॥ १३७ ॥

तथा च ।

नाग्निस्तृप्यति काष्ठानां नापगानां महोदधिः ।
नान्तकः सर्वभूतानां न पुंसां वामलोचना ॥ १३८ ॥
रहो नास्ति क्षणो नास्ति नास्ति प्रार्थयिता नरः ।
तेन नारद नारीणां सतीत्वमुपजायते ॥ १३९ ॥
यो मोहान्मन्यते मूढो रक्तेयं मम कामिनी ।
स तस्या वशगो नित्यं भवेत्क्रीडाशकुन्तवत् ॥ १४० ॥
तासां वाक्यानि कृत्यानि स्वल्पानि सुगुरूण्यपि ।
करोति यः कृतैर्लोके लघुत्वं याति सर्वतः ॥ १४१ ॥
स्त्रियं च यः प्रार्थयते संनिकर्षं च गच्छति ।
ईषच्च कुरुते सेवां तमेवेच्छन्ति योषितः ॥ १४२ ॥
अनर्थित्वान्मनुष्याणां भयात्परिजनस्य च ।
मर्यादायाममर्यादाः स्त्रियस्तिष्ठन्ति सर्वदा ॥ १४३ ॥
नासां कश्चिदगम्योऽस्ति नासां च वयसि स्थितिः ।
विरूपं रूपवन्तं वा पुमानित्येव भुज्यते ॥ १४४ ॥

मदात् मत्तस्य जल्पनादित्यर्थः। एकेनेति एकेन पुरुषेण सह। स्मितेन पाटला श्वेतरक्ता अधररुक् अधरकान्तिर्यासां ताः। अनल्पानि अक्षराणि यस्मिन् कर्मणि तद्यथा तथा। इतोऽस्मान्नरात्। स्फुटन्ती या कुमुदिनी विकसत्कुमुदानीति यावत्। तद्वत् फुल्ले उल्लसन्ती च लोचने यासां ताः। दूरे उदारं चरितं यस्य स चासौ चित्रो विभवो यस्य स च तम्। नीचमपि चित्रविभवमित्यर्थः। धिया मनसा। केन कस्मिन् पुरुषे। वामे मनोहरे भ्रुवौ यासां ताः तासाम्। रहो विजनं स्थानम्। क्षणोऽवसरः। मम मयि रक्ता अनुरक्ता। क्रीडार्थं शकुन्तः पक्षी तद्वत्। सुगुरूण्यतिदुष्कराणि। कृतैः कृत्यैः। अनर्थित्वात्प्रार्थनाभावात्। वयसि स्थितिर्वयो न विचारयन्तीत्यर्थः।

---

१ ससंभ्रमाः।

रक्तो हि जायते भोग्यो नारीणां शाटको यथा ।
घृष्यते यो दशालम्बी नितम्बे विनिवेशितः ॥ १४५ ॥
अलक्तको यथा रक्तो निष्पीड्य पुरुषस्तथा ।
अबलाभिर्बलाद्रक्तः पादमूले निपात्यते ॥ १४६ ॥

एवं स राजा बहुविधं विलप्य तत्प्रभृति दन्तिलस्य प्रसादपराङ्मुखः संजातः । किं बहुना । राजद्वारप्रवेशोऽपि तस्य निवारितः । अथ दन्तिलोऽप्यकस्मादेव प्रसादपराङ्मुखमवनिपतिमवलोक्य चिन्तयामास—अहो साधु चेदमुच्यते—

कोऽर्थान्प्राप्य न गर्वितो विषयिणः कस्यापदोऽस्तं गताः
स्त्रीभिः कस्य न खण्डितं भुवि मनः को नाम राज्ञां प्रियः ।
कः कालस्य न गोचरान्तरगतः कोऽर्थी गतो गौरवं
को वा दुर्जनवागुरासु पतितः क्षेमेण यातः पुमान् ॥ १४७ ॥

तथा च । काके शौचं द्यूतकारे च सत्यं
सर्पे क्षान्तिः स्त्रीषु कामोपशान्तिः ।
क्लीबे धैर्यं मद्यपे तत्त्वचिन्ता
राजा मित्रं केन दृष्टं श्रुतं वा ॥ १४८ ॥

अपरं मयास्य भूपतेरथवान्यस्यापि कस्यचिद्राजसंबन्धिनः स्वप्नेऽपि नानिष्टं कृतम् । तत्किमिति पराङ्मुखो मां प्रति भूपतिः इति । एवं तं दन्तिलं कदाचिद्राजद्वारे विष्कम्भितं विलोक्य संमार्जनकर्ता गोरम्भो विहस्य द्वारपालानिदमूचे—भो भो द्वारपालाः राजप्रसादाधिष्ठितोऽयं दन्तिलः स्वयं निग्रहानुग्रहकर्ता च । तदनेन निवारितेन यथाहं तथा यूयमप्यर्धचन्द्रभाजिनो भविष्यथ । तच्छ्रुत्वा दन्तिलश्चिन्तयामास—नूनमिदमस्य गोरम्भस्य चेष्टितम् । अथवा साध्विदमुच्यते—

अकुलीनोऽपि मूर्खोऽपि भूपालं योऽत्र सेवते ।
अपि संमानहीनोऽपि स सर्वत्रापि पूज्यते ॥ १४९ ॥
अपि कापुरुषो भीरुः स्याच्चेन्नृपतिसेवकः ।
तथापि न पराभूतिं जनादाप्नोति मानवः ॥ १५० ॥

एवं स बहुविधं विलप्य विलक्षाननः सोद्वेगो गतप्रभावः स्वगृहं गत्वा

प्रसादात्पराङ् मुखं यस्य । को न गर्वितः सर्वोपि गर्वितो भवतीत्यर्थः । दुर्जनानां वागुराः कपटजालानि । शुचेः भावः शौचं । तत्त्वस्य सत्यस्य चिन्ता विचारः । विष्कंभितं निरुद्धागमनं । विलक्षं सविस्मयमाननं यस्य ।

---

१ वाङ्मात्रेणापि न कृतमहितम्. २ अस्मात्परं-वाङ्मात्रेणाप्यसत्येन भूमिपोत्थेन सेवकः । यदाप्नोति फलं लोकात्तस्यांशमपि नोगुणी ॥ इत्य. ३ विलक्षमनाः. ४ उद्वेगात्.

निशामुखे गोरम्भमाहूय वस्त्रयुगलेन संमान्येदमुवाच—भद्र मया न तदा त्वं रागवशान्निःसारितः। यतस्त्वं राजगुरोः पुरोऽनुचितस्थाने समुपविष्टो दृष्ट इत्यपमानितः। तत्क्षम्यताम्। सोऽपि स्वर्गराज्योपमं तद्वस्त्रयुगलमासाद्य परं परितोषं गत्वा तमुवाच—भोः श्रेष्ठिन् क्षान्तं मया ते तत्। तदस्य कृतसंमानस्य पश्य मे बुद्धिप्रभावं राजप्रसादं च। एवमुक्त्वा सपरितोषं निष्क्रान्तः। साधु चेदमुच्यते—

स्तोकेनोन्नतिमायाति स्तोकेनायात्यधोगतिम्।
अहो सुसदृशी चेष्टा तुलायष्टेः खलस्य च॥ १५१॥

ततश्चान्येद्युः स गोरम्भो राजकुले गत्वा योगनिद्रां गतस्य राज्ञोऽन्तिकस्थः संमार्जनक्रियां कुर्वन्निदमाह—अहोऽविवेकोऽस्मद्भूपतेः यत्पुरीषोत्सर्गमाचरंश्चिर्भटीभक्षणं करोति। तच्छ्रुत्वा राजा सविस्मयं तमुवाच—रे रे गोरम्भ किमप्रस्तुतं लपसि। गृहकर्मकरं मत्वा त्वां न व्यापादयामि। किं त्वया कदाचिदहमेवंविधं कर्म समाचरन्दृष्टः। सोऽब्रवीत्—देव द्युतासक्तया रात्रिजागरणेन संमार्जनं कुर्वाणस्य मम बलान्निद्रा समायाता। तयाधिष्ठितेन मया किंचिज्जल्पितं तन्न वेद्मि। तत्प्रसादं करोतु स्वामी मे निद्रापरवशस्य इति। एवं श्रुत्वा राजा चिन्तितवान्—यन्मयाजन्म पुरीषोत्सर्गं कुर्वता कदापि चिर्भटिका न भक्षिता। तद्यथायं व्यतिकरोऽसंभाव्यो ममानेन मूढेन व्याहृतः तथा दन्तिलस्यापीति निश्चयः। तन्मया न युक्तं कृतं यत्स वराकः संमानेन वियोजितः। न तादृक्पुरुषाणामेवंविधं चेष्टितं संभाव्यते। तदभावेन राजकृत्यानि पौरकृत्यानि च सर्वाणि शिथिलतां व्रजन्ति। एवमनेकधा विमृश्य दन्तिलं समाहूय निजाङ्गवस्त्राभरणादिभिः संयोज्य स्वाधिकारे नियोजयामास।

अतोऽहं ब्रवीमि यो न पूजयते गर्वादिति॥ संजीवक आह—भद्र एवमेवैतत्। यद्भवताभिहितं तदेव मया कर्तव्यम् इति। एवमभिहिते दमनकस्तमादाय पिङ्गलकसकाशमगमत्। आह च—देव एष मया स संजीवक आनीतः। अधुना देवः प्रमाणम्। संजीवकोऽपि तं सादरं प्रणम्याग्रतः सविनयं स्थितः। पिङ्गलकोऽपि तस्य पीनायतककुद्मतो नखकुलिशालंकृतं दक्षिणपाणिमुपरि दत्त्वा मानपुरःसरमुवाच—अपि शिवं भवतः।

संमानस्य कृतस्य इति पाठे संमाने कृते। स्तोकेनाल्पेन। अप्रस्तुतमसंगतम्। जन्मन आ आजन्म। व्यतिकरो विषयः। तादृशा दन्तिलसदृशाः पुरुषास्तादृक्पुरुषाः। सादरमादरेण सहितं यथा तथा। पीनमायतं च ककुदस्य विद्यतेऽसौ पीना०द्मांस्तस्य। नखाः कुलिशानीव न०शानि तैरलंकृतः तम्। मानः पुरःसरो यस्मिन्कर्मणि तद्यथा तथा।

---

१ ब्राह्मणानामग्रतः। अनुचितस्थाने राजासने. २ अस्य संमानस्य कृतस्य पश्य. ३ कुर्वन्.

कुतस्त्वमास्मिन्वने विजने समायातोऽसि। तेनाप्यात्मवृत्तान्तः कथितः। यथा वर्धमानेन सह वियोगः संजातस्तथा सर्वं निवेदितम्। तच्छ्रुत्वा पिङ्गलकः सादरतरं तमुवाच वयस्य न भेतव्यम्। मद्भुजपञ्जरपरिरक्षितेन यथेच्छं त्वयाधुना वर्तितव्यम्। अन्यच्च नित्यं मत्समीपवर्तिना भाव्यं यतः कारणाद्बह्वपायं रौद्रसत्त्वनिषेवितं वनं गुरूणामपि सत्त्वानामसेव्यं कुतः शष्पभोजिनाम्। एवमुक्त्वा सकलमृगपरिवृतो यमुनाकच्छवतीर्योदकग्रहणं कृत्वा स्वेच्छया तदेव वनं प्रविष्टः। ततश्च करटकदमनकनिक्षिप्तराज्यभारः संजीवकेन सह सुभाषितगोष्ठीमनुभवन्नास्ते। अथवा साध्विदमुच्यते।

यदृच्छयाप्युपनतं सकृत्सज्जनसंगतम्।
भवत्यजरमत्यन्तं नाभ्यासक्रममीक्षते॥ १९२॥

संजीवकेनाप्यनेकशास्त्रविगाहनादुत्पन्नबुद्धिप्रागल्भ्येन स्तोकैरेवाहोभिर्मूढमतिः पिङ्गलको धीमांस्तथा कृतो यथारण्यधर्माद्वियोज्य ग्राम्यधर्मे नियोजितः। किं बहुना प्रत्यहं पिङ्गलकसंजीवकावेव केवलं रहसि मन्त्रयतः। शेषः सर्वोऽपि मृगजनो दूरीभूतस्तिष्ठति। करटकदमनकावपि प्रवेशं न लभेते। अन्यच्च सिंहपराक्रमाभावात्सर्वोऽपि मृगजनैः कांदिशीकः क्षुधाविष्टः संवृत्तः। उक्तं च—

फलहीनं नृपं भृत्याः कुलीनमपि चोन्नतम्।
संत्यज्यान्यत्र गच्छन्ति शुष्कं वृक्षमिवाण्डजाः॥ १९३॥

तथा च।

अपि संमानसंयुक्ताः कुलीना भक्तितत्पराः।
वृत्तिभङ्गान्महीपालं त्यजन्त्येव हि सेवकाः॥ १९४॥

अन्यच्च। कालातिक्रमणं वृत्तेर्यो न कुर्वीत भूपतिः।
कदाचित्तं न मुञ्चन्ति भर्त्सिता अपि सेवकाः॥ १९५॥

तथा न केवलं सेवका एव इत्थंभूता आसंसारं समस्तमप्येतज्जगत्परस्परं भक्षणार्थं सामादिभिरुपायैस्तिष्ठति। तद्यथा—

देशानामुपरि क्ष्मापा आतुराणां चिकित्सकाः।
वणिजो ग्राहकाणां च मूर्खाणामपि पण्डिताः॥ १९६॥

मम भुजौ मद्भुजौ तावेव पञ्जरः तस्मिन् रक्षितः। ०दयोः निक्षिप्तो राज्यभारो येन। सज्जनैः सह संगतं संगतिः सकृद् यदृच्छया उपनतमहेतुकमपि अजरमविद्यमाना जरा यस्य तादृग् अन्तमतिक्रान्तमत्यन्तमविनाशि च भवति। अभ्यासक्रमं पौनःपुन्यपरिपाटीं नापेक्षते च। शास्त्रेष्ववगाहनं ज्ञानमित्यर्थः। अरण्यधर्मो हिंसादिः। कांदिशीकः संवृत्तः भिन्नां भिन्नां दिशमाश्रित्य पलायितः। क्ष्मापाः

---

१ स मृगाधिपः २ शास्त्राधिगतबुद्धि. ३ रहस्यं मिथो. ४ जनस्तौ च शृगालौ क्षुधाव्याधिबाधिता एकां दिशमाश्रित्य स्थिताः इ. पा. ५ भवन्ति.

प्रमादिनां तथा चौरा भिक्षुका गृहमेधिनाम् ।
गणिकाः कामुकानां च सर्वलोकस्य शिल्पिनः ॥ १५७ ॥
सामादिसज्जितैः पाशैः प्रतीक्षन्ते दिवानिशम् ।
उपजीवन्ति शक्त्या हि जलजा जलजानिव ॥ १५८ ॥

अथवा साध्विदमुच्यते—

सर्पाणां च खलानां च परद्रव्यापहारिणाम् ।
अभिप्राया न सिध्यन्ति तेनेदं वर्तते जगत् ॥ १५९ ॥

अत्तुं वाञ्छति शांभवो गणपतेराखुं क्षुधार्तः फणी
तं च क्रौञ्चरिपोः शिखी गिरिसुतासिंहोऽपि नागाशनम् ।
इत्थं यत्र परिग्रहस्य घटना शंभोरपि स्याद्गृहे
तत्रान्यस्य कथं न भावि जगतो यस्मात्स्वरूपं हि तत ॥ १६० ॥

ततः स्वामिप्रसादरहितौ क्षुत्क्षामकण्ठौ परस्परं करटकदमनकौ मन्त्रयेते । तत्र दमनको ब्रूते—आर्य करटक आवां तावदप्रधानतां गतौ । एष पिङ्गलकः संजीवकानुरक्तः स्वव्यापारपराङ्मुखः संजातः । सर्वोऽपि परिजनो गतः । तत्किं क्रियते । करटक आह—भद्र यद्यपि त्वदीयवचनं न करोति तथापि स्वामी स्वदोषनाशाय वाच्यः । उक्तं च—

अशृण्वन्नपि बोद्धव्यो मन्त्रिभिः पृथिवीपतिः ।
यथा स्वदोषनाशाय विदुरेणाम्बिकासुतः ॥ १६१ ॥

तथा च ।

मदोन्मत्तस्य भूपस्य कुञ्जरस्य च गच्छतः ।
उन्मार्गं वाच्यतां यान्ति महामात्राः समीपगाः ॥ १६२ ॥

त्वयैष शष्पभोजी स्वामिनः सकाशमानीतः । तत्स्वहस्तेनाङ्गाराः कर्षिताः । दमनक आह—सत्यमेतत् । ममायं दोषो न स्वामिनः । उक्तं च—

जम्बुको हुडुयुद्धेन वयं चाषाढभूतिना ।
दूतिका परकार्येण त्रयो दोषाः स्वयंकृताः ॥ १६३ ॥

करटक आह—कथमेतत् । सोऽब्रवीत्—

पृथ्वीपालाः । आतुरा रुग्णाः । शक्त्या स्वसामर्थ्यानुरूपं सामादिभिः सज्जितैः घटितैः पाशैः पूर्वोक्ता भूपालादयः दिवानिशं प्रतीक्षन्ते । शंभोरयं शांभवः फणी । क्रौञ्चरिपोः कार्तिकेयस्य । इत्थं दुःस्थितिकारिणी । कथं न भावि एवंविधः कलहादिप्रकारः कथं न भवेदित्यर्थः । स्वामिप्रसादेन रहितौ । अम्बिकासुतो धृतराष्ट्रः । मदेन गर्वेण दानेन चोन्मत्तस्य । उन्मार्गं गच्छतः भूपस्य कुञ्जरस्य च समीपगाः महामात्रा महती मात्रा येषां ते अमात्याः हस्तिपकमुख्याश्च ।

---

१ कामिनां चैव. २ भुञ्जते च यथाशक्ति जलजाञ्जलदा यथा । इ. पा.
३ अथ तौ क० मन्त्रिपुत्रौ स्वा०. ४ भद्र. ५ स्थितः ६ नापिती.

कथा ४ ।

अस्ति कस्मिंश्चिद्विविक्तप्रदेशे मठायतनम् । तत्र देवशर्मा नाम परिव्राजकः प्रतिवसति स्म । तस्यानेकसाधुजनदत्तसूक्ष्मवस्त्रविक्रयवशात्कालेन महती वित्तमात्रा संजाता । ततः स न कस्यचिद्विश्वसिति । नक्तंदिनं कक्षान्तरात्तां मात्रां न मुञ्चति । अथवा साधु चेदमुच्यते—

अर्थानामर्जने दुःखमर्जितानां च रक्षणे ।
आये दुःखं व्यये दुःखं धिगर्थाः कष्टसंश्रयाः ॥ १६४ ॥

अथाषाढभूतिर्नाम परवित्तापहारी धूर्तस्तामर्थमात्रां तस्य कक्षान्तरगतां लक्षयित्वा व्यचिन्तयत्—कथं मयास्येयमर्थमात्रा हर्तव्या इति । तदत्र मठे तावद्दृढशिलासंचयवशाद्भित्तिभेदो नास्ति । उच्चैस्तरत्वाच्च द्वारेण प्रवेशोऽपि नास्ति । तदेनं मायावचनैर्विश्वास्य छात्रतां व्रजामि येन स विश्वस्तः कदाचिद्विश्वासमेति । उक्तं च—

निःस्पृहो नाधिकारी स्यान्नाकामी मण्डनप्रियः ।
नाविदग्धः प्रियं ब्रूयात्स्फुटवक्ता न वञ्चकः ॥ १६५ ॥

एवं निश्चित्य तस्यान्तिकमुपगम्य ॐ नमः शिवाय इति प्रोच्चार्य साष्टाङ्गं प्रणम्य च सप्रश्रयमुवाच भगवन् असारः संसारोऽयं गिरिनदीवेगोपमं यौवनं तृणाग्निसमं जीवितं शरदभ्रच्छायासदृशा भोगाः स्वप्नसदृशो मित्रपुत्रकलत्रभृत्यवर्गसंबन्धः । एवं मया सम्यक्परिज्ञातम् । तत्किं कुर्वतो मे संसारसमुद्रोत्तरणं भविष्यति । तच्छ्रुत्वा देवशर्मा सादरमाह—वत्स धन्योऽसि यत्प्रथमे वयस्येवं विरक्तिभावः । उक्तं च—

पूर्वे वयसि यः शान्तः स शान्त इति मे मतिः ।
धातुषु क्षीयमाणेषु शमः कस्य न जायते ॥ १६६ ॥
आदौ चित्ते ततः काये सतां संपद्यते जरा ।
असतां तु पुनः काये नैव चित्ते कदाचन ॥ १६७ ॥

यच्च मां संसारसागरोत्तरणोपायं पृच्छसि तच्छ्रूयताम्—

शूद्रो वा यदि वान्योऽपि चण्डालोऽपि जटाधरः ।
दीक्षितः शिवमन्त्रेण स भस्माङ्गी शिवो भवेत् ॥ १६८ ॥

आयो लाभः । दृढो यः शिलानां संचयो रचना तद्वशात् । मायावचनैः छद्मभाषितैः । निःस्पृहोधिकारी भवितुं नार्हतीत्यर्थः । गिरिनद्या वेगस्तेन उपमा यस्य । अतिशीघ्रगामीत्यर्थः । शरदभ्रच्छायासदृशा अत्यन्तचञ्चलाः । यः कश्चित् शूद्रो वा...शिवमंत्रेण दीक्षितो जटाधरो भस्माङ्गी स्यात् स शिवो भवेदित्यर्थः ।

---

१ न भवति. २ विश्वस्तस्य कदाचिन्मात्रा मम हस्तगता भवति । ३ ब्रुवाणः. ४ संयोगः.

षडक्षरेण मन्त्रेण पुष्पमेकमपि स्वयम् ।
लिङ्गस्य मूर्ध्नि यो दद्यान्न स भूयोऽभिजायते ॥ १६९ ॥

तच्छ्रुत्वाषाढभूतिस्तत्पादौ गृहीत्वा सप्रश्रयमिदमाह—भगवन् तर्हि दीक्षया मेऽनुग्रहं कुरु । देवशर्मा आह—वत्स अनुग्रहं ते करिष्यामि । परंतु रात्रौ त्वया मठमध्ये न प्रवेष्टव्यम् । यत्कारणं निःसङ्गता यतीनां प्रशस्यते तव ममापि च । उक्तं च—

दुर्मन्त्रान्नृपतिर्विनश्यति यतिः सङ्गात्सुतो लालना-
द्विप्रोऽनध्ययनात्कुलं कुतनयाच्छीलं खलोपासनात् ।
मैत्री चाप्रणयात्समृद्धिरनयात्स्नेहः प्रवासाश्रयात्
स्त्री गर्वादनवेक्षणादपि कृषिस्त्यागात्प्रमादाद्धनम् ॥ १७० ॥

तत्त्वया व्रतग्रहणानन्तरं मठद्वारे तृणकुटीरके शयितव्यम् इति । स आह—भगवन् भवदादेशः प्रमाणम् । परत्र हि तेन मे प्रयोजनम् । अथ कृतशयनसमयं देवशर्मानुग्रहं कृत्वा शास्त्रोक्तविधिना शिष्यतामनयत् । सोऽपि हस्तपादावमर्दनादिपरिचर्यया तं परितोषमनयत् । पुनस्तथापि मुनिः कक्षान्तरान्मात्रां न मुञ्चति । अथैवं गच्छति काल आषाढभूतिश्चिन्तयामास— अहो न कथंचिदेष मे विश्वासमागच्छति । तत्किं दिवापि शस्त्रेण मारयामि किं वा विषं प्रयच्छामि किं वा पशुमिव व्यापादयामि इति । एवं चिन्तयतस्तस्य देवशर्मणोऽपि शिष्यपुत्रः कश्चिद्ग्रामादामन्त्रणार्थं समायातः । प्राह च—भगवन् पवित्रारोपणकृते मम गृहमागम्यताम् इति । तच्छ्रुत्वा देवशर्माषाढभूतिना सह प्रहृष्टमनाः प्रस्थितः । अथैवं तस्य गच्छतोऽग्रे काचिन्नदी समायाता । तां दृष्ट्वा मात्रां कक्षान्तरादवतार्य कन्थामध्ये सुगुप्तां निधाय स्नात्वा देवार्चनं विधाय तदनन्तरमाषाढभूतिमिदमाह—भो आषाढभूते यावदहं पुरीषोत्सर्गं कृत्वा समागच्छामि तावदेषा कन्था योगेश्वरस्य सावधानतया रक्षणीया । इत्युक्त्वा गतः । आषाढभूतिरपि तस्मिन्नदर्शनीभूते मात्रामादाय सत्वरं प्रस्थितः । देवशर्मापि छात्रगुणानुरञ्जितमनाः सुविश्वस्तो यावदुपविष्टस्तिष्ठति तावत्सुवर्णरोमदेह-

---

षडक्षरेण मन्त्रेण ॐ नमः शिवाय इत्यनेन । तदुक्तं शिवतत्त्वसुधानिधौ—भवपाशनिबद्धानां देहिनां हितकाम्यया । प्राहों नमः शिवायेति मन्त्रमाद्यं हरः स्वयम् ॥ महापातकदावाग्निः सोऽयं मन्त्रः षडक्षरः । निःसंगता—जनसंसर्गाभावः । अनयात् नीत्यभावात् । कृतः शयनस्य स्वापस्य समयो येन तं । हस्तपादस्यावमर्दनमादि यस्यां सा परिचर्या सेवा । सुवर्णवद्रोमाणि देहे यस्य ते० देहाः मेषाः तेषां यूथं ।

---

१ कं महेश्वरे. २ तत्त्वज्ञानेन तर्हि प्रसादः क्रियताम्. ३ युज्यते. ४ दौर्मन्त्र्यात्. ५ तेन पात्रिकानयनादिक्रिया. ६ पशुधर्मेण—मारणेन. ७ पारभ्रमन्ना.

यूथमध्ये हुडुयुद्धमपश्यत् । अथ रोषवशाद्धुडुयुगलस्य दूरमपसरणं कृत्वा भूयोऽपि समुपेत्य ललाटपट्टाभ्यां प्रहरतो भूरि रुधिरं पतति । तच्च जम्बूको जिह्वालौल्याद्रङ्गभूमिं प्रविश्यास्वादयति । देवशर्मापि तदालोक्य व्यचिन्तयत्—अहो मन्दमतिरयं जम्बूकः । यदि कथमप्यनयोः संघट्टे पतिष्यति तन्नूनं मृत्युमेष्यतीति तर्कयामि । अत्रान्तरे च तथैव रक्तास्वादनलौल्यान्मध्ये प्रविशंस्तयोः शिरःसंपाते पतितो मृतश्च शृगालः । देवशर्मापि तं शोचमानो मात्रामुद्दिश्य शनैः शनैः प्रस्थितो यावदाषाढभूतिं न पश्यति ततश्चौत्सुक्येन शौचं विधाय यावत्कन्थामालोकयति तावन्मात्रां न पश्यति । ततश्च हा हा मुषितोऽस्मीति जल्पन्पृथिवीतले मूर्च्छया निपपात । ततः क्षणाच्चेतनां लब्ध्वा भूयोऽपि समुत्थाय फूत्कर्तुमारब्धः । भो आषाढभूते क्व मां वञ्चयित्वा गतोऽसि । तद्देहि मे प्रतिवचनम् । एवं बहु विलप्य तस्य पदपद्धतिमन्वेषयञ्शनैः शनैः प्रस्थितः । अथैवं गच्छन्सायंतनसमये कंचिद्ग्राममाससाद । अथ तस्माद्ग्रामात्कश्चित्कौलिकः सभार्यो मद्यपानकृते समीपवर्तिनि नगरे प्रस्थितः । देवशर्मापि तमालोक्य प्रोवाच—भो भद्र वयं सूर्योढा अतिथयस्तवान्तिकं प्राप्ताः । न कमप्यत्र ग्रामे जानीमः । तद्गृह्यतामतिथिधर्मः । उक्तं च—

> संप्राप्तो योऽतिथिः सायं सूर्योढो गृहमेधिनाम् ।
> पूजया तस्य देवत्वं प्रयान्ति गृहमेधिनः ॥ १७१ ॥

तथा च ।

> तृणानि भूमिरुदकं वाक्चतुर्थी च सूनृता ।
> सतामेतानि हर्म्येषु नोच्छिद्यन्ते कदाचन ॥ १७२ ॥
> स्वागतेनाग्नयस्तृप्ता आसनेन शतक्रतुः ।
> पादशौचेन गोविन्दो अर्घाच्छंभुस्तथातिथेः ॥ १७३ ॥

कौलिकोऽपि तच्छ्रुत्वा भार्यामाह—प्रिये गच्छ त्वमतिथिमादाय गृहं प्रति । पादशौचभोजनशयनादिभिः सत्कृत्य त्वं तत्रैव तिष्ठ । अहं तव कृते प्रभूतं मद्यमानेष्यामि । एवमुक्त्वा प्रस्थितः । सापि भार्या पुंश्चली तमादाय प्रहसितवदना देवदत्तं मनसि ध्यायन्ती गृहं प्रति प्रतस्थे । अथवा साधु चेदमुच्यते

हुडुयुद्धं मेषयुद्धम् । रङ्गभूमिः समरभूमिः । संघट्टे शिरःसंघर्षे । कौलिकस्तन्तुवायः । सूर्येण ऊढा सूर्योढाः सूर्यास्तसमये प्राप्ताः । गृहमेधिनां संप्राप्तः तस्य पूजया । तृणानि तृणनिर्मितमासनादि । पुंसः स्वभर्तुश्चलतीति पुंश्चली बन्धकी ।

---

१ अवाप्स्यति. २ अथास्मिन्प्रस्तावे. ३ लभन्ते, पूजितो वै स देवत्वं ददाति. ४ पितरः ५ हालिकः. ६ मद्यमांसं, आसवम्. ७ अभिचिन्तयन्ती.

दुर्दिवसे घनतिमिरे दुःसंचारासु नगरवीथीषु ।
पत्युर्विदेशगमने परमसुखं जघनचपलायाः ॥ १७४ ॥

तथा च । पर्यङ्केष्वास्तरणं पतिमनुकूलं मनोहरं शयनम् ।
तृणमिव लघु मन्यन्ते कामिन्यश्चौर्यरतलुब्धाः ॥ १७५ ॥

तथा च ।

केलिः प्रदहति मज्जां शृङ्गारोऽस्थीनि चाटवः कटवः ।
बन्धक्याः परितोषो न स्याद्यदनभीष्टदम्पत्योः ॥ १७६ ॥
कुलपतनं जनगर्हां बन्धनमपि जीवितव्यसंदेहम् ।
अङ्गीकरोति सकलमबला परपुरुषसंसक्ता ॥ १७७ ॥

अथ कौलिकभार्या गृहं गत्वा देवशर्मणे गतास्तरणां भग्नां च खट्वां समर्प्येदमाह—भो भगवन् यावदहं स्वसखीं ग्रामादभ्यागतां संभाव्य द्रुतमागच्छामि तावत्त्वया मद्गृहेऽप्रमत्तेन भाव्यम् । एवमभिधाय शृङ्गारविधिं विधाय यावद्देवदत्तमुद्दिश्य व्रजति तावत्तद्भर्ता संमुखो मदविह्वलाङ्गो मुक्तकेशः पदे पदे प्रस्खलन्गृहीतमद्यभाण्डः समभ्येति । तं च दृष्ट्वा सा द्रुततरं व्याघुट्य स्वगृहं प्रविश्य मुक्तशृङ्गारा यथापूर्वमभवत् । कौलिकोऽपि तां पलायमानां कृताद्भुतशृङ्गारां विलोक्य प्रागेव कर्णपरंपरया तस्या अपवादश्रवणात् क्षुभितहृदयः स्वाकारं निगूहमानः सदैवास्ते ततश्च तथाविधं चेष्टितमवलोक्य दृष्टप्रत्ययः क्रोधवशगो गृहं प्रविश्य तामाह—आः पापे पुंश्चलि क्व प्रस्थितासि । सा प्रोवाच अहं त्वत्सकाशादागता न कुत्रचिदपि निर्गता । तत्कथं मद्यपानवशादप्रस्तुतं वदसि । अथवा साधु चेदमुच्यते—

वैकल्यं धरणीपातमयथोचितजल्पनम् ।
संनिपातस्य चिह्नानि मद्यं सर्वाणि दर्शयेत् ॥ १७८ ॥
करस्पन्दोऽम्बरत्यागस्तेजोहानिः सरागता ।
वारुणीसङ्गजावस्था भानुनाप्यनुभूयते ॥ १७९ ॥

सोऽपि तच्छ्रुत्वा प्रतिकूलवचनं वेशविपर्ययं चावलोक्य तामाह—पुंश्चलि चिरकालं श्रुतो मया तवापवादः । तदद्य स्वयं संजातप्रत्ययस्तव यथोचितं निग्रहं करोमि । इत्यभिधाय लगुडप्रहारैस्तां जर्जरितदेहां विधाय

दुर्दिवसो मेघच्छन्नमहः । चाटवो मिष्टभाषणानि । संभाव्य दृष्ट्वा । व्याघुट्य निवृत्य । दृष्टप्रत्ययः, लब्धानुभवः । करो मयूखो हस्तश्च । अम्बरमाकाशं वस्त्रं च । तेजो दीप्तिः बलं प्रभावो वा । वारुणी पश्चिमा दिक् मद्यं च ।

१ असितपक्ष. २ पत्यौ विदेशयाते. ३ चान्यरत. ४ केलिं प्रदहति लज्जां. ५ किंचिदिष्टं भवेत्पत्यौ. ६ तत्क्षणम॰, कुलटा सततं. ७ समायात. ८ खेशा. ९ श्रुतापवादक्षु॰.

स्थूणया सह दृढबन्धनेन बद्ध्वा सोऽपि मदविह्वलो निद्रावशमगमत्। अत्रान्तरे तस्याः सखी नापिती कौलिकं निद्रावशगतं विज्ञाय तां गत्वेदमाह सखि स देवदत्तस्तस्मिन्स्थाने त्वां प्रतीक्षते। तच्छीघ्रमागम्यतामिति। सा चाह पश्य ममावस्थाम्। तत्कथं गच्छामि। तद्गत्वा ब्रूहि तं कामिनं यदत्रावसरे न त्वया सह समागमः। नापिती प्राह—सखि मा मैवं वद। नायं कुलटाधर्मः। उक्तं च—

विषमस्थस्वादुफलग्रहणव्यवसायनिश्चयो येषाम्।
उष्ट्राणामिव तेषां मन्येऽहं शंसितं जन्म॥ १८०॥

तथा च। संदिग्धे परलोके जनापवादे च जगति बहुचित्रे।
स्वाधीने पररमणे धन्यास्तारुण्यफलभाजः॥ १८१॥

अन्यच्च। यदि भवति दैवयोगात्पुमान्विरूपोऽपि बन्धकीरहसि।
न तु कृच्छ्रादपि भद्रं निजकान्तं सा भजत्येव॥ १८२॥

साब्रवीत्—यद्येवं तर्हि कथय कथं दृढबन्धनबद्धा सती तत्र गच्छामि। संनिहितश्चायं पापात्मा मत्पतिः। नापित्याह सखि मदविह्वलोऽयं सूर्यकरस्पृष्टः प्रबोधं यास्यति। तदहं त्वामुन्मोचयामि। मामात्मस्थाने बध्वा द्रुततरं देवदत्तं संभाव्यागच्छ। साब्रवीत् एवमस्तु इति। तदनु सा नापिती तां स्वसखीं बन्धनाद्विमोच्य तस्याः स्थाने यथापूर्वमात्मानं बध्वा तां देवदत्तसकाशे संकेतस्थानं प्रेषितवती। तथानुष्ठिते कौलिकः कस्मिंश्चित्क्षणे समुत्थाय किंचिद्गतकोपो विमदस्तामाह हे परुषवादिनि यद्यद्यप्रभृति गृहान्निष्क्रमणं न करोषि न च परुषं वदसि ततस्त्वामुन्मोचयामि। नापित्यपि स्वरभेदभयाद्यावन्न किंचिदूचे तावत्सोऽपि भूयो भूयस्तां तदेवाह। अथ सा यावत्प्रत्युत्तरं किमपि न ददौ तावत्स प्रकुपितस्तीक्ष्णशस्त्रमादाय तस्या नासिकामच्छिनत्। आह च—रे पुंश्चलि तिष्ठेदानीम्। न त्वां भूयस्तोषयिष्यामि इति जल्पन्पुनरपि निद्रावशमगमत्। देवशर्मापि वित्तनाशात्क्षुत्क्षामकण्ठो नष्टनिद्रस्तत्सर्वं स्त्रीचरित्रमपश्यत्। सापि कौलिकभार्या यथेच्छया देवदत्तेन सह सुरतसुखमनुभूय कस्मिंश्चित्क्षणे स्वगृहमागत्य तां नापितीमिदमाह—अपि शिवं भवत्याः। नायं पापात्मा मम गताया उत्थितः। नापित्याह—शिवं नासिकया विना शेषस्य शरीरस्य।

स्थूणा स्तम्भः। निद्राया वशं गतं निद्रा०। विषमस्थं दुरधिगमं यत्स्वादुफलं तस्य ग्रहणे व्यवसायो व्यापारस्तस्मिन्निश्चयः। संदिग्धे स्यान्नवेति संदेहयुक्ते। बहुचित्रे नानाविधे। सतीनामप्यवाददर्शनात्। परेण रमणं क्रीडा तत्र। अन्यपतौ वा। बन्धक्या रहसि भवति चेत्तमेव भजति। भद्रं सुरूपं। परुषं कर्कशं वदतीति तत्संबुद्धिः।

---

१ यदस्यां रात्रौ. २ प्रयच्छति. ३ तेन कुपितेन...च्छेदोऽकारि.

तद्दूतं मां मोचय बन्धनाद्यावन्नायं मां पश्यति येन स्वगृहं गच्छामि। तथानुष्ठिते भूयोऽपि कौलिक उत्थाय तामाह—पुंश्चलि किमद्यापि न वदसि। किं भूयोऽप्यतो दुष्टतरं कर्णच्छेदादिनिग्रहं करोमि। अथ सा सकोपं साधिक्षेपमिदमाह—धिग्मूढ को मां महासतीं धर्षयितुं व्यङ्गयितुं वा समर्थः। तच्छृण्वन्तु सर्वेऽपि लोकपालाः।

आदित्यचन्द्रावनिलोऽनलश्च द्यौर्भूमिरापो हृदयं यमश्च।
अहश्च रात्रिश्च उभे च संध्ये धर्मश्च जानाति नरस्य वृत्तम्॥ १८३॥

तद्यदि मम सतीत्वमस्ति मनसापि परपुरुषो नाभिलषितस्ततो देवा भूयोऽपि मे नासिकां तादृग्रूपामक्षतां कुर्वन्तु। अथवा यदि मम चित्ते परपुरुषस्य भ्रान्तिरपि भवति ततो मां भस्मसान्नयन्तु। एवमुक्त्वा भूयोऽपि तमाह—भो दुरात्मन् पश्य मे सतीत्वप्रभावेण तादृश्येव नासिका संवृत्ता। अथासावुल्मुकमादाय यावत्पश्यति तावत्तद्रूपां नासिकां च भूतले रक्तप्रवाहं च महान्तमपश्यत्। अथ स विस्मितमनास्तां बन्धनाद्विमुच्य शय्यायामारोप्य च चाटुशतैः पर्यतोषयत्। देवशर्मापि तं सर्ववृत्तान्तमालोक्य विस्मितमना इदमाह—

शम्बरस्य च या माया या माया नमुचेरपि।
बलेः कुम्भीनसेश्चैव सर्वास्ता योषितो विदुः॥ १८४॥
हसन्तं प्रहसन्त्येता रुदन्तं प्ररुदन्त्यपि।
अप्रियं प्रियवाक्यैश्च गृह्णन्ति कालयोगतः॥ १८५॥
उशना वेद यच्छास्त्रं यच्च वेद बृहस्पतिः।
स्त्रीबुद्ध्या न विशिष्येत तस्माद्रक्ष्याः कथं हि ताः॥ १८६॥
अनृतं सत्यमित्याहुः सत्यं चापि तथानृतम्।
इति यास्ताः कथं धीरैः संरक्ष्याः पुरुषैरिह॥ १८७॥

अन्यत्राप्युक्तम्—

नातिप्रसङ्गः प्रमदासु कार्यो नेच्छेद्बलं स्त्रीषु विवर्धमानम्।
अतिप्रसक्तैः पुरुषैर्यतस्ताः क्रीडन्ति काकैरिव लूनपक्षैः॥ १८८॥

सुमुखेन वदन्ति वल्गुना प्रहरन्त्येव शितेन चेतसा।
मधु तिष्ठति वाचि योषितां हृदये हालहलं महद्विषम्॥ १८९॥

साधिक्षेपं सगर्हम्। शंबरो दैत्यभेदः प्रद्युम्नारिर्वृत्रो वा। नमुचिरिन्द्रशत्रुः। योषितः स्त्रियो जानन्ति। योषित इति षष्ठ्येकवचनं वा। स्त्रियाः स्युः इति विद्वांसो विदुः। गृह्णन्ति वशीकुर्वन्ति। कालयोगतः योग्यकालानुसारात्। उशना शुक्राचार्यः। अतिप्रसङ्गोऽत्यासक्तिः। वल्गुना—सुन्दरेण।

---

१ प्रतिबुध्यते। २ धिग्धिग्महामूढ. ३ वचनेन हरन्ति...निशितेन प्रहरन्ति.

अतएव निपीयतेऽधरो हृदयं मुष्टिभिरेव ताड्यते ।
पुरुषैः सुखलेशवञ्चितैर्मधुलुब्धैः कमलं यथालिभिः ॥ १९० ॥

अपि च ।

आवर्तः संशयानामविनयभवनं पत्तनं साहसानां
दोषाणां संनिधानं कपटशतगृहं क्षेत्रमप्रत्ययानाम् ।
दुर्ग्राह्यं यन्महद्भिर्नरवरवृषभैः सर्वमायाकरण्डं
स्त्रीयन्त्रं केन लोके विषममृतयुतं धर्मनाशाय सृष्टम् ॥ १९१ ॥

कार्कश्यं स्तनयोर्दृशोस्तरलतालीकं मुखे दृश्यते
कौटिल्यं कचसंचये प्रवचने मान्द्यं त्रिके स्थूलता ।
भीरुत्वं हृदये सदैव कथितं मायाप्रयोगः प्रिये
यासां दोषगणो गुणा मृगदृशां ताः किं नराणां प्रियाः ॥ १९२ ॥

एता हसन्ति च रुदन्ति च कार्यहेतो-
र्विश्वासयन्ति च परं न च विश्वसन्ति ।
तस्मान्नरेण कुलशीलवता सदैव
नार्यः श्मशानघटिका इव वर्जनीयाः ॥ १९३ ॥

कुर्वन्ति तावत्प्रथमं प्रियाणि यावन्न जानन्ति नरं प्रसक्तम् ।
ज्ञात्वाथ तं मन्मथपाशबद्धं ग्रस्तामिषं मीनमिवोद्धरन्ति ॥ १९४ ॥

किंच ।

समुद्रवीचीव चलस्वभावाः संध्याभ्ररेखेव मुहूर्तरागाः ।
स्त्रियः कृतार्थाः पुरुषं निरर्थं निष्पीडितालक्तकवत्त्यजन्ति ॥ १९५ ॥

अनृतं साहसं माया मूर्खत्वमतिलोभता ।
अशौचं निर्दयत्वं च स्त्रीणां दोषाः स्वभावजाः ॥ १९६ ॥

अन्तर्विषमया ह्येता बहिश्चैव मनोरमाः ।
गुञ्जाफलसमाकारा योषितः केन निर्मिताः ॥ १९७ ॥

आवर्तः जलानां भ्रमः । पुनः पुनः भ्रमोत्पादकं साधनमित्यर्थः । संनिधानं मेलकः । अमृतयुक्तं विषमिव स्थितं । तरलता चाञ्चल्यं । अलीकं चारु ललाटं पक्षे अनृतं । कौटिल्यं वक्रता । पृष्ठवंशाधरे त्रिकम् । इत्यमरः । मीनमिवोद्धरन्ति स्ववशं नयन्तीत्यर्थः । मुहूर्तरागाः रागो रक्तिमा पक्षे अनुरागः । कृतार्थाः कृतो लब्धोर्थः याभिः । हृतधना इत्यर्थः । कृच्छ्रेण कष्टेन ।

---

१ संविधानं. २ शतमयं. ३ मयं. ४ नरं. ५ समन्वितेन. ६ अस्मात्परमिदं पद्यं क्वचित्—व्याकीर्णकेसरकरालमुखा मृगेन्द्रा नागाश्च भूरिमदराजिविराजमानाः । मेधाविनश्च पुरुषाः समरेषु शूराः स्त्रीसंनिधौ परमकापुरुषा भवन्ति ॥ ७ अस्मात्परमिदं पद्यं पुस्तकान्तरे-संमोहयन्ति मदयन्ति विडम्बयन्ति निर्भर्त्सयन्ति रमयन्ति विषादयन्ति । एताः प्रविश्य सरलं हृदयं नराणां किं वा न वामनयना न समाचरन्ति ॥

ऐवं चिन्तयतस्तस्य परिव्राजकस्य सा निशा महता कृच्छ्रेणातिचक्राम। सा च दूतिका हस्तगतछिन्ननासिकाग्रा स्वगृहं गत्वा चिन्तयामास—किमिदानीं कर्तव्यम्। कथमेतन्महच्छिद्रं स्थगयितव्यम्। अथ तस्या एवं विचिन्तयन्त्या भर्ता कार्यवशाद्राजकुले पर्युषितः प्रत्यूषे स्वगृहमभ्युपेत्य द्वारदेशस्थो विविधपौरकृत्योत्सुकतया तामाह—भद्रे शीघ्रमानीयतां क्षुरभाण्डं येन क्षौरकर्मकरणाय गच्छामि। सापि छिन्ननासिका गृहमध्यस्थितैव कार्यकरणापेक्षया क्षुरभाण्डात्क्षुरमेकं समाकृष्य तस्याभिमुखं प्रेषयामास। नापितोऽप्युत्सुकतयाऽभाण्डं क्षुरमवलोक्य कोपाविष्टः संस्तदभिमुखमेव तं क्षुरं प्राहिणोत्। एतस्मिन्नन्तरे सा दुष्टोर्ध्वबाहू विधाय फूत्कुर्वती गृहान्निश्चक्राम। अहो पापेनानेन मम सदाचारवर्तिन्याः पश्यत नासिकाच्छेदो विहितः। तत्परित्रायतां परित्रायताम्। अत्रान्तरे राजपुरुषाः समभ्युपेत्य तं नापितं लगुडप्रहारैर्जर्जरीकृत्य दृढबन्धनैर्बद्ध्वा तया छिन्ननासिकया सह धर्माधिकरणस्थानं नीत्वा सभ्यानूचुः—शृण्वन्तु भवन्तः सभासदो अनेन नापितेनापराधं विना स्त्रीरत्नमेतद्व्यङ्गितम्। तदस्य यद्युज्यते तत्क्रियताम्। इत्यभिहिते सभ्या ऊचुः—रे नापित किमर्थं त्वया भार्या व्यङ्गिता। किमनया परपुरुषोऽभिलषित उतस्वित्प्राणद्रोहः कृतः किंवा चौर्यकर्माचरितम्। तत्कथ्यतामस्या अपराधः। नापितोऽपि प्रहारपीडिततनुर्वक्तुं न शशाक। अथ तं तूष्णीभूतं दृष्ट्वा पुनः सभ्या ऊचुः—अहो सत्यमेतद्राजपुरुषाणां वचः। पापात्मायम्। अनेनेयं निर्दोषा वराकी दूषिता। उक्तं च—

> भिन्नस्वरमुखवर्णः शङ्कितदृष्टिः समुत्पतिततेजाः।
> भवति हि पापं कृत्वा स्वकर्मसंत्रासितः पुरुषः॥ १९८॥

तथा च। आयाति स्खलितैः पादैर्मुखवैवर्ण्यसंयुतः।
> ललाटस्वेदभाग्भूरि गद्गदं भाषते वचः॥ १९९॥
> अधोदृष्टिर्भवेत्कृत्वा पापं प्राप्तः सभां नरः।
> तस्माद्यत्नात्परिज्ञेयश्चिह्नैरेतैर्विचक्षणैः॥ २००॥

अन्यच्च। प्रसन्नवदनो हृष्टः स्पष्टवाक्यः सरोषदृक्।
> सभायां वक्ति सामर्षः सावष्टम्भो नरः शुचिः॥ २०१॥

स्थगयितव्यं गोपनीयं। पर्युषितः दिनमुखं यावस्थितः। कार्यकरणापेक्षया उद्दिष्टकार्यनिर्वाहहेतोः। विविधानि यानि पौरकृत्यानि तत्र उत्सुकस्तस्य भावस्तया। व्यंगितं विगतमङ्गं यस्य तथा कृतम्। उतस्विदथवा। भिन्नः स्वरः मुखवर्णश्च यस्य। समुत्पतितं गतं तेजो यस्य। स्वकर्मणा स्वदुष्टचेष्टितेन सं.। विगतो वर्णोऽस्य विवर्णो तस्य भावो वैवर्ण्यं तेन संयुतः।

---

१ एवमनेकानि सक्तानि. २ नासिका प्रत्युत्पन्नमतिः. ३ दृढं बध्वा. ४ ततस्ते सभ्याः.

तदेष दुष्टचरित्रलक्षणो दृश्यते । स्त्रीधर्षणाद्वध्य इति । तच्छूलायामारोप्य-तामिति । अथ वध्यस्थाने नीयमानं तमवलोक्य देवशर्मा तान्धर्माधिकृतान्गत्वा प्रोवाच—भो भोः सभासदः अन्यायेनैष वराको वध्यते नापितः । साधुसमाचारोयम् । तच्छ्रूयतां मे वाक्यम्—जम्बुको हुडुयुद्धेन इति । अथ ते सभ्या ऊचुः—भो भगवन् कथमेतत् । ततो देवशर्मा तेषां त्रयाणामपि वृत्तान्तं विस्तरेणाकथयत् । तदाकर्ण्य सुविस्मितमनसस्ते नापितं विमोच्य मिथः प्रोचुः—अहो

अवध्यो ब्राह्मणो बालः स्त्री तपस्वी च रोगभाक् ।
विहिता व्यङ्गिता तेषामपराधे महत्यपि ॥ २०२ ॥

तदस्या नासिकाच्छेदः स्वकर्मणा हि संवृत्तः । ततो राजनिग्रहस्तु कर्णच्छेदः कार्यः । तथानुष्ठिते देवशर्मापि वित्तनाशसमुद्भूतशोकरहितः पुनरपि स्वकीयं मठायतनं जगाम । अतोऽहं ब्रवीमि—जम्बुको हुडुयुद्धेन इति ॥ करटक आह—यद्धूर्तोऽपि देवशर्मा तेनाषाढभूतिना कथं वञ्चितः । दमनक आह— सुप्रयुक्तस्य दम्भस्य ब्रह्माप्यन्तं न गच्छति ।
कौलिको विष्णुरूपेण राजकन्यां निषेवते ॥ २०३ ॥

करटक आह—भ्रातः कथमेतत् । सोऽब्रवीत्—

कथा ५ ।

कस्मिंश्चिदधिष्ठाने कौलिकरथकारौ मित्रे प्रतिवसतः स्म । तत्र तौ बाल्यात्प्रभृति सहचारिणौ परस्परमतीव स्नेहपरौ सदैकस्थानविहारिणौ कालं नयतः । अथ कदाचित्तत्राधिष्ठाने कस्मिंश्चिद्देवायतने

अमर्षेण क्रोधेन सहितः सामर्षः । दुष्टं चरित्रं यस्यासौ दु०तः तस्य इव लक्षणानि यस्य । धूर्तादक्षः दम्भोपदेशः । कौलिकः तन्तुवायः ।

---

१ निग्रहः पुनः. २ अस्य स्थाने अयमधिको विषयः पुस्तकान्तरे—एवंविधे व्यतिकरे किं कर्तव्यमावयोः । दमनकोऽब्रवीत्—तदहं मायाप्रपञ्चेन गुप्तमाश्रित्य तं स्फोटयिष्यामि । करटक आह—भद्र यदि कथमपि तत्र मायाप्रवेशं पिङ्गलको ज्ञास्यति संजीवको वा तदा नूनं विघात एव । सोऽब्रवीत्—तात नैवं वद । गूढबुद्धिभिरापत्काले विधुरेऽपि दैवे बुद्धिः प्रयोक्तव्या । नोद्यमस्त्याज्यः । कदाचिद्घुणाक्षरन्यायेन बुद्धेः साम्राज्यं भवति । उक्तं च—त्याज्यं न धैर्यं विधुरेऽपि दैवे धैर्यात्कदाचित्स्थितिमाप्नुयात्सः । जाते समुद्रेऽपि हि पोतभङ्गे सांयात्रिको वाञ्छति कर्म एव ॥ तथा च । उद्योगिनं सततमत्र समेति लक्ष्मीर्दैवं हि दैवमिति कापुरुषा वदन्ति । दैवं निहत्य कुरु पौरुषमात्मशक्त्या यत्ने कृते यदि न सिद्ध्यति कोऽत्र दोषः ॥ तदेवं ज्ञात्वा सुगूढबुद्धिप्रभावेण यथा तौ द्वावपि न ज्ञास्यतः तथा मिथो वियोजयिष्यामि । उक्तं च—सुगुप्तस्यापि दम्भस्य इ० ३ जन्मप्र०...गानाम्नाम्. ४ मकर...सदैव काल.

यात्रामहोत्सवः संवृत्तः । तत्र च नटनर्तकचारणसंकुले नानादेशागतजनावृते तौ सहचरौ भ्रमन्तौ कांचिद्राजकन्यां करेणुकारूढां सर्वलक्षणसनाथां कञ्चुकिवर्षधरपरिवारितां देवतादर्शनार्थं समायातां दृष्टवन्तौ। अथासौ कौलिकस्तां दृष्ट्वा विषार्दित इव दुष्टग्रहगृहीत इव कामशरैर्हन्यमानः सहसा भूतले निपपात । अथ तं तदवस्थमवलोक्य रथकारस्तद्दुःखदुःखित आप्तपुरुषैस्तं समुत्क्षिप्य स्वगृहमानाययत्। तत्र च विविधैः शीतोपचारैश्चिकित्सकोपदिष्टैर्मन्त्रवादिभिरुपचर्यमाणश्चिरात्कथंचित्सचेतनो बभूव। ततो रथकारेण पृष्टः—भो मित्र किमेवं त्वमकस्माद्विचेतनः संजातः। तत्कथ्यतामात्मस्वरूपम्। स आह—वयस्य यद्येवं तच्छृणु मे रहस्यं येन सर्वामात्मवेदनां ते वदामि । यदि त्वं मां सुहृदं मन्यसे ततः काष्ठप्रदानेन प्रसादः क्रियताम्। क्षम्यतां यद्वा किंचित्प्रणयातिरेकादयुक्तं तव मयानुष्ठितम्। सोऽपि तदाकर्ण्य बाष्पपिहितनयनः सगद्गदमुवाच—वयस्य यत्किंचिद्दुःखकारणं तद्वद। येन प्रतीकारः क्रियते यदि शक्यते कर्तुम् । उक्तं च—

औषधार्थसुमन्त्राणां बुद्धेश्चैव महात्मनाम्।
असाध्यं नास्ति लोकेऽत्र यद्ब्रह्माण्डस्य मध्यगम्॥ २०४॥

तदेषां चतुर्णां यदि साध्यं भविष्यति तदहं साधयिष्यामि । कौलिक आह—वयस्य एतेषामन्येषामपि सहस्राणामुपायानामसाध्यं तन्मे दुःखम्। तस्मान्मम मरणे मा कालक्षेपं कुरु। रथकार आह—भो मित्र यद्यप्यसाध्यं तथापि निवेदय येनाहमपि तदसाध्यं मत्वा त्वया सह वह्नौ प्रविशामि। न क्षणमपि त्वद्वियोगं सहिष्ये । एष मे निश्चयः । कौलिक आह—वयस्य यासौ राजकन्या करेणुकारूढा तत्रोत्सवे दृष्टा तस्या दर्शनानन्तरं मकरध्वजेन ममेयमवस्था विहिता। तन्न शक्नोमि तद्वेदनां सोढुम्। रथकारोऽप्येवं सकामं तद्वचनमाकर्ण्य सस्मितमिदमाह—वयस्य

करेणुका करिणी तामारूढां । आत्मस्वरूपं—निजां यथार्थावस्थां विकृतिस्वरूपमिति यावत्। काष्ठप्रदानेन मृतस्य मम चितारचनेन । प्रणयातिरेकः स्नेहातिशयः। बाष्पेण पिहिते आच्छादिते नयने यस्य। औषधानि च अर्थः द्रव्यं च सुमन्त्राश्च। उपायानां सहस्राणामुपायसहस्रैरपि। तद्वेदनां मकरध्वजवे०।

---

१ अस्मात् परं-तथा चोक्तम्। मत्तेभकुम्भपरिणाहिनि कुङ्कुमार्द्रे तस्याः पयोधरयुगे रतखेदखिन्नः। वक्षो निधाय भुजपञ्जरमध्यवर्ती स्वप्स्ये कदा क्षणमवाप्य तदीयसङ्गम्॥ तथा च। रागी बिम्बाधरोऽसौ स्तनकलशयुगं यौवनारूढगर्वं नीचा नाभिः प्रकृत्या कुटिलकमलकं स्वल्पकं चापि मध्यम्। कुर्वन्त्वेतानि नाम प्रसभमिह मनश्चिन्तितान्याशु खेदं यन्मां तस्याः कपोलौ दहत इति मुहुः स्वच्छकौ तन्न युक्तम्॥ इत्यधिकं क्वचित्.

यद्येवं तर्हि दिष्ट्या सिद्धं नः प्रयोजनम् । तदद्यैव तया सह समागमः क्रियतामिति । कौलिक आह—वयस्य यत्र कन्यान्तःपुरे वायुं मुक्त्वा नान्यस्य प्रवेशोऽस्ति तत्र रक्षापुरुषाधिष्ठिते कथं मम तया सह समागमः । तत्किं मामसत्यवचनेन विडम्बयसि । रथकार आह—मित्र पश्य मे बुद्धिप्रभावम् । एवमभिधाय तत्क्षणात्कीलसंचारिणं वैनतेयं बाहुयुगलं चिरजार्जुनवृक्षदारुणा शङ्खचक्रगदापद्मान्वितं सकिरीटकौस्तुभमघटयत् । ततस्तस्मिन्कौलिकं समारोप्य विष्णुचिह्नचिह्नितं कृत्वा कीलसंचरणविज्ञानं च दर्शयित्वा प्रोवाच—वयस्य अनेन विष्णुरूपेण गत्वा कन्यान्तःपुरे निशीथे तां राजकन्यामेकाकिनीं सप्तभूमिकप्रासादप्रान्तगतां मुग्धस्वभावां त्वां वासुदेवं मन्यमानां स्वकीयमिथ्यावक्रोक्तिभी रञ्जयित्वा वात्स्यायनोक्तविधिना भज । कौलिकोऽपि तदाकर्ण्य वासुदेवरूपी रहस्तत्र गत्वा तामाह राजपुत्रि सुप्ता किं वा जागर्षि । अहं तव कृते समुद्रात्सानुरागो लक्ष्मीं विहायैवागतः । तत्क्रियतां मया सह समागम इति । सापि गरुडारूढं चतुर्भुजं सायुधं कौस्तुभोपेतमवलोक्य सविस्मया शयनादुत्थाय प्रोवाच—भगवन्नहं मानुषी कीटिकाऽशुचिः । भगवांस्त्रैलोक्यपावनो वन्दनीयश्च । तत्कथमेतद्युज्यते । कौलिक आह सुभगे सत्यमभिहितं भवत्या । परं किं तु राधा नाम मे भार्या गोपकुलप्रसूता प्रथममासीत् सा त्वमत्रावतीर्णा । तेनाहमत्रायातः । इत्युक्ता सा प्राह—भगवन् यद्येवं तन्मे तातं प्रार्थय । सोऽप्युपकल्प्य मां तुभ्यं प्रयच्छति । कौलिक आह—सुभगे नाहं दर्शनपथं मानुषाणां गच्छामि किं पुनरालापकरणम् । त्वं गान्धर्वेण विवाहेनात्मानं प्रयच्छ । नो चेच्छापं दत्त्वा सान्वयं ते पितरं भस्मसात्करिष्यामि इति । एवमभिधाय गरुडादवतीर्य सव्ये पाणौ गृहीत्वा तां सभयां सलज्जां वेपमानां शय्यायामनयत् । ततश्च रात्रिशेषं यावद्वात्स्यायनोक्तविधिना निषेव्य प्रत्यूषे स्वगृहमलक्षितो जगाम । एवं तस्य तां नित्यं सेवमानस्य कालो याति । अथ कदाचित्कञ्चुकिनस्तस्या अधरोष्ठप्रवालखण्डनं दृष्ट्वा मिथः प्रोचुः—अहो पश्यतास्या राजकन्यायाः पुरुषोपभुक्ताया इव शरीरावयवा विभाव्यन्ते । तत्कथमयं

रक्षार्थाः पुरुषा रक्षापुरुषाः तैरधिष्ठिते कृतरक्षे । कीलेन संचरतीति तम् । वैनतेयो गरुडः । चिरजः चिराज्जातः योऽर्जुनवृक्षस्तस्य दारुणा । कौस्तुभो हरेर्मणिः । निशीथेऽर्धरात्रे । सप्त भूमयो यस्य स सप्त०कः प्रासादः तस्य प्रान्त उपरितनभागस्तं गता ताम् । स्वकीया मिथ्यावक्रोक्तयो नर्मभाषणानि ताभिः । उपकल्प्य विधिपूर्वं संकल्प्य । अन्वयेन सहितं सान्वयं गोत्रजनसहितम् । भस्मसात्करिष्यामि साकल्येन भस्मतां नयामि । अधरोष्ठः प्रवाल इव तस्य खण्डनम् ।

---

१ बलम्. २ तथारूपः.

सुरक्षितेऽप्यस्मिन्गृह एवंविधो व्यवहारः। तद्राज्ञे निवेदयामः। एवं निश्चित्य सर्वे समेत्य राजानं प्रोचुः—देव वयं न विद्मः। परं सुरक्षितेऽपि कन्यान्तःपुरे कश्चित्प्रविशति। तद्देवः प्रमाणमिति। तच्छ्रुत्वा राजातीव व्याकुलितचित्तो व्यचिन्तयत्—

पुत्रीति जाता महतीह चिन्ता कस्मै प्रदेयेति महान्वितर्कः।
दत्त्वा सुखं प्राप्स्यति वा न वेति कन्यापितृत्वं खलु नाम कष्टम्॥२०५॥

तथा च।

जननी मनो हरति जातवती परिवर्धते सह शुचा सुहृदाम्।
परसात्कृतापि कुरुते मलिनं दुरतिक्रमा दुहितरो विपदः॥ २०६॥

एवं बहुविधं विचिन्त्य देवीं रहःस्थां प्रोवाच—देवि ज्ञायतां किमेते कञ्चुकिनो वदन्ति। तस्य कृतान्तः कुपितो येनैतदेवं क्रियते। देव्यपि तदाकर्ण्य व्याकुलीभूता सत्वरं कन्यान्तःपुरे गत्वा तां खण्डिताधरां नखविलिखितशरीरावयवां दुहितरमपश्यत्। आह च—आः पापे कुलकलङ्क-कारिणि किमेवं शीलखण्डनं कृतम्। कोऽयं कृतान्तावलोकितस्त्वत्सकाशमभ्येति। तत्कथ्यतामेवं गतेपि सत्यमिति। तच्छ्रुत्वा सापि त्रपाधोमुखी सकलं विष्णुरूपकौलिकवृत्तान्तं कथयामास। तच्छ्रुत्वा सापि प्रहसितवदना पुलकाङ्कितसर्वाङ्गी सत्वरं गत्वा राजानमूचे—देव दिष्ट्या वर्धसे। नित्यमेव निशीथे भगवान्नारायणः कन्यकापार्श्वेऽभ्येति। तेन गान्धर्वविवाहेन सा विवाहिता। तदद्य त्वया मया च रात्रौ वातायनगताभ्यां निशीथे द्रष्टव्यो यतो न स मानुषैः सहालापं करोति। तच्छ्रुत्वा हर्षितस्य राज्ञस्तद्दिनं वर्षशतप्रायमिव कथंचिज्जगाम। ततस्तु रात्रौ निभृतो भूत्वा राज्ञीसहितो राजा वातायनस्थो गगनासक्तदृष्टिर्यावत्तिष्ठति तावद्गरुडारूढं

पुत्री कन्या जाता इति इह लोके महती चिन्ता। वितर्कः निश्चयस्य दुरधिगमत्वान्मनसः पर्याकुलत्वमित्यर्थः। जातवती जाता सती जनन्या मनश्चेतनां हरति अपनयति। माता पर्याकुला भवतीत्यर्थः। मलिनं पापाचरणं। कृतान्तावलोकितः कालेन कटाक्षितः। आसन्नमृत्युरित्यर्थः। पुलकैरङ्कितानि जातरोमाञ्चानि सर्वाणि अङ्गानि यस्याः सा। निभृतो गूढशरीरः।

---

१ जातेति कन्या. २ अस्मात्परमिदमधिकं क्वचित् नद्यश्च नार्यश्च सदृक्प्रभावास्तुल्यानि कूलानि कुलानि तासाम्। तोयैश्च दोषैश्च निपातयन्ति नद्यो हि कूलानि कुलानि नार्यः॥ ३ विकसित. ४ कलंकारिणि. ५ ममाग्रेस०. ६ एतत्स्थाने इदं पुस्तकान्तरे—इति कोपाटोपविसङ्कटं वदन्त्यां मातरि राजपुत्री भयलज्जानतानना प्रोवाच—अम्ब साक्षान्नारायणः प्रत्यहं गरुडारूढो निशि समायाति। चेदसत्यं मम वाक्यं तत्स्वचक्षुषा विलोकयतु निगूढतरा निशीथे भगवन्तं रमाकान्तम्. ७ तावत्तस्मिन्समये.

तं शङ्खचक्रगदापद्महस्तं यथोक्तचिह्नाङ्कितं व्योम्नोऽवतरन्तं नारायणमपश्यत् । ततः सुधापूरप्लावितमिवात्मानं मन्यमानस्तामुवाच प्रिये नास्त्यन्यो धन्यतरो लोके मत्तस्त्वत्तश्च यत्प्रभृतिं नारायणो भजते । तत्सिद्धाः सर्वेऽस्माकं मनोरथाः । अधुना जामातृप्रभावेण सकलापि वसुमती वशे भविष्यति । एवं निश्चित्य सर्वैः सीमाधिपैः सह मर्यादाव्यतिक्रममकरोत् । तेपि तं मर्यादाव्यतिक्रमेण वर्तमानमालोक्य सर्वे समेत्य तेन सह विग्रहं चक्रुः । अत्रान्तरे स राजा देवीमुखेन तां दुहितरमुवाच—पुत्रि त्वयि दुहितरि वर्तमानायां नारायणे भगवति जामातरि स्थिते किमेवं युज्यते यत्सर्वे पार्थिवा मया सह विग्रहं कुर्वन्ति । तत्संबोध्योऽयं भर्तात्वया यथा मम शत्रून्व्यापादयति । ततस्तया स कौलिको रात्रौ सविनयमभिहितः—भगवन् त्वयि जामातरि स्थिते मम तातो यच्छत्रुभिः परिभूयते तन्न युक्तम् । तत्प्रसादं कृत्वा सर्वांस्ताञ्शत्रून्व्यापादय । कौलिक आह—सुभगे कियन्मात्रास्त्वेते तव पितुः शत्रवः । तद्विश्वस्ता भव । क्षणेनापि सुदर्शनचक्रेण सर्वांस्तिलशः खण्डयिष्यामि । अथ गच्छता कालेन सर्वदेशं शत्रुभिरुद्वास्य स राजा प्राकारशेषः कृतः । तथापि वासुदेवरूपधरं कौलिकमजानन्राजा नित्यमेव विशेषतः कर्पूरागुरुकस्तूरिकादिपरिमलविशेषान्नानाप्रकारवस्त्रपुष्पभक्ष्यपेयानि च प्रेषयन्दुहितृमुखेन तमूचे—भगवन् प्रभाते नूनं स्थानभङ्गो भविष्यति यतो यवसेन्धनक्षयः संजातस्तथा सर्वोऽपि जनः प्रहारैर्जर्जरितदेहः संवृत्तो योद्धुमक्षमः प्रचुरो मृतश्च । तदेवं ज्ञात्वात्र काले यदुचितं भवति तद्विधेयमिति । तच्छ्रुत्वा कौलिकोऽप्यचिन्तयद्यत्स्थानभङ्गे जाते ममानया सह वियोगो भविष्यति । तस्माद्गरुडमारुह्य सायुधमात्मानमाकाशे दर्शयामि । कदाचिन्मां वासुदेवं मन्यमानास्ते साशङ्का राज्ञो योद्धभिर्हन्यन्ते । उक्तं च—

निर्विषेणापि सर्पेण कर्तव्या महती फणा ।
विषं भवतु मा भूद्वा फणाटोपो भयंकरः ॥ २०७ ॥

अथ यदि मम स्थानार्थमुद्यतस्य मृत्युर्भविष्यति तदपि सुन्दरतरम् । उक्तं च—

गवामर्थे ब्राह्मणार्थे स्वाम्यर्थे स्त्रीकृतेऽथवा ।
स्थानार्थे यस्त्यजेत्प्राणांस्तस्य लोकाः सनातनाः ॥ २०८ ॥

सुधा अमृतं तस्याः पूरेण प्लावितं क्षालितम् । कियती मात्रा येषां ते कियन्मात्राः का गणना तेषामित्यर्थः । कर्पूरश्च अगरु चन्दनविशेषश्च इ० । यवसं तृणमिन्धनं काष्ठादि तयोः क्षयः । स्थानार्थे स्थानरक्षणार्थे ।

---

१ सकलामपि वसुमतीं वश्यां करिष्यामि. २ निजभर्ता. ३ समस्तदेशः शत्रुभिर्व्याप्तोऽस्य केवलं स. ४ अस्मात्परमिदं पद्यमाधिकं पुस्तकान्तरे—चन्द्रे मण्डलसंस्थे विगृह्यते राहुणा दिनाधीशः । शरणागतेन सार्धं विपदपि तेजस्विनः श्लाघ्या ॥

एवं निश्चित्य प्रत्यूषे दन्तधावनं विधाय तां प्रोवाच--सुभगे समस्तैः शत्रुभिर्हतैरन्नं पानं चास्वादयिष्यामि । किं बहुना त्वयापि सह संगमं ततः करिष्यामि । परं वाच्यस्त्वया निजेपिता यत्त्वया प्रभाते सर्वसैन्येन सह नगरान्निष्क्रम्य योद्धव्यम् । अहं चाकाशस्थित एव सर्वांस्तान्निस्तेजसः करिष्यामि पश्चात्सुखेन भवता हन्तव्याः । यदि पुनरहं तान्स्वयमेव सूदयामि तत्तेषां पापात्मनां वैकुण्ठीया गतिः स्यात् । तस्मात्ते तथा कर्तव्या यथा पलायन्तो हन्यमानाः स्वर्गं न गच्छन्ति । सापि तदाकर्ण्य पितुः समीपं गत्वा सर्वं वृत्तान्तं न्यवेदयत् । राजापि तस्या वाक्यं श्रद्दधानः प्रत्यूषे समुत्थाय सुसंनद्धसैन्यो युद्धार्थं निश्चक्राम । कौलिकोऽपि मरणे कृतनिश्चयश्चापपाणिर्गगनगतिर्गरुडारूढो युद्धाय प्रस्थितः । अत्रान्तरे भगवता नरायणेनातीतानागतवर्तमानवेदिना स्मृतमात्रो वैनतेयः संप्राप्तो विहस्य प्रोक्तः—भो गरुत्मन् जानासि त्वं यन्मम रूपेण कौलिको दारुमयगरुडे समारूढो राजकन्यां कामयते । सोऽब्रवीत् देव सर्वं ज्ञायते तच्चेष्टितम् । तत्किं कुर्मः सांप्रतम् । श्रीभगवानाह—अद्य कौलिको मरणे कृतनिश्चयो विहितनियमो युद्धार्थे विनिर्गतः । स नूनं प्रधानक्षत्रियशराहतो निधनमेष्यति । तस्मिन्हते सर्वो जनो वदिष्यति यत्प्रभूतक्षत्रियैर्मिलित्वा वासुदेवो गरुडश्च निपातितः । ततः परं लोक आवयोः पूजां न करिष्यति । ततस्त्वं द्रुततरं तत्र दारुमयगरुडे संक्रमणं कुरु । अहमपि कौलिकशरीरे प्रवेशं करिष्यामि येन स शत्रून्व्यापादयति । ततश्च शत्रुवधादावयोर्माहात्म्यवृद्धिः स्यात् । अथ गरुडे तथेति प्रतिपन्ने श्रीभगवान्नारायणस्तच्छरीरे संक्रमणमकरोत् । ततो भगवन्माहात्म्येन गगनस्थः स कौलिकः शङ्खचक्रगदाचापचिह्नितः क्षणादेव लीलयैव समस्तानपि प्रधानक्षत्रियान्निस्तेजसश्चकार । ततस्तेन राज्ञा स्वसैन्यपरिवृतेन संग्रामे जिता निहताश्च ते सर्वेऽपि शत्रवः । जातश्च लोकमध्ये प्रवादो यथानेन विष्णुजामातृप्रभावेण सर्वे शत्रवो निहता इति । कौलिकोऽपि तान्हतान्दृष्ट्वा प्रमुदितमना गगनादवतीर्णः सन् यावद्राजामात्यपौरलोकास्तं नगरवास्तव्यं कौलिकं पश्यन्ति ततः पृष्टः किमेतदिति । ततः सोऽपि मूलादारभ्य सर्वं प्राग्वृत्तान्तं न्यवेदयत् । ततश्च कौलिकसाहसानुरञ्जितमनसा शत्रुवधादवाप्ततेजसा राज्ञा सा राजकन्या सकलजनप्रत्यक्षं विवाहविधिना तस्मै समर्पिता देशश्च प्रदत्तः । कौलिकोऽपि तया सार्धं पञ्चप्रकारं जीवलोकसारं विषयसुखमनुभवन्कालं निनाय । अतस्तूच्यते सुप्रयुक्तस्य

सुसंनद्धं सुसज्जं सैन्यं यस्य । अतीतं भूतमनागतं भविष्यत् वर्तमानं च वेत्तीति तेन । प्रतिपन्नेऽङ्गीकृतवति । पञ्च शब्दस्पर्शादयः प्रकारा यस्य ।

---

१ आत्म. २ प्रभूतेन सै०. ३ आकाशस्थस्तान्. ४ लोकोयम्.

दम्भस्येति। तच्छ्रुत्वा करटक आह अथैवंविधे व्यतिकरे किं कार्यमावाभ्याम्। दमनक आह एवंविधेऽपि समये मम बुद्धिस्फुरणं भविष्यति येन संजीवकं प्रभोर्विश्लेषयिष्यामि। उक्तं च—

एकं हन्यान्न वा हन्यादिषुर्मुक्तो धनुष्मता।
बुद्धिर्बुद्धिमतोत्सृष्टा हन्ति राष्ट्रं सराजकम्॥ २०९॥

करटक आह—यद्यपि ते बुद्धिप्रागल्भ्यं तथापि त्वं पिङ्गलकात्तं वियोजयितुमसमर्थ एव। दमनक आह—भ्रातः असमर्थोऽपि समर्थ एव। उक्तं च—

उपायेन हि यत्कुर्यात्तन्न शक्यं पराक्रमैः।
काक्या कनकसूत्रेण कृष्णसर्पो निपातितः॥ २१०॥

करटक आह—कथमेतत्। सोऽब्रवीत्——

कथा ६।

अस्ति कस्मिंश्चित्प्रदेशे महान्न्यग्रोधपादपः। तत्र वायसदम्पती प्रतिवसतः स्म। अथ तयोः प्रसवकाले वृक्षविवरान्निष्क्रम्य कृष्णसर्पः सदैव तदपत्यानि भक्षयति। ततस्तौ निर्वेदादन्यवृक्षमूलनिवासिनं प्रियसुहृदं शृगालं गत्वोचतुः—भद्र किमेवंविधे संजात आवयोः कर्तव्यं भवति। एष तावद्दुष्टात्मा कृष्णसर्पो वृक्षविवरान्निर्गत्यावयोर्बालकान्भक्षयति। तत्कथ्यतां तद्रक्षार्थं कश्चिदुपायः।

यस्य क्षेत्रं नदीतीरे भार्या च परसंगता।
ससर्पे च गृहे वासः कथं स्यात्तस्य निर्वृतिः॥ २११॥

अन्यच्चास्माकमपि तत्रस्थितानां प्रतिदिनं प्राणसंशयः। स आह—नात्र विषये स्वल्पोऽपि विषादः कार्यः। नूनं स लुब्धो नोपायमन्तरेण वध्यः स्यात्।

उपायेन जयो यादृग्रिपोस्तादृग्न हेतिभिः।
उपायज्ञोऽल्पकायोऽपि न शूरैः परिभूयते॥ २१२॥

तथा च।

व्यतिकरे वस्तुवृत्ते। उत्सृष्टा प्रेरिता। निर्वृतिः सुखं। हेतिभिः शस्त्रैः।

---

१ भद्र अस्त्येवम्। परं तथापि महन्मे भयम्। यतो बुद्धिमान्संजीवको रौद्रश्च सिंहः। यद्यपि ते बुद्धि०. इति पुस्तकान्तरे. २ महातरौ वाय०. ३ अस्मात्परं—अथासौ वायसोपि तेनापकारेण जातनिर्वेदो न्यग्रोधतरुं परित्यज्य वृक्षान्तरं गन्तुं न शक्नोति। यतः—त्रयः स्थानं न मुञ्चन्ति काकाः कापुरुषा मृगाः। अपमानेन ते यान्ति सिंहाः सत्पुरुषा गजाः॥ इत्य०. ४ गृहे सर्पाश्रयस्तस्य कथं स्याच्चित्त. ५ अस्मात्परं—अन्यच्च। सर्पयुक्ते गृहे वासो मृत्युरेव न संशयः। यद्ग्रामान्ते वसेत्सर्पस्तस्य स्यात्प्राणसंशयः॥

भक्षयित्वा बहून्मत्स्यानुत्तमाधममध्यमान् ।
अतिलौल्याद्बकः कश्चिन्मृतः कर्कटकग्रहात् ॥ २१३ ॥

तावब्रूचतुः कथमेतत् । सोऽब्रवीत्—

कथा ७ ।

अस्ति कस्मिंश्चित्प्रदेशे नानाजलचरसनाथं सरः । तत्र च कृताश्रयो बक एको वृद्धभावमुपागतो मत्स्यान्व्यापादयितुमसमर्थः । ततश्च क्षुत्क्षामकण्ठः सरस्तीर उपविष्टो मुक्ताफलप्रकरसदृशैरश्रुप्रवाहैर्धरातलमभिषिञ्चन्रुरोद । एकः कुलीरको नानाजलचरसमेतः समेत्य तस्य दुःखेन दुःखितः सादरमिदमूचे—माम किमद्य त्वया नाहारवृत्तिरनुष्ठीयते । केवलमश्रुपूर्णनेत्राभ्यां सनिःश्वासेन स्थीयते । स आह—वत्स सत्यमुपलक्षितं भवता । मया हि मत्स्यादनं प्रति परमवैराग्यतया सांप्रतं प्रायोपवेशनं कृतं तेनाहं समीपगतानपि मत्स्यान्न भक्षयामि । कुलीरकस्तच्छ्रुत्वा प्राह—माम किं तद्वैराग्यकारणम् । स प्राह—वत्स अहमस्मिन्सरसि जातो वृद्धिं गतश्च । तन्मयैतच्छ्रुतं यद् द्वादशवार्षिक्यनावृष्टिः संपद्यते लग्ना । कुलीरक आह कस्मात्तच्छ्रुतम् । बक आह दैवज्ञमुखात् । यतः शनैश्चरो हि रोहिणीशकटं भित्त्वा भौमश्च शुक्रश्च प्रयास्यति । उक्तं च वराहमिहिरेण—

यदि रोहिण्याः शकटं भिनत्ति रविनन्दनो गगनवीथ्याम् ।
द्वादशवर्षाणि तदा नहि वर्षति वासवो भूमौ ॥ २१४ ॥

तथा च—

प्राजापत्ये शकटे भिन्ने कृत्वैव पातकं वसुधा ।
भस्मास्थिशकलकीर्णा कापालिकमिव व्रतं धत्ते ॥ २१५ ॥

तथा च ।

रोहिणीशकटमर्कनन्दनश्चेद्भिनत्ति रुधिरोऽथवा शशी ।
किं वदामि तदनिष्टसागरे संक्षयं जगदशेषमुपैति ॥ २१६ ॥

मुक्ताफलानां प्रकरः समूहस्तेन सदृशैः । कुलीरकः कर्कटकः । परमवैराग्यतया अत्यन्तनिर्वेदात् । प्रायोपवेशनमिष्टहेतुसिद्ध्यर्थमनशनेनावस्थानम् । लग्ना उपस्थिता । दैवज्ञो ज्योतिषिकः । प्राजापत्ये प्रजापतिदेवताके रोहिणीशकटे । भस्मेति मृतानां भस्मास्थिशकलैः कीर्णा व्याप्ता । रुधिरो मङ्गलः ।

---

१ वनप्र...महत्सरः. २ यदि भिन्ते सूर्यसुतो रोहिण्याः शकटमिह लोके. इ पा. ३ सर्वलोकमुपयाति संक्षयः । ४ अस्मात्परमिदमधिकं क्वचित्—रोहिणीशकटमध्यसंस्थिते चन्द्रमस्यशरणीकृता जनाः । क्वापि यान्ति शिशुयाचिताशनाः सूर्यतमभिदुराम्बुपायिनः ॥ इति ।

तदेतत्सरः स्वल्पतोयं वर्तते । शीघ्रं शोषं यास्यति । अस्मिन्शुष्के यैः सहाहं वृद्धिं गतः सदैव क्रीडितश्च ते सर्वे तोयाभावान्नाशं यास्यन्ति । तत्तेषां वियोगं द्रष्टुमहमसमर्थः । तेनैतत्प्रायोपवेशनं कृतम् । सांप्रतं सर्वेषां स्वल्पजलाशयानां जलचरा गुरुजलाशयेषु स्वस्वजनैर्नीयन्ते । केचिच्च मकरगोधाशिशुमारजलहस्तिप्रभृतयः स्वयमेव गच्छन्ति । अत्र पुनः सरसि ये जलचरास्ते निश्चिन्ताः सन्ति तेनाहं विशेषाद्रोदिमि यद्बीजशेषमात्रमप्यत्र नोद्धरिष्यति । ततः स तदाकर्ण्यान्येषामपि जलचराणां तत्तस्य वचनं निवेदयामास । अथ ते सर्वे भयत्रस्तमनसो मत्स्यकच्छपप्रभृतयस्तमभ्युपेत्य पप्रच्छुः—माम अस्ति कश्चिदुपायो येनास्माकं रक्षा भवति । बक आह—अस्त्यस्य जलाशयस्य नातिदूरे प्रभूतजलसनाथं सरः पद्मिनीखण्डमण्डितं यच्चतुर्विंशत्यापि वर्षाणामवृष्ट्या न शोषमेष्यति । तद्यदि मम पृष्ठं कश्चिदारोहति तदहं तं तत्र नयामि । अथ ते तत्र विश्वासमापन्नास्तात मातुल भ्रातरिति ब्रुवाणा अहं पूर्वमहं पूर्वमिति समन्तात्परितस्थुः । सोऽपि दुष्टाशयः क्रमेण तान्पृष्ठ आरोप्य जलाशयस्य नातिदूरे शिलां समासाद्य तस्यामाक्षिप्य स्वेच्छया भक्षयित्वा भूयोऽपि जलाशयं समासाद्य जलचराणां मिथ्यावार्तासंदेशकैर्मनांसि रञ्जयन्नित्यामिषाहारवृत्तिमकरोत् । अन्यस्मिन्दिने स कुलीरकेणोक्तः माम मया सह ते प्रथमः स्नेहसंभाषः संजातः । तत्किं मां परित्यज्यान्यान्नयसि । तस्मादद्य मे प्राणत्राणं कुरु । तदाकर्ण्य सोऽपि दुष्टाशयश्चिन्तितवान् निर्विण्णोऽहं मत्स्यमांसादनेन । तदद्यैतं कुलीरकं व्यञ्जनस्थाने करोमि । इति विचिन्त्य तं पृष्ठे समारोप्य तां वध्यशिलामुद्दिश्य प्रस्थितः । कुलीरकोऽपि दूरादेवास्थिपर्वतं शिलाश्रयमवलोक्य मत्स्यास्थीनि परिज्ञाय तमपृच्छत्—माम कियद्दूरे स जलाशयः । मदीयभारेणातिश्रान्तस्त्वम् । तत्कथय । सोऽपि मन्दधीर्जलचरोयमिति मत्वा स्थले न प्रभवतीति सस्मितमिदमाह कुलीरक कुतोऽन्यो जलाशयः । मम प्राणयात्रेयम् । तस्मात्स्मर्यतामात्मनोऽभीष्टदेवता । त्वामप्यस्यां शिलायां निक्षिप्य भक्षयिष्यामि । इत्युक्तवति तस्मिन्स्ववदनदंशद्वयेन मृणालनालधवलायां मृदुग्रीवायां गृहीतो मृतश्च । अथ स तां बकग्रीवां समादाय शनैः शनैस्तज्जलाशयमाससाद । ततः सर्वैरेव जलचरैः पृष्टः भोः कुलीरक किं निवृत्तस्त्वम् । कुशलकारणं तिष्ठति । स मातुलोऽपि नायातः । तत्किं

मकरादयो जलजन्तुभेदाः । उद्धरिष्यति उद्धृतं रक्षितं भविष्यति । पद्मिनीखण्डेन कमलिनीकदम्बेन शोभितम् । दुष्ट आशयः संकल्पो मनो वा यस्य । न प्रभवति बलवान्भवति ।

1. किंनिमित्तस्त्वं पश्चादायातः । इ. पा.

चिरयति वयं सर्वे सोत्सुकाः कृतक्षणास्तिष्ठामः। एवं तैरभिहिते कुलीरकोऽपि विहस्योवाच—मूर्खाः सर्वे जलचरास्तेन मिथ्यावादिना वञ्चयित्वा नातिदूरे शिलातले प्रक्षिप्य भक्षिताः। तन्ममायुःशेषतया तस्य विश्वासघातकस्याभिप्रायं ज्ञात्वा ग्रीवेयमानीता। तदलं संभ्रमेण। अधुना सर्वजलचराणां क्षेमं भविष्यति। अतोऽहं ब्रवीमि—भक्षयित्वा बहून्मत्स्यानिति॥ वायस आह—भद्र तत्कथय कथं स दुष्टसर्पो वधमुपैष्यति। श्गाल आह गच्छतु भवान्कंचिन्नगरं राजाधिष्ठानम्। तत्र कस्यापि धनिनो राजामात्यादेः प्रमादिनः कनकसूत्रं हारं वा गृहीत्वा तत्कोटरे प्रक्षिप येन सर्पस्तद्ग्रहणेन वध्यते।

अथ तत्क्षणात्काकः काकी च तदाकर्ण्यात्मेच्छयोत्पतितौ। ततश्च काकी किंचित्सरः प्राप्य यावत्पश्यति तावत्तन्मध्ये कस्यचिद्राज्ञोऽन्तःपुरं जलासन्नं न्यस्तकनकसूत्रं मुक्तमुक्ताहारवस्त्राभरणं जलक्रीडां कुरुते। अथ सा वायसी कनकसूत्रमेकमादाय स्वगृहाभिमुखं प्रतस्थे। ततश्च कञ्चुकिनो वर्षधराश्च तन्नीयमानमुपलक्ष्य गृहीतलगुडाः सत्वरमनुययुः। काक्यपि सर्पकोटरे तत्कनकसूत्रं प्रक्षिप्य सुदूरमवस्थिता। अथ यावद्राजपुरुषास्तं वृक्षमारुह्य तत्कोटरमवलोकयन्ति तावत्कृष्णसर्पः प्रसारितभोगस्तिष्ठति। ततस्तं लगुडप्रहारेण हत्वा कनकसूत्रमादाय यथाभिलषितं स्थानं गताः। वायसदम्पती अपि ततः परं सुखेन वसतः। अतोऽहं ब्रवीमि उपायेन हि यत्कुर्यादिति॥ तन्न किंचिदिह बुद्धिमतामसाध्यमस्ति। उक्तं च—

यस्य बुद्धिर्बलं तस्य निर्बुद्धेस्तु कुतो बलम्।
वने सिंहो मदोन्मत्तः शशकेन निपातितः॥ २१७॥

करकट आह—कथमेतत्। स आह—

कथा ८।

कस्मिंश्चिद्वने भासुरको नाम सिंहः प्रतिवसति स्म। अथासौ वीर्यातिरेकान्नित्यमेवानेकान्मृगशशकादीन्व्यापादयन्नोपरराम। अथान्येद्युस्तद्वनजाः सर्वे सारङ्गवराहमहिषशशकादयो मिलित्वा तमभ्युपेत्य प्रोचुः—स्वा-

सोत्सुकाः सोत्कण्ठाः। कृतक्षणाः कृतो निश्चितः क्षणो निर्गमावसरो यैः कृतोत्सवा वा। संभ्रमेण त्वरया साध्वसेन वा। अंतःपुरमन्तःपुरनिवासिन्यः स्त्रियः। मुक्तास्त्यक्ताः मुक्तानां मौक्तिकानां हारा वस्त्राणि आभरणानि च येन तत्। प्रसारितः भोगः फणा कायो वा येन सः। अतिरेकोतिशयः।

१ स्थानं महेश्वराधिष्ठितं. २ स्वैरं. ४ वेत्रधराः. ३ अस्मात्परं तथाच-दुर्बलस्यापि वै शत्रोर्वैरं कृत्वा न विश्वसेत्। अशक्तेनापि काकेन पश्य सर्पो निपातितः॥ इत्य. ५ मदोन्मत्तो मन्दमतिः. ६ गवयशशका. ७ मिलित्वा हरिततृणांतरवक्त्रधारिणः महीतलावसक्तजानवः प्रणतशिरसः सविनयाः.

मिन् किमनेन सकलमृगवधेन नित्यमेव यतस्तवैकेनापि मृगेण तृप्तिर्भवति । तत्क्रियतामस्माभिः सह समयधर्मः । अद्यप्रभृति तवात्रोपविष्टस्य जातिक्रमेण प्रतिदिनमेको मृगो भक्षणार्थं समेष्यति । एवं कृते तव तावत् प्राणयात्रा क्लेशं विनापि भविष्यति । अस्माकं च पुनः सर्वोच्छेदनं न स्यात् । तदेष राजधर्मोऽनुष्ठीयताम् । उक्तं च—

शनैः शनैश्च यो राज्यमुपभुङ्क्ते यथाबलम् ।
रसायनमिव प्राज्ञः स पुष्टिं परमां व्रजेत् ॥ २१८ ॥
विधिना मन्त्रयुक्तेन रूक्षापि मथितापि च ।
प्रयच्छति फलं भूमिररणीव हुताशनम् ॥ २१९ ॥
प्रजानां पालनं शस्यं स्वर्गकोशस्य वर्धनम् ।
पीडनं धर्मनाशाय पापायायशसे स्थितम् ॥ २२० ॥
गोपालेन प्रजाधेनोर्वित्तदुग्धं शनैः शनैः ।
पालनात्पोषणाद्ग्राह्यं न्याय्यां वृत्तिं समाचरेत् ॥ २२१ ॥
अजामिव प्रजां मोहाद्यो हन्यात्पृथिवीपतिः ।
तस्यैका जायते तृप्तिर्न द्वितीया कथंचन ॥ २२२ ॥
फलार्थी नृपतिर्लोकान्पालयेद्यत्नमास्थितः ।
दानमानादितोयेन मालाकारोऽङ्कुरानिव ॥ २२३ ॥
नृपदीपो धनस्नेहं प्रजाभ्यः संहरन्नपि ।
अन्तरस्थैर्गुणैः शुभ्रैर्लक्ष्यते नैव केनचित् ॥ २२४ ॥
यथा गौर्दुह्यते काले पाल्यते च तथा प्रजा ।
सिच्यते चीयते चैव लता पुष्पफलप्रदा ॥ २२५ ॥
यथा बीजाङ्कुरः सूक्ष्मः प्रयत्नेनाभिरक्षितः ।
फलप्रदो भवेत्काले तद्वल्लोकः सुरक्षितः ॥ २२६ ॥
हिरण्यधान्यरत्नानि यानानि विविधानि च ।
तथान्यदपि यत्किंचित्प्रजाभ्यः स्यान्महीपतेः ॥ २२७ ॥
लोकानुग्रहकर्तारः प्रवर्धन्ते नरेश्वराः ।
लोकानां संक्षयाच्चैव क्षयं यान्ति न संशयः ॥ २२८ ॥

यथाबलं स्वशक्त्यनुरूपं । मंत्रोऽमात्यादिभिः कृतो गुप्तवादः । वेदमंत्रश्च । रूक्षापि भूमिः अरणिश्च मन्त्रयुक्तेन विधिना मथितापीत्यन्वयः । निर्मन्थ्यदारुणि त्वरणिर्द्वयोः । इत्यमरः । शस्यं प्रशस्यं । गौः पृथ्वी एव गौस्तां पालयतीति तेन । अन्तःस्थैः गुणैः गुणा वर्तिकाः पक्षे शास्त्रं प्रज्ञा धृतिर्दाक्ष्यमित्यादयः कामंदकोक्ताः (नीतिसा. १-२१-२२). यानानि हस्त्यश्वरथादीनि ।

---

१ प्रभोक्तव्यं स्वयं वित्तमुपार्जितम् । २ सेव्यते, वर्धते. ३ पात्राणि. ४ अस्मात्परं—प्रजापीडनसंतापसमुद्भूतो हुताशनः । राज्ञः श्रियं कुलं प्राणान्नादग्ध्वा विनिवर्तते ॥ इत्य०.

अथ तेषां तद्वचनमाकर्ण्य भासुरक आह—अहो सत्यमभिहितं भवद्भिः। परं यदि ममोपविष्टस्यात्र नित्यमेव नैकः श्वापदः समागमिष्यति नूनं सर्वानपि भक्षयिष्यामि। अथ ते तथैव प्रतिज्ञाय निर्वृतिभाजस्तत्रैव वने निर्भयाः पर्यटन्ति। एकश्च प्रतिदिनं क्रमेण याति। वृद्धो वा वैराग्ययुक्तो वा पुत्रकलत्रनाशभीतो वा तेषां मध्यात्तस्य भोजनार्थं मध्याह्नसमय उपतिष्ठते।

अथ कदाचिज्जातिक्रमाच्छशकस्य वारः समायातः। समस्तमृगैः प्रेरितोऽनिच्छन्नपि मन्दं मन्दं गत्वा तस्य वधोपायं चिन्तयन्वेलातिक्रमं कृत्वा व्याकुलितहृदयो यावद्गच्छति तावन्मार्गे गच्छता कूपः संदृष्टः। यावत्कूपोपरि याति तावत्कूपमध्य आत्मनः प्रतिबिम्बं ददर्श। दृष्ट्वा च तेन हृदये चिन्तितं यद्भव्य उपायोऽस्ति। अहं भासुरकं प्रकोप्य स्वबुद्ध्यास्मिन्कूपे पातयिष्यामि। अथासौ दिनशेषे भासुरकसमीपं प्राप्तः। सिंहोऽपि वेलातिक्रमेण क्षुत्क्षामकण्ठः कोपाविष्टः सृक्कणी परिलेलिहन् व्यचिन्तयत्—अहो प्रातराहाराय निःसत्त्वं वनं मया कर्तव्यम्। एवं चिन्तयतस्तस्य शशको मन्दं मन्दं गत्वा प्रणम्य तस्याग्रे स्थितः। अथ तं प्रज्वलितात्मा भासुरको भर्त्सयन्नाह—रे शशकाधम एकं तावत्त्वं लघुः प्राप्तोऽपरं वेलातिक्रमेण। तदस्मादपराधात्त्वां निपात्य प्रातः सकलान्यपि मृगकुलान्युच्छेदयिष्यामि। अथ शशकः सविनयं प्रोवाच—स्वामिन् नापराधो मम न च सत्त्वानाम्। तच्छ्रूयतां कारणम्। सिंह आह—सत्वरं निवेदय यावन्मम दंष्ट्रान्तर्गतो न भवसि इति। शशक आह—स्वामिन् समस्तमृगैरद्य जातिक्रमेण मम लघुतरस्य प्रस्तावं विज्ञाय ततोऽहं पञ्चशशकैः समं प्रेषितः। ततश्चाहमागच्छन्नन्तराले महता केनचिदपरेण सिंहेन विवरान्निर्गत्याभिहितः—रे क्व प्रस्थिता यूयम्। अभीष्टदेवतां स्मरत। ततो मयाभिहितम्—वयं स्वामिनो भासुरकसिंहस्य सकाशे आहारार्थं समयधर्मेण गच्छामः। ततस्तेनाभिहितम्—यद्येवं तर्हि मदीयमेतद्वनम्। मया सह समयधर्मेण समस्तैरपि श्वापदैर्वर्तितव्यम्। चौररूपी स भासुरकः। अथ यदि सोऽत्र राजा ततो विश्वासस्थाने चतुरः शशकानत्र धृत्वा तमाहूय द्रुततरमागच्छ। येन यः कश्चिदावयोर्मध्यात्पराक्रमेण

वारः पर्यायक्रमः। भव्य उत्तमः। सृक्कणी ओष्ठप्रान्तौ। प्रस्तावमुपक्रमम्। विश्वासस्थाने ध्रुवमागमिष्यथेति प्रत्ययोत्पादनार्थम्।

---

१ जातिक्रमेण वृद्धो वा. २ अवसरः. ३ मृगराजम इति चिन्तयामास—कथमेष दुष्टसिंहो वध्यो भविष्यति। अथवा किमशक्यं बुद्धिमतां किमसाध्यं निश्चयं दृढं दधताम्। किमवचनं प्रियवचसां किमलभ्यमिहोद्यमस्थानाम्॥ तत्सिंहमेनं व्यापादयाम्येन। इति मतं कृत्वानेला० ४ निर्गयातमन्यच्च लघुतरमवलोक्य कोपप्रज्व० ५ क्षितिवि०. ६ वचनं.

राजा भविष्यति स सर्वानेतान्भक्षयिष्यतीति। ततोऽहं तेनादिष्टः स्वामिसकाशमभ्यागतः। एतद्वेलाव्यतिक्रमकारणम्। तदत्र स्वामी प्रमाणम्। तच्छ्रुत्वा भासुरक आह—भद्र यद्येवं तत्सत्वरं दर्शय मे तं चौरसिंहं येनाहं मृगकोपं तस्योपरि क्षिप्त्वा स्वस्थो भवामि। उक्तं च--

भूमिर्मित्रं हिरण्यं च विग्रहस्य फलत्रयम्।
नास्त्येकमपि यद्येषां न तं कुर्यात्कथंचन॥ २२९॥

यत्र न स्यात्फलं भूरि यत्र च स्यात्पराभवः।
न तत्र मतिमान्युद्धं समुत्पाद्य समाचरेत्॥ २३०॥

शशक आह–स्वामिन् सत्यमिदम्। स्वभूमिहेतोः परिभवाच्च युध्यन्ते क्षत्रियाः। परं स दुर्गाश्रयः। दुर्गान्निष्क्रम्य वयं तेन विष्कम्भिताः। ततो दुर्गस्थो दुःसाध्यो भवति रिपुः। उक्तं च--

न गजानां सहस्रेण न च लक्षेण वाजिनाम्।
यत्कृत्यं साध्यते राज्ञां दुर्गेणैकेन सिध्यति॥ २३१॥
शतमेकोऽपि संधत्ते प्राकारस्थो धनुर्धरः।
तस्माद्दुर्गं प्रशंसन्ति नीतिशास्त्रविचक्षणाः॥ २३२॥
पुरा गुरोः समादेशाद्धिरण्यकशिपोर्भयात्।
शक्रेण विहितं दुर्गं प्रभावाद्विश्वकर्मणः॥ २३३॥
तेनापि च वरो दत्तो यस्य दुर्गं स भूपतिः।
विजयी स्यात्ततो भूमौ दुर्गाणि स्युः सहस्रशः॥ २३४॥
दंष्ट्राविरहितो नागो मदहीनो यथा गजः।
सर्वेषां जायते वश्यो दुर्गहीनस्तथा नृपः॥ २३५॥

तच्छ्रुत्वा भासुरक आह—भद्र दुर्गस्थमपि दर्शय तं चौरसिंहं येन व्यापादयामि। उक्तं च—

जातमात्रं न यः शत्रुं रोगं च प्रशमं नयेत्।
महाबलोऽपि तेनैव वृद्धिं प्राप्य स हन्यते॥ २३६॥

तथा च।

उत्तिष्ठमानस्तु परो नोपेक्ष्यः पथ्यमिच्छता।
समौ हि शिष्टैराम्नातौ वर्त्स्यन्तावामयः स च॥ २३७॥

अपि च—

विग्रहस्य युद्धस्य। समाचरेत्तस्मिन्प्रवर्तेत। परिभवादधिक्षेपात्। विष्कंभिताः निरुद्धाः। प्राकारस्थो प्राकारान्तःस्थः। परः शत्रुः उत्तिष्ठमानः वर्धमानः। पथोऽनपेतं पथ्यं हितम्। शिष्टैर्नीतिशास्त्रज्ञैः। वर्त्स्यन्तौ वृद्धिं गच्छन्तौ। आमयो रोगः।

१ विग्रहं न समाचरेत्. २ बलीयानपि.

उपेक्षितः क्षीणबलोऽपि शत्रुः प्रमाददोषात्पुरुषैर्मदान्धैः ।
साध्योऽपि भूत्वा प्रथमं ततोऽसावसाध्यतां व्याधिरिव प्रयाति ॥ २३८ ॥

तथा च । आत्मनः शक्तिमुद्वीक्ष्य मानोत्साहौ च यो व्रजेत् ।
बहून्हन्ति स एकोऽपि क्षत्रियान्भार्गवो यथा ॥ २३९ ॥

शशक आह—अस्त्येतत् । तथापि बलवान्स मया दृष्टः । तन्न युज्यते स्वामिनस्तस्य सामर्थ्यमविदित्वा गन्तुम् । उक्तं च—

अविदित्वात्मनः शक्तिं परस्य च समुत्सुकः ।
गच्छन्नभिमुखो वह्नौ नाशं याति पतङ्गवत् ॥ २४० ॥
यो बलात्प्रोन्नतं याति निहन्तुं सबलोऽप्यरिम् ।
विमदः स निवर्तेत शीर्णदन्तो गजो यथा ॥ २४१ ॥

भासुरक आह—भोः किं तवानेन व्यापारेण । दर्शय मे तं दुर्गस्थमपि । अथ शशक आह—यद्येवं तर्ह्यागच्छतु स्वामी । एवमुक्त्वाग्रे व्यवस्थितः । ततश्च तेनागच्छता यः कूपो दृष्टोऽभूत्तमेव कूपमासाद्य भासुरकमाह—स्वामिन् कस्ते प्रतापं सोढुं समर्थः । त्वां दृष्ट्वा दूरतोऽपि चौरसिंहः प्रविष्टः स्वं दुर्गम् । तदागच्छ येन दर्शयामि इति । भासुरक आह—दर्शय मे दुर्गम् । तदनु दर्शितस्तेन कूपः । ततः सोऽपि मूर्खः सिंहः कूपमध्य आत्मप्रतिबिम्बं जलमध्यगतं दृष्ट्वा सिंहनादं मुमोच । ततः प्रतिशब्देन कूपमध्याद्द्विगुणतरो नादः समुत्थितः । अथ तेन तं शत्रुं मत्वात्मानं तस्योपरि प्रक्षिप्य प्राणाः परित्यक्ताः । शशकोऽपि हृष्टमनाः सर्वमृगानानन्द्य तैः सह प्रशस्यमानो यथासुखं तत्र वने निवसति स्म । अतोऽहं ब्रवीमि—यस्य बुद्धिर्बलं तस्य इति ॥ तद्यदि भवान्कथयति तत्तत्रैव गत्वा तयोः स्वबुद्धिप्रभावेण मैत्रीभेदं करोमि । करटक आह—भद्र यद्येवं तर्हि गच्छ । शिवास्ते पन्थानः सन्तु । यथाभिप्रेतमनुष्ठीयताम् ।

अथ दमनकः संजीवकवियुक्तं पिङ्गलमवलोक्य तत्रान्तरे प्रणम्याग्रे समुपविष्टः । पिङ्गलकोऽपि तमाह—भद्र कस्माच्चिराद् दृश्यसे । दमनक आह—न किंचिद्देवपादानामस्माभिः प्रयोजनं तेनाहं नागच्छामि । तथापि राजप्रयोजनविनाशमवलोक्य संदह्यमानहृदयो व्याकुलतया स्वयमेवाभ्यागतो वक्तुम् । उक्तं च—

शुभं वा यदि वा पापं द्वेष्यं वा यदि वा प्रियम् ।
अपृष्टस्तस्य तद्ब्रूयाद्यस्य नेच्छेत्पराभवम् ॥ २४२ ॥

उद्वीक्ष्य सुपरीक्ष्य । सबलोपि यः बलात् हठादविचार्येत्यर्थः । प्रोन्नतमुद्धतमरिं हन्तुं याति स विगतो मदो यस्य स विमदः । पराजित इत्यर्थः । निवर्तेत । यस्य पराभवं नेच्छेतमपृष्टोपि शुभं हितकरं पापमशुभं वा यद्भवेत्तद्ब्रूयात् ।

---

१ स्वामिन्. २ योऽबलः—सबलं रिपुं । ३ शीघ्रं दर्शय. ४ किं चिराद् दृष्टः. ५ प्रियं वा यदि वा द्वेष्यं शुभं वा यदि वा शुभम् । अपृष्टोऽपि हितं. इ. पा.

अथ तस्य साभिप्रायं वचनमाकर्ण्य पिङ्गलक आह—किं वक्तुमना भवान्। तत्कथ्यतां यत्कथनीयमस्ति। स प्राह—देव संजीवको युष्मत्पादानामुपरि द्रोहबुद्धिरिति विश्वासगतस्य मम विजन इदमाह—भो दमनक दृष्टा मयास्य पिङ्गलकस्य सारासारता। तदहमेनं हत्वा सकलमृगाधिपत्यं त्वत्साचिव्यसमन्वितं करिष्यामि। पिङ्गलकोऽपि तद्वज्रसारप्रहारसदृशं दारुणं वचः समाकर्ण्य मोहमुपगतो न किंचिदप्युक्तवान्। दमनकोऽपि तस्य तमाकारमालोक्य चिन्तितवान्—अयं तावत्संजीवकनिबद्धरागस्तन्नूनमनेन मन्त्रिणा राजा विनाशमवाप्स्यतीति। उक्तं च—

एकं भूमिपतिः करोति सचिवं राज्ये प्रमाणं यदा
तं मोहाच्छ्रयते मदः स च मदाद्दास्येन निर्विद्यते।
निर्विण्णस्य पदं करोति हृदये तस्य स्वतन्त्रस्पृहा
स्वातन्त्र्यस्पृहया ततः स नृपतेः प्राणेष्वभिद्रुह्यते॥ २४३॥

तत्किमत्र युक्तमिति। पिङ्गलकोऽपि चेतनां समासाद्य कथमपि तमाह—संजीवकस्तावत्प्राणसमो भृत्यः स कथं ममोपरि द्रोहबुद्धिं करोति। दमनक आह—देव भृत्योऽभृत्य इत्यनैकान्तिकमेतत्। उक्तं च—

न सोऽस्ति पुरुषो राज्ञां यो न कामयते श्रियम्।
अशक्ता एव सर्वत्र नरेन्द्रं पर्युपासते॥ २४४॥

पिङ्गलक आह—भद्र तथापि मम तस्योपरि चित्तवृत्तिर्न विकृतिं याति। अथवा साध्विदमुच्यते—

अनेकदोषदुष्टोऽपि कायः कस्य न वल्लभः।
कुर्वन्नपि व्यलीकानि यः प्रियः प्रिय एव सः॥ २४५॥

दमनक आह—अत एवायं दोषः। उक्तं च—

यस्मिन्नेवाधिकं चक्षुरारोपयति पार्थिवः।
अकुलीनः कुलीनो वा स श्रियो भाजनं नरः॥ २४६॥

सारासारता शक्तितारतम्यं। प्रमाणं प्रधानाधिकारिणं। मोहात्स्वकर्तव्याज्ञानात्। दास्येन निर्विद्यते निर्विण्णो भवति। दास्यं तस्मै न रोचत इत्यर्थः। स्वतन्त्रस्य स्पृहा स्वातन्त्र्येच्छेति यावत्। अनैकान्तिकं नैकभावाश्रयं। भृत्यः सर्वदा स्वामिभक्तिपर एव तिष्ठेदिति नास्त्येकान्ततो नियम इत्यर्थः। दुष्टो दूषितः। व्यलीकान्यप्रियाणि। व्यलीकं त्वप्रियाकार्यवैलक्ष्येष्वपि पीडने। इति विश्वः।

---

१ शक्तित्रयेऽपि सा०. २ व्यपदवी. ३ वज्राघातदुःसहतरं. ४ अस्मात्परं-अत्युच्छ्रिते मन्त्रिणि इत्यादि मुद्राराक्षसस्थं पद्यं क्वचित्। ५ स्वातन्त्र्यान्नृपतेः स राज्यमथवा प्राणानपि च्यावयेत्। इ पा.; प्राणान्तिकं द्रुह्यति इति हितोपदेशे पाठः। ६ विपर्ययं करिष्यति. ७ अज्ञानो वाऽकुलीनो वा स लक्ष्म्या हरते मनः। इ. पा.

अपरं केन गुणविशेषेण स्वामी संजीवकं निर्गुणकमपि निकटे धारयति । अथ देव यद्येवं चिन्तयसि महाकायोऽयमनेन रिपून्व्यापादयिष्यामि तदस्मान्न सिध्यति । यतोऽयं शष्पभोजी देवपादानां पुनः शत्रवो मांसाशिनः । तद्रिपुसाधनमस्य साहाय्येन न भवति । तस्मादेनं दूषयित्वा हन्यतामिति । पिङ्गलक आह—

उक्तो भवति यः पूर्वं गुणवानिति संसदि ।
तस्य दोषो न वक्तव्यः प्रतिज्ञाभङ्गभीरुणा ॥ २४७ ॥

अन्यच्च । मयास्य तव वचनेनाभयप्रदानं दत्तम् । तत्कथं स्वयमेव व्यापादयामि । सर्वथा संजीवकोऽयं सुहृदस्माकम् न तं प्रति कश्चिन्मन्युरिति । उक्तं च—

इतः स दैत्यः प्राप्तश्रीर्नेत एवार्हति क्षयम् ।
विषवृक्षोऽपि संवर्ध्य स्वयं छेत्तुमसांप्रतम् ॥ २४८ ॥

आदौ न वा प्रणयिनां प्रणयो विधेयो
दत्तोऽथवा प्रतिदिनं परिपोषणीयः ।
उत्क्षिप्य यत्क्षिपति तत्प्रकरोति लज्जां
भूमौ स्थितस्य पतनाद्भयमेव नास्ति ॥ २४९ ॥

उपकारिषु यः साधुः साधुत्वे तस्य को गुणः ।
अपकारिषु यः साधुः स साधुः सद्भिरुच्यते ॥ २५० ॥

तद्द्रोहबुद्धेरपि मयास्य न विरुद्धमाचरणीयम् । दमनक आह—स्वामिन् नैष राजधर्मो यद्द्रोहबुद्धेरपि क्षम्यते । उक्तं च—

तुल्यार्थं तुल्यसामर्थ्यं मर्मज्ञं व्यवसायिनम् ।
अर्धराज्यहरं भृत्यं यो न हन्यात्स हन्यते ॥ २५१ ॥

अपरं त्वयास्य सखित्वात्सर्वोऽपि राजधर्मः परित्यक्तः । राजधर्माभावात्सर्वोऽपि परिजनो विरक्तिं गतो यतः संजीवकः शष्पभोजी भवान्मांसादस्तव प्रकृतयश्च । यत्तवावध्यव्यवसायबाह्यं कुतस्तासां मांसाशनम् । यद्रहितास्तास्त्वां त्यक्त्वा यास्यन्ति । ततोऽपि त्वं विनष्ट एव । अस्य संगत्या पुनस्ते न कदाचिदाखेटके मतिर्भविष्यति । उक्तं च—

यादृशैः सेव्यते भृत्यैर्यादृशांश्चोपसेवते ।
कदाचिन्नात्र संदेहस्तादृग्भवति पूरुषः ॥ २५२ ॥

तथा च ।

मन्युः क्रोधः । प्रणयिनामर्थिनां । उत्क्षिप्योन्नीय । तुल्यार्थं तुल्योऽर्थः साध्यं यस्य । व्यवसायिनमुद्यमिनम् । अवध्येति वध्येषु व्यवसायोऽभियोगो वध्य० न वध्य० अवध्यव्यवसायस्तेन बाह्यमलभ्यम् । वध्येषुव्यवसायाभावाद्दुर्लभमित्यर्थः ।

---

१ न तस्य वाच्यं नैर्गुण्यं. २ मर्त्यैः.

संतप्तायसि संस्थितस्य पयसो नामापि न ज्ञायते
मुक्ताकारतया तदेव नलिनीपत्रस्थितं राजते।
स्वातौ सागरशुक्तिकुक्षिपतितं तज्जायते मौक्तिकं
प्रायेणाधममध्यमोत्तमगुणः संवासतो जायते ॥ २९३ ॥

तथा च।

असतां सङ्गदोषेण साधवो यान्ति विक्रियाम्।
दुर्योधनप्रसङ्गेन भीष्मो गोहरणे गतः ॥ २९४ ॥

अतएव सन्तो नीचसङ्गं वर्जयन्ति। उक्तं च—

न ह्यविज्ञातशीलस्य प्रदातव्यः प्रतिश्रयः।
मत्कुणस्य च दोषेण हता मन्दविसर्पिणी ॥ २९५ ॥

पिङ्गलक आह—कथमेतत्। सोऽब्रवीत्—

कथा ९।

अस्ति कस्यचिन्महीपतेः मनोरमं शयनस्थानम्। तत्र शुक्लतरपटयुगलमध्यसंस्थिता मन्दविसर्पिणी नाम यूका प्रतिवसति स्म। सा च तस्य महीपते रक्तमास्वादयन्ती सुखेन कालं नयमाना तिष्ठति। अन्येद्युश्च तत्र शयने क्वचिद्भ्राम्यन्नग्निमुखो नाम मत्कुणः समायातः। अथ तं दृष्ट्वा सा विषण्णवदना प्रोवाच—भो अग्निमुख कुतस्त्वमत्रानुचितस्थाने समायातः। तद्यावन्न कश्चिद्वेत्ति तावच्छीघ्रं गम्यतामिति। स आह—भगवति गृहागतस्यासाधोरपि नैतद्युज्यते वक्तुम्। उक्तं च—

एह्यागच्छ समाश्वसासनमिदं कस्माच्चिराद्दृश्यसे
का वार्ता न्वतिदुर्बलोऽसि कुशलं प्रीतोऽस्मि ते दर्शनात्।
एवं नीचजनेऽपि युज्यति गृहं प्राप्ते सतां सर्वदा
धर्मोऽयं गृहमेधिनां निगदितः स्मार्तैर्लघुः स्वर्गदः ॥ २९६ ॥

अपरं मयानेकमानुषाणामनेकविधानि रुधिराण्यास्वादितान्याहारदोषात्कटुतिक्तकषायाम्लरसास्वादानि न च कदाचिन्मधुररक्तं समास्वादितम्। तद्यदि त्वं प्रसादं करोषि तदस्य नृपतेर्विविधव्यञ्जनान्नपानचोष्यलेह्यस्वाद्वाहारवशादस्य शरीरे यन्मिष्टं रक्तं संजातं तदास्वादनेन सौख्यं संपादयामि जिह्वाया इति। उक्तं च—

संतप्तायसि तप्तलोहे। मुक्ताकारतया मौक्तिकाकारेण। स्वातौ स्वात्यां वर्तमाने सूर्ये। शुक्तीनां कुक्षिषु उदरेषु। एहीति—नु किम्। नु पृच्छायां वितर्के च इत्यमरः। कुशलमपि। सतां युज्यति युक्तं भवति। स्मार्तैः स्मृतिकारैः। लघुः स्वल्पः। ०रसाणामास्वादो येषाम्।

---

१ संपुटगतं. २ कस्मिंश्चित्स्था०; कस्यचिद्राज्ञो वासगृहे सर्वगुणोपेतमनन्यसदृशं शयनीयं. ३ श्वेता यूका. ४ कुशलं सुदुर्बलवपुः. ५ अस्मात्प्राक्—ततोऽतिथिस्तत्राहम्.

रङ्कस्य नृपतेर्वापि जिह्वासौख्यं समं स्मृतम् ।
तन्मात्रं च स्मृतं सारं यदर्थं यतते जनः ॥ २५७ ॥

यद्येव न भवेल्लोके कर्म जिह्वाप्रतुष्टिदम् ।
तन्न भृत्यो भवेत्कश्चित्कस्यचिद्वशगोऽथवा ॥ २५८ ॥
यदसत्यं वदेन्मर्त्यो यद्वासेव्यं च सेवते ।
यद्गच्छति विदेशं च तत्सर्वमुदरार्थतः ॥ २५९ ॥

तन्मया गृहागतेन बुभुक्षया पीड्यमानेन त्वत्सकाशाद्भोजनं लभ्यम् । तन्न त्वयैकाकिन्यास्य भूपते रक्तभोजनं कर्तुं युज्यते । तच्छ्रुत्वा मन्दविसर्पिण्याह—भो मत्कुण अहमस्य नृपतेर्निद्रावशं गतस्य रक्तमास्वादयामि । पुनस्त्वमग्निमुखश्चपलश्च । तद्यदि मया सह रक्तपानं करोषि तत्तिष्ठ । अभीष्टतरं रक्तमास्वादय । सोऽब्रवीत्—भगवति एवं करिष्यामि । यावत्त्वं नास्वादयसि प्रथमं नृपरक्तं तावन्मम देवगुरुकृतः शपथः स्यात् यदि तदास्वादयामि । एवं तयोः परस्परं वदतोः स राजा तच्छयनमासाद्य प्रसुप्तः । अथासौ मत्कुणो जिह्वालौल्यप्रकृष्टौत्सुक्याज्जाग्रतमपि तं महीपतिमदशत् । अथवा साध्विदमुच्यते—

स्वभावो नोपदेशेन शक्यते कर्तुमन्यथा ।
सुतप्तमपि पानीयं पुनर्गच्छति शीतताम् ॥ २६० ॥
यदि स्याच्छीतलो वह्निः शीतांशुर्दहनात्मकः ।
न स्वभावोऽत्र मर्त्यानां शक्यते कर्तुमन्यथा ॥ २६१ ॥

अथासौ महीपतिः सूच्यग्रविद्ध इव तच्छयनं त्यक्त्वा तत्क्षणादेवोत्थितः । अहो ज्ञायतामत्र प्रच्छादनपटे मत्कुणो यूका वा नूनं तिष्ठति येनाहं दष्ट इति । अथ ये कञ्चुकिनस्तत्र स्थितास्ते सत्वरं प्रच्छादनपटं गृहीत्वा सूक्ष्मदृष्ट्या वीक्षांचक्रुः । अत्रान्तरे स मत्कुणश्चापल्यात्खट्वान्तं प्रविष्टः । सा मन्दविसर्पिण्यपि वस्त्रसंध्यन्तर्गता तैर्दृष्टा व्यापादिता च । अतोऽहं ब्रवीमि—न ह्यविज्ञातशीलस्य इति ॥ एवं ज्ञात्वा त्वयैष वध्यः । नो चेत्त्वां व्यापादयिष्यति । उक्तं च—

त्यक्ताश्चाभ्यन्तरा येन बाह्याश्चाभ्यन्तरीकृताः ।
स एव मृत्युमाप्नोति यथा राजा ककुद्रुमः ॥ २६२ ॥

पिङ्गलक आह—कथमेतत् । सोऽब्रवीत्—

तन्मात्रं जिह्वासौख्यमात्रं । बुभुक्षा क्षुधा । अभीष्टतरमत्यास्वादवत् । जिह्वालौल्येन यत्प्रकृष्टमौत्सुक्यं तस्मात् । आभ्यन्तराः स्ववर्गीयाः ।

---

१ अर्थनीयं; प्रार्थितम्. २ अन्यच्च देवपादैर्ये क्रमागता भृत्यास्त्यक्ताः तदप्ययुक्तं यतः । इ. पा. ३ मूर्खश्चण्डरवो यथा.

कथा १०।

कस्मिंश्चिद्वनप्रदेशे चण्डरवो नाम शृगालः प्रतिवसति स्म। स कदाचित्क्षुधाविष्टो जिह्वालौल्यान्नगरान्तरे प्रविष्टः। अथ तं नगरवासिनः सारमेया अवलोक्य सर्वतः शब्दायमानाः परिधाव्य तीक्ष्णदंष्ट्राग्रैर्भक्षयितुमारब्धाः। सोऽपि तैर्भक्ष्यमाणः प्राणभयात्प्रत्यासन्नरजकगृहं प्रविष्टः। तत्र च नीलीरसपरिपूर्णं महाभाण्डमासीत्। तत्र सारमेयैराक्रान्तो भाण्डमध्ये पतितः। अथ यावन्निष्क्रान्तस्तावन्नीलीवर्णः संजातः। तत्रापरे सारमेयास्तं शृगालमजानन्तो यथाभीष्टदिशं जग्मुः। चण्डरवोऽपि दूरतरं प्रदेशमासाद्य काननाभिमुखं प्रतस्थे। न च नीलवर्णेन कदाचिन्निजरङ्गस्त्यज्यते। उक्तं च—

वज्रलेपस्य मूर्खस्य नारीणां कर्कटस्य च।
एको ग्रहस्तु मीनानां नीलीमद्यपयोर्यथा॥ २६३॥

अथ तं हरगलगरलतमालसमप्रभमपूर्वं सत्त्वमवलोक्य सर्वे सिंहव्याघ्रद्वीपिवृकप्रभृतयोऽरण्यनिवासिनो भयव्याकुलितचित्ताः समन्तात्पलायनक्रियां कुर्वन्ति कथयन्ति च—न ज्ञायतेऽस्य कीदृग्विचेष्टितं पौरुषं च। तद्दूरतरं गच्छामः। उक्तं च—

न यस्य चेष्टितं विद्यान्न कुलं न पराक्रमम्।
न तस्य विश्वसेत्प्राज्ञो यदीच्छेच्छ्रियमात्मनः॥ २६४॥

चण्डरवोऽपि तान्भयव्याकुलितान्विज्ञायेदमाह—भो भोः श्वापदाः किं यूयं मां दृष्ट्वैव संत्रस्ता व्रजथ। तन्न भेतव्यम्। अहं ब्रह्मणाद्य स्वयमेव सृष्ट्वाभिहितः—यच्छ्वापदानां कश्चिद्राजा नास्ति तत्त्वं मयाद्य सर्वश्वापदप्रभुत्वेऽभिषिक्तः ककुद्द्रुमाभिधः। ततो गत्वा क्षितितले तान्सर्वान्परिपालय इति। ततोऽहमत्रागतः। तन्मम छत्रच्छायायां सर्वैरेव श्वापदैर्वर्तितव्यम्। अहं ककुद्द्रुमो नाम राजा त्रैलोक्येऽपि संजातः। तच्छ्रुत्वा सिंहव्याघ्रपुरःसराः श्वापदाः स्वामिन् प्रभो समादिश इति वदन्तस्तं परिवव्रुः। अथ तेन सिंहस्यामात्यपदवी प्रदत्ता व्याघ्रस्य शय्यापालत्वं द्वीपिनस्ताम्बूलाधिकारो वृकस्य द्वारपालकत्वम्। ये चात्मीयाः शृगालास्तैः सहालापमात्रमपि न करोति। शृगालाः सर्वेऽप्यर्धचन्द्रं दत्त्वा निःसारिताः। एवं तस्य राज्यक्रियायां वर्तमानस्य ते सिंहादयो मृगान्व्यापाद्य तत्पुरतः प्रक्षिपन्ति। सोऽपि प्रभुधर्मेण सर्वेषां तान्प्रविभज्य प्रयच्छति। एवं गच्छति काले

एको ग्रहो यत्सकृद् गृह्णन्ति तन्न कदापि मुञ्चन्तीत्यर्थः। हरगलश्च गरलं च तमालश्च तैः समा प्रभा यस्य।

---

१ वनोद्देशे. २ ०दशनकोटिभिः, तीव्रदन्तैः. ३ सज्जीकृतमा० ४ श्रेयः, ५ क्रियया; राज्यश्रियमनुभवतः.

कदाचित्तेन सभागतेन दूरदेशे शब्दायमानस्य श्रृगालवृन्दस्य कोलाहलोऽश्रावि। तं शब्दं श्रुत्वा पुलकिततनुरानन्दाश्रुपरिपूर्णनयन उत्थाय तारस्वरेण विरोतुमारब्धवान्। अथ ते सिंहादयस्तं तारस्वरमाकर्ण्य श्रृगालोऽयमिति मत्वा सलज्जमधोमुखाः क्षणमेकं स्थित्वा मिथः प्रोचुः भो वाहिता वयमनेन। क्षुद्रः श्रृगालोयं तद्वध्यतामिति। सोऽपि तदाकर्ण्य पलायितुमिच्छंस्तत्र स्थान एव सिंहादिभिः खण्डशः कृतो मृतश्च। अतोऽहं ब्रवीमि—त्यक्ताश्चाभ्यन्तरा येनेति॥

तदाकर्ण्य पिङ्गलक आह—भो दमनक कः प्रत्ययोऽत्र विषये यत्स ममोपरि दुष्टबुद्धिः। स आह—अद्य ममाग्रे तेन निश्चयः कृतो यत्प्रभाते पिङ्गलकं वधिष्यामि। तत्रैष प्रत्ययः। प्रभाते सभाऽवसरवेलायामारक्तमुखनयनः स्फुरिताधरो दिशोऽवलोकयन्ननुचितस्थानोपविष्टस्त्वां क्रूरदृष्ट्या विलोकयिष्यति। एवं ज्ञात्वा यदुचितं तत्कर्तव्यम्। इति कथयित्वा संजीवकसकाशं गतः। तं प्रणम्योपविष्टः। संजीवकोऽपि सोद्वेगाकारं मन्दगत्या समायान्तं तमुद्वीक्ष्य सादरतरमुवाच भो मित्र स्वागतम्। चिराद् दृष्टोऽसि। अपि शिवं भवतः। तत्कथय येनादेयमपि तुभ्यं गृहागताय प्रयच्छामि। उक्तं च—

ते धन्यास्ते विवेकज्ञास्ते शस्या इह भूतले।
आगच्छन्ति गृहे येषां कार्यार्थं सुहृदो जनाः॥ २६५॥

दमनक आह—भोः कथं शिवं सेवकजनस्य।

संपत्तयः परायत्ताः सदा चित्तमनिर्वृतम्।
स्वजीवितेऽप्यविश्वासस्तेषां ये राजसेवकाः॥ २६६॥

तथा च। सेवया धनमिच्छद्भिः सेवकैः पश्य यत्कृतम्।
स्वातन्त्र्यं यच्छरीरस्य मूढैस्तदपि हारितम्॥ २६७॥

तावज्जन्मातिदुःखाय ततो दुर्गतता सदा।
तत्रापि सेवया वृत्तिरहो दुःखपरम्परा॥ २६८॥

जीवन्तोऽपि मृताः पञ्च श्रूयन्ते किल भारते।
दरिद्रो व्याधितो मूर्खः प्रवासी नित्यसेवकः॥ २६९॥

नैभाति स्वेच्छयौत्सुक्याद्विनिद्रो न प्रबुध्यते।
न निःशङ्कं वचो ब्रूते सेवकोऽप्यत्र जीवति॥ २७०॥

वाहिता विप्रलब्धा इत्यर्थः। मुखं च नयने च मुखनयनमारक्तं मुखनयनं यस्य। तावत्प्रथमम्। औत्सुक्यात्सेवनौत्कण्ठाहेतोः। विनिद्रो विशिष्टा निद्रा यस्य सुखसुप्त इत्यर्थः। कदापि सुखेन न स्वपितीत्यर्थः। यद्वा विनिद्रोऽत एव। सेवको प्यत्रेति एवं सत्यपि सेवको जीवतीत्यहो लज्जाकरमेतत्।

---

१ नाः शृगाला आकर्णिताः। तेषां शब्दं. २ क्षुद्रशृगालेन. ३ यदद्य...तदत्रैव प्रत्य. ४ सभ्याः. ५ आहरन्नपि विश्वस्तो...। वक्ति न स्वेच्छया किंचित्सेवकोपीह.

सेवा श्ववृत्तिराख्याता यैस्तैर्मिथ्या प्रजल्पितम्।
स्वच्छन्दं चरति श्वात्र सेवकः परशासनात्॥ २७१॥
भूशय्या ब्रह्मचर्यं च कृशत्वं लघुभोजनम्।
सेवकस्य यतेर्यद्वद्विशेषः पापधर्मजः॥ २७२॥
शीतातपादिकष्टानि सहते यानि सेवकः।
धनाय तानि चाल्पानि यदि धर्मार्थं मुच्यते॥ २७३॥
मृदुनापि सुवृत्तेन सुमिष्टेनापि हारिणा।
मोदकेनापि किं तेन निष्पत्तिर्यस्य सेवया॥ २७४॥

संजीवक आह—अथ भवान्किं वक्तुमनाः। सोऽब्रवीत्—मित्र सचिवानां मन्त्रभेदं कर्तुं न युज्यते। उक्तं च—

यो मन्त्रं स्वामिनो भिन्द्यात्साचिव्ये संनियोजितः।
स हत्वा नृपकार्यं तत्स्वयं च नरकं व्रजेत्॥ २७५॥
येन यस्य कृतो भेदः सचिवेन महीपतेः।
तेनाशस्त्रवधस्तस्य कृत इत्याह नारदः॥ २७६॥

तथापि मया तव स्नेहपाशबद्धेन मन्त्रभेदः कार्यो यतस्त्वं मम वचनेनात्र राजकुले विश्वस्तः प्रविष्टश्च। उक्तं च—

विश्रम्भाद्यस्य यो मृत्युमवाप्नोति कथंचन।
तस्य हत्या तदुत्था सा प्राहेदं वचनं मनुः॥ २७७॥

तत्तवोपरि पिङ्गलकोऽयं दुष्टबुद्धिः। कथितं चाद्यानेन मत्पुरतश्चतुष्कर्णतया—यत्प्रभाते संजीवकं हत्वा समस्तमृगपरिवारं चिरात्तृप्तिं नेष्यामि। ततः स मयोक्तः- स्वामिन् न युक्तमिदं यन्मित्रद्रोहेण जीवनं क्रियते। उक्तं च।

अपि ब्रह्मवधं कृत्वा प्रायश्चित्तेन शुध्यति।
तदर्हेण विचीर्णेन न कथंचित्सुहृद्द्रुहः॥ २७८॥

ततस्तेनाहं सामर्षेणोक्तः—भोः कुबुद्धे संजीवकस्तावच्छष्पभोजी वयं मांसाशिनस्तदस्माकं स्वाभाविकं वैरमिति। कथं रिपुरुपेक्ष्यते। तस्मात्सामादिभिरुपायैर्हन्यते। न च हते तस्मिन्दोषः स्यात्। उक्तं च—

पापाद्धर्माच्च जायत इति। यानि शीतातपादीनि कष्टानि दुःखानि धनाय सहते तानि ततोऽल्पान्यपि यदि धर्मार्थं सहेत तर्हि मुच्यते मुक्तो भवेत्। हारिणा मनोहारिणा जिह्वातोषकारिणेति यावत्। सचिवानां सचिवैः। तदुत्था तस्माद्विश्रंभादुत्पन्ना। चतुष्कर्णतया मह्यमेव रहसि। तदर्हेण ब्रह्मवधोचितेन प्रायश्चित्तेन चीर्णेन प्रायश्चित्तं चरित्वा नरः शुद्ध्यति। न कथंचित्केनापि प्रायश्चित्तेन। सुहृद्द्रुहो मित्रद्रोहकारिणः शुद्ध्यन्ति। सामर्षेण-सक्रोधेन।

---

१ धर्मोत्र. २ अस्मात्परं–स्वाभिप्रायपरोक्षस्य परचित्तानुवर्तिनः। स्वयं विक्रीतदेहस्य सेवकस्य कुतः सुखम्॥ इत्य०. ३ निष्पन्नो यस्तु. ४ स्वामिनां साचि. ५ अयु. ६ दुष्ट·

दत्त्वापि कन्यकां वैरी निहन्तव्यो विपश्चिता ।
अन्योपायैरशक्यो यो हते दोषो न विद्यते ॥ २७९ ॥
कृत्याकृत्यं न मन्येत क्षत्रियो युधि संगतः ।
प्रसुप्तो द्रोणपुत्रेण धृष्टद्युम्नः पुरा हतः ॥ २८० ॥

तदहं तस्य निश्चयं ज्ञात्वा त्वत्सकाशमिहागतः । सांप्रतं मे नास्ति विश्वासघातकदोषः । मया सुगुप्तमन्त्रस्तव निवेदितः । तद्यत्ते प्रतिभाति तत्कुरुष्व इति । अथ संजीवकस्तस्य तद्वज्रपातदारुणं वचनं श्रुत्वा मोहमुपागतः । अथ चेतनां लब्ध्वा सवैराग्यमिदमाह—भोः साध्विदमुच्यते—

दुर्जनगम्या नार्यः प्रायेणास्नेहवान्भवति राजा ।
कृपणानुसारि च धनं मेघो गिरिदुर्गवर्षी च ॥ २८१ ॥
अहं हि संमतो राज्ञो य एवं मन्यते कुधीः ।
बलीवर्दः स विज्ञेयो विषाणपरिवर्जितः ॥ २८२ ॥
वरं वनं वरं भैक्ष्यं वरं भारोपजीवनम् ।
वरं व्याधिर्मनुष्याणां नाधिकारेण संपदः ॥ २८३ ॥

तदयुक्तं मया कृतं यदनेन सह मैत्री विहिता । उक्तं च—

ययोरेव समं वित्तं ययोरेव समं कुलम् ।
तयोर्मैत्री विवाहश्च न तु पुष्टविपुष्टयोः ॥ २८४ ॥

तथा च—

मृगा मृगैः सङ्गमनुव्रजन्ति गावश्च गोभिस्तुरगास्तुरङ्गैः ।
मूर्खाश्च मूर्खैः सुधियः सुधीभिः समानशीलव्यसनेषु सख्यम् ।२८५।

तद्यदि गत्वा तं प्रसादयामि तथापि न प्रसादं यास्यति । उक्तं च—

निमित्तमुद्दिश्य हि यः प्रकुप्यति ध्रुवं स तस्यापगमे प्रशाम्यति ।
अकारणद्वेषपरो हि यो भवेत्कथं नरोऽसौ परितोषमेष्यति ॥ २८६ ॥

अहो साधु चेदमुच्यते—

भक्तानामुपकारिणां परहितव्यापारयुक्तात्मनां
सेवासंव्यवहारतत्त्वविदुषां द्रोहच्युतानामपि ।

यो वैरी अन्योपायैर्न वशमानीयते स विपश्चिता प्राज्ञेन पुरुषेण हन्तव्यः । ०घातकस्य दोषः । दुर्जनैर्गम्याः । कृपणमनुसरतीति तच्छीलम् । कुत्सिता धीर्यस्य । भारेण भारवहनेन उपजीविका । अधिकारेण नृपसेवयेत्यर्थः । पुष्टश्चविपुष्टः कृशश्च तयोः । तस्य निमित्तस्यापगमे तस्मिन्दूरीभूते । परहितस्य व्यापारस्तत्र युक्त आत्मा येषाम् । सेनायाः संव्यवहारस्तस्य तत्वं विदन्तीति तेषाम् । द्रोहात् च्युताः तेषां ।

---

१ अथ. २ आकर्ण्य परं विषादमगमत्सार्वकालं श्रद्धेयवचनत्वाद्दमनकस्य वचनं सत्यमिव मन्यमानो हृदये परं भयमुपगत आह च. ३ अकारणद्वेषि मनो हि यस्य वा. ४ नरस्तं परितोषयिष्यति.

व्यापत्तिः स्खलितान्तरेषु नियता सिद्धिर्भवेद्वा न वा
तस्मादम्बुपतेरिवावनिपतेः सेवा सदा शङ्किनी ॥ २८७ ॥

तथा च।

भावस्निग्धैरुपकृतमपि द्वेष्यतां याति लोके
साक्षादन्यैरपकृतमपि प्रीतये चोपयाति।
दुर्ग्राह्यत्वान्नृपतिमनसां नैकभावाश्रयाणां
सेवाधर्मः परमगहनो योगिनामप्यगम्यः ॥ २८८ ॥

तत्परिज्ञातं मया मत्प्रसादमसहमानैः समीपवर्तिभिरेष पिङ्गलकः प्रकोपितः। तेनायं ममादोषस्याप्येवं वदति। उक्तं च—

प्रभोः प्रसादमन्यस्य न सहन्तीह सेवकाः।
सपत्न्य इव संक्रुद्धाः सपत्न्याः स्वाकृतेरपि ॥ २८९ ॥

भवति चैवं यद्गुणवत्सु समीपवर्तिषु गुणहीनानां न प्रसादो भवति उक्तं च—

गुणवत्तरपात्रेण च्छाद्यन्ते गुणिनां गुणाः।
रात्रौ दीपशिखाकान्तिर्न भानावुदिते सति ॥ २९० ॥

दमनक आह—भो मित्र यद्येवं तन्नास्ति ते भयम्। प्रकोपितोऽपि स दुर्जनैस्तव वचनरचनया प्रसादं यास्यति। संजीवक आह—भो न युक्तमुक्तं भवता। लघूनामपि दुर्जनानां मध्ये वस्तुं न शक्यते। उपायान्तरं विधाय ते नूनं घ्नन्ति। उक्तं च—

बहवः पण्डिताः क्षुद्राः सर्वे मायोपजीविनः।
कुर्युः कृत्यमकृत्यं वा उष्ट्रे काकादयो यथा ॥ २९१ ॥

दमनक आह—कथमेतत्। सोऽब्रवीत्—

कथा ११।

अस्ति कस्मिंश्चिद्वनोद्देशे मदोत्कटो नाम सिंहः प्रतिवसति स्म। तस्य चानुचरा अन्ये द्वीपिवायसगोमायवः सन्ति। अथ कदाचित्ते-

---

तेषां स्खलितान्तरेषु प्रमादच्छिद्रेषु व्यापत्तिनाशो नियता ध्रुवा। सिद्धिरस्खलितसेवायाः फलं। भावेन अनुकूलमनोविकारेण स्निग्धैः स्नेहवद्भिः। साक्षान्नतुपरोक्षमपि। न एको नैके भावा मनोविकारास्तेषामाश्रयाणि तेषां। दुर्ग्राह्यत्वात् सुखाकलनस्याशक्यत्वात्। अनेकभावाकुलानां मनसां वशीकरणस्य दूरापेतत्वादित्यर्थः। प्रभोरन्यस्यान्यास्मिन् प्रसादं। स्वाकृतेः सुस्वरूपाया अपि सपत्न्या उपरि भर्तृप्रसादं इत्या०। रात्रौ प्रभवतीति शेषः। वचनरचनया वक्तव्यरचनापाटवेन। क्षुद्राः अपि। मायया कपटेनोपजीवन्तीति तच्छीलाः। गोमायुः शृगालः।

---

१ किंचित्. २ शाठ्यात्. ३ सुकृतैरपि. ४ गुणवता समीपवर्तिना तद्गुणैरन्येषां प्रसादो न. ५ वचनेन. ६ अस्ति कस्मिंश्चिन्नगरे सागरदत्तो नाम वणिक्। स

रितस्ततो भ्रमद्भिः सार्थभ्रष्टः क्रथनको नामोष्ट्रो दृष्टः। अथ सिंह आह—अहो अपूर्वमिदं सत्त्वम्। तज्ज्ञायतां किमेतदारण्यकं ग्राम्यं वेति। तच्छ्रुत्वा वायस आह भोः स्वामिन् ग्राम्योऽयमुष्ट्रनामा जीवविशेषस्तव भोज्यः। तद्व्यापाद्यताम्। सिंह आह नाहं गृहमागतं हन्मि। उक्तं च—

गृहं शत्रुमपि प्राप्तं विश्वस्तमकुतोभयम्।
यो हन्यात्तस्य पापं स्याच्छतब्राह्मणघातजम्॥ २९२॥

तदभयप्रदानं दत्त्वा मत्सकाशमानीयतां येनास्यागमनकारणं पृच्छामि। अथासौ सर्वैरपि विश्वास्याभयप्रदानं दत्त्वा मदोत्कटसकाशमानीतः प्रणम्योपविष्टश्च। ततस्तस्य पृच्छतस्तेनात्मवृत्तान्तः सार्थभ्रंशसमुद्भवो निवेदितः। ततः सिंहेनोक्तम्—भोः क्रथनक मा त्वं ग्रामं गत्वा भूयोऽपि भारोद्वहनकष्टभागी भूयाः। तदत्रैवारण्ये निर्विशङ्को मरकतसदृशानि शष्पाग्राणि भक्षयन्मया सह सदैव वस। सोऽपि तथेत्युक्त्वा तेषां मध्ये विचरन्न कुतोऽपि भयमिति सुखेनास्ते। अथान्येद्युर्मदोत्कटस्य महागजेनारण्यचारिणा सह युद्धमभवत्। ततस्तस्य दन्तमुशलप्रहारैर्व्यथा संजाता। व्यथितः कथमपि प्राणैर्न वियुक्तः। अथ शरीरासामर्थ्यान्न कुत्रचित्पदमपि चलितुं शक्नोति। तेऽपि सर्वे काकादयोऽप्रभुत्वेन क्षुधाविष्टाः परं दुःखं भेजुः। अथ तान् सिंहः प्राह—भो अन्विष्यतां कुत्रचित्किंचित्सत्त्वं येनाहमेतामपि दशां प्राप्तस्तद्धत्वा युष्मद्भोजनं संपादयामि। अथ ते चत्वारोऽपि भ्रमितुमारब्धा यावन्न किंचित्सत्त्वं पश्यन्ति तावद्वायसश्शृगालौ परस्परं मन्त्रयतः। शृगाल आह—भो वायस किं प्रभूतभ्रान्तेन। अयमस्माकं प्रभोः क्रथनको विश्वस्तस्तिष्ठति। तदेनं हत्वा प्राणयात्रां कुर्मः। वायस आह—युक्तमुक्तं भवता। परं स्वामिना तस्याभयप्रदानं दत्तमास्ते न वध्योऽयमिति। शृगाल आह—भो वायस अहं स्वामिनं विज्ञाप्य तथा करिष्ये यथा स्वामी वधं करिष्यति। तत्तिष्ठन्तु भवन्तोऽत्रैव यावदहं गृहं गत्वा प्रभोराज्ञां गृहीत्वा चागच्छामि। एवमभिधाय सत्वरं सिंहमुद्दिश्य प्रस्थितः। अथ सिंहमासाद्येदमाह-स्वामिन् समस्तं वनं भ्रान्त्वा वय मागताः। न किंचि-

---

दन्तौ मुसले इव तयोः प्रहारैः। क्षुधाविष्टा अपि अप्रभुत्वेनासामर्थ्येन।

उष्ट्रशतं बहुमूल्यचैलकनिभृतं कृत्वैकस्यां दिशि प्रस्थितः। अथ तस्य विकटनामोष्ट्रोतिभारेण पीडितो निश्वस्तसर्वाङ्गो निश्चेष्टः पतितः। ततो वाणिक् चैलकान्यन्यस्मिन् क्षिप्त्वारण्यभूमिरियं विषमस्थाने स्थातुं न शक्यत इति मत्वोष्ट्रं विहाय प्रस्थितः। तस्मिंश्चगते विकटः शनैः संचलन् वल्लीविटपपत्रादि भक्षयितुमारब्धः। एवमसौ कतिपयैरहोभिर्बलवान् संवृत्तः। अथ तस्मिन्नने मदोत्कटो।

स्तत्वमासादितम्। तत्किं कुर्मो वयम्। संप्रति वयं बुभुक्षया पदमेकम- पि चलितुं न शक्नुमः। देवोऽपि पथ्याशी वर्तते। तद्यदि देवादेशो भवति तत्क्रथनकपिशितेनाद्य पथ्यक्रिया क्रियते। अथ सिंहस्तस्य तद्दारुणं वचनमाकर्ण्य सकोपमिदमाह—धिक्पापाधम यद्येवं भूयोऽपि वदसि तत- स्त्वां तत्क्षणमेव वधिष्यामि। यतो मया तस्याभयं प्रदत्तं तत्कथं व्यापा- दयामि। उक्तं च—

न गोप्रदानं न महीप्रदानं न चान्नदानं हि तथा प्रधानम्।
यथा वदन्तीह बुधाः प्रधानं सर्वप्रदानेष्वभयप्रदानम्॥ २९३॥

तच्छ्रुत्वा शृगाल आह—स्वामिन् यद्यभयप्रदानं दत्त्वा वधः क्रियते तदैष दोषो भवति। पुनर्यदि देवपादानां भक्त्या स आत्मनो जीवितव्यं प्रय- च्छति तन्न दोषः। ततो यदि स स्वयमेवात्मानं वधाय नियोजयति त- द्वध्यः। अन्यथास्माकं मध्यादेकतमो वध्य इति। यतो देवपादाः पथ्या- शिनः क्षुन्निरोधादन्त्यां दशां यास्यन्ति। अपरं पश्चादप्यस्माभिर्वह्निप्रवेशः कार्यो यदि स्वामिपादानां किंचिदनिष्टं भविष्यति। उक्तं च—

यस्मिन्कुले यः पुरुषः प्रधानः स सर्वयत्नैः परिरक्षणीयः।
तस्मिन्विनष्टे हि कुलं विनष्टं न नाभिभङ्गे ह्यरका वहन्ति॥ २९४॥

तदाकर्ण्य मदोत्कट आह—यद्येवं तत्कुरुध्व यद्रोचते। तच्छ्रुत्वा स स- त्वरं गत्वा तानाह—भोः स्वामिनो महत्यवस्था वर्तते। तत्किं पर्यटितेन। तेन विना कोऽत्रास्मान्रक्षयिष्यति। तद्गत्वा तस्य क्षुद्रोगात्परलोकं प्रस्थि- तस्यात्मशरीरदानं कुर्मो येन स्वामिप्रसादस्यानृणतां गच्छामः। उक्तं च—

आपदं प्राप्नुयात्स्वामी यस्य भृत्यस्य पश्यतः।
प्राणेषु विद्यमानेषु स भृत्यो नरकं व्रजेत्॥ २९५॥

तदनन्तरं ते सर्वे बाष्पपूरितदृशो मदोत्कटं प्रणम्योपविष्टाः। तान्दृष्ट्वा मदोत्कट आह—भोः प्राप्तं दृष्टं वा किंचित्सत्त्वम्। अथ तेषां मध्यात्का- कः प्रोवाच—स्वामिन् वयं तावत्सर्वत्र पर्यटिताः। परं न किंचित्सत्त्व- मासादितं दृष्टं वा। तदद्य मां भक्षयित्वा प्राणान्धारयतु स्वामी येन दे- वस्याप्यायनं भवति मम पुनः स्वर्गप्राप्तिरिति। उक्तं च—

स्वाम्यर्थे यस्त्यजेत्प्राणान्भृत्यो भक्तिसमन्वितः।
स परं पदमाप्नोति जरामरणवर्जितम्॥ २९६॥

बुभुक्षया क्षुधा। पथ्यं हितमश्नातीति। पिशितं मांसं। अन्त्यां दशां मरणम्। नाभिः पिण्डिका। प्राणेषु विद्यमानेषु जीवत इत्यर्थः। यस्य भृत्यस्य पश्यतः समक्षं इत्या०। आप्यायनं तृप्तिः। क्षुत्क्षान्तिरिति यावत्।

---

१ मनुष्यलोके. २ पथ्याहारेण:. ३ स्वकुलं; कुलसारभूते. ४ नाभिभङ्गेन रथाः, नाभिभङ्गे ह्यरयः. ५ जीवतः. ६ अथ गत्वा; इति श्रुत्वा. ७ आश्वासनं; ०यना. ८ परं पदमवा०....वर्जितः.

तच्छ्रुत्वा शृगाल आह—भोः स्वल्पकायो भवान् । तव भक्षणात्स्वामिनस्तावत्प्राणयात्रा न भवति । अपरो दोषश्च तावत्समुत्पद्यते । उक्तं च—

काकमांसं शुनोच्छिष्टं स्वैल्पं तदपि दुर्लभम् ।
भक्षितेनापि किं तेन तृप्तिर्येन न जायते ॥ २९७ ॥

तद्दर्शिता स्वामिभक्तिर्भवता । गतं चानृण्यं भर्तृपिण्डस्य । प्राप्तश्चोभयलोके साधुवादः । तदपसराग्रतः । अहं स्वामिनं विज्ञापयामि । तथानुष्ठिते शृगालः सादरं प्रणम्योपविष्टः—स्वामिन् मां भक्षयित्वाद्य प्राणयात्रां विधाय ममोभयलोकप्राप्तिं कुरु । उक्तं च—

स्वाम्यायत्ताः सदा प्राणा भृत्यानामर्जिता धनैः ।
यतस्तैतो न दोषोऽस्ति तेषां ग्रहणसंभवः ॥ २९८ ॥

अथ तच्छ्रुत्वा द्वीप्याह—भोः साधूक्तं भवता । पुनर्भवानपि स्वल्पकायः स्वजातिश्च नखायुधत्वादभक्ष्य एव । उक्तं च—

नाभक्ष्यं भक्षयेत्प्राज्ञः प्राणैः कण्ठगतैरपि ।
विशेषात्तदपि स्तोकं लोकद्वयविनाशकम् ॥ २९९ ॥

तद्दर्शितं त्वयात्मनः कौलीन्यम् । अथवा साधु चेदमुच्यते—

एतदर्थं कुलीनानां नृपाः कुर्वन्ति संग्रहम् ।
आदिमध्यावसानेषु न ते गच्छन्ति विक्रियाम् ॥ ३०० ॥

तदपसराग्रतो येनाहं स्वामिनं विज्ञापयामि । तथानुष्ठिते द्वीपी प्रणम्य मदोत्कटमाह—स्वामिन् क्रियतामद्य मम प्राणैः प्राणयात्रा । दीयतां ममाक्षयः स्वर्गे वासः । विस्तार्यतां क्षितितले प्रभूततरं यशः । तन्नात्र विकल्पः कार्यः । उक्तं च—

मृतानां स्वामिनः कार्ये भृत्यानामनुवर्तिनाम् ।
भवेत्स्वर्गेऽक्षयो वासः कीर्तिश्च धरणीतले ॥ ३०१ ॥

तच्छ्रुत्वा क्रथनकश्चिन्तयामास—एतैस्तावत्सर्वैरपि शोभनानि वाक्यानि प्रोक्तानि । न चैकोऽपि स्वामिना विनाशितः । तदहमपि प्राप्तकालं विज्ञापयामि येन मम वचनमेते त्रयोऽपि समर्थयन्ति । इति निश्चित्य प्रोवाच—भोः सत्यमुक्तं भवता । परं भवानपि नखायुधः । तत्कथं भवन्तं स्वामी भक्षयति । उक्तं च—

आनृण्यमनृणस्य भावः । स्वाम्यायत्ताः स्वाम्यधीनाः । तेषां प्राणानां ग्रहणसंभवो ग्रहणात्संभव उत्पत्तिर्यस्य स तथोक्तः । स्तोकमल्पम् ।

---

१ स्तोकं. २ प्राप्ता लोकद्वयेपि साधुता. ३ तेन. ४ यास्यन्ति. ५ विस्मयः. ६ अनिव०. ७ शोभावचनान्यभिहितानि; वचनानि जल्पितानि. ८ वक्ष्यामि चित्रकम्.

मनसापि स्वजात्यानां योऽनिष्टानि प्रचिन्तयेत् ।
भवन्ति तस्य तान्येव इहलोके परत्र च ॥ ३०२ ॥

तदपसराग्रतः येनाहं स्वामिनं विज्ञापयामि । तथानुष्ठिते क्रथनकोऽग्रे स्थित्वा प्रणम्योवाच—स्वामिन् एते तावदभक्ष्या भवतः । तन्मम प्राणैः प्राणयात्रा विधीयतां येन ममोभयलोकप्राप्तिर्भवति । उक्तं च—

नै यज्वानोऽपि गच्छन्ति तां गतिं नैव योगिनः ।
यां यान्ति प्रोज्झितप्राणाः स्वाम्यर्थे सेवकोत्तमाः ॥ ३०३ ॥

एवमभिहिते ताभ्यां शृगालचित्रकाभ्यां विदारितोभयकुक्षिः क्रथनकः प्राणानत्याक्षीत् । ततश्च तैः क्षुद्रपण्डितैः सर्वैर्भक्षितः । अतोऽहं ब्रवीमि—बहवः पण्डिताः क्षुद्रा इति ॥ तद्भद्र क्षुद्रपरिवारोऽयं राजा मया सम्यग्ज्ञातः । सतामसेव्यश्च । उक्तं च—

अशुद्धप्रकृतौ राज्ञि जनता नानुरज्यते ।
यथा गृध्रसमासन्नः कलहंसैः समाचरेत् ॥ ३०४ ॥

तथा च । गृध्राकारोऽपि सेव्यः स्याद्धंसाकारैः सभासदैः ।
हंसाकारोऽपि संत्याज्यो गृध्राकारैः स तैर्नृपः ॥ ३०५ ॥

तन्नूनं ममोपरि केनचिद्दुर्जनेनायं प्रकोपितस्तेनैवं वदति । अथवा भवत्येतत् । उक्तं च—

कर्णविषेण च भग्नः किं किं न करोति बालिशो लोकः ।
क्षपणकतामपि धत्ते पिबति सुरां नरकपालेन ॥ ३०६ ॥

अथवा साध्विदमुच्यते—

पादाहतोऽपि दृढदण्डसमाहतोऽपि
यं दंष्ट्रया स्पृशति तं किल हन्ति सर्पः ।

यज्वानः यज्वा तु विधिनेष्टवानित्यमरः । विदारितौ उभयौ कुक्षी यस्य । अशुद्धा दुराशयाः प्रकृतयः अमात्या यस्य । जनता जनसमूहः । यथा गृध्राः समासन्ना अमात्या यस्य स कलहंसः तथा अशुद्धप्रकृतिः राजा समाचरेत् व्यवहरेत् । गृध्राकारोपीति । स्वयमसमाचारोपि शुद्धधीभिरमात्यैरुपेतो राजा सेव्य इत्यर्थः । कर्णविषेण कर्णजपनमेव विषं तेन । बालिशो मूढधीः । क्षपणको बुद्धभिक्षुर्जैनभिक्षुर्वा ।

---

१ तस्य लोकद्वयं नास्ति भवेच्चाशुचिकीटवत्. २ लोकेत्र च. ३ यज्ञेनापि न. ४ स्वाम्यर्थे यस्त्यजेत्प्राणांस्तां गतिं याति सेवकः ५ आख्याते चाख्यानके दमनकं संजीवको ब्रवीत्—भद्र क्षुद्रपरिवारोयं राजा न शिवायाश्रितानां यन्मामभयं दत्वा व्यापादयति । तद्वरं गृध्रोपि राजा हंसपरिवारो न हंसोपि राजा गृध्रपरिवारः । उक्तं च इ. पा. ६ सोपि संचरन. ७ अस्मात्परमिदमधिकं क० — मृदुना सलिलेन खन्यमानान्यवघृष्यान्ति गिरेरपि स्थलानि । उपजापविदां च कर्णजापैः किमु चेतांसि मृदूनि मानवानाम् ॥

कोऽप्येष एव पिशुनोऽग्रमनुष्यधर्मः
कर्णे परं स्पृशति हन्ति परं समूलम् ॥ ३०७ ॥

तथा च ।

अहो खलभुजङ्गस्य विपरीतो वधक्रमः ।
कर्णे लगति चैकस्य प्राणैरन्यो वियुज्यते ॥ ३०८ ॥

तदेवं गतेऽपि किं कर्तव्यमित्यहं त्वां सुहृद्भावात्पृच्छामि । दमनक आह—तद्देशान्तरगमनं युज्यते नैवंविधस्य कुस्वामिनः सेवां विधातुम् । उक्तं च—

गुरोरप्यवलिप्तस्य कार्याकार्यमजानतः ।
उत्पथप्रतिपन्नस्य परित्यागो विधीयते ॥ ३०९ ॥

संजीवक आह—अस्त्येतत्परं स्वामिनि कुपिते गन्तुं न शक्यते न चान्यत्र गतानामपि निर्वृतिर्भवति । उक्तं च—

महतां योऽपराध्येत दूरस्थोऽस्मीति नाश्वसेत् ।
दीर्घौ बुद्धिमतो बाहू ताभ्यां हिंसति हिंसकम् ॥ ३१० ॥

तद्युद्धं मुक्त्वा मे नान्यदस्ति श्रेयस्करम् । उक्तं च—

न तान्हि तीर्थैस्तपसा च लोकान्स्वर्गैषिणो दानशतैः सुवित्तैः ।
क्षणेन यान्यान्ति रणेषु धीराः प्राणान्समुज्झन्ति हि ये सुशीलाः॥३११॥

मृतैः संप्राप्यते स्वर्गो जीवद्भिः कीर्तिरुत्तमा ।
तदुभावपि शूराणां गुणावेतौ न दुर्लभौ[7] ॥ ३१२ ॥

तथा च ।

होमार्थैर्विधिवत्प्रदानविधिना सद्विप्रवृन्दार्चनै-
र्यज्ञैर्भूरिसुदक्षिणैः सुविहितैः संप्राप्यते यत्फलम् ।
सत्तीर्थाश्रमवासहोमनियमैश्चान्द्रायणाद्यैः कृतैः
पुंभिस्तत्फलमाहवे विनिहतैः संप्राप्यते तत्क्षणात् ॥ ३१३ ॥

तदाकर्ण्य दमनकश्चिन्तयामास--युद्धाय कृतनिश्चयोऽयं दृश्यते दुरात्मा ।

पिशुनः खलश्चासावुग्रश्च पिशुनोग्रः स चासौ मनुष्यश्च तस्य धर्मः। पिशुनोग्रो मनुष्यधर्म इति वा । अवलिप्तस्य दृप्तस्य । उद्गतः पन्था उत्पथस्तं प्रतिपन्नः तस्य । नाश्वसेत् विश्रब्धो न तिष्ठेत् । ये सुशीला धीरा धैर्यशालिनः प्राणान्समुज्झन्ति इत्यन्वयः । होमार्थैः—होमाय इमे होमार्थास्तैः देवयजनार्थमित्यर्थः । विधिवत् यद् प्रदानं तस्य विधिस्तेन कृतानि सतः ब्रह्मवृन्दस्य अर्चनानि येषु तैः यज्ञैः । तथा च सत्तीर्थे आश्रमस्तत्र वासश्च होमश्च नियमाश्च तैः चान्द्रायणाद्यैश्च व्रतैः पुंभिः यत्फलं समवाप्यते तत् फलमि० ।

---

१ दण्डो भवति शासनम्. २ अस्माकमुपरि. ३ सुर्ता०. ४ सुवृत्तैः. ५ श्रेयः. ६ सु. ७ अस्मात्परमिदम०—ललाटदेशे रुधिरं स्रवत्तु शूरस्य यस्य प्रविशेच्च वक्त्रे । तत्सोमपानेन समं भवेच्च संग्रामयज्ञे विधिवत्प्रदिष्टम् ॥ ८ विविध. ९ सिद्धिं प्रधाना०.

तद्यदि कदाचित्तीक्ष्णशृङ्गाभ्यां स्वामिनं प्रहरिष्यति तन्महाननर्थः संपत्स्यते । तदेनं भूयोऽपि स्वबुद्ध्या प्रबोध्य तथा करोमि यथा देशान्तरगमनं करोति । आह च—भो मित्र सम्यगभिहितं भवता । परं कः स्वामिभृत्ययोः संग्रामः । उक्तं च—

बलवन्तं रिपुं दृष्ट्वा किलात्मानं प्रगोपयेत् ।
बलवद्भिश्च कर्तव्या शरच्चन्द्रप्रकाशता ॥ ३१४ ॥

अन्यच्च ।

शत्रोर्बलमविज्ञाय वैरमारभते हि यः ।
स पराभवमाप्नोति समुद्रष्टिट्टिभादिव ॥ ३१५ ॥

संजीवक आह—कथमेतत् । सोऽब्रवीत्—

कथा १२ ।

कस्मिंश्चित्समुद्रतीरैकदेशे टिट्टिभदम्पती प्रतिवसतः स्म । ततो गच्छति काल ऋतुसमयमासाद्य टिट्टिभी गर्भमाधत्त । अथासन्नप्रसवा सती टिट्टिभमूचे—भो कान्त मम प्रसवसमयो वर्तते तद्विचिन्त्यतां किमपि निरुपद्रवं स्थानं येनाहं तत्राण्डकमोक्षणं करोमि । टिट्टिभः प्राह—भद्रे रम्योऽयं समुद्रप्रदेशः । तदत्रैव प्रसवः कार्यः । साह—अत्र पूर्णिमादिने समुद्रवेला चटति । सा मत्तगजेन्द्रानपि समाकर्षति । तद्दूरमन्यत्र किंचित्स्थानमन्विष्यताम् । तच्छ्रुत्वा विहस्य टिट्टिभः प्राह—भद्रे न युक्तमुक्तं भवत्या । का मात्रा समुद्रस्य यो मम दूषयिष्यति प्रसूतिम् । तस्माद्विश्रब्धात्रैव गर्भं मुञ्च । उक्तं च—

यः पराभवसंत्रस्तः स्वस्थानं संत्यजेन्नरः ।
तेन चेत्पुत्रिणी माता तद्वन्ध्या केन कथ्यते ॥ ३१६ ॥

तच्छ्रुत्वा समुद्रश्चिन्तयामास—अहो गर्वः पक्षिकीटस्यास्य । अथवा साध्विदमुच्यते—

आत्मानं प्रगोपयेत् तत्पुरतो न गच्छेदित्य० । बलवद्भिर्नरैस्तु शरच्चन्द्रवत् स्वबलं प्रकटयितव्यमित्यर्थः । समुद्रवेला चटति वृद्धं जलं आप्लावयति । कामात्रा किं सामर्थ्यं । पुत्रिणी प्रशस्तः पुत्रोऽस्या विद्यते इति । पक्षिकीटस्य क्षुद्रपक्षिणः ।

---

१ विक्रममज्ञात्वा. २ यथा. ३ समुद्रैक. ४ चरति. ५ अस्मात्परमिदमधिकं पुस्तकान्तरे—किं न श्रुतं भवत्या । बद्धाम्बरचरमार्गं व्यपगतधूमं सदा महद्भयदम् । मन्दमतिः कः प्रविशति हुताशनं स्वेच्छया मनुजः ॥ मत्तेभकुम्भविदलनकृतश्रमं सुप्तमन्तकप्रतिमम् । यमलोकदर्शनेच्छुः सिंहं बोधयति को नाम ॥ को गत्वा यमसदनं स्वयमन्तकमादिशत्यजातभयः । प्राणानपहर मत्तो यदि शक्तिः काचिदस्ति तव ॥ प्रालेयलेशमिश्रे मरुति प्राभातिके च वाति जडे । गुणदोषज्ञः पुरुषो जलेन कः शीतमपनयति ॥ ६ प्राप्तः.

स्वचित्तकल्पितो गर्वः कस्य नाम न विद्यते ।
उत्क्षिप्य टिट्टिभः पादावास्ते भङ्गभयाद्दिवः ॥ ३१७ ॥

तन्मयास्य प्रमाणं कुतूहलादपि द्रष्टव्यम् । किमण्डापहारे कृते ममैष विधास्यति । इति चिन्तयित्वा स्थितः । अथ प्रसवानन्तरं प्राणयात्रार्थं गतायाष्टिट्टिभ्याः समुद्रो वेलाव्याजेनाण्डान्यपजहार । अथायाता सा टिट्टिभी प्रसवस्थानं शून्यमवलोक्य प्रलपन्ती टिट्टिभमूचे—भो मूर्ख कथितमासीन्मया ते यत्समुद्रवेलयाण्डानां विनाशो भविष्यति तद्दूरतरं व्रजावः । परं मूढतयाहंकारमाश्रित्य मम वचनं न करोषि । अथवा साध्विदमुच्यते—

सुहृदां हितकामानां न करोतीह यो वचः ।
स कूर्म इव दुर्बुद्धिः काष्ठाद्भ्रष्टो विनश्यति ॥ ३१८ ॥

टिट्टिभ आह—कथमेतत् । साब्रवीत्—

कथा १३ ।

अस्ति कस्मिंश्चिज्जलाशये कम्बुग्रीवो नाम कच्छपः । तस्य संकटविकट-नाम्नी मित्रे हंसजातीये परमस्नेहमाश्रिते । तौ च हंसौ नित्यमेव सरस्तीरमासाद्य तेन सहानेकदेवर्षिमहर्षीणां कथाः कृत्वास्तमयवेलायां स्वनीडसंश्रयं कुरुतः । अथ गच्छति कालेनावृष्टिवशात्सरः शनैः शनैः शोषमगमत् । ततस्तद्दुःखदुःखितौ तावूचतुः—भो मित्र जम्बालशेषमेतत्सरः संजातं तत्कथं भवान्भविष्यतीति व्याकुलत्वं नो हृदि वर्तते । तच्छ्रुत्वा कम्बुग्रीव आह—भोः सांप्रतं नास्त्यस्माकं जीवितव्यं जलाभावात् । तथाप्युपायश्चिन्त्यतामिति । उक्तं च—

त्याज्यं न धैर्यं विधुरेऽपि काले धैर्यात्कदाचिद्गतिमाप्नुयात्सः ।
यथा समुद्रेऽपि च पोतभङ्गे सांयात्रिको वाञ्छति तर्तुमेव ॥ ३१९ ॥

अपरं च ।

मित्रार्थे बान्धवार्थे च बुद्धिमान्यतते सदा ।
जातास्वापत्सु यत्नेन जगादेदं वचो मनुः ॥ ३२० ॥

दिवो भङ्गभयात् द्यौर्भग्ना स्वशिरसि पतेदिति भयात् । प्रमाणं सामर्थ्यस्थितिम् । प्राणयात्रार्थं जीविकार्थम् । दुर्बुद्धिर्मूढमतिः काष्ठाद्भ्रष्टः कूर्म इव स विनश्यति । अस्तमयवेला सायंसंध्यासमयः । नीडः कुलायः । जम्बालः कर्दमः शेषो यस्य । विधुरे प्रतिकूले । विगता धूर्यस्यासौ विधुरः । गतिमुद्धरणमार्गम् । आपदमुत्तरेदित्यर्थः । पोतो नौः । सांयात्रिको पोतवणिक् इत्यमरः । संयात्रा प्रयोजनमस्य ।

---

१ नाद्यापि. २ ऊर्ध्वपाट्टिट्टिभः शेते नभःपतनशंकया. ३ शेते पादौ पात०. ४ करिष्यति. ५ विचिन्त्य स्थितवान्. ६ कृतवान्. ७ यो वाक्यं नाभिनन्दति. ८ तस्य च मित्रे...नामानौ हंसौ परमस्नेहकोटिमाश्रितौ नित्य०

तदानीयतां काचिद्दृढरज्जुर्लघु काष्ठं वा। अन्विष्यतां च प्रभूतजलसनाथं सरो येन मया मध्यप्रदेशे दन्तैर्गृहीते सति युवां कोटिभागयोस्तत्काष्ठं मया सहितं संगृह्य तत्सरो नयथः। तावूचतुः—भो मित्र एवं करिष्यावः। परं भवता मौनव्रतेन स्थातव्यं नो चेत्तव काष्ठात्पातो भविष्यति। तथानुष्ठिते गच्छता कम्बुग्रीवेणाधोभागव्यवस्थितं किंचित्पुरमालोकितम्। तत्र ये पौरास्ते तं तथा नीयमानं विलोक्य सविस्मयमिदमूचुः—अहो चक्राकारं किमपि पक्षिभ्यां नीयते। पश्यत पश्यत। अथ तेषां कोलाहलमाकर्ण्य कम्बुग्रीव आह—भोः किमेष कोलाहलः इति वक्तुमना अर्धोक्ते पतितः पौरैः खण्डशः कृतश्च। अतोऽहं ब्रवीमि—सुहृदां हितकामानामिति॥ तथा च।

अनागतविधाता च प्रत्युत्पन्नमतिस्तथा।
द्वावेतौ सुखमेधेते यद्भविष्यो विनश्यति॥ ३२१॥

टिट्टिभ आह—कथमेतत्। साब्रवीत्—

कथा १४।

कस्मिंश्चिज्जलाशयेऽनागतविधाता प्रत्युत्पन्नमतिर्यद्भविष्यश्चेति त्रयो मत्स्याः सन्ति। अथ कदाचित्तं जलाशयं दृष्ट्वा गच्छद्भिर्मत्स्यजीविभिरुक्तं यदहो बहुमत्स्योऽयं ह्रदः। कदाचिदपि नास्माभिरन्वेषितः। तदद्य तावदाहारवृत्तिः संजाता संध्यासमयश्च संवृत्तः। ततः प्रभातेऽत्रागन्तव्यमिति निश्चयः। अतस्तेषां तत्कुलिशपातोपमं वचः समाकर्ण्यानागतविधाता सर्वान्मत्स्यानाहूयेदमूचे—अहो श्रुतं भवद्भिर्यन्मत्स्यजीविभिरभिहितम्। तद्रात्रावपि गम्यतां किंचित्समीपवर्ति सरः। उक्तं च—

अशक्तैर्बलिनः शत्रोः कर्तव्यं प्रपलायनम्।
संश्रितव्योऽथवा दुर्गो नान्या तेषां गतिर्भवेत्॥ ३२२॥

तन्नूनं प्रभातसमये मत्स्यजीविनोऽत्र समागम्य मत्स्यसंक्षयं करिष्यन्ति। एतन्मम मनसि वर्तते। तन्न युक्तं सांप्रतं क्षणमप्यत्रावस्थातुम्। उक्तं च—

विद्यमाना गतिर्येषामन्यत्रापि सुखावहा।
ते न पश्यन्ति विद्वांसो देशभङ्गं कुलक्षयम्॥ ३२३॥

तदाकर्ण्य प्रत्युत्पन्नमतिः प्राह—अहो सत्यमभिहितं भवता। ममाप्यभीष्टमेतत्। तदन्यत्र गम्यतामिति। उक्तं च—

तदस्य प्रयोजनमिति ठञ्। मध्यप्रदेशे मध्यभागे। कोटिभागयोः अग्रप्रान्तयोः। आगतमनागतं तस्य विधाता आगामिन्या आपदः पूर्वोपायचिन्तनेन प्रतिकर्ता। प्रत्युत्पन्ना मतिर्यस्य। यद्भविष्यो दैववादी। एधेते वृद्धिं प्राप्नुतः। कुलिश॰ वज्रपातसदृशं। बलिनः समर्थान्। विद्वांसः स्वकर्तव्यं जानन्तः।

---

१ भाव्यं. २ श्च यः. ३ न जीवति. ४ निकटं. ५ देह.

परदेशभयाद्भीता बहुमाया नपुंसकाः ।
स्वदेशे निधनं यान्ति काकाः कापुरुषा मृगाः ॥ ३२४ ॥
यस्यास्ति सर्वत्र गतिः स कस्मात्स्वदेशरागेण हि याति नाशम् ।
तातस्य कूपोऽयमिति ब्रुवाणाः क्षारं जलं कापुरुषाः पिबन्ति ॥ ३२५॥

अथ तत्समाकर्ण्य प्रोच्चैर्विहस्य यद्भविष्यः प्रोवाच—अहो न भवद्भ्यां मन्त्रितं सम्यगेतदिति यतः किं वाङ्मात्रेणापि तेषां पितृपैतामहिकमेतत्सरस्त्यक्तुं युज्यते । यद्यायुःक्षयोऽस्ति तदन्यत्र गतानामपि मृत्युर्भविष्यत्येव । उक्तं च—

अरक्षितं तिष्ठति दैवरक्षितं सुरक्षितं दैवहतं विनश्यति ।
जीवत्यनाथोऽपि वने विसर्जितः कृतप्रयत्नोऽपि गृहे विनश्यति ॥ ३२६ ॥

तदहं न यास्यामि । भवद्भ्यां च यत्प्रतिभाति तत्कर्तव्यम् । अथ तस्य तं निश्चयं ज्ञात्वानागतविधाता प्रत्युत्पन्नमतिश्च निष्क्रान्तौ सह परिजनेन । अथ प्रभाते तैर्मत्स्यजीविभिर्जालैस्तज्जलाशयमालोड्य यद्भविष्येण सह तत्सरो निर्मत्स्यतां नीतम् । अतोऽहं ब्रवीमि—अनागतविधाता चेति ॥ तच्छ्रुत्वा टिट्टिभ आह—भद्रे किं मां यद्भविष्यसदृशं संभावयसि । तपश्य मे बुद्धिप्रभावं यावदेनं दुष्टसमुद्रं शोषयामि । टिट्टिभ्याह अहो कस्ते समुद्रेण सह विग्रहः । तन्न युक्तमस्योपरि कोपं कर्तुम् । उक्तं च—

पुंसामसमर्थानामुपद्रवायात्मनो भवेत्कोपः ।
पिठरं ज्वलदतिमात्रं निजपार्श्वानेव दहतितराम् ॥ ३२७ ॥

तथा च ।

अविदित्वात्मनः शक्तिं परस्य च समुत्सुकः ।
गच्छन्नभिमुखो नाशं याति वह्नौ पतङ्गवत् ॥ ३२८ ॥

टिट्टिभ आह—प्रिये मा मैवं वद । येषामुत्साहशक्तिर्भवति ते स्वल्पा अपि गुरून् विक्रमन्ते । उक्तं च—

विशेषात्परिपूर्णस्य याति शत्रोरमर्षणः ।
आभिमुख्यं शशाङ्कस्य यथाद्यापि विधुंतुदः ॥ ३२९ ॥

तथा च ।

प्रमाणादधिकस्यापि गण्डश्याममदच्युतेः ।
पदं मूर्ध्नि समाधत्ते केसरी मत्तदन्तिनः ॥ ३३० ॥

स्वल्पाः क्षुद्रा अल्पशक्तय इत्यर्थः । उत्साहशक्तिः विक्रमबलम् । अमर्षणक्रोधनः । स्वपरिभूतिमसहमान इति यावत् । विशेषात् परिपूर्णस्य सर्वशक्तिमतः । पक्षे संपूर्णमण्डलस्य । विधुंतुदो राहुः । प्रमाणादधिकस्य बृहत्तरकायस्य । गण्डयोः श्यामा मदच्युतिर्यस्य । गण्डच्युतश्याममदस्येत्यर्थः ।

---

१ तयदि; आयुःशेषो नास्ति चेत्. २ स्वचञ्च्वा इत्य.

तथा च ।

बालस्यापि रवेः पादाः पतन्त्युपरि भूभृताम् ।
तेजसा सह जातानां वयः कुत्रोपयुज्यते ॥ ३३१ ॥

तदनया चञ्च्वास्य सकलं तोयं शुष्कस्थलतां नयामि । टिट्टिभ्याह—भोः कान्त यत्र जाह्नवी नव नदीशतानि गृहीत्वा नित्यमेव प्रविशति तथा सिन्धुश्च तत्कथं त्वमष्टादशनदीशतैः पूर्यमाणं तं विप्रुड्वाहिन्या चञ्च्वा शोषयिष्यसि । तत्किमश्रद्धेयेनोक्तेन । टिट्टिभ आह—प्रिये

अनिर्वेदः श्रियो मूलं चञ्चुर्मे लोहसंनिभा ।
अहोरात्राणि दीर्घाणि समुद्रः किं न शुष्यति ॥ ३३२ ॥

दुरधिगमः परभागो यावत्पुरुषेण पौरुषं न कृतम् ।
जयति तुलामधिरूढो भास्वानपि जलदपटलानि ॥ ३३३ ॥

टिट्टिभ्याह—यदि त्वयावश्यं समुद्रेण सह विग्रहानुष्ठानं कार्यं तदन्यानपि विहङ्गमानाहूय सुहृज्जनसहित एवं समाचर ॥ उक्तं च—

बहूनामप्यसाराणां समवायो हि दुर्जयः ।
तृणैरावेष्ट्यते रज्जुर्यया नागोऽपि बध्यते ॥ ३३४ ॥

तथा च ।

चटकाकाष्ठकूटेन मक्षिकादर्दुरैस्तथा ।
महाजनविरोधेन कुञ्जरः प्रलयं गतः ॥ ३३५ ॥

टिट्टिभ आह—कथमेतत् । सा प्राह—

कथा १५ ।

कस्मिंश्चिद्वनोद्देशे चटकदम्पती तमालतरुकृतनिलयौ प्रतिवसतः स्म । अथ तयोर्गच्छता कालेन संततिरभवत् । अन्यस्मिन्नहनि प्रमत्तो वनगजः कश्चित्तं तमालवृक्षं घर्मार्तश्छायार्थी समाश्रितः ।

पादाः पदानि किरणाश्च । तेजसेति—तेजसां हि न वयः समीक्ष्यत इति समानार्थः कालिदासीयः श्लोकांशः । शुष्कं स्थलं यस्य तत्शुष्कस्थलं तस्य भावः ०ताम् । विप्रुड्वाहिन्या बिन्दुधारिण्या । पृषन्ति बिन्दुपृषताः पुंमासो विप्रुषः स्त्रियः । इत्यमरः । अनिर्वेदः खेदाभाव उत्साह इति यावत् । परभागः पर उत्कृष्टश्चासौ भागश्च ऐश्वर्यं श्रेष्ठता वा दुरधिगमो दुष्प्रापः । तुला राशिभेदः पक्षे समानबलत्वं च । असाराणामल्पशक्तीनामपि बहूनां समवायः संहतिः । दर्दुरा भेकाः । वनोद्देशे वनप्रान्ते । तमालतरौ कृतो निलयो याभ्याम् । घर्मार्त आतपक्रान्तः ।

---

१ अस्मात्परमिदमधिकं पद्यं—हस्ती स्थूलतरः स चाङ्कुशवशः किं हस्तिमात्रोऽङ्कुशः दीपे प्रज्वलिते प्रणश्यति तमः किं दीपमात्रं तमः । वज्रेणापि हताः पतन्ति गिरयः किं वज्रमात्रो गिरिस्तेजो यस्य विराजते स बलवान्स्थूलेषु कः प्रत्ययः ॥ २ दुष्टाशयमेनं शोषय. ३ आवेष्टिता.

ततो मदोत्कर्षात्तां तस्य शाखां चटकाश्रितां पुष्कराग्रेणाकृष्य बभञ्ज। तस्या भङ्गेन चटकाण्डानि सर्वाणि विशीर्णानि। आयुःशेषतया च चटका कथमपि प्राणैर्न वियुक्ता। अथ सा स्वाण्डभङ्गाभिभूता प्रलापान्कुर्वाणा न कथंचिदतिष्ठत्। अत्रान्तरे तस्यास्तान्प्रलापाञ्श्रुत्वा काष्ठकूटो नाम पक्षी तस्याः परमसुहृत्तद्दुःखदुःखितोऽभ्येत्य तामुवाच—भवति किं वृथा प्रलापेन। उक्तं च—

नष्टं मृतमतिक्रान्तं नानुशोचन्ति पण्डिताः।
पण्डितानां च मूर्खाणां विशेषोऽयं यतः स्मृतः॥ ३३६॥

तथा च।

अशोच्यानीह भूतानि यो मूढस्तानि शोचति।
स दुःखे लभते दुःखं द्वावनर्थौ निषेवते॥ ३३७॥

अन्यच्च।

श्लेष्माश्रु बान्धवैर्मुक्तं प्रेतो भुङ्क्ते यतोऽवशः।
तस्मान्न रोदितव्यं हि क्रियाः कार्याः स्वशक्तितः॥ ३३८॥

चटका प्राह—अस्त्वेतत्। परं दुष्टगजेन मदान्मम संतानक्षयः कृतः। तद्यदि मम त्वं सुहृत्सत्यस्तदस्य गजापसदस्य कोऽपि वधोपायश्चिन्त्यतां यस्यानुष्ठानेन मे संततिनाशदुःखमपसरति। उक्तं च—

आपदि येनोपकृतं येन च हसितं दशासु विषमासु।
उपकृदपकृदपि च तयोर्यस्तं पुरुषं परं मन्ये॥ ३३९॥

काष्ठकूट आह—भवति सत्यमभिहितं भवत्या। उक्तं च—

स सुहृद्व्यसने यः स्यादन्यजात्युद्भवोऽपि सन्।
वृद्धौ सर्वोऽपि मित्रं स्यात्सर्वेषामेव देहिनाम्॥ ३४०॥

तथा च—

स सुहृद्व्यसने यः स्यात्स पुत्रो यस्तु भक्तिमान्।
स भृत्यो यो विधेयज्ञः सा भार्या यत्र निर्वृतिः॥ ३४१॥

मदोत्कर्षान्मदातिरेकात्। पुष्कराग्रेण शुण्डाग्रेण। तस्या दुःखं तद्दुःखं। अतिक्रान्तं यदतीतं तत्। विशेषोयं पण्डिता न शोचन्ति मूर्खाः शोचन्तीति। अशोच्यानि शोकानर्हाणि। श्लेष्माश्रु श्लेष्मयुक्तमश्रु। प्रेतो मृतः। अवशः पराधीनः सन्। क्रिया और्ध्वदेहिका वृषोत्सर्गादिकाः। गजापसदस्य नीचगजस्य। तयोः उपकृदपकृदपि उपकर्तरि उपकृदपकर्तर्यपकृच्च। वृद्धौ संपदि। विधेयज्ञ आज्ञाकरणदक्षः।

---

१ चटकौ...वियुक्तौ. २ किंचित्सुखमाससाद. ३ भगवति. ४ दुःखात्. ५ प्रयत्नतः. ६ कमपि० यं चिन्तय. ७ विनाशजं. ८ येनापकृतं..। अपकृत्य तयोरुभयोः पुनरपि जातं नरं मन्ये; उपकृत्य तयोरु०;—तस्य करणात्पुनरुत्पन्नं. ९ मपि. १० स पिता यस्तु पोषकः। तन्मित्रं यत्र विश्वासः.

तत्पश्य मे बुद्धिप्रभावम् । परं ममापि सुहृद्भूता वीणारवा नाम मक्षिकास्ति । तत्तामाहूयागच्छामि येन स दुरात्मा दुष्टगजो वध्यते । अथासौ चटकया सह मक्षिकामासाद्य प्रोवाच—भद्रे ममेष्टेयं चटका केनचिद्दुष्टगजेन पराभूताण्डस्फोटनेन । ततस्य वधोपायमनुतिष्ठतो मे साहाय्यं कर्तुमर्हसि । मक्षिकाप्याह—भद्र किमुच्यतेऽत्र विषये । उक्तं च—

पुनः प्रत्युपकाराय मित्राणां क्रियते प्रियम् ।
यत्पुनर्मित्रमित्रस्य कार्यं मित्रैः कृतं न किम् ॥ ३४२ ॥

सत्यमेतत् । परं ममापि भेको मेघनादो नाम मित्रं तिष्ठति । तमप्याहूय यथोचितं कुर्मः । उक्तं च—

हितैः साधुसमाचारैः शास्त्रज्ञैर्मतिशालिभिः ।
कथंचिन्न विकल्पन्ते विद्वद्भिश्चिन्तिता नयाः ॥ ३४३ ॥

अथ ते त्रयोऽपि गत्वा मेघनादस्याग्रे समस्तमपि वृत्तान्तं निवेद्य तस्थुः । अथ स प्रोवाच—कियन्मात्रोऽसौ वराको गजो महाजनस्य कुपितस्याग्रे तन्मदीयो मन्त्रः कर्तव्यः । मक्षिके त्वं गत्वा मध्याह्नसमये तस्य मदोद्धतस्य गजस्य कर्णे वीणारवसदृशं शब्दं कुरु येन श्रवणसुखलालसो निमीलितनयनो भवति । ततश्च काष्ठकूटचञ्च्वा स्फोटितनयनोऽन्धीभूतस्तृषार्तो मम गर्ततटाश्रितस्य सपरिकरस्य शब्दं श्रुत्वा जलाशयं मत्वा समभ्येति । ततो गर्तमासाद्य पतिष्यति पञ्चत्वं यास्यति चेति । एवं समवायः कर्तव्यो यथा वैरसाधनं भवति । अथ तथानुष्ठिते स मत्तगजो मक्षिकागेयसुखान्निमीलितनेत्रः काष्ठकूटहतचक्षुर्मध्याह्नसमये तृषार्तो भ्राम्यन्मण्डूकशब्दानुसारी गच्छन्महतीं गर्तामासाद्य पतितो मृतश्च । अतोऽहं ब्रवीमि—चटका काष्ठकूटेन इति । टिट्टिभ आह—भद्रे एवं भवतु । सुहृद्वर्गसमुदायेन समुद्रं शोषयिष्यामि । इति निश्चित्य बकसारसहंसमयूरादीन्समाहूय प्रोवाच—भोः पराभूतोऽहं समुद्रेणाण्डकापहारेण । तच्चिन्त्य-

---

अनुतिष्ठतः कुर्वतः । यत्पुनर्मित्रस्य कार्यं तत्किं न कृतं सर्वमेव क्रियत इत्यर्थः । साधुः समाचारो येषां निर्व्याजैरित्यर्थः । शास्त्रज्ञैर्नीतिज्ञैः । चिन्तिता उपकल्पिता नयाः केनापि कारणेन न विकल्पन्ते सिद्धेर्न कथंचित् व्यभिचरन्ति । कियती मात्रा यस्य । श्रवणसुखस्यात्यन्तलोलुपः । सपरिकरस्य सपरिवारस्य । गर्तोऽवटः । परिकरः पर्यङ्कपरिवारयोः इत्यमरः । समवायः समवयन्त्यास्मिन्निति । समवायः संघः । समेत्य कार्यकरणमिति यावत् । वैरसाधनं वैरनिर्यातनम् ।

---

१ स मे परमसुहृत् । तम०. २ पूर्वे. ३ मदोत्कटस्य. ४ लोचनः. ५ नयनः पश्चात्. ६ मध्यंदिन. ७ हंसचकोरसारसबकमयूरशुककोकिलकलविंदादीन् • ८ सर्वान् विहंगमान् इत्य०.

तामस्य शोषणोपायः। अथ ते संमन्त्र्य प्रोचुः—अशक्ता वयं समुद्रशोषणे। तत्किं वृथाप्रयासेन। उक्तं च—

अबलः प्रोन्नतं शत्रुं यो याति मदमोहितः।
युद्धार्थं स निवर्तेत शीर्णदन्तो गजो यथा॥ ३४४॥

तदस्माकं स्वामी वैनतेयोऽस्ति। तस्मै सर्वमेतत्परिभवस्थानं निवेद्यतां येन स्वजातिपरिभवकुपितो वैरानृण्यं गच्छति। अथवात्रावलेपं करिष्यति तथापि नास्ति वो दुःखम्। उक्तं च—

सुहृदि निरन्तरचित्ते गुणवति भृत्येऽनुवर्तिनि कलत्रे।
स्वामिनि शक्तिसमेते निवेद्य दुःखं सुखी भवति॥ ३४५॥

तद्यामो वैनतेयसकाशं यतोऽसावस्माकं स्वामी। तथानुष्ठिते सर्वे ते पक्षिणो विषण्णवदना बाष्पपूरितदृशो वैनतेयसकाशमासाद्य करुणस्वरेण फूत्कर्तुमारब्धाः—अहो अब्रह्मण्यमब्रह्मण्यम्। अधुना सदाचारस्य टिट्टिभस्य भवति नाथे सति समुद्रेणाण्डान्यपहृतानि। तत्प्रनष्टमधुना पक्षिकुलम्। अन्येऽपि स्वेच्छया समुद्रवद् व्यापादयिष्यन्ति। उक्तं च—

एकस्य कर्म संवीक्ष्य करोत्यन्योऽपि गर्हितम्।
गतानुगतिको लोको न लोकः पारमार्थिकः॥ ३४६॥

तथा च।

चाटुतस्करदुर्वृत्तैस्तथा साहसिकादिभिः।
पीड्यमानाः प्रजा रक्ष्याः कूटच्छद्मादिभिस्तथा॥ ३४७॥
प्रजानां धर्मषड्भागो राज्ञो भवति रक्षितुः।
अधर्मादपि षड्भागो जायते यो न रक्षति॥ ३४८॥
प्रजापीडनसंतापात्समुद्भूतो हुताशनः।
राज्ञः श्रियं कुलं प्राणान्नादग्ध्वा विनिवर्तते॥ ३४९॥
राजा बन्धुरबन्धूनां राजा चक्षुरचक्षुषाम्।
राजा पिता च माता च सर्वेषां न्यायवर्तिनाम्॥ ३५०॥

प्रोन्नतं प्रकृष्टबलं शत्रुम्। यथा गजः मदमोहितः प्रोन्नतं पर्वततटादिकं युद्धार्थं दन्ताभ्यामाघातार्थं याति भग्नदन्तश्च निवर्तते तद्वत्। सुहृदीति। १०१ श्लोको द्रष्टव्यः। बाष्पैः पूरिते दृशौ येषाम्। ब्रह्मणि साधु ब्रह्मण्यं न ब्रह्मण्यमब्रह्मण्यमवधयाम्रा। एकस्य गर्हितं निन्द्यं कर्म इत्य०। गतमनुगतिर्यस्य। पारमार्थिकः परमश्चासौ अर्थश्च परमार्थः स प्रयोजनमस्य। एकः करोतीत्यन्यः करोति न कोपि सत्यं विचारतीत्यर्थः। चाटाः प्रतारका विश्वास्य ये परधन मपहरन्तीति मिताक्षरा। कूटो माया विपरीतदर्शनं कैतवं वा तदादिभिः पीडयमाना इ०। धर्मषड्भागः पुण्यष०।

---

१ अधुना देव. २ समुद्रेण व्यापादयिष्यन्ते. ३ राजा धर्मस्य रक्षकः.

फलार्थी पार्थिवो लोकान्पालयेद्यत्नमास्थितः ।
दानमानादितोयेन मालाकारोऽङ्कुरानिव ॥ ३५१ ॥
यथा बीजाङ्कुरः सूक्ष्मः प्रयत्नेनाभिरक्षितः ।
फलप्रदो भवेत्काले तद्वल्लोकः सुरक्षितः ॥ ३५२ ॥
हिरण्यधान्यरत्नानि यानानि विविधानि च ।
तथान्यदपि यत्किंचित्प्रजाभ्यः स्यान्नृपेस्य तत् ॥ ३५३ ॥

अथैवं गरुडः समाकर्ण्य तद्दुःखदुःखितः कोपाविष्टश्च व्यचिन्तयत्— अहो सत्यमुक्तमेतैः पक्षिभिः । तदद्य गत्वा तं समुद्रं शोषयामः । एवं चिन्तयतस्तस्य विष्णुदूतः समागत्याह—भो गरुत्मन् भगवता नारायणेनाहं तव पार्श्वे प्रेषितः । देवकार्याय भगवानमरावत्यां यास्यतीति । तत्सत्वरमागम्यताम् । तच्छ्रुत्वा गरुडः साभिमानं प्राह—भो दूत किं मया कुभृत्येन भगवान्करिष्यति । तद्गत्वा तं वद यदन्यो भृत्यो वाहनायास्मत्स्थाने क्रियताम् । मदीयो नमस्कारो वाच्यो भगवतः । उक्तं च—

योन वेत्ति गुणान्यस्य न तं सेवेत पण्डितः ।
न हि तस्मात्फलं किंचित्सुकृष्टादूषरादिव ॥ ३५४ ॥

दूत आह—भो वैनतेय कदाचिदपि भगवन्तं प्रति त्वया नैतदभिहितमीदृक् । तत्कथय किं ते भगवतापमानस्थानं कृतम् । गरुड आह—भगवदाश्रयभूतेन समुद्रेणास्मट्टिट्टिभाण्डान्यपहृतानि । तद्यदि तस्य निग्रहं न करोति तदहं भगवतो न भृत्य इत्येष निश्चयस्त्वया वाच्यः । तद्द्रुततरं गत्वा भवता भगवतः समीपे वक्तव्यम् । अथ दूतमुखेन प्रणयकुपितं वैनतेयं विज्ञाय भगवांश्चिन्तयामास—अहो स्थाने कोपो वैनतेयस्य । तत्स्वयमेव गत्वा संमानपुरःसरं तमानयामि । उक्तं च—

भक्तं शक्तं कुलीनं च न भृत्यमपमानयेत् ।
पुत्रवल्लालयेन्नित्यं य इच्छेच्छ्रेय आत्मनः ॥ ३५५ ॥

अन्यच्च । राजा तुष्टोऽपि भृत्यानामर्थमात्रं प्रयच्छति ।
ते तु संमानितास्तस्य प्राणैरप्युपकुर्वते ॥ ३५६ ॥

इत्येवं संप्रधार्य रुक्मपुरे वैनतेयसकाशं सत्वरमगमत् । वैनतेयोऽपि गृहागतं भगवन्तमवलोक्य त्रपाधोमुखः प्रणम्योवाच—भगवन् त्वदाश्रयोन्मत्तेन समुद्रेण मम भृत्यस्याण्डान्यपहृत्य ममापमानस्थानं कृतम् ।

ऊषरः-ऊषोऽस्यास्तीति । स्यादूषः क्षारमृत्तिका इत्यमरः । निग्रहं निरोधं दण्डमित्यर्थः । स्थाने युक्तः इत्य० । युक्ते द्वे सांप्रतं स्थाने इत्यमरः ।

---

१ महीपतेः २ कथनीयः. ३ कस्ते भगवतापमानः कृतः ४ यदी० श्रेयः-श्रियं. ५ संमानमात्रेण. ६ विहितं; अपमानः कृतः.

परं युष्मल्लज्जयाऽहं तं स्थलतां न नयामि। यतः स्वामिभयाच्छुनोऽपि प्रहारो न दीयते। उक्तं च—

येन स्याल्लघुता वाथ पीडा चित्ते प्रभोः क्वचित्।
प्राणत्यागेऽपि तत्कर्म न कुर्यात्कुलसेवकः ॥ ३५७ ॥

तच्छ्रुत्वा भगवानाह—भो वैनतेय सत्यमभिहितं भवता। उक्तं च—

भृत्यापराधजो दण्डः स्वामिनो जायते यतः।
तेन लज्जापि तस्योत्था न भृत्यस्य तथा पुनः ॥ ३५८ ॥

तदागच्छ येनाण्डानि समुद्रादादाय टिट्टिभं संभावयावोऽमरावतीं च गच्छावः। तथानुष्ठिते समुद्रो भगवता निर्भर्त्स्याग्नेयं शरं संधायाभिहितः—भो दुरात्मन् दीयन्तां टिट्टिभाण्डानि। नो चेत्स्थलतां त्वां नयामि। ततः समुद्रेण सभयेन टिट्टिभाण्डानि तानि प्रदत्तानि टिट्टिभेनापि भार्यायै समर्पितानि। अतोऽहं ब्रवीमि—शत्रोर्बलमविज्ञायेति। तस्मात्पुरुषेणोद्यमो न त्याज्यः। तदाकर्ण्य संजीवकस्तमेव भूयोऽपि पप्रच्छ--भो मित्र कथं ज्ञेयो मयासौ दुष्टबुद्धिरिति। इयन्तं कालं यावदुत्तरोत्तरस्नेहेन प्रसादेन चाहं दृष्टः। न कदाचित्तद्विकृतिर्दृष्टा। तत्कथ्यतां येनाहमात्मरक्षार्थं तद्वधायोद्यमं करोमि। दमनक आह—भद्र किमत्र ज्ञेयम्। एष ते प्रत्ययः। यदि रक्तनेत्रस्त्रिशिखां भ्रूकुटिं दधानः सृक्कणी परिलेलिहत्त्वां दृष्ट्वा भवति तद्दुष्टबुद्धिः। अन्यथा सुप्रसादश्चेति। तदाज्ञापय माम्। स्वाश्रयं प्रति गच्छामि। त्वया च यथायं मन्त्रभेदो न भवति तथा कार्यम्। यदि निशामुखं प्राप्य गन्तुं शक्नोषि तद्देशत्यागः कार्यः। यतः।

त्यजेदेकं कुलस्यार्थे ग्रामस्यार्थे कुलं त्यजेत्।
ग्रामं जनपदस्यार्थे आत्मार्थे पृथिवीं त्यजेत् ॥ ३५९ ॥

आपदर्थे धनं रक्षेद्दारान्रक्षेद्धनैरपि।
आत्मानं सततं रक्षेद्दारैरपि धनैरपि ॥ ३६० ॥

बलवताभिभूतस्य विदेशगमनं तदनुप्रवेशो वा नीतिः। तद्देशत्यागः कार्यः। अथवात्मा सामादिभिरुपायैरभिरक्षणियः। उक्तं च—

अपि पुत्रकलत्रैर्वा प्राणान्रक्षेत पण्डितः।
विद्यमानैर्यतस्तैः स्यात्सर्वं भूयोऽपि देहिनाम् ॥ ३६१ ॥

त्रपया अधो मुखं यस्य। तस्योत्था तस्य स्वामिनो भवतीत्यर्थः। आग्नेयमग्निदेवताकमग्नेर्जलविरोधात्। प्रत्ययः प्रतीतिहेतुः। त्रिशिखां वक्रामित्यर्थः। भ्रुवोः कुटिः भ्रूकुटिः। तदनुप्रवेशस्तच्छंदोनुवर्तनम्।

---

१ भगवल्लज्जया मया विलंबितं नो चेदेनमहं स्थलान्तमद्यैव नयामि; आगस्कारिणं स्थलतां. २ यथा. ३ समुद्रो भयाद्वेपमानः—समर्पयामास। ४ ०लितया. ५ यत्नं, मते.

तथा च । येन केनाप्युपायेन शुभेनाप्यशुभेन वा ।
उद्धरेद्दीनमात्मानं समर्थो धर्ममाचरेत् ॥ ३६२ ॥
यो मायां कुरुते मूढः प्राणत्यागे धनादिषु ।
तस्य प्राणाः प्रणश्यन्ति तैर्नष्टैर्नष्टमेव तत् ॥ ३६३ ॥

एवमभिधाय दमनकः करटकसकाशमगमत् । करटकोऽपि तमायान्तं दृष्ट्वा प्रोवाच—भद्र किं कृतं तत्र भवता । दमनक आह—मया तावन्नीतिबीजनिर्वापणं कृतं परतो दैवविहितायत्तम् । उक्तं च यतः—

पराङ्मुखेऽपि दैवेऽत्र कृत्यं कार्यं विपश्चिता ।
आत्मदोषविनाशाय स्वचित्तस्तम्भनाय च ॥ ३६४ ॥

तथा च । उद्योगिनं पुरुषसिंहमुपैति लक्ष्मी-
र्दैवं हि दैवमिति कापुरुषा वदन्ति ।
दैवं निहत्य कुरु पौरुषमात्मशक्त्या
यत्ने कृते यदि न सिध्यति कोऽत्र दोषः ॥ ३६५ ॥

करटक आह-तत्कथय कीदृक्त्वया नीतिबीजं निर्वापितम् । सोऽब्रवीत्-मयान्योन्यं ताभ्यां मिथ्याप्रजल्पनेन भेदस्तथा विहितो यथा भूयोऽपि मन्त्रयन्तावेकस्थानस्थितौ न द्रक्ष्यसि । करटक आह—अहो न युक्तं भवता विहितं यत्परस्परं तौ स्नेहार्द्रहृदयौ सुखाश्रयौ कोपसागरे प्रक्षिप्तौ । उक्तं च—

अविरुद्धं सुखस्थं यो दुःखमार्गे नियोजयेत् ।
जन्मजन्मान्तरे दुःखी स नरः स्यादसंशयम् ॥ ३६६ ॥

अपरं त्वं यद्भेदमात्रेणापि तुष्टस्तदप्ययुक्तं यतः सर्वोऽपि जनो विरूपकरणे समर्थो भवति नोपकर्तुम् । उक्तं च—

घातयितुमेव नीचः परकार्यं वेत्ति न प्रसाधयितुम् ।
पातयितुमेव शक्तिर्नाखोरुद्धर्तुमन्नपिटम् ॥ ३६७ ॥

दमनक आह—अनभिज्ञो भवान्नीतिशास्त्रस्य । तेनैतद्ब्रवीषि । उक्तं च यतः—

जातमात्रं न यः शत्रुं व्याधिं च प्रशमं नयेत् ।
महाबलोऽपि तेनैव वृद्धिं प्राप्य स हन्यते ॥ ३६८ ॥

दीनमात्मानं विपन्नावस्थायाम् । समर्थः अभ्युदये जात इत्यर्थः । मायां ममत्वं । तैर्नष्टैः तेषु प्राणेषु नष्टेषु । निर्वापणमारोपणम् । सुखाश्रयौ सुखमाश्रयो ययोः सुखिनौ इति यावत् । अविरुद्धमकृतवैरम् । विरूपकरणे विनाशकरणे ।

---

१ पश्चाद्धर्मं समा०. २ मोहं...धनाधिजं. ३ परं तद्दैवाधीनं. ४ प्रधानमिति. ५ तुमस्ति शक्तिर्वायोर्वृक्षं न चोन्नमितुम्.

तच्छत्रुभूतोऽयमस्माकं मन्त्रिपदापहरणात् । उक्तं च—

पितृपैतामहं स्थानं यो यस्यात्र जिगीषते ।
स तस्य सहजः शत्रुरुच्छेद्योऽपि प्रिये स्थितः ॥ ३६९ ॥

तन्मया स उदासीनतया समानीतोऽभयप्रदानेन यावत्तावदहमपि तेन साचिव्यात्प्रच्यावितः । अथवा साध्विदमुच्यते—

दद्यात्साधुर्यदि निजपदे दुर्जनाय प्रवेशं
तन्नाशाय प्रभवति ततो वाञ्छमानः स्वयं सः ।
तस्माद्देयो विपुलमतिभिर्नावकाशोऽधमानां
जारोऽपि स्याद्गृहपतिरिति श्रूयते वाक्यतोऽत्र ॥ ३७० ॥

तेन मया तस्योपरि वधोपाय एष विरच्यते। देशत्यागाय वा भविष्यति। तच्च त्वां मुक्त्वान्यो न ज्ञास्यति । तद्युक्तमेतत्स्वार्थायानुष्ठितम् । उक्तं च यतः—

निस्त्रिंशं हृदयं कृत्वा वाणीं चेक्षुरसोपमाम् ।
विकल्पोऽत्र न कर्तव्यो हन्यात्तत्रापकारिणम् ॥ ३७१ ॥

अपरं मृतोऽप्यस्माकं भोज्यो भविष्यति । तदेकं तावद्वैरसाधनमपरं साचिव्यं च भविष्यति तृप्तिश्चेति । तद्गुणत्रयेऽस्मिन्नुपस्थिते कस्मान्मां दूषयसि त्वं जाड्यभावात् । उक्तं च—

परस्य पीडनं कुर्वन्स्वार्थसिद्धिं च पण्डितः ।
मूढबुद्धिर्न भक्षेत वने चतुरको यथा ॥ ३७२ ॥

करटक आह—कथमेतत् । स आह—

कथा १६ ।

अस्ति कस्मिंश्चिद्वनोद्देशे वज्रदंष्ट्रो नाम सिंहः । तस्य चतुरकक्रव्यमुखनामानौ शृगालवृकौ भृत्यभूतौ सदानुगतौ तत्रैव वने प्रतिवसतः । अथान्यदिने सिंहेन कदाचिदासन्नप्रसवा प्रसववेदनया स्वयूथाद्भ्रष्टोष्ट्री उपविष्टा कस्मिंश्चिद्वनोद्देशे समासादिता । अथ तां व्यापाद्य यावदुदरं स्फोटयति तावज्जीवँल्लघुदासेरकशिशुर्निष्क्रान्तः । सिंहोऽपि दासेरक्याः पिशितेन सपरिवारः परां तृप्तिमुपागतः । परं स्नेहात्तं दासेरकं गृहमानीयेदमुवाच भद्र न तेऽस्ति मृत्योर्भयं मत्तो नान्यस्मादपि । ततः स्वेच्छयात्र वने भ्रा-

जिगीषते जेतुमिच्छति । प्रिये स्थितोपि प्रीतिस्थानमाप । उदासीनतया स्वार्थनिरपेक्षतया । विपुलमतिभिः उदारबुद्धिभिः । निस्त्रिंशं क्रूरम् । मूढबुद्धिर्न भक्षेत किंकर्तव्यविचारपटीयस्या बुध्या भक्षेतेत्यर्थः । पिशितेन मांसेन ।

१ विज्ञेयः...स उच्छेद्यः प्रियेच्छुना. २ नृशंसं. ३ क्षुरसमां० ४ मदेना- ५ वनगह्वने. ६ बालदा० त्यक्तं.

स्यतामिति । यतस्ते शङ्कुसदृशौ कर्णौ ततः शङ्कुकर्णो नाम भविष्यसि । एवमनुष्ठिते चत्वारोऽपि त एकस्थाने विहारिणः परस्परमनेकप्रकारगोष्ठीसुखमनुभवन्तस्तिष्ठन्ति । शङ्कुकर्णोऽपि यौवनपदवीमारूढः क्षणमपि न तं सिंहं मुञ्चति । अथ कदाचिद्वज्रदंष्ट्रस्य केनचिद्वन्येन मत्तगजेन सह युद्धमभवत् । तेन मदवीर्यात्स दन्तप्रहारैस्तथा क्षतशरीरो विहितो यथा प्रचलितुं न शक्नोति । तदा क्षुत्क्षामकण्ठस्तान्प्रोवाच—भोः अन्विष्यतां किंचित्सत्त्वं येनाहमेवं स्थितोऽपि तं व्यापाद्यात्मनो युष्माकं च क्षुत्प्रणाशं करोमि । तच्छ्रुत्वा ते त्रयोऽपि वने संध्याकालं यावद्भ्रान्ताः परं न किंचित्सत्त्वमासादितम् । अथ चतुरकश्चिन्तयामास—यदि शङ्कुकर्णोऽयं व्यापाद्यते ततः सर्वेषां कतिचिद्दिनानि तृप्तिर्भवति । परं नैनं स्वामी मित्रत्वादाश्रयसमाश्रितत्वाच्च विनाशयिष्यति । अथवा बुद्धिप्रभावेण स्वामिनं प्रतिबोध्य तथा करिष्ये यथा व्यापादयिष्यति । उक्तं च—

> अवध्यं चाथवागम्यमकृत्यं नास्ति किंचन ।
> लोके बुद्धिमतां बुद्धेस्तस्मात्तां विनियोजयेत् ॥ ३७३ ॥

एवं विचिन्त्य शङ्कुकर्णमिदमाह भोः शङ्कुकर्ण स्वामी तावत्पथ्यं विना क्षुधया परिपीड्यते । स्वाम्यभावादस्माकमपि ध्रुवं विनाश एव । ततो वाक्यं किंचित्स्वाम्यर्थे वदिष्यामि । तच्छ्रूयताम् । शङ्कुकर्ण आह भोः शीघ्रं निवेद्यतां येन ते वचनं शीघ्रं निर्विकल्पं करोमि । अपरं स्वामिनो हिते कृते मया सुकृतशतं कृतं भविष्यति । अथ चतुरक आह भो भद्र आत्मशरीरं द्विगुणलाभेन स्वामिने प्रयच्छ येन ते द्विगुणं शरीरं भवति स्वामिनः पुनः प्राणयात्रा भवति । तदाकर्ण्य शङ्कुकर्णः प्राह भद्र यद्येवं तन्मदीयप्रयोजनमेतदुच्यताम् । स्वाम्यर्थः क्रियतामिति । परमत्र धर्मः प्रतिभूः । इति ते विचिन्त्य सर्वे सिंहसकाशमाजग्मुः । ततश्चतुरक आह —देव न किंचित्सत्त्वं प्राप्तम् । भगवानादित्योऽप्यस्तं गतः । तद्यदि स्वामी द्विगुणं शरीरं प्रयच्छति ततः शङ्कुकर्णोऽयं द्विगुणवृद्ध्या स्वशरीरं प्रयच्छति धर्मप्रतिभुवा । सिंह आह भोः यद्येवं तत्सुन्दरतरम् । व्यवहारस्यास्य धर्मः प्रतिभूः क्रियतामिति । अथ सिंहवचनानन्तरं वृकशृगालाभ्यां विदारितोभयकुक्षिः शङ्कुकर्णः पञ्चत्वमुपागतः । अथ वज्रदंष्ट्रश्चतुरकमाह भोश्चतुरक यावदहं नदीं गत्वा स्नानं देवतार्चनविधिं कृत्वागच्छामि तावत्त्वयात्राप्रमत्तेन भाव्यमित्युक्त्वा नद्यां गतः । अथ तस्मिन्गते चतुरक-

---

आश्रयं समाश्रितस्तस्य भावस्तत्त्वं तस्मात् । प्रशस्ता बुद्धिर्येषां ते बुद्धिमन्तः । तां प्रशस्तां बुद्धिम् । पथ्यं पथ्याशनम् । प्रतिभूः प्रति प्रतिनिधिर्भवतीति प्र० लग्नकः ।

श्चिन्तयामास कथं ममैकाकिनो भोज्योऽयमुष्ट्रो भविष्यतीति। विचिन्त्य क्रव्यमुखमाह भोः क्रव्यमुख क्षुधालुर्भवान्। तद्यावदसौ स्वामी नागच्छति तावत्त्वमस्योष्ट्रस्य मांसं भक्षय। अहं त्वां स्वामिनो निर्दोषं प्रतिपादयिष्यामि। सोऽपि तच्छ्रुत्वा यावत्किंचिन्मांसमास्वादयति तावच्चतुरकेणोक्तं भोः क्रव्यमुख समागच्छति स्वामी। तत्त्यक्त्वैनं दूरे तिष्ठ येनास्य भक्षणं न विकल्पयति। तथानुष्ठिते सिंहः समायातो यावदुष्ट्रं पश्यति तावद्रिक्तीकृतहृदयो दासेरकः। ततो भ्रूकुटिं कृत्वा परुषतरमाह अहो केनैष उष्ट्र उच्छिष्टतां नीतो येन तमपि व्यापादयामि। एवमभिहिते क्रव्यमुखश्चतुरकमुखमवलोकयति। किल तद्वद किंचिद्येन मम शान्तिर्भवति। अथ चतुरको विहस्योवाच भो मामनादृत्य पिशितं भक्षयित्वाधुना मन्मुखमवलोकयसि। तदास्वादयास्य दुर्नयतरोः फलमिति। तदाकर्ण्य क्रव्यमुखो जीवनाशभयाद्दूरदेशं गतः। एतस्मिन्नन्तरे तेन मार्गेण दासेरकसार्थो भाराक्रान्तः समायातः। तस्याग्रसरोष्ट्रस्य कण्ठे महती घण्टा बद्धा। तस्याः शब्दं दूरतोऽप्याकर्ण्य सिंहो जम्बूकमाह भद्र ज्ञायतां किमेष रौद्रः शब्दः श्रूयतेऽश्रुतपूर्वः। तच्छ्रुत्वा चतुरकः किंचिद्वनान्तरं गत्वा सत्वरमभ्युपेत्य प्रोवाच स्वामिन् गम्यतां गम्यतां यदि शक्नोषि गन्तुम्। सोऽब्रवीत् भद्र किमेवं मां व्याकुलयसि[3]। तत्कथय किमेतदिति। चतुरक आह स्वामिन् एष धर्मराजस्तवोपरि कुपितः यदनेनाकाले दासेरकोऽयं मदीयो व्यापादितः। तत्सहस्रगुणमुष्ट्रमस्य सकाशाद्ग्रहीष्यामीति निश्चित्य बृहन्मानमादायाग्रेसरस्योष्ट्रस्य ग्रीवायां घण्टां बद्ध्वा वध्यदासेरकसक्तानपि पितृपितामहानादाय वैरनिर्यातनार्थमायात एव। सिंहोऽपि तच्छ्रुत्वा सर्वतो दूरादेवावलोक्य मृतमुष्ट्रं परित्यज्य प्राणभयात्प्रनष्टः। चतुरकोऽपि शनैः शनैस्तस्योष्ट्रस्य मांसं भक्षयामास। अतोऽहं ब्रवीमि परस्य पीडनं कुर्वन् इति॥ अथ दमनके गते संजीवकश्चिन्तयामास अहो किमेतन्मया कृतं यच्छष्पादोऽपि मांसाशिनस्तस्यानुगः संवृत्तः। अथवा साध्विदमुच्यते—

> अगम्यान्यः पुमान्याति असेव्यांश्च निषेवते।
> स मृत्युमुपगृह्णाति गर्भमश्वतरी यथा॥ ३७४॥

तत्किं करोमि। क्व गच्छामि। कथं मे शान्तिर्भविष्यति। अथवा तमेव

किल अनुनयार्थे। मम शान्तिरपराधशान्तिः। बृहन्मानं महान्तं समूहं। दासेरकसक्तान् तत्संबन्धिनः। शष्पादः कोमलतृणभक्षकः। अगम्यानाश्रयितुमयोग्यान्। गर्भं मृत्युरूपं मरणकारकत्वात्।

---

१ विदारित. २ तस्य. ३ एवं व्याकुलो दृश्यसे. ४ गर्भात्.

पिङ्गलकं गच्छामि । कदाचिन्मां शरणागतं रक्षति प्राणैर्न वियोजयति । यत उक्तं च—

धर्मार्थं यततामपीह विपदो दैवाद्यदि स्युः क्वचि-
त्तत्तासामुपशान्तये सुमतिभिः कार्यो विशेषान्नयः ।
लोके ख्यातिमुपागतात्र सकले लोकोक्तिरेषा यतो
दग्धानां किल वह्निना हितकरः सेकोऽपि तस्योद्भवः ॥ ३७५ ॥

तथा च । लोकेऽथवा तनुभृतां निजकर्मपाकं
नित्यं समाश्रितवतां सुहितक्रियाणाम् ।
भावार्जितं शुभमथाप्यशुभं निकामं
यद्भावि तद्भवति नात्र विचारहेतुः ॥ ३७६ ॥

अपरं चान्यत्र गतस्यापि मे कस्यचिद्दुष्टसत्त्वस्य मांसाशिनः सकाशान्मृत्युर्भविष्यति । तद्वरं सिंहात् । उक्तं च—

महता स्पर्धमानस्य विपदेव गरीयसी ।
दन्तभङ्गोऽपि नागानां श्लाघ्यो गिरिविदारणे ॥ ३७७ ॥

तथा च ।

महतोऽपि क्षयं लब्ध्वा श्लाघ्यं नीचोऽपि गच्छति ।
दानार्थी मधुपो यद्वद्गजकर्णसमाहतः ॥ ३७८ ॥

एवं निश्चित्य स स्खलितगतिर्मन्दं मन्दं गत्वा सिंहाश्रयं पश्यन्नपठत्—अहो साध्विदमुच्यते—

अन्तर्लीनभुजङ्गमं गृहमिव व्यालाकुलं वा वनं
ग्राहाकीर्णमिवाभिरामकमलच्छायासनाथं सरः ।
नानादुष्टजनैरसत्यवचनासक्तैरनार्यैर्वृतं
दुःखेन प्रतिगम्यते प्रचकितै राज्ञां गृहं वार्धिवत् ॥ ३७९ ॥

धर्मार्थं धर्माचरणार्थं । यततां परस्मैपदं चिन्त्यम् । नयः अपकारकानुनयरूपः । तस्योद्भवः अग्निप्रभवः । निजकर्मपाकं स्वप्रारब्धफलं । भावार्जितं शुभाशुभान्तःकरणप्रवृत्त्युपलब्धम् । विचारहेतुर्विचाराचिन्ता । गरीयसी प्रतिष्ठाकारिणी श्लाघ्यतरेति यावत् । महतः श्रेष्ठात क्षयं नाशम् । अन्तर्लीनो भुजङ्गमो यत्र । व्यालो दुष्टगजः सिंहो वा । व्यालो दुष्टगजे सर्पे खले श्वापदसिंहयोः । इति विश्वः । अभिरामाणि कमलानि तेषां छाया कान्तिः शोभेति यावत्तया सनाथं । वार्धिः सागरः वारि धीयन्तेऽस्मिन् ।

---

१ निहित. २ हि. ३ अस्मात्परं—अनयाः सुनया भवन्ति पुंसां शुभकर्मोदयवित्तलाभकाले । अशुभे हि फले विपच्यमाने नवनीतान्यपि वालुका भवन्ति ॥ इत्य०, ४ महद्भिः. ५ महतां संश्रयं प्राप्य. ६ अन्तर्गूढ. ७ नित्यं. ८ बचनैः क्षुद्रैरनर्थीकृतं.

एवं पतन्दमनकोक्ताकारं पिङ्गलकं दृष्ट्वा प्रचाकितः संवृतशरीरो दूरतर प्रणामकृतिं विनाप्युपविष्टः । पिङ्गलकोऽपि तथाविधं तं विलोक्य दमनकवाक्यं श्रद्दधानः कोपात्तस्योपरि पपात । अथ संजीवकः खरनखरविकर्तितपृष्ठः शृङ्गाभ्यां तदुदरमुल्लिख्य कथमपि तस्मादपेतः शृङ्गाभ्यां हन्तुमिच्छन्युद्धायावस्थितः । अथ द्वावपि तौ पुष्पितपलाशप्रतिमौ परस्परवधकाङ्क्षिणौ दृष्ट्वा करटको दमनकमाह—भो मूढमते अनयोर्विरोधं वितन्वता त्वया साधु न कृतम् । न च त्वं नीतितत्त्वं वेत्सि । नीतिविद्भिरुक्तं च—

कार्याण्युत्तमदण्डसाहसफलान्यायाससाध्यानि ये
बुद्ध्या संशमयन्ति नीतिकुशलाः साम्नैव ते मन्त्रिणः ।
निःसाराल्पफलानि ये त्वविधिना वाञ्छन्ति दण्डोद्यमै-
स्तेषां दुर्नयचेष्टितैर्नरपतेरारोप्यते श्रीस्तुलाम् ॥ ३८० ॥

तद्यदि स्वाम्यभिघातो भविष्यति तत्किं त्वदीयमन्त्रबुद्ध्या क्रियते । अथ संजीवको न वध्यते तथाप्यभव्यं यत प्राणसंदेहात्तस्य च वधः । तन्मूढ कथं त्वं मन्त्रिपदमभिलषसि । सामसिद्धिं न वेत्सि । तद्वृथा मनोरथोऽयं ते दण्डरुचेः । उक्तं च—

सामादिदण्डपर्यन्तो नयः प्रोक्तः स्वयंभुवा ।
तेषां दण्डस्तु पापीयांस्तं पश्चाद्विनियोजयेत् ॥ ३८१ ॥

तथा च ।

साम्नैव यत्र सिद्धिर्न तत्र दण्डो बुधेन विनियोज्यः ।
पित्तं यदि शर्करया शाम्यति कोऽर्थः पटोलेन ॥ ३८२ ॥

तथा च ।

आदौ साम प्रयोक्तव्यं पुरुषेण विजानता ।
सामसाध्यानि कार्याणि विक्रियां यान्ति न क्वचित् ॥ ३८३ ॥

न चन्द्रेण न चौषध्या न सूर्येण न वह्निना ।
साम्नैव विलयं याति विद्वेषिप्रभवं तमः ॥ ३८४ ॥

तथा यत्त्वं मन्त्रित्वमभिलषसि तदप्ययुक्तम् । यतस्त्वं मन्त्रिगतिं न

संवृतमाकुञ्चितं शरीरं यस्य । पुष्पितो यः पलाशस्तेन प्रतिमीयेते इति सदृशौ । उत्तम उग्रो दण्डः साहसं च फलं येषाम् । निःसाराणि च अल्पं फलं येषां तादृशानि च फलानि येषां । अविधिना कुनीतिप्रयोगेण । तुलां संशयम् । अभव्यमशुभमनिष्टमित्यर्थः । दण्डपर्यन्तः दण्डोऽन्तिम उपायः । पश्चात्सामदानभेदैरसत्यां कार्यसिद्धौ । पटोल ओषधिविशेषः । विद्वेषी वैरी । तमोऽपकाररूपं ।

---

१ प्रीत्या. २ नो मयूखैर्न रत्नेन.

वेत्सि । यतः पञ्चविधो मन्त्रः । स च कर्मणामारम्भोपायः पुरुषद्रव्यसंपत् देशकालविभागः विनिपातप्रतीकारः कार्यसिद्धिश्चेति । सोऽयं स्वाम्यमात्ययोरेकतमस्य किं वा द्वयोरपि विनिपातः समुत्पद्यते लग्नः । तद्यदि काचिच्छक्तिरस्ति तद्विचिन्त्यतां विनिपातप्रतीकारः । भिन्नसंधाने हि मन्त्रिणां बुद्धिपरीक्षा । तन्मूर्खं तत्कर्तुमसमर्थस्त्वं यतो विपरीतबुद्धिरसि । उक्तं च—

मान्त्रिणां भिन्नसंधाने भिषजां सांनिपातिके ।
कर्माणि व्यज्यते प्रज्ञा स्वस्थे को वा न पण्डितः ॥ ३८५ ॥

अन्यच्च ।

घोतयितुमेव नीचः परकार्यं वेत्ति न प्रसाधयितुम् ।
पातयितुमेव शक्तिर्नाखोरुद्धर्तुमन्नपिटम् ॥ ३८६ ॥

अथवा न ते दोषोऽयम् । स्वामिनो दोषो यस्ते वाक्यं श्रद्धाते । उक्तं च—

नराधिपा नीचजनानुवर्तिनो बुधोपदिष्टेन पथा न यान्ति ये ।
विशन्त्यतो दुर्गममार्गनिर्गमं समस्तसंबाधमनर्थपञ्जरम् ॥ ३८७ ॥

तद्यदि त्वमस्य मन्त्री भविष्यसि तदान्योऽपि कश्चिन्नास्य समीपे साधुजनः समेष्यति । उक्तं च —

गुणालयोऽप्यसन्मन्त्री नृपतिर्नाधिगम्यते ।
प्रसन्नस्वादुसलिलो दुष्टग्राहो यथा ह्रदः ॥ ३८८ ॥

तथा शिष्टजनरहितस्य स्वामिनोऽपि नाशो भविष्यति । उक्तं च—

चित्रास्वादकथैर्भृत्यैरनायासितकार्मुकैः ।
ये रमन्ते नृपास्तेषां रमन्ते रिपवः श्रिया ॥ ३८९ ॥

तत्किं मूर्खोपदेशेन । केवलं दोषो न गुणः । उक्तं च[6]—

कर्मणामभीष्टकार्याणां । पुरुषसंपत् सहायबलं द्रव्यसंपत्कोषबलं । अनुकूलस्य देशस्य कालस्य च विभज्य निर्णयः । विनिपातस्यापदो भाविन्याः प्रतीकारो निवारणम् । विपरीता विवेकाद्भ्रष्टा बुद्धिर्यस्य । दुर्गमो मार्गः यस्य तादृशो निर्गमः यस्मात् । यद्वा मार्गेण निर्गमः मा० दुर्गमो मा० यत्र । पञ्जरविशेषणं । समस्ताः संबाधा यत्र । असन् दुष्टः मन्त्री यस्य । प्रसन्नं स्वादु च सलिलं यस्य । चित्र आस्वादो येषां तेषां कथा येषां तैः पात्रेकुशलैरित्यर्थः । अनायासितं कार्मुकं यैः । कदाप्यदृष्टयुद्धकर्मभिः । तेषां श्रिया रिपवो रमन्ते । तेषां श्रीः परैरपाह्रियते इत्य० ।

---

१ यदत्र शास्त्रेष्वभिहितः पञ्चाङ्गो मन्त्रः । २ नाशयितुं. ३ बुध्यो. ४ तत्कुतो युष्मद्विधेन केवलं भेदविदा कुमन्त्रिणा स्वामिनो गुणवत्सहायसंपत् । अन्योपि नास्य. ५ गुणवानप्य. ६ अस्मात्परं–उपदेशोहि मूर्खाणां इत्या० (३०३ श्लो० द्रष्टव्यः) तथा च श्रूयते इत्य०.

नानाम्यं नमते दारु नाश्मनि स्यात्क्षुरक्रिया।
सूचीमुख विजानीहि नाशिष्यायोपदिश्यते ॥ ३९० ॥

दमनक आह—कथमेतत्। सोऽब्रवीत्—

कथा १७।

अस्ति कस्मिंश्चित्पर्वतैकदेशे वानरयूथम्। तच्च कदाचिद्धेमन्तसमयेऽसौम्यैवातसंस्पर्शवेपमानकलेवरं प्रवर्षद्धनधारानिपातसमाहतं न कथंचिच्छान्तिमगमत्। अथ केचिद्वानरा वह्निकणसदृशानि गुञ्जाफलान्यवचित्य वह्निवाञ्छया फूत्कुर्वन्तः समन्तात्तस्थुः। अथ सूचीमुखो नाम पक्षी तेषां तं वृथायासमवलोक्य प्रोवाच--भोः सर्वे मूर्खा यूयम्। नैते वह्निकणाः गुञ्जाफलानि एतानि। तत्किं वृथा श्रमेण। नैतस्माच्छीतरक्षा भविष्यति। तदन्विष्यतां कश्चिन्निर्वातो वनप्रदेशो गुहा वा गिरिकन्दरं वा। अद्यापि साटोपो मेघो दृश्यते। अथ तेषामेकतमो वृद्धवानरस्तमुवाच—भो किं तवानेन व्यापारेण। तद्गम्यताम्। उक्तं च—

मुहुर्विघ्नितकर्माणं द्यूतकारं पराजितम्।
नालापयेद्विवेकज्ञो य इच्छेच्छ्रियमात्मनः ॥ ३९१ ॥

तथा च।

आखेटकं वृथाक्लेशं मूर्खं व्यसनसंस्थितम्।
आलापयति यो मूढः स गच्छति पराभवम् ॥ ३९२ ॥

सोऽपि तमनादृत्य भूयोऽपि वानराननवरतमाह--भोः किं वृथाक्लेशेन। अथ यावदसौ न कथंचित्प्रलपान्विरमति तावदेकेन वानरेण व्यर्थश्रमत्वात्कुपितेन पक्षाभ्यां गृहीत्वा शिलायामास्फालित उपरतश्च। अतोऽहं ब्रवीमि--नानाम्यं नमते दारु इत्यादि ॥ तथा च।

उपदेशो हि मूर्खाणां प्रकोपाय न शान्तये।
पयःपानं भुजङ्गानां केवलं विषवर्धनम् ॥ ३९३ ॥

अन्यच्च।

अनाम्यं नमयितुमशक्यं। नोपदिश्यते उपदेशो न दातव्यः। प्रवर्षन्तो ये घनास्तेषां धारानिपातस्तेन समा०। साटोपः सपरिकरो वर्षुक इत्यर्थः। मुहुर्विघ्नितानि कर्माणि यस्य। स हि निर्विण्णतया परोक्तं न सहते। आखेटकं मृगयासक्तं। मूढो विवेकरहितः। आस्फालितः रभसाक्षिप्तः।

---

१ मूर्खोपि हि तथैव च। पश्य सूचिमुखः पक्षी वानरेण विनाशितः ॥ इ. पा. २ तैकपरिसरे. ३ अतिकठोर. ४ तुषारवर्षोद्धतप्रव०. ५ भो मूर्खे. ६ सिद्धिश्रिय-मा. ७ समालापेन यो युंक्ते. ८ प्रलापात्.

उपदेशो न दातव्यो यादृशे तादृशे जने।
पश्य वानरमूर्खेण सुगृही निर्गृहीकृतः॥ ३९४॥

दमनक आह--कथमेतत्। सोऽब्रवीत्—

कथा १८।

अस्ति कस्मिंश्चिद्वनोद्देशे शमीवृक्षः। तस्य लम्बमानशाखायां कृतावासावरण्यचटकदम्पती प्रतिवसतः स्म। अथ कदाचित्तयोः सुखसंस्थयोर्हेमन्तमेघो मन्दं मन्दं वर्षितुमारब्धः। अत्रान्तरे कश्चिच्छाखामृगो वातासारसमाहतः प्रोद्धूषितशरीरो दन्तवीणां वादयन्वेपमानस्तस्याः शम्या मूलमासाद्योपविष्टः। अथ तं तादृशमवलोक्य चटका प्राह—भो भद्र

हस्तपादसमोपेतो दृश्यसे पुरुषाकृतिः।
शीतेन भिद्यसे मूढ कथं न कुरुषे गृहम्॥ ३९५॥

एतच्छ्रुत्वा तां वानरः सकोपमाह--अधमे कस्मान्न त्वं मौनव्रता भवसि अहो धाष्ट्र्यमस्याः। अद्य मामुपहसति।

सूचीमुखी दुराचारा रण्डा पण्डितवादिनी।
नाशङ्कते प्रजल्पन्ती तत्किमेनां न हन्म्यहम्॥ ३९६॥

एवं प्रलप्य तामाह—मुग्धे किं तव ममोपरि चिन्तया। उक्तं च—

वाच्यं श्रद्धासमेतस्य पृच्छतश्च विशेषतः।
प्रोक्तं श्रद्धाविहीनस्य अरण्यरुदितोपमम्॥ ३९७॥

तत्किं बहुना तावत्। कुलायस्थितया तयाभिहितो यावत्तावत्तां शमीमारुह्य तस्याः कुलायं शतधा भङ्गमनयत्। अतोऽहं ब्रवीमि—उपदेशो न दातव्यः इति॥ तन्मूर्ख शिक्षापितोऽपि न शिक्षितस्त्वम्। अथवा न ते दोषोऽस्ति यतः साधोः शिक्षा गुणाय संपद्यते नासाधोः। उक्तं च—

किं करोत्येव पाण्डित्यमस्थाने विनियोजितम्।
अन्धकारप्रतिच्छन्ने घटे दीप इवाहितः॥ ३९८॥

शाखामृगो वानरः। शाखाचारी मृगः शा० । शाकपार्थिवादिवत्समासः। प्रोद्धूषित०विधूतगात्रः । हस्तौ च पादौ च ह०दं तेन सम्यगुपेतः। मौनव्रता नियन्त्रितजिह्वः। सूचीव मुखं यस्याः कटुप्रलापिनीत्यर्थः।

---

१ वने शमी वृक्षशाखालम्बितावसथं कृत्वारण्य०. २ ०तावसथे. ३ प्रोद्धूत. ४ तच्छमीमू०. ५ समायुक्तः. ६ सरोषम्. ७ यत्त्वं. ८मुखि-चारे रण्डे ०दिनि। नाशंकसे. इ. पा. ९ अशक्तोहं गृहारम्भे शक्तोहं गृहभञ्जने। इ. पा. १० खण्डशोपरोल ११ विनिवेशितम्

तद्व्यर्थपाण्डित्यमाश्रित्य मम वचनमशृण्वन्नात्मनः शान्तिमपि न वेत्सि। उक्तं च।

अप्यात्मनो विनाशं गणयति न खलः परव्यसनहृष्टः।
प्रायो मस्तकनाशे समरमुखे नृत्यति कवन्धः ॥ ३९९ ॥

अहो साध्विदमुच्यते--

धर्मबुद्धिः कुबुद्धिश्च द्वावेतौ विदितौ मम॥
पुत्रेण व्यर्थपाण्डित्यात्पिता धूमेन घातितः ॥ ४०० ॥

दमनक आह—कथमेतत्। सोऽब्रवीत्--

कथा १९।

कस्मिंश्चिदधिष्ठाने धर्मबुद्धिः पापबुद्धिश्च द्वे मित्रे प्रतिवसतः स्म। अथ कदाचित्पापबुद्धिना चिन्तितम्—अहं तावन्मूर्खो दारिद्र्योपेतश्च। तदेनं धर्मबुद्धिमादाय देशान्तरं गत्वास्याश्रयेणार्थोपार्जनं कृत्वैनमपि वञ्चयित्वा सुखी भवामि। अथान्यस्मिन्नहनि पापबुद्धिर्धर्मबुद्धिं प्राह—भो मित्र वार्धकभावे किमात्मनश्चेष्टितं स्मरिष्यसि। देशान्तरमदृष्ट्वा कां शिष्टजनवार्तां कथयिष्यसि। उक्तं च—

देशान्तरेषु बहुविधभाषावेशादि येन न ज्ञातम्।
भ्रमता धरणीपीठे तस्य फलं जन्मनो व्यर्थम् ॥ ४०१ ॥

तथा च।

विद्यां वित्तं शिल्पं तावन्नाप्नोति मानवः सम्यक्।
यावद्व्रजति न भूमौ देशाद्देशान्तरं हृष्टः ॥ ४०२ ॥

अथ तस्य तद्वचनमाकर्ण्य प्रहृष्टमनास्तेनैव सह गुरुजनानुज्ञातः शुभेऽहनि देशान्तरं प्रस्थितः। तत्र च धर्मबुद्धिप्रभावेण भ्रमता पापबुद्धिना प्रभूततरं वित्तमासादितम्। ततश्च द्वावपि तौ प्रभूतोपार्जितवित्तौ प्रहृष्टौ स्वगृहं प्रत्यौत्सुक्येन निवृत्तौ। उक्तं च—

प्राप्तविद्यार्थशिल्पानां देशान्तरनिवासिनाम्।
क्रोशमात्रोऽपि भूभागः शतयोजनवद्भवेत् ॥

परस्य व्यसनं तेन हृष्टः। बहवो विधा येषां ते भाषाश्च वेशाश्च भाषावेशाः बहु०-शाः ते आदौ यस्य। हृष्टः सोत्साह इत्यर्थः। प्रभूतमुपार्जितं वित्तं ययोस्तौ। भूभागो गृहपरदेशमध्यवर्तीत्यर्थः।

---

१ स्वं स्वमाश्रितः. २ अस्मात्परमिदमधिकं क्वचित्—तन्नूनमपजातस्त्वम्। उक्तं च—जातः पुत्रोऽनुजातश्च अतिजातस्तथैव च। अपजातश्च लोकेऽस्मिन्मन्तव्याः शास्त्रवेदिभिः॥ मातृतुल्यगुणो जातस्त्वनुजातः पितुः समः। अतिजातोऽधिकस्तस्मादपजातोऽधमाधमः॥ ३ मारितः. ४ दारिद्र्योपहतश्च. ५ स्मरसि. ६ शिशुजनस्य-ने

अथ स्वस्थानसमीपवर्तिना पापबुद्धिना धर्मबुद्धिरभिहितः—भद्र न सर्वमेतद्धनं गृहं प्रति नेतुं युज्यते । यतः कुटुम्बिनो बान्धवाश्च प्रार्थयिष्यन्ते । तदत्रैव वनगहने क्वापि भूमौ निक्षिप्य किंचिन्मात्रमादाय गृहं प्रविशावः । भूयोऽपि प्रयोजने संजाते तन्मात्रं समेत्यास्मात्स्थानान्नेष्यावः । उक्तं च—

न वित्तं दर्शयेत्प्राज्ञः कस्यचित्स्वल्पमप्यहो ।
मुनेरपि यतस्तस्य दर्शनाच्चलते मनः ॥ ४०४ ॥

तथा च ।

यथामिषं जले मत्स्यैर्भक्ष्यते श्वापदैर्भुवि ।
आकाशे पक्षिभिश्चैव तथा सर्वत्र वित्तवान् ॥ ४०५ ॥

तदाकर्ण्य धर्मबुद्धिराह—भद्र एवं क्रियताम् । तथानुष्ठिते द्वावपि तौ स्वगृहं गत्वा सुखेन स्थितवन्तौ । अथान्यस्मिन्नहनि पापबुद्धिर्निशीथेऽटव्यां गत्वा तत्सर्वं वित्तं समादाय गर्तां पूरयित्वा स्वभवनं जगाम । अथान्येद्युर्धर्मबुद्धिं समभ्येत्य प्रोवाच—सखे बहुकुटुम्बा वयं वित्ताभावात्सीदामः । तद्गत्वा तत्र स्थाने किंचिन्मात्रं धनमानयावः । सोऽब्रवीत्—भद्र एवं क्रियताम् । अथ द्वावपि गत्वा तत्स्थानं यावत्खनतस्तावद्रिक्तं भाण्डं दृष्टवन्तौ । अत्रान्तरे पापबुद्धिः शिरस्ताडयन्प्रोवाच—भो धर्मबुद्धे त्वया हृतमेतद्धनं नान्येन । यतो भूयोऽपि गर्तापूरणं कृतम् । तत्प्रयच्छ मे तस्यार्धम् । अथवाहं राजकुले निवेदयिष्यामि । स आह भो दुरात्मन् मैवं वद । धर्मबुद्धिः खल्वहम् । नैतच्चौरकर्म करोमि । उक्तं च—

मातृवत्परदाराणि परद्रव्याणि लोष्ठवत् ।
आत्मवत्सर्वभूतानि वीक्षन्ते धर्मबुद्धयः ॥ ४०६ ॥

एवं द्वावपि तौ विवदमानौ धर्माधिकारिणं गतौ प्रोचतुः परस्परं दूषयन्तौ । अथ धर्माधिकरणाधिष्ठितपुरुषैर्दिव्यार्थं यावन्नियोजितौ तावत्पापबुद्धिराह—अहो न सम्यग्दृष्टोऽयं न्यायः । उक्तं च—

विवादेऽन्विष्यते पत्रं तदभावेऽपि साक्षिणः ।
साक्ष्यभावात्ततो दिव्यं प्रवदन्ति मनीषिणः ॥ ४०७ ॥

तदत्र विषये मम वृक्षदेवताः साक्षीभूतास्तिष्ठन्ति । ता अप्यावयोरेकतरं

तत् प्रयोजनं मात्रा परिमाणं यस्य तन्मात्रं । समेत्य समागत्य । मात्रा तुल्यं मातृवत । पत्रं तद्विषयको लेखः ।

---

१ कालं गमयतः २ अन्यदा. ३ प्रभूतकुटुम्बिनः. ३ त्वमम् मा. ४ यः पश्यति स पश्यति. ५ त्विष्य.

चौरं साधुं वा करिष्यन्ति । अथ तैः सर्वैरभिहितम्—भोः युक्तमुक्तं । उक्तं च—

अन्त्यजोऽपि यदा साक्षी विवादे संप्रजायते ।
न तत्र विद्यते दिव्यं किं पुनर्यत्र देवताः ॥ ४०८ ॥

तदस्माकमप्यत्र विषये महत्कौतूहलं वर्तते । तत्प्रत्यूषसमये द्वाभ्यामप्यस्माभिः सह तत्र वनोद्देशे गन्तव्यमिति । एतस्मिन्नन्तरे पापबुद्धिः स्वगृहं गत्वा स्वजनकमुवाच तात प्रभूतोऽयं मयार्थो धर्मबुद्धेश्चोरितः । स च तव वचनेन परिणतिं गच्छति । अन्यथा मम प्राणैः सह यास्यति । स आह—वत्स द्रुतं वद येन प्रोच्य तद्द्रव्यं स्थिरतां नयामि । पापबुद्धिराह—तात अस्ति तत्प्रदेशे महाशमी । तस्यां महत्कोटरमस्ति । तत्र त्वं सांप्रतमेव प्रविश । ततः प्रभाते यदाहं सत्यश्रावणं करोमि तदा त्वया वाच्यं यद्धर्मबुद्धिश्चौर इति । तथानुष्ठिते प्रत्यूषे पापबुद्धिः स्नात्वा धर्मबुद्धिपुरःसरो राजपुरुषैः सह तां शमीमभ्येत्य तारस्वरेण प्रोवाच—

आदित्यचन्द्रावनिलोऽनलश्च द्यौर्भूमिरापो हृदयं यमश्च ।
अहश्च रात्रिश्च उभे च संध्ये धर्मोऽपि जानाति नरस्य वृत्तम् ॥ ४०९ ॥

तत्कथय भगवति वनदेवते आवयोर्यश्चौर इति । अथ पापबुद्धिपिता शमीकोटरस्थः प्रोवाच भोः धर्मबुद्धिना हृतमेतद्धनम् । तदाकर्ण्य सर्वे ते राजपुरुषा विस्मयोत्फुल्ललोचना यावद्धर्मबुद्धेर्वित्तहरणोचितं निग्रहं शास्त्रदृष्ट्यावलोकयन्ति तावद्धर्मबुद्धिना तच्छमीकोटरं वह्निभोज्यद्रव्यैः परिवेष्ट्य वह्निना संदीपितम् । अथ ज्वलति तस्मिन्शमीकोटरेऽर्धदग्धशरीरः स्फुटितेक्षणः करुणं परिदेवयन्पापबुद्धिपिता निश्चक्राम । ततश्च तैः सर्वैः पृष्टः सर्वं पापबुद्धिचेष्टितं निवेदयित्वोपरतः । अथ ते राजपुरुषाः पापबुद्धिं शमीशाखायां प्रतिलम्ब्य धर्मबुद्धिं प्रशस्येदमूचुः—अहो साध्विदमुच्यते—

उपायं चिन्तयेत्प्राज्ञस्तथापायं च चिन्तयेत् ।
पश्यतो बकमूर्खस्य नकुलेन हता बकाः ॥ ४१० ॥

धर्मबुद्धिः प्राह—कथमेतत् । ते प्रोचुः—

परिणतिं गच्छति अस्मासु स्थिरो भवेदित्यर्थः । निग्रहं दण्डं । शास्त्रदृष्ट्या—शास्त्रपर्यालोचनया निर्णयन्ति । परिदेवयन्नाक्रन्दन् । प्रतिलम्ब्योद्बध्य ।

---

१ युवाभ्याम्. २ अस्माकं. ३ प्रोक्तेन. ४ बृहत्. ५ धर्माधिकरणकैः ६ कथयत० वताः. ७ योर्मध्ये. ८ भोः शृणुत शृणुत. ९ परिवार्य-पूर्य. १० पृष्टः भोः किमिदमित्युक्ते स पा० सर्वमिदं.

कथा २० ।

अस्ति कस्मिंश्चिद्वनोद्देशे बहुबकसनाथो वटपादपः। तस्य कोटरे कृष्ण-सर्पः प्रतिवसति स्म । स च बकबालकानजातपक्षानपि सदैव भक्षयन्कालं नयति । अथैको बको भक्षितशिशुवैराग्यात्सरस्तीरमासाद्य बाष्पपूरपूरितनयनोऽधोमुखस्तिष्ठति । तं च तादृक्चेष्टितमवलोक्य कुलीरकः प्रोवाच - माम किमेवं रुद्यते भवताद्य । स आह—भद्र किं करोमि । मम मन्दभाग्यस्य बालकाः कोटरनिवासिना सर्पेण भक्षिताः । तद्दुःखदुःखितोऽहं रोदिमि । तत्कथय मे यद्यस्ति कश्चिदुपायस्तद्विनाशाय । तदाकर्ण्य कुलीरकश्चिन्तयामास—अयं तावदस्मत्सहजवैरी । तथोपदेशं प्रयच्छामि सत्यानृतं यथान्येऽपि बकाः सर्वे संक्षयमायान्ति । उक्तं च—

नवनीतसमां वाणीं कृत्वा चित्तं सुनिर्दयम् ।
तथा प्रबोध्यते शत्रुः सान्वयो म्रियते यथा ॥ ४११ ॥

आह च—माम यद्येवं तन्मत्स्यमांसखण्डानि नकुलस्य बिलद्वारात्सर्पकोटरं यावत्प्रक्षिप यथा नकुलस्तन्मार्गेण गत्वा तं दुष्टसर्पं विनाशयति । अथ तथानुष्ठिते मत्स्यमांसानुसारिणा नकुलेन तं कृष्णसर्पं निहत्य तेऽपि तद्वृक्षाश्रयाः सर्वे बकाश्च शनैः शनैर्भक्षिताः । अतो वयं ब्रूमः—उपायं चिन्तयेत् इति ॥ तदनेन पापबुद्धिना उपायश्चिन्तितो नापायः । ततस्तत्फलं प्राप्तम् । यतोऽहं ब्रवीमि—धर्मबुद्धिः कुबुद्धिश्च इति ॥ एवं मूढ त्वयाप्युपायश्चिन्तितो नापायः पापबुद्धिवत् । तन्न भवसि त्वं सज्जनः केवलं पापबुद्धिरसि ज्ञातो मया स्वामिनः प्राणसंदेहानयनात् । प्रकटीकृतं त्वया स्वयमेवात्मनो दुष्टत्वं कौटिल्यं च । अथवा साध्विदमुच्यते—

यत्नादपि कः पश्येच्छिखिनामाहारनिःसरणमार्गम् ।
यदि जलदध्वनिमुदितास्त एव मूढा न नृत्येयुः ॥ ४१२ ॥

तद्यदि त्वं स्वामिनमेनां दशां नयसि तदस्मद्विधस्य का गणना। तस्मान्ममासन्नेन भवता न भाव्यम् । उक्तं च—

तुलां लोहसहस्रस्य यत्र खादन्ति मूषिकाः ।
राजंस्तत्र हरेच्छ्येनो बालकं नात्र संशयः ॥ ४१३ ॥

दमनक आह—कथमेतत् । सोऽब्रवीत्—

भक्षिताश्च ते शिशवश्च तेषां तदुत्पन्नं यद्वैराग्यं तस्मात् । सत्यश्चासौ अनृतश्च हानिकरत्वात् । सान्वयः सवंशजः । प्राणानां संदेहः संशयस्तस्यानयनं । जलदानां मेघानां ध्वनिस्तेन मुदिताः । मूढाः मलविसर्जनद्वारस्याविष्करणात् ।

---

१ तेन भक्षितान्यपत्यानि दृष्ट्वा शिशु०. २ चेष्टं. ३ दुःखितोहं तद्दुःखेन. ४ स्मजति. ५ तु. ६ तस्य प्राप्तं फलम्. ७ गजं तत्र ...लके कोत्र विस्मयः.

कथा २१ ।

अस्ति कस्मिंश्चिदधिष्ठाने जीर्णधनो नाम वणिक्पुत्रः । स च विभवक्षयादेशान्तरगमनमना व्यचिन्तयत्—

यत्र देशेऽथवा स्थाने भोगान्भुक्त्वा स्ववीर्यतः ।
तस्मिन्विभवहीनो यो वसेत्स पुरुषाधमः ॥ ४१४ ॥

तथा च । येनाहंकारयुक्तेन चिरं विलसितं पुरा ।
दीनं वदति तत्रैव यः परेषां स निन्दितः ॥ ४१५ ॥

तस्य गृहे लोहभारघटिता पूर्वपुरुषोपार्जिता तुलासीत् । तां च कस्यचिच्छ्रेष्ठिनो गृहे निक्षेपभूतां कृत्वा देशान्तरं प्रस्थितः । ततः सुचिरं कालं देशान्तरं भ्रान्त्वा पुनः स्वपुरमागत्य तं श्रेष्ठिनमुवाच—भोः श्रेष्ठिन् दीयतां मे सा निक्षेपतुला । स आह—भोः नास्ति सा त्वदीया तुला । मूषिकैर्भक्षिता । जीर्णधन आह—भोः श्रेष्ठिन् नास्ति दोषस्ते यदि मूषिकैर्भक्षितेति । ईदृगेवायं संसारः । न किंचिदत्र शाश्वतमस्ति । परमहं नद्यां स्नानार्थं गमिष्यामि । तत्त्वमात्मीयं शिशुमेतं [धनदेवनामानं] मया सह स्नानोपकरणहस्तं प्रेषय इति । सोऽपि चौर्यभयात्तस्य शङ्कितः स्वपुत्रमुवाच—वत्स पितृव्योऽयं तव स्नानार्थं नद्यां यास्यति । तद्गम्यतामनेन सार्धं स्नानोपकरणमादाय इति । अहो साध्विदमुच्यते—

न भक्त्या कस्यचित्कोऽपि प्रियं प्रकुरुते नरः ।
मुक्त्वा भयं प्रलोभं वा कार्यकारणमेव वा ॥ ४१६ ॥

तथा च । अत्यादरो भवेद्यत्र कार्यकारणवर्जितः ।
तत्र शङ्का प्रकर्तव्या परिणामे सुखावहा ॥ ४१७ ॥

अथासौ वणिक्शिशुः स्नानोपकरणमादाय प्रहृष्टमनास्तेनाभ्यागतेन सह प्रस्थितः । तथानुष्ठिते वणिक्स्नात्वा तं शिशुं नदीगुहायां प्रक्षिप्य तद्द्वारं बृहच्छिलयाच्छाद्य सत्वरं गृहमागतः । पृष्टश्च तेन वणिजा—भो अभ्यागत कथ्यतां कुत्र मे शिशुर्यस्त्वया सह नदीं गत इति । स आह नदीतटात्स श्येनेन हृत इति । श्रेष्ठ्याह मिथ्यावादिन् किं क्वचिच्छ्येनो बालं हर्तुं शक्नोति । तत्समर्पय मे सुतम् । अन्यथा राजकुले निवेदयिष्यामि इति । स आह—भोः सत्यवादिन् यथा श्येनो बालं न नयति तथा मूषिका अपि लोहभारघटितां तुलां न भक्षयन्ति । तदर्पय मे तुलां यदि दारकेण

अन्यो देशो देशान्तरं देशान्तरगमने मनो यस्य । अहंकारयुक्तेन स्वविभवदर्पेणेत्यर्थः । लोहस्य भारैः घटिता । स्नानस्योपकरणानि सामग्री हस्ते यस्य । प्रकर्तव्या विशेषेण कर्तव्या यतः सा ।

---

१ सार्घ० भारसहस्रस्य. २ वागजः. ३ यथेच्छया भ्रा. ४ भावात. ५ जीर्णधनः

प्रयोजनम्। एवं तौ विवदमानौ द्वावपि राजकुलं गतौ। तत्र श्रेष्ठी तारस्वरेण प्रोवाच—भोः अब्रह्मण्यमब्रह्मण्यम्। मम शिशुरनेन चौरेणापहृतः। अथ धर्माधिकारिणस्तमूचुः—भोः समर्प्यतां श्रेष्ठिसुतः। स आह किं करोमि। पश्यतो मे नदीतटाच्छ्येनेनापहृतः शिशुः। तच्छ्रुत्वा ते प्रोचुः—भोः न सत्यमभिहितं भवता। किं श्येनः शिशुं हर्तुं समर्थो भवति। स आह—भो भोः श्रूयतां मद्वचः।

तुलां लोहसहस्रस्य यत्र खादन्ति मूषिकाः।
राजंस्तत्र हरेच्छ्येनो बालकं नात्र संशयः॥ ४१८॥

ते प्रोचुः—कथमेतत्। ततः श्रेष्ठी सभ्यानामग्रे आदितः सर्वं वृत्तान्तं निवेदयामास। ततस्तैर्विहस्य द्वावपि तौ परस्परं संबोध्य तुलाशिशुप्रदानेन संतोषितौ[3]। अतोऽहं ब्रवीमि—तुलां लोहसहस्रस्येति। तन्मूर्ख संजीवकप्रसादमसहमानेन त्वयैतत्कृतम्। अहो साध्विदमुच्यते—

प्रायेणात्र कुलान्वितं कुकुलजाः श्रीवल्लभं दुर्भगा
दातारं कृपणा ऋजूननृजवो वित्ते स्थितं निर्धनाः।
वैरूप्योपहताश्च कान्तवपुषं धर्माश्रयं पापिनो
नानाशास्त्रविचक्षणं च पुरुषं निन्दन्ति मूर्खाः सदा॥ ४१९॥

तथा च। मूर्खाणां पण्डिता द्वेष्या निर्धनानां महाधनाः।
व्रतिनः पापशीलानामसतीनां कुलस्त्रियः॥ ४२०॥

तन्मूर्ख त्वया हितमप्यहितं कृतम्। उक्तं च—

पण्डितोऽपि वरं शत्रुर्न मूर्खो हितकारकः।
वानरेण हतो राजा विप्राश्चौरेण रक्षिताः॥ ४२१॥

दमनक आह—कथमेतत्। सोऽब्रवीत्—

कथा २२।

कस्यचिद्राज्ञो नित्यं वानरोऽतिभक्तिपरोऽङ्गसेवकोऽन्तःपुरेऽप्यप्रतिषिद्धप्रसरोऽतिविश्वासस्थानमभूत्। एकदा राज्ञो निद्रां गतस्य वानरे व्यजनं नीत्वा वायुं विदधति राज्ञो वक्षःस्थलोपरि मक्षिकोपविष्टा। व्यजनेन मुहुर्मुहुर्निषिध्यमानापि पुनः पुनस्तत्रैवोपाविशति। ततस्तेन स्वभावचपलेन मूर्खेण वानरेण क्रुद्धेन सता तीक्ष्णं खड्गमादाय तस्या उपरि प्रहारो विहितः। ततो मक्षिकोड्डीय गता परं तेन शितधारेणासिना राज्ञो

अत्र अस्मिन् जगति। श्रीवल्लभं दैवशालिनमित्यर्थः। दुर्भगः दुष्टो भगो दैवं येषां ते। वैरूप्येण कुरूपतया उप०। व्रतिनो धर्माचरणशीलाः। अप्रतिषिद्धः अनिवारितः प्रसरो गतिर्यस्य। विदधति चालयति। शिता तीक्ष्णा धारा यस्य।

---

१ एवं वर्तते. २ मादितः ३ संतोष्य प्रेषितौ ४ ह्यकु०. ५ क्लीव. ६ जनाः. अस्मात्परं—जाड्यं ह्रीमति गण्यते इ० पद्यं पु०रे.

वक्षो द्विधा जातं राजा मृतश्च । तस्माच्चिरायुरिच्छता नृपेण मूर्खोऽनुचरो न रक्षणीयः । अपरमेकस्मिन्नगरे कोऽपि विप्रो महाविद्वान्परं पूर्वजन्मयोगेन चौरो वर्तते । स तस्मिन्पुरेऽन्यदेशादागतांश्चतुरो विप्रान्बहूनि वस्तूनि विक्रीणतो दृष्ट्वा चिन्तितवान् अहो केनोपायेनैषां धनं लभे । इति विचिन्त्य तेषां पुरोऽनेकानि शास्त्रोक्तानि सुभाषितानि चातिप्रियाणि मधुराणि वचनानि जल्पता तेषां मनसि विश्वासमुत्पाद्य सेवा कर्तुमारब्धा । अथवा साध्विदमुच्यते—

असती भवति सलज्जा क्षारं नीरं च शीतलं भवति ।
दम्भी भवति विवेकी प्रियवक्ता भवति धूर्तजनः ॥ ४२२ ॥

अथ तस्मिन्सेवां कुर्वति तैर्विप्रैः सर्ववस्तूनि विक्रीय बहुमूल्यानि रत्नानि क्रीतानि । ततस्तानि जङ्घामध्ये तत्समक्षं प्रक्षिप्य स्वदेशं प्रति गन्तुमुद्यमो विहितः । ततः स धूर्तविप्रस्तान्वि[illegible]न्तुमुद्यतान्प्रेक्ष्य चिन्ताव्याकुलितमनाः संजातः । अहो धनमेतन्न किं [illegible] चटितम् । अथैभिः सह यामि । पथि क्वापि विषं दत्त्वैतान्निहत्य सर्वरत्नानि गृह्णामि । इति विचिन्त्य तेषामग्रे सकरुणं विलप्येदमाह—भो मित्राणि यूयं मामेकाकिनं मुक्त्वा गन्तुमुद्यताः । तन्मे मनो भवद्भिः सह स्नेहपाशेन बद्धं भवद्विरहनाम्नैवाकुलं संजातं यथा धृतिं क्वापि न धत्ते । यूयमनुग्रहं विधाय सहायभूतं मामपि सहैव नयत । तद्वचः श्रुत्वा ते करुणार्द्रचित्तास्तेन सममेव स्वदेशं प्रति प्रस्थिताः । अथाध्वनि तेषां पञ्चानामपि पल्लीपुरमध्ये व्रजतां ध्वांक्षाः कथयितुमारब्धाः—रे रे किराताः धावत धावत । सपादलक्षधनिनो यान्ति । एतान्निहत्य धनं नयत । ततः किरातैर्ध्वांक्षवचनमाकर्ण्य सत्वरं गत्वा ते विप्रा लगुडप्रहारैर्जर्जरीकृत्य वस्त्राणि मोचयित्वा विलोकिताः । परं धनं किंचिन्न लब्धम् । तदा तैः किरातैरभिहितम्—भोः पान्थाः पुरा कदापि ध्वाङ्क्षवचनमनृतं नासीत् । ततो भवतां संनिधौ क्वापि धनं विद्यते । तदर्पयत । अन्यथा सर्वेषामपि वधं विधाय चर्म विदार्य प्रत्यङ्गं प्रेक्ष्य धनं नेष्यामः । तदा तेषामीदृशं वचनमाकर्ण्य चौरविप्रेण मनसि चिन्तितम्—यदैषां विप्राणां वधं विधायाङ्गं विलोक्य रत्नानि नेष्यन्ति तदापि मां वधिष्यन्ति । ततोऽहं पूर्वमेवात्मानमरत्नं समर्प्यैतान्मुञ्चामि । उक्तं च—

मृत्योर्बिभेषि किं बाल न स भीतं विमुञ्चति ।
अद्य वाब्दशतान्ते वा मृत्युर्वै प्राणिनां ध्रुवः ॥ ४२३ ॥

तथा च । गवार्थे ब्राह्मणार्थे च प्राणत्यागं करोति यः ।
सूर्यस्य मण्डलं भित्त्वा स याति परमां गतिम् ॥ ४२४ ॥

धूर्तजनः प्रियवक्ता भवति । चटितं संपन्नम् । धृतिं प्रीतिं । पल्लीपुरं किरातनिवासग्रामः । बाल मूढ ।

इति निश्चित्याभिहितम्—भोः किराताः यद्येवं ततो मां पूर्वं निहत्य विलोकयत। ततस्तैस्तथानुष्ठिते तं धनरहितमवलोक्यापरे चत्वारोऽपि मुक्ताः। अतोऽहं ब्रवीमि—पण्डितोऽपि वरं शत्रुः इति। अथैवं संवदतोस्तयोः संजीवकः क्षणमेकं पिङ्गलकेन सह युद्धं कृत्वा तस्य खरनखरप्रहाराभिहतो गतासुर्वसुंधरापीठे निपपात। अथ तं गतासुमवलोक्य पिङ्गलकस्तद्गुणस्मरणार्द्रहृदयः प्रोवाच—भो अयुक्तं मया पापेन कृतं संजीवकं व्यापादयता। यतो विश्वासघातादन्यन्नास्ति पापतरं कर्म।

उक्तं च—मित्रद्रोही कृतघ्नश्च यश्च विश्वासघातकः।
ते नरा नरकं यान्ति यावच्चन्द्रदिवाकरौ ॥ ४२५

[1]भूमिक्षये राजविनाश एव भृत्यस्य वा [2]बुद्धिमतो विनाशे।
नो [3]युक्तमुक्तं ह्यनयोः समत्वं [4]नष्टापि भूमिः सुलभा न भृत्याः॥४२६॥

[5]तथा मया सभामध्ये स सदैव प्रशंसितः। तत्किं कथयिष्यामि तेषामग्रतः।

उक्तं च— उक्तो भवति यः पूर्वं गुणवानिति संसदि।
न तस्य दोषो वक्तव्यः प्रतिज्ञाभङ्गभीरुणा ॥ ४२७ ॥

[6]एवंविधं प्रलपन्तं दमनकः समेत्य सहर्षमिदमाह—देव कतरतमस्तवैष न्यायो यद्द्रोहकारिणं शष्पभुजं हत्वेत्थं शोचसि। तन्नैतदुपपन्नं भूभुजाम्।

उक्तं च। पिता वा यदि वा भ्राता पुत्रो भार्याथवा सुहृत्।
प्राणद्रोहं यदा गच्छेद्धन्तव्यो नास्ति पातकम् ॥ ४२८ ॥

तथा च।
राजा घृणी ब्राह्मणः सर्वभक्षी स्त्री [7]चावशा दुष्टमतिः सहायः।
प्रेष्यः प्रतीपोऽधिकृतः प्रमादी त्याज्या अमी यश्च कृतं न वेत्ति ॥ ४२९ ॥

अपि च। सत्यानृता च परुषा प्रियवादिनी च
हिंस्रा [8]दयालुरपि चार्थपरा वदान्या।
भूरिव्यया प्रचुरवित्तसमागमा च
[9]वेश्याङ्गनेव नृपनीतिरनेक[10]रूपा ॥ ४३० ॥

भूमिक्षये राज्यस्य परहस्तगमने। घृणी दयाशीलः। अवशा भर्तुरस्वाधीना उद्धतेत्यर्थः। प्रेष्यः सेवकः प्रतीपः प्रतिकूलः। सत्या सत्यं विद्यते अस्यां। अंगनापक्षे कारणतः सत्यवादिनी। एवं सर्वत्र। प्रचुरवित्तस्यागमो यस्यां। पक्षे प्रचुरवित्तेन समागमो यस्याः।

---

१ भूति. २ भृत्यं विना बुद्धिमतो विनाशः. ३ न युक्तमुक्तं यदि चैतदेवं ४ तथापि भूतिः. ५ अपरं मयैष शष्पभुगपि साचिव्यं प्रापितः पश्चात्स्वयमेव हतः। एतन्महत्पापकरं कर्म कृतं। यतः इतः स दैत्यः इ०। ६ एवं नितरां पश्चात्तापं विधाय बहुतरं विलपमानं पिङ्गलकं. ७ तं व्रतो. ८ चात्रपा. ९ वाराङ्गने. १० अस्मा-

एवं संबोधितः पिङ्गलकः संजीवकशोकं त्यक्त्वा दमनकसाचिव्येन राज्यमकरोत् ॥ समाप्तं चेदं मित्रभेदं नाम प्रथमं तन्त्रम् ।

इति श्रीविष्णुशर्मविरचिते पञ्चतन्त्रके प्रथमं तन्त्रं समाप्तम्.

त्वरामिदमधिकं पुस्तकान्तरे-अपि च । अकृतोपद्रवः कश्चिन्महानपि न पूज्यते। पूजयन्ति नरा नागान्न तार्क्ष्यं नागघातिनम् ॥ तथा च । अशोच्यानन्वशोचस्त्वं प्रज्ञावादांश्च भाषसे । गतासूनगतासूंश्च नानुशोचन्ति पण्डिताः ॥

१एवं स राजा पिङ्गलकस्तेन दमनकेन नीतिपूर्वं संबोधितः अत्यन्तनिगूढमपि... दमनकं राज्ये सचिवं विधाय...। दमनकोऽपि निजपूर्वजोपार्जितं साचिव्यं स्वमतिप्रपंचेन सम्प्राप्य यथाचिन्तितानि सौख्यानि बुभुजे । इ. पा.

पुस्तकान्तरे लब्धा अधिकाः कथाः ।

पृ० १६ श्लो० ९९ अस्मात्परं— तथा च ।

षट्कर्णो भिद्यते मन्त्रः कुब्जके नैव भिद्यते ।
कुब्जको जायते राजा राजा भवति भिक्षुकः ॥

पिङ्गलक आह—कथमेतत् दमनकः कथयति । अस्ति उत्तरापथे लीलावती नाम नगरी । तत्र सर्वकलाकुशलो मुकुन्दो नाम राजा बभूव । तेन कदाचिद्रङ्गवार्टीं विधाय नगरमध्ये आगच्छता लोकेनार्द्यमानः कुब्जको दृष्टः । तमतिशयेन खर्वशरीरं दृष्ट्वा कौतुककारणेन स्वकीयसौधे समानीय स राजा कौतुकादतिवल्लभं क्षणमपि न मुञ्चति । अथ गूढं मन्त्रं कुर्वता अमात्येन तं पार्श्वस्थितं विज्ञाय राजा विज्ञप्तः । वेदशास्त्रे उक्तमस्ति-षट्कर्णो भिद्यते मन्त्र इति । अमात्यवचनं श्रुत्वा राज्ञाप्युक्तम् । कुब्जके नैव भिद्यते । अथैकस्मिन्नहनि सिद्धानन्दो नाम कश्चिद् योगी परिभ्रमन्सर्वावसरसमये सामात्यस्य राज्ञः सकाशमुपविष्टः। राज्ञापि तं कलाकुशलं विदित्वा एकान्तमानीय विद्यागोष्ठीः कृताः । अनेनापि राज्ञे परकायप्रवेशमन्त्रो निवेदितः । सोऽपि योगी तत्क्षणमदर्शनं गतः। अथ राज्ञो मन्त्रं पठमानस्य स कुब्जकेनापि शिक्षितः। एकस्मिन्नहनि राजा तेन कुब्जकेन सह मृगयां गतः। तत्र महारण्यमध्ये तृषाक्रान्तं मृतं ब्राह्मणं दृष्ट्वा राज्ञा मन्त्रप्रत्ययावलोकनार्थं कुब्जकः पृष्टः। रे कुब्जक यो मन्त्रो मयाभ्यस्तः स तव स्मरति । तेनापि हृदयदुष्टतया राजा प्रोक्तः । देव न किंचिज्जानामि । एवमभिहितेन राज्ञा स्वीयमश्वं तस्य कुब्जकस्य हस्ते समर्प्य समाधिं कृत्वा मन्त्रं हृदये निधाय स्वकायं परित्यज्य स्वीय आत्मा ब्राह्मणदेहे निवेशितः। कुब्जकेनापि तद्वन्मन्त्रं सं-

स्मृत्य स्वीय आत्मा राजदेहे निवेशितः । अथ वेगेन हयमारुह्य राजानमिदमुवाच । सांप्रतमहमेकेन छत्रेण राज्यं करिष्यामि । त्वं यथाभिलषितं गच्छ । इत्युक्त्वा पुरःसंमुखमगच्छत् । पुरे गत्वा सर्वराज्यभारधुरं निर्वहन्नास्ते । ततः ब्राह्मणदेहधारी राजा वृद्धामात्यवचनं स्मरन्नात्मानं दूषयंश्चिंतितवान् । धिक् मूढेन मया किं कृतम् । अथाहं तत्र गत्वा राज्ञ्यै वृद्धामात्याय च गूढमन्त्रेणात्मकृतं निवेदयामि । अथवाऽयुक्तमेतत् । इति विचार्य देशान्तरे गतः । राज्ञो देहधारी कुब्जको राज्ञ्या सह असंबद्धानि वाक्यानि जल्पति । राज्ञी तान्यसंबधानि वाक्यानि श्रुत्वा कतिपयैरहोभिर्वृद्धामात्यमाकार्य निवेदितवती । तात अवश्यमेष राजा न हि अप्रस्तुतानि वाक्यानि जल्पति । सांप्रतं तातः प्रमाणं । एतच्छ्रुत्वामात्येनाप्युक्तं तत्कुर्यां येन प्रकटीभवति राजा । अथ तं कुब्जकराजानं विज्ञाप्यान्नदानक्रियां कर्तुमारब्धोऽमात्योऽपि देशान्तारिणः पादौ प्रक्षाल्य श्लोकार्ध पठति । षट्कर्णो भिद्यते मन्त्रः कुब्जके नैव भिद्यते इति । अथ एकस्मिन्नगरे अमात्यो देशांतरिणः पादौ प्रक्षाल्येदं श्लोकस्य पादद्वयं पठति । षट्कर्णो भिद्यते मन्त्रः कुब्जके नैव भिद्यते । तस्य द्वौ पादौ प्रतियोज्यंते परौ । एतदेव वाक्यं श्रुत्वा तत्र ब्राह्मणवेषधारी राजा सकलं वृत्तान्तं पृष्टवान् । ततः औत्सुक्येन स्वं नगरं प्रति प्रस्थितः । नूनं मम पत्न्या मत्स्वरूपं परिज्ञातुमुपाय एष रचितः । इति चिन्तयन् कियद्दिवसैः तस्मिन्नगरे तत्रान्नशालायां सायं प्राप्तः । ब्राह्मणसंज्ञयामात्यमभिहितवान् । देव दूरदेशादहमागतो बुभुक्षितः अकाले संप्राप्तः । निश्चयेन प्रयातो भोजनमधुनैव कार्यमिति । अमात्येन गृहं गन्तुकामेनापि क्षुधार्तं ब्राह्मणमवलोक्य पादौ प्रक्षाल्य तावदेव श्लोकार्धं पठितम् । तच्छ्रुत्वा ब्राह्मणरूपधारिणा राज्ञामात्योऽभिहितः । तात कुब्जको जायते राजा राजा भवति भिक्षुकः । ततः परस्परगूढमन्त्रेण वार्ता विधाय हृष्टमनसामात्येन स्वकीयावासं समानीय पृष्टः । तद्वृत्तं त्वा समीकृत एवमुक्तवान् देव पश्य मे बुद्धिप्रभावं भवन्तं स्वदेहेन युक्तं विधाय राज्ये पुनरभिषेक्ष्यामि । अथैतस्मिन्नहनि अमात्यो राज्ञ्यावासगतो यावत्पश्यति तावद्राज्ञी शोकार्ता मृतशुकमुत्सङ्गे निधायोपविष्टानेन दृष्टा । शुकं दृष्ट्वा अमात्येन राज्ञ्या सह मन्त्रितं । देवि शोभनमापतितम् । अनेन शुकेन कृत्वा आत्मीयसर्वकृत्यानि सिद्धिं यास्यन्ति । भवत्यानयैवाकृत्या कुब्जकराजानं विज्ञाप्य विशेषकार्यं इति वाच्यम् । देव कोऽपि नगरमध्ये सिद्धमन्त्रास्तिष्ठति य एतेन शुकेन मया सहैकवारमालापं कारयति । त्वयैतदुक्ते सति स्वविद्यामूर्च्छितो राज्ञो देहमुत्सृज्य शुकदेहे प्रवेक्ष्यति । एतस्मिन्नन्तरे मम पृष्ठानुगतो राजा स्वदेहे प्रवेक्ष्यति । राज्यं च प्राप्स्यतीति । तथानुष्ठिते सति अमात्यस्तं शुककुब्जकं व्यापाद्य प्रहृष्टमना उवाच षट्कर्णो भिद्यते मन्त्र इति ।

पृ० ९२ श्लो० २९१. अस्मात्परं—व्याघ्रवानरसर्पाणां यन्मया न कृतं वचः। तेनाहं दुर्विनीतेन मानुषेण विनाशितः॥ पिङ्गलक आह—कथमेतत्। सोऽब्रवीत्—

अस्ति कस्मिंश्चिदधिष्ठाने यज्ञदत्तो नाम ब्राह्मणस्तस्य ब्राह्मणी दारिद्र्याभिभूता प्रतिदिनमेवं वदति। यद्भो ब्राह्मण निरुत्साह कठोरहृदय किं न पश्यति भवान्क्षुधया पीड्यमानान्यपत्यानि येन निश्चिन्तस्तिष्ठसि। तत् श्रुत्वा ब्राह्मणो निर्वेदाद्वनमासाद्य गुतुन्मारब्धः। कतिपयैरहोभिर्महाटव्यां प्रविष्टः। तस्यामटव्यां व्रजता तेन क्षुत्क्षामकण्ठेन उदकमन्वेष्टुं प्रारब्धं तावत्तस्याश्चैकदेशे तृणैरावृतो महान्कूपो दृष्टः। यावद्विलोकयति तावद्व्याघ्रवानरसर्पमनुष्यास्तन्मध्ये दृष्टाः। तैरसौ दृष्टः। ततो मानुषोऽयमिति मत्वा व्याघ्र उक्तवान्—भोः भोः सत्वप्राणरक्षणे महान्धर्म इति मामुत्तारय येनाहं पुत्रमित्रकलत्रैः स्वजनैः संगतस्तिष्ठामि। ब्राह्मण आह—भो भवतो नामग्रहणेनापि सर्वेषां प्राणिनां भयमुत्पद्यते। नन्वहमतस्त्वत्तो बिभेमि। पुनरपि व्याघ्रेणाभिहितं—ब्रह्मघ्ने च सुरापे च क्लीबे भग्नव्रते शठे। निष्कृतिर्विहिता सद्भिः कृतघ्ने नास्ति निष्कृतिः॥ पुनरप्याह—त्रिः सत्येनाहमात्मानं शपामि। न भयं तव मत्सकाशाद्विद्यते। अतोनुकम्पया मामुत्तारय। ततो द्विजेन स्वचित्ते-धृतं—धर्मं विधत्ते धैर्यं प्राणिनां प्राणरक्षणाच्चेन्मृत्युर्भवति। इति मत्वा व्याघ्र उत्तारितः। ततो वानरेणाभिहितं मामप्युत्तारय। तच्छ्रुत्वा ब्राह्मणोऽब्रवीत्—भो भवान्स्वभावचपलः। मां कदापि चापल्येन नखैर्विदारयसि। उत कूपे क्षिपसि तदहं त्वत्तो बिभेमि। वानर आह—भो न भेतव्यं मत्तो मदीयं सत्यवचनमिति। सोऽप्युत्तारितः। सर्पोऽब्रवीत्—भो द्विज मामप्युत्तारय। तच्छ्रुत्वा ब्राह्मणोऽब्रवीत्—भो युष्मन्नामग्रहणेनापि त्रस्यते किं पुनः स्पर्शनेन। सर्प आह—अस्माकं स्वातन्त्र्यं नास्ति। अनादिष्टा न दशामः। त्रिः सत्येनाहं शपामि। अस्मत्सकाशान्न भयं कार्यम्। तेनैवमाकर्ण्योत्तारितः सः। अथ ते ब्रुवन्ति—यः सर्वेषां पापानामायतनं मानुषो भवति। एतन्मत्वा नोत्तारयितव्योयं न चास्य विश्वासेन समुपागन्तव्यम्। पुनरपि व्याघ्रेणोक्तं भोः पर्वत एषो बहुशिखरो दृश्यते। तस्योत्तरपार्श्वे दरीगहने मदीयं गृहम्। तत्र त्वया सुमनग्रहणाय एकवारमागन्तव्यम्। येनाहं प्रत्युपकारं भवतः करोमि। येन ऋणसम्बन्धोऽन्यजन्मन्यपि न भवति। एवमुक्त्वा व्याघ्रो गुहाभिमुखी प्रायात्। अथ वानरेणोक्तं तत्रैव गुहासंनिधौ मम वासो निर्झरसमीपे। तस्मिंस्त्वया समागन्तव्यम्। एवमुक्त्वा प्रायात्। सर्पेणोक्तम्—यदा भवतः अन्यायिकं भवति तदाहं स्मर्तव्यः। एवमुक्त्वा यथागतमेव प्रायात्। अथ सकूपस्थो

मुहुर्मुहुः शब्दं करोति। यद्भो विप्र मामप्युत्तारय। अथ द्विजेन जातानुकम्पेन स्वपक्ष इति सोऽप्युत्तारितः। तेनाभिहितं यदहं स्वर्णकाराश्रितभृगुकच्छे वसामि। यदि सुवर्णं किंचिद्घटनीयं भवति तदा त्वया मम सकाशे समागन्तव्यम्। इत्युक्त्वा यथागतमेव ययौ। अथ ब्राह्मणेन व्रजता न किंचिदासादितम्। गृहं गच्छता तेन स्मृतं वानरोक्तमभूत् यदागन्तव्यमस्मत्सकाशम्। इति स्मृत्वा वानरसमीपं गतः। ततस्तेन विलोकितो दृष्टश्च वानरः। तेन वानरेण स्वादुफलानि निवेदितानि ब्राह्मणेनास्वादितानि यथेच्छम्। वानरोऽब्रवीत्—यदि फलैस्तव कार्यं तन्नित्यमेव इहागन्तव्यम्। द्विजेनाभिहितम्। भो भवता सर्वं कृतं परं मे व्याघ्रं दर्शय। तेन च नीत्वा व्याघ्रो दर्शितः। व्याघ्रेण ज्ञात्वा प्रत्युपकारार्थं घटितग्रैवेयकाद्याभरणं निवेदितम्। उक्तं च—कश्चिद्राजपुत्रोऽश्वेनापहृत एकाकी वनेऽस्मिन्समायातोऽश्वात्पतितो मृतश्च। तत्सक्तमेतत्सर्वं मया सुप्रयुक्तं स्थापितं तव निमित्ते। एतद्गृहीत्वा भवान्गच्छतु यथाभिप्रतमिति। ब्राह्मणस्तद्गृहीत्वा सुवर्णकारं स्मृत्वा स ममोपकारी विक्रापयिष्यतीत्येवं संप्रधार्य तत्सकाशं गतः। सुवर्णकारेणापि सादरेण पाद्यार्घ्यासनपानभोजनाच्छादनेन सत्कारं कृत्वोक्तम्। यद्भवानादिशतु किं करोमि। द्विजेनोक्तम् मया सुवर्णमानीतमस्ति तत् त्वया विक्रेतव्यम्। सुवर्णकारोऽब्रवीत् दर्शय सुवर्णमिति। दर्शितं तेन सुवर्णकाराय तत्सुवर्णं। तद्दृष्ट्वा सुवर्णकारश्चिन्तितवान्। मयैवेदं राजपुत्रस्य निमित्ते कृतम्। एवं स्वचित्तेनावधार्याब्रवीत्। तिष्ठतु भवानत्रैवाहं यावत्कस्यचिद्दर्शयामि। इत्येवमुक्त्वा राजकुले गत्वा दर्शितवान्। तद्दृष्ट्वा राजाब्रवीत्—भो कुत्र त्वयेदं प्राप्तमिति। सोऽब्रवीत्—देव मम वेश्मनि ब्राह्मणस्तिष्ठति तेनेदमानीतम्। ततश्चिंतितं तेन राज्ञा यदसौ कुमारघातको ब्राह्मणो भविष्यति। तदेनं ब्राह्मणं संबध्य शूलमारोपयिष्यामीति निश्चय एव। अथ संजाते राजादेशे राजपुरुषैर्ब्राह्मणो बद्धः। बद्धेन ब्राह्मणेन भुजङ्गः स्मृतः। स्मृतमात्र एव स तदन्तिकमागतोऽब्रवीत्-किं तवोपकारं करोमि। द्विजेनोक्तं मामस्माद्बन्धनान्मोचय। सोऽब्रवीत्। अहं राजवल्लभां पत्नीं दशामि। ततः कस्यापि महामान्त्रिकस्य मन्त्रैस्तथान्यभिषजां च विषनाशकैरगदैः प्रलिप्तामपि न निर्विषां करिष्यामि। तवैव हस्तस्पर्शनेन निर्विषा भविष्यति। ततस्त्वं बन्धनान्मुच्यसे इति। अथ सर्पेण राजमहिषी दष्टा। ततो राजकुले हा हा शब्दः समुत्थितः। सर्वत आकुलीकृतं सर्वमभवत्। अथ गारुडिकमान्त्रिकतांत्रिकभैषजिका अन्यदेशनिवासिनोऽपि समाहूताः। सर्वैरपि स्वशक्त्या समुचितं सर्वमपि समाचरितं। परं न कस्यचिदुपचारेण निर्विषीभूता। ततो राज्ञा नगरमध्ये पटहो दापितः। पटहशब्दमाकर्ण्य द्विजेनाभिहितम्। यदहमेनां निर्विषां करि-

ध्यामि। अथ तत्रैव बन्धनान्मुक्त्वा राज्ञा धवलगृहमानीतः। ततो राजा ब्रवीत्—भवानेनां देवीं निर्विषां करोतु। ततः सोऽपि राज्याः सकाशं गत्वा हस्तस्पर्शमकार्षीत्। कृते हस्तस्पर्शे देवी निर्विषा संजाता। तां च प्रतिजीवितां दृष्ट्वा स द्विजस्य पूजागौरवं विधाय सबहुमानममुं पप्रच्छ। भो केन प्रकारेण भवता सुवर्णमेतल्लब्धमिति। द्विजेनादितः प्रभृति यथावृत्तमनुभूतं सर्वमप्याख्यातम्। ततश्चावगतार्थेन राज्ञा तस्मै ग्रामसहस्रं दत्वा आत्मनः सकाशे मन्त्रित्वे नियोजितः। तेन स्वकीयकुटुंबसुजनसमेतेन भोगादिक्रियानुष्ठानानेकमखकरणार्जितपुण्यप्राक्भारेण सकलराज्यचिन्तासंभृताधिपत्येन सुखमनुभूयते स्म। अतोऽहं ब्रवीमि व्याघ्रवानरसर्पाणां यन्मया न कृतं वचः। इति।

पृ० ७२. शोषणोपायः। अस्मात्परं—अन्ये पक्षिणस्तमूचुः। भोः किमत्र प्राप्तकालं भवान्मन्यते। तेनाभिहितं-आस्ते एको वृद्धहंसो मानससरोवासी महाबुद्धिर्नाम तं पृच्छामः। श्रोतव्यं वृद्धवचनं ये च वृद्धा बहुश्रुताः। हंसयूथं वने बद्धं वृद्धबुध्या विमोचितम्॥ पक्षिणः पृच्छन्ति कथमेतत्। असौ कथयति। अस्ति कस्मिंश्चिद्वनोद्देशे महास्कंधशाखालंकृतो वटवृक्षः। तत्र हंसकुलं प्रतिवसति स्म। अथ तस्य वटस्याधस्ताद्वल्ली प्ररोढुमारब्धा। तां च वर्धमानां दृष्ट्वा वृद्धहंसेनोक्तं यदहो येयं वल्ली समारोहति सा यावल्लध्वी तावच्छिद्यताम्। अनया वृद्धिमुपागतयास्माकं महाननर्थ उत्पत्स्यते। अथ तैस्तस्य वचनमवगणितं वल्लीमच्छित्वैवावस्थिताः। अथ वल्ली कालेन वृद्धिमुपागता। कश्चिद्व्याधस्तेषां हंसानामाहारार्थं निष्क्रांतानां वल्ल्यनुसारेणारुह्य तस्मिन्वटवृक्षे हंसावासेषु पाशान्बध्वा गतः। अथ ते हंसा आहारं कृत्वा निशायां समागताः। सर्वे च पाशैर्बद्धाः। अथ वृद्धहंसेनोक्तं रे मूर्खास्तदिदमापतितं वल्लीवृद्धिव्यसनम्। न श्रुतं तदा काले युष्माभिर्मदीयं वचनं साम्प्रतं महद्व्यसनं प्राप्ताः सर्वे इदानीं विनष्टाः स्थ। हंसा ऊचुः आर्य एवं स्थिते किमस्माभिः कर्तव्यम्। असावाहेदानीं मम वचनं कर्तव्यम्। यदासौ व्याधः समागच्छति तदा सर्वैरेव मृतरूपेणावस्थातव्यम्। व्याधस्तु मृतरूपान्भूम्यां प्रक्षेप्स्यति। यदा सर्वेपि प्रक्षिप्ता भवन्ति तदा सर्वैरेव समकालमुत्पतितव्यम्। एवं संप्रधार्य ते मृतकरूपाः स्थिताः। प्रभातसमये व्याधः समायातो यावत्पश्यति तावत्सर्वेपि हंसा मृता एव। ततस्तेन पाशादवमुच्य भूम्यां प्रक्षिप्ताः। ततश्च सर्वेषु प्रक्षिप्तेषु सर्वे एवोत्पतिताः। अतो हं ब्रवीमि श्रोतव्यं वृद्धवचनमिति। ततस्ते सर्वे पक्षिणो मानससरोवासिनं हंसं प्रति गत्वा स्वदुःखं सर्वं निवेद्य पप्रच्छुः भो महाबुद्धे एवं संजाते किं कर्तव्यं तत्कथय। तत् श्रुत्वा हंसोब्रवीत्—भो पक्षिणः किं वृथायासेन। उक्तं च।

अथ मित्रप्राप्तिकम् ।

अथेदमारभ्यते मित्रप्राप्तिकं नाम द्वितीयं तन्त्रं यस्यायमाद्यः श्लोकः—

असाधना अपि प्राज्ञा बुद्धिमन्तो बहुश्रुताः ।
साधयन्त्याशु कार्याणि काकाखुमृगकूर्मवत् ॥ १ ॥

तद्यथानुश्रूयते—अस्ति दाक्षिणात्ये जनपदे महिलारोप्यं नाम नगरम् । तस्य नातिदूरस्थो महोच्छ्रायवान्नानाविहङ्गोपभुक्तफलः कीटैरावृतकोटरश्छायाश्वासितपथिकजनसमूहो न्यग्रोधपादपो महान् । अथवा युक्तम् ।

छायासुप्तमृगः शकुन्तनिवहैर्विष्वग्विलुप्तच्छदः
कीटैरावृतकोटरः कपिकुलैः स्कन्धे कृतप्रश्रयः ।
विश्रब्धं मधुपैर्निपीतकुसुमः श्लाघ्यः स एव द्रुमः
सर्वाङ्गैर्बहुजन्तुसंघसुखदो भूभारभूतोऽपरः ॥ २ ॥

तत्र च लघुपतनको नाम वायसः प्रतिवसति स्म । स कदाचित्प्राणयात्रार्थं पुरमुद्दिश्य प्रचलितो यावत्पश्यति तावज्जालहस्तोऽतिकृष्णतनुः स्फुटितचरण ऊर्ध्वकेशो यमकिंकराकारो नरः संमुखो बभूव । अथ तं दृष्ट्वा शङ्कितमना व्यचिन्तयत्—यदयं दुरात्माद्य ममाश्रयवटपादपसंमुखोऽभ्येति । तन्न ज्ञायते किमद्य वटवासिनां विहङ्गमानां संक्षयो भविष्यति न वा । एवं बहुविधं विचिन्त्य तत्क्षणान्निवृत्य तमेव वटपादपं गत्वा सर्वान्विहङ्गमान्प्रोवाच—भोः अयं दुरात्मा लुब्धको जालतण्डुलहस्तः समभ्येति । तत्सर्वथा तस्य न विश्वसनीयम् । एष जालं प्रसार्य तण्डुलान्प्रक्षेप्स्यति । ते तण्डुला भवद्भिः सर्वैरपि कालकूटसदृशा द्रष्टव्याः ।

मित्राणां प्राप्तिरेव अभेदोपचारात् मित्रसंप्राप्तिकमथवा मित्राणां सम्प्राप्तिर्यस्मिन् तत् । न विद्यमानानि साधनानि येषां ते अ० । प्रशस्ता बुद्धिर्येषां ते बुद्धिमन्तः । बहु श्रुतं येषां । काकश्च आखुश्च मृगश्च कूर्मश्च का०र्मास्तैस्तुल्यम् । दक्षिणस्यां भवो दाक्षिणात्यः । तस्मिन् । महांश्चासौ उच्छ्रायश्च स विद्यतेऽस्य । नाना च ते विहंगाश्च नाना० तैः उपभुक्तानि फलानि यस्य । छायया आश्वासितः पथि०हो येन । न्यक् रोहतीति न्यग्रोधः । छायायां सुप्ता मृगा यस्य । विष्वक् सर्वतः विलुप्तान्याच्छादितानि छदानि पत्राणि यस्य । बहुजीवानां संघाय सुखं ददातीति । भुवो भारो भूतः । यमकिंकरस्य इव आकारो यस्य । कालकूटं हालाहलं तेन स० ।

---

१ मित्रसंप्राप्तिः. २ दूरेण. ३ महान् छायावान्. ४ सतां सत्तरुः. ५ सत्वसंग. ६ विनाशः. ७ हालाहल.

एवं वदतस्तस्य स लुब्धकस्तत्र वटतल आगत्य जालं प्रसार्य सिन्दुवार-सदृशांस्तण्डुलान्प्रक्षिप्य नातिदूरं गत्वा निभृतः स्थितः। अथ ये पक्षिणस्तत्र स्थितास्ते लघुपतनकवाक्यार्गलया निवारितास्तांस्तण्डुलान्हालाहलाङ्कुरानिव वीक्षमाणा निभृतास्तस्थुः। अत्रान्तरे चित्रग्रीवो नाम कपोतराजः सहस्रपरिवारः प्राणयात्रार्थं परिभ्रमंस्तांस्तण्डुलान्दूरतोऽपि पश्यंल्लघुपतनकेन निवार्यमाणोऽपि जिह्वालौल्याद्भक्षणार्थमपतत्। सपरिवारो निबद्धश्च। अथवा साध्विदमुच्यते—

जिह्वालौल्यप्रसक्तानां जलमध्यनिवासिनाम्।
अचिन्तितो वधोऽज्ञानां मीनानामिव जायते॥ ३॥

अथवा दैवप्रतिकूलतया भवत्येवम्। न तस्य दोषोऽस्ति। उक्तं च—

पौलस्त्यः कथमन्यदारहरणे दोषं न विज्ञातवा-
न्रामेणापि कथं न हेमहरिणस्यासंभवो लक्षितः।
अक्षैश्चापि युधिष्ठिरेण सहसा प्राप्तो ह्यनर्थः कथं
प्रत्यासन्नविपत्तिमूढमनसां प्रायो मतिः क्षीयते॥ ४॥

तथा च।

कृतान्तपाशबद्धानां दैवोपहतचेतसाम्।
बुद्धयः कुब्जगामिन्यो भवन्ति महतामपि॥ ५॥

अत्रान्तरे लुब्धकस्तान्बद्धान्विज्ञाय प्रहृष्टमनाः प्रोद्यतयष्टिस्तद्वधार्थं प्रधावितः। चित्रग्रीवोऽप्यात्मानं सपरिवारं बद्धं मत्वा लुब्धकमायान्तं दृष्ट्वा तान्कपोतानूचे—अहो न भेतव्यम्। उक्तं च—

व्यसनेष्वेव सर्वेषु यस्य बुद्धिर्न हीयते।
स तेषां पारमभ्येति तत्प्रभावादसंशयम्॥ ६॥
संपत्तौ च विपत्तौ च महतामेकरूपता।
उदये सविता रक्तो रक्तश्चास्तमये तथा॥ ७॥

तत्सर्वे वयं हेलयोड्डीय सपाशजाला अस्यादर्शनं गत्वा मुक्तिं प्राप्नुमः। नो चेद्भयविक्लवाः सन्तो हेलया समुत्पातं न करिष्यथ ततो मृत्युमवाप्स्यथ। उक्तं च—

तनवोऽप्यायता नित्यं तन्तवो बहुलाः समाः।
बहून्बहुत्वादायासान्सहन्तीत्युपमा सताम्॥ ८॥

०वाक्यमेवार्गला रोधनदण्डः तया। सहस्रं परिवारो यस्य। लौल्ये ०प्रसक्ताः जिह्वा०तास्तेषाम्। पुलस्त्यस्य गोत्रापत्यं पुमान् पौलस्त्यो रावणः। अन्यस्य दारास्तेषां हरणं तस्मिन्। प्रत्यासन्ना चासौ विपत्तिः प्र० तया मूढं मनो येषाम्। हेलया लीलया। तन्तवः तनवः सूक्ष्माः आयता अपि बहुलाः समाश्चेत् बहुत्वाद्बहूनित्यन्वयः।

तथानुष्ठिते लुब्धको जालमादायाकाशे गच्छतां तेषां पृष्ठतो भूमिस्थोऽपि पर्यधावत्। तत ऊर्ध्वाननः श्लोकमेनमपठत्—

जालमादाय गच्छन्ति संहताः पक्षिणोऽप्यमी।
यावच्च विवदिष्यन्ते पतिष्यन्ति न संशयः॥ ९॥

लघुपतनकोऽपि प्राणयात्राक्रियां त्यक्त्वा किमत्र भविष्यतीति कुतूहलात्तत्पृष्ठलग्नोऽनुसरति। अथ दृष्टेरगोचरतां गतान्विज्ञाय लुब्धको निराशः श्लोकमपठन्निवृत्तश्च।

न हि भवति यन्न भाव्यं भवति च भाव्यं विनापि यत्नेन।
करतलगतमपि नश्यति यस्य हि भवितव्यता नास्ति॥ १०॥

तथा च।

पराङ्मुखे विधौ चेत्स्यात्कथंचिद्द्रविणोदयः।
तत्सोऽन्यदपि संगृह्य याति शङ्खनिधिर्यथा॥ ११॥

तदास्तां तावद्विहङ्गामिषलोभो कुटुम्बवर्तनोपायभूतं जालमपि मे नष्टम्। चित्रग्रीवोऽपि लुब्धकमदर्शनीभूतं ज्ञात्वा तानुवाच—भोः निवृत्तः स दुरात्मा लुब्धकः। तत्सर्वैरपि स्वस्थैर्गम्यतां महिलारोप्यस्य प्रागुत्तरदिग्भागे। तत्र मम सुहृद्धिरण्यको नाम मूषकः सर्वेषां पाशच्छेदं करिष्यति। उक्तं च—

सर्वेषामेव मर्त्यानां व्यसने समुपस्थिते।
वाङ्मात्रेणापि साहाय्यं मित्रादन्यो न संदधे॥ १२॥

एवं ते कपोताश्चित्रग्रीवेण संबोधिता महिलारोप्ये नगरे हिरण्यकबिलदुर्गं प्रापुः। हिरण्यकोऽपि सहस्रमुखबिलदुर्गं प्रविष्टोऽकुतोभयः सुखेनास्ते। अथवा साध्विदमुच्यते—

दंष्ट्राविरहितः सर्पो मदहीनो यथा गजः।
सर्वेषां जायते वश्यो दुर्गहीनस्तथा नृपः॥ १३॥

तथा च।

न गजानां सहस्रेण न च लक्षेण वाजिनाम्।
तत्कर्म सिध्यते राज्ञां दुर्गेणैकेन यद्रणे॥ १४॥

शतमेकोऽपि संधत्ते प्राकारस्थो धनुर्धरः।
तस्माद्दुर्गं प्रशंसन्ति नीतिशास्त्रविदो जनाः॥ १५॥

अथ चित्रग्रीवो बिलमासाद्य तारस्वरेण प्रोवाच—भो भो मित्र

वर्तनस्य पोषणस्य। सहस्रं मुखानि यस्य तादृग् बिलमेव दुर्गम्।

---

१ लोभो यावत्. २ अस्मात्परमिदं पद्यं पुस्त०रे—अनागतं भयं दृष्ट्वा नीतिशास्त्रविशारदः। अत्रसन्मूषकस्तत्र कृत्वा शतमुखं बिलम्॥

हिरण्यक सत्वरमागच्छ । महती मे व्यसनावस्था वर्तते । तच्छ्रुत्वा हिरण्यकोऽपि बिलदुर्गान्तर्गतः सन्प्रोवाच—भोः को भवान् । किमर्थमायातः । किं कारणम् । कीदृक्ते व्यसनावस्थानम् । तत्कथ्यतामिति । तच्छ्रुत्वा चित्रग्रीव आह—भोः चित्रग्रीवो नाम कपोतराजोऽहं ते सुहृत् । तत्सत्वरमागच्छ । गुरुतरं प्रयोजनमस्ति । तदाकर्ण्य पुलकिततनुः प्रहृष्टात्मा स्थिरमनास्त्वरमाणो निष्क्रान्तः । अथवा साध्विदमुच्यते—

सुहृदः स्नेहसंपन्ना लोचनानन्ददायिनः ।
गृहे गृहवतां नित्यमागच्छन्ति महात्मनाम् ॥ १६ ॥

सुहृदो भवने यस्य समागच्छन्ति नित्यशः ।
यत्सौख्यं तस्य चित्ते स्यान्न तत्स्वर्गेऽपि जायते ॥ १७ ॥

अथ चित्रग्रीवं सपरिवारं पाशबद्धमालोक्य हिरण्यकः सविषादमिदमाह—भोः किमेतत् । स आह—भोः जानन्नपि किं पृच्छसि । उक्तं च यतः—

यस्माच्च येन च यदा च यथा च यच्च
यावच्च यत्र च शुभाशुभमात्मकर्म ।
तस्माच्च तेन च तदा च तथा च तच्च
तावच्च तत्र च कृतान्तवशादुपैति ॥ १८ ॥

तत्प्राप्तं मयैतद्बन्धनं जिह्वालौल्यात् । सांप्रतं त्वं सत्वरं पाशविमोक्षं कुरु । तदाकर्ण्य हिरण्यकः प्राह—

अध्यर्धाद्योजनशतादामिषं वीक्षते खगः ।
सोऽपि पार्श्वस्थितं दैवाद्बन्धनं न च पश्यति ॥ १९ ॥

तथा च ।

रविनिशाकरयोर्ग्रहपीडनं गजभुजङ्गविहङ्गमबन्धनम् ।
मतिमतां च निरीक्ष्य दरिद्रतां विधिरहो बलवानिति मे मतिः ॥ २० ॥

तथा च ।

पुलका अस्याः संजाता असौ पुलकिता पु० तनुर्यस्य । यस्मात् येन च...शुभाशुभमात्मकर्म तस्मात् तेन च......मानवः इति शेषः विधातृवशादुपैति प्राप्नोति । अध्यर्धादर्धाधिकात् ।

---

१ नित्यं ना०. २ अस्मात्परमिदं पद्यं पु० रे-आदित्यस्योदयं तात ताम्बूलं भारती कथा । इष्टा भार्या सुमित्रं च अपूर्वाणि दिने दिने ॥ ३ चित्ते च तस्य सौख्यस्य न किंचित्प्रतिमं सुखम् । इ. पा. ४ तत्त्वं...पा० कुरु माविलम्बम् । ५ अर्धा०.

व्योमैकान्तविचारिणोऽपि विहगाः संप्राप्नुवन्त्यापदं
बध्यन्ते निपुणैरगाधसलिलान्मीनाः समुद्रादपि ।
दुर्नीतं किमिहास्ति किं च सुकृतं कः स्थानलाभे गुणः
कालः सर्वजनान्प्रसारितकरो गृह्णाति दूरादपि ॥ २१ ॥

एवमुक्त्वा चित्रग्रीवस्य पाशं छेत्तुमुद्यतं स तमाह—भद्र मा मैवं कुरु। प्रथमं मम भृत्यानां पाशच्छेदं कुरु । तदनु ममापि च । तच्छ्रुत्वा कुपितो हिरण्यकः प्राह—भोः न युक्तमुक्तं भवता यतः स्वामिनोऽनन्तरं भृत्याः । स आह—भद्र मा मैवं वद । मदाश्रयाः सर्व एते वराकाः । अपरं स्वकुटुम्बं परित्यज्य समागताः । तत्कथमेतावन्मात्रमपि संमानं न करोमि । उक्तं च—

यः संमानं सदा धत्ते भृत्यानां क्षितिपोऽधिकम् ।
वित्ताभावेऽपि तं दृष्ट्वा ते त्यजन्ति न कर्हिचित् ॥ २२ ॥

तथा च ।

विश्वासः संपदां मूलं तेन यूथपतिर्गजः ।
सिंहो मृगाधिपत्येऽपि न मृगैः परिवार्यते ॥ २३ ॥

अपरं मम कदाचित्पाशच्छेदं कुर्वतस्ते दन्तभङ्गो भवति। अथवा दुरात्मा लुब्धकः समभ्येति । तन्नूनं मम नरकपात एव । उक्तं च—

सदाचारेषु भृत्येषु संसीदत्सु च यः प्रभुः ।
सुखी स्यान्नरकं याति परत्रेह च सीदति ॥ २४ ॥

तच्छ्रुत्वा प्रहृष्टो हिरण्यकः प्राह—भोः वेद्म्यहं राजधर्मम् । परं मया तव परीक्षा कृता । तत्सर्वेषां पूर्वं पाशच्छेदं करिष्यामि । भवानप्यनेन विधिना बहुकपोतपरिवारो भविष्यति । उक्तं च—

कारुण्यं संविभागश्च यस्य भृत्येषु सर्वदा ।
संभवेत्स महीपालस्त्रैलोक्यस्यापि रक्षणे ॥ २५ ॥

एवमुक्त्वा सर्वेषां पाशच्छेदं कृत्वा हिरण्यकश्चित्रग्रीवमाह—मित्र गम्यतामधुना स्वाश्रयं प्रति । भूयोऽपि व्यसने प्राप्ते समागन्तव्यम् । इति तान्संप्रेष्य पुनरपि दुर्गं प्रविष्टः । चित्रग्रीवोऽपि सपरिवारः स्वाश्रयमगमत् । अथवा साध्विदमुच्यते—

मित्रवान्साधयत्यर्थान्दुःसाध्यानपि वै यतः ।
तस्मान्मित्राणि कुर्वीत समानान्येव चात्मनः ॥ २६ ॥

व्योम्न एकान्तः व्यो० तत्र विचरन्तीति । अगाधं सलिलं यस्य असौ अ० लः तस्मात् । मृगाधिपत्ये स्थितोपि । संविभागो यथायथं द्रव्यादेर्विभजनम् ।

---

१ विहारिणः. २ उपयुज्यते.

लघुपनतकोऽपि सर्वं तं चित्रग्रीवबन्धमोक्षमवलोक्य विस्मितमना व्यचिन्तयत्—अहो बुद्धिरस्य हिरण्यकस्य शक्तिश्च दुर्गसामग्री च। तदीदृगेव विधिर्विहङ्गानां बन्धनमोक्षात्मकः। अहं च न कस्यचिद्विश्वसिमि चलप्रकृतिश्च। तथाप्येनं मित्रं करोमि। उक्तं च—

अपि संपूर्णतायुक्तैः कर्तव्याः सुहृदो बुधैः।
नदीशः परिपूर्णोऽपि चन्द्रोदयमपेक्षते ॥ २७ ॥

एवं संप्रधार्य पादपादवतीर्य बिलद्वारमाश्रित्य चित्रग्रीववच्छब्देन हिरण्यकं समाहूतवान्—एह्येहि भो हिरण्यक एहि। तच्छब्दं श्रुत्वा हिरण्यको व्यचिन्तयत्—किमन्योऽपि कश्चित्कपोतो बन्धनशेषस्तिष्ठति येन मां व्याहरति। आह च—भोः को भवान्। स आह—अहं लघुपतनको नाम वायसः। तच्छ्रुत्वा विशेषादन्तर्लीनो हिरण्यक आह—भोः द्रुतं गम्यतामस्मात्स्थानात्। वायस आह-अहं तव पार्श्वे गुरुकार्येण समागतः। तत्किं न क्रियते मया सह दर्शनम्। हिरण्यक आह—न मेऽस्ति त्वया सह संगमेन प्रयोजनमिति। स आह—भोः चित्रग्रीवस्य मया तव सकाशात्पाशमोक्षणं दृष्टम्। तेन मम महती प्रीतिः संजाता। तत्कदाचिन्ममापि बन्धने जाते तव पार्श्वान्मुक्तिर्भविष्यति। तत्क्रियतां मया सह मैत्री। हिरण्यक आह—अहो त्वं भोक्ता। अहं ते भोज्यभूतः। तत्का त्वया सह मम मैत्री। तद्गम्यतां मैत्रीविरोधभावात्। उक्तं च—

ययोरेव समं वित्तं ययोरेव समं कुलम्।
तयोर्मैत्री विवाहश्च न तु पुष्टविपुष्टयोः ॥ २८ ॥

तथा च।

यो मित्रं कुरुते मूढ आत्मनोऽसदृशं कुधीः।
हीनं वाप्यधिकं वापि हास्यतां यात्यसौ जनः ॥ २९ ॥

तद्गम्यतामिति। वायस आह—भो हिरण्यक एषोऽहं तव दुर्गद्वार उपविष्टः। यदि त्वं मैत्रीं करोषि ततोऽहं प्राणयात्रां करिष्यामि। अन्यथा प्रायोपवेशनं मे स्यादिति। हिरण्यक आह—भोः त्वया वैरिणा सह कथं मैत्रीं करोमि। उक्तं च—

वैरिणा न हि संदध्यात्सुश्लिष्टेनापि संधिना।
सुतप्तमपि पानीयं शमयत्येव पावकम् ॥ ३० ॥

०मोक्षात्मकः मोक्षसाधकः। चला प्रकृतिर्यस्य स ०प्रकृतिः। विरोधभावात् विरुध्यते इति।

---

१ पि वायसः। २ ०ताम्। मैत्री विरोधभावात्कथम्। ३ न करोषि ततोऽहं प्राणमोक्षणं तवाग्रे क०। अथवा प्रायो०।

वायस आह—भोः त्वया सह दर्शनमपि नास्ति कुतो वैरम्। तत्किमनुचितं वदसि। हिरण्यक आह—द्विविधं वैरं भवति। सहजं कृत्रिमं च। तत्सहजवैरी त्वमस्माकम्। उक्तं च—

कृत्रिमं नाशमभ्येति वैरं द्राक्कृत्रिमैर्गुणैः।
प्राणदानं विना वैरं सहजं याति न क्षयम्॥ ३१॥

वायस आह—भोः द्विविधस्य वैरस्य लक्षणं श्रोतुमिच्छामि। तत्कथ्यताम्। हिरण्यक आह—भोः कारणेन निर्वृत्तं कृत्रिमम्। तत्तदर्होपकारकरणाद्गच्छति। स्वाभाविकं पुनः कथमपि न गच्छति। तद्यथा—नकुलसर्पाणां शष्पभुङ्नखायुधानां जलवह्न्योः देवदैत्यानां सारमेयमार्जाराणामीश्वरदरिद्राणां सपत्नीनां सिंहगजानां लुब्धकहरिणानां श्रोत्रियभ्रष्टक्रियाणां मूर्खपण्डितानां पतिव्रताकुलटानां सज्जनदुर्जनानाम्। न कश्चित्केनापि व्यापादितस्तथापि प्राणान्संतापयन्ति। वायस आह—भोः अकारणमेतत्। श्रूयतां मे वचनम्।

कारणान्मित्रतां याति कारणादेति शत्रुताम्।
तस्मान्मित्रत्वमेवात्र योज्यं वैरं न धीमता॥ ३२॥

तस्मात्कुरु मया सह समागमं मित्रधर्मार्थम्। हिरण्यक आह—भोः श्रूयतां नीतिसर्वस्वम्।

सकृद्दुष्टमपीष्टं यः पुनः संधातुमिच्छति।
स मृत्युमुपगृह्णाति गर्भमश्वतरी यथा॥ ३३॥

अथवा गुणवानहं न मे कश्चिद्वैरयातनां करिष्यत्येतदपि न संभाव्यम्। उक्तं च—

सिंहो व्याकरणस्य कर्तुरहरत्प्राणान्प्रियान्पाणिने-
र्मीमांसाकृतमुन्ममाथ सहसा हस्ती मुनिं जैमिनिम्।
छन्दोज्ञाननिधिं जघान मकरो वेलातटे पिङ्गल-
मज्ञानावृतचेतसामतिरुषां कोऽर्थस्तिरश्चां गुणैः॥ ३४॥

वायस आह—अस्त्येतत्। तथापि श्रूयताम्—

उपकाराच्च लोकानां निमित्तान्मृगपक्षिणाम्।
भयाल्लोभाच्च मूर्खाणां मैत्री स्याद्दर्शनात्सताम्॥ ३५॥
मृद्घट इव सुखभेद्यो दुःसंधानश्च दुर्जनो भवति।
सुजनस्तु कनकघट इव दुर्भेदः सुकरसंधिश्च॥ ३६॥

द्वे विधे प्रकारौ यस्य तद्द्विविधम्। तस्य अर्हाः तदर्हा उपकारास्तेषां करणात्। श्रोत्रियो वेदविहितकर्मकारी। भ्रष्टा क्रिया वेदविहिता यस्य। इष्टमपि सकृत् दुष्टं व्याकोपितमित्यन्वयः। वैरस्य यातनां निर्यातनम्। दुःखेन संधानं यस्य।

---

१ णाधाति. २ स्त्वे.

इक्षोरग्रात्क्रमशः पर्वणि पर्वणि यथा रसविशेषः ।
तद्वत्सज्जनमैत्री विपरीतानां तु विपरीता ॥ ३७ ॥

तथा च ।

आरम्भगुर्वी क्षयिणी क्रमेण लघ्वी पुरा वृद्धिमती च पश्चात् ।
दिनस्य पूर्वार्धपरार्धभिन्ना छायेव मैत्री खलसज्जनानाम् ॥ ३८ ॥

तत्साधुरहम् । अपरं त्वां शपथादिभिर्निर्भयं करिष्यामि । स आह—न मेऽस्ति ते शपथैः प्रत्ययः । उक्तं च—

शपथैः संधितस्यापि न विश्वासं व्रजेद्रिपोः ।
अद्रोहशपथं कृत्वा वृत्रः शक्रेण सूदितः ॥ ३९ ॥
न विश्वासं विना शत्रुर्देवानामपि सिध्यति ।
विश्वासात्त्रिदशेन्द्रेण दितेर्गर्भो विदारितः ॥ ४० ॥

अन्यच्च ।

बृहस्पतेरपि प्राज्ञस्तस्मान्नैवात्र विश्वसेत् ।
य इच्छेदात्मनो वृद्धिमायुष्यं च सुखानि च ॥ ४१ ॥

तथा च ।

सुसूक्ष्मेणापि रन्ध्रेण प्रविश्याभ्यन्तरं रिपुः ।
नाशयेच्च शनैः पश्चात्प्लवं सलिलपूरवत् ॥ ४२ ॥
न विश्वसेदविश्वस्ते विश्वस्तेऽपि न विश्वसेत् ।
विश्वासाद्भयमुत्पन्नं मूलान्यपि निकृन्तति ॥ ४३ ॥
न वध्यते ह्यविश्वस्तो दुर्बलोऽपि बलोत्कटैः ।
विश्वस्ताश्चाशु वध्यन्ते बलवन्तोऽपि दुर्बलैः ॥ ४४ ॥
सुकृत्यं विष्णुगुप्तस्य मित्राप्तिर्भार्गवस्य च ।
बृहस्पतेरविश्वासो नीतिसंधिस्त्रिधा स्थितः ॥ ४५ ॥

तथा च ।

महताप्यर्थसारेण यो विश्वसिति शत्रुषु ।
भार्यासु सुविरक्तासु तदन्तं तस्य जीवितम् ॥ ४६ ॥

तच्छ्रुत्वा लघुपतनकोऽपि निरुत्तरश्चिन्तयामास—अहो बुद्धिप्रागल्भ्यमस्य नीतिविषये । अथवात एवास्योपरि मैत्रीपक्षपातः । स आह—भो हिरण्यक

सतां साप्तपदं मैत्रमित्याहुर्विबुधा जनाः ।
तस्मात्त्वं मित्रतां प्राप्तो वचनं मम तच्छृणु ॥ ४७ ॥

प्लवः उडुपं । अविश्वस्तोऽकृतविश्वासः । सुकृत्यं शोभनं सुचिन्तितं कृत्यं यस्मिन् । विष्णुगुप्तश्चाणक्यः । अविश्वासो जागरूकता ।

---

१ श्रूयते. २ बध्य. ३ विश्वासं समागतः. ४ सख्यं साप्तपदीनं भोः. ५ बलात्.

दुर्गस्थेनापि त्वया मया सह नित्यमेवालापो गुणदोषसुभाषितगोष्ठीकथाः सर्वदा कर्तव्या यद्येवं न विश्वसिषि । तच्छ्रुत्वा हिरण्यकोऽपि व्यचिन्तयत्—विदग्धवचनोऽयं दृश्यते लघुपतनकः सत्यवाक्यश्च । तद्युक्तं मैत्रीकरणम् । परं कदाचिन्मम दुर्गे चरणपातोऽपि न कार्यः । उक्तं च—

भीतभीतः पुरा शत्रुर्मन्दं मन्दं विसर्पति ।
भूमौ प्रहेलया पश्चाज्जारहस्तोऽङ्गनास्विव ॥ ४८ ॥

तच्छ्रुत्वा वायस आह--भद्र एवं भवतु । ततः प्रभृति द्वौ तावपि सुभाषितगोष्ठीसुखमनुभवन्तौ तिष्ठतः परस्परं कृतोपकारौ कालं नयतः । लघुपतनकोऽपि मांसशकलानि मेध्यानि बलिशेषाण्यन्यानि वात्सल्याहृतानि पक्वान्नविशेषाणि हिरण्यकार्थमानयति । हिरण्यकोऽपि तण्डुलानन्यांश्च भक्ष्यविशेषांल्लघुपतनकार्थं रात्रावाहृत्य तत्कालायातस्यार्पयति । अथवा युज्यते द्वयोरप्येतत् । उक्तं च—

ददाति प्रतिगृह्णाति गुह्यमाख्याति पृच्छति ।
भुङ्क्ते भोजयते चैव षड्विधं प्रीतिलक्षणम् ॥ ४९ ॥
नोपकारं विना प्रीतिः कथंचित्कस्यचिद्भवेत् ।
उपयाचितदानेन यतो देवा अभीष्टदाः ॥ ५० ॥
तावत्प्रीतिर्भवेल्लोके यावद्दानं प्रदीयते ।
वत्सः क्षीरक्षयं दृष्ट्वा परित्यज्यति मातरम् ॥ ५१ ॥
पश्य दानस्य माहात्म्यं सद्यः प्रत्ययकारकम् ।
यत्प्रभावादपि द्वेषी मित्रतां याति तत्क्षणात् ॥ ५२ ॥
पुत्रादपि प्रियतरं खलु तेन दानं
मन्ये पशोरपि विवेकविवर्जितस्य ।
दत्ते खले तु निखिलं खलु येन दुग्धं
नित्यं ददाति महिषी ससुतापि पश्य ॥ ५३ ॥

किं बहुना ।

प्रीतिं निरन्तरां कृत्वा दुर्भेद्यां नखमांसवत् ।
मूषको वायसश्चैव गतौ कृत्रिममित्रताम् ॥ ५४ ॥

एवं स मूषकस्तदुपकाररञ्जितस्तथा विश्वस्तो यथा तस्य पक्षमध्ये प्रविष्टस्तेन सह सर्वदैव गोष्ठीं करोति । अथान्यस्मिन्नहनि वायसोऽश्रुपूर्णन-

---

गुणदोषयोः सुभाषितस्य च गोष्ठ्यः कथाश्च । पुरा प्रथमं । प्रहेलया सावशं निःशंकमित्यर्थः सविलासं च । उपयाचितमिष्टसिद्धये देवेभ्य उपकल्पितं वस्तु । निर्गतमन्तरं यस्यां । नखं च मासं च नखमासे तयोरिव ०वत् ।

---

१ कथादिः...कर्तव्यः.

यनः समभ्येत्य सगद्गदं तमुवाच—भद्र हिरण्यक विरक्तिः संजाता मे सांप्रतं देशस्यास्योपरि। तदन्यत्र यास्यामि। हिरण्यक आह—भद्र किं विरक्तेः कारणम्। स आह—भद्र श्रूयताम्। अत्र देशे महत्यानावृष्ट्या दुर्भिक्षं संजातम्। दुर्भिक्षत्वाज्जनो बुभुक्षापीडितः कोऽपि बलिमात्रमपि न प्रयच्छति। अपरं गृहे गृहे बुभुक्षितजनैर्विहङ्गानां बन्धनाय पाशाः प्रगुणीकृताः सन्ति। अहमप्यायुःशेषतया पाशेन बद्ध उद्धरितोऽस्मि। एतद्विरक्तेः कारणम्। तेनाहं विदेशं चलित इति बाष्पमोक्षं करोमि। हिरण्यक आह—अथ भवान्क्व प्रस्थितः। स आह—अस्ति दक्षिणापथे वनगहनमध्ये महासरः। तत्र त्वत्तोऽधिकः परमसुहृत्कूर्मो मन्थरको नाम। स च मे मत्स्यमांसखण्डानि दास्यति। तद्भक्षणात्तेन सह सुभाषितगोष्ठीसुखमनुभवन्सुखेन कालं नेष्यामि। नाहमत्र विहङ्गानां पाशबन्धनेन क्षयं द्रष्टुमिच्छामि। उक्तं च।

अनावृष्टिहते देशे शस्ये च प्रलयं गते।
धन्यास्तात न पश्यन्ति देशभङ्गं कुलक्षयम्॥ ९५॥

कोऽतिभारः समर्थानां किं दूरं व्यवसायिनाम्।
को विदेशः सविद्यानां कः परः प्रियवादिनाम्॥ ९६॥

विद्वत्त्वं च नृपत्वं च नैव तुल्यं कदाचन।
स्वदेशे पूज्यते राजा विद्वान्सर्वत्र पूज्यते॥ ९७॥

हिरण्यक आह—यद्येवं तदहमपि त्वया सहागमिष्यामि। ममापि महद्दुःखं वर्तते। वायस आह—भोस्तव किं दुःखम्। तत्कथय। हिरण्यक आह—भो बहु वक्तव्यमस्त्यत्र विषये। तत्रैव गत्वा सर्वं सविस्तरं कथयिष्यामि। वायस आह—अहं तावदाकाशगतिः। तत्कथं भवतो मया सह गमनम्। स आह—यदि मे प्राणान्रक्षसि तदा स्वपृष्ठमारोप्य मां तत्र प्रापयिष्यसि। नान्यथा मम गतिरस्ति। तच्छ्रुत्वा सानन्दं वायस आह—यद्येवं तद्धन्योऽहं यद्भवतापि सह तत्र कालं नयामि। अहं संपातादिकानष्टावुड्डीनगतिविशेषान्वेद्मि। तत्समारोह मम पृष्ठं येन सुखेन त्वां तत्सरः प्रापयामि। हिरण्यक आह—उड्डीनानां नामानि श्रोतुमिच्छामि। स आह—

संपातं विप्रपातं च महापातं निपातनम्।
वक्रं तिर्यक्तथा चोर्ध्वमष्टमं लघुसंज्ञकम्॥ ९८॥

तच्छ्रुत्वा हिरण्यकस्तत्क्षणादेव तदुपरि समारूढः। सोऽपि शनैः-

प्रगुणीकृताः सज्जीकृताः। कः पर० नकोपीत्यर्थः। आकाशे गतिर्यस्य।

शनैस्तमादाय संपातोड्डीनप्रस्थितः क्रमेण तत्सरः प्राप्तः। ततो लघुपतनकं मूषकाधिष्ठितं विलोक्य दूरतोऽपि देशकालविदसामान्यकाकोयमिति ज्ञात्वा सत्वरं मन्थरको जले प्रविष्टः। लघुपतनकोऽपि तीरस्थतरुकोटरे हिरण्यकं मुक्त्वा शाखाग्रमारुह्य तारस्वरेण प्रोवाच—भो मन्थरक आगच्छागच्छ। तव मित्रमहं लघुपतनको नाम वायसश्चिरात्सोत्कण्ठः समायातः। तदागत्यालिङ्गय माम्। उक्तं च—

किं चन्दनैः सकर्पूरैस्तुहिनैः किं च शीतलैः।
सर्वे ते मित्रगात्रस्य कलां नार्हन्ति षोडशीम्॥ ५९॥

तथा च।

केनामृतमिदं सृष्टं मित्रमित्यक्षरद्वयम्।
आपदां च परित्राणं शोकसंतापभेषजम्॥ ६०॥

तच्छ्रुत्वा निपुणतरं परिज्ञायं सत्वरं सलिलान्निष्क्रम्य पुलकिततनुरानन्दाश्रुपूरितनयनो मन्थरकः प्रोवाच--एह्येहि मित्र आलिङ्गय माम्। चिरकालान्मया त्वं न सम्यक्परिज्ञातः। तेनाहं सलिलान्तः प्रविष्टः। उक्तं च—

यस्य न ज्ञायते वीर्यं न कुलं न विचेष्टितम्।
न तेन संगतिं कुर्यादित्युवाच बृहस्पतिः॥ ६१॥

एवमुक्तो लघुपतनको वृक्षादवतीर्य तमालिङ्गितवान्। अथवा साध्विदमुच्यते—

अमृतस्य प्रवाहैः किं कायक्षालनसंभवैः।
चिरान्मित्रपरिष्वङ्गो योऽसौ मूल्यविवर्जितः॥ ६२॥

एवं द्वावपि तौ विहितालिङ्गनौ परस्परं पुलकितशरीरौ वृक्षादधः समुपविष्टौ प्रोचतुरात्मचरित्रवृत्तान्तम्। हिरण्यकोऽपि मन्थरकस्य प्रणामं कृत्वा वायसाभ्यासे समुपविष्टः। अथ तं समालोक्य मन्थरको लघुपतनकमाह—भोः कोऽयं मूषकः। कस्मात्त्वया भक्ष्यभूतोऽपि पृष्ठमारोप्यानीतः। तन्नात्र स्वल्पकारणेन भाव्यम्। तच्छ्रुत्वा लघुपतनकआह—भोः हिरण्यको नाम मूषकोऽयम्। मम सुहृद्द्वितीयमिव जीवितम्। तत्किं बहुना।

पर्जन्यस्य यथा धारा यथा च दिवि तारकाः।
सिकतारेणवो यद्वत्संख्यया परिवर्जिताः॥ ६३॥

संपातमुड्डीनं सं० तेन प्रस्थितः। चिरकालात् चिरकालादर्शनादित्यर्थः। कायस्य क्षालनं काल० तस्मात्संभवो येषां तैः। प्रभूतजलस्नानेनेत्यर्थः।

गुणाः संख्यापरित्यक्तास्तद्वदस्य महात्मनः ।
परं निर्वेदमापन्नः संप्राप्तोऽयं तवान्तिकम् ॥ ६४ ॥

मन्थरक आह—किमस्य वैराग्यकारणम् । वायस आह—पृष्टो मया । परमनेनाभिहितं यद् बहु वक्तव्यमस्ति । तत्तत्रैव गतः कथयिष्यामि । ममापि न निवेदितम् । तद्भद्र हिरण्यक इदानीं निवेद्यतामुभयोरप्यावयोस्तदात्मनो वैराग्यकारणम् । सोऽब्रवीत्—

कथा १ ।

अस्ति दाक्षिणात्ये जनपदे महिलारोप्यं नाम नगरम् । तस्य नातिदूरे मठायतनं भगवतः श्रीमहादेवस्य । तत्र च ताम्रचूडो नाम परिव्राजकः प्रतिवसति । स च नगरे भिक्षाटनं कृत्वा प्राणयात्रां समाचरति । भिक्षाशेषं च तत्रैव भिक्षापात्रे निधाय तद्भिक्षापात्रं नागदन्तेऽवलम्ब्य पश्चाद्रात्रौ स्वपिति । प्रत्यूषे च तदन्नं कर्मकराणां दत्त्वा सम्यक्तत्रैव देवतायतने संमार्जनोपलेपनमण्डनादिकं समाज्ञापयति । अन्यस्मिन्नहनि मम बान्धवैर्निवेदितम्—स्वामिन् मठायतने सिद्धमन्नं मूषकभयात्तत्रैव भिक्षापात्रे निहितं नागदन्तेऽवलम्बितं तिष्ठति सदैव । तद्वयं भक्षयितुं न शक्नुमः । स्वामिनः पुनरगम्यं किमपि नास्ति । तत्किं वृथाटनेनान्यत्र । अद्य तत्र गत्वा यथेच्छं भुञ्ज्महे तव प्रसादात् । तदाकर्ण्याहं सकलयूथपरिवृतस्तत्क्षणादेव तत्र गतः । उत्पत्य च तस्मिन्भिक्षापात्रे समारूढः । तत्र भक्ष्यविशेषाणि सेवकानां दत्त्वा पश्चात्स्वयमेव भक्षयामि । सर्वेषां तृप्तौ जातायां भूयः स्वगृहं गच्छामि । एवं नित्यमेव तदन्नं भक्षयामि । परिव्राजकोऽपि यथाशक्ति रक्षति । परं यदैव निद्रान्तरितो भवति तदाहं तत्रारुह्यात्मकृत्यं करोमि । अथ कदाचित्तेन मम रक्षणार्थं महान्यत्नः कृतः । जर्जरवंशः समानीतः । तेन सुप्तोऽपि मम भयाद्भिक्षापात्रं ताडयति । अहमप्यभक्षितेऽप्यन्ने प्रहारभयादपसर्पामि । एवं तेन सह सकलां रात्रिं विग्रहपरस्य कालो व्रजति । अथान्यस्मिन्नहनि तस्य मठे बृहत्स्फिङ्नामा परिव्राजकस्तस्य सुहृत्तीर्थयात्राप्रसङ्गेन पान्थः पाघुणिकः समायातः । तं दृष्ट्वा प्रत्युत्थानविधिना संभाव्य प्रतिपत्तिपूर्वकमभ्यागतक्रियया नियोजितः । ततश्च रात्रावेकत्र कुशसंस्तरे द्वावपि प्रसुप्तौ धर्मकथां कथयितुमारब्धौ । अथ बृहत्स्फिक्कथागोष्ठीषु स ताम्रचूडो मूषकत्रा-

---

संमार्ज०मण्डनानि आदौ यस्य ०दिकं तत् । निद्रान्तरितो निद्रामग्नः । प्रतिपत्तिरादरः पूर्वा यस्मिन् कर्मणि तद्यथा तथा ।

---

१ प्राघूर्णिकः.

सार्थं व्याक्षिप्तमना जर्जरवंशेन भिक्षापात्रं ताडयंस्तस्य शून्यं प्रतिवचनं प्रयच्छति। तन्मयो न किंचिदुदाहरति। अथासावभ्यागतः परं कोपमुपागतस्तमुवाच—भोस्ताम्रचूड परिज्ञातस्त्वं सम्यङ् न सुहृत्। तेन मया सह साह्लादं न जल्पसि। तद्रात्रावपि त्वदीयं मठं त्यक्त्वान्यत्र मठे यास्यामि। उक्तं च—

एह्यागच्छ समाश्रयासनमिदं कस्माच्चिराद्दृश्यसे
का वार्ता ह्यतिदुर्बलोऽसि कुशलं प्रीतोऽस्मि ते दर्शनात्।
एवं ये समुपागतान्प्रणयिनः प्रह्लादयन्त्यादरा-
त्तेषां युक्तमशङ्कितेन मनसा हर्म्याणि गन्तुं सदा॥ ६५॥

गृही यत्रागतं दृष्ट्वा दिशो वीक्षेत वाप्यधः।
तत्र ये सदने यान्ति ते शृङ्गरहिता वृषाः॥ ६६॥

नाभ्युत्थानक्रिया यत्र नालापा मधुराक्षराः।
गुणदोषकथा नैव तत्र हर्म्ये न गम्यते॥ ६७॥

तदेकमठप्राप्त्यापि त्वं गर्वितः। त्यक्तः सुहृत्स्नेहः। नैतद्वेत्सि यत्त्वया मठाश्रयव्याजेन नरकोपार्जनं कृतम्। उक्तं च--

नरकाय मतिस्ते चेत्पौरोहित्यं समाचर।
वर्षं यावत्किमन्येन मठचिन्तां दिनत्रयम्॥ ६८॥

तन्मूर्ख शोचितव्यस्त्वं गर्वं गतः। तदहं त्वदीयं मठं परित्यज्य यास्यामि। अथ तच्छ्रुत्वा भयत्रस्तमनास्ताम्रचूडस्तमुवाच—भो भगवन् मैवं वद। न त्वत्समोऽन्यो मम सुहृत्कश्चिदस्ति। परं तच्छ्रूयतां गोष्ठीशैथिल्यकारणम्। एष दुरात्मा मूषकः प्रोन्नतस्थाने धृतमपि भिक्षापात्रमुत्प्लुत्यारोहति भिक्षाशेषं च तत्रस्थं भक्षयति। तदभावादेव मठे मार्जनक्रियापि न भवति। तन्मूषकत्रासार्थमेतेन वंशेन भिक्षापात्रं मुहुर्मुहुस्ताडयामि। नान्यत्कारणमिति। अपरमेतत्कुतूहलं पश्यास्य दुरात्मनो यन्मार्जारमर्कटादयोऽपि तिरस्कृता अस्योत्पतनेन। बृहत्स्फिगाह—अथ ज्ञायते तस्य बिलं कस्मिंस्तत्प्रदेशे। ताम्रचूड आह—भगवन् न वेद्मि सम्यक्। स आह—नूनं निधानस्योपरि तस्य बिलम्। निधानोष्मणा प्रकूर्दते। उक्तं च—

ऊष्मापि वित्तजो वृद्धिं तेजो नयति देहिनाम्।
किं पुनस्तस्य संभोगस्त्यागकर्मसमन्वितः॥ ६९॥

शून्यमनर्थकम्। पौरोहित्यं पुरोहितस्य कर्म। प्रकर्षेण उन्नतं प्रोन्नतमत्युच्चम्। प्रकूर्दते उत्पतनसंरम्भं करोति।

---

१ भेना कृता.

तथा च ।

नाकस्माच्छाण्डिली मातर्विक्रीणाति तिलैस्तिलान् ।
लुञ्चितानितरैर्येन हेतुरत्र भविष्यति ॥ ७० ॥

ताम्रचूड आह—कथमेतत् । स आह—

कथा २ ।

यदहं कस्मिंश्चित्स्थाने प्रावृट्काले व्रतग्रहणनिमित्तं कंचिद्ब्राह्मणं वासार्थं प्रार्थितवान् । ततश्च तद्वचनात्तेनापि शुश्रूषितः सुखेन देवार्चनपरस्तिष्ठामि । अथान्यस्मिन्नहनि प्रत्यूषे प्रबुद्धोऽहं ब्राह्मणब्राह्मणीसंवादे दत्तावधानः शृणोमि । तत्र ब्राह्मण आह—ब्राह्मणि प्रभाते दक्षिणायनसंक्रान्तिरनन्तदानफलदा भविष्यति । तदहं प्रतिग्रहार्थं ग्रामान्तरं यास्यामि । त्वया ब्राह्मणस्यैकस्य भगवतः सूर्यस्योद्देशेन किंचिद्भोजनं दातव्यम् । अथ तच्छ्रुत्वा ब्राह्मणी परुषतरवचनैस्तं भर्त्सयमाना प्राह—कुतस्ते दारिद्र्योपहतस्य भोजनप्राप्तिः । तत्किं न लज्जसे एवं ब्रुवाणः । अपि च न मया तव हस्तलग्नया क्वचिदपि लब्धं सुखं न मिष्टान्नस्यास्वादनं न च हस्तपादकण्ठादिभूषणम् । तच्छ्रुत्वा भयत्रस्तोऽपि विप्रो मन्दं मन्दं प्राह—ब्राह्मणि नैतद्युज्यते वक्तुम् । उक्तं च—

ग्रासादपि तदर्धं च कस्मान्नो दीयतेऽर्थिषु ।
इच्छानुरूपो विभवः कदा कस्य भविष्यति ॥ ७१ ॥

ईश्वरा भूरिदानेन यल्लभन्ते फलं किल ।
दरिद्रस्तच्च काकिण्या प्राप्नुयादिति नः श्रुतिः ॥ ७२ ॥

दाता लघुरपि सेव्यो भवति न कृपणो महानपि समृद्ध्या ।
कूपोऽन्तःस्वादुजलः प्रीत्यै लोकस्य न समुद्रः ॥ ७३ ॥

तथा च । अकृतत्यागमहिम्ना मिथ्या किं राजराजशब्देन ।
गोप्तारं न निधीनां कथयन्ति महेश्वरं विबुधाः ॥ ७४ ॥

अपि च । सदादानैः परिक्षीणः शस्त एव करीश्वरः ।
अदानः पीनगात्रोऽपि निन्द्य एव हि गर्दभः ॥ ७५ ॥

नास्ति अन्तः यस्य तदनन्तम् । दानस्य फलं दानफलं अनन्तं च तद् दानफलंच अ०लं ददाति अ०दा । यद्विधिवद्दीयते तस्य ग्रहणं प्रतिग्रहः । लुञ्चितान् कण्डनादिना संस्कृतान् । अकृतः त्यागस्य महिमा यस्मिन् तेन । राज्ञां राजा राजराजो महाराजः । पक्षे राज्ञां यक्षाणां राजा कुबेरः ।

---

१ कार्यम. २ यदा. ३ स्रो. ४ सदा दानप. ५ अस्मात्परामिदं पद्यमधिकं क्वचित्—सुशीलोऽपि सुवृत्तोऽपि यात्यदानादधो घटः । पुनः कुब्जापि काणापि दानादुपरि कर्कटी ॥

यच्छञ्जलमपि जलदो वल्लभतामेति सकललोकस्य ।
नित्यं प्रसारितकरो मित्रोऽपि न वीक्षितुं शक्यः ॥ ७६ ॥

एवं ज्ञात्वा दारिद्र्याभिभूतैरपि स्वल्पात्स्वल्पतरं काले पात्रे च देयम् ।

उक्तं च— सत्पात्रं महती श्रद्धा देशे काले यथोचिते ।
यद्दीयते विवेकज्ञैस्तदनन्ताय कल्पते ॥ ७७ ॥

तथा च ।

अतितृष्णा न कर्तव्या तृष्णां नैव परित्यजेत् ।
अतितृष्णाभिभूतस्य चूडा भवति मस्तके ॥ ७८ ॥

ब्राह्मण्याह—कथमेतत् । स आह—

कथा ३ ।

अस्ति कस्मिंश्चिद्वनोद्देशे कश्चित्पुलिन्दः । स च पापर्द्धिं कर्तुं वनं प्रति प्रस्थितः । अथ तेन प्रसर्पता महानञ्जनपर्वतशिखराकारः क्रोडः समासादितः । तं दृष्ट्वा कर्णान्ताकृष्टनिशितसायकेन समाहतः । तेनापि कोपाविष्टेन चेतसा बालेन्दुद्युतिना दंष्ट्राग्रेण पाटितोदरः पुलिन्दो गतासुर्भूतलेऽपतत् । अथ लुब्धकं व्यापाद्य शूकरोऽपि शरप्रहारवेदनया पञ्चत्वं गतः । एतस्मिन्नन्तरे कश्चिदासन्नमृत्युः शृगालो निराहारतया पीडित इतस्ततः परिभ्रमंस्तं प्रदेशमाजगाम । यावद्वराहपुलिन्दौ द्वावपि पश्यति तावत्प्रहृष्टो व्यचिन्तयत्—भोः सानुकूलो मे विधिः । तेनैतदप्यचिन्तितं भोजनमुपस्थितम् । अथवा साध्विदमुच्यते—

अकृतेऽप्युद्यमे पुंसामन्यजन्मकृतं फलम् ।
शुभाशुभं समभ्येति विधिना संनियोजितम् ॥ ७९ ॥

तथा च ।

यस्मिन्देशे च काले च वयसा यादृशेन च ।
कृतं शुभाशुभं कर्म तत्तथा तेन भुज्यते ॥ ८० ॥

तदहं तथा भक्षयामि यथा बहून्यहानि मे प्राणयात्रा भवति । तत्तावदेवं स्नायुपाशं धनुष्कोटिगतं भक्षयामि । उक्तं च—

शनैः शनैश्च भोक्तव्यं स्वयं वित्तमुपार्जितम् ।
रसायनमिव प्राज्ञैर्हेलया न कदाचन ॥ ८१ ॥

प्रसारिताः कराः किरणा येन । पक्षे करो हस्तः प्रतिग्रहार्थम् । अनन्ताय निःश्रेयसायेत्यर्थः । पुलिन्दः शबरः । पापर्द्धिर्मृगया । प्रसर्पता भ्रमता । अञ्जनपर्वतशिखरस्येव आकारो यस्य । बालेन्दुश्चन्द्रकला तस्येव द्युतिर्यस्य । गता असवो यस्य । तत्तावत् तस्मात्प्रथमम् ।

---

१ देशकालं यथोचितम्. २ शिखा.

इत्येवं मनसा निश्चित्य चापघटितकोटिं मुखमध्ये प्रक्षिप्य स्नायुं भक्षितुं प्रवृत्तः। ततश्च त्रुटिते पाशे तालुदेशं विदार्य चापकोटिर्मस्तकमध्येन निष्क्रान्ता। सोऽपि तद्वेदनया तत्क्षणान्मृतः। अतोऽहं ब्रवीमि—अतितृष्णा न कर्तव्या इति। स पुनरप्याह—ब्राह्मणि न श्रुतं भवत्या।

आयुः कर्म च वित्तं च विद्या निधनमेव च।
पञ्चैतानि हि सृज्यन्ते गर्भस्थस्यैव देहिनः॥ ८२॥

अथैवं सा तेन प्रबोधिता ब्राह्मण्याह—यद्येवं तदस्ति मे गृहे स्तोकतिलराशिः। ततस्तिलाल्लुञ्चित्वा तिलचूर्णेन ब्राह्मणं भोजयिष्यामीति। ततस्तद्वचनं श्रुत्वा ब्राह्मणो ग्रामं गतः। सापि तिलानुष्णोदकेन संमर्द्य कुट्टित्वा सूर्यातपे दत्तवती। अत्रान्तरे तस्या गृहकर्मव्यग्रायास्तिलानां मध्ये कश्चित्सारमेयो मूत्रोत्सर्गं चकार। तं दृष्ट्वा सा चिन्तितवती—अहो नैपुण्यं पश्य पराङ्मुखीभूतस्य विधेर्यदेते तिला अभोज्याः कृताः। तदहमेतान्समादाय कस्यचिद्गृहं गत्वा लुञ्चितैरलुञ्चितानानयामि। सर्वोऽपि जनोऽनेन विधिना प्रदास्यति इति। अथ यस्मिन्गृहेऽहं भिक्षार्थं प्रविष्टस्तत्र गृहे सापि तिलानादाय प्रविष्टा विक्रयं कर्तुम्। आह च—गृह्णातु कश्चिदलुञ्चितैर्लुञ्चितांस्तिलान्। अथ तद्गृहगृहिणी गृहं प्रविष्टा यावदलुञ्चितैर्लुञ्चितान्गृह्णाति तावदस्याः पुत्रेण कामन्दकीशास्त्रं दृष्ट्वा व्याहृतम्—मातः अग्राह्याः खल्विमे तिलाः। नास्या अलुञ्चितैर्लुञ्चिता ग्राह्याः। कारणं किंचिद्भविष्यति। तेनैषाल्लुञ्चितैर्लुञ्चितान्प्रयच्छति। तच्छ्रुत्वा तया परित्यक्तास्ते तिलाः। अतोऽहं ब्रवीमि—नाकस्माच्छाण्डिली मातः-इति॥ एतदुक्त्वा स भूयोऽपि प्राह—अथ ज्ञायते तस्य क्रमणमार्गः। ताम्रचूड आह—भगवन् ज्ञायते। यत एकाकी न समागच्छति। किंत्वसंख्ययूथपरिवृतः पश्यतो मे परिभ्रमन्नितस्ततः सर्वजनेन सहागच्छति याति च। अभ्यागत आह-अस्ति किंचित्खनित्रकम्। स आह—बाढमस्ति। एषा सर्वलोहमयी स्वहस्तिका। अभ्यागत आह तर्हि प्रत्यूषे त्वया मया सह बोद्धव्यं येन द्वावपि जनचरणामलिनायां भूमौ तत्पदानुसारेण गच्छावः। मयापि तद्वचनमाकर्ण्य चिन्तितम्—अहो विनष्टोऽस्मि यतोऽस्य साभिप्रायवचांसि श्रूयन्ते। नूनं यथा निधानं ज्ञातं तथा दुर्गमप्यस्माकं ज्ञास्यति। एतदभिप्रायादेव ज्ञायते। उक्तं च—

स्तोकः तिलानां राशिः। अनेन विधिना विनिमयेनेत्यर्थः। कामन्दकीशास्त्रं कामन्दकप्रणीतं नीतिशा॰। जनचरणैः चरणन्यासैः अमलिना तस्यां। अभिप्रायेण सहितानि साभिप्रायाणि तानि च वचांसि। अभिप्रायात् हृद्गतभावात्।

१ कर्तिते. २ स्थात.

सकृदपि दृष्ट्वा पुरुषं विबुधा जानन्ति सारतां तस्य ।
हस्ततुलयापि निपुणाः पलप्रमाणं विजानन्ति ॥ ८३ ॥

वाञ्छैव सूचयति पूर्वतरं भविष्यं
पुंसां यदन्यतनुजं त्वशुभं शुभं वा ।
विज्ञायते शिशुरजातकलापचिह्नः
प्रत्युद्गतैरपसरन्सरसः कलापी ॥ ८४ ॥

ततोऽहं भयत्रस्तमनाः सपरिवारो दुर्गमार्गं परित्यज्यान्यमार्गेण गन्तुं प्रवृत्तः । सपरिजनो यावदग्रतो गच्छामि तावत्संमुखो बृहत्कायो मार्जारः समायाति । स च मूषकवृन्दमवलोक्य तन्मध्ये सहसोत्पपात । अथ ते मूषका मां कुमार्गगामिनमवलोक्य गर्हयन्तो हतशेषा रुधिरप्लावितवसुंधरास्तमेव दुर्गं प्रविष्टाः । अथवा साध्विदमुच्यते—

छित्त्वा पाशमपास्य कूटरचनां भङ्क्त्वा बलाद्वागुरां
पर्यन्ताग्निशिखाकलापजटिलान्निर्गत्य दूरं वनात् ।
व्याधानां शरगोचरादपि जवेनोत्पत्य धावन्मृगः
कूपान्तः पतितः करोतु विधुरे किंवा विधौ पौरुषम् ॥ ८५ ॥

अथाहमेकोऽन्यत्र गतः । शेषा मूढतया तत्रैव दुर्गे प्रविष्टाः । अत्रान्तरे स दुष्टपरिव्राजको रुधिरबिन्दुचर्चितां भूमिमवलोक्य तेनैव दुर्गमार्गेणागत्योपस्थितः । ततश्च स्वहस्तिकया खनितुमारब्धः । अथ तेन खनता प्राप्तं तन्निधानं यस्योपरि सदैवाहं कृतवसतिर्यस्योष्मणा महादुर्गमपि गच्छामि । ततो हृष्टमनास्ताम्रचूडमिदमूचेऽभ्यागतः—भो भगवन् इदानीं स्वपिहि निःशङ्कः । अस्योष्मणा मूषकस्ते जागरणं संपादयति । एवमुक्त्वा निधानमादाय मठाभिमुखं प्रस्थितौ द्वावपि । अहमपि यावन्निधानरहितं स्थानमागच्छामि तावदरमणीयमुद्वेगकारकं तत्स्थानं वीक्षितुमपि न शक्नोमि । अचिन्तयं च—किं करोमि । क्व गच्छामि । कथं मे स्यान्मनसः प्रशान्तिः । एवं चिन्तयतो महाकष्टेन स दिवसो व्यतिक्रान्तः । अथास्तमितेऽर्के सोद्वेगो निरुत्साहस्तस्मिन्मठे सपरिवारः प्रविष्टः ।

हस्तेन तुला तोलनं तया । अन्यतनुजं पूर्वजन्मकृतमित्यर्थः । अजातं कलाप एव चिह्नं यस्य सः । मयूरशिशुः प्रत्युद्गतैर्यथाजातपदैरपसरन् निवर्तमानः कलापी इति विज्ञायते । वृन्दं समूहं । कुत्सितोऽयथार्थत्वान्मार्गः कुमार्गः तेन गच्छतीति कुमार्गगामी तम् । रुधिरेण प्लाविता वसुन्धरा यैः । कूटमुन्माथः । वागुरा जालविशेषः । पर्यन्ते अग्निशिखाः पर्यन्ताग्निशिखाः तासां कलापः समूहस्तेन जटिलं तस्मात् । विधुरे प्रतिकूले ।

---

१ करोति. २ निधानमाग०

अथास्मत्परिग्रहशब्दमाकर्ण्य ताम्रचूडोऽपि भूयो भिक्षापात्रं जर्जरवंशेन ताडयितुं प्रवृत्तः। अथासावभ्यागतः प्राह—सखे किमद्यापि निःशङ्को न निद्रां गच्छसि। स आह—भगवन् भूयोऽपि समायातः सपरिवारः स दुष्टात्मा मूषकः। तद्भयाज्जर्जरवंशेन भिक्षापात्रं ताडयामि। ततो विहस्याभ्यागतः प्राह—सखे मा भैषीः। वित्तेन सह गतोऽस्य कूर्दनोत्साहः। सर्वेषामपि जन्तूनामियमेव स्थितिः। उक्तं च—

यदुत्साही सदा मर्त्यः पराभवति यज्जनान्।
यदुद्धतं वदेद्वाक्यं तत्सर्वं वित्तजं बलम्॥ ८६॥

अथाहं तच्छ्रुत्वा कोपाविष्टो भिक्षापात्रमुद्दिश्य विशेषादुत्कूर्दितोऽप्राप्त एव भूमौ निपतितः। तच्छ्रुत्वासौ मे शत्रुर्विहस्य ताम्रचूडमुवाच—भोः पश्य पश्य कौतूहलम्। आह च—

अर्थेन बलवान्सर्वो अर्थयुक्तः स पण्डितः।
पश्यैनं मूषकं व्यर्थं स्वजातेः समतां गतम्॥ ८७॥

तत्स्वपिहि त्वं गतशङ्कः। यदस्योत्पतनकारणं तदावयोर्हस्तगतं जातम्। अथवा साध्विदमुच्यते—

दंष्ट्राविरहितः सर्पो मदहीनो यथा गजः।
तथार्थेन विहीनोऽत्र पुरुषो नामधारकः॥ ८८॥

तच्छ्रुत्वाहं मनसा विचिन्तितवान्—यतोऽङ्गुलिमात्रमपि कूर्दनशक्तिर्नास्ति तद्धिगर्थहीनस्य पुरुषस्य जीवितम्। उक्तं च—

अर्थेन च विहीनस्य पुरुषस्याल्पमेधसः।
उच्छिद्यन्ते क्रियाः सर्वा ग्रीष्मे कुसरितो यथा॥ ८९॥
यथा काकयवाः प्रोक्ता यथारण्यभवास्तिलाः।
नाममात्रा न सिद्धौ हि धनहीनास्तथा नराः॥ ९०॥
सन्तोऽपि न हि राजन्ते दरिद्रस्येतरे गुणाः।
आदित्य इव भूतानां श्रीर्गुणानां प्रकाशिनी॥ ९१॥
न तथा बाध्यते लोके प्रकृत्या निर्धनो जनः।
यथा द्रव्याणि संप्राप्य तैर्विहीनः सुखे स्थितः॥ ९२॥
शुष्कस्य कीटखातस्य वह्निदग्धस्य सर्वतः।
तरोरप्यूषरस्थस्य वरं जन्म न चार्थिनः॥ ९३॥
शङ्कनीया हि सर्वत्र निष्प्रतापा दरिद्रता।
उपकर्तुमपि प्राप्तं निःस्वं संत्यज्य गच्छति॥ ९४॥

मर्त्यः यद् उत्साही उत्साहवान्। अल्पा मेधा यस्य सोऽल्पमेधाः तस्य।

---

१ सुखैधितः.

उन्नम्योन्नम्य तत्रैव निर्धनानां मनोरथाः।
हृदयेष्वेव लीयन्ते विधवास्त्रीस्तनाविव ॥ ९५ ॥
व्यक्तेऽपि वासरे नित्यं दौर्गत्यतमसावृतः।
अग्रतोऽपि स्थितो यत्नान्न केनापीह दृश्यते ॥ ९६ ॥

एवं विलप्याहं भग्नोत्साहस्तन्निधानं गण्डोपधानीकृतं दृष्ट्वा स्वं दुर्गं प्रभाते गतः। ततश्च मद्भृत्याः प्रभाते गच्छन्तो मिथो जल्पन्ति—अहो असमर्थोऽयमुदरपूरणेऽस्माकम्। केवलमस्य पृष्ठलग्नानां बिडालादिविपत्तयः। तत्किमनेनाराधितेन। उक्तं च—

यत्सकाशान्न लाभः स्यात्केवलाः स्युर्विपत्तयः।
स स्वामी दूरतस्त्याज्यो विशेषादनुजीविभिः ॥ ९७ ॥

एवं तेषां वचांसि श्रुत्वा स्वदुर्गं प्रविष्टोऽहम्। यावन्न कश्चिन्मम संमुखेऽभ्येति तावन्मया चिन्तितम्—धिगियं दरिद्रता। अथवा साध्विदमुच्यते—

मृतो दरिद्रः पुरुषो मृतं मैथुनमप्रजम्।
मृतमश्रोत्रियं श्राद्धं मृतो यज्ञस्त्वदक्षिणः ॥ ९८ ॥

एवं मे चिन्तयतस्ते भृत्या मम शत्रूणां सेवका जाताः। ते च मामेकाकिनं दृष्ट्वा विडम्बनां कुर्वन्ति। अथ मयैकाकिना योगनिद्रां गतेन भूयो विचिन्तितम्—यत्तस्य कुतपस्विनः समाश्रयं गत्वा तद्गण्डोपधानवर्तिकृतां वित्तपेटां शनैः शनैर्विदार्य तस्य निद्रावशं गतस्य स्वदुर्गे तद्वित्तमानयामि येन भूयोऽपि मे वित्तप्रभावेणाधिपत्यं पूर्ववद्भविष्यति। उक्तं च—

व्यथयन्ति परं चेतो मनोरथशतैर्जनाः।
नानुष्ठानैर्धनैर्हीनाः कुलजा विधवा इव ॥ ९९ ॥
दौर्गत्यं देहिनां दुःखमपमानकरं परम्।
येन स्वैरपि मन्यन्ते जीवन्तोऽपि मृता इव ॥ १०० ॥
दैन्यस्य पात्रतामेति पराभूतेः परं पदम्।
विपदामाश्रयः शश्वद्दौर्गत्यकलुषीकृतः ॥ १०१ ॥
लज्जन्ते बान्धवास्तेन संबन्धं गोपयन्ति च।
मित्राण्यमित्रतां यान्ति यस्य न स्युः कपर्दकाः ॥ १०२ ॥
मूर्तं लाघवमेवैतदपायानामिदं गृहम्।
पर्यायो मरणस्यायं निर्धनत्वं शरीरिणाम् ॥ १०३ ॥

दुर्गतेर्भावो दौर्गत्यं दारिद्र्यं तदेव तमस्तेन। श्रद्धा अत्रास्तीति श्राद्धम्। गण्डोपधाने वर्तते तथा कृताम्। दौर्गत्येन कलुषीकृतो मालिन्यं प्रापितो नरः।

---

१ यज्ञ०. २ तद्गण्डो.

अजाधूलिरिव त्रस्तैर्मार्जनीरेणुवज्जनैः ।
दीपखट्वोत्थच्छायेव त्यज्यते निर्धनो जनैः ॥ १०४ ॥
शौचावशिष्टयाप्यस्ति किंचित्कार्यं क्वचिन्मृदा ।
निर्धनेन जनेनैव न तु किंचित्प्रयोजनम् ॥ १०५ ॥
अधनो दातुकामोऽपि संप्राप्तो धनिनां गृहम् ।
मन्यते याचकोऽयं धिग्दारिद्र्यं खलु देहिनाम् ॥ १०६ ॥

अतो वित्तापहारं विदधतो यदि मे मृत्युः स्यात्तथापि शोभनम् । उक्तं च—

स्ववित्तहरणं दृष्ट्वा यो हि रक्षत्यसून्नरः ।
पितरोऽपि न गृह्णन्ति तद्दत्तं सलिलाञ्जलिम् ॥ १०७ ॥

तथा च ।

गवार्थे ब्राह्मणार्थे च स्त्रीवित्तहरणे तथा ।
प्राणांस्त्यजति यो युद्धे तस्य लोकाः सनातनाः ॥ १०८ ॥

एवं निश्चित्य रात्रौ तत्र गत्वा निद्रावशमुपागतस्य पेटायां मया छिद्रं कृतं यावत्तावत्प्रबुद्धो दुष्टतापसः । ततश्च जर्जरवंशप्रहारेण शिरसि ताडितः कथंचिदायुःशेषतया निर्गतोऽहं न मृतश्च । उक्तं च—

प्राप्तव्यमर्थं लभते मनुष्यो देवोऽपि तं लङ्घयितुं न शक्तः ।
तस्मान्न शोचामि न विस्मयो मे यदस्मदीयं न हि तत्परेषाम् ॥१०९॥

काककूर्मौ पृच्छतः—कथमेतत् । हिरण्यक आह—

कथा ४ ।

अस्ति कस्मिंश्चिन्नगरे सागरदत्तो नाम वणिक् । तत्सूनुना रूपकशतेन विक्रीयमाणः पुस्तको गृहीतः । तस्मिंश्च लिखितमस्ति—

प्राप्तव्यमर्थं लभते मनुष्यो देवोऽपि तं लङ्घयितुं न शक्तः ।
तस्मान्न शोचामि न विस्मयो मे यदस्मदीयं न हि तत्परेषाम् ॥११०॥

तद्दृष्ट्वा सागरदत्तेन तनुजः पृष्टः—पुत्र कियता मूल्येनैष पुस्तको गृहीतः । सोऽब्रवीत्—रूपकशतेन । तच्छ्रुत्वा सागरदत्तोऽब्रवीत्– धिङ् मूर्ख त्वं लिखितैकश्लोकं पुस्तकं रूपकशतेन यद्गृह्णासि एतया बुद्ध्या कथं द्रव्योपार्जनं करिष्यसि । तदद्यप्रभृति त्वया मे गृहे न प्रवेष्टव्यम् । एवं निर्भर्त्स्य गृहान्निःसारितः । स च तेन निर्वेदेन विप्रकृष्टं देशान्तरं गत्वा किमपि नगरमासाद्यावस्थितः । अथ कतिपय-

---

खट्वाया उत्तिष्ठतीति खट्वोत्था । दीपेन खट्वोत्थादी० सा चासौ छाया इव । शौचादवशिष्टा शौचिष्टा । वित्तापहारं द्रव्यानयनम् ।

दिवसैस्तन्नगरनिवासिना केनचिदसौ पृष्टः—कुतो भवानागतः। किंनामधेयो वेति। असावब्रवीत—प्राप्तव्यमर्थं लभते मनुष्यः। अथान्येनापि पृष्टेनानेन तथैवोत्तरं दत्तम्। एवं च तस्य नगरस्य मध्ये प्राप्तव्यमर्थ इति तस्य प्रसिद्धं नाम जातम्। अथ राजकन्या चन्द्रवती नामाभिनवरूपयौवनसंपन्ना सखीद्वितीयैकस्मिन्महोत्सवदिवसे नगरं निरीक्षमाणास्ति। तत्रैव च कश्चिद्राजपुत्रोऽतीवरूपसंपन्नो मनोरमश्च कथमपि तस्या दृष्टिगोचरे गतः। तद्दर्शनसमकालमेव कुसुमबाणाहतया तया निजसख्यभिहिता—सखि यथा किलानेन सह समागमो भवति तथाद्य त्वया यतितव्यम्। एवं च श्रुत्वा सा सखी तत्सकाशं गत्वा शीघ्रमब्रवीत्—यदहं चन्द्रवत्या तवान्तिकं प्रेषिता। भणितं च त्वां प्रति तया यन्मम त्वद्दर्शनान्मनोभवेन पश्चिमावस्था कृता। तद्यदि शीघ्रमेव मदन्तिके न समेष्यसि तदा मे मरणं शरणम्। इति श्रुत्वा तेनाभिहितम्—यद्यवश्यं मया तत्रागन्तव्यं तत्कथय केनोपायेन प्रवेष्टव्यम्। अथ सख्याभिहितम्—रात्रौ सौधावलम्बितया दृढवरत्रया त्वया तत्रारोढव्यम्। सोऽब्रवीत्—यद्येवं निश्चयो भवत्यास्तदहमेवं करिष्यामि। इति निश्चित्य सखी चन्द्रवतीसकाशं गता। अथागतायां रजन्यां स राजपुत्रः स्वचेतसा व्यचिन्तयत्—अहो महदकृत्यमेतत्। उक्तं च—

गुरोः सुतां मित्रभार्यां स्वामिसेवकगेहिनीम्।
यो गच्छति पुमांल्लोके तमाहुर्ब्रह्मघातिनम्॥ ११३॥

अपरं च।

अयशः प्राप्यते येन येन चापगतिर्भवेत्।
स्वर्गाच्च भ्रश्यते येन तत्कर्म न समाचरेत्॥ ११२॥

इति सम्यग्विचार्य तत्सकाशं न जगाम। अथ प्राप्तव्यमर्थः पर्यटन्धवलगृहपार्श्वे रात्राववलम्बितवरत्रां दृष्ट्वा कौतुकाविष्टहृदयस्तामालम्ब्याधिरूढः। तया च राजपुत्र्या स एवायमित्याश्वस्तचित्तया स्नानखादनपानाच्छादनादिना संमान्य तेन सह शयनतलमाश्रितया तदङ्गसंस्पर्शसंजातहर्षरोमाञ्चितगात्रयोक्तम्—युष्मद्दर्शनमात्रानुरक्तया मयात्मा प्रदत्तोऽयम्। त्वद्वर्जमन्यो भर्ता मनस्यपि मे न भविष्यति इति। तत्कस्मान्मया सह न ब्रवीषि। सोऽब्रवीत्—प्राप्तव्यमर्थं लभते मनुष्यः।

कुसुमबाणः कामः। कुसुमानि बाणा यस्य। तदुक्तं-अरविन्दमशोकं च चूतं च नवमल्लिका। नीलोत्पलं च पञ्चैते पञ्चबाणस्य सायकाः॥ ब्रह्माणं हन्तीति ब्रह्मघाती तम्। कौतुकेनाविष्टं हृदयं यस्य। तस्य अङ्गानि तदङ्गानि तेषां संस्पर्शेन संजातः तद०तः स चासौ हर्षश्च तेन रोमाञ्चितानि गात्राणि यस्याः।

१ नामा त्वम्.

इत्युक्ते तयान्योऽयामीति मत्वा धवलगृहादुत्तार्य मुक्तः। स तु खण्डदेवकुले गत्वा सुप्तः। अथ तत्र कयाचित्स्वैरिण्या दत्तसंकेतको यावद्दण्डपाशकः प्राप्तस्तावदसौ पूर्वसुप्तस्तेन दृष्टो रहस्यसंरक्षणार्थमाभिहितश्च—को भवान्। सोऽब्रवीत्—प्राप्तव्यमर्थं लभते मनुष्यः। इति श्रुत्वा दण्डपाशकेनाभिहितम्—यच्छून्यं देवगृहमिदम्। तदत्र मदीयस्थाने गत्वा स्वापिहि। तथा प्रतिपद्य समातिविपर्यासादन्यशयने सुप्तः। अथ तस्य रक्षकस्य कन्या विनयवती नाम रूपयौवनसंपन्ना कस्यापि पुरुषस्यानुरक्ता संकेतं दत्त्वा तत्र शयने सुप्तासीत्। अथ सा तमायातं दृष्ट्वा स एवायमस्मद्वल्लभ इति रात्रौ घनतरान्धकारव्यामोहितोत्थाय भोजनाच्छादनादिक्रियां कारयित्वा गान्धर्वविवाहेनात्मानं विवाहयित्वा तेन समं शयने स्थिता विकसितवदनकमला तमाह—किमद्यापि मया सह विश्रब्धं भवान्न ब्रवीति। सोऽब्रवीत्—प्राप्तव्यमर्थं लभते मनुष्यः। इति श्रुत्वा तया चिन्तितम्—यत्कार्यमसमीक्षितं क्रियते तस्येदृक्फलविपाको भवतीति। एवं विमृश्य सविषादया तया निःसारितोऽसौ। स च यावद्वीथीमार्गेण गच्छति तावदन्यविषयवासी वरकीर्तिर्नाम वरो महता वाद्यशब्देनागच्छति। प्राप्तव्यमर्थोऽपि तैः समं गन्तुमारब्धः। अथ यावत्प्रत्यासन्ने लग्नसमये राजमार्गासन्नश्रेष्ठिगृहद्वारि रचितमण्डपवेदिकायां कृतकौतुकमङ्गलवेशा वणिक्सुतास्ते तावन्मदमत्तो हस्त्यारोहकं हत्वा प्रणश्यज्जनकोलाहलेन लोकमाकुलयंस्तमेवोद्देशं प्राप्तः। तं च दृष्ट्वा सर्वे वरानुयायिनो वरेण सह प्रणश्य दिशो जग्मुः। अथास्मिन्नवसरे भयतरललोचनामेकाकिनीं कन्यामवलोक्य मा भैषीरहं परित्राता इति सुधीरं स्थिरीकृत्य दक्षिणपाणौ संगृह्य महासाहसिकतया प्राप्तव्यमर्थः परुषवाक्यैर्हस्तिनं निर्भर्त्सितवान्। ततः कथमपि दैवयोगादपयाते हस्तिनि यावत्ससुहृद्बान्धवोऽतिक्रान्ते लग्नसमये वरकीर्तिरागच्छति तावत्तां कन्यामन्यहस्तगतां दृष्ट्वाभिहितम्—भोः श्वशुर विरुद्धमिदं त्वयानुष्ठितं यन्मह्यं प्रदाय कन्यान्यस्मै प्रदत्तेति। सोऽब्रवीत्—भोः अहमपि हस्तिभयपलायितो भवद्भिः सहायातो न जाने किमिदं वृत्तम्। इत्यभिधाय दुहितरं प्रष्टुमारब्धः—वत्से न त्वया सुन्दरं कृतम्। तत्कथ्यतां कोऽयं वृत्तान्तः। साब्रवीत्—यदहमनेन प्राणसंशयाद्रक्षिता तदेनं मुक्त्वा मम जीवन्त्या नान्यः

स्वेन ईरितुं शीलमस्याः सा स्वैरिणी तया। अतिशयेन घनः घनतरः स चासौ अन्धकारश्च तेन व्यामोहिता। वदनमेव कमलं वद० विकसितं वदनकमलं यस्याः। राजमार्गस्यासन्नं राज०न्नं च तत् श्रेष्ठिगृहं च तस्य द्वारे। कृतं कौतुकं मंगलवेशश्च यस्याः। प्राणानां संशयः प्रा०यः तस्मात्।

---

१ बृहत्कन्या० २ न्धवेनाति० तिनागत्य.

पाणिं ग्रहीष्यति इति अनेन वार्ताव्यतिकरेण रजनी व्युष्टा। अथ प्रातस्तत्र संजाते महाजनसमवाये वार्ताव्यतिकरं श्रुत्वा राजदुहिता तमुद्देशमागता। कर्णपरम्परया श्रुत्वा दण्डपाशकसुतापि तत्रैवागता। अथ तं महाजनसमवायं श्रुत्वा राजापि तत्रैवाजगाम। प्राप्तव्यमर्थं प्राह—भोः विश्रब्धं कथय। कीदृशोऽसौ वृत्तान्तः। अथ सोऽब्रवीत्—प्राप्तव्यमर्थं लभते मनुष्यः इति। राजकन्या स्मृत्वा प्राह—देवोऽपि तं लङ्घयितुं न शक्तः इति। ततो दण्डपाशकसुताब्रवीत्—तस्मान्न शोचामि न विस्मयो मे इति। तमखिललोकवृत्तान्तमाकर्ण्य वणिक्सुताब्रवीत्—यदस्मदीयं न हि तत्परेषाम् इति। अभयदानं दत्त्वा राजा पृथक्पृथग्वृत्तान्ताञ्ज्ञात्वावगततत्त्वस्तस्मै प्राप्तव्यमर्थाय स्वदुहितरं सबहुमानं ग्रामसहस्रेण समं सर्वालंकारपरिवारयुतां दत्त्वा त्वं मे पुत्रोऽसीति नगरविदितं तं यौवराज्येऽभिषिक्तवान्। दण्डपाशकेनापि स्वदुहिता स्वशक्त्या वस्त्रदानादिना संभाव्य प्राप्तव्यमर्थाय प्रदत्ता। अथ प्राप्तव्यमर्थेनापि स्वीयपितृमातरौ समस्तकुटुम्बावृतौ तस्मिन्नगरे संमानपुरःसरं समानीतौ। अथ सोऽपि स्वगोत्रेण सह विविधभोगानुपभुञ्जानः सुखेनावस्थितः। अतोऽहं ब्रवीमि—प्राप्तव्यमर्थं लभते मनुष्यः इति॥ तदेतत्सकलं सुखदुःखमनुभूय परं विषादमुपागतोऽनेन मित्रेण त्वत्सकाशमानीतः। तदेतन्मे वैराग्यकारणम्। मन्थरक आह—भद्र भवति सुहृदयमसंदिग्धं यः क्षुत्क्षामोऽपि शत्रुभूतं त्वां भक्ष्यस्थाने स्थितमेवं पृष्ठमारोप्यानयति न मार्गेऽपि भक्षयति। उक्तं च यतः—

विकारं याति नो चित्तं वित्ते यस्य कदाचन।
मित्रं स्यात्सर्वकाले च कारयेन्मित्रमुत्तमम्॥ ११३॥

विद्वद्भिः सुहृदामत्र चिह्नैरेतैरसंशयम्।
परीक्षाकरणं प्रोक्तं होमाग्नेरिव पण्डितैः॥ ११४॥

तथा च।

आपत्काले तु संप्राप्ते यन्मित्रं मित्रमेव तत्।
वृद्धिकाले तु संप्राप्ते दुर्जनोऽपि सुहृद्भवेत्॥ ११५॥

तन्ममाप्यधुनास्य विषये विश्वासः समुत्पन्नो यतो नीतिविरुद्धेयं मैत्री मांसाशिभिर्वायसैः सह जलचराणाम्। अथवा साध्विदमुच्यते—

मित्रं कोऽपि न कस्यापि नितान्तं न च वैरकृत्।
दृश्यते मित्रविध्वस्तैः कार्याद्वैरिप्ररक्षितः॥ ११६॥

सर्वे च ते अलंकाराश्च परिवारश्च तैः युताम्। शोभनं हृदयं यस्य सुहृत्।

---

१ आग. २ मित्रस्य सुकुलीनस्य. ३ स्यात्का० ४ द्वैरी परीक्षितः.

तत्स्वागतं भवतः । स्वगृहवदास्यतामत्र सरस्तीरे । यच्च वित्तनाशो विदेशवासश्च ते संजातस्तत्र विषये संतापो न कर्तव्यः । उक्तं च—

अभ्रच्छाया खलप्रीतिः सिद्धमन्नं च योषितः ।
किंचित्कालोपभोग्यानि यौवनानि धनानि च ॥ ११७ ॥

अतएव विवेकिनो जितात्मानो धनस्पृहां न कुर्वन्ति । उक्तं च—

सुसंचितैर्जीवनवत्सुरक्षितैर्निजेऽपि देहे न वियोजितैः क्वचित् ।
पुंसो यमान्तं व्रजतोऽपि निष्ठुरैरेतैर्धनैः पञ्चपदी न दीयते ॥ ११८ ॥

अन्यच्च ।

यथामिषं जले मत्स्यैर्भक्ष्यते श्वापदैर्भुवि ।
आकाशे पक्षिभिश्चैव तथा सर्वत्र वित्तवान् ॥ ११९ ॥
निर्दोषमपि वित्ताढ्यं दोषैर्योजयते नृपः ।
निर्धनः प्राप्तदोषोऽपि सर्वत्र निरुपद्रवः ॥ १२० ॥
अर्थानामर्जने दुःखमर्जितानां च रक्षणे ।
नाशे दुःखं व्यये दुःखं धिगर्थान्कष्टसंश्रयान् ॥ १२१ ॥
अर्थार्थी यानि कष्टानि मूढोऽयं सहते जनः ।
शतांशेनापि मोक्षार्थी तानि चेन्मोक्षमाप्नुयात् ॥ १२२ ॥

अपरं विदेशवासजमपि वैराग्यं त्वया न कार्यम् । यतः—

को धीरस्य मनस्विनः स्वविषयः को वा विदेशः स्मृतो
यं देशं श्रयते तमेव कुरुते बाहुप्रतापार्जितम् ।
यद्दंष्ट्रानखलाङ्गुलप्रहरणः सिंहो वनं गाहते
तस्मिन्नेव हतद्विपेन्द्ररुधिरैस्तृष्णां छिनत्त्यात्मनः ॥ १२३ ॥

अर्थहीनः परे देशे गतोऽपि यः प्रज्ञावान्भवति स कथंचिदपि न सीदति । उक्तं च—

कोऽतिभारः समर्थानां किं दूरं व्यवसायिनाम् ।
को विदेशः सुविद्यानां कः परः प्रियवादिनाम् ॥ १२४ ॥

तत्प्रज्ञानिधिर्भवान्न प्राकृतपुरुषतुल्यः । अथवा ।

उत्साहसंपन्नमदीर्घसूत्रं क्रियाविधिज्ञं व्यसनेष्वसक्तम् ।
शूरं कृतज्ञं दृढसौहृदं च लक्ष्मीः स्वयं मार्गति वासहेतोः ॥ १२५ ॥

पञ्चानां पदानां समाहारः पञ्चपदी । निर्गत उपद्रवो यस्मात् । जनः मोक्षार्थी सन् तानि कष्टानि शतांशेनापि सहते चेत् मोक्षमाप्नुयादित्यन्वयः । बाह्वोः प्रतापस्तेनार्जितम् । शोभना विद्या येषां ते सुविद्याः तेषाम् । प्राकृतश्चासौ पुरुषश्च तेन तुल्यः । दीर्घं सूत्रमस्यासौ दीर्घसूत्रः नद्यदा०अदीर्घ० । क्रिया च विधिश्च तौ जानातीति तम् ।

---

१ आपे. २ नीरस्य. ३ वे. ४ रणः.

अपरं प्राप्तोऽप्यर्थः कर्मप्राप्त्या नश्यति । तदेतावन्ति दिनानि त्वदीयमासीत् । मुहूर्तमप्यनात्मीयं भोक्तुं न लभ्यते । स्वयमागतमपि विधिनापह्रियते ।

अर्थस्योपार्जनं कृत्वा नैव भोगं समश्नुते ।
अरण्यं महदासाद्य मूढः सोमिलको यथा ॥ १२६ ॥

हिरण्यक आह—कथमेतत् । स आह—

कथा ५ ।

कस्मिंश्चिदधिष्ठाने सोमिलको नाम कौलिको वसति स्म । स चानेकविधपट्टरचनारञ्जितानि पार्थिवोचितानि सदैव वस्त्राण्युत्पादयति । परं तस्य चानेकविधपट्टरचनानिपुणस्यापि न भोजनाच्छादनाभ्यधिकं कथमप्यर्थमात्रं संपद्यते । अथान्ये तत्र सामान्यकौलिकाः स्थूलवस्त्रसंपादनविज्ञानिनो महर्द्धिसंपन्नाः । तानवलोक्य स स्वभार्यामाह—प्रिये पश्यैतान्स्थूलपट्टकारकान्धनकनकसमृद्धान् । तदधारणकं ममैतत्स्थानम् । तदन्यत्रोपार्जनाय गच्छामि । सा प्राह—भोः प्रियतम मिथ्या प्रलपितमेतद्यदन्यत्रगतानां धनं भवति स्वस्थाने न भवति । उक्तं च—

उत्पतन्ति यदाकाशे निपतन्ति महीतले ।
पक्षिणां तदपि प्राप्त्या नादत्तमुपतिष्ठति[1] ॥ १२७ ॥

तथा च ।

न हि भवति यन्न भाव्यं भवति च भाव्यं विनापि यत्नेन ।
करतलगतमपि नश्यति यस्य तु भवितव्यता नास्ति ॥ १२८ ॥

यथा धेनुसहस्रेषु वत्सो विन्दति मातरम् ।
तथा पुराकृतं कर्म कर्तारमनुगच्छति ॥ १२९ ॥

शेते सह शयानेन गच्छन्तमनुगच्छति ।
नराणां प्राक्तनं कर्म तिष्ठेत्तथ सहात्मना ॥ १३० ॥

यथा छायातपौ नित्यं सुसंबद्धौ परस्परम् ।
एवं कर्म च कर्ता च संश्लिष्टावितरेतरम् ॥ १३१ ॥

तस्मादत्रैव व्यवसायपरो भव । कौलिक आह—प्रिये न सम्यगभिहितं भवत्या । व्यवसायं विना कर्म न फलति । उक्तं च—

नास्ति एका विधा यस्याः सानेकविधा सा चासौ पट्टरचना च तया रञ्जितानि । °रचनायां निपुणः तस्य । स्थूल°णां संपादनस्य विज्ञानं येषाम् । महती चासौ ऋद्धिश्च तया सम्पन्नाः ।

---

१ तिष्ठति तु.

यथैकेन न हस्तेन तालिका संप्रपद्यते ।
तथोद्यमपरित्यक्तं न फलं कर्मणः स्मृतम् ॥ १३२ ॥
पश्य कर्मवशात्प्राप्तं भोज्यकालेऽपि भोजनम् ।
हस्तोद्यमं विना वक्त्रे प्रविशेन्न कथंचन ॥ १३३ ॥

तथा च ।

उद्योगिनं पुरुषसिंहमुपैति लक्ष्मी-
दैवं हि दैवमिति कापुरुषा वदन्ति ।
दैवं निहत्य कुरु पौरुषमात्मशक्त्या
यत्ने कृते यदि न सिध्यति कोऽत्र दोषः ॥ १३४ ॥

तथा च ।

उद्यमेन हि सिध्यन्ति कार्याणि न मनोरथैः ।
न हि सिंहस्य सुप्तस्य प्रविशन्ति मुखे मृगाः ॥ १३५ ॥
उद्यमेन विना राजन्न सिध्यन्ति मनोरथाः ।
कातरा इति जल्पन्ति यद्भाव्यं तद्भविष्यति ॥ १३६ ॥
स्वशक्त्या कुर्वतः कर्म न चेत्सिद्धिं प्रयच्छति ।
नोपालभ्यः पुमांस्तत्र दैवान्तरितपौरुषः ॥ १३७ ॥

तन्मयावश्यं देशान्तरं गन्तव्यम् । इति निश्चित्य वर्धमानपुरं गतः । तत्र च वर्षत्रयं स्थित्वा सुवर्णशतत्रयोपार्जनं कृत्वा भूयः स्वगृहं प्रस्थितः । अथार्धपथे गच्छतस्तस्य कदाचिदटव्यां पर्यटतो भगवान्रविरस्तमुपागतः । तदासौ व्यालभयात्स्थूलतरवटस्कन्धमारुह्य यावत्प्रसुप्तस्तिष्ठति तावन्निशीथे स्वप्ने द्वौ पुरुषौ रौद्राकारौ परस्परं प्रजल्पन्तावशृणोत् । तत्रैक आह—भोः कर्तस्त्वं किं सम्यङ् न वेत्सि यदस्य सोमिलकस्य भोजनाच्छादनाभ्यधिका समृद्धिर्नास्ति । तत्किं त्वयास्य सुवर्णशतत्रयं दत्तम् । स आह—भोः कर्मन् मयावश्यं दातव्यं व्यवसायिनाम् । तत्र च तस्य परिणतिस्त्वदायत्तेति । अथ यावदसौ कौलिकः प्रबुद्धः सुवर्णग्रन्थिमवलोकयति तावद्रिक्तं पश्यति । ततः साक्षेपं चिन्तयामास—अहो किमेतत् । महता कष्टेनोपार्जितं वित्तं हेलया क्वापि गतम् । तद्व्यर्थश्रमोऽकिंचनः कथं स्वपत्न्या मित्राणां च मुखं दर्शयिष्यामि । इति निश्चित्य तदेव पत्तनं गतः । तत्र च वर्षमात्रेणापि सुवर्णशतपञ्चकमुपार्ज्य भूयोपि स्वस्थानं प्रति प्रस्थितः । यावदर्धपथे भूयोऽटवीगतस्य भगवान्भानुरस्तं

दैवेन अन्तरितं पौरुषं यस्य । शतानां त्रयं शतत्रयं सुवर्णानां श० सु०यं । अर्धश्चासौ पन्थाः च तस्मिन् । रौद्र आकारो ययोस्तौ । भोजनं चाच्छादनं च भो०नं (स. द्वं०.) तस्मादभ्यधिका ।

१ गत्वा.

जगाम। अथ सुवर्णनाशभयात्सुश्रान्तोऽपि न विश्राम्यति। केवलं कृतगृहोत्कण्ठः सत्वरं व्रजति। अत्रान्तरे द्वौ पुरुषौ तादृशौ दृष्टिदेशे समागच्छन्तौ जल्पन्तौ च शृणोति। तत्रैकः प्राह—भोः कर्तः किं त्वयैतस्य सुवर्णशतपञ्चकं प्रदत्तम्। तत्किं न वेत्सि यद्भोजनाच्छादनाभ्यधिकमस्य किंचिन्नास्ति। स आह—भोः कर्मन् मयावश्यं देयं व्यवसायिनाम्। तस्य परिणामस्त्वदायत्तः। तत्किं मामुपालम्भयसि। तच्छ्रुत्वा सोमिलको यावद्ग्रन्थिमवलोकयति तावत्सुवर्णं नास्ति। ततः परं दुःखमापन्नो व्यचिन्तयत्—अहो किं मम धनरहितस्य जीवितेन। तदत्र वटवृक्ष आत्मानमुद्बध्य प्राणांस्त्यजामि। एवं निश्चित्य दर्भमयीं रज्जुं विधाय स्वकण्ठे पाशं नियोज्य शाखायामात्मानं निबध्य यावत्प्रक्षिपति तावदेकः पुमानाकाशस्थ एवेदमाह—भो भोः सोमिलक मैवं साहसं कुरु। अहं ते वित्तापहारकः। न ते भोजनाच्छादनाभ्यधिकां वराटिकामपि सहामि। तद्गच्छ स्वगृहं प्रति। अन्यच्च भवदीयसाहसेनाहं तुष्टः। तथा मे न स्याद्व्यर्थं दर्शनम्। तत्प्रार्थ्यतामभीष्टो वरः कश्चित्। सोमिलक आह—यद्येवं तर्हि देहि मे प्रभूतं धनम्। स आह—भोः किं करिष्यसि भोगरहितेन धनेन यतस्तव भोजनाच्छादनाभ्यधिका प्राप्तिरपि नास्ति। उक्तं च—

> किं तया क्रियते लक्ष्म्या या वधूरिव केवला।
> या न वेश्येव सामान्या पथिकैरुपभुज्यते॥ १३८॥

सोमिलक आह—यद्यपि भोगो नास्ति तथापि भवतु मे धनम्।

उक्तं च—
> कृपणोऽप्यकुलीनोऽपि सज्जनैर्वर्जितः सदा।
> सेव्यते स नरो लोके यस्य स्याद्वित्तसंचयः॥ १३९॥

तथा च।

> शिथिलौ च सुबद्धौ च पततः पततो न वा।
> निरीक्षितौ मया भद्रे दश वर्षाणि पञ्च च॥ १४०॥

पुरुष आह—किमेतत्। सोऽब्रवीत्—

कथा ६।

कस्मिंश्चिदधिष्ठाने तीक्ष्णविषाणो नाम महावृषभो वसति। स च मदातिरेकात्परित्यक्तनिजयूथः शृङ्गाभ्यां नदीतटानि विदारयन्स्वेच्छया मरकतसदृशानि शष्पाणि भक्षयन्नरण्यचरो बभूव। अथ तत्रैव वने प्र-

---

कृता गृहायोत्कण्ठा येन। भवत इदं भवदीयं साहसं तेन। तीक्ष्णे विषाणे यस्य। परित्यक्तं निजं यूथं येन।

---

१ तस्य धनस्य भो०. २ प्रतिवसति स्म.

लोभको नाम शृगालः प्रतिवसति स्म । स कदाचित्स्वभार्यया सह नदीतीरे सुखोपविष्टस्तिष्ठति । अत्रान्तरे स तीक्ष्णविषाणो जलार्थं तदेव पुलिनमवतीर्णः । ततश्च तस्य लम्बमानौ वृषणाववलोक्य शृगाल्या शृगालोऽभिहितः स्वामिन पश्यास्य वृषभस्य मांसपिण्डौ लम्बमानौ यथा स्थितौ । तदेतौ क्षणेन प्रहरेण वा पतिष्यतः । एवं ज्ञात्वा भवता पृष्ठानुयायिना भाव्यम् । शृगाल आह—प्रिये न ज्ञायते कदाचिदेतयोः पतनं भविष्यति वा न वा । तत्किं वृथा श्रमाय मां नियोजयसि । अत्रस्थस्तावज्जलार्थमागतान्मूषकान्भक्षयिष्यामि समं त्वया मार्गोऽयं यतस्तेषाम् । अपरं यदि त्वां मुक्त्वास्य तीक्ष्णविषाणस्य वृषभस्य पृष्ठे गमिष्यामि तदागत्यान्यः कश्चिदेतत्स्थानं समाश्रयिष्यति । नैतद्युज्यते कर्तुम् । उक्तं च—

> यो ध्रुवाणि परित्यज्य अध्रुवाणि निषेवते ।
> ध्रुवाणि तस्य नश्यन्ति अध्रुवं नष्टमेव च ॥ १४१ ॥

शृगाल्याह—भोः कापुरुषस्त्वम् । यत्किंचित्प्राप्तं तेनापि संतोषं करोपि । उक्तं च—

> सुपूरा स्यात्कुनदिका सुपूरो मूषिकाञ्जलिः ।
> सुसंतुष्टः कापुरुषः स्वल्पकेनापि तुष्यति ॥ १४२ ॥

तस्मात्पुरुषेण सदैवोत्साहवता भाव्यम् । उक्तं च—

> यत्रोत्साहसमारम्भो यत्रालस्यविनिग्रहः ।
> नयविक्रमसंयोगस्तत्र श्रीरचला ध्रुवम् ॥ १४३ ॥

> तद्दैवमिति संचिन्त्य त्यजेन्नोद्योगमात्मनः ।
> अनुद्योगेन नो तैलं तिलेभ्योपि हि जायते ॥ १४४ ॥

अन्यच्च ।

> यः स्तोकेनापि संतोषं कुरुते मन्दधीर्जनः ।
> तस्य भाग्यविहीनस्य दत्ता श्रीरपि मार्ज्यते ॥ १४५ ॥

यच्च त्वं वदसि एतौ पतिष्यतो न वेति तदप्ययुक्तम् । उक्तं च—

> कृतनिश्चयिनो वन्द्यास्तुङ्गिमा नोपभुज्यते ।
> चातकः को वराकोऽयं यस्येन्द्रो वारिवाहकः ॥ १४६ ॥

अपरं मूषकमांसस्य निर्विण्णाहम् । एतौ च मांसपिण्डौ पतनप्रायौ दृश्येते । तत्सर्वथा नान्यथा कर्तव्यम् इति । अथासौ तदाकर्ण्य मूष-

---

उत्साहेन समारम्भः । नयविक्रमयोः संयोगः । कृतः निश्चयः कृ०यः सोऽस्त्येषां ते । तुङ्गिमा महत्पदम् ।

---

१ अथ यदा त्वां. २ विहीनता. ३ अनुद्योगं विना तैलं तिलानां नोप. ४ नः प्रशस्यते.

कप्राप्तिस्थानं परित्यज्य तीक्ष्णविषाणस्य पृष्ठमन्वगच्छत् । अथवा साध्विदमुच्यते—

तावत्स्यात्सर्वकृत्येषु पुरुषोऽत्र स्वयं प्रभुः ।
स्त्रीवाक्याङ्कुशविक्षुण्णो यावन्नो ध्रियते बलात् ॥ १४७ ॥

अकृत्यं मन्यते कृत्यमगम्यं मन्यते सुगम् ।
अभक्ष्यं मन्यते भक्ष्यं स्त्रीवाक्यप्रेरितो नरः ॥ १४८ ॥

एवं स तस्य पृष्ठतः सभार्यः परिभ्रमंश्चिरकालमनयत् । न च तयोः पतनमभूत् । ततश्च निर्वेदात्पञ्चदशे वर्षे शृगालः स्वभार्यामाह—

शिथिलौ च सुबद्धौ च पततः पततो न वा ।
निरीक्षितौ मया भद्रे दश वर्षाणि पञ्च च ॥ १४९ ॥

तयोस्तत्पश्चादपि पातो न भविष्यति । तत्तदेव स्वस्थानं गच्छावः । अतोऽहं ब्रवीमि—शिथिलौ च सुबद्धौ च इति ॥ पुरुष आह—यद्येवं तद्गच्छ भूयोऽपि वर्धमानपुरम् । तत्र द्वौ वणिक्पुत्रौ वसतः । एको गुप्तधनो द्वितीय उपभुक्तधनः । ततस्तयोः स्वरूपं बुद्ध्वैकस्य वरः प्रार्थनीयः । यदि ते धनेन प्रयोजनमभक्षितेन ततस्त्वामपि गुप्तधनं करोमि । अथवा दत्तभोग्येन धनेन ते प्रयोजनं तदुपभुक्तधनं करोमि इति । एवमुक्त्वादर्शनं गतः । सोमिलकोऽपि विस्मितमना भूयोऽपि वर्धमानपुरं गतः । अथ संध्यासमये श्रान्तः कथमपि तत्पुरं प्राप्तो गुप्तधनगृहं पृच्छन्कृच्छ्राल्लब्ध्वास्तमितसूर्ये प्रविष्टः । अथासौ भार्यापुत्रसमेतेन गुप्तधनेन निर्भर्त्स्यमानो हठाद्गृहं प्रविश्योपविष्टः । ततश्च भोजनवेलायां तस्यापि भक्तिवर्जितं किंचिदशनं दत्तम् । ततश्च भुक्त्वा तत्रैव यावत्सुप्तो निशीथे पश्यति तावत्तावपि द्वौ पुरुषौ परस्परं मन्त्रयतः । तत्रैक आह—भोः कर्तः किं त्वयास्य गुप्तधनस्यान्योऽधिको व्ययो निर्मितो यत्सोमिलकस्यानेन भोजनं दत्तम् । तदयुक्तं त्वया कृतम् । स आह—भोः कर्मन् न ममात्र दोषः । मया पुरुषस्य लाभप्राप्तिर्दातव्या । तत्परिणतिः पुनस्त्वदायत्ता इति । अथासौ यावदुत्तिष्ठति तावद्गुप्तधनो विसूचिकया खिद्यमानो रुजाभिभूतः क्षणं तिष्ठति । ततो द्वितीयेऽह्नि तद्दोषेण कृतोपवासः संजातः । सोमिलकोऽपि प्रभाते तद्गृहान्निष्क्रम्योपभुक्तधनगृहं गतः । तेनापि चाभ्युत्थानादिना सत्कृतो विहितभोजनाच्छादनसंमानस्तस्यैव गृहे भव्यशय्यामारुह्य सुष्वाप । ततश्च निशीथे यावत्पश्यति ताव-

स्त्रिया वाक्यं स्त्रीवाक्यं तदेवाङ्कुशस्तेन विक्षुण्णः । दत्तं च तद्भोग्यं च तेन । विहितः भोजनाच्छादनेन संमानो यस्य । भव्या चासौ शय्या च ताम् ।

तावेव द्वौ पुरुषौ मिथो मन्त्रयतः । अथ तयोरेक आह—भोः कर्तः अनेन सोमिलकस्योपकारं कुर्वता प्रभूतो व्ययः कृतः । तत्कथय कथमस्योद्धारकाविधिर्भविष्यति । अनेन सर्वमेतद्व्यवहारकगृहात्समानीतम् । स आह— भोः कर्मन मम कृत्यमेतत् । परिणतिस्त्वदायत्ता इति । अथ प्रभातसमये राजपुरुषो राजप्रसादजं वित्तमादाय समायात उपभुक्तधनाय समर्पयामास । तद्दृष्ट्वा सोमिलकश्चिन्तयामास—संचयरहितोऽपि वरमेष उपभुक्तधनः नासौ कदर्यो गुप्तधनः । उक्तं च—

अग्निहोत्रफला वेदाः शीलवित्तफलं श्रुतम् ।
रतिपुत्रफला दारा दत्तभुक्तफलं धनम् ॥ १५० ॥

तद्विधाता मां दत्तभुक्तधनं करोतु । न कार्यं मे गुप्तधनेन । ततः सोमिलको दत्तभुक्तधनः संजातः । अतोऽहं ब्रवीमि—अर्थस्योपार्जनं कृत्वा इति । तद्भद्र हिरण्यक एवं ज्ञात्वा धनविषये संतापो न कार्यः । अथ विद्यमानमपि धनं भोज्यबन्ध्यतया तदविद्यमानं मन्तव्यम् । उक्तं च—

गृहमध्यनिखातेन धनेन धनिनो यदि ।
भवामः किं न तेनैव धनेन धनिनो वयम् ॥ १५१ ॥

तथा च—

उपार्जितानामर्थानां त्याग एव हि रक्षणम् ।
तडागोदरसंस्थानां परीवाह इवाम्भसाम् ॥ १५२ ॥
दातव्यं भोक्तव्यं धनविषये संचयो न कर्तव्यः ।
पश्येह मधुकरीणां संचितमर्थं हरन्त्यन्ये ॥ १५३ ॥

अन्यच्च ।

दानं भोगो नाशस्तिस्रो गतयो भवन्ति वित्तस्य ।
यो न ददाति न भुङ्क्ते तस्य तृतीया गतिर्भवति ॥ १५४ ॥

एवं ज्ञात्वा विवेकिना न स्थित्यर्थं वित्तोपार्जनं कर्तव्यं यतो दुःखाय तत् । उक्तं च—

सर्पाः पिबन्ति पवनं न च दुर्बलास्ते
शुष्कैस्तृणैर्वनगजा बलिनो भवन्ति ।
कन्दैः फलैर्मुनिवरा गमयन्ति कालं
संतोष एव पुरुषस्य परं निधानम् ॥ १५५ ॥

शीलमेव वित्तं शीलं च वित्तं च इति वा तत्फलमस्य । भोज्ये वन्ध्यं भो० तस्य भावः भो०ता तया । स्थित्यर्थं केवलं रक्षणार्थम् ।

---

१ अस्मात्परमिदमाधिकं पद्यं पु० रे—धनादिकेषु विद्यन्ते येऽत्र मूर्खाः सुखाशया । तप्तग्रीष्मेण सेवन्ते शैत्यार्थं ते हुताशनम् ॥

संतोषामृततृप्तानां यत्सुखं शान्तचेतसाम् ।
कुतस्तद्धनलुब्धानामितश्चेतश्च धावताम् ॥ १५६ ॥
पीयूषमिव संतोषं पिबतां निर्वृतिः परा ।
दुःखं निरन्तरं पुंसामसंतोषवतां पुनः ॥ १५७ ॥
निरोधाच्चेतसोऽक्षाणि निरुद्धान्यखिलान्यपि ।
आच्छादिते रवौ मेघैराच्छन्नाः स्युर्गभस्तयः ॥ १५८ ॥
वाञ्छाविच्छेदनं प्राहुः स्वास्थ्यं शान्ता महर्षयः ।
वाञ्छा निवर्तते नार्थैः पिपासेवाग्निसेवनैः ॥ १५९ ॥
अनिन्द्यमपि निन्दन्ति स्तुवन्त्यस्तुत्यमुच्चकैः ।
स्वापतेयकृते मर्त्याः किं किं नाम न कुर्वते ॥ १६० ॥
धर्मार्थं यस्य वित्तेहा तस्यापि न शुभावहा ।
प्रक्षालनाद्धि पङ्कस्य दूरादस्पर्शनं वरम् ॥ १६१ ॥
दानेन तुल्यो निधिरस्ति नान्यो
लोभाच्च नान्योऽस्ति रिपुः पृथिव्याम् ।
विभूषणं शीलसमं न चान्यत्
संतोषतुल्यं धनमस्ति नान्यत् ॥ १६२ ॥
दारिद्र्यस्य परा मूर्तिर्यन्मानद्रविणाल्पता ।
जरद्गवधनः शर्वस्तथापि परमेश्वरः ॥ १६३ ॥

एवं ज्ञात्वा भद्र त्वया संतोषः कार्यः । इति मन्थरकवचनमाकर्ण्य वायस आह—भद्र मन्थरको यदेवं वदति तत्त्वया चित्ते कर्तव्यम् । अथवा साध्विदमुच्यते—

सुलभाः पुरुषा राजन्सततं प्रियवादिनः ।
अप्रियस्य च पथ्यस्य वक्ता श्रोता च दुर्लभः ॥ १६४ ॥
अप्रियाण्यपि पथ्यानि ये वदन्ति नृणामिह ।
त एव सुहृदः प्रोक्ता अन्ये स्युर्नामधारकाः ॥ १६५ ॥

अथैवं जल्पतां तेषां चित्राङ्गो नाम हरिणो लुब्धकत्रासितस्तस्मिन्नेव सरसि प्रविष्टः । अथायान्तं ससंभ्रममवलोक्य लघुपतनको वृक्षमारूढः । हिरण्यको निकटवर्तिनं शरस्तम्बं प्रविष्टः । मन्थरकः सलिलाशयमास्थितः । अथ लघुपतनको मृगं सम्यक्परिज्ञाय मन्थरकमुवाच—एह्येहि

स्वस्य पतिः स्वपतिः स्वपतौ साधु स्वापतेयं द्रव्यम् । वित्तस्य ईहा इच्छा । मान एव द्रव्यं तस्य यद्वा मानद्रविणयोः अल्पता । जरन् चासौ गौः जरद्गवः स धनं यस्य ।

१ संच्छन्नाः. २ भूतिः. ३ अस्मात्पराभिदम. प. क्वचित्—सकृत्कन्दुकपातेन पतत्यार्यः पतन्नपि । तथा पतति मूर्खस्तु मृत्पिण्डपतनं यथा ॥

सखे मन्थरक मृगोऽयं तृषार्तोऽत्र समायातः सरसि प्रविष्टः। तस्य शब्दोऽयं न मानुषसंभवः इति। तच्छ्रुत्वा मन्थरको देशकालोचितमाह—भो लघुपतनक यथायं मृगो दृश्यते प्रभूतमुच्छ्वासमुद्वहन्नुद्भ्रान्तदृष्ट्या पृष्ठतोऽवलोकयति तन्न तृषार्त एष नूनं लुब्धकत्रासितः। तज्ज्ञायतामस्य पृष्ठे लुब्धका आगच्छन्ति न वा इति। उक्तं च—

भयत्रस्तो नरः श्वासं प्रभूतं कुरुते मुहुः।
दिशोऽवलोकयत्येव न स्वास्थ्यं व्रजति क्वचित्॥ १६६॥

तच्छ्रुत्वा चित्राङ्ग आह—भो मन्थरक ज्ञातं त्वया सम्यङ्मे त्रासकारणम्। अहं लुब्धकशरप्रहारादुद्धारितः कृच्छ्रेणात्र समायातः। मम यूथं तैर्लुब्धकैर्व्यापादितं भविष्यति। तच्छरणागतस्य मे दर्शय किंचिदगम्यं स्थानं लुब्धकानाम्। तदाकर्ण्य मन्थरक आह—भोश्चित्राङ्ग श्रूयतां नीतिशास्त्रम्—

द्वावुपायाविह प्रोक्तौ विमुक्तौ शत्रुदर्शने।
हस्तयोश्चालनादेको द्वितीयः पादवेगजः॥ १६७॥

तद्गम्यतां शीघ्रं घनं वनं यावदद्यापि नागच्छन्ति ते दुरात्मानो लुब्धकाः। अत्रान्तरे लघुपतनकः सत्वरमभ्युपेत्योवाच—भो मन्थरक गतास्ते लुब्धकाः स्वगृहोन्मुखाः प्रचुरमांसपिण्डधारिणः। तच्चित्राङ्ग त्वं विश्रब्धो जलाद्बहिर्भव। ततस्ते चत्वारोऽपि मित्रभावमाश्रितास्तस्मिन्सरसि मध्याह्नसमये वृक्षच्छायाया अधस्तात्सुभाषितगोष्ठीसुखमनुभवन्तः सुखेन कालं नयन्ति। अथवा युक्तमेतदुच्यते—

सुभाषितरसास्वादबद्धरोमाञ्चकञ्चुकाः।
विनापि संगमं स्त्रीणां सुधियः सुखमासते॥ १६८॥
सुभाषितमयद्रव्यसंग्रहं न करोति यः।
स तु प्रस्तावयज्ञेषु कां प्रदास्यति दक्षिणाम्॥ १६९॥

तथा च।

सकृदुक्तं न गृह्णाति स्वयं वा न करोति यः।
यस्य संपुटिका नास्ति कुतस्तस्य सुभाषितम्॥ १७०॥

अथैकस्मिन्नहनि गोष्ठीसमये चित्राङ्गो नायातः। अथ ते व्याकुलीभूताः परस्परं जल्पितुमारब्धाः—अहो किमद्य सुहृन्न समायातः। किं

उद्भ्रान्ता चासौ दृष्टिस्तया। विमुक्तौ विमुक्तये। सुभाषितानां रसः सुभा०सः तस्य आस्वादः सु०दः तेन बद्धा रोमाञ्चा एव कञ्चुकः येषाम्। सुभाषितस्य विकारो सुभा०मयं द्रव्यं तस्य संग्रहः तम्। प्रस्तावा एव यज्ञास्तेषु। न व्याकुला अव्याकुलाः। अ० व्याकुलाः सम्पन्ना व्या०भूताः।

---

१ सघ. २ वना. ३ कम्. ।...कवीनां सुखमश्नुते. ४ मृगः.

सिंहादिभिः क्वापि व्यापादित उत लुब्धकैरथवाऽनले प्रपतितो गर्तावि-षमे वा नवतृणलौल्यादिति । अथवा साध्विदमुच्यते—

स्वगृहोद्यानगतेऽपि स्निग्धैः पापं विशङ्क्यते मोहात् ।
किमु दृष्टबह्वपायप्रतिभयकान्तारमध्यस्थे ॥ १७१ ॥

अथ मन्थरको वायसमाह—भो लघुपतनक अहं हिरण्यकश्च तावद् द्वावप्यशक्तौ तस्यान्वेषणं कर्तुं मन्दगतित्वात् । तद्गत्वा त्वमरण्यं शोधय यदि कुत्रचित्तं जीवन्तं पश्यसि इति । तदाकर्ण्य लघुपतनको नातिदूरं यावद्गच्छति तावत्पल्वलतीरे चित्राङ्गः कूटपाशनियन्त्रितस्तिष्ठति । तं दृष्ट्वा शोकव्याकुलितमनास्तमवोचत्—भद्र किमिदम् । चित्राङ्गोऽपि वायसमवलोक्य विशेषेण दुःखितमना बभूव । अथवा युक्तमेतत् ।

अपि मन्दत्वमापन्नो नष्टो वापीष्टदर्शनात् ।
प्रायेण प्राणिनां भूयो दुःखावेगोऽधिको भवेत् ॥ १७२ ॥

ततश्च बाष्पावसाने चित्राङ्गो लघुपतनकमाह—भो मित्र संजातोऽयं तावन्मम मृत्युः । तद्युक्तं संपन्नं यद्भवता सह मे दर्शनं संजातम् । उक्तं च—

प्राणात्यये समुत्पन्ने यदि स्यान्मित्रदर्शनम् ।
तद्द्वाभ्यां सुखदं पश्चाज्जीवतोऽपि मृतस्य च ॥ १७३ ॥

तत्क्षन्तव्यं यन्मया प्रणयात्सुभाषितगोष्ठीष्वभिहितम्[१] । तथा हिरण्यकमन्थरकौ मम वाक्याद्वाच्यौ—

अज्ञानाज्ज्ञानतो वापि दुरुक्तं यदुदाहृतम् ।
तत्क्षन्तव्यं युवाभ्यां मे कृत्वा प्रीतिपरं मनः ॥ १७४ ॥

तच्छ्रुत्वा लघुपतनक आह—भद्र न भेतव्यमस्मद्विधैर्मित्रैर्विद्यमानैः । यावदहं द्रुततरं हिरण्यकं गृहीत्वागच्छामि । अपरं ये सत्पुरुषा भवन्ति ते व्यसने न व्याकुलत्वमुपयान्ति । उक्तं च—

संपदि यस्य न हर्षो विपदि विषादो रणे च भीरुत्वम् ।
तं भुवनत्रयतिलकं जनयति जननी सुतं विरलम् ॥ १७५ ॥

एवमुक्त्वा लघुपतनकश्चित्राङ्गमाश्वास्य यत्र हिरण्यकमन्थरकौ तिष्ठतस्तत्र गत्वा सर्वं चित्राङ्गपाशपतनं कथितवान् । हिरण्यकं च चित्राङ्ग-

---

गर्तारूपं विषमं तस्मिन् प्रपतितः । दृष्टाश्च ते बहवः अपायाश्च तेभ्यः प्रतिभयं यस्मिन् तत् च कान्तारं च तस्य मध्ये तिष्ठतीति ०स्थः । कूटस्य पाशस्तेन नियन्त्रितः । भुवनानां त्रयं तस्य तिलकम् ।

---

१ मया तत्क्षम्यतामद्य द्वाभ्यामपि प्रसादतः ।

पाशमोक्षणं प्रति कृतनिश्चयं पृष्ठमारोप्य भूयोऽपि सत्वरं चित्राङ्गसमीपे गतः। सोऽपि मूषकमवलोक्य किंचिज्जीविताशया संश्लिष्ट आह—

आपन्नाशाय विबुधैः कर्तव्याः सुहृदोऽमलाः।
न तरत्यापदं कश्चिद्योऽत्र मित्रविवर्जितः॥ १७६॥

हिरण्यक आह—भद्र त्वं तावन्नीतिशास्त्रज्ञो दक्षमतिः। तत्कथमत्र कूटपाशे पतितः। स आह—भोः न कालोऽयं विवादस्य। तत्र यावत्स पापात्मा लुब्धकः समभ्येति तावद् द्रुततरं कर्तयेमं मत्पादपाशम्। तदाकर्ण्य विहस्याह हिरण्यकः—किं मय्यपि समायाते लुब्धकाद्बिभेषि। ततः शास्त्रं प्रति महती मे विरक्तिः सपन्ना यद्भवाद्विधा अपि नीतिशास्त्रविद एतामवस्थां प्राप्नुवन्ति। तेन त्वां पृच्छामि। स आह—भद्र कर्मणा बुद्धिरपि हन्यते। उक्तं च—

कृतान्तपाशबद्धानां दैवोपहतचेतसाम्।
बुद्धयः कुब्जगामिन्यो भवन्ति महतामपि॥ १७७॥

विधात्रा रचिता या सा ललाटेऽक्षरमालिका।
न तां मार्जयितुं शक्ताः स्वबुद्धयाप्यतिपण्डिताः॥ १७८॥

एवं तयोः प्रवदतोः सुहृद्व्यसनसंतप्तहृदयो मन्थरकः शनैःशनैस्तं प्रदेशमाजगाम। तं दृष्ट्वा लघुपतनको हिरण्यकमाह—अहो न शोभनमापतितम्। हिरण्यक आह—किं स लुब्धकः समायाति। स आह—आस्तां तावल्लुब्धकवार्ता। एष मन्थरकः समागच्छति। तदनीतिरनुष्ठितानेन यतो वयमप्यस्य कारणान्नूनं व्यापादनं यास्यामो यदि स पापात्मा लुब्धकः समागमिष्यति। तदहं तावत्खमुत्पतिष्यामि। त्वं पुनर्बिलं प्रविश्यात्मानं रक्षयिष्यसि। चित्राङ्गोऽपि वेगेन दिगन्तरं यास्यति। एष पुनर्जलचरः स्थले कथं भविष्यतीति व्याकुलोऽस्मि। अत्रान्तरे प्राप्तोऽयं मन्थरकः। हिरण्यक आह—भद्र न युक्तमनुष्ठितं भवता यदत्र समायातः। तद्भूयोऽपि द्रुततरं गम्यतां यावदसौ लुब्धको न समायाति। मन्थरक आह—भद्र किं करोमि। न शक्नोमि तत्रस्थो मित्रव्यसनाग्निदाहं सोढुम्। तेनाहमत्रागतः। अथवा साध्विदमुच्यते—

दयितजनविप्रयोगो वित्तवियोगश्च केन सह्याः स्युः।
यदि सुमहौषधकल्पो वयस्यजनसंगमो न स्यात्॥ १७९॥

वरं प्राणपरित्यागो न वियोगो भवादृशैः।
प्राणा जन्मान्तरे भूयो न भवन्ति भवद्विधाः॥ १८०॥

सुहृदो व्यसनं तेन संतप्तं हृदयं यस्य। दयितजनस्य विप्रयोगः। सुमहत् च तदौषधं च तस्मादीषन्न्यूनः सुम०कल्पः।

एवं तस्य प्रवदत आकर्णपूरितशरासनो लुब्धकोऽप्युपागतः। तं दृष्ट्वा मूषकेण तस्य स्नायुपाशस्तत्क्षणात्खण्डितः। अत्रान्तरे चित्राङ्गः सत्वरं पृष्ठमवलोकयन्प्रधावितः। लघुपतनको वृक्षमारूढः। हिरण्यकश्च समीपवर्ति बिलं प्रविष्टः। अथासौ लुब्धको मृगगमनाद्विषण्णवदनो व्यर्थश्रमस्तं मन्थरकं मन्दं मन्दं स्थलमध्ये गच्छन्तं दृष्टवान्। अचिन्तयच्च—यद्यपि कुरङ्गो धात्रापहृतस्तथाप्ययं कूर्म आहारार्थं संपादितः। तदद्यास्यामिषेण मे कुटुम्बस्याहारनिर्वृत्तिर्भविष्यति। एवं विचिन्त्य तं दर्भैः संच्छाद्य धनुषि समारोप्य स्कन्धे कृत्वा गृहं प्रति प्रस्थितः। अत्रान्तरे तं नीयमानमवलोक्य हिरण्यको दुःखाकुलः पर्यदेवयत्—कष्टं भोः कष्टमापातितम्।

एकस्य दुःखस्य न यावदन्तं गच्छाम्यहं पारमिवार्णवस्य।
तावद् द्वितीयं समुपस्थितं मे छिद्रेष्वनर्था बहुलीभवन्ति॥ १८१॥

यत्नाम्रं सरलं चापि तच्चापत्सु न सीदति।
धनुर्मित्रं कलत्रं च दुर्लभं शुद्धवंशजम्॥ १८२॥

न मातरि न दारेषु न सोदर्ये न चात्मजे।
विश्रम्भस्तादृशः पुंसां यादृग्मित्रे निरन्तरे॥ १८४॥

यदि तावत्कृतान्तेन मे धननाशो विहितस्तन्मार्गश्रान्तस्य मे विश्रामभूतं मित्रं कस्मादपहृतम्। अपरमपि मित्रं परं मन्थरकसमं न स्यात्। उक्तं च—

असंपत्तौ परो लाभो गुह्यस्य कथनं तथा।
आपद्विमोक्षणं चैव मित्रस्यैतत्फलत्रयम्॥ १८४॥

तदस्य पश्चान्नान्यः सुहृन्मे। तत्किं ममोपर्यनवरतं व्यसनशरैर्वर्षति हन्त विधिः। यत आदौ तावद्वित्तनाशस्ततः परिवारभ्रंशस्ततो देशत्यागस्ततो मित्रवियोग इति। अथवा स्वरूपमेतत्सर्वेषामेव जन्तूनां जीवितधर्मस्य। उक्तं च—

कायः संनिहितापायः संपदः क्षणभङ्गुराः।
समागमाः सापगमाः सर्वेषामेव देहिनाम्॥ १८५॥

तथा च।

आकर्णं पूरितं शरासनं येन। शरा अस्यन्ते अनेनेति शरा०। समीपे वर्तते इति। शुद्धश्चासौ वंशः वेणुः कुलं च तस्माज्जायते इति। संनिहिता अपाया यस्य। अपगमेन सहिताः सापगमाः।

---

१ अस्मात्परमिदं पद्यं क्वचित्—यावदस्खलितं तावत्सुखं याति समे पथि। स्खलिते च समुत्पन्ने विषमं च पदे पदे॥ २ पदमापदाम्. ३ सर्वमुत्पादि भङ्गुरम्.

क्षते प्रहारा निपतन्त्यभीक्ष्णं धनक्षये वर्धति जाठराग्निः ।
आपत्सु वैराणि समुल्लसंन्ति छिद्रेष्वनर्था बहुलीभवन्ति ॥ १८६ ॥

अहो साधूक्तं केनापि—

प्राप्ते भये परित्राणं प्रीतिविश्रम्भभाजनम् ।
केन रत्नमिदं सृष्टं मित्रमित्यक्षरद्वयम् ॥ १८७ ॥

अत्रान्तरे चाक्रन्दपरौ चित्राङ्गलघुपतनकौ तत्रैव समायातौ । अथ हिरण्यक आह—अहो किं वृथा प्रलपितेन । तद्यावदेष मन्थरको दृष्टिगोचरान्न नीयते तावदस्य मोक्षोपायश्चिन्त्यतामिति । उक्तं च—

व्यसनं प्राप्य यो मोहात्केवलं परिदेवयेत् ।
क्रन्दनं वर्धयत्येव तस्यान्तं नाधिगच्छति ॥ १८८ ॥
केवलं व्यसनस्योक्तं भेषजं नयपण्डितैः ।
तस्योच्छेदसमारम्भो विषादपरिवर्जनम् ॥ १८९ ॥

अन्यच्च ।

अतीतलाभस्य सुरक्षणार्थं भविष्यलाभस्य च सङ्गमार्थम् ।
आपत्प्रपन्नस्य च मोक्षणार्थं यन्मन्त्र्यतेऽसौ परमो हि मन्त्रः ॥ १९० ॥

तच्छ्रुत्वा वायस आह—भोः यद्येवं तत्क्रियतां मद्वचः । एष चित्राङ्गोऽस्य मार्गे गत्वा किंचित्पल्वलमासाद्य तस्य तीरे निश्चेतनो भूत्वा पततु । अहमप्यस्य शिरसि समारुह्य मन्दैश्चञ्चुप्रहारैः शिर उल्लेखयिष्यामि येनासौ दुष्टलुब्धकोऽमुं मृतं मत्वा मम चञ्चुप्रहरणप्रत्ययेन मन्थरकं भूमौ क्षिप्त्वा मृगार्थं धाविष्यति । अत्रान्तरे त्वया दर्भमयबन्धनवेष्टनानि खण्डनीयानि येनासौ मन्थरको द्रुततरं पल्वलं प्रविशति । चित्राङ्ग आह—भोः भद्रोऽयं त्वया दृष्टो मन्त्रः । नूनं मन्थरकोऽयं मुक्तो मन्तव्यः । उक्तं च—

सिद्धं वा यदि वासिद्धं चित्तोत्साहो निवेदयेत् ।
प्रथमं सर्वजन्तूनां तत्प्राज्ञो वेत्ति नेतरः ॥ १९१ ॥

तदेवं क्रियतामिति । तथानुष्ठिते स लुब्धकस्तथैव मार्गासन्नपल्वलतीरस्थं चित्राङ्गं वायससनाथमपश्यत् । तं दृष्ट्वा हर्षितमना व्यचिन्तयत्—नूनं पाशबन्धनवेदनया वराकोऽयं मृगः सावशेषजीवितः पाशं त्रोटयित्वा कथमप्येतद्वनान्तरं यावत्प्रविष्टस्तावन्मृतः । तद्वश्योऽयं मे कच्छपः सुयन्त्रितत्वात् । तदेनमपि तावद् गृह्णामि । इत्यवधार्य कच्छपं

प्रीतिश्च विश्रम्भश्च तयोः भाजनम् । उच्छेदाय समारम्भः । मार्गस्यासन्नं मार्गासन्नं यत्पल्वलं तस्य तीरे तिष्ठतीति ०स्थः तम् । अवशेषेण सहितं सावशेषं जीवितं यस्य ।

---

१ र्वधति. २ समुद्भवन्ति. ३ प्रहार. ४ मयानि पाशानि. ५ सिद्धि...वासिद्धि.

भूतले प्रक्षिप्य मृगमुपाद्रवत्। एतस्मिन्नन्तरे हिरण्यकेन वज्रोपमदंष्ट्रा-प्रहरणेन तद्दर्भवेष्टनं तत्क्षणात्खण्डशः कृतम्। मन्थरकोऽपि तृणमध्यान्निष्क्रम्य समीपवर्तिनं पल्वलं प्रविष्टः। चित्राङ्गोऽप्यप्राप्तस्यापि तस्योत्थाय वायसेन सह द्रुतं प्रनष्टः। एतस्मिन्नन्तरे विलक्षो विषादपरो लुब्धको निवृत्तो यावत्पश्यति तावत्कच्छपोऽपि गतः। ततश्च तत्रोपविश्येमं श्लोकमपठत्—

प्राप्तो बन्धनमप्ययं गुरुमृगस्तावत्त्वया मे हृतः
संप्राप्तः कमठः स चापि नियतं नष्टस्तवादेशतः।
क्षुत्क्षामोऽत्र वने भ्रमामि शिशुकैस्त्यक्तः समं भार्यया
यच्चान्यन्न कृतं कृतान्त कुरुषे रे तत्रापि सज्जोस्म्यहम्॥ १९२॥

एवं बहुविधं विलप्य स्वगृहं गतः। अथ तस्मिन्व्याधे दूरतरं गते सर्वेऽपि ते काककूर्ममृगाखवः परमानन्दभाजः परस्परमालिङ्ग्य पुनर्जातमिवात्मानं मन्यमानास्तदेव सरः संप्राप्य महासुखेन सुभाषितकथागोष्ठीविनोदेन कालं नयन्ति स्म। एवं ज्ञात्वा विवेकिना मित्रसंग्रहः कार्यः। न च मित्रेण सह व्याजेन वर्तितव्यामिति। उक्तं च यतः—

यो मित्राणि करोत्यत्र न कौटिल्येन वर्तते।
न स दुःखं पराभूतेः प्राप्नोति हि कथंचन॥ १९३॥

समाप्तं चेदं मित्रप्राप्त्यभिधानं द्वितीयं तन्त्रम्।

इति श्रीविष्णुशर्मविरचिते पञ्चतन्त्रके मित्रप्राप्तिकं नाम द्वितीयं तन्त्रं समाप्तम्।

---

१ तस्य तल उत्था०. २ पलायितः. ३ स्वामिन्. ४ कुरु ते तच्चापि सह्यं मया। ५ दूरीभूते. ६ मृगमूषिकाः. ७ तथा मित्रेण सह्याव्याजेन वर्तितव्यम्। ८ तैः समं न पराभूतिं संप्राप्नोति.

अथ काकोलूकीयम् ।

अथेदमारभ्यते काकोलूकीयं[1] नाम तृतीयं तन्त्रम् । यस्यायमाद्यः श्लोकः—

> न विश्वसेत्पूर्वविरोधितस्य शत्रोश्च मित्रत्वमुपागतस्य ।
> दग्धां गुहां पश्य उलूकपूर्णां काकप्रणीतेन हुताशनेन ॥ १ ॥

तद्यथानुश्रूयते[2]—अस्ति दाक्षिणात्ये जनपदे महिलारोप्यं[3] नाम नगरम् । तस्य समीपस्थो[4]ऽनेकशाखासनाथोऽतिघनतरपत्रच्छन्नो न्यग्रोधपादपोऽस्ति । तत्र च मेघवर्णो नाम वायसराजोऽनेककाकपरिवारः[5] प्रतिवसति स्म । स तत्र विहितदुर्गरचनः सपरिजनः कालं नयति । तथान्योऽरिमर्दनो नामोलूकराजोऽसंख्योलूकपरिवारो गिरिगुहादुर्गाश्रयः प्रतिवसति स्म । स च रात्रावभ्येत्य सदैव तस्य न्यग्रोधस्य समन्तात्परिभ्रमति । अथोलूकराजः पूर्वविरोधवशाद्यं कंचिद्वायसमासादयति तं व्यापाद्य[6] गच्छति । एवं नित्याभिगमनाच्छनैः शनैस्तन्न्यग्रोधपादपदुर्गं तेन समन्तान्निर्वायसं कृतम् । अथवा भवत्येवम् । उक्तं च—

> य उपेक्षेत शत्रुं स्वं प्रसरन्तं यदृच्छया ।
> रोगं चालस्यसंयुक्तः[7] स शनैस्तेन हन्यते ॥ २ ॥

तथा च ।

> जातमात्रं न यः शत्रुं व्याधिं च प्रशमं नयेत् ।
> महाबलोऽपि[8] तेनैव वृद्धिं प्राप्य स हन्यते ॥ ३ ॥

अथान्येद्युः स वायसराजो सर्वान्सचिवानाहूय प्रोवाच—भोः उत्कटस्तावदस्माकं शत्रुरुद्यमसंपन्नश्च कालवित्[9] नित्यमेव निशागमे समेत्यास्म[10]-

---

काकाश्च उलूकाश्च काकोलूकं (स. द्वं.) तदधिकृत्य कृतं काव्यम् । पूर्वं विरोधितः पूर्व० तस्य तस्मिन्निति यावत् । अनेके काकाः परिवारो यस्य । विहिता दुर्गस्य रचना येन । गिरेः गुहा गिरिगुहा सा एव दुर्गं गि०र्गं तदाश्रयो यस्य । य आलस्यसंयुक्तः यदृच्छया प्रसरन्तं शत्रुम् इत्यन्वयः ।

---

१ सन्धिविग्रहादिसंबन्धं का. २ राजपुत्राः कथयन्तं विष्णुशर्माणं पृच्छन्ति । विष्णुशर्मा कथयति । ३ प्रतिष्ठानं. ४ मीपेनेकखगसना०. ५ परिवृतः. ६ व्यापादयति. ७ कं. ८ अतिपुष्टांगयुक्तोऽपि स पश्चात्तेन. ९ लब्धशात्. १० व्यापादनं;—क्षयं.

त्पक्षकदनं करोति। तत्कथमस्य प्रतिविधातव्यम्¹। वयं तावद्रात्रौ न पश्यामः न च तस्य दिवा दुर्गं विजानीमो येन गत्वा प्रहरामः। तदत्र² किं युज्यते संधि-विग्रह-यान-आसन-संश्रय-द्वैधीभावानां मध्यात्³। अथ ते प्रोचुः—युक्तमभिहितं देवेन यदेष प्रश्नः कृतः। उक्तं च—

अपृष्टेनापि वक्तव्यं सचिवेनात्र किंचन।
पृष्टेन त्वी⁴रितं पथ्यं वाच्यं च प्रियमप्रियम्॥ ४॥
यो⁵ न पृष्टो हितं ब्रूते परिणामे सुखावहम्।
मन्त्री च प्रियवक्ता च केवलं स रिपुः स्मृतः॥ ५॥
तस्मादेकान्तमासाद्य कार्यो मन्त्रो महीपते।
येन तस्य वयं कुर्मो नि⁶र्णयं कारणं तथा॥ ७॥

अथ⁷ स मेघवर्णोऽन्वयागत-उज्जीवि-संजीवि-अनुजीवि-प्रजीवि-चिरंजीविनामः पञ्च सचिवान्प्रत्येकं प्रष्टुमारब्धः। तत्रैतेषामादौ तावदुज्जीविनं पृष्टवान्—भद्र एवं स्थिते किं मन्यते भवान्। स आह—राजन् बलवता सह विग्रहो न कार्यः। यतः स बलवान्कालप्रहर्ता च तस्मात्सं⁸धेयः। उक्तं च यतः—

बलीयसि प्रणमतां काले प्रहरतामपि।
संपदो नापगच्छन्ति प्रतीपमिव निम्नगाः॥ ८॥

तथा च।

सत्या⁹ढ्यो धार्मिकश्चार्यो भ्रातृसंघातवान्बली।
अनेकविजयी चैव संधेयः स रिपुर्भवेत्॥ ९॥
संधिः कार्योऽप्यनार्येण विज्ञाय प्राणसंशयम्।
प्राणैः संरक्षितैः सर्वं यतो भवति रक्षितम्॥ १०॥

योनेकयुद्धविजयी स तेन विशेषात्संधेयः। उक्तं च—

अनेकयुद्धविजयी संधानं यस्य गच्छति।
तत्प्रभावेण तस्याशु वशं ग¹⁰च्छन्त्यरातयः॥ ११॥

प्रियमप्रियं वा यत्पथ्यं तद्वाच्यम्। मन्त्री च केवलं प्रियवक्ता च यः स रिपुः स्मृतः। काले प्रहरतीति का०र्ता। निम्नगा नद्यो यथा प्रतीपं न गच्छन्ति तथा।

---

१ विधानम्, २ अत्र विषये. ३ वानामेकतमस्य क्रियमाणस्य, अस्मात्परं—तद्विचार्य शीघ्रं कथयन्तु भवन्तः इत्यधिकं क्वचित्. ४ तु ऋतं, तु विशेषेण वाच्यं पथ्यं महीपतेः. ५ यः पृष्टो न ऋतं. ६ निर्णयं. ७ अथ तस्यान्व...पृष्टवान् ८ संदधनीयः ९ सत्याजः, सत्पात्रः १० शमायान्त्य., यान्त्यरयः परे.

संधिमिच्छेत्समेनापि संदिग्धो विजयो युधि।
न हि सांशयिकं कुर्यादित्युवाच बृहस्पतिः ॥ १२ ॥
संदिग्धो विजयो युद्धे जनानामिह युध्यताम्।
उपायत्रितयादूर्ध्वं तस्माद्युद्धं समाचरेत् ॥ १३ ॥
असंदधानो मानान्धः समेनापि हतो भृशम्।
आमकुम्भ इवान्येन करोत्युभयसंक्षयम् ॥ १४ ॥
समं शक्तिमता युद्धमशक्तस्य हि मृत्यवे।
दृषत्कुम्भं[3] यथा भित्त्वा तावत्तिष्ठति शक्तिमान् ॥ १५ ॥

अन्यच्च।

भूमिर्मित्रं हिरण्यं च विग्रहस्य फलत्रयम्।
नास्त्येकमपि यद्येषां विग्रहं न समाचरेत् ॥ १६ ॥
खनन्नाखुबिलं सिंहः पाषाणशकलाकुलम्।
प्राप्नोति नखभङ्गं वा फलं वा मूषको भवेत् ॥ १७ ॥
तस्मान्न स्यात्फलं यत्र पुष्टं युद्धं तु केवलम्।
न हि तत्स्वयमुत्पाद्यं कर्तव्यं न कथंचन ॥ १८ ॥
बलीयसा समाक्रान्तो वैतसीं वृत्तिमाश्रयेत्।
वाञ्छन्नभ्रंशिनीं लक्ष्मीं न भौजङ्गीं कदाचन ॥ १९ ॥
कुर्वन्हि वैतसीं वृत्तिं प्राप्नोति महतीं श्रियम्।
भुजङ्गवृत्तिमापन्नो वधमर्हति केवलम् ॥ २० ॥
कौर्मं संकोचमास्थाय प्रहारानपि मर्षयेत्।
काले काले च मतिमानुत्तिष्ठेत्कृष्णसर्पवत् ॥ २१ ॥
आगतं विग्रहं दृष्ट्वा सुसाम्ना प्रशमं नयेत्।
विजयस्य ह्यनित्यत्वाद्भसा न समुत्पतेत् ॥ २२ ॥

तथा च।

बलिना सह योद्धव्यमिति नास्ति निदर्शनम्।
प्रतिवातं न हि घनः कदाचिदुपसर्पति ॥ २३ ॥

एवमनुजीवी साममन्त्रं संधिकारकं विज्ञप्तवान्।

सत्येन आढ्यः सत्याढ्यः। उपायानां त्रितयं सामदामभेदाख्यं तस्मा दूर्ध्वं तस्मिन् विफलीभूते। दृषत् यथा कुम्भं भित्त्वा तावत्साकल्येन तिष्ठति तथा शक्तिमानशक्तं भित्त्वा इत्यन्वयः। पुष्टं महत्। वेतसस्य इयं वैतसी तां नम्रभावमित्यर्थः। भुजङ्गस्येयं भौजङ्गी तां नाश्रयेत्।

---

१ नित्यं द्यूतेनापि हि—समेनापि हि योधिनाम्. २ मानाद्यः. ३ कुम्भमिवाभित्त्वा नावतिष्ठति. ४ दुष्टं. ५ न तत्स्वयं समुत्पा. ६ माचरे. ७ मत्वा. ८ भर्सं च समुत्सृजेत्. ९ कारं कलम.

अथ तच्छ्रुत्वा संजीविनमाह—भद्र तवाभिप्रायमपि श्रोतुमिच्छामि । स आह—देव न ममैतत्प्रतिभाति यच्छत्रुणा सह संधानं क्रियते । उक्तं च यतः—

शत्रुणा न हि संदध्यात्सुश्लिष्टेनापि संधिना ।
सुतप्तमपि पानीयं शमयत्येव पावकम् ॥ २४ ॥

अपरं च स क्रूरोऽत्यन्तलुब्धो धर्मरहितः । तत्त्वया विशेषान्न संधेयः । उक्तं च—

सत्यधर्मविहीनेन न संदध्यात्कथंचन ।
सुसंधितोऽप्यसाधुत्वादचिराद्याति विक्रियाम् ॥ २५ ॥

तस्मात्तेन सह योद्धव्यमिति मे मतिः[3] । उक्तं च यतः—

क्रूरो लुब्धोऽलसोऽसत्यः प्रमादी भीरुरस्थिरः ।
मूढो योधावमन्ता च सुखोच्छेद्यो भवेद्रिपुः ॥ २६ ॥

अपरं तेन पराभूता वयम् । तद्यदि संधानकीर्तनं करिष्यामस्तद्भू-योऽत्यन्तं कोपं करिष्यति । उक्तं च—

चतुर्थोपायसाध्ये तु रिपौ[6] सान्त्वमपक्रिया ।
स्वेद्यमामज्वरं प्राज्ञः कोऽम्भसा परिषिञ्चति ॥ २७ ॥
सामवादाः सकोपस्य शत्रोः प्रत्युत दीपकाः ।
प्रतप्तस्येव सहसा सर्पिषस्तोयबिन्दवः ॥ २८ ॥

यच्चैतद्वदति रिपुर्बलवान् तदप्यकारणम् । उक्तं च यतः—

प्रमाणाभ्यधिकस्यापि महत्सत्त्वमधिष्ठितः ।
पदं मूर्ध्नि समाधत्ते केसरी मत्तदन्तिनः ॥ २९ ॥
उत्साहशक्तिसंपन्नो हन्याच्छत्रुं लघुर्गुरुम् ।
यथा कण्ठीरवो नागं भारद्वाजाः प्रचक्षते ॥ ३० ॥
मायया शत्रवो वध्या अवध्याः स्युर्बलेन ये ।
यथा स्त्रीरूपमास्थाय हतो भीमेन कीचकः ॥ ३१ ॥

तथा च ।

मृत्योरिवोग्रदण्डस्य राज्ञो यान्ति वशं द्विषः ।
सर्वंसहं तु मन्यन्ते तृणाय रिपवश्च तम् ॥ ३२ ॥

चतुर्थोपायो दण्डो युद्धमित्यर्थः ।

---

१ संधिः. २ दसं. ३ निश्चयः ४ युद्धाय०. ५ योपि काकविनाशम्. ६ शत्रौ. ७ तस्य. ८ यदेवै. ९ सुसाम्राज्यं प्रचक्षते. १० हता...काः. ११ शष्पतुल्यं हि मन्यन्ते दयालुं रिपवो नृपम् । इति सर्वे ते हन्तुमिच्छन्ति दयालुं रिपवश्च तम् इति च पाठः.

न जातु शमनं यस्य तेजस्तेजस्वितेजसाम् ।
वृथा जातेन किं तेन मातुर्यौवनहारिणा ॥ ३३ ॥
या लक्ष्मीर्नानुलिप्ताङ्गी वैरिशोणितकुङ्कुमैः ।
कान्तापि मनसः प्रीतिं न सा धत्ते मनस्विनाम् ॥ ३४ ॥
रिपुरक्तेन संसिक्ता तत्स्त्रीनेत्राम्बुभिस्तथा ।
न भूमिर्यस्य भूपस्य का श्लाघा तस्य जीविते ॥ ३५ ॥

एवं संजीवी विग्रहमन्त्रं विज्ञापयामास । अथ तच्छ्रुत्वानुजीविनमपृच्छत्–भद्र त्वमपि स्वाभिप्रायं निवेदय । स आह–देव दुष्टः स बलाधिको निर्मर्यादश्च । तस्मात्तेन संधिर्विग्रहो वा युक्तः । केवलं यानमर्हं स्यात् । उक्तं च—

बलोत्कटेन दुष्टेन मर्यादारहितेन च ।
न संधिर्विग्रहो नैव विना यानं प्रशस्यते ॥ ३६ ॥
द्विधाकारं भवेद्यानं भये प्राणार्थरक्षणम् ।
एकमन्यज्जिगीषोश्च यात्रालक्षणमुच्यते ॥ ३७ ॥
कार्तिके वाथ चैत्रे वा विजिगीषोः प्रशस्यते ।
यानमुत्कृष्टवीर्यस्य शत्रुदेशे न चान्यदा ॥ ३८ ॥
अवस्कन्दप्रदानस्य सर्वे कालाः प्रकीर्तिताः ।
व्यसने वर्तमानस्य शत्रोश्छिद्रान्वितस्य च ॥ ३९ ॥
स्वस्थानं सुदृढं कृत्वा शूरैश्चाप्तैर्महाबलैः ।
परदेशं ततो गच्छेत्प्रणिधिव्याप्तमग्रतः ॥ ४० ॥
अज्ञातवीवधासारतोयशस्यो व्रजेत्तु यः ।
परराष्ट्रं न भूयः स स्वराष्ट्रमपि गच्छति ॥ ४१ ॥

ततो युक्तं कर्तुमपसरणम् । अन्यच्च ।

वैरिणां शोणितमेव कुंकुमानि तैः । अनुलिप्तानि अंगानि यस्याः । सा कान्ता रमणीयापि मनस्विनां मनसः प्रीतिं न धत्ते इत्य० । बलेनोत्कटः बलोत्कटः । द्विधा आकारो यस्य । प्राणाश्च अर्थश्च प्राणार्थास्तेषां रक्षणम् । अज्ञातानि वीवधा मार्गाः आसारश्च तोयं च शस्यं च वीव-स्यानि येन तादृशः ।

---

१ याति...तेजसा. २ क्तारिस्त्री, वैरिस्त्रीनेत्रवारिणा इ. पा. ३ जीवने. ४ वद. ५ अब्रवीत्. ६ तत्तेन सह संधिविग्रहौ न युक्तौ. ७ बलोत्कृष्टेन. ८ भयत्रस्तप्र०. ९ ज्ञातं. १० विविधा. ११ स नो भूयः. १२ अपिग.

तत्र युक्तं प्रभो कर्तुं द्वितीयं यानमेव च ।
न विग्रहं न संधानं बलिना तेन पापिना ॥ ४२ ॥

अपरं कारणापेक्षयापसरणं क्रियते बुधैः । उक्तं च—

यदपसरति मेषः कारणं तत्प्रहर्तुं
मृगपतिरपि कोपात्संकुचत्युत्पतिष्णुः ।
हृदयनिहितभावा गूढमन्त्रप्रचाराः
किमपि विगणयन्तो बुद्धिमन्तः सहन्ते ॥ ४३ ॥

अन्यच्च ।

बलवन्तं रिपुं दृष्ट्वा देशत्यागं करोति यः ।
युधिष्ठिर इवाप्नोति पुनर्जीवन्स मेदिनीम् ॥ ४४ ॥

युध्यतेऽहंकृतिं कृत्वा दुर्बलो यो बलीयसा ।
स तस्य वाञ्छितं कुर्यादात्मनश्च कुलक्षयम् ॥ ४५ ॥

तद्बलवताभियुक्तस्यापसरणसमयोऽयं न संधेर्विग्रहस्य च । एवमनुजीविमन्त्रोऽपसरणस्य ।

अथ तस्य वचनमाकर्ण्य प्रजीविनमाह—भद्र त्वमप्यात्मनोऽभिप्रायं वद । सोऽब्रवीत्—देव मम संधिविग्रहयानानि त्रीण्यपि न प्रतिभान्ति । विशेषतश्चासनं प्रतिभाति । उक्तं च—

नक्रः स्वस्थानमासाद्य गजेन्द्रमपि कर्षति ।
स एव प्रच्युतः स्थानाच्छुनापि परिभूयते ॥ ४६ ॥

अन्यच्च ।

अभियुक्तो बलवता दुर्गे तिष्ठेत्प्रयत्नवान् ।
तत्रस्थः सुहृदाह्वानं प्रकुर्वीतात्ममुक्तये ॥ ४७ ॥

यो रिपोरागमं श्रुत्वा भयसंत्रस्तमानसः ।
स्वस्थानं संत्यजेत्तत्र न तु भूयो विशेच्च सः ॥ ४८ ॥

दंष्ट्राविरहितः सर्पो मदहीनो यथा गजः ।
स्थानहीनस्तथा राजा गम्यः स्यात्सर्वजन्तुषु ॥ ४९ ॥

निजस्थानस्थितोऽप्येकः शतं योद्धुं सहेन्नरः ।
शक्तानामपि शत्रूणां तस्मात्स्थानं न संत्यजेत् ॥ ५० ॥

हृदये निहितो भावो निजाभिप्रायो वैरनिर्यातनात्मको यैः । गूढो मन्त्रप्रचारो येषांते ।

---

१ अस्य श्लोकस्य—न विग्रहं...पापिना । कार्यलाभमपेक्ष्यापसरणं क्रियते बुधैः ॥ इति पा. २ रतिको. ३ वैरा. ४ न्त्रोपचाराः. ५ न स भूयो वसेन्नरः ६ सह्यो नरः ७ बलिना.

तस्माद्दुर्गं दृढं कृत्वा सुभटासारसंयुतम् ।
प्राकारपरिखायुक्तं यन्त्रादिभिरलंकृतम् ॥ ५१ ॥
तिष्ठेन्मध्यगतो नित्यं युद्धाय कृतनिश्चयः ।
जीवन्संप्राप्स्यति राज्यं मृतो वा स्वर्गमेष्यति ॥ ५२ ॥

अन्यच्च ।

बलिनापि न बाध्यन्ते लघवोऽप्येकसंश्रयाः ।
विपक्षेणापि मरुता यथैकस्थानवीरुधः ॥ ५३ ॥
महानप्येकजो वृक्षो बलवान्सुप्रतिष्ठितः ।
प्रसह्य इव वातेन शक्यो धर्षयितुं यतः ॥ ५४ ॥
अथ ये संहता वृक्षाः सर्वतः सुप्रतिष्ठिताः ।
ते न रौद्रानिलेनापि हन्यन्ते ह्येकसंश्रयात् ॥ ५५ ॥
एवं मनुष्यमेकं च शौर्येणापि समन्वितम् ।
शक्यं द्विषन्तो मन्यन्ते हिंसन्ति च ततः परम् ॥ ५६ ॥

एवं प्रजीविमन्त्रः । इदमासनसंज्ञकम् । एतत्समाकर्ण्य चिरंजीविनमाह—भद्र त्वमपि स्वाभिप्रायं वद । सोऽब्रवीत्—देव षाड्गुण्यमध्ये मम संश्रयः सम्यक्प्रतिभाति । तत्तस्यानुष्ठानं कार्यम् । उक्तं च—

असहायः समर्थोऽपि तेजस्वी किं करिष्यति ।
निर्वाते ज्वलितो वह्निः स्वयमेव प्रशाम्यति ॥ ५७ ॥

तदत्रैव स्थितेन त्वया कश्चित्समर्थः समाश्रयणीयः यो विपत्प्रतीकारं करोति । यदि पुनस्त्वं स्वस्थानं त्यक्त्वान्यत्र यास्यसि तत्कोऽपि ते वाङ्मात्रेणापि सहायत्वं न करिष्यति । उक्तं च यतः—

वनानि दहतो वह्नेः सखा भवति मारुतः ।
स एव दीपनाशाय कृशे कस्यास्ति सौहृदम् ॥ ५८ ॥

अथवा नैष एकान्तो यद् बलिनमेकं समाश्रयेत् । लघूनामपि संश्रयो रक्षायै भवति । उक्तं च—

सुभटाश्चासारश्च तैः संयुतम् । एकः संश्रयः येषा । उत्तमः बलिष्ठः संश्रयो यस्य ।

---

१ वीवधा. २ शस्त्रा. ३ तिष्ठन् ४ क्षमान्तं. संलप्स्यते कीर्तिम्. ५ प्रभञ्जनविपक्षेण यथैकस्था महीरुहाः. ६ धूनायितुम्. ७ न ते शीघ्रेण वातेन. ८ अस्मात्परमिदं. प. क्वचित्—संहतिः श्रेयसी पुंसां स्वपक्षे च विशेषतः । तुषैरपि परिभ्रष्टा न प्ररोहन्ति तण्डुलाः ॥ ९ विपक्ष. १० प्रया. ११ कस्यापि गौरवम्. १२ नैतदेकान्तं.

संघातवान्यथा वेणुर्निबिडो वेणुभिर्वृतः ।
नहि शक्यो समुच्छेत्तुं दुर्बलोऽपि तथा नृपः ॥ ५९ ॥

यदि पुनरुत्तमैः संश्रयो भवति तत्किमुच्यते । उक्तं च—

महाजनस्य संपर्कः कस्य नोन्नतिकारकः ।
पद्मपत्रस्थितं तोयं धत्ते मुक्ताफलश्रियम् ॥ ६० ॥

तदेवं संश्रयं विना न कश्चित्प्रतीकारो भवति । तस्मात्संश्रयः कार्य इति मेऽभिप्रायः । एवं चिरंजीविमन्त्रः ।

अथैवमभिहिते स मेघवर्णो राजा चिरंतनं पितृसचिवं दीर्घायुषं सकलनीतिशास्त्रपारंगतं स्थिरजीविनामानं प्रणम्य प्रोवाच—तात यदेते मया पृष्टाः सचिवास्तावदत्रस्थितस्यापि तव तत्परीक्षार्थम् । येन त्वं सकलं श्रुत्वा यदुचितं तन्मे समादिशसि । तद्यद्युक्तं भवति तत्समादेश्यम् । स आह—वत्स सर्वैरप्येतैर्नीतिशास्त्राश्रयमुक्तं सचिवैः । तदुपयुज्यते स्वकालोचितं सर्वमेव । परमेष द्वैधीभावस्य कालः । उक्तं च—

अविश्वासं सदा तिष्ठेत्संधिना विग्रहेण च ।
द्वैधीभावं समाश्रित्य पापशत्रौ बलीयसि ॥ ६१ ॥

तच्छत्रुं विश्वास्याविश्वस्तैर्लोभं दर्शयद्भिः सुखेनोच्छिद्यते रिपुः । उक्तं च—

उच्छेद्यमपि विद्वांसो वर्धयन्त्यरिमेकदा ।
गुडेन वर्धितः श्लेष्मा सुखं वृद्ध्या निपात्यते ॥ ६२ ॥

तथा च ।

स्त्रीणां शत्रोः कुमित्रस्य पण्यस्त्रीणां विशेषतः ।
यो भवेदेकभावोऽत्र न स जीवति मानवः ॥ ६३ ॥

कृत्यं देवद्विजातीनामात्मनश्च गुरोस्तथा ।
एकभावेन कर्तव्यं शेषं द्वैधं समाश्रितम् ॥ ६४ ॥

एको भावः सदा शस्तो यतीनां भावितात्मनाम् ।
श्रीलुब्धानां न लोकानां विशेषेण महीभृताम् ॥ ६५ ॥

तद्द्वैधीभावं संश्रितस्य तव स्वस्थाने वासो भविष्यति । लोभाश्रयाच्च शत्रुमुच्चाटयिष्यसि । अपरं यदि किंचिच्छिद्रं तस्य पश्यसि तद्गत्वा

अविद्यमानः विश्वासः यस्मिन्कर्मणि तद्यथा तथा अविश्वासम् । पापशत्रौ बलीयसि सति । द्वैधं समाश्रितं द्विभावेन वर्तितव्यमित्यर्थः ।

---

१ निबिडैः. २ अस्मात्परं—महानप्येकजो वृक्षो बलवान्सुप्रतिष्ठितः । प्रसह्य इव वातेन शक्यः स्यादपि मर्दितुम् । इत्य. पद्यं. पु रे. ३ उत्तमैः. ४ संश्रयात्कार्यो विग्रहः इति. ५ पार्श्वे शत्रोर्बलीयसः. ६ यतो निःशेषतां व्रजेत् ७ भावेन. ८ शेषं भावद्वयाश्रितं, द्विर्भावमाश्रितैः. ९ श्री.

व्यापादयिष्यसि । मेघवर्ण आह—तात मयाऽविदितस्तस्य संश्रयः॥ तत्कथं तस्य छिद्रं ज्ञास्यामि । स्थिरजीव्याह—वत्स न केवलं स्थानं छिद्राण्यपि तस्य प्रकटीकरिष्यामि प्रणिधिभिः। उक्तं च—

गन्धेन गावः पश्यन्ति वेदैः पश्यन्ति वै द्विजाः।
चारैः पश्यन्ति राजानश्चक्षुर्भ्यामितरे जनाः॥ ६६ ॥

उक्तं चात्र विषये—

यस्तीर्थानि निजे पक्षे परपक्षे विशेषतः।
गुप्तैश्चारैर्नृपो वेत्ति न स दुर्गतिमाप्नुयात्॥ ६७॥

मेघवर्ण आह—तात कानि तीर्थान्युच्यन्ते कतिसंख्यानि च। कीदृशा गुप्तचराः। तत्सर्वं निवेद्यतामिति। स आह—अत्र विषये भगवता नारदेन युधिष्ठिरः प्रोक्तः। यच्छत्रुपक्षेऽष्टादश तीर्थानि स्वपक्षे पञ्चदश। त्रिभिस्त्रिभिर्गुप्तचरैस्तानि ज्ञेयानि। तैर्ज्ञातः स्वपक्षः परपक्षश्च वश्यो भवति। उक्तं च नारदेन युधिष्ठिरं प्रति—

कच्चिदष्टादशान्येषु स्वपक्षे दश पञ्च च।
त्रिभिस्त्रिभिरविज्ञातैर्वेत्सि तीर्थानि चारकैः॥ ६८॥

तीर्थशब्देनायुक्तकर्माभिधीयते। तद्यदि तेषां कुत्सितं भवति तत्स्वामिनोऽभिघाताय। प्रधानं भवति तद्वृद्धये स्यादिति। तद्यथा—मन्त्री पुरोहितः सेनापतिर्युवराजो दौवारिकः अन्तर्वासिकः प्रशासकः समाहर्तृ-संनिधातृ-प्रदेष्टृ-ज्ञापकाः साधनाध्यक्षो गजाध्यक्षः कोशाध्यक्षो दुर्गपाल-करपाल-सीमापाल-प्रोत्कटभृत्याः। एषां भेदेन द्राग्रिपुः साध्यते। स्वपक्षे च देवी जननी कञ्चुकी मालिकः शय्यापालकः स्पेशाध्यक्षः सांवत्सरिकः भिषक् जलवाहकः ताम्बूलवाहकः आचार्यः अङ्गरक्षकः स्थानचिन्तकः छत्रधरः विलासिनी। एषां वैरद्वारेण स्वपक्षे विघातः। तथा च।

वैद्यसांवत्सराचार्याः स्वपक्षेऽधिकृताश्चराः।
तथाहितुण्डिकोन्मत्ताः सर्वं जानन्ति शत्रुषु॥ ६९॥

तथा च।

अविज्ञातैः गूढचरैः। अहितुण्डेन जीवतीत्याहि०। आहितुण्डिकाश्च उन्मत्ता उन्मत्तवेषधारिणः च।

---

१ सोविदितसंश्रयः, अहम०यस्तस्य ड. पा. २ छिद्रं ज्ञायते तस्य. ३ प्रशास्ता. ४ प्रदेष्टा ज्ञापकः. ५ अश्वाध्यक्षः. ६ परिषद्बलाध्यक्ष. ७ त्या आटवीकाढ्याः–०दयः. ८ परपक्षे एतेषां. ९ स्पाशः, पण्यानयकः.

कृत्वा कृत्यविदस्तीर्थैरन्तः प्रणिधयः पदम् ।
विदांकुर्वन्तु महतस्तलं विद्विषदम्भसः ॥ ७० ॥

एवं मन्त्रिवाक्यमाकर्ण्यात्रान्तरे मेघवर्ण आह—तात अथ किंनिमित्तमेवंविधं प्राणान्तिकं सदैव वायसोलूकानां वैरम् । स आह—वत्स कदाचिद्धंसशुकबककोकिलचातकोलूकमयूरकपोतपारावतविष्किरप्रभृतयः सर्वेऽपि पक्षिणः समेत्य सोद्वेगं मन्त्रयितुमारब्धाः—अहो अस्माकं तावद्वैनतेयो राजा । स च वासुदेवभक्तो न कामपि चिन्तामस्माकं करोति । तत्किं तेन वृथास्वामिना यो लुब्धकपाशैर्नित्यं निबध्यमानानां न रक्षां विधत्ते । उक्तं च—

यो न रक्षति वित्रस्तान्पीड्यमानान्परैः सदा ।
जन्तून्पार्थिवरूपेण स कृतान्तो न संशयः ॥ ७१ ॥
यदि न स्यान्नरपतिः सम्यङ्नेता ततः प्रजा ।
अकर्णधारा जलधौ विप्लवेतेह नौरिव ॥ ७२ ॥
षडिमान्पुरुषो जह्याद्भिन्नां नावमिवार्णवे ।
अप्रवक्तारमाचार्यमनधीयानमृत्विजम् ॥ ७३ ॥
अरक्षितारं राजानं भार्यां चाप्रियवादिनीम् ।
ग्रामकामं च गोपालं वनकामं च नापितम् ॥ ७४ ॥

तत्संचिन्त्यान्यः कश्चिद्राजा विहङ्गमानां क्रियतामिति । अथ तैर्भद्राकारमुलूकमवलोक्य सर्वैरभिहितम्—यदेष उलूको राजास्माकं भविष्यति । तदानीयन्तां नृपाभिषेकसंबन्धिनः संभारा इति । अथ साधिते विविधतीर्थोदके प्रगुणीकृतेऽष्टोत्तरशतमूलिकासंघाते प्रदत्ते सिंहासने वर्तिते सप्तद्वीपसमुद्रभूधरविचित्रे धरित्रीमण्डले प्रसारिते व्याघ्रचर्मणि आपूरितेषु हेमकुम्भेषु दीपेषु वाद्येषु च सज्जीकृतेषु दर्पणादिषु माङ्गल्यवस्तुषु पठत्सु बन्दिमुख्येषु वेदोच्चारणपरेषु समुदितमुखेषु ब्राह्मणेषु गीतंपरे युवतीजने आनीतायामग्रमहिष्यां कृकालिकाकायाम् उलूकोऽभिषे-

विद्विषन्त एवाम्भस्तस्य । अविद्यमानः कर्णधारो यस्याः । ग्रामः कामो यस्य । भद्रः आकारो यस्य । विविधानि च तानि तीर्थानि तेषामुदकं तस्मिन् । वर्तिते चित्ररथापिते । सप्त च ते द्वीपाश्च समुद्राश्च भूधराश्च तैर्विचित्रे । ध० मण्डले सति ।

१ तीर्थेषु. २ श्रीवासुदेवासक्तः, परमसौ श्रीनारायणस्य परिचर्यापरो. ३ इमाः प्रजाः । ४ पुरुषा विप्लवन्ते. ५ वांभसि. ६ काय समस्तवस्तुसं. ७ चतुर्वेदोच्चारणचतुरेषु पठत्सु विप्रेषु. ८ सकलमंगलगीत. ९ अस्मात्परं—सितसिद्धार्थलाजाक्षतगोरोचनाग्रथितकुसुमशाखादिविचित्रे पुरः सज्जितेऽक्षतपात्रे उपढौकिते नीराजनादिविधौ नदत्सु मंगलतूर्येषु यवालकालंकृतवेदिकामध्याधिष्टितसिंहासने.

कार्थं यावत्सिंहासन उपविशति तावत्कुतोऽपि वायसः समायातः। सोऽचिन्तयत्—अहो किमेष सकलपक्षिसमागमो महोत्सवश्च। अथ ते पक्षिणस्तं दृष्ट्वा मिथः प्रोचुः—पक्षिणां मध्ये वायसश्चतुरः श्रूयते। उक्तं च—

> नराणां नापितो धूर्तः पक्षिणां चैव वायसः।
> दंष्ट्रिणां च श्रृगालस्तु श्वेतभिक्षुस्तपस्विनाम् ॥ ७५ ॥

तदस्यापि वचनं ग्राह्यम्। उक्तं च—

> बहुधा बहुभिः सार्धं चिन्तिताः सुनिरूपिताः।
> कथंचिन्न विलीयन्ते विद्वद्भिश्चिन्तिता नयाः ॥ ७६ ॥

अथ वायसः समेत्य तानाह—अहो किं महाजनसमागमोऽयं परममहोत्सवश्च। ते प्रोचुः—भोः नास्ति कश्चिद्विहङ्गमानां राजा। तदस्योलूकस्य विहङ्गराज्याभिषेको निरूपितस्तिष्ठति समस्तपक्षिभिः। तत्त्वमपि स्वमतं देहि। प्रस्तावे समागतोऽसि। अथासौ काको विहस्याह—अहो न युक्तमेतत् यन्मयूर-हंस-कोकिल-चक्र-वाक-शुक-कारण्डव-हारीत-सारसादिषु पक्षिप्रधानेषु विद्यमानेषु दिवान्धस्यास्य करालवक्त्रस्याभिषेकः क्रियते। तन्नैतन्मम मतम्। यतः—

> वक्रनासं सुजिह्माक्षं क्रूरमप्रियदर्शनम्।
> अक्रुद्धस्येदृशं वक्त्रं भवेत्क्रुद्धस्य कीदृशम् ॥ ७७ ॥

तथा च।

> स्वभावरौद्रमत्युग्रं क्रूरमप्रियदर्शनम्।
> उलूकं नृपतिं कृत्वा का नः सिद्धिर्भविष्यति ॥ ७८ ॥

अपरं वैनतेये स्वामिनि स्थिते किमेष दिवान्धः क्रियते राजा। तद्यद्यपि गुणवान्भवति तथाप्येकस्मिन्स्वामिनि स्थिते नान्यो भूपः प्रशस्यते।

> एक एव हितार्थाय तेजस्वी पार्थिवो भुवः।
> युगान्त इव भास्वन्तो बहवोऽत्र विपत्तये ॥ ७९ ॥

तत्तस्य नाम्नापि यूयं परेषामगम्या भविष्यथ। उक्तं च—

> गुरूणां नाममात्रेऽपि गृहीते स्वामिसंभवे।
> दुष्टानां पुरतः क्षेमं तत्क्षणादेव जायते ॥ ८० ॥

आपूरितेषु तीर्थजलेन हेमकुम्भेषु० तैलेन दीपेषु मुखमारुतेन वाद्येषु। समुदितानि एकत्रपठनात् मुखानि येषाम्। करालं वक्त्रं यस्य। सुजिह्मे अक्षिणी यस्य।

---

१ बन्दिजनसंसूचितप्रवेशो वा० कृष्णांगो नाम. २ मेलापकः. ३ समये. ४ वक्रनासश्च कराक्षो रौद्रश्चाप्रियदर्शनः। अक्रुद्धोयं दिवान्धः स्यात् क्रुद्धः कीदृग्भविष्यति॥ ५ [illegible] ६ [illegible] ७ स्वामिनि ८ कि०; किमनेन प्रयोजनम्. ९ [illegible]

तथा च।

> व्यपदेशेन महतां सिद्धिः संजायते परा।
> शशिनो व्यपदेशेन वसन्ति शशकाः सुखम्॥ ८१॥

त ऊचुः—कथमेतत्। स आह—

कथा १।

कस्मिंश्चिद्वने चतुर्दन्तो नाम महागजो यूथाधिपः प्रतिवसति स्म। तत्र कदाचिन्महत्यनावृष्टिः संजाता प्रभूतवर्षाणि यावत्। तया तडागह्रदपल्वलसरांसि शोषमुपगतानि। अथ तैः समस्तगजैः स गजराजः प्रोक्तः—देव पिपासाकुला गजकलभा मृतप्राया अपरे मृताश्च। तदन्विष्यतां कश्चिज्जलाशयो यत्र जलपानेन स्वस्थतां व्रजन्ति। ततश्चिरं ध्यात्वा तेनाभिहितम्—अस्ति महान्ह्रदो विविक्ते प्रदेशे स्थलमध्यगतः पातालगङ्गाजलेन सदैव पूर्णः। तत्तत्र गम्यतामिति। तथानुष्ठिते पञ्चरात्रमुपसर्पद्भिः समासादितस्तैः स ह्रदः। तत्र स्वेच्छया जलमवगाह्यास्तमनवेलायां निष्क्रान्ताः। तस्य च ह्रदस्य समन्ताच्छशकबिला असंख्याः सुकोमलभूमौ तिष्ठन्ति। तेऽपि समस्तैरपि तैर्गजैरितस्ततो भ्रमद्भिः परिभग्नाः। बहवः शशका भग्नपादशिरोग्रीवा विहिताः केचिन्मृताः केचिज्जीवशेषा जाताः। अथ गते तस्मिन्गजयूथे शशकाः सोद्वेगा गजपादक्षुण्णसमावासाः केचिद्भग्नपादा अन्ये जर्जरितकलेवरा रुधिरप्लुता अन्ये हतशिशवो बाष्पपिहितलोचनाः समेत्य मिथो मन्त्रं चक्रुः—अहो विनष्टा वयम्। नित्यमेवैतद्गजयूथमागमिष्यति यतो नान्यत्र जलमस्ति। तत्सर्वेषां नाशो भविष्यति। उक्तं च—

> स्पृशन्नपि गजो हन्ति जिघ्रन्नपि भुजंगमः।
> हसन्नपि नृपो हन्ति मानयन्नपि दुर्जनः॥ ८२॥

तच्चिन्त्यतां कश्चिदुपायः। तत्रैकः प्रोवाच—गम्यतां देशत्यागेन। किमन्यत्र। उक्तं च मनुना व्यासेन च—

> त्यजेदेकं कुलस्यार्थे ग्रामस्यार्थे कुलं त्यजेत्।
> ग्रामं जनपदस्यार्थे आत्मार्थे पृथिवीं त्यजेत्॥ ८३॥ (मनुः)

पिपासया आकुलाः पिपासाकुलाः। पञ्चानां रात्रीणां समाहारः पञ्चरात्रम्। पादाश्च शिरश्च ग्रीवा च पादशिरोग्रीवम्। भग्नं पादशिरोग्रीवं येषां ते भग्न-वाः। जीव एव शेषो येषां ते। गजानां पादैः क्षुण्णाः समावासा येषां ते। जर्जरितानि कलेवराणि येषां ते। बाष्पेण पिहितानि लोचनानि येषाम्।

---

१ अस्ति क०. २ द्वादशवार्षिकी...जाता. ३ चिन्त्यतां कश्चित्पिपासापनयनोपायः।

क्षेम्यां सस्यप्रदां नित्यं पशुवृद्धिकरीमपि ।
परित्यजेन्नृपो भूमिमात्मार्थमविचारयन् ॥ ८४ ॥
आपदर्थे धनं रक्षेद्दारान्रक्षेद्धनैरपि ।
आत्मानं सततं रक्षेद्दारैरपि धनैरपि ॥ ८५ ॥

ततश्चान्ये प्रोचुः—भोः पितृपैतामहं स्थानं न शक्यते सहसा त्यक्तुम् । तत्क्रियतां तेषां कृते काचिद्विभीषिका यत्कथमपि दैवान्न समायान्ति । उक्तं च—

निर्विषेणापि सर्पेण कर्तव्या महती फटा ।
विषं भवतु मा वास्तु फटाटोपो भयंकरः ॥ ८६ ॥

अथान्ये प्रोचुः—यद्येवं ततस्तेषां महद्विभीषिकास्थानमस्ति येन नागमिष्यन्ति । सा च चतुरदूतायत्ता विभीषिका । यतो विजयदत्तो नाम राजास्मत्स्वामी शशकश्चन्द्रमण्डले निवसति । तत्प्रेष्यतां कश्चिन्मिथ्यादूतो यूथाधिपसकाशं यच्चन्द्रस्त्वामत्र ह्रद आगच्छन्तं निषेधयति । यतोऽस्मत्परिग्रहोऽस्य समन्ताद्वसति । एवमभिहिते श्रद्धेयवचनात्कदापि निवर्तते । अथान्ये प्रोचुः—यद्येवं तदस्ति लम्बकर्णो नाम शशकः । स च वचनरचनाचतुरो दूतकर्मज्ञः । स तत्र प्रेष्यताम् इति । उक्तं च—

साकारो निःस्पृहो वाग्मी नानाशास्त्रविचक्षणः ।
परचित्तावगन्ता च राज्ञो दूतः स इष्यते ॥ ८७ ॥

अन्यच्च ।

यो मूर्खं लौल्यसंपन्नं राजद्वारिकमाचरेत् ।
मिथ्यावादं विशेषेण तस्य कार्यं न सिद्ध्यति ॥ ८८ ॥

तदन्विष्यतां यद्यस्माद्व्यसनादात्मनां सुनिर्मुक्तिः । अथान्ये प्रोचुः—अहो युक्तमेतत् । नान्यः कश्चिदुपायोऽस्माकं जीवितस्य । तथैव क्रियताम् । अथ लम्बकर्णो गजयूथाधिपसमीपे निरूपितो गतश्च । तथानुष्ठिते लम्बकर्णोऽपि गजमार्गमासाद्यागम्यं स्थलमारुह्य तं गजमुवाच—भो भो दुष्ट गज किमेवं लीलया निःशङ्कतयात्र चन्द्रह्रद आगच्छसि । तन्नागन्तव्यम् । निवर्त्यतामिति । तदाकर्ण्य विस्मितमना गज आह—भोः कस्त्वम् । स आह—अहं विजयदत्तो नाम शशकश्चन्द्रम-

---

फटाया आटोपः फटाटोपः । श्रद्धेयस्य श्रद्धेयं च तत् वचनं वा श्र० नं तस्मात् । वचनानां रचना तस्यां चतुरः । आकारेण सहितः साकारः । नाना च तानि शास्त्राणि तेषु विचक्षणः । परेषां चित्तानि तेषामवगन्ता । मिथ्यावादः यस्य । अर्थमनतिक्रम्य वर्तते यथार्थं तद् वदतीति तं य०दिनम् ।

ण्डले वसामि । सांप्रतं भगवता चन्द्रमसा तव पार्श्वे प्रहितो दूतः । जानात्येव भवान् यथार्थवादिनो दूतस्य न दोषः करणीयः । दूतमुखा हि राजानः सर्व एव । उक्तं च—

उद्यतेष्वपि शस्त्रेषु बन्धुवर्गवधेष्वपि ।
परुषाण्यपि जल्पन्तो वध्या दूता न भूभुजा ॥ ८९ ॥

तच्छ्रुत्वा स आह—भोः शशक तत्कथय भगवतश्चन्द्रमसः संदेशं येन सत्वरं क्रियते । स आह—भवतातीतदिवसे यूथेन सहागच्छता प्रभूताः शशका निपातिताः । तत्किं न वेत्ति भवान् यन्मम परिग्रहोऽयम् । तद्यदि जीवितेन ते प्रयोजनं तदा केनापि प्रयोजनेनात्र ह्रदे नागन्तव्यमिति संदेशः । गज आह—अथ क्व वर्तते भगवान्स्वामी चन्द्रः । स आह—अत्र ह्रदे सांप्रतं शशकानां भवद्यूथमथितानां हतशेषाणां समाश्वासनाय समायातस्तिष्ठति । अहं पुनस्तवान्तिकं प्रेषितः । गज आह—यद्येवं तद्दर्शय मे तं स्वामिनं येन प्रणम्यान्यत्र गच्छामि । शशक आह—भोः आगच्छ मया सहैकाकी येन दर्शयामि । तथानुष्ठिते शशको निशासमये तं गजं ह्रदतीरे नीत्वा जलमध्ये स्थितं चन्द्रबिम्बमदर्शयत् । आह च—भोः एष नः स्वामी जलमध्ये समाधिस्थस्तिष्ठति । तन्निभृतं प्रणम्य सत्वरं व्रज । नो चेत्समाधिभङ्गाद्भूयोऽपि प्रभूतं कोपं करिष्यतीति । अथ गजोऽपि त्रस्तमनास्तं प्रणम्य पुनर्गमनाय प्रस्थितः । शशकाश्च तद्दिनादारभ्य सपरिवाराः सुखेन स्वेषु स्थानेषु तिष्ठन्ति स्म । अतोऽहं ब्रवीमि—व्यपदेशेन महतामिति ॥ अपि च । क्षुद्रमलसं कापुरुषं व्यसनिनमकृतज्ञं पृष्ठप्रलपनशीलं स्वामित्वेन नाभियोजयेज्जीवितुकामः । उक्तं च—

क्षुद्रमर्थपतिं प्राप्य न्यायान्वेषणतत्परौ ।
उभावपि क्षयं प्राप्तौ पुरा शशकपिञ्जलौ ॥ ९० ॥

ते प्रोचुः—कथमेतत् । स आह—

कथा २ ।

कस्मिंश्चिद्वृक्षे पुराहमवसम् । तत्राधस्तात्कोटरे कपिञ्जलो नाम

भवतो यूथं भवद्यूथं तेन मथिताः तेषाम् । पृष्ठे प्रलपनं शीलं यस्य । जीवितुं कामो यस्य ।

---

१ पनपरं विवेकराहितं. २ नियो०. ३ वितुकामः । दूरे तावदस्मद्रक्षणं यावदित एव भयमपि संभाव्यते । ४ कुतो विवदतां सुखम्.

चटकः प्रतिवसति स्म । अथ सदैवास्तमनवेलायामागतयोर्द्वयोरनेक-सुभाषितगोष्ठ्या देवर्षिब्रह्मर्षिराजर्षिपुराणचरितकीर्तनेन च पर्यटनदृष्टा-नेककौतूहलप्रकथनेन च परमसुखमनुभवतोः कालो व्रजति । अथ कदाचित्कपिञ्जलः प्राणयात्रार्थमन्यैश्चटकैः सहान्यं पक्वशालिप्रायं देशं गतः । ततो यावन्निशासमयेऽपि नायातस्तावदहं सोद्विग्नमनास्तद्वियो-गदुःखितश्चिन्तितवान्—अहो किमद्य कपिञ्जलो नायातः । किं केनापि पाशेन बद्धः । उताहोस्वित्केनापि व्यापादितः । सर्वथा यदि कुशली भवति तन्मां विना न तिष्ठति । एवं मे चिन्तयतो बहून्यहानि व्यति-क्रान्तानि । ततश्च तत्र कोटरे कदाचिच्छीघ्रगो नाम शशकोऽस्तमन-वेलायामागत्य प्रविष्टः । मयापि कपिञ्जलनिराशत्वेन न निवारितः । अथान्यस्मिन्नहनि कपिञ्जलः शालिभक्षणादतीव पीवरतनुः स्वमाश्रयं स्मृत्वा भूयोऽपि तत्रैव समायातः । अथवा साध्विदमुच्यते—

न तादृग्जायते सौख्यमपि स्वर्गे शरीरिणाम् ।
दारिद्र्येऽपि हि यादृक्स्यात्स्वदेशे स्वपुरे गृहे ॥ ९१ ॥

अथासौ कोटरान्तर्गतं शशकं दृष्ट्वा साक्षेपमाह—भोः शशक न त्वया सुन्दरं कृतं यन्ममावसथस्थाने प्रविष्टोऽसि । तच्छीघ्रं निष्क्रम्यताम् । शशक आह—न तवेदं गृहम् । किंतु ममैव । तत्किं मिथ्या परुषाणि जल्पसि । उक्तं च—

वापीकूपतडागानां देवालयकुजन्मनाम् ।
उत्सर्गात्परतः स्वाम्यमपि कर्तुं न शक्यते ॥ ९२ ॥

तथा च ।

देवर्षि...जर्षीणां पुराणानि चरितानि तेषा कीर्तनेन । पर्यटनेषु दृष्टान्यनेकानि कौतूहलानि तेषां प्रकथनेन । उद्वेगेन सहितं सोद्वेगं मनो यस्य । दुःखमस्य संजा-तमसौ दुःखितः । तस्य वियोगस्तद्वियोगस्तेन दुःखितः । कौ पृथिव्यां जन्म येषां त कुजन्मानो वृक्षाः ।

---

१ तित्तिरिः पक्षी. २ तत आवयोरेकावासगुणादभेद्या प्रीतिरुपन्ना । प्रतिदिनं च कृताहारविहारयोः प्रदोषसमये अनेकसुभाषितपुराणादिकथाप्रश्नप्रहेलिकादा-नादिभिर्विनोदैः कालोतिवर्तते. ३ वसथे. ४ अस्मात्प्राक्-यद्येवं तर्हि प्रातिवे-शिकाः पृच्छ्यन्ताम्. ५ गृहस्योपवनस्य च. ६ सामंतप्रत्यया सिद्धिरित्येवं मनु-रब्रवीत् ॥ तथा च । गृहे क्षेत्रविवादे च कूपोपवनभूमिषु । समुत्पन्ने विवादे तु सामन्तात्प्रत्ययो भवेत् ॥ अथ शशकः पुनराह—मूर्खे न श्रुतं त्वया स्मृतिवचः ।

प्रत्यक्षं यस्य यद्भुक्तं क्षेत्रायं दश वत्सरान्।
तत्र भुक्तिः प्रमाणं स्यान्न साक्षी नाक्षराणि वा[3] ॥ ९३ ॥
मानुषाणामयं न्यायो मुनिभिः परिकीर्तितः।
तिरश्चां च विहङ्गानां यावदेव समाश्रयः ॥ ९४ ॥

तन्ममैतद्गृहं न तव इति। कपिञ्जल आह—भोः यदि स्मृतिं प्रमाणीकरोषि तदागच्छ मया सह येन स्मृतिपाठकं पृष्ट्वा स यस्य ददाति स गृह्णातु। अथानुष्ठिते मयापि चिन्तितं किमत्र भविष्यति। मया द्रष्टव्योऽयं न्यायः। ततः कौतुकादहमपि तावनु प्रस्थितः। अत्रान्तरे तीक्ष्णदंष्ट्रो नामारण्यमार्जारस्तयोर्विवादं श्रुत्वा मार्गासन्नं नदीतटमासाद्य कृतकुशोपग्रहो निमीलितैकनयन ऊर्ध्वबाहुरर्धपादस्पृष्टभूमिः श्रीसूर्याभिमुख इमां धर्मोपदेशनामकरोत्—अहो असारोऽयं संसारः। क्षणभङ्गुराः प्राणाः। स्वप्नसदृशः प्रियसमागमः। इन्द्रजालवत्कुटुम्बपरिग्रहोऽयम्। तद्धर्मं मुक्त्वा नान्या गतिरस्ति। उक्तं च—

अनित्यानि शरीराणि विभवो नैव शाश्वतः।
नित्यं संनिहितो मृत्युः कर्तव्यो धर्मसंग्रहः ॥ ९५ ॥
यस्य धर्मविहीनानि दिनान्यायान्ति यान्ति च।
स लोहकारभस्त्रेव श्वसन्नपि न जीवति ॥ ९६ ॥
नाच्छादयति कौपीनं न दंशमशकापहम्।
शुनः पुच्छमिवानर्थं पाण्डित्यं धर्मवर्जितम् ॥ ९७ ॥

अन्यच्च।

पुलाका इव धान्येषु पूतिका इव पक्षिषु।
मशका इव मर्त्येषु येषां धर्मो न कारणम् ॥ ९८ ॥
श्रेयः पुष्पफलं वृक्षाद्दध्नः श्रेयो घृतं स्मृतम्।
श्रेयस्तैलं च पिण्याकाच्छ्रेयान्धर्मस्तु मानुषात् ॥ ९९ ॥
सृष्टा मूत्रपुरीषार्थमाहाराय च केवलम्।
धर्महीनाः परार्थाय पुरुषाः पशवो यथा ॥ १०० ॥

कृतः कुशानामुपग्रहो येन। अर्धाभ्यां पादाभ्यां स्पृष्टा भूमिर्येन। श्रीसूर्यमभिमुखं यस्य। पुष्पाणि च फलानि च तेषां समाहारः पुष्पफलम्।

---

१ गृहायं. २ प्रमाणं नाक्षराण्यत्र साक्षी वा तस्य तद्भवेत् ॥ ३ तथा च न त्वया श्रुतं नारदस्य मतम्। ४ प्रमाणं स्याद्भुक्तिर्वैदशवार्षिकी। ५ तद्यपि तवायमाश्रयस्तथापि न्यायतो मयाश्रित इति मदीय एवायम्। इ. पा. ६ लिप्तनयनः ७ धर्म-मोदेश. ८ इव व्यर्थं. ९ कुलिका. १० पुष्पं.

स्थैर्यं सर्वेषु कृत्येषु शंसन्ति नयपण्डिताः।
बह्वन्तरायमुक्तस्य धर्मस्य त्वरिता गतिः॥ १०१॥
संक्षेपात्कथ्यते धर्मो जनाः किं विस्तरेण वः।
परोपकारः पुण्याय पापाय परपीडनम्॥ १०२॥
श्रूयतां धर्मसर्वस्वं श्रुत्वा चैवावधार्यताम्।
आत्मनः प्रतिकूलानि परेषां न समाचरेत्॥ १०३॥

अथ तस्य तां धर्मोपदेशनां श्रुत्वा शशक आह—भो भोः कपिञ्जल एष नदीतीरे तपस्वी धर्मवादी तिष्ठति। तदेनं पृच्छावः। कपिञ्जल आह—ननु स्वभावतोऽस्माकं शत्रुभूतोऽयमस्ति। तद्दूरे स्थितौ पृच्छावः। कदाचिदस्य व्रतवैकल्यं संपद्यते। ततो दूरस्थितावूचतुः—भो भोस्तपस्विन्धर्मोपदेशक आवयोर्विवादो वर्तते। तद्धर्मशास्त्रद्वारेणास्माकं निर्णयं कुरु। यो हीनवादी स ते भक्ष्यः इति। स आह—भद्रौ मा मैवं वदतम्—निवृत्तोऽहं नरकमार्गात् हिंसाकर्मणः। अहिंसैव धर्ममार्गः। उक्तं च—

अहिंसापूर्वको धर्मो यस्मात्सद्भिरुदाहृतः।
यूकमत्कुणदंशादीस्तस्मात्तानपि रक्षयेत्॥ १०४॥
हिंसकान्यपि भूतानि यो हिंसति स निर्घृणः।
स याति नरकं घोरं किं पुनर्यः शुभानि च॥ १०५॥

एतेऽपि ये याज्ञिका यज्ञकर्मणि पशून्व्यापादयन्ति ते मूर्खाः परमार्थं श्रुतेर्न जानन्ति। तत्र किलैतदुक्तम्—अजैर्यष्टव्यम्। अजा व्रीहयस्तावत्सप्तवार्षिकाः कथ्यन्ते। न पुनः पशुविशेषाः। उक्तं च—

वृक्षांश्छित्त्वा पशून्हत्वा कृत्वा रुधिरकर्दमम्।
यद्येवं गम्यते स्वर्गे नरकं केन गम्यते॥ १०६॥

तन्नाहं भक्षयिष्यामि। परं जयपराजयनिर्णयं करिष्यामि। किं त्वहं वृद्धो दूरान्न यथावच्छृणोमि। एवं ज्ञात्वा मम समीपवर्तिनौ भूत्वा न्यायं

बहवश्च ते अन्तरायाश्च तैः युक्तस्तस्य। अहिंसा पूर्वो यस्मिन्। किं पुनः यः शुभानि भूतानि हिंसति स निर्घृणः स नरकं यातीति वक्तव्यम्। विवादस्य परमः अर्थः विवादपरमार्थः। तम्।

१ कपातक. २ प्रथमः ३ न्येव. ४ अस्मात्परमिमे श्लो०—संस्कर्ता चोपहर्ता च खादकश्चैव घातकः। उपदेष्टानुमन्ता च षडेते समभागिनः॥ यदि नो खादकश्चैव न भवेद्घातकस्तथा। एतस्मात्कारणान्निन्द्यो घातकादपि खादकः॥ दुःखानि यानि दृश्यन्ते दुःसहानि जगत्त्रये। सर्वाणि तानि लभ्यन्ते प्राणिमर्दनकारणात्॥ ५ दूराद्युवयोर्भाषोत्तरं सम्यङ् न. ६ भूत्वा ममाग्रे. ७ विवादं.

वदतं येन विज्ञाय विवादपरमार्थं वचो वदतो मे परलोकबाधा न भवति। उक्तं च यतः—

मानाद्वा यदि वा लोभात्क्रोधाद्वा यदि वा भयात्।
यो न्यायमन्यथा ब्रूते स याति नरकं नरः॥ १०७॥
एकमश्वानृते हन्ति दश हन्ति गवानृते।
शतं कन्यानृते हन्ति सहस्रं पुरुषानृते॥ १०८॥
उपविष्टः सभामध्ये³ यो न वक्ति स्फुटं वचः।
तस्माद्दूरेण स त्याज्यो न्यायो वा कीर्तयेदृतम्॥ १०९॥

तस्माद्विश्रब्धौ भूत्वा मम कर्णोपान्तिके स्फुटं निवेदयतम्। किं बहुना। तेन क्षुद्रेण तथा तौ तूर्णं विश्वासितौ यथा तस्योत्सङ्गवर्तिनौ संजातौ। ततश्च तेनापि समकालमेवैकः पादान्तेनाक्रान्तः अन्यो दंष्ट्राक्रकचेन च। ततो गतप्राणौ भक्षिताविति। अतोऽहं ब्रवीमि—क्षुद्रमर्थपतिं प्राप्य इति॥ भवन्तोऽप्येनं दिवान्धं क्षुद्रमर्थपतिमासाद्य रात्र्यन्धाः सन्तः शशकपिञ्जलमार्गेण यास्यन्ति। एवं ज्ञात्वा यदुचितं तद्विधेयम्। अथ तस्य तद्वचनमाकर्ण्य साध्वनेनाभिहितमित्युक्त्वा भूयोऽपि पार्थिवार्थं समेत्य मन्त्रयिष्यामहे इति ब्रुवाणाः सर्वे पक्षिणो यथाभिमतं जग्मुः। केवलमवशिष्टो भद्रासनोपविष्टोऽभिषेकाभिमुखो दिवान्धः कृकालिकया सहास्ते। अथ तेनाभिहितम्—कः कोऽत्र भोः। किमद्यापि न क्रियते ममाभिषेकः। इति श्रुत्वा कृकालिकयाभिहितम्—भद्र तवाभिषेके कृतोऽयं विघ्नो वायसेन। गताश्च सर्वेऽपि विहगा यथेप्सितासु दिक्षु। केवलमेकोऽयं वायसोऽवशिष्टः केनापि हेतुना तिष्ठति। तत्त्वरितमुत्तिष्ठ येन त्वां स्वाश्रयं प्रापयिष्यामि। तच्छ्रुत्वा सविषादमुलूको वायसमाह—भो दुष्टात्मन् किं मया तेऽपकृतं यद्राज्याभिषेको मे विघ्नितः। तदद्यप्रभृति सान्वयमावयोर्वैरम्। उक्तं च—

रोहते सायकैर्विद्धं छिन्नं रोहति चासिना।
वाचो दुरुक्तं बीभत्सं न संरोहति वाक्क्षतम्॥ ११०॥

इत्येवमभिधाय कृकालिकया सह स्वाश्रयं गतः। अथ भयव्याकुलो

सभामध्ये उपविष्टो यः न्यायाधिकारी स्फुटं वचः इ०। वा अथवा स ऋतं कीर्तयेत् इति न्यायः। यद्वा तस्य न्यायः निर्णयः ऋतं कीर्तयेदिति योज्यम्। दंष्ट्रा क्रकच इव तेन। गताः प्राणा येषां तौ।

१ मे विज्ञाय पर० वदतः परत्र न विरुध्यते. २ पश्च पश्चा०. ३ सत्यं ब्रूते न यः सुधीः। ४ बुद्धिविहीनौ संजातावंकवर्तिनौ. ५ विचार्य. ६ यमतः परम्. ७ कार्थे. ८ वैरं संजातम्. ९ वनं परशुना हतम्. १० वचो.

वायसो व्यचिन्तयत्—अहो अकारणं वैरमासादितम् । मया किमिदं व्याहृतं उक्तं च—

अदेशकालज्ञमनायतिक्षमं यदप्रियं लाघवकारि चात्मनः ।
योऽत्राब्रवीत्कारणवर्जितं वचो न तद्वचः स्याद्विषमेव तद्भवेत् ॥ १११ ॥

बलोपपन्नोऽपि हि बुद्धिमान्नरः परं नयेन्न स्वयमेव वैरिताम् ।
भिषङ्ममास्तीति विचिन्त्य भक्षयेदकारणात्को हि विचक्षणो विषम् ११२

परपरिवादः परिषदि न कथंचित्पण्डितेन वक्तव्यः ।
सत्यमपि तन्न वाच्यं यदुक्तमसुखावहं भवति ॥ ११३ ॥

सुहृद्भिराप्तैरसकृद्विचारितं
स्वयं च बुद्ध्या प्रविचारिताश्रयम् ।
करोति कार्यं खलु यः स बुद्धिमा-
न्स एव लक्ष्म्या यशसां च भाजनम् ॥ ११४ ॥

एवं विचिन्त्य काकोऽपि स्वभवनं प्रति प्रायात् । तद्भवत्स एवमस्माभिः सह कौशिकानामन्वयागतं वैरम् । मेघवर्ण आह—तात एवं गतेऽस्माभिः किं क्रियते । स आह—वत्स एवं गतेऽपि षाड्गुण्यादपरः स्थूलोऽभिप्रायोऽस्ति । तमङ्गीकृत्य स्वयमेवाहं तद्विजयाय यास्यामि । रिपून्वञ्चयित्वा वधिष्यामि । उक्तं च यतः—

बहुबुद्धिसमायुक्ताः सुविज्ञाना बलोत्कटान् ।
शक्ता वञ्चयितुं धूर्ता ब्राह्मणं छागलादिव ॥ ११५ ॥

मेघवर्ण आह—कथमेतत् । सोऽब्रवीत्—

कथा ३ ।

कस्मिंश्चिदधिष्ठाने मित्रशर्मा नाम ब्राह्मणः कृताग्निहोत्रपरिग्रहः प्रतिवसति स्म । तेन कदाचिन्माघमासे सौम्यानिले प्रवाति मेघाच्छादिते गगने मन्दं मन्दं वर्षति पर्जन्ये पशुप्रार्थनाय किंचिद्ग्रामान्तरं गत्वा कश्चिद्यजमानो याचितः—भो यजमान आगामिन्याममावास्यायामहं यक्ष्यामि यज्ञम् । तद्देहि मे पशुमेकम् । अथ तेन तस्य शास्त्रोक्तः पीवर-

---

अविद्यमानं कारणं यस्मिन्कर्मणि तदकारणम् । देशकालौ जानातीति देशकालज्ञं तन्न भवतीति अदेश॰. । आयतौ क्षममायतिक्षमं न आ॰ अनायतिक्षमम् । प्रविचारितः आश्रयो यस्य । षड्गुणा एव षाड्गुण्यम् । कृतः अग्निहोत्रस्य परिग्रहो येन ।

---

१ दयता मया; दितं यदिदं व्या॰ मया. २ भाषते. ३ तद्वचः. ४ तदाप्रभृत्य॰ ५ कृत्यमस्ति. ६ स...न्तरं गतः.

तनुः पशुः प्रदत्तः। सोऽपि तं समर्थमितश्चेतश्च गच्छन्तं विज्ञाय स्कन्धे कृत्वा सत्वरं स्वपुराभिमुखः प्रतस्थे। अथ तस्य गच्छतो मार्गे त्रयो धूर्ताः क्षुत्क्षामकण्ठाः संमुखा बभूवुः। तैश्च तादृशं पीवरतनुं पशुं स्कन्धारूढमवलोक्य मिथोऽभिहितम्—अहो अस्य पशोर्भक्षणादयंतनीयो हिमपातो व्यर्थतां नीयते। तदेनं वञ्चयित्वा पशुमादाय शीतत्राणं कुर्मः। अथ तेषामेकतमो वेषपरिवर्तनं विधाय संमुखो भूत्वापमार्गेण तमाहिताग्निमूचे—भो भो बालाग्निहोत्रिन् किमेवं जनविरुद्धं हास्यकार्यमनुष्ठीयते यदेष सारमेयोऽपवित्रः स्कन्धाधिरूढो नीयते। उक्तं च यतः—

श्वानकुक्कुटचाण्डालाः समस्पर्शाःप्रकीर्तिताः।
रासभोष्ट्रौ विशेषेण तस्मात्तान्नैव संस्पृशेत् ॥ ११६ ॥

ततश्च तेन कोपाभिभूतेनाभिहितम्—अहो किमन्धो भवान्। यत्पशुं सारमेयं प्रतिपादयसि। सोऽब्रवीत्—ब्रह्मन् कोपस्त्वया न कार्यो। यथेच्छं गम्यतामिति। अथ यावत्किंचिदध्वान्तरं गच्छति तावद्द्वितीयो धूर्तः संमुखमभ्युपेत्य तमुवाच—भो ब्रह्मन् कष्टं कष्टम्। यद्यपि वल्लभोऽयं ते मृतवत्सस्तथापि स्कन्धमारोपयितुमयुक्तम्। उक्तं च यतः—

तिर्यञ्चं मानुषं वापि यो मृतं संस्पृशेत्कुधीः।
पञ्चगव्येन शुद्धिः स्यात्तस्य चान्द्रायणेन वा ॥ ११७ ॥

अथासौ सकोपमाह—भोः किमन्धो भवान् यत्पशुं मृतवत्सं वदसि। सोऽब्रवीत्—भगवन् मा कोपं कुरु। अज्ञानान्मयाभिहितम्। तत्त्वमात्मरुचिं समाचर इति। अथ यावत्स्तोकं वनान्तरं गच्छति तावत्तृतीयोऽन्यवेषधारी धूर्तः संमुखः समुपेत्य तमुवाच—भोः अयुक्तमेतत् यत्त्वं रासभं स्कन्धाधिरूढं नयसि। तत्त्यज्यतामेषः। उक्तं च—

यः स्पृशेद्रासभं मर्त्यो ज्ञानादज्ञानतोऽपि वा।
सचैलं स्नानमुद्दिष्टं तस्य पापप्रशान्तये ॥ ११८ ॥

तत्त्यजैनं यावदन्यः कश्चिन्न पश्यति। अथासौ तं पशुं रासभं मन्यमानो भयाद्भूमौ प्रक्षिप्य स्वगृहमुद्दिश्य प्रपलायितः। ततस्ते त्रयोपि मिलित्वा तं पशुमादाय यथेच्छं भक्षितुमारब्धाः। अतोऽहं ब्रवीमि—बहुबुद्धिसमायुक्ताः इति ॥ अथवा साध्विदमुच्यते—

समः स्पर्शो येषाम्। अभिनवाश्च ते सेवकाश्च तेषां विनयैः। यद्वा अभिनवाः सेवकविनयास्तैः। धूर्ताश्च ते जनाश्च तेषां वचनानां निकरैः।

---

१ न्येकृतमालो०. २ दिनजः. ३ त्वास्य सकाशाद्गृह्यते. ४ पर. ५ विष्टेन. ६ द्वनान्त०. ७ खे समु०. ८ मशक्यः. ९ आत्मन उचितेन; आत्मनश्चित्तं. १० धूर्तो वेषपरिवर्तनं कृत्वा. ११ पलायितुमारब्धः.

अभिनवसेवकविनयैः प्राघुणकोक्तैर्विलासिनीरुदितैः ।
धूर्तजनवचननिकरैरिह कश्चिदवञ्चितो नास्ति ॥ ११९ ॥

किंच दुर्बलैरपि बहुभिः सह विरोधो न युक्तः। उक्तं च—

बहवो न विरोद्धव्या दुर्जया हि महाजनाः।
स्फुरन्तमपि नागेन्द्रं भक्षयन्ति पिपीलिकाः ॥ १२० ॥

मेघवर्ण आह—कथमेतत् । स्थिरजीवी कथयति—

कथा ४ ।

अस्ति कस्मिंश्चिद्वल्मीके महाकायः कृष्णसर्पोऽतिदर्पो नाम । स कदाचिद् बिलानुसारमार्गमुत्सृज्यान्येन लघुद्वारेण निष्क्रमितुमारब्धः । निष्क्रामतश्च तस्य महाकायत्वाद्दैववशतया लघुविवरत्वाच्च शरीरे व्रणः समुत्पन्नः । अथ व्रणशोणितगन्धानुसारिणीभिः पिपीलिकाभिः सर्वतो व्याप्तो व्याकुलीकृतश्च । कति व्यापादयति कति वा ताडयति । अथ प्रभूतत्वाद्विस्तारितबहुव्रणः क्षतसर्वाङ्गोऽतिदर्पः पञ्चत्वमुपागतः । अतोऽहं ब्रवीमि—बहवो न विरोद्धव्याः इति ॥ तदत्रास्ति किंचिन्मे वक्तव्यमेव । तदवधार्य यथोक्तमनुष्ठीयताम् । मेघवर्ण आह—तत्समादेशय । त्वदादेशो नान्यथा कर्तव्यः। स्थिरजीवी प्राह—वत्स समाकर्णय तर्हि सामादीनतिक्रम्य यो मया पञ्चम उपायो निरूपितः । तन्मां विपक्षभूतं कृत्वातिनिष्ठुरवचनैर्निर्भर्त्स्य यथा विपक्षप्रणिधीनां प्रत्ययो भवति तथा समाहृतरुधिरैरालिप्यास्यैव न्यग्रोधस्याधस्तात्प्रक्षिप्य गम्यतां पर्वतमृष्यमूकं प्रति । तत्र सपरिवारस्तिष्ठ यावदहं समस्तान्सपत्नान्सुप्रणीतेन विधिना विश्वास्याभिमुखान्कृत्वा कृतार्थो ज्ञातदुर्गमध्यो दिवसे तानन्धतां प्राप्तांस्त्वां नीत्वा व्यापादयिष्यामि । ज्ञातं मया सम्यक् । नान्यथास्माकं सिद्धिरिति । यतो दुर्गमेतदपसाररहितं केवलं वधाय भविष्यति । उक्तं च यतः—

अपसारसमायुक्तं नयज्ञैर्दुर्गमुच्यते ।
अपसारपरित्यक्तं दुर्गव्याजेन बन्धनम् ॥ १२१ ॥

न च त्वया मदर्थं कृपा कार्या । उक्तं च—

महान् कायो यस्य तस्य भावः महाकायत्वं तस्मात् । व्रणानां शोणितं तस्य गन्धस्तमनुसरन्तीति ताभिः । विपक्षस्य प्रणिधयस्तेषाम् । अपसारेण निर्गममार्गेण समायुक्तं ।

---

१ बिले. २ सारिणं. ३ था सिद्धिरस्मत्पक्षस्य, ४ अस्मद०, मां प्रति.

अपि प्राणसमानिष्टान्पालिताँल्लालितानपि ।
भृत्यान्युद्धे समुत्पन्ने पश्येच्छुष्कमिवेन्धनम् ॥ १२२ ॥

तथा च ।

प्राणवद्रक्षयेद्भृत्यान्स्वकायमिव पोषयेत् ।
सदैकदिवसस्यार्थे यत्र स्याद्रिपुसंगमः ॥ १२३ ॥

तत्त्वयाहं नात्रविषये निषेधनीयः । इत्युक्त्वा तेन सह शुष्ककलहं कर्तुमारब्धः । अथान्ये तस्य भृत्याः स्थिरजीविनमुच्छृङ्खलवचनैर्जल्पन्तमवलोक्य तस्य वधायोद्यता मेघवर्णेनाभिहिताः—अहो अपसरत यूयम् । अहमेवास्य शत्रुपक्षपातिनो दुरात्मनः स्वयं निग्रहं करिष्यामि । इत्यभिधाय तस्योपरि समारुह्य लघुभिश्चञ्चुप्रहारैस्तं प्रहत्य आहतरुधिरेण प्लावयित्वा तदुपदिष्टमृष्यमूकपर्वतं सपरिवारो गतः । एतस्मिन्नन्तरे कृकालिकया द्विषत्प्रणिधिभूतया सर्वं तदमात्यव्यसनं मेघवर्णस्य गमनं चोलूकराजस्य निवेदितं यत्तवारिः संप्रति क्वापि भीतो भीतपरिवारश्च प्रचलित इति । अथोलूकाधिपस्तदाकर्ण्यास्तमनवेलायां सामात्यपरिजनो वायसवधार्थं प्रचलितः । प्राह च अहो त्वर्यतां त्वर्यताम् । भीतः शत्रुः पलायनपरः पुण्यैर्लभ्यते । उक्तं च—

शत्रोः प्रचलने छिद्रमेकमन्यच्च संश्रयम् ।
कुर्वाणो जायते वश्यो व्यग्रत्वे राजसेविनाम् ॥ १२४ ॥
न च च्छिद्रं विना शत्रुर्देवानामपि सिध्यति ।
छिद्रं शक्रेण संप्राप्य दितेर्गर्भो विदारितः ॥ १२५ ॥

एवं ब्रुवाणः समन्तान्न्यग्रोधपादपमधः परिवेष्ट्य व्यवस्थितः । यावन्न कश्चिद्वायसो दृश्यते तावच्छाखाग्रमधिरूढो हृष्टमना बन्दिभिरभिष्टूयमानोऽरिमर्दनस्तान्परिजनान्प्रोवाच—अहो ज्ञायतां तेषां मार्गः । कतमेन मार्गेण ते प्रनष्टाः काकाः । तद्यावन्न दुर्गं समाश्रयन्ति तावदेव पृष्ठतो गत्वा व्यापादयामि । उक्तं च—

वृतिमप्याश्रितः शत्रुरवध्यः स्याज्जिगीषुणा ।
किं पुनः संश्रितो दुर्गं सामग्र्या परया युतम् ॥ १२६ ॥

यत्र यस्मिन् दिने रिपुसंगमः स्यात् तस्य एकदिवसस्यार्थे । अमात्याश्च परिजनाश्च अमात्यपरिजनास्तैः सहितः । शत्रोः प्रचलने एकं छिद्रं अन्यच्च संश्रयं कुर्वाणो राजसेविनां व्यग्रत्वे वश्यो जायते इति ।

---

१ यजेत्. २ म्लानामिवस्रजम्. ३ शत्रु. ४ वाचा-खलतया राजानं. ५ निवर्तध्वम्. ६ निहत्य. ७ रुधिरालोडितं कृत्वा. ८ यथाभिप्रेतं सपरिजनः. ९ भीतः प्रचलितः सपरि०. १० अन्यत्र ११ उलूकराजः. १२ व्यापाद्य भवन्ति.

अथैतस्मिन्प्रस्तावे स्थिरजीवी चिन्तयामास—यदेतेऽस्मच्छत्रवोऽनुपलब्धास्मद्वृत्तान्ता यथागतमेव यान्ति। ततो मया न किंचित्कृतं भवति। उक्तं च—

अनारम्भो हि कार्याणां प्रथमं बुद्धिलक्षणम्।
प्रारब्धस्यान्तगमनं द्वितीयं बुद्धिलक्षणम्॥ १२७॥

तद्वरमनारम्भो न चारम्भविघातः। तदहमेतान्शब्दं संश्राव्यात्मानं दर्शयामीति विचार्य मन्दं मन्दं शब्दमकरोत्। तं श्रुत्वा ते सर्वेऽप्युलूकास्तद्वधाय प्रजग्मुः। अथ तेनोक्तम्—अहो अहं स्थिरजीवी नाम मेघवर्णस्य मन्त्री मेघवर्णेनैवेदृशीमवस्थां नीतः। तन्निवेदयतात्मस्वामिने। तेन सह बहु वक्तव्यमस्ति। अथ तैर्निवेदितः स उलूकराजो विस्मयाविष्टस्तत्क्षणात्तस्य सकाशं गत्वा प्रोवाच—भोः किमेतां दशां गतस्त्वम्। तत्कथ्यताम्। स्थिरजीवी प्राह—देव श्रूयतां तदवस्थाकारणम्। अतीतदिने स दुरात्मा मेघवर्णो युष्मद्व्यापादितप्रभूतवायसानां पीडया युष्माकमुपरि कोपशोकग्रस्तो युद्धार्थं प्रचलित आसीत्। ततो मयाभिहितम्—स्वामिन् न युक्तं भवतस्तदुपरि गन्तुम्। बलवन्त एते बलहीनाश्च वयम्। उक्तं च—

बलीयसा हीनबलो विरोधं न भूतिकामो मनसापि वाञ्छेत्।
न वध्यते वेतसवृत्तिरत्र व्यक्तं प्रणाशोऽस्ति पतङ्गवृत्तेः॥ १२८॥

तत्तस्योपायनप्रदानेन संधिरेव युक्तः। उक्तं च—

बलवन्तं रिपुं दृष्ट्वा सर्वस्वमपि बुद्धिमान्।
दत्त्वा हि रक्षयेत्प्राणान्रक्षितैस्तैर्धनं पुनः॥ १२९॥

तच्छ्रुत्वा तेन दुर्जनप्रकोपितेन त्वत्पक्षपातिनं मामाशङ्कमानेनेमां दशां नीतः। तत्तव पादौ सांप्रतं मे शरणम्। किं बहुना विज्ञप्तेन। यावदहं प्रचलितुं शक्नोमि तावत्त्वां तस्यावासे नीत्वा सर्ववायसक्षयं विधास्यामि इति।

अथारिमर्दनस्तदाकर्ण्य पितृपितामहक्रमागतमन्त्रिभिः सार्धं मन्त्रयांचक्रे। तस्य च पञ्च मन्त्रिणः। तद्यथा—रक्ताक्षः क्रूराक्षो दीप्ताक्षो

अनुपलब्धः अस्माकं वृत्तान्तो यैः। आगतमनतिक्रम्य यथागतम्। युष्माभिः व्यापादिता युष्मद्व्यापादिताः ये प्रभूता वायसास्तेषाम्। वेतसस्येव वृत्तिर्यस्य। पतङ्गस्येव वृत्तिर्यस्य तस्य।

---

१ आरम्भविघातस्त्वयुक्तः. २ स्वाम्यग्रे. ३ सान् दृष्ट्वा. ४ कुर्यात्. ५ तेत्यन्तबलो हि यस्मात्. ६ उपप्रदानेन. ७ पैतामहान् सचिवान् कत्रस्थान आकार्य तैः सह मन्त्रितवान्.

वक्रनासः प्राकारकर्णश्चेति। तत्रादौ रक्ताक्षमपृच्छत्—भद्र एष तावत्तस्य रिपोर्मन्त्री मम हस्तगतः। तत्किं क्रियतामिति। रक्ताक्ष आह—देव किमत्र चिन्त्यते। अविचारितमयं हन्तव्यः। यतः।

हीनः शत्रुर्निहन्तव्यो यावन्न बलवान्भवेत्।
प्राप्तस्वपौरुषबलः पश्चाद्भवति दुर्जयः॥ १२९॥

किं च स्वयमुपागता श्रीस्त्यज्यमाना शपतीति लोके प्रवादः। उक्तं च—

कालो हि सकृदभ्येति यन्नरं कालकाङ्क्षिणम्।
दुर्लभः स पुनस्तेन कालकर्माचिकीर्षता॥ १३०॥

श्रूयते च यथा—

चितिकां दीपितां पश्य फटां भग्नां ममैव च।
भिन्नश्लिष्टा तु या प्रीतिर्न सा स्नेहेन वर्धते॥ १३१॥

अरिमर्दनः प्राह—कथमेतत्। रक्ताक्षः कथयति—

कथा ५।

अस्ति कस्मिंश्चिदधिष्ठाने हरिदत्तो नाम ब्राह्मणः। तस्य च कृषिं कुर्वतः सदैव निष्फलः कालोऽतिवर्तते। अथैकस्मिन्दिवसे स ब्राह्मण उष्णकालावसाने घर्मार्तः स्वक्षेत्रमध्ये वृक्षच्छायायां प्रसुप्तोऽनतिदूरे वल्मीकोपरि प्रसारितं बृहत्फटायुक्तं भीषणं भुजङ्गमं दृष्ट्वा चिन्तयामास—नूनमेषा क्षेत्रदेवता मया कदाचिदपि न पूजिता। तेनेदं मे कृषिकर्म विफलीभवति। तदस्या अहं पूजामद्य करिष्यामि। इत्यवधार्य कुतोऽपि क्षीरं याचित्वा शरावे निक्षिप्य वल्मीकान्तिकमुपगम्योवाच—भोः क्षेत्रपाल मयैतावन्तं कालं न ज्ञातं यत्त्वमत्र वससि। तेन पूजा न कृता। तत्सांप्रतं क्षमस्व इति। एवमुक्त्वा दुग्धं च निवेद्य गृहाभिमुखं प्रायात्। अथ प्रातर्यावदागत्य पश्यति तावद्दीनारमेकं शरावे दृष्टवान्। एवं च प्रतिदिनमेकाकी समागत्य तस्मै क्षीरं ददाति एकैकं च दीनारं गृह्णाति। अथैकस्मिन्दिवसे वल्मीके क्षीरनयनाय पुत्रं निरूप्य ब्राह्मणो ग्रामान्तरं जगाम। पुत्रोऽपि क्षीरं तत्र नीत्वा संस्थाप्य च पुनर्गृहं समायातः। दिनान्तरे तत्र गत्वा दीनारमेकं च दृष्ट्वा गृहीत्वा च चिन्तितवान्—नूनं सौवर्णदीनारपूर्णोऽयं वल्मीकः। तदेनं हत्वा सर्वमेकवारं ग्रहीष्यामि। इत्येवं संप्रधार्यान्येद्युः क्षीरं ददता ब्राह्मणपुत्रेण सर्पो लगुडेन

काले कर्म कालकर्म तदचिकीर्षता कर्तुमनिच्छता। भिन्नश्लिष्टा आदौ भिन्ना पश्चात् श्लिष्टा। उष्णश्चासौ कालश्च तस्यावसाने। बृहती चासौ फटा च बृहत्फटा तया युक्ते। सुवर्णस्येमे सौवर्णाः सौवर्णाश्च ते दीनाराश्च तैः पूर्णः।

---

१ नाम एते तस्य चत्वारः सचिवाः। २ न ज्ञातः।

शिरसि ताडितः। ततः कथमपि दैववशादमुक्तजीवित एव रोषात्तमेव तीव्रविषदशनैस्तथादशत् यथा सद्यः पञ्चत्वमुपागतः। स्वजनैश्च नातिदूरे क्षेत्रस्य काष्ठसंचयैः संस्कृतः। अथ द्वितीयदिने तस्य पिता समायातः। स्वजनेभ्यः सुतविनाशकारणं श्रुत्वा तथैव समर्थितवान्। अब्रवीच्च—

भूतान्यो नानुगृह्णाति ह्यात्मनः शरणागतान्।
भूतार्थास्तस्य नश्यन्ति हंसाः पद्मवने यथा ॥ १३२ ॥

पुरुषैरुक्तम्—कथमेतत्। ब्राह्मणः कथयति--

कथा ६।

अस्ति कस्मिंश्चिदधिष्ठाने चित्ररथो नाम राजा। तस्य योधैः सुरक्ष्यमाणं पद्मसरो नाम सरस्तिष्ठति। तत्र च प्रभूता जाम्बूनदमया हंसास्तिष्ठन्ति। षण्मासे षण्मासे पिच्छमेकैकं परित्यजन्ति। अथ तत्र सरसि सौवर्णो बृहत्पक्षी समायातः। तैश्चोक्तः—अस्माकं मध्ये त्वया न वस्तव्यं येन कारणेनास्माभिः षण्मासान्ते पिच्छैकैकदानं कृत्वा गृहीतमेतत्सरः। एवं च किं बहुना परस्परं द्वैधमुत्पन्नम्। स च राज्ञः शरणं गतोऽब्रवीत्–देव एते पक्षिण एवं वदन्ति यदस्माकं राजा किं करिष्यति। न कस्याप्यावासं दद्मः। मया चोक्तम्—न शोभनं युष्माभिरभिहितम्। अहं गत्वा राज्ञे निवेदयिष्यामि। एवं स्थिते देवः प्रमाणम्। ततो राजा भृत्यानब्रवीत्—भो भोः गच्छत। सर्वान्पक्षिणो गतासून्कृत्वा शीघ्रमानयत। राजादेशानन्तरमेव प्रचेलुस्ते। अथ लगुडहस्तान्राजपुरुषान्दृष्ट्वा तत्रैकेन पक्षिणा वृद्धेनोक्तम्—भोः स्वजनाः न शोभनमापतितम्। ततः सर्वैरेकमतीभूय शीघ्रमुत्पतितव्यम्। तैश्च तथानुष्ठितम्। अतोऽहं ब्रवीमि–भूतान्यो नानुगृह्णाति इति॥ इत्युक्त्वा पुनरपि ब्राह्मणः प्रत्यूषे क्षीरं गृहीत्वा तत्र गत्वा तारस्वरेण सर्पमस्तौत्। तदा सर्पश्चिरं वल्मीकद्वारान्तर्लीन एव ब्राह्मणं प्रत्युवाच—त्वं लोभादत्रागतः पुत्रशोकमपि विहाय। अतः परं तव मम च प्रीतिर्नोचिता। तव पुत्रेण यौवनोन्मदेनाहं ताडितः। मया स दष्टः। कथं मया लगुडप्रहारो विस्मर्तव्यः त्वया

तीव्रं च तद्विषं च तीव्रविषं तेन युक्ताः दशना तीव्र०-नाः तैः। भूताश्च ते अर्थाश्च। पद्मप्रधानं सरः पद्मसरः। पिच्छस्य एकैकस्य दानं पिच्छैकैकदानं। राज्ञः आदेशस्तस्यानन्तरम्। यौवनस्य उन्मदस्तेन।

---

१ तीक्ष्णाग्रदशनेन. २ गृह्णाति. ३ मानुषैः. ४ सर्पपत्यायनार्थं निवेदितवान्. यतो मम पुत्रः कुबुध्या पञ्चत्वमुपागतः।

च पुत्रशोकदुःखं कथं विस्मर्तव्यम् । इत्युक्त्वा बहुमूल्यं हीरकमणिं तस्मै दत्त्वा अतःपरं पुनस्त्वया नागन्तव्यमितिपुनरुक्त्वा विवरान्तर्गतः । ब्राह्मणश्च मणिं गृहीत्वा पुत्रबुद्धिं निन्दन्स्वगृहमागतः । अतोऽहं ब्रवीमि—चितिकां दीपितां पश्य इति ॥ तदस्मिन्हते अयत्नादेव राज्यमकण्टकं भवतो भवति ।

तस्यैतद्वचनं श्रुत्वा क्रूराक्षं पप्रच्छ—भद्र त्वं तु किं मन्यसे । सोऽब्रवीत्—देव निर्दयमेतद्यदनेनाभिहितम् । यत्कारणं शरणागतो न वध्यते । सुष्ठु खल्विदमाख्यातम् ।

श्रूयते हि कपोतेन शत्रुः शरणमागतः ।
पूजितश्च यथान्यायं स्वैश्च मांसैर्निवेदितः ॥ १३३ ॥

अरिमर्दनोऽब्रवीत्—कथमेतत् । क्रूराक्षः कथयति—

कथा ७ ।

कश्चित्क्षुद्रसमाचारः प्राणिनां कालसन्निभः ।
विचचार महारण्ये घोरः शकुनिलुब्धकः ॥ १३४ ॥

नैव कश्चित्सुहृत्तस्य न सम्बन्धी न बान्धवः ।
स तैः सर्वैः परित्यक्तस्तेन रौद्रेण कर्मणा ॥ १३५ ॥

अथवा ।

ये नृशंसा दुरात्मानः प्राणिनां प्राणनाशकाः ।
उद्वेजनीया भूतानां व्याला इव भवन्ति ते ॥ १३६ ॥

स पञ्जरकमादाय पाशं च लगुडं तथा ।
नित्यमेव वनं याति सर्वप्राणिविहिंसकः ॥ १३७ ॥

अन्येद्युर्भ्रमतस्तस्य वने कापि कपोतिका ।
जाता हस्तगता तां स प्राक्षिपत्पञ्जरान्तरे ॥ १३८ ॥

अथ कृष्णा दिशः सर्वा वनस्थस्याभवन्घनैः ।
वातवृष्टिश्च महती क्षयकाल इवाभवत् ॥ १३९ ॥

ततः संत्रस्तहृदयः कम्पमानो मुहुर्मुहुः ।
अन्वेषयन्परित्राणमाससाद वनस्पतिम् ॥ १४० ॥

क्षुद्रः समाचारः यस्य । अथ वनस्थस्य तस्य सर्वा दिशः घनैः कृष्णा अभवन् इत्यन्वयः ।

---

१ निमन्त्रितः २ अस्मात्परं—अस्ति कस्मिंश्चिदधिष्ठाने—इत्यधिकं पु-न्तरे. ३ हिंसकाः. ४ अथ पर्यटता तेन प्राप्ता चैका कपोतिका । स तां पञ्जरके क्षिप्त्वा विचचार क्षुधार्दितः ॥ इ. पा.

मुहूर्तं पश्यते यावद्वियद्विमलतारकम् ।
प्राप्य वृक्षं वदत्येव योऽत्र तिष्ठति कश्चन ॥ १४१ ॥
तस्याहं शरणं प्राप्तः स परित्रातु मामिति ।
शीतेन भिद्यमानं च क्षुधया गतचेतसम् ॥ १४२ ॥
अथ तस्य तरोः स्कन्धे कपोतः सुचिरोषितः ।
भार्याविरहितस्तिष्ठन्विललाप सुदुःखितः ॥ १४३ ॥
वातवर्षो महानासीन्न चागच्छति मे प्रिया ।
तया विरहितं ह्येतच्छून्यमद्य गृहं मम ॥ १४४ ॥
पतिव्रता पतिप्राणा पत्युः प्रियहिते रता ।
यस्य स्यादीदृशी भार्या धन्यः स पुरुषो भुवि ॥ १४५ ॥
न गृहं गृहमित्याहुर्गृहिणी गृहमुच्यते ।
गृहं हि गृहिणीहीनमरण्यसदृशं मतम् ॥ १४६ ॥
पञ्जरस्था ततः श्रुत्वा भर्तुर्दुःखान्वितं वचः ।
कपोतिका सुसंतुष्टा वाक्यं चेदमथाह सा ॥ १४७ ॥
न सा स्त्रीत्यभिमन्तव्या यस्यां भर्ता न तुष्यति ।
तुष्टे भर्तरि नारीणां तुष्टाः स्युः सर्वदेवताः ॥ १४८ ॥
दावाग्निना विदग्धेव सपुष्पस्तबका लता ।
भस्मीभवतु सा नारी यस्यां भर्ता न तुष्यति ॥ १४९ ॥
मितं ददाति हि पिता मितं भ्राता मितं सुतः ।
अमितस्य हि दातारं भर्तारं का न पूजयेत् ॥ १५० ॥

पुनश्चाब्रवीत्—

शृणुष्वावहितः कान्त यत्ते वक्ष्याम्यहं हितम् ।
प्राणैरपि त्वया नित्यं संरक्ष्यः शरणागतः ॥ १५१ ॥
एष शाकुनिकः शेते तवावासं समाश्रितः ।
शीतार्तश्च क्षुधार्तश्च पूजामस्मै समाचर ॥ १५२ ॥

श्रूयते च ।

यः सायमतिथिं प्राप्तं यथाशक्ति न पूजयेत् ।
तस्यासौ दुष्कृतं दत्त्वा सुकृतं चापकर्षति ॥ १५३ ॥

विमलाः तारका यस्मिन् । सुचिरमुषितः सुचिरोषितः । वातेन युक्तो वर्षः । पतिरेव प्राणा यस्याः । पुष्पाणि च स्तबकाश्च तैः सहिता ।

---

१ यावदास्ते मुहूर्तेकं… । स तु प्राप्यावदद्बुध्या देवता शरणं मम ॥ २ भार्यामपश्यन्सुचिरात्. ३ यस्य भार्या गृहे नास्ति सद्वृत्ता प्रियवादिनी । अरण्यं तेन गन्तव्यं यथारण्यं तथा वनम् ॥ इति पद्यमस्य स्थाने पु० न्तरे. ४ नैव निर्दग्धा. ५ शृणोत्ववहितः कान्तः.

मा चास्मै त्वं कृथा द्वेषं बद्धानेनेति मत्प्रिया ।
स्वकृतैरेव बद्धाहं प्राक्तनैः कर्मबन्धनैः ॥ १५४ ॥
दारिद्र्यरोगदुःखानि बन्धनव्यसनानि च ।
आत्मापराधवृक्षस्य फलान्येतानि देहिनाम् ॥ १५५ ॥
तस्मात्त्वं द्वेषमुत्सृज्य मद्बन्धनसमुद्भवम् ।
धर्मे मनः समाधाय पूजयैनं यथाविधि ॥ १५६ ॥
तस्यास्तद्वचनं श्रुत्वा धर्मयुक्तिसमन्वितम् ।
उपगम्य ततोऽधृष्टः कपोतः प्राह लुब्धकम् ॥ १५७ ॥
भद्र सुस्वागतं तेऽस्तु ब्रूहि किं करवाणि ते ।
संतापश्च न कर्तव्यः स्वगृहे वर्तते भवान् ॥ १५८ ॥
तस्य तद्वचनं श्रुत्वा प्रत्युवाच विहङ्गमम् ।
कपोत खलु शीतं मे हिमत्राणं विधीयताम् ॥ १५९ ॥
स गत्वाङ्गारकं नीत्वा पातयामास पावकम् ।
ततः शुष्केषु पर्णेषु तमाशु समदीपयत् ॥ १६० ॥
सुसंदीप्तं ततः कृत्वा तमाह शरणागतम् ।
प्रतापयस्व विश्रब्धं स्वगात्राण्यत्र निर्भयः ॥ १६१ ॥
उद्वृतेन च जीवामो वयं सर्वे वनौकसः ।
न चास्ति विभवः कश्चिन्नाशये येन ते क्षुधम् ॥ १६२ ॥
सहस्रं भरते कश्चिच्छतमन्यो दशापरः ।
मम त्वकृतपुण्यस्य क्षुद्रस्यात्मापि दुर्भरः ॥ १६३ ॥
एकस्याप्यतिथेरन्नं यः प्रदातुं न शक्तिमान् ।
तस्यानेकपरिक्लेशे गृहे किं वसतः फलम् ॥ १६४ ॥
तत्तथा साधयाम्येतच्छरीरं दुःखजीवितम् ।
यथा भूयो न वक्ष्यामि नास्तीत्यर्थिसमागमे ॥ १६५ ॥
स निनिन्द किलात्मानं न तु तं लुब्धकं पुनः ।
उवाच तर्पयिष्ये त्वां मुहूर्तं प्रतिपालय ॥ १६६ ॥

अनेन मत्प्रिया बद्धा इति अनेन हेतुना त्वमस्मै द्वेषं मा कृथाः। दारिद्र्यं च रोगाश्च दुःखानि च दारि० नि आत्मनोपराध एव वृक्षः। मम बन्धनं मद्बन्धनं तस्मात्समुद्भवो यस्य । 'धर्मश्च युक्तिश्च ताभ्यां समन्वितम् । मे शीतं भवति । हिमात् त्राणं हि० । ततः स गत्वा अङ्गारकं नीत्वानीय शुष्केषु पत्रेषु पावकं पातयामास तमाशु समदीपयत् च । अनेके परिक्लेशा यत्र तस्मिन् । दुःखेन जीवितं यस्य ।

---

१ प्रतापय च. २ अतःपरं—अथापनीतशीतो लुब्धकोऽब्रवीत् क्षुधा मां बाधते सुतरां शीघ्रं मे भक्ष्यं देहि । तत् श्रुत्वा विहंगोऽब्रवीत् । इत्यधिकं क्वचित् । ३ चास्ति वि० येन ते नश्यति क्षुधा इ. पा.

एवमुक्त्वा स धर्मात्मा प्रहृष्टेनान्तरात्मना ।
तमग्निं संपरिक्रम्य प्रविवेश स्ववेश्मवत् ॥ १६७ ॥
ततस्तं लुब्धको दृष्ट्वा कृपया पीडितो भृशम् ।
कपोतमग्नौ पतितं वाक्यमेतदभाषत ॥ १६८ ॥
यः करोति नरः पापं न तस्यात्मा ध्रुवं प्रियः ।
आत्मना हि कृतं पापमात्मनैव हि भुज्यते ॥ १६९ ॥
सोऽहं पापमतिश्चैव पापकर्मरतः सदा ।
पतिष्यामि महाघोरे नरके नात्र संशयः ॥ १७० ॥
नूनं मम नृशंसस्य प्रत्यादर्शः सुदर्शितः ।
प्रयच्छता स्वमांसानि कपोतेन महात्मना ॥ १७१ ॥
अद्य प्रभृति देहं स्वं सर्वभोगविवर्जितम् ।
तोयं स्वल्पं यथा ग्रीष्मः शोषयिष्याम्यहं पुनः ॥ १७२ ॥
शीतवातातपसहः कृशाङ्गो मलिनस्तथा ।
उपवासैर्बहुविधैश्चरिष्ये धर्ममुत्तमम् ॥ १७३ ॥
ततो यष्टिं शलाकां च जालकं पञ्जरं तथा ।
बभञ्ज लुब्धको दीनां कपोतीं च मुमोच ताम् ॥ १७४ ॥
लुब्धकेन ततो मुक्ता दृष्ट्वाग्नौ पतितं पतिम् ।
कपोती विललापार्ता शोकसंतप्तमानसा ॥ १७५ ॥
न कार्यमद्य मे नाथ जीवितेन त्वया विना ।
दीनायाः पतिहीनायाः किं नार्या जीविते फलम् ॥ १७६ ॥
मानो दर्पस्त्वहंकारः कुलपूजा च बन्धुषु ।
दासभृत्यजनेष्वाज्ञा वैधव्येन प्रणश्यति ॥ १७७ ॥
एवं विलप्य बहुशः कृपणं भृशदुःखिता ।
पतिव्रता सुसंदीप्तं तमेवाग्निं विवेश सा ॥ १७८ ॥
ततो दिव्याम्बरधरा दिव्याभरणभूषिता ।
भर्तारं सा विमानस्थं ददर्श स्वं कपोतिका ॥ १७९ ॥

ततः स लुब्धकः तं कपोतमग्नौ पतितं दृष्ट्वा भृशं कृपया पीडित एतद्वाक्यमभाषत इत्यन्वयः । तस्यात्मा ध्रुवं प्रियो न । स आत्मद्वेष्टैव । पापकर्मणि रतः । शीतं च वातश्चातपश्च शीतवातातपान्सहते इति ०सहः । शोकेन संतप्तं मानसं यस्याः । दिव्यं च तदम्बरं च दिव्याम्बरं । धरतीति धरा दिव्याम्बरस्य धरा दि० ।

---

१ तस्यात्मा ध्रुवमप्रियः. २ अस्मात्परं–व्यालग्राही यथा व्यालं बिलादुद्धरते बलात् । तथा स्त्री पतिमुद्धृत्य स्वर्गे लोके महीयते ॥ इत्यादयः षडधिकाः श्लोकाः पुस्तकान्तरे ।

सोऽपि दिव्यतनुर्भूत्वा यथार्थमिदमब्रवीत् ।
अहो मामनुगच्छन्त्या कृतं साधु शुभे त्वया ॥ १८० ॥
तिस्रः कोट्योऽर्धकोटी च यानि रोमाणि मानुषे ।
तावत्कालं वसेत्स्वर्गे भर्तारं यानुगच्छति ॥ १८१ ॥
कपोतदेवः सूर्यास्ते प्रत्यहं सुखमन्वभूत् ।
कपोतदेववत्सासीत्प्राक्पुण्यप्रभवं हि तत् ॥ १८२ ॥
हर्षाविष्टस्ततो व्याधो विवेश च वनं घनम् ।
प्राणिहिंसां परित्यज्य बहुनिर्वेदवान्भृशम् ॥ १८३ ॥
तत्र दावानलं दृष्ट्वा विवेश विरताशयः ।
निर्दग्धकल्मषो भूत्वा स्वर्गसौख्यमवाप्तवान् ॥ १८४ ॥

अतोऽहं ब्रवीमि—श्रूयते हि कपोतेन इति ॥

तच्छ्रुत्वारिमर्दनो दीप्ताक्षं पृष्टवान्—एवमवस्थिते किं भवान्मन्यते । सोऽब्रवीत्—देव न हन्तव्य एवायम् । यतश्चौरस्याप्युपकारिणः श्रेयश्चिन्त्यते । किं पुनर्न शरणागतस्य । अपि चायं तैर्विप्रकृतोऽस्माकमेव पुष्टये भविष्यति तदीयरन्ध्रदर्शनाय चेति । अनेन कारणेनायमवध्यः इति ।

एतदाकर्ण्यारिमर्दनोऽन्यं सचिवं वक्रनासं प्रपच्छ—भद्र सांप्रतमेवं स्थिते किं कर्तव्यम् । सोऽब्रवीत्—देव अवध्योऽयम् । यतः[1] ।

शत्रवोऽपि हितायैव विवदन्तः परस्परम् ।
चौरेण जीवितं दत्तं राक्षसेन तु गोयुगम् ॥ १८५ ॥

अरिमर्दनः प्राह—कथमेतत् । वक्रनासः कथयति—

कथा ८ ।

अस्ति कस्मिंश्चिदधिष्ठाने दरिद्रो द्रोणनामा ब्राह्मणः प्रतिग्रहधनः सततं विशिष्टवस्त्रानुलेपनगन्धमाल्यालंकारताम्बूलादिभोगपरिवर्जितः प्ररूढ-

---

दिव्या तनुर्यस्य । विरता आशयाः संकल्पा यस्य । निर्दग्धं कल्मषं यस्य । तेषामिमानि तदीयानि । तदीयानि रन्ध्राणि तेषां दर्शनाय । प्रतिग्रह एव प्रतिग्रहेण वा धनं यस्य । विशिष्टेति वस्त्राणि च अनुलेपनानि च गन्धं च माल्यं च अलङ्काराश्च ताम्बूलश्च वस्त्रानु...ताम्बूलाः । विशिष्टाश्च ते वस्त्रा०लाः विशि०लाः ते आदौ येषां ते विशिष्ट... दयः भोगाः तैः परिवर्जितः ।

---

१ यतः—या ममोद्विजते नित्यमित्यादि चतुर्थतन्त्रे २५ पृष्ठे निवेशिता कथात्र.
२ एतन्नास्ति क्वचित्.

केशश्मश्रुनखरोमोपाचितः शीतोष्णवातवर्षादिभिः परिशोषितशरीरः। तस्य च केनापि यजमानेनानुकम्पया शिशुगोयुगं दत्तम्। ब्राह्मणेन च बालभावादारभ्य याचितघृततैलयवसादिभिः संवर्ध्य सुपुष्टं कृतम्। तच्च दृष्ट्वा सहसैव कश्चिच्चौरश्चिन्तितवान्—अहमस्य ब्राह्मणस्य गोयुगमिदमपहरिष्यामि। इति निश्चित्य निशायां बन्धनपाशं गृहीत्वा यावत्प्रस्थितस्तावदर्धमार्गे प्रविरलतीक्ष्णदन्तपङ्क्तिरुन्नतनासावंशः प्रकटरक्तान्तनयन उपचितस्नायुसंततिर्नतगात्रः शुष्ककपोलः सुहुतहुतवह पिङ्गलश्मश्रुकेशशरीरः कश्चिद्दृष्टः। दृष्ट्वा च तं तीव्रभयत्रस्तोऽपि चौरोऽब्रवीत्—को भवान् इति। स आह—सत्यवचनोऽहं ब्रह्मराक्षसः। भवानप्यात्मानं निवेदयतु। सोऽब्रवीत्—अहं क्रूरकर्मा चौरः। दरिद्रब्राह्मणस्य गोयुगं हर्तुं प्रस्थितोऽस्मि। अथ जातप्रत्ययो राक्षसोऽब्रवीत्—भद्र षष्ठान्नकालिकोऽहम्। अतस्तमेव ब्राह्मणमद्य भक्षयिष्यामि। तत्सुन्दरमिदम्। एककार्यावेवावाम्। अथ तौ तत्र गत्वैकान्ते कालमन्वेषयन्तौ स्थितौ। प्रसुप्ते च ब्राह्मणे तद्भक्षणार्थं प्रस्थितं राक्षसं दृष्ट्वा चौरोऽब्रवीत्—भद्र नैष न्यायो यतो गोयुगे मयापहृते पश्चात्त्वमेनं ब्राह्मणं भक्षय। सोऽब्रवीत्—कदाचिदयं ब्राह्मणो गोशब्देन बुध्येत तदानर्थकोऽयं ममारम्भः स्यात्। चौरोऽप्यब्रवीत्—तवापि यदि भक्षणायोपस्थितस्यान्तर एकोऽप्यन्तरायः स्यात् तदाहमपि न शक्नोमि गोयुगमपहर्तुम्। अतः प्रथमं मयापहृते गोयुगे पश्चात्त्वया ब्राह्मणो भक्षयितव्यः। इत्थं चाहमहमिकया तयोर्विवदतोः समुत्पन्ने द्वैधे प्रतिरववशाद्ब्राह्मणो जजागार। अथ तं चौरोऽब्रवीत्—ब्राह्मण त्वामेवायं राक्षसो भक्षयितुमिच्छति। राक्षसोऽप्याह—ब्राह्मण चौरोऽयम्। गोयुगं तेऽपहर्तुमिच्छति। एवं श्रुत्वोत्थाय ब्राह्मणः सावधानो भूत्वेष्ट-

---

केशाश्च श्मश्रूणि च नखानि च रोमाणि च केश...रोम। प्ररूढं च केश...रोम च तेनोपचितः। (स. द्वं.)। शीतं च उष्णं च वातश्च वर्षं च एतानि आदौ येषां तैः। प्रविरला च तीक्ष्णा च दन्तानां पंक्तिर्यस्य। उन्नतः नासावंशो यस्य। प्रकटौ रक्तौ च अन्तौ ययोस्ते प्रकटरक्तान्ते प्र० नयने यस्य। उपचिता स्नायुसंततिर्यस्य। सुहुतश्चासौ हुतवहः अग्निश्च सुहु०-हः तद्वत् पिङ्गलानि श्मश्रूणि केशाश्च यस्य तादृक् शरीरं यस्य। षष्ठः अन्नकालो यस्य स षष्ठान्नकालिकः। अनर्थकः अविद्यमानः अर्थो यस्य। अहमहमिकया-अहमहं शब्दोऽस्त्यत्र अहमहमिका परस्पराहंकारः।

---

१ विषमीकृतनयन उपाचि०.

देवतामन्त्राध्यानेनात्मानं राक्षसादुद्गूर्णलगुडेन च चौराद्द्वौयुगं ररक्ष।
अतोऽहं ब्रवीमि—शत्रवोऽपि हितायैव इति॥

अथ तस्य वचनमवधार्यारिमर्दनः पुनरपि प्राकारकर्णमपृच्छत्—कथय। किमत्र मन्यते भवान्। सोऽब्रवीत्—देव अवध्य एवायं यतो रक्षितेनानेन कदाचित्परस्परप्रीत्या कालः सुखेन गच्छति। उक्तं च—

परस्परस्य मर्माणि ये न रक्षन्ति जन्तवः।
त एव निधनं यान्ति वल्मीकोदरसर्पवत्॥ १८६॥

अरिमर्दनोऽब्रवीत्—कथमेतत्। प्राकारकर्णः कथयति—

कथा ९।

अस्ति कस्मिंश्चिन्नगरे देवशक्तिर्नाम राजा। तस्य च पुत्रो जठरवल्मीकाश्रयेणोरगेण प्रतिदिनं प्रत्यङ्गं क्षीयते। अनेकोपचारैः सद्वैद्यैः सच्छास्त्रोपदिष्टौषधयुक्त्यापि चिकित्स्यमानो न स्वास्थ्यमाप्नोति। अथासौ राजपुत्रो निर्वेदाद्देशान्तरं गतः। कस्मिंश्चिन्नगरे भिक्षाटनं कृत्वा महति देवालये कालं यापयति। अथ तत्र नगरे बलिर्नाम राजास्ते। तस्य च द्वे दुहितरौ यौवनस्थे तिष्ठतः। ते च प्रतिदिवसमादित्योदये पितुः पादान्तिकमागत्य नमस्कारं चक्रतुः। तत्र चैकाब्रवीत्--विजयस्व महाराज यस्य प्रसादात्सर्वं सुखं लभ्यते। द्वितीया तु विहितं भुङ्क्ष्व महाराज इति ब्रवीति। तच्छ्रुत्वा प्रकुपितो राजाब्रवीत्—भो मन्त्रिण एतां दुष्टभाषिणीं कुमारिकां कस्यचिद्वैदेशिकस्य प्रयच्छत येन निजविहितमियमेव भुङ्क्ते। अथ तथा इति प्रतिपद्याल्पपरिवारा सा कुमारिका मन्त्रिभिस्तस्यै देवकुलाश्रितराजपुत्रस्य प्रतिपादिता। सापि प्रहृष्टमानसा तं पतिं देववत्प्रतिपद्यादाय चान्यविषयं गता। ततः कस्मिंश्चिद्दूरतरनगरप्रदेशे तडागतटे राजपुत्रमावासरक्षायै निरूप्य स्वयं च घृततैललवणतण्डुलादिक्रयनिमित्तं सपरिवारा गता। कृत्वा च क्रयविक्रयं यावदागच्छति तावत्स राजपुत्रो वल्मीकोपरिकृतमूर्धा प्रसुप्तः। तस्य च मुखाद्भुजगः

इष्टा चासौ देवता च इष्ट० तस्या मन्त्राणां चाध्यानेन। उद्गूर्णश्चासौ लगुडश्च तेन। वल्मीकं च उदरं च वल्मी०दरे तत्र सर्पौ व० र्पौ ताभ्यां तुल्यम्। जठरमेव वल्मीकं तदाश्रयो यस्य। सन्ति शास्त्राणि सच्छास्त्राणि तेषु उपदिष्टानि औषधानि सच्छा०नि तेषां युक्त्या विधानेन। देवकुलमाश्रितः देवकुलाश्रितः स चासौ राजपुत्रश्च तस्य। अतिशयेन दूरं दूरतरं दूरतरं च तन्नगरं च तस्य प्रदेशः तस्मिन्। वल्मीकस्योपरि कृतः मूर्धा येन।

---

१ अस्मात्परं—उत्पन्नकर्मकथनादि त्यधिकं. २ महोदये न०. ३ अनेकप्रकारैः ४ कर्म भु०. ५ तस्य दरिद्रस्य भिक्षावृत्तेः।

फणां निष्क्राम्य वायुमभाति। तत्रैव च वल्मीकेऽपरः सर्पो निष्क्रम्य तथैवासीत्। अथ तयोः परस्परदर्शनेन क्रोधसंरक्तलोचनयोर्मध्याद्वल्मीकस्थेन सर्पेणोक्तम्—भो भो दुरात्मन् कथं सुन्दरसर्वाङ्गं राजपुत्रमित्थं कदर्थयसि। मुखस्थोऽहिरब्रवीत्—भो भोः त्वयापि दुरात्मनास्य वल्मीकस्य मध्ये कथमिदं दूषितं हाटकपूर्णं कलशयुगलम्। इत्येवं परस्परस्य मर्माण्युद्घाटितवन्तौ। पुनर्वल्मीकस्थोऽहिरब्रवीत्—भो दुरात्मन् भेषजमिदं ते किं कोऽपि न जानाति यज्जीर्णोत्कालितकाञ्जिकाराजिकापानेन भवान्विनाशमुपयाति। अथोदरस्थोऽहिरब्रवीत्—तवाप्येतद्भेषजं किं कश्चिदपि न वेत्ति यदुष्णतैलेन महोष्णोदकेन वा तव विनाशः स्यात् इति। एवं च सा राजकन्या विटपान्तरिता तयोः परस्परालापान् मर्ममयानाकर्ण्य तथैवानुष्ठितवती। विधायाव्यङ्गं नीरोगं भर्तारं निधिं च परममासाद्य स्वदेशाभिमुखं प्रायात्। पितृमातृस्वजनैः प्रतिपूजिता विविधोपभोगं प्राप्य सुखेनावस्थिता। अतोऽहं ब्रवीमि-परस्परस्य मर्माणि इति॥ तच्च श्रुत्वा स्वयमरिमर्दनोऽप्येवं समर्थितवान्। तथा चानुष्ठितं दृष्ट्वान्तर्लीनं विहस्य रक्ताक्षः पुनरब्रवीत्—कष्टम्। विनाशितोऽयं भवद्भिरन्यायेन स्वामी। उक्तं च—

अपूज्या यत्र पूज्यन्ते पूज्यानां तु विमानना।
त्रीणि तत्र प्रवर्तन्ते दुर्भिक्षं मरणं भयम्॥ १८७॥

तत्सर्वथा मूलोत्खाता वयं विनष्टाः स्मः। सुष्ठु खल्विदमुच्यते—

मित्ररूपा हि रिपवः संभाव्यन्ते विचक्षणैः।
ये हितं वाक्यमुत्सृज्य विपरीतोपसेविनः॥ १८८॥

तथा च।

सन्तोऽप्यर्था विनश्यन्ति देशकालविरोधिनः।
अप्राज्ञान्मन्त्रिणः प्राप्य तमः सूर्योदये यथा॥ १८९॥

ततस्तद्वचोऽनादृत्य सर्वे ते स्थिरजीविनमुत्क्षिप्य स्वदुर्गमानेतुमारब्धाः। अथनीयमानः स्थिरजीव्याह—देव अद्याकिंचित्करेणैतदवस्थेन किं

क्रोधेन संरक्ते लोचने ययोः तौ क्रोध०नौ तयोः। सर्वाणि अङ्गानि स०णि सुन्दराणि स०णि यस्य। जीर्णा उत्कालिता च या काञ्जिका तया सह राजिकापानेन। विटपैः अन्तरिता विटपान्तरिता। विहितस्योपभोगः तम्। मित्राणामिव रूपं येषां ते मित्ररूपाः। विपरीतमुपसेवन्त इति। सन्त इति—अप्राज्ञान् मन्त्रिणः प्राप्य देशकालविरोधिनः नृपस्य सन्तोप्यर्था विनश्यन्ति इत्य०। एषा अवस्था यस्य स एतदवस्थस्तेन।

---

१ राजिकाकाञ्जिकांमहिषतक्रेण.

मयोपसंगृहीतेन यत्कारणमिच्छामि दीप्तं वह्निमनुप्रवेष्टुम्। तदर्हसि मामग्निप्रदानेन समुद्धर्तुम्। अथ रक्ताक्षस्तस्यान्तर्गतभावं ज्ञात्वाब्रवीत्—किमर्थमग्निपतनमिच्छसि। सोऽब्रवीत्—अहं तावद्युष्मदर्थं इमामापदं मेघवर्णेन प्रापितः। तदिच्छामि तेषां वैरयातनार्थमुलूकत्वमिति। तच्च श्रुत्वा राजनीतिकुशलो रक्ताक्षः प्राह—भद्र कुटिलस्त्वं कृतकवचनतुरश्च। त्वमुलूकयोनिगतोऽपि स्वकीयामेव वायसयोनिं बहुमन्यसे।

अथ रक्ताक्षवचनमनादृत्य तैः स्ववंशविनाशाय स स्वदुर्गमुपनीतः। नीयमानश्चान्तर्लीनमवहस्य स्थिरजीवी व्यचिन्तयत्—

हन्यतामिति येनोक्तं स्वामिनो हितवादिना।
स एवैकोऽत्र सर्वेषां नीतिशास्त्रार्थतत्त्ववित् ॥ १९० ॥

तद्यदि तस्य वचनमकरिष्यन्नेते ततो न स्वल्पोऽप्यनर्थोऽभविष्यदेतेषाम्। अथ दुर्गद्वारं प्राप्यारिमर्दनोऽब्रवीत्—भो भोः हितैषिणोऽस्य स्थिरजीविनो यथासमीहितं स्थानं प्रयच्छत। तच्च श्रुत्वा स्थिरजीवी व्यचिन्तयत्—मया तावदेतेषां वधोपायश्चिन्तनीयः। स मया मध्यस्थेन न साध्यते। यतो मदीयमिङ्गितादिकं विचारयन्तस्तेऽपि सावधाना भविष्यन्ति। तद्दुर्गद्वारमधिश्रितोऽभिप्रेतं साधयामि। इति निश्चित्योलूकपतिमाह—देव युक्तमिदं यत्स्वामिना प्रोक्तम्। परमहमपि नीतिज्ञस्तेऽहितश्च। यद्यप्यनुरक्तः शुचिस्तथापि दुर्गमध्य आवासो नार्हः। तदहमत्रैव दुर्गद्वारस्थः प्रत्यहं भवत्पादपद्मरजःपवित्रीकृततनुः सेवां करिष्यामि। तथा इति प्रतिपन्ने प्रतिदिनमुलूकपतिसेवकास्ते प्रकाममाहारं कृत्वोलूकराजादेशात्प्रकृष्टमांसाहारं स्थिरजीविने प्रयच्छन्ति। अथ कतिपयैरेवाहोभिर्मयूर इव स बलवान्संवृत्तः। अथ रक्ताक्षः स्थिरजीविनं पोष्यमाणं दृष्ट्वा सविस्मयो मन्त्रिजनं राजानं च प्रत्याह—अहो मूर्खोऽयं मन्त्रिजनो भवांश्चेत्येवमहमवगच्छामि। उक्तं च—

पूर्वं तावदहं मूर्खो द्वितीयः पाशबन्धकः।
ततो राजा च मन्त्री च सर्वं वै मूर्खमण्डलम् ॥ १९१ ॥

ते प्राहुः—कथमेतत्। रक्ताक्षः कथयति—

कथा १०।

अस्ति कस्मिंश्चित्पर्वतैकदेशे महान्वृक्षः। तत्र च सिन्धुकनामा कोऽपि पक्षी प्रतिवसति स्म। तस्य पुरीषे सुवर्णमुत्पद्यते। अथ कदाचित्त

वैरस्य यातनं निर्यातनं तदर्थम्। नीतिशास्त्रस्य अर्थं तत्त्वानि च वेत्तीति।

---

१ अस्मात्परं—श्रूयते चैतदाख्यानम्—सूर्यं भर्तारमित्यादिः चतुर्थतन्त्रोपनिबद्धा कथा २० पृष्ठे द्रष्टव्या।

मुद्दिश्य व्याधः कोऽपि समाययौ। स च पक्षी तदग्रत एव पुरीषमुत्स-सर्ज। अथ पातसमकालमेव तत्सुवर्णीभूतं दृष्ट्वा व्याधो विस्मयमगमत्–अहो मम शिशुकालादारभ्य शकुनिबन्धव्यसनिनोऽशीतिर्वर्षाणि समभूवन्। न च कदाचिदपि पक्षिपुरीषे सुवर्णं दृष्टम्। इति विचिन्त्य तत्र वृक्षे पाशं बबन्ध। अथासावपि पक्षी मूर्खस्तत्रैव विश्वस्तचित्तो यथापूर्वमुपविष्टः। तत्कालमेव पाशेन बद्धः। व्याधस्तु तं पाशादुन्मुच्य पञ्जरके संस्थाप्य निजावासं नीतवान। अथ चिन्तयामास-किमनेन सापायेन पक्षिणाहं करिष्यामि। यदि कदाचित्कोऽप्ययमुमीदृशं ज्ञात्वा राज्ञे निवेदयिष्यति तन्नूनं प्राणसंशयो मे भवेत्। अतः स्वयमेव पक्षिणं राज्ञे निवेदयामि। इति विचार्य तथैवानुष्ठितवान्। अथ राजापि तं पक्षिणं दृष्ट्वा विकसितनयनवदनकमलः परां तुष्टिमुपागतः। प्राह चैवम्—हंहो रक्षापुरुषाः एनं पक्षिणं यत्नेन रक्षत। अशनपानादिकं चास्य यथेच्छं प्रयच्छत। अथ मन्त्रिणाभिहितम्— किमनेनाश्रद्धेयव्याधवचनप्रत्ययमात्रपरिगृहीतेनानाण्डजेन। किं कदाचित्पक्षिपुरीषे सुवर्णं संभवति। तन्मुच्यतां पञ्जरबन्धनादयं पक्षी। इति मन्त्रिवचनाद्राज्ञा मोचितोऽसौ पक्ष्युन्नतद्वारतोरणे समुपविश्य सुवर्णमयीं विष्ठां विधाय पूर्वं तावदहं मूर्खः—इति श्लोकं पठित्वा यथासुखमाकाशमार्गेण प्रायात्। अतोऽहं ब्रवीमि—पूर्वं तावदहं मूर्खः इति॥ अथ ते पुनरपि प्रतिकूलदैवतया हितमपि रक्ताक्षवचनमनादृत्य भूयस्तं प्रभूतमांसादिविविधाहारेण पोषयामासुः। अथ रक्ताक्षः स्ववर्गमाहूय रहः प्रोवाच—अहो एतावदेवास्मद्भूपतेः कुशलं दुर्गं च। तदुपदिष्टं मया यत्कुलक्रमागतः सचिवोऽभिधत्ते। तद्वयमन्यत्पर्वतदुर्गं संप्रति समाश्रयामः। उक्तं च यतः—

अनागतं यः कुरुते स शोभते
  स शोच्यते यो न करोत्यनागतम्।
वनेऽत्र संस्थस्य समागता जरा
  बिलस्य वाणी न कदापि मे[3] श्रुता॥ १९२॥

ते प्रोचुः—कथमेतत्। रक्ताक्षः कथयति—

कथा ११।

कस्मिंश्चिद्वनोद्देशे खरनखरो नाम सिंहः प्रतिवसति स्म। स कदाचिदितश्चेतश्च परिभ्रमन्क्षुत्क्षामकण्ठो न किंचिदपि सत्त्वमाससाद। ततश्चास्तमनसमये महतीं गिरिगुहामासाद्य प्रविष्टश्चिन्तयामास—नूनमेतस्यां

१ गतः प्राह-अहो. २ स्वस्थश्च जरामुपागतः ३ नः. ४ वनप्रदेशे. ५ क्षामः

गुहायां रात्रौ केनापि सत्त्वेनागन्तव्यम् । तन्निभृतो भूत्वा तिष्ठामि । एतस्मिन्नन्तरे तत्स्वामी दधिपुच्छो नाम शृगालः समायातः । स च यावत्पश्यति तावत्सिंहपदपद्धतिर्गुहायां प्रविष्टा न च निष्क्रान्ता । ततश्चाचिन्तयत्— अहो विनष्टोऽस्मि । नूनमस्यामन्तर्गतेन सिंहेन भाव्यम् । तत्किं करोमि । कथं ज्ञास्यामि । एवं विचिन्त्य द्वारस्थः फूत्कर्तुमारब्धः— अहो बिल अहो बिल इत्युक्त्वा तूष्णीं भूय भूयोऽपि तथैव प्रत्यभाषत— भोः किं न स्मरसि यन्मया त्वया सह समयः कृतोऽस्ति । यन्मया बाह्यात्समागतेन त्वं वक्तव्यः । त्वया चाहमाकारणीय इति । तद्यदि मां नाह्वयसि ततोऽहं द्वितीयं बिलं यास्यामि । अथ तच्छ्रुत्वा सिंहश्चिन्तितवान्— नूनमेषा गुहास्य समागतस्य सदा समाह्वानं करोति । परमद्य मद्भयान्न किंचिद्ब्रूते । अथवा साध्विदमुच्यते—

भयसंत्रस्तमनसां हस्तपादादिकाः क्रियाः ।
प्रवर्तन्ते न वाणी च वेपथुश्चाधिको भवेत् ॥ १९३ ॥

तदहमस्याह्वानं करोमि येन तदनुसारेण प्रविष्टोऽयं मे भोज्यतां यास्यति । एवं संप्रधार्य सिंहस्तस्याह्वानमकरोत् । अथ सिंहशब्देन सा गुहा प्रतिरवसंपूर्णान्यानपि दूरस्थानरण्यजीवांस्त्रासयामास । शृगालोऽपि पलायमान इमं श्लोकमपठत्—

अनागतं यः कुरुते स शोभते स शोच्यते यो न करोत्यनागतम् ।
वनेऽत्र संस्थस्य समागता जरा बिलस्य वाणी न कदापि मे श्रुता ॥ १९४॥

तदेवं मत्वा युष्माभिर्मया सह गन्तव्यमिति । एवमभिधायात्मानुयायिपरिवारानुगतो दूरदेशान्तरं रक्ताक्षो जगाम ।

अथ रक्ताक्षे गते स्थिरजीव्यतिहृष्टमना व्यचिन्तयत्—अहो कल्याणमस्माकमुपस्थितं यद्रक्ताक्षो गतः । यतः स दीर्घदर्शी । एते च मूढमनसः । मम सुखघात्याः संजाताः । उक्तं च यतः—

न दीर्घदर्शिनो यस्य मन्त्रिणः स्युर्महीपतेः ।
क्रमायाता ध्रुवं तस्य न चिरात्स्यात्परिक्षयः ॥ १९५ ॥

अथवा साध्विदमुच्यते—

सिंहपदानां पद्धतिः ०द्धतिः । भयेन संत्रस्तं मनो येषाम् । आत्मनः अनुयायिनः परिवारश्च तैरनुगतः । न चिरात् शीघ्रमित्यर्थः ।

१ननु. २ एवं तस्य तत्र स्थितस्याधिपुच्छो नाम तत्स्वामी लोपाशकः ३ निष्क्रमणं गता. ४ यास्या०. ५ वेत्ति. ६ त्वया सहैकः समयधर्मोऽस्ति. ७ द्विती यां गुहां. ८ प्रविश्य मम भो०. ९ लोपाशकोपि पलायनपरः १० नः. ११ ०धाय सपरिवारो वक्रनासः. १२ वक्रनासे. १३ मूढतमाः सुवध्या मे सं०.

मन्त्रिरूपा हि रिपवः संभाव्यास्ते विचक्षणैः ।
ये सन्तं नयमुत्सृज्य सेवन्ते प्रतिलोमतः ॥ १९६ ॥

एवं विचिन्त्य स्वकुलाय एकैकां वनकाष्ठिकां गुहाप्रदीपनार्थं दिने दिने प्रक्षिपति । न च ते मूर्खा उलूका विजानन्ति यदेष कुलायमस्मद्दाहाय वृद्धिं नयति । अथवा साध्विदमुच्यते—

अमित्रं कुरुते मित्रं मित्रं द्वेष्टि हिनस्ति च ।
शुभं वेत्त्यशुभं पापं भद्रं दैवहतो नरः ॥ १९७ ॥

अथ कुलायव्याजेन दुर्गद्वारे कृते काष्ठनिचये संजाते सूर्योदयेऽन्धतां प्राप्तेषूलूकेषु स्थिरजीवी शीघ्रमृष्यमूकं गत्वा मेघवर्णमाह—स्वामिन् दाहसाध्या कृता रिपुगुहा । तत्सपरिवारः समेत्यैकैकां वनकाष्ठिकां ज्वलन्तीं गृहीत्वा गुहाद्वारेऽस्मत्कुलाये प्रक्षिप येन सर्वे शत्रवः कुम्भीपाकनरकप्रायेण दुःखेन म्रियन्ते । तच्छ्रुत्वा प्रहृष्टो मेघवर्ण आह—तात कथयात्मवृत्तान्तम् । चिरादद्य दृष्टोऽसि । स आह—वत्स नायं कथनस्य कालः । यतः कदाचित्तस्य रिपोः कश्चित्प्रणिधिर्ममेहागमनं निवेदयिष्यति । तज्ज्ञानादन्धोऽप्यन्यत्रापसरणं करिष्यति । तत्त्वर्यताम् । उक्तं च—

शीघ्रकृत्ये समुत्पन्ने विलम्बयति यो नरः ।
तत्कृत्यं देवतास्तस्य कोपाद्विघ्नन्त्यसंशयम् ॥ १९८ ॥

तथा च ।

यस्य कस्य हि कार्यस्य फलितस्य विशेषतः ।
क्षिप्रमक्रियमाणस्य कालः पिबति तद्रसम् ॥ १९९ ॥

तद्गृहयातस्य ते हतशत्रोः सर्वं सविस्तरं निर्व्याकुलतया कथयिष्यामि । अथासौ तद्वचनमाकर्ण्य सपरिजन एकैकां ज्वलन्तीं वनकाष्ठिकां चञ्च्वग्रेण गृहीत्वा तद्गुहाद्वारं प्राप्य स्थिरजीविकुलाये प्राक्षिपत् । ततः सर्वे ते दिवान्धा रक्ताक्षवाक्यानि स्मरन्तो द्वारस्यावृतत्वादनिःसरन्तो गुहामध्ये कुम्भीपाकन्यायमापन्ना मृताश्च । एवं शत्रून्निःशेषतां नीत्वा भूयोऽपि मेघवर्णस्तदेव न्यग्रोधपादपदुर्गं जगाम । ततः सिंहासनस्थो भूत्वा सभामध्ये प्रमुदितमनाः स्थिरजीविनमपृच्छत्—तात कथं

दैवेन हतो दैवहतो नरः....शुभमशुभं वेत्ति पापं भद्रं वेत्ति इत्य० ।

---

१ ०यन्ते. २ समदुद्द्योतनाय. ३ यः । मित्राणि तस्य नश्यन्ति ह्यमित्रं नष्टमेव च ॥ इ. पा. अस्य स्थानेयं श्लोकः पु० २—कृतान्तपाशबद्धानां दैवोपहतचेतसाम् । बुद्धयः कुब्जगामिन्यो भवन्ति महतामपि ॥ ४ प्रभूतकाष्ठसंभारे. ५ प्रान्ते गृ० ६ सर्वशत्रूणां ७ ०नरकन्यायो भवति. ८ कालो वक्तव्यस्य. ९ कृत्येषु कार्येषु. १० तत्कृत्ये देवता तस्य कोपाद्विघ्नं प्रयच्छति. ११ यस्य. १२ स्यापायमापन्नाः.

त्वया शत्रुमध्ये गतेनैतावत्कालो नीतः । तदत्र कौतुकमस्माकं वर्तते । तत्कथ्यताम् । यतः ।

वरमग्नौ प्रदीप्ते तु प्रपातः पुण्यकर्मणाम् ।
न चारिजनसंसर्गो मुहूर्तमपि सेवितः ॥ २०० ॥

तदाकर्ण्य स्थिरजीव्याह—भद्र आगामिफलवाञ्छया कष्टमपि सेवको न जानाति । उक्तं च यतः—

कार्यस्यापेक्षया भुक्तं विषमप्यमृतायते ।
सर्वेषां प्राणिनामेव नात्रकार्या विचारणा ॥ २०१ ॥
शक्तेनापि सता जनेन विदुषा कालान्तरापेक्षिणा
वस्तव्यं खलु वाक्यवज्रविषमे क्षुद्रेऽपि पापे जने ।
दर्वीव्यग्रकरेण धूममलिनेनायासयुक्तेन च
भीमेनातिबलेन मत्स्यभवने किं नोषितं सूदवत् ॥ २०२ ॥
यद्वा तद्वा विषमपतितं साधु वा गर्हितं वा
कालापेक्षी हृदयनिहितं बुद्धिमान्कर्म कुर्यात् ।
किं गाण्डीवस्फुरदुरुगुणास्फालनक्रूरपाणि-
र्नासीद्लीलानटनविलसन्मेखलः सव्यसाची ॥ २०३ ॥
सिद्धिं प्रार्थयता जनेन विदुषा तेजो निगृह्य स्वकं
सत्त्वोत्साहवतापि दैवविधिषु स्थैर्यं प्रकार्यं क्रमात् ।
देवेन्द्रद्रविणेश्वरान्तकसमैरप्यन्वितो भ्रातृभिः
किं क्लिष्टः सुचिरं विराटभवने श्रीमान्न धर्मात्मजः ॥ २०४ ॥
रूपाभिजनसंपन्नौ माद्रीपुत्रौ बलान्वितौ ।
गोकर्मरक्षाव्यापारे विराटप्रेष्यतां गतौ ॥ २०५ ॥

पुण्यानि कर्माणि येषां तेषां । अरीणां जनोरिजनः । आगामि च तत्फलं च तस्य वाञ्छया । अमृतायते अमृतवदाचरति । अन्योनुकूलः कालः कालान्तरं तदपेक्षत इति०पेक्षी तेन । वाक्यं वज्र इव तेन विषमे । दर्व्यां व्यग्रः करो यस्य । विषमं पतितं वि०तं कठिनमित्यर्थः । गाण्डीवस्य स्फुरन् यः उरुः गुणः तस्य आस्फालनं तेन क्रूरौ कठिनौ पाणी यस्य सः । लीलया यद् नटनं तस्मिन् विलसन्ती मेखला यस्य । सत्त्वं च उत्साहश्च सत्त्वोत्साहौ अस्य विद्येते तेन सत्त्वोत्साहवता । देवेन्द्र इन्द्रः द्रविणेश्वरः कुबेरः । गवां कर्म सेवेत्यर्थः । रक्षा च तद्व्यापारे ।

---

१ अस्मात्परमिदमाधिकं पद्यं क्वचित्-उपनतभयैर्यो यो मार्गो हितार्थकरो भवेत्स स निपुणया बुद्ध्या सेव्यो महान्कृपणोऽपि वा । करिकरनिभौ ज्याघाताङ्कौ महार्थविशारदौ रचितवलयौ स्त्रीवद्बद्धौ करौ हि किरीटिना ॥ २ सदा नरेन्द्र. ३ वज्रपात. ४ घना. ५ णोपमैर्बहुगुणैः. ६ त्रिदण्डमवहत्. ७ पूर्वं. ८ कुन्ती.

रूपेणाप्रतिमेन यौवनगुणैः श्रेष्ठे कुले जन्मना
कान्त्या श्रीरिव यत्र सापि विवशा कालक्रमादागता ।
सैरन्ध्रीति सगर्वितं युवतिभिः साक्षेपमाख्यातया
द्रौपद्या ननु मत्स्यराजभवने घृष्टं न किं चन्दनम् ॥ २०६ ॥

मेघवर्ण आह—तात असिधाराव्रतमिदं मन्ये यदरिणा सह संवासः । सोऽब्रवीत्—देव एवमेतत् । परं न तादृङ्मूर्खसमागमः क्वापि मया दृष्टः । न च महाप्रज्ञमनेकशास्त्रेष्वप्रतिहतबुद्धिं रक्ताक्षं विना धीमान् । यत्कारणं तेन मदीयं यथावस्थितं चित्तं ज्ञातम् । ये पुनरन्ये मन्त्रिणस्ते महामूर्खा मन्त्रिमात्रव्यपदेशोपजीविनोऽतत्त्वकुशला यैरिदमपि न ज्ञातम् । यतः ।

अरितोऽभ्यागतो भृत्यो दुष्टस्तत्सङ्गतत्परः ।
अपसर्पः स धर्मत्वान्नित्योद्वेगी च दूषितः ॥ २०७ ॥

आसने शयने याने पानभोजनवस्तुषु ।
दृष्ट्वा दृष्ट्वा प्रमत्तेषु प्रहरन्त्यरयोऽरिषु ॥ २०८ ॥

तस्मात्सर्वप्रयत्नेन त्रिवर्गनिलयं बुधः ।
आत्मानमादृतो रक्षेत्प्रमादाद्धि विनश्यति ॥ २०९ ॥

साधु चेदमुच्यते—

संतापयन्ति कमपथ्यभुजं न रोगा
दुर्मन्त्रिणं कमुपयान्ति न नीतिदोषाः ।
कं श्रीर्न दर्पयति कं न निहन्ति मृत्युः
कं स्वीकृता न विषयाः परिपीडयन्ति ॥ २१० ॥

लुब्धस्य नश्यति यशः पिशुनस्य मैत्री
नष्टक्रियस्य कुलमर्थपरस्य धर्मः ।

आक्षेपेण संहितं यथा तथा साक्षेपम् । असिधाराव्रतं असिधारायां स्थितिरिव दुष्करं व्रतम् । तादृशां मूर्खाणां समागमो मिलनम् । यद्वा तादृगिति भिन्नं पदम् । महती प्रज्ञा यस्य स महाप्रज्ञस्तम् । मन्त्रिमात्रस्य व्यपदेशो म०शः तमुपजीवन्तीति । तत्वकुशला न भवन्तीत्यतत्त्वकुशलाः । सोपसर्पः चरः धर्मत्वादपसर्पधर्मत्वात् । पानं च भोजनं च तयोः वस्तूनि तेषु । प्रमत्तेषु अरिषु सत्सु तद् दृष्ट्वा दृष्ट्वा इत्यन्वयः । कम् । न पथ्यमपथ्यं अ० भुनक्तीति अ०क् तं । न संतापयन्ति अपि तु सर्वमेव सन्तापयन्तीत्यर्थः । एवमन्यत्र ।

---

१ आज्ञप्तया. २ दृष्टादृष्टप्र० ३ स्वीकृ० ४ लब्ध. ५ विषम.

विद्या च कुव्यसनिनः कृपणस्य सौख्यं
राज्यं प्रमत्तसचिवस्य नराधिपस्य ॥ २११ ॥

तद्राजन् असिधाराव्रतं मयाचरितमरिसंसर्गादिति यद्भवतोक्तं तन्मया साक्षादेवानुभूतम् । उक्तं च—

अपमानं पुरस्कृत्य मानं कृत्वा तु पृष्ठतः ।
स्वार्थमभ्युद्धरेत्प्राज्ञः स्वार्थभ्रंशो हि मूर्खता ॥ २१२ ॥
स्कन्धेनापि वहेच्छत्रुं कालमासाद्य बुद्धिमान् ।
महता कृष्णसर्पेण मण्डूका बहवो हताः ॥ २१३ ॥

मेघवर्ण आह—कथमेतत् । स्थिरजीवी कथयति—

कथा १२।

अस्ति वरुणाद्रिसमीप एकस्मिन्प्रदेशे परिणतवया मन्दविषो नाम कृष्णसर्पः । स एवं चित्ते संचिन्तितवान्—कथं नाम मया सुखोपायवृत्त्या वर्तितव्यमिति । ततो बहुमण्डूकं ह्रदमुपगम्य धृतिपरीतमिवात्मानं दर्शितवान् । अथ तथा स्थितः स उदकप्रान्तगतेनैकेन मण्डूकेन पृष्टः—माम किमद्य यथापूर्वमाहारार्थं न विहरसि । सोऽब्रवीत्—भद्र कुतो मे मन्दभाग्यस्याहाराभिलाषः । यत्कारणमद्य रात्रौ प्रदोष एव मयाहारार्थं विहरमाणेन दृष्ट एको मण्डूकः । तद्ग्रहणार्थं मया क्रमः सज्जितः । सोऽपि मां दृष्ट्वा मृत्युभयेन स्वाध्यायप्रसक्तानां ब्राह्मणानामन्तरपक्रान्तो न विभावितो मया क्वापि गतः । तत्सादृश्यमोहितचित्तेन मया कस्यचिद्ब्राह्मणस्य सूनोर्ह्रदतटजलान्तःस्थोऽङ्गुष्ठो दष्टः । ततोऽसौ सपदि पञ्चत्वमुपागतः । अथ तस्य पित्रा दुःखितेनाहं शप्तो यथा—दुरात्मन् त्वया निरपराधो मत्सुतो दष्टः । तदनेन दोषेण त्वं मण्डूकानां वाहनं भविष्यसि । तत्प्रसादलब्धजीविकया वर्तिष्यसे इति । ततोऽहं युष्माकं वाहनार्थमागतोऽस्मि । तेन च सर्वमण्डूकानामिदमावेदितम् । ततस्तैः प्रहृष्टमनोभिः सर्वैरेव गत्वा जलपाद-

नष्ट०—नष्टा क्रिया यस्य । अर्थः परं यस्य तस्य । प्रमत्ताः सचिवा यस्य । अपमानं पुरस्कृत्य । अपमानमेवापेक्षमाण इत्यर्थः । वरुणाद्रिः पश्चिमाचलः । परिणतं वयो यस्य । सुखः उपायो यस्याः तादृशी वृत्तिस्तया । बहु०—बहवो मण्डूका यस्मिन् । उदकस्य प्रान्त उद० तं गतः उद०तः तेन । तस्य सादृश्यं तत्सादृश्यं तेन मोहितं चित्तं यस्य तेन । ह्रदस्य तटं ह्रदतटं तत्र जलं ह्र० लं तस्यान्तः तिष्ठतीति ०स्थः । तेषां प्रसादः तत्प्र० तेन लब्धा चासौ जीविका च तया ।

१ विद्याफलं व्य. २ चित्तेन समर्थितवान्. ३ स्थिते तस्मिन्. ४ अन्तरमपः; मध्येप.

नाम्नो दर्दुरराजस्य विश्रमम् । अथासावपि मन्त्रिपरिवृतोऽत्यद्भुतमिद-मिति मन्यमानः ससंभ्रमं ह्रदादुत्तीर्य मन्दविषस्य फणिनः फणप्रदेशम-धिरूढः । शेषा अपि यथाज्येष्ठं तत्पृष्ठोपरि समारुरुहुः । किं बहुना । तदुपरि स्थानमप्राप्नुवन्तस्तस्यानुपदं धावन्ति । मन्दविषोऽपि तेषां तुष्ट्यर्थमनेकप्रकारान्गतिविशेषानदर्शयत् । अथ जलपादो लब्धसुख-स्तमाह—

न तथा करिणा यानं तुरगेण रथेन वा ।
नरयानेन वा यानं यथा मन्दविषेण मे ॥ २१४ ॥

अथान्येद्युर्मन्दविषश्छद्मना मन्दं मन्दं विसर्पति । तच्च दृष्ट्वा जलपा-दोऽब्रवीत्—भद्र मन्दविष यथापूर्वं किमद्य साधु नोह्यते । मन्दविषोऽब्र-वीत्—देव अद्याहारवैकल्यान्न मे वोढुं शक्तिरस्ति । अथासावब्रवीत्—भद्र भक्षय क्षुद्रमण्डूकान् । तच्छ्रुत्वा प्रहर्षितसर्वगात्रो मन्दविषः ससं-भ्रममब्रवीत्—ममायमेव विप्रशापोऽस्ति । तत्तवानेनानुज्ञावचनेन प्री-तोऽस्मि । ततोऽसौ नैरन्तर्येण मण्डूकान्भक्षयन्कतिपयैरेवाहोभिर्बलवा-न्संवृत्तः । प्रहृष्टश्चान्तर्लीनमवहस्येदमब्रवीत्—

मण्डूका विविधा ह्येते छलपूर्वोपसाधिताः ।
कियन्तं कालमक्षीणा भवेयुः खादिता मम ॥ २१५ ॥

जलपादोऽपि मन्दविषेण कृतकवचनव्यामोहितचित्तः किमपि नावबु-ध्यते । अत्रान्तरेऽन्यो महाकायः कृष्णसर्पस्तमुद्देशं समायातः । तं च मण्डूकैर्वाह्यमानं दृष्ट्वा विस्मयमगमत् । आह च—वयस्य यदस्माकमशनं तैः कथं वाह्यसे । विरुद्धमेतत् । मन्दविषोऽब्रवीत्—

सर्वमेतद्विजानामि यथा वाह्योऽस्मि दर्दुरैः ।
किंचित्कालं प्रतीक्षेऽहं घृतान्धो ब्राह्मणो यथा ॥ २१६ ॥

सोऽब्रवीत्—कथमेतत् । मन्दविषः कथयति—

कथा १२ ।

अस्ति कस्मिंश्चिदधिष्ठाने यज्ञदत्तो नाम ब्राह्मणः । तस्य भार्या पुंश्च-

---

ज्येष्ठमनतिक्रम्य यथाज्येष्ठम् । ज्येष्ठानुक्रमेणेत्यर्थः । आहारस्य वैकल्यमाहा० तस्मात् । प्रह०—प्रहर्षितानि सर्वाणि अङ्गानि यस्य । प्रहर्ष एषां संजातः प्रह-र्षितानि । छलं पूर्वं यस्मिन्कर्मणि तथोपसाधिताः वशमानीता इत्यर्थः । कियन्तं कालमक्षीणा भवेयुः । अचिरादेव क्षीणा भवेयुरित्यर्थः । कृतकेन वचनेन व्यामो-हितं चित्तं यस्य । घृतेनान्धो घृतान्धः । अन्यस्मिन् आसक्तं मनो यस्याः ।

---

१ यथानुक्रमं २ अनाप्नुवन्तः. ३ तदङ्गसंस्पर्शं. ४ वहतः ५ परीक्षे, प्रतीक्ष्यः.

ल्यन्यासक्तमना अजस्रं विधाय सखण्डघृतान्घृतपूरान्कृत्वा भर्तुश्चौरिकया प्रयच्छति । अथ कदाचिद्भर्ता दृष्ट्वाब्रवीत्-भद्रे किमेतत्परिपच्यते । कुत्र वाजस्रं नयसीदम् । तत्कथय सत्यम् । सा चोत्पन्नप्रतिभा कृतकवचनैर्भर्तारमब्रवीत्—अस्त्यत्र नातिदूरे भगवत्या देव्या आयतनम् । तत्राहमुपोषिता सती बलिं भक्ष्यविशेषांश्चापूर्वान्नयामि । अथ तस्य पश्यतो गृहीत्वा तत्सकलं देव्यायतनाभिमुखी प्रतस्थे । यत्कारणं देव्या निवेदितेनानेन मदीयो भर्तैवं मंस्यते यन्मम ब्राह्मणी भगवत्याः कृते भक्ष्यविशेषान्नित्यमेव नयतीति । अथ देव्यायतने गत्वा स्नानार्थं नद्यामवतीर्य यावत्स्नानक्रियां करोति तावद्भर्ता मार्गान्तरेणागत्य देव्याः पृष्ठतोऽदृश्यो ऽवतस्थे । अथ सा ब्राह्मणी स्नात्वा देव्यायतमागत्य स्नानानुलेपनमाल्यधूपबलिक्रियादिकं कृत्वा देवीं प्रणम्य व्यजिज्ञपत्—भगवति केन प्रकारेण मम भर्तान्धो भविष्यति । तच्छ्रुत्वा स्वरभेदेन देवीपृष्ठस्थितो ब्राह्मणो जगाद—यदि त्वमजस्रं घृतपूरादिभक्ष्यं तस्मै भर्त्रे प्रयच्छसि ततः शीघ्रमन्धो भविष्यति । सा तु बन्धकी कृतकवचनवञ्चितमानसा तस्मै ब्राह्मणाय तदेव नित्यं प्रददौ । अथान्येद्युर्ब्राह्मणेनाभिहितम्—भद्रे नाहं सुतरां पश्यामि । तच्छ्रुत्वा चिन्तितमनया—देव्याः प्रसादोऽयं प्राप्तः इति । अथ तस्या हृदयवल्लभो विटस्तत्सकाशमन्धीभूतोऽयं ब्राह्मणः किं मम करिष्यतीति निःशङ्कः प्रतिदिनमभ्येति । अथान्येद्युस्तं प्रविशन्तमभ्यासगतं दृष्ट्वा केशैर्गृहीत्वा लगुडपार्ष्णिप्रभृतिप्रहारैस्तावत्ताडयत् यावदसौ पञ्चत्वमाप । तामपि दुष्टपत्नीं छिन्ननासिकां कृत्वा विससर्ज । अतोऽहं ब्रवीमि—सर्वमेतद्विजानामि इति ॥ अथ मन्दविषोऽन्तर्लीनमवहस्य पुनरपि मण्डूकाँ विविधास्वादा इति तमेवमब्रवीत् । अथ जलपादस्तच्छ्रुत्वा सुतरां व्यग्रहृदयः किमनेनाभिहितम् इति तमपृच्छत्—भद्र किं त्वयाभिहितमिदं विरुद्धं वचः । अथासावाकारप्रच्छादनार्थं न किंचित् इत्यब्रवीत् । तथैव कृतकवचनव्यामोहितचित्तो जलपादस्तस्य दुष्टाभिसंधिं नावबुध्यते । किं बहुना । तथा तेन सर्वेऽपि भक्षिता यथा बीजमात्रमपि नावशिष्टम् । अतोऽहं ब्रवीमि—स्कन्धेनापि

उत्पन्ना प्रतिभा यस्याः । स्नानं च अनुलेपनं च माल्यं च धूपश्च बलिक्रिया च आदौ यस्य तत् स्ना०-दिकं । लगुडश्च पार्ष्णी च लगुडपार्ष्णयः प्रभृतयो येषां ते ल०तयस्तेषां प्रहारैः । दुष्टश्चासावभिसन्धिश्च दुष्टाभिसन्धिः तम् ।

---

१ विविधसगुडघृतपूर्णान्भक्ष्यविशेषान्. २ जारायप्र० ३ दृश्यते ४ निभृतः. ५ घृतखण्ड. ६ मनाः. ७ कान्, विविधानास्वादयाते.

वहेच्छत्रुमिति। अथ राजन् यथा मन्दविषेण बुद्धिबलेन मण्डूका निहतास्तथा मयापि सर्वेऽपि वैरिणः। साधु चेदमुच्यते—

वने प्रज्वलितो वह्निर्दहन्मूलानि रक्षति।
स मूलोन्मूलनं कुर्याद्वायुर्यो मृदुशीतलः ॥ २१७ ॥

मेघवर्ण आह—तात सत्यमेवैतत्। ये महात्मानो भवन्ति ते महासत्त्वा आपद्गता अपि प्रारब्धं न त्यजन्ति। उक्तं च यतः—

महत्त्वमेतन्महतां नयालङ्कारधारिणाम्।
न मुञ्चन्ति यदारब्धं कृच्छ्रेऽपि व्यसनोदये ॥ २१८ ॥

तथा च।

प्रारभ्यते न खलु विघ्नभयेन नीचैः
प्रारभ्य विघ्नविहता विरमन्ति मध्याः।
विघ्नैः सहस्रगुणितैरपि हन्यमानाः
प्रारब्धमुत्तमगुणा न परित्यजन्ति ॥ २१९ ॥

तत्कृतं निष्कण्टकं मम राज्यं शत्रून्निःशेषतां नयता त्वया। अथवा युक्तमेतन्नयवेदिनाम्। उक्तं च यतः—

ऋणशेषं चाग्निशेषं शत्रुशेषं तथैव च।
व्याधिशेषं च निःशेषं कृत्वा प्राज्ञो न सीदति ॥ २२० ॥

सोऽब्रवीत्—देव भाग्यवांस्त्वमेवासि यस्यारब्धं सर्वमेव संसिध्यति। तत्र न केवलं शौर्यं कृत्यं साधयति किंतु प्रज्ञया यत्क्रियते तदेव विजयाय भवति। उक्तं च—

शस्त्रैर्हता न हि हता रिपवो भवन्ति
प्रज्ञाहतास्तु रिपवः सुहता भवन्ति।
शस्त्रं निहन्ति पुरुषस्य शरीरमेकं
प्रज्ञा कुलं च विभवं च यशश्च हन्ति ॥ २२१ ॥

तदेवं प्रज्ञापुरुषकाराभ्यां युक्तस्यायत्नेन कार्यसिद्धयः संभवन्ति।

प्रसरति मतिः कार्यारम्भे दृढीभवति स्मृतिः
स्वयमुपनयन्नर्थान्मन्त्रो न गच्छति विप्लवम्।
स्फुरति सफलस्तर्कश्चित्तं समुन्नतिमश्नुते
भवति च रतिः श्लाघ्ये कृत्ये नरस्य भविष्यतः ॥ २२२ ॥

तथा च। नयत्यागशौर्यसंपन्ने पुरुषे राज्यमिति। उक्तं च—

नय एवालंकारस्तं धारयन्तीति तेषाम्। व्यसनानामुदयो यस्मात् तस्मिन्। नयश्च त्यागश्च शौर्यं च तैः सम्पन्नस्तस्मिन्।

---

१ वृक्षमू० २ समूलमुन्मूलयति. ३ स्पृहा.

त्यागिनि शूरे विदुषि च संसर्गरुचिर्जनो गुणी भवति ।
गुणवति धनं धनाच्छ्रीः श्रीमत्याज्ञा ततो राज्यम् ॥ २२३ ॥

मेघवर्ण आह—नूनं सद्यःफलाति नीतिशास्त्राणि यत्त्वयानुकृत्येनानुप्रविश्यारिमर्दनः सपरिजनो निःशेषितः । स्थिरजीव्याह—

तीक्ष्णोपायप्राप्तिगम्योऽपि योऽर्थः तस्याप्यादौ संश्रयः साधुयुक्तः ।
उत्तुङ्गाग्रः सारभूतो वनानां मान्याभ्यर्च्यैश्छिद्यते पादपेन्द्रः ॥ २२४ ॥

अथवा स्वामिन् किं तेनाभिहितेन यदनन्तरकाले क्रियारहितमसुखसाध्यं वा भवति । साधु चेदमुच्यते—

अनिश्चितैरध्यवसायभीरुभिः पदे पदे दोषशतानुदर्शिभिः ।
फलैर्विसंवादमुपागता गिरः प्रयान्ति लोके परिहासवस्तुताम् ॥२२५॥

न च लघुष्वपि कर्तव्येषु धीमद्भिरनादरः कार्यः । यतः ।

शक्ष्यामि कर्तुमिदमल्पमयत्नसाध्य-
मत्रादरः क इति कृत्यमुपेक्षमाणाः ।
केचित्प्रमत्तमनसः परितापदुःख-
मापत्प्रसङ्गसुलभं पुरुषाः प्रयान्ति ॥ २२६ ॥

तदद्य जितारेर्मद्विभोर्यथापूर्वं निद्रालाभो भविष्यति । उच्यते चैतत्—

निःसर्पे बद्धसर्पे वा भवने सुप्यते सुखम् ।
सदा दृष्टभुजङ्गे तु निद्रा दुःखेन लभ्यते ॥ २२७ ॥

तथा च ।

विस्तीर्णव्यवसायसाध्यमहतां स्निग्धैप्रयुक्ताशिषां
कार्याणां नयसाहसोन्नतिमतामिच्छापदारोहिणाम् ।
मानोत्सेकपराक्रमव्यसनिनः पारं न यावद्गताः
सामर्षे हृदयेऽवकाशविषया तावत्कथं निर्वृतिः ॥ २२८ ॥

सद्यः फलं येषां तानि । अनु अनुकूलं कृत्यमस्य तेन । तीक्ष्णश्चासावुपायश्च तस्य प्राप्तिः तया गम्यः । साधुश्चासौ युक्तश्च । उत्तुङ्गानि अग्राणि यस्य । अध्यवसा०—अध्यवसायाद्भीरूणि दोषाणां शतानि दोषश० दर्शयन्तीति तैः । परिहास०—परिहासपदत्वम् । इदं कर्तुं शक्ष्यामि इदमल्पमगुरु इदं यत्नं विनापि साध्यमित्यन्वयः । आपदः प्रसङ्गस्तत्र सुलभम् । विस्तीर्णाश्चते व्यवसायाश्च वि०-यास्तै साध्यानि अत एव महान्ति तेषाम् । स्निग्धैः प्रयुक्ता आशिषो यत्र तेषाम् । नयश्च साहसं च उन्नतिश्च न—तयः विद्यन्ते येषां तेषाम् । इच्छापदमारोहन्तीति तेषाम् । मानश्च उत्सेकश्च पराक्रमश्च मानो०मास्तेषु व्यसनं येषां ते । अवकाशो विषयो यस्याः सा ।

---

१ आनुकूल्येन. २ दृष्टनष्टे. ३ स्निग्धोपभु०,

तेऽत्रासितकार्यारम्भस्य विश्राम्यतीव मे हृदयम्। तदिदमधुना निहत-कण्टकं राज्यं प्रजापालनतत्परो भूत्वा पुत्रपौत्रादिक्रमेणाचलच्छत्रासन-श्रीभिरं भुङ्क्ष्व। अपि च।

प्रजा न रञ्जयेद्यस्तु राजा रक्षादिभिर्गुणैः।
अजागलस्तनस्येव तस्य राज्यं निरर्थकम्॥ २२९॥

गुणेषु रागो व्यसनेष्वनादरो रतिः सुभृत्येषु च यस्य भूपतेः।
चिरं स भुङ्क्ते चलचामरांशुकां सितातपत्राभरणां नृपश्रियम्॥२३०॥

न च त्वया प्राप्तराज्योऽहमिति मत्वा श्रीमदेनात्मा व्यंसयितव्यः। यत्का-रणं चला हि राज्ञो विभूतयो वंशारोहणवद्राज्यलक्ष्मीर्दुरारोहा क्षणविनि-पातरता प्रयत्नशतैरपि धार्यमाणा दुर्धरा प्रशस्ताराधिताप्यन्ते विप्रल-म्भिनी वानरजातिरिव विद्रुतानेकचित्ता पद्मपत्रोदकमिवाघटितसंश्लेषा पवनगतिरिवातिचपला अनार्यसंगतिरिवास्थिरा आशीविष इव दुरुपचारा संध्याभ्रलेखेव मुहूर्तरागा जलबुद्बुदावलीव स्वभावभङ्गुरा शरीरप्रकृतिरिव कृतघ्ना स्वप्नलब्धद्रव्यराशिरिव क्षणदृष्टनष्टा। अपि च।

यदैव राज्ये क्रियतेऽभिषेकस्तदैव बुद्धिर्व्यसनेषु योज्या।
घटा हि राज्ञामभिषेककाले सहाम्भसैवापदमुद्गिरन्ति॥ २३१॥

न च कश्चिदनधिगमनीयो नामास्त्यापदाम्। उक्तं च—

रामस्य व्रजनं बलेर्नियमनं पाण्डोः सुतानां वनं
वृष्णीनां निधनं नलस्य नृपते राज्यात्परिभ्रंशनम्।
नाट्याचार्यकमर्जुनस्य पतनं संचिन्त्य लङ्केश्वरे
सर्वं कालवशाज्जनोऽत्र सहते कः कं परित्रायते॥ २३२॥

क्व स दशरथः स्वर्गं भूत्वा महेन्द्रसुहृद्गतः
क्व स जलनिधेर्वेलां बद्ध्वा नृपः सगरस्तथा।

अत्रासितः कार्यस्यारम्भो यस्य। अचल०—छत्रं चासनं च श्रीश्च छत्रासन-श्रियः। न चलन्त्यः अच०। अचलन्त्यः छत्रा०य यस्यः सः। चलन्ति चामराणि अंशुकानि च यस्यां। यद्वा चलतां चामराणामंशवो यस्यां ताम्। सितं च तदात-पत्रं च सिता० सिता० आभरणं यस्याः ताम्। वंशस्यारोहणं तेन तुल्यं वं०णवत्। क्षणेन यः विनिपातस्तत्र रता। प्रशस्तं यथा तथाराधिता। विद्रुतानि अनेकेषां चित्तानि यया। अघटितः संश्लेषो यस्याः। क्षणं दृष्टा चासौ नष्टा च। नाट्यस्या-चार्यकम्। महेन्द्रसुहृद्भूत्वा क्व गतः।

---

१ असद्गुणेषु व्य०. २ सुनीतेषु. ३ शुभां. ४ नाशयितव्यः. ५ चपला हि राज्ञां चित्तवृत्तयः

क स करतलाजातो वैण्यः क्व सूर्यतनुर्मनु-
र्ननु बलवता कालेनैते प्रबोध्य निमीलिताः ॥ २३३ ॥
मांधाता क्व गतस्त्रिलोकविजयी राजा क्व सत्यव्रतो
देवानां नृपतिर्गतः क्व नहुषः सच्छास्त्रवान्केशवः ।
मन्यन्ते सरथाः सकुञ्जरवराः शक्रासनाध्यासिनः
कालेनैव महात्मना ननु कृताः कालेन निर्वासिताः ॥ २३४ ॥

अपि च ।

स च नृपतिस्ते सचिवास्ताः प्रमदास्तानि काननवनानि ।
स च ते च ताश्च तानि च कृतान्तदृष्टानि नष्टानि ॥ २३५ ॥

एवं मत्तकरिकर्णचञ्चलां राज्यलक्ष्मीमवाप्य न्यायैकनिष्ठो भूत्वोपभुङ्क्ष्व ॥ समाप्तं चेदं सन्धिविग्रहादिषाड्गुण्यसम्बद्धं काकोलूकीयं नाम तृतीयं तन्त्रम् ।

इति श्रीविष्णुशर्मविरचिते पञ्चतन्त्रके काकोलूकीयं नाम तृतीयं तन्त्रं समाप्तम् ॥

THE TEXT AS GIVEN IN THE B. S. S. ED.

from p. 60 last line—

रक्ताक्षः क्रूराक्षो दीप्ताक्षो वक्रनास एते तस्य चत्वारः सचिवाः । तत आदौ रक्ताक्षं पृष्टवान् । भद्र तावदेष तस्य रिपोर्मन्त्री मम हस्तगतः । तत्किं क्रियताम् । स आह—देव एष तस्याद्यो मन्त्री यद्यपि वेलामुहूर्तगुणेन दुर्जनोक्तेन वाक्येन वियोजितस्तदप्यस्य वाक्यं श्रोतव्यं यतो न सदैव विग्रहासक्तेन भूभुजा भाव्यम् । उक्तं च—

कोषक्षयो न निद्रा च न विलासेषु च स्पृहा ।
विग्रहासक्तचित्तानां न रतिः क्वापि जायते ॥ १२९ ॥

तस्मादस्य द्वारेण तेन सह साम्ना वर्तितव्यम् । उक्तं च—

सामादिदण्डपर्यन्तो नयः प्रोक्तः स्वयंभुवा ।
तेषां दण्डस्तु पापीयांस्तं पश्चाद्विनियोजयेत् ॥ १३० ॥

सूर्यात् तनुर्यस्य । शक्रस्यासनं शक्रासनं तदध्यासते श० सिनः । वेलाया मुहूर्तस्तस्य गुणः । विग्रहे आसक्तं चित्तं येषां तेषां कोषक्षयो भवति । न निद्रा इ० । साम आदिर्यस्य सामादिः । दण्डः पर्यन्तो यस्य दण्ड० । सामादिश्चासौ दण्डपर्यन्तश्च ।

---

१ वि१. २ त्वनुकृता.

तथा च ।

सामसिद्धानि कार्याणि विकृतिं यान्ति न क्वचित् ।
सज्जनानां मनांसीव भवन्ति प्रमुदे सदा ॥ १३१ ॥

सामसाध्येषु कार्येषु यो दण्डं योजयेद्बुधः ।
स पित्ते शर्कराशाम्ये पटोलं कटुकं पिबेत् ॥ १३२ ॥

यत्केचिच्चैव वदन्ति यच्छत्रवो दण्डसाध्याः स्युर्न सामसाध्यास्तदप्ययुक्तम्—उक्तं च—

पर्णशब्दमपि श्रुत्वा त्रस्यन्ति हरिणाश्च ये ।
तेऽपि साम्नात्र वध्यन्ते लुब्धकैः पश्य सर्वदा ॥ १३३ ॥

अन्यच्च ।

शत्रोरुच्छेदनार्थाय न साम्नोऽस्त्यन्यदौषधम् ।
हेमन्ते हिमपातेन पद्मिनी किं न दह्यते ॥ १३४ ॥

तद्यदि मद्वचः प्रमाणं तत्संधानाय वधाय वा रिपोः साम प्रयोक्तव्यं यतो नीतावप्ययुक्तम् ।

शनैः शनैर्ददात्येष पादौ भूतानुकम्पया ।
अहो जलचरः प्राणी बकः परमधार्मिकः ॥ १३५ ॥

एवं तस्याभिप्रायं बुद्ध्वा क्रूराक्षमाह—भद्र तवाभिप्रायमपि श्रोतुमिच्छामि । एवंविधे कृत्ये समुपस्थिते किं मम कृत्यं भवति । स आह—देव तेन निसर्गवैरिणा यत्सामप्रयोजनं तन्मम न भाति । उक्तं च—

चतुर्थोपायसाध्ये तु शत्रौ सान्त्वमपक्रिया ।
स्वेद्यमानज्वरं प्राज्ञः कोऽम्भसा परिषिञ्चति ॥ १३६ ॥

तद्भेदसाध्यो दुष्टोऽपि रिपुर्भवति । उक्तं च—

अपि वीर्योत्कटः शत्रुर्यतो भेदेन सिध्यति ।
तस्माद्भेदः प्रयोक्तव्यः शत्रूणां विजिगीषुणा ॥ १३७ ॥

असाध्यं शत्रुमालोक्य दायादं तस्य भेदयेत् ।
राज्यकामं समर्थं च यथा रामो विभीषणम् ॥ १३८ ॥

कूटलेख्यैर्धनोत्सर्गैर्दूषयेच्छत्रुपक्षजम् ।
प्रधानपुरुषं यद्वद्विष्णुगुप्तेन राक्षसः ॥ १३९ ॥

भेदयेच्च बलं राजा दुर्भेद्यमपि वित्ततः ।
यतः सुखेन भज्येत घुणोत्कीर्णसुदारुवत् ॥ १४० ॥

साम्ना सिद्धानि सामसिद्धानि । शत्रुपक्षजं प्रधानपुरुषं । कुटानि च तानि लेख्यानि कूटले० तैः । दूषयेदित्यन्वयः । घुणया उत्कीर्णं घुणोत्कीर्णं घुणं च तत्सुदारु च । तद्वत् ।

एवं ज्ञात्वा विवेकिना शत्रुसाधनाय भेदः प्रयोक्तव्यः । सर्वो विजिगीषुर्गुणयुक्तोपि शत्रुर्भेदात्तव वश्यो भवति । उक्तं च—

अत्यच्छेनाविरुद्धेन सुवृत्तेनातिचारुणा ।
अन्तर्भिन्नेन संप्राप्तं मौक्तिकेनापि बन्धनम् ॥ १४१ ॥

तद्यदि मम मतमनुष्ठीयते तदा स्वपक्षे भेदो रक्ष्यः परपक्षे प्रयोक्तव्यः । एवं तस्याभिप्रायं विदित्वा दीप्ताक्षमाह—भद्र अत्र विषये तव कोभिप्रायः । स आह—देव मम सामभेदौ द्वावपि न प्रतिभासेते यतो न साम्ना न च भेदेन तथा शत्रुः सिध्यति यथोपप्रदानलुब्ध उपप्रदानेन विश्वास्य वध्यः स्यात् । उक्तं च—

लोभाविष्टो नरो वित्तं वीक्षते न स चापदम् ।
दुग्धं पश्यति मार्जारो यतो न लकुटाहतिम् ॥ १४२ ॥

शत्रुं वान्छाविघाताय बुद्धियुक्तो महीपतिः ।
साम्यं नयति सौम्येन यथैवाग्निं महोदधिः ॥ १४३ ॥

अपि स्यात्पितृहा वैरी सोपि दानविलोभितः ।
गत्वा विश्वासभावं स शत्रोरात्मानमर्पयेत् ॥ १४४ ॥

दुर्गस्था अपि वध्यन्ते शत्रवो दानसंश्रयात् ।
स्वल्पमांसप्रदानेन कैवर्तैस्तिमयो यथा ॥ १४५ ॥

अपरं यच्छत्रोरुपप्रदानं वर्जयन्ति तदप्ययुक्तं यत उपप्रदानव्याजाच्छत्रुर्निर्मूलतां याति । उक्तं च—

उच्छेद्यमपि विद्वांसो वर्धयन्त्यरिमेकदा ।
गुडेन वर्धितः श्लेष्मा यतो निःशेषतां व्रजेत् ॥ १४६ ॥

एवं तद्वचनमाकर्ण्य वक्रनासमूचे—भो निवेद्यतामात्मनोभिप्रायः । स आह—देव किं वदामि यत्रयाणामप्येषां मध्यान्नैकेनापि नीतिशास्त्राश्रय-

---

उपप्रदानाय लुब्धः उप० । लकुटेनाहतिः लकुटा० । पितरं हन्तीति पितृहा । दानस्य संश्रयस्तस्मात् ।

मभिहितं यतोऽशक्तानामेते सामभेदोपप्रदानोपायाः शक्तानां पुनः शत्रुविषये दण्ड एव । उक्तं च—

दण्डं मुक्त्वा नृपो योन्यानुपायान्ये जयेद्रिपोः ।
स तं भीतमिव ज्ञात्वा स्वैरं तं प्रति धावति ॥ १४७ ॥

अपरं सामादिभिर्या लक्ष्मीर्भूभुजां दण्डं विना सा लक्ष्मीश्चिरं न प्रभवति । उक्तं च—

अकृत्वा पौरुषं या श्रीर्विकासिन्यपि किं तया ।
जरद्गवोपि चाश्नाति दैवादुपगतं तृणम् ॥ १४८ ॥

मनसा सर्वलोकानां लक्ष्मीर्हस्तगतैव हि ।
कर्मणोद्दामदण्डानामेव स्याद्वशवर्तिनी ॥ १४९ ॥

दुर्लभा क्लीव चित्तेन लक्ष्मीः संसेव्यतेऽलसैः ।
पण्यस्त्रीवोद्यतैश्चैव युद्धे वीर्यधनप्रदैः ॥ १५० ॥

किरीटमणिचित्रेषु मूर्धसूत्तानरश्मिषु ।
नादत्त्वा द्विषतां पादं पुरुषः श्रियमश्नुते ॥ १५१ ॥

हेलाकृष्टस्फुरत्खड्गदीप्तांशुपरिपिञ्जरैः ।
श्रीमत्करिकराकारैराहार्यन्ते भुजैः श्रियः ॥ १५२ ॥

पराक्रमपरामर्शवशीकृतरिपोरसौ ।
लक्ष्मीरन्याङ्कमुक्तैव स्वयं गृहकुटुम्बिनी ॥ १५३ ॥

शत्रोः श्रियं सदोत्थायी सैंहीं वृत्तिं समाश्रितः ।
कचग्रहेण भुञ्जीत दुर्विनीतामिव स्त्रियम् ॥ १५४ ॥

एवं चतुर्थो वक्रनासमन्त्रो दण्डसाध्यः । ततस्तस्यापि वचः समाकर्ण्य

उद्गतं दाम यस्मात्स उद्दामा । उद्दामा दण्डो येषाम् । वशे वर्तते असौ वश० । पण्या स्त्री पण्यस्त्री । वीर्यमेव धनं तत्प्रददतीति वीर्यधनप्रदाः तैः । किरीटानां मणयः तैः चित्रेषु । उत्ताना रश्मयो यत्र । हेलया कृष्टः हे० ष्टः यः स्फुरन् खड्गः तस्य दीप्ताश्च ते अंशवश्च दीप्तांशवस्तैः पिञ्जरास्तैः । श्रीमान् यः करी तस्य करः तस्य इव आकारो येषाम् । पराक्रमस्य परामर्शेन वशीकृतः रिपु० परा०। तस्य सदा उत्थातुं शीलमस्य स सदो० । दण्डेन साध्यं यस्मिन् ।

प्राकारकर्णमुदासीनं वृद्धसचिवमाह—भो अभिधीयतामात्मनोऽभिप्रायः। स आह—देव अवध्योऽयं विशेषात्तव पक्षाश्रयः शरणागतश्च। तदेनं स्वदुर्गे नीत्वा संमानय। ततोऽनेनाग्रसरेण शत्रवो व्यापादनीयाः स्युः। उक्तं च—

मत्स्यो मत्स्यमुपादत्ते ज्ञातिर्ज्ञातिमसंशयम्।
रावणोच्छित्तये रामो बिभीषणमपूजयत्॥ १९५॥

अपरमस्य वधान्महापातकमस्ति। उक्तं च—

वदत्सु दैन्यं शरणागतेषु बहुप्रहारेषु भयेन युक्ताः।
दयाविहीनाः प्रहरन्ति येऽत्र ते रौरवादीनि निषेवयन्ति॥ १९६॥

अपरं च।

दक्षिणादिसमृद्धस्य वाजिमेधस्य यत्फलम्।
तत्फलं लभते सम्यग्यो रक्षेच्छरणागतम्॥ १९७॥

एवं पञ्चमः प्राकारकर्णस्य मन्त्रः। अथ तस्य तदाकर्ण्य स्वयमरिमर्दनोऽभिहितवान्—भो ममाप्ययमभिप्रायः। एष तावत्कपटी न भवति। मदर्थं स्वामिना तिरस्कृतः। तद्युज्यते स्वे दुर्गे नेतुम्। युक्तमुक्तं प्राकारकर्णेन। यदि पुनरेष त्यज्यते हन्यते वा ततः कृतघ्नतादोषो भवति। तथा च।

ब्रह्मघ्ने च सुरापे च चौरे भग्नव्रते शठे।
निष्कृतिर्विहिता सद्भिः कृतघ्ने नास्ति निष्कृतिः॥ १९८॥

तथा च।

सत्कृताश्च कृतार्थाश्च कृतज्ञा न भवन्ति ये।
मृतानामपि नो काकास्तेषां मांसानि भुञ्जते॥ १९९॥

तस्मादस्याहं संमानं करिष्यामि। तच्छ्रुत्वा वक्रनास आह—देव न युक्तमेतच्छत्रुपक्षपातिनां दुर्गदर्शनम्। उक्तं च—

बहवः प्रहारा येषां तेषु। दक्षिणा आदौ येषां तैः समृद्धः तस्य। शत्रोः पक्षः शत्रुपक्षस्तत्र पातो येषां तेषाम्।

अज्ञाताः पुरुषा यस्य प्रविशन्ति महीपतेः ।
दुर्गं तस्य न संदेहः प्रविशन्ति द्रुतं द्विषः ॥ १६० ॥

तच्छ्रुत्वारिमर्दन आह—भो न युक्तमुक्तं भवता । दुर्गं दुर्गमिति कातरप्रवादोयम् । शूराणां तु स्वभुजवीर्यपञ्जरं दुर्गम् । उक्तं च—

यस्य स्यात्सहजं वीर्यं हन्यते स तु नारिभिः ।
मणिदीपस्य नोग्रोपि वायुर्बाधयते शिखाम् ॥ १६१ ॥

दुर्गाश्रयोपि कालेन नाशं यास्यति । उक्तं च—

स्थानं त्रिकूटं परिखा समुद्रो रक्षांसि योधा धनदश्च वित्तम् ।
शास्त्रं च यस्योशनसा प्रणीतं स रावणः कालवशाद्विपन्नः ॥१६२॥

इत्युक्त्वा तमुवाच—भोः स्थिरजीविन् मया त्वं तावत्परिग्रहासंमतेनापि रक्षितो गृहीतश्च । तदागम्यतां मे दुर्गम् । तत्र च यत्तव कुलोचितं तत्कुरुष्व । सोप्यन्तर्विहस्य तमुवाच—भोः स्थिरजीविनः किमतिबहुना व्यर्थप्रलपनेन । मदीयकुलीनतां फलेन ज्ञास्यति भवान् । तच्छ्रुत्वा वक्रनासः प्रोवाच—भो विनष्टं कुलमस्माकम् ।

सा सा संपद्यते बुद्धिः सा मतिः सा च भावना ।
सहायास्तादृशा ज्ञेया यादृशी भवितव्यता ॥ १६३ ॥

कौशिकानां राजदोषेण विनाशः समागतः । तत्कस्य कथ्यते । उक्तं च—

दोषमार्त्तो जनः कृत्स्नं पार्थिवाय निवेदयेत् ।
यदा स्याद्दोषवान्भूपस्तदा कस्तं निषेधयेत् ॥ १६४ ॥

एवं तमनादृत्य स्थिरजीविनमादाय स्वदुर्गमाससादोलूकपतिः । स्थिरजीव्यपि तद्दुर्गविषमतामालोक्य स्वचित्तेऽचिन्तयत् । एतद्दुर्गं तावद्यथोक्तं दुर्गविषमं परमसारं नास्ति । तदन्तर्मृत्युपाशबद्धा मम वशे संजाताः ।

कातराणां प्रवादः कातर० । स्वभुजयोः वीर्यं स्व० तदेव पञ्जरम् । परमः सारो यस्य तत्परम० । । अन्तर्यो मृत्युस्तस्य पाशेन बद्धाः ।

येन मन्त्रिणा वक्रनासेन स्वस्वामी मां प्रति स्थिरजीवी वध्यतामित्युक्तस्तत एषामुलूकानां मध्ये नीतिज्ञोयं हितश्च । अन्ये तु मूढतमाः स्वामिना सह । अथ त उलूकास्तेनोलूकपतिनोक्ताः । यदहो स्थिरजीविनो भद्रतर आश्रयः समर्पणीय इति । स्थिरजीवी तच्छ्रुत्वा व्यचिन्तयत् । मया तावदेषां वधोपायश्चिन्तितव्यः । ततः स मया मध्यस्थितेन न भविष्यत्येतेपि यतः सावधाना भविष्यन्ति । तदेतद्दुर्गद्वारमाश्रयामि येनात्र स्थितोभिप्रेतं करोमि । ततश्चोलूकभूपमाह—देव तवैतद्युक्तम् । परमहमपि नीतिज्ञो हितश्च । यद्यपि तत्त्वानुरक्तः शुचिस्तथापि त्वद्दुर्गमध्ये न वासो ममार्हः । तदहमत्रैव दुर्गद्वारे स्थितः सदा भक्तिसेवां करिष्यामि । तथानुष्ठिते वक्रनासः स्ववर्गीयानाहूय प्रोवाच । भो एतावत्कालं यावदेतद्दुर्गं कुशलं चास्माकं भूपतेरभूत्—परं संप्रत्यन्यं पर्वतमाश्रित्य वयं सर्वेन्यद्दुर्गं संश्रयामः । उक्तं च—

अनागतं यः कुरुते &c. ॥ १६९ ॥ p. 72......द्रौपद्या...न किं चन्दनम् ॥ sl. 206 p. 76 omitting slokas 200, 203, 203.

ततस्स एव नीतिज्ञो भवति योपमानमपि सहित्वा कार्यं साधयति । उक्तं च—

महत्त्वमेतन्महतां नयालङ्कारधारिणाम् ।
न मुञ्चन्ति यदारम्भं प्राप्तेपि व्यसनोदये ॥ १७७ ॥

तथा च—

प्रारभ्यते न खलु विघ्नभयेन नीचैः
प्रारभ्य विघ्नविहता विरमन्ति मध्याः ।
विघ्नैः सहस्रगुणितैरपि हन्यमानाः
प्रारब्धमुत्तमगुणा न परित्यजन्ति ॥ १७८ ॥

मेघवर्ण आह । तत्कृतं निष्कण्टकं मे राज्यं शत्रूनिःशेषतां नयता त्वया । अथवा युक्तमेतन्नयवादिनाम् । उक्तं च—

तत्त्वेनानुरक्तस्तत्त्वानुरक्तः । नय एवालंकारस्तं धारयन्तीति तेषाम् ।

ऋणशेषं चाग्निशेषं शत्रुशेषं तथैव च ।

पुनः पुनः प्रवर्धन्ते तस्माच्छेषं न धारयेत् ॥ १८९ ॥

तन्नास्ति त्वत्समोऽन्यो मन्त्री बुद्धिमान्येन शस्त्रमोक्षणं विनापि स्वबुद्ध्या शत्रवो हताः । अथवा साध्विदमुच्यते—

शस्त्रैर्हतास्तु रिपवो न हता भवन्ति
प्रज्ञाहताश्च नितरां सुहता भवन्ति ।
शस्त्रं निहन्ति पुरुषस्य शरीरमेकं
प्रज्ञा कुलं च विभवं च यशश्च हन्ति ॥ १८० ॥

स्थिरजिव्याह । स देवप्रतापभावोऽयं भविष्यद्वृद्धिसूचकः । वयं पुनर्मूकाः कृत्यानुष्ठानमात्राः । उक्तं च—

प्रसरति मनः कार्यारम्भे दृढीभवति स्पृहा
स्वयमुपनयन्नर्थान्मन्त्रो न गच्छति विप्लवम् ।
फलति सकलं कृत्यं चित्तं समुन्नतिमश्नुते
भवति च रतिः श्लाघ्ये कृत्ये नरस्य भविष्यतः ॥ १८१ ॥

तत्तव भविष्यतो विपक्षस्य भवितव्यतेति बुद्धिविपर्यासेन ज्ञातं मया । ये विज्ञा भवन्ति पुरुषाणां भविष्यतामभविष्यतां च व्यवहारादेव जानन्ति । उक्तं च—

वाञ्छैव सूचयति पूर्वतरं भविष्यं
पुंसोऽन्यजन्मसुकृतं यदि वेतरच्च ।
विज्ञायते शिशुरजातकलापचिह्नः
प्रत्युत्पदैरपसरन्सरसः कलापी ॥ १८२ ॥

तद्यस्य विधिः संमुखो भवति स त्वमिव बुद्धिसंपन्नो भवति । उक्तं च—

देवस्य प्रतापः देव० तस्य भावः । भविष्यन्ती वृद्धिः भवि० तस्याः सूचकः । कृत्यस्यानुष्ठानमेव येषां ते कृत्या० त्राः । अन्यत् जन्म तस्मिन्सुकृतम् । अजातं कलाप एव चिह्नं यस्य । कलापोऽस्य विद्यते असौ कलापी मयूरः ।

न देवा यष्टिमादाय रक्षन्ति पशुपालवत् ।
यं तु वर्धितुमिच्छन्ति बुद्ध्या संयोजयन्ति तम् ॥ १८३ ॥
न देवाः शस्त्रमादाय निघ्नन्ति रिपुवत्क्रुधा ।
यं तु हिंसितुमिच्छन्ति बुद्ध्या विश्लेपयन्ति तम् ॥ १८४ ॥
बुद्धौ कलुषभूतायां विनाशे पर्युपस्थिते ।
अनयो नयसंकाशो हृदयान्नापसर्पति ॥ १८५ ॥

तथा तव रिपोः संजातो बुद्धिविश्लेपः ॥ समाप्तं चेदं काकोलूकीयं नाम तृतीयं तन्त्रम् ॥

पशुपालेन तुल्यं पशुपालवत् । कलुषा भूता कलुषभूता तस्याम् । बुद्धेः विश्लेषः बुद्धिविश्लेषः ।

अथ लब्धप्रणाशम् ।

अथेदमारभ्यते लब्धप्रणाशं नाम चतुर्थं तन्त्रम् । यस्यायमादिमः श्लोकः—

समुत्पन्नेषु कार्येषु बुद्धिर्यस्य न हीयते ।
स एव दुर्गं तरति जलस्थो वानरो यथा ॥ १ ॥

तद्यथानुश्रूयते—अस्ति कस्मिंश्चित्समुद्रोपकण्ठे महाञ्जम्बूपादपः सदाफलः । तत्र च रक्तमुखो नाम वानरः प्रतिवसति स्म । अथ कदाचित्तस्य तरोरधस्तात्करालमुखो नाम मकरः समुद्रसलिलान्निष्क्रम्य सुकोमलवालुकासनाथे तीरोपान्ते न्यविशत् । ततश्च रक्तमुखेन स प्रोक्तः—भोः भवान्समभ्यागतोऽतिथिः । तद्भक्षयतु मया दत्तान्यमृतकल्पानि जम्बूफलानि । उक्तं च—

प्रियो वा यदि वा द्वेष्यो मूर्खो वा यदि पण्डितः ।
वैश्वदेवान्तमापन्नः सोऽतिथिः स्वर्गसंक्रमः ॥ २ ॥

न पृच्छेच्चरणं गोत्रं न च विद्यां कुलं न च ।
अतिथिं वैश्वदेवान्ते श्राद्धे च मनुरब्रवीत् ॥ ३ ॥

दूरमार्गश्रमश्रान्तं वैश्वदेवान्तमागतम् ।
अतिथिं पूजयेद्यस्तु स याति परमां गतिम् ॥ ४ ॥

अपूजितोऽतिथिर्यस्य गृहाद्याति विनिश्वसन् ।
गच्छन्ति विमुखास्तस्य पितृभिः सह देवताः ॥ ५ ॥

लब्धस्य प्रणाशः स एव तत्संज्ञं तन्त्रम् । बुद्धिः न हीयते – बुद्धिलोपो न जायते । यो धैर्यमवलम्ब्य कर्तव्यं जानातीत्यर्थः । दुर्गं संकटं । सदा फलानि यस्य । ०सलिलात्—जलात् । सुकोमला चासौ वालुका च तया सनाथे युक्ते । अमृतादीषन्न्यूनानि अमृतकल्पानि । आपन्नः उपस्थितः । स्वर्गस्य स्वर्गाय वा संक्रमो यस्मात् । स्वर्गं गच्छतीति स्वर्गः संक्रमो यस्मादिति वा । यद्वा स्वर्गस्य संक्रमः । चरणशब्दः शाखाविशेषाध्ययनसंबपरः । श्राद्धे चोपस्थितमिति शेषः ।

---

१ प्रणाशनं. २ आरभ्यते. ३ अतःपरं-प्राप्तमर्थं तु यो मोहात्सान्त्वनैः प्रतिमुञ्चति । स तथा वंच्यते मूढो मकरः कपिना यथा ॥ इत्यधि० ४ राजपुत्राः पृच्छन्ति कथमेतत् विष्णुशर्मा कथयति । इत्य० क्वचित । ५ निविष्टः ६ भक्षय अमृततुल्यानि. ७ मूर्खः पण्डित एव वा, वैश्वदेवे समापन्नः; वैश्वदेवान्तमासन्नः. ८ स्वाध्यायं देशमेव च. ९. दूराद्यातमधिश्रान्तं.

एवमुक्त्वा तस्मै जम्बूफलानि ददौ। सोऽपि तानि भक्षयित्वा तेन सह चिरं गोष्ठीसुखमनुभूय भूयोऽपि स्वभवनमगात्। एवं नित्यमेव तौ वानरमकरौ जम्बूच्छायास्थितौ विविधशास्त्रगोष्ठ्या कालं नयन्तौ सुखेन तिष्ठतः। सोऽपि मकरो भक्षितशेषाणि जम्बूफलानि गृहं गत्वा स्वपत्न्यै प्रयच्छति। अथान्यतमे दिवसे तया स पृष्टः—नाथ क्वैवंविधान्यमृतकल्पानि फलानि प्राप्नोषि। स आह—भद्रे ममास्ति परमसुहृद्रक्तमुखो नाम वानरः। स प्रीतिपूर्वमिमानि फलानि प्रयच्छति। अथ तयाभिहितम्—यः सदैवामृतप्रायाणीदृशानि फलानि भक्षयति तस्य हृदयममृतमयं भविष्यति।। तद्यदि मया भार्यया ते प्रयोजनं ततस्तस्य हृदयं मह्यं प्रयच्छ। येन तद्भक्षयित्वा जरामरणरहिता त्वया सह भोगान्भुनज्मि। स आह—भद्रे मामैवं वद। यतः स प्रतिपन्नोऽस्माकं भ्राता। अपरं व्यापादयितुमपि न शक्यते। तत्त्यजैनं मिथ्याग्रहम्। उक्तं च—

एकं प्रसूयते माता द्वितीयं वाक्प्रसूयते।
वाग्जातमधिकं प्रोचुः सोदर्यादपि बान्धवात्॥ ६॥

अथ मकर्याह—त्वया कदाचिदपि मम वचनं नान्यथा कृतम्। तन्नूनं सा वानरी भविष्यति यतस्तस्या अनुरागतः सकलमपि दिनं तत्र गमयसि। तत् त्वं ज्ञातो मया सम्यक्। यतः—

साह्लादं वचनं प्रयच्छसि न मे नो वाञ्छितं किंचन
प्रायः प्रोच्छ्वसिषि द्रुतं हुतवहज्वालासमं रात्रिषु।
कण्ठाश्लेषपरिग्रहे शिथिलता यन्नादराच्चुम्बसे
तत्ते धूर्त हृदि स्थिता प्रियतमा काचिन्ममैवापरा॥ ७॥

सोऽपि पत्न्याः पादोपसंग्रहं कृत्वाङ्कोपरि निधाय तस्याः कोपकोटिमापन्नायाः पत्न्याः सुदीनमुवाच—

गोष्ठी संलापः। गोष्ठी सभासंलापयोः स्त्रियाम्। एवं विधा प्रकारो येषां तानि। प्रीतिः पूर्वा यस्मिन्कर्मणि। मिथ्या असंभावी चासौ आग्रहश्च। एकं बान्धवमिति शेषः। वाचः संभाषणात् जातम्। सह उदरे जातः सोदर्यः। अन्यथाकृतम् लंघितमित्यर्थः। साह्लादमानन्देन। वाञ्छितं नो प्रयच्छसि। प्रोच्छ्वसिषि तद्विरहात्। शिथिलता अनौत्सुक्यम्। इति यत्तत्सर्वं हे धूर्त काचिद् मम मत्तः अपरा प्रि० ते हृदि स्थिता एव इति हेतोः। पादोपसंग्रहं पादग्रहणं। निधाय तां पादौ वा। कोपकोटिं कोपकाष्ठां। पत्न्याः पत्नीमित्यर्थः।

---

१ पत्न्याः २ प्राप्नोति भवान्. ३ प्रयच्छति नित्यम्. ४ अहो भर्तः किंबहुना त्व०. ५ अपरं फलदाता। ततो. ६ एकस्थाने प्रसूते वागन्यस्मिञ्जननी नृणाम्। ७ प्रोक्तं. ८ बन्धुवत्.

मयि ते पादपतिते किंकरत्वमुपागते ।
त्वं प्राणवल्लभे कस्मात्कोपने कोपमेष्यसि ॥ ८ ॥

सापि तद्वचनमाकर्ण्याश्रुप्लुतमुखी तमुवाच—

सार्धं मनोरथशतैस्तव धूर्त कान्ता
सैव स्थिता मनसि कृत्रिमभावरम्या ।
अस्माकमस्ति न कथंचिदिहावकाश-
स्तस्मात्कृतं चरणपातविडम्बनाभिः ॥ ९ ॥

अपरं सा यदि तव वल्लभा न भवति तत्किं मया भणितेऽपि तां न व्यापादयसि । अथ यदि स वानरस्तत्कस्तेन सह तव स्नेहः । तत्किं बहुना । यदि तस्य हृदयं न भक्षयामि तन्मया प्रायोपवेशनं कृतं विद्धि । एवं तस्यास्तन्निश्चयं ज्ञात्वा चिन्ताव्याकुलितहृदयः स प्रोवाच । अहो साध्विदमुच्यते—

वज्रलेपस्य मूर्खस्य नारीणां कर्कटस्य च ।
एको ग्रहस्तु मीनानां नीलीमद्यपयोस्तथा ॥ १० ॥

तत्किं करोमि । कथं स मे वध्यो भविष्यति । इति विचिन्त्य वानरपार्श्वमगमत् । वानरोऽपि चिरादायान्तं तं सोद्वेगमवलोक्य प्रोवाच भो मित्र किमद्य चिरवेलया समायातोऽसि । कस्मात्साह्लादं नालपसि । न सुभाषितानि पठसि । स आह—मित्र अहं तव भ्रातृजायया निष्ठुरतरैर्वाक्यैरभिहितः—भोः कृतघ्न मा मे संमुखं मुखं दर्शय यतस्त्वं मित्रं नित्यमेवोपजीव्यागच्छसि । तस्य पुनः प्रत्युपकारं गृहदर्शनमात्रेणापि न करोषि । तत्ते प्रायश्चित्तमपि नास्ति । उक्तं च—

ब्रह्मघ्ने च सुरापे च चौरे भग्नव्रते तथा ।
निष्कृतिर्विहिता सद्भिः कृतघ्ने नास्ति निष्कृतिः ॥ ११ ॥

तत्त्वं मम देवरं गृहीत्वाद्य प्रत्युपकारार्थं गृहमागच्छ । नोचेत्त्वया सह

कोपमेष्यसि कोपस्त्वया त्याज्य इत्यर्थः । प्लुतं व्याप्तमाकुलमित्यर्थः । मुखं यस्याः । कृत्रिमेण न तु वास्तवेन । यथा मम । भावेनानुरागेण रम्या । इह तव मनसि । कृतं चरण०—मिथ्यापादपतनेनालमित्यर्थः। प्रायोपवेशनं मृत्युहेतोरनशनेनावस्थानम् । ग्रहः ग्रहणं यत्सकृद्गृह्णन्ति तत् सर्वथा न त्यजन्तीत्यर्थः । सोद्वेगं विषण्णं उद्वेगेन सहितं यथा तथेति वा । उपजीव्य-तेन दत्तं फलादि भुक्त्वेत्यर्थः । दर्शनमेव दर्शनमात्रं तेन । सुरां पिबतीति सुरापः तस्मिन् ।

---

१ प्रिये कामातुरः कोपं कान्ते कोन्योपनेष्यति. २ मर्कटः ३ महा. ४ तव तवोपरि प्रायोपवेशनं कृत्वा प्राणत्यागं करिष्यामि. ५ अथवा. ६ वेलायां, विरलवेलायां. ७ लापयसि. ८ तराभिर्गीर्भिः. ९ मा मे त्वं स्वमुखं. १० त्वं प्रतिदिनं मित्रमुपजीवसि. ११ शठे. १२ देवरं प्रत्यु० गृहमानय. १३ अथवा.

मे परलोके दर्शनम्। तदहं तयैवं प्रोक्तस्तव सकाशमागतः। तदद्य तया सह त्वदर्थे कलहायमानस्येयती वेला मे विलग्ना। तदागच्छ मे गृहम्। तव भ्रातृपत्नी रचितचतुष्का प्रगुणितवस्त्रमणिमाणिक्यांद्युचिताभरणा द्वारदेशबद्धवन्दनमाला सोत्कण्ठा तिष्ठति। मर्कट आह—भो मित्र युक्तमभिहितं मद्भ्रातृपत्न्या। उक्तं च—

वर्जयेत्कौलिकाकारं मित्रं प्राज्ञतरो नरः।
आत्मनः संमुखं नित्यं य आकर्षति लोलुपः॥ १२॥

तथा च।

ददाति प्रतिगृह्णाति गुह्यमाख्याति पृच्छति।
भुङ्क्ते भोजयते चैव षड्विधं प्रीतिलक्षणम्॥ १३॥

परं वयं वनचरा युष्मदीयं जलान्ते गृहम्। तत्कथं शक्यते तत्र गन्तुम्। तस्मात्तामपि मे भ्रातृपत्नीमत्रानय येन प्रणम्य तस्या आशीर्वादं गृह्णामि। स आह—भो मित्र अस्ति समुद्रान्ते सुरम्ये पुलिनप्रदेशेऽस्मद्गृहम्। तन्मम पृष्ठमारूढः सुखेनाकृतभयो गच्छ। सोऽपि तच्छ्रुत्वा सानन्दमाह—भद्र यद्येवं तत्किं विलम्ब्यते। त्वर्यताम्। एषोऽहं तव पृष्ठमारूढः। तथानुष्ठितेऽगाधेजले गच्छन्तं मकरमालोक्य भयत्रस्तमना वानरः प्रोवाच—भ्रातः शनैः शनैर्गम्यताम्। जलकल्लोलैः प्लाव्यते मे शरीरम्। तदाकर्ण्य मकरश्चिन्तयामास—असावगाधं जलं प्राप्तो मे वशः संजातः। मत्पृष्ठगतस्तिलमात्रमपि चलितुं न शक्नोति। तस्मात्कथयाम्यस्य निजाभिप्रायं येनाभीष्टदेवतास्मरणं करोति। आह च—मित्र त्वं मया वधाय समानीतो भार्यावाक्येन विश्वास्य। तत्स्मर्यतामभीष्टदेवता। स आह—भ्रातः किं मया तस्यास्तवापि चापकृतं येन मे वधोपायश्चिन्तितः। मकर आह—भोः तस्यास्तवापि हृदयस्यामृतमयफलरसास्वादनामृष्टस्य भक्षणे दोहदः संजातः। तेनैतदनुष्ठितम्। प्रत्युत्पन्नमतिर्वानर आह—भद्र यद्येवं तत्किं

कलहायमानस्य कलहं कुर्वाणस्य। इदं परिमाणमस्या इयती। रचितानि विविधवर्णचूर्णैन निर्मितानि चतुष्काणि भूमिशोभार्थं चतुष्कोणाकृतयो यया। प्रगुणितानि उत्कृष्टानि। माणिक्यादीनि उचितानि आभरणानि यस्याः। कौलिकः कुविंदः। यः कौलिकः लोलुपः सन् इ०। यन्मित्रं स्वार्थपरं तन्मतिमांस्त्यजेदिति निष्कर्षः। पुलिनं जलनिर्गतः तटप्रदेशः। कल्लोलाः महातरंगाः। भार्यावाक्येन वाक्यानुरोधात्। आमृष्टस्य शोधितस्य। अमृतमयस्येत्यर्थः। दोहदोभिलाषः।

---

१ कलहवतः, कलहायतः मम. २ माणिक्या,–द्युचितसत्कारा. ३ जलान्तरे. ४ कथमपि न शक्यते. ५ अगाधे जलधौ. ६ प्लावितं. ७ वाक्यात्. ८ दनवतः. ९ ततः प्रत्यु०; एतन्नास्ति क्वचित्.

त्वया मम तत्रैव न व्याहृतं येन स्वहृदयं जम्बूकोटरे सदैव मया सुगुप्तं कृतं तद्भ्रातृपत्न्या अर्पयामि। त्वयाहं शून्यहृदयोऽत्र कस्मादानीतः। तदाकर्ण्य मकरः सानन्दमाह—भद्र यद्येवं तदर्पय मे हृदयं येन सा दुष्टपत्नी तद्भक्षयित्वानशनादुत्तिष्ठति। अहं त्वां तमेव जम्बूपादपं प्रापयामि। एवमुक्त्वा निवर्त्य जम्बूतलमगात्। वानरोऽपि कथमपि जल्पितविविधदेवतोपचारपूजस्तीरमासादितवान्। ततश्च दीर्घतरचङ्क्रमणेन तमेव जम्बूपादपमारूढश्चिन्तयामास—अहो लब्धास्तावत्प्राणाः। अथवा साध्विदमुच्यते—

> न विश्वसेदविश्वस्ते विश्वस्तेऽपि न विश्वसेत्।
> विश्वासाद्भयमुत्पन्नं मूलान्यपि निकृन्तति ॥ १४ ॥

तन्ममैतदद्य पुनर्जन्मदिनमिव संजातम्। इति चिन्तयमानं मकर आह—भो मित्र अर्पय तद्धृदयं यथा ते भ्रातृपत्नी भक्षयित्वानशनादुत्तिष्ठति। अथ विहस्य निर्भर्त्सयन्वानरस्तमाह—धिग्धिङ् मूर्ख विश्वासघातक किं कस्यचिद्धृदयद्वयं भवति। तदाशु गम्यताम्। जम्बूवृक्षस्याधस्तान्न भूयोऽपि त्वयागन्तव्यम्। उक्तं च यतः—

> सकृद्दुष्टं च यो मित्रं पुनः संधातुमिच्छति।
> स मृत्युमुपगृह्णाति गर्भमश्वतरी यथा ॥ १५ ॥

तच्छ्रुत्वा मकरः सविलक्षं चिन्तितवान्—अहो मयातिमूढेन किमस्य स्वचित्ताभिप्रायो निवेदितः। तद्यद्यसौ पुनरपि कथंचिद्विश्वासं गच्छति तद्भूयोऽपि विश्वासयामि। आह च—मित्र हास्येन मया तेऽभिप्रायो लब्धः। तस्या न किंचित्तव हृदयेन प्रयोजनम्। तदागच्छ प्राघूर्णकन्यायेनास्मद्गृहम्। तव भ्रातृपत्नी सोत्कण्ठा वर्तते। वानर आह—भो दुष्ट गम्यताम्। अधुना नाहमागमिष्यामि। उक्तं च—

> बुभुक्षितः किं न करोति पापं क्षीणा जना निष्करुणा भवन्ति।
> आख्याहि भद्रे प्रियदर्शनस्य न गङ्गदत्तः पुनरेति कूपम् ॥ १६ ॥

मकर आह—कथमेतत्। स आह—

व्याहृतमुक्तं। जल्पित०—जल्पिता विविधा देवताभ्यः विविधदेवताभ्यो वा उपचारपूजा येन। उपचारैः पूजा उपचाररूपा पूजा इति वा उपचाराश्च पूजा चेति वा। संक्रमणमुत्प्लवनम्। विश्वसेत् विश्वस्यादित्येव साधु। निर्भर्त्सयन् परस्मैपदं चिन्त्यं। दुष्टं—भेदं प्रापितं। सविलक्षं विगतं लक्षं लज्जया यस्मिन् कर्मणि तद्यथा। हास्येन परिहासेन। प्राघूर्णकन्यायेन अतिथिर्यथा। बुभुक्षितः क्षुधितः। किं न करोति सर्वं पापं कुर्यादित्यर्थः। क्षीणा दरिद्रा नीचावस्थां गता वा।

---

१ कथितं. २ टरान्तःस्थापितं सुस्वादं. ३ सानन्दः प्राह. ४ निवर्तते. ५ विश्वस्तात्. ६ तदन्यत्संततिदिनं. ७ चिन्तयानमनन्तरं. ८ र्त्सयमानः. ९ हृदयं द्वितीयं. १० प्राघुणिकः. ०स्मदावासम्.

कथा १।

अस्ति कस्मिंश्चित्कूपे गङ्गदत्तो नाम मण्डूकराजः प्रतिवसति स्म। स कदाचिद्दायादैरुद्वेजितोऽरघट्टघटीमारुह्य निष्क्रान्तः। अथ तेन चिन्तितं यत्कथं तेषां दायादानां मया प्रत्यपकारः कर्तव्यः। उक्तं च—

आपदि येनापकृतं येन च हसितं दशासु विषमासु।
अपकृत्य तयोरुभयोः पुनरपि जातं नरं मन्ये ॥ १७ ॥

एवं चिन्तयन्बिले प्रविशन्तं कृष्णसर्पमपश्यत्। तं दृष्ट्वा भूयोऽप्यचिन्तयत्—यदेनं तत्र कूपे नीत्वा सकलदायादानामुच्छेदं करोमि। उक्तं च।

शत्रुभिर्योजयेच्छत्रुं बलिना बलवत्तरम्।
स्वकार्याय यतो न स्यात्काचित्पीडात्र तत्क्षये ॥ १८ ॥

तथा च। शत्रुमुन्मूलयेत्प्राज्ञस्तीक्ष्णं तीक्ष्णेन शत्रुणा ॥
व्यथाकरं सुखार्थाय कण्टकेनेव कण्टकम् ॥ १९ ॥

एवं स परिभाव्य बिलद्वारं गत्वा तमाहूतवान्—एह्येहि प्रियदर्शन एहि। तच्छ्रुत्वा सर्पश्चिन्तयामास य एष मामाह्वयति स स्वजातीयो न भवति यतो नैषा सर्पवाणी। अन्येन केनापि सह मम मर्त्यलोके संधानं नास्ति। तदत्रैव दुर्गे स्थितस्तावद्वेद्मि कोऽयं भविष्यति। उक्तं च—

यस्य न ज्ञायते शीलं न कुलं न च संश्रयः।
न तेन संगतिं कुर्यादित्युवाच बृहस्पतिः ॥ २० ॥

कदाचित्कोऽपि मन्त्रवाद्यौषधचतुरो वा मामाहूय बन्धने क्षिपति। अथवा कश्चित्पुरुषो वैरमाश्रित्य कस्यचिद्भक्षणार्थे मामाह्वयति। आह च—भोः को भवान्। स आह—अहं गङ्गदत्तो नाम मण्डूकाधिपतिस्त्वत्सकाशे मैत्र्यर्थमागतः। तच्छ्रुत्वा सर्प आह—भोः अश्रद्धेयमेतत् यत्तृणानां वह्निना सह संगमः। उक्तं च—

यो यस्य जायते वध्यः स स्वप्नेऽपि कथंचन।
न तत्समीपमभ्येति तत्किमेवं प्रजल्पसि ॥ २१ ॥

गङ्गदत्त आह—भोः सत्यमेतत्। स्वभाववैरी त्वमस्माकम्। परं परपरिभवात्प्राप्तोऽहं ते सकाशम्। उक्तं च—

दायादैः बान्धवैः। अरघट्टः चक्रावयवसदृशैः काष्ठविशेषै रचितो जलोद्धाटनयन्त्रविशेषः। अपकृत्य अपकारं कृत्वा। यः शत्रुभिः कृते अपकारे प्रत्यपकारं करोति स एव नर इति भावः। शत्रुभिरिति–स्वकार्याय स्वहेतुसिद्धये शत्रुभिः शत्रुं योजयेत्। बलिना नरेण तदधिकबलं योजयेत्। यतः तत्क्षये तयोः शत्रुबलिनोः विनाशविषये क्षये जाते सति इति वा। सुखमेवार्थस्तस्मै। परिभाव्य विचार्य। परेभ्यः परिभवः अवमानना परपरिभवः तस्मात्।

---

१ पराक्रमः. २ मनुरसृत्य कस्यचिद्भक्ष्यार्थं प्राह्वयति.

सर्वस्वनाशे संजाते प्राणानामपि संशये ।
अपि शत्रुं प्रणम्यापि रक्षेत्प्राणान् धनानि च ॥ २२ ॥

सर्प आह—कथय कस्मात्ते परिभवः । स आह—दायादेभ्यः । सोऽप्याह—क्व ते आश्रयो वाप्यां कूपे तडागे ह्रदे वा । तत्कथय स्वाश्रयम् । तेनोक्तम्—पाषाणचयनिबद्धे कूपे । सर्प आह—अहो अपदा वयम् । तन्नास्ति तत्र मे प्रवेशः । प्रविष्टस्य च स्थानं नास्ति यत्र स्थितस्तव दायादान्व्यापादयामि । तद्गम्यताम् । उक्तं च—

यच्छक्यं ग्रसितुं ग्रस्यं ग्रस्तं परिणमेच्च यत् ।
हितं च परिणामे यत्तदद्यं भूतिमिच्छता ॥ २३ ॥

गङ्गदत्त आह—भोः समागच्छ त्वम् । अहं सुखोपायेन तत्र तव प्रवेशं कारयिष्यामि । तथा तस्य मध्ये जलोपान्ते रम्यतरं कोटरमस्ति । तत्र स्थितस्त्वं लीलया दायादान्व्यापादयिष्यसि । तच्छ्रुत्वा सर्पो व्यचिन्तयत्—अहं तावत्परिणतवयाः कदाचित्कथंचिन्मूषकमेकं प्राप्नोमि । तत्सुखावहो जीवनोपायोऽयमनेन कुलाङ्गारेण मे दर्शितः । तद्गत्वा तान्मण्डूकान्भक्षयामि इति । अथवा साध्विदमुच्यते—

यो हि प्राणपरिक्षीणः सहायपरिवर्जितः ।
स हि सर्वसुखोपायां वृत्तिमारचयेद्बुधः ॥ २४ ॥

एवं विचिन्त्य तमाह—भो गङ्गदत्त यद्येवं तदग्रे भव । येन तत्र गच्छावः । गङ्गदत्त आह—भोः प्रियदर्शन अहं त्वां सुखोपायेन तत्र नेष्यामि स्थानं च दर्शयिष्यामि । परं त्वयास्मत्परिजनो रक्षणीयः । केवलं यानहं दर्शयिष्यामि त्वया त एव भक्षणीया इति । सर्प आह—सांप्रतं त्वं मे मित्रं जातः । तन्न भेतव्यम् । तव वचनेन भक्षणीयास्ते दायादाः । एवमुक्त्वा बिलान्निष्क्रम्य तमालिङ्ग्य च तेनैव सह प्रस्थितः । अथ कूपमासाद्यारघट्टघटिकामार्गेण सर्पस्तेनात्मना स्वालयं नीतः । ततश्च गङ्गदत्तेन कृष्णसर्पं कोटरे धृत्वा दर्शितास्ते दायादाः । ते च तेन शनैर्भक्षिताः । अथ मण्डूकाभावे सर्पेणाभिहितम्—भद्र निःशेषितास्ते रिपवः । तत्प्रयच्छा-

चयः समूहः । अपदा पादहीनाः । स्थानमनुकूल आश्रयः । ग्रस्यं भोज्यम् । परिणमेत् सुजीर्णं भवेत् । अद्यं भक्षणीयम् । कोटरं विवरम् । परिणतं वयो यस्य वृद्धः । प्राणपरिक्षीणः प्राणेन परिक्षीणः शक्तिहीनः । शक्तिः पराक्रमः प्राणः इत्यमरः । सर्वं सुखस्य सर्वसुखस्येति वा उपाया यस्याम् । जातमिति पाठस्त्वसाधुः । तव वचनेन निदर्शनानुरोधेन दायादान् भक्षयिष्यामीत्यर्थः ।

१ सर्वनाशे च. २ च तत्र. ३ सर्स्यं. ४ सहायैः. ५ आरभते, आवरयेद्. ६ येनागच्छामि. ७ मित्रत्वमुपागतः.

न्यन्मे किंचिद्भोजनं यतोऽहं त्वयात्रानीतः। गङ्गदत्त आह—भद्र कृतं त्वया मित्रकृत्यम्। तत्सांप्रतमनेनैव घटिकायन्त्रमार्गेण गम्यताम् इति। सर्प आह—भो गङ्गदत्त न सम्यगभिहितं त्वया। कथमहं तत्र गच्छामि। मदीयबिलदुर्गमन्येन रुद्धं भविष्यति। तस्मादत्रस्थस्य मे मण्डूकमेकैकं स्ववर्गीयं प्रयच्छ। नो चेत्सर्वानपि भक्षयिष्यामि इति। तच्छ्रुत्वा गङ्गदत्तो व्याकुलमना व्यचिन्तयत्—अहो किमेतन्मयाकृतं सर्पमानयता। तद्यदि निषेधयिष्यामि तत्सर्वानपि भक्षयिष्यति। अथवा युक्तमुच्यते—

योऽमित्रं कुरुते मित्रं वीर्याभ्यधिकमात्मनः।
स करोति न संदेहः स्वयं हि विषभक्षणम्॥ २५॥

तत्प्रयच्छाम्यस्यैकं दिनं प्रति सुहृदम्। उक्तं च—

सर्वस्वहरणे युक्तं शत्रुं बुद्धियुता नराः।
तोषयन्त्यल्पदानेन वाडवं सागरो यथा॥ २६॥

तथा च।

यो दुर्बलो ह्यणूनपि[1] याच्यमानो बलीयसा यच्छति नैव साम्ना।
प्रयच्छते नैव च दर्श्यमानं[2] खारीं स चूर्णस्य पुनर्ददाति॥ २७॥

तथा च।

सर्वनाशे समुत्पन्ने ह्यर्धं त्यजति पण्डितः।
अर्धेन कुरुते कार्यं सर्वनाशो हि दुस्तरः[3]॥ २८॥
न स्वल्पस्य कृते भूरि नाशयेन्मतिमान्नरः।
एतदेव हि पाण्डित्यं यत्स्वल्पाद्भूरिरक्षणम्॥ २९॥

एवं निश्चित्य नित्यमेकैकमादिशति। सोऽपि तं भक्षयित्वा तस्य परोक्षे अन्यानपि भक्षयति। अथवा साध्विदमुच्यते——

यथा हि मलिनैर्वस्त्रैर्यत्र तत्रोपविश्यते।
एवं चलितवृत्तस्तु[4] वृत्तशेषं न रक्षति॥ ३०॥

वीर्येणाभ्यधिकम्। सर्वस्वेति—सर्वस्वहरणे युक्तमुद्युक्तं अल्पस्य दानेन। वाडवं वडवाग्निम्। यो दुर्बलः हीनबलः नरः अणु अल्पमपि याच्यमानः साम्ना सान्त्वोपायेन तन्न प्रयच्छति तथा च दर्श्यमानं किंचिद्वस्त्वपि न प्रयच्छति स पुनः बलात्त्कारितः चूर्णस्य खारीमपि ददाति। अल्पस्य स्थाने बहुव्ययं करोतीत्यर्थः। स्वल्पव्ययेन भूरि रक्षणं कर्तव्यमिति भावः। यथेति—यथा मलिनवस्त्रधारी नरः यत्र तत्र क्वापि। पङ्किलेपि स्थाने इत्यर्थः। उपविशति स्थानास्थानचिन्तां न करोति तथा कस्माच्चित् साध्वाचाराच्चलितो नरोन्यस्याचारस्योल्लंघने न विचारयति। सर्वत्र दुराचरणे प्रवर्तत इत्यर्थः।

---

१ अणूनपि. २ प्रणम्य तस्यैव स दर्पलक्ष्मीं देहस्य सर्वस्य पुनर्ददाति. ३ दुःसहः ४ वित्तस्तु वित्तशेषं, वृत्तिशेषं.

अथान्यदिने तेनापरान्मण्डूकान्भक्षयित्वा गङ्गदत्तसुतो यमुनादत्तो भक्षितः । तं भक्षितं दृष्ट्वा गङ्गदत्तस्तारस्वरेण धिग्धिक्प्रलापपरः कथंचिदपि न विरराम । ततः स्वपत्न्याभिहितः—

> किं क्रन्दसि दुराक्रन्द स्वपक्षक्षयकारक ।
> स्वपक्षस्य क्षये जाते को नस्त्राता भविष्यति ॥ ३१ ॥

तदद्यापि विचिन्त्यतामात्मनो निष्क्रमणमस्य वधोपायश्च । अथ गच्छता कालेन सकलमपि कवलितं मण्डूककुलम् । केवलमेको गङ्गदत्तस्तिष्ठति । ततः प्रियदर्शनेन भणितम् भो गङ्गदत्त बुभुक्षितोऽहम् । निःशेषिताः सर्वे मण्डूकाः । तद्दीयतां मे किंचिद्भोजनं यतोऽहं त्वयात्रानीतः । स आह—भो मित्र न त्वयात्र विषये मयावस्थितेन कापि चिन्ता कार्या । तद्यदि मां प्रेषयसि ततोऽन्यकूपस्थानपि मण्डूकान्विश्वास्यात्रानयामि । स आह—मम तावत्त्वमभक्ष्यो भ्रातृस्थाने । तद्यद्येवं करोषि तत्सांप्रतं पितृस्थाने भवसि । तदेवं क्रियताम् इति । सोऽपि तदाकर्ण्य अरघट्टघटिकामाश्रित्य विविधदेवतोपकल्पितपूजोपयाचितस्तस्मात्कूपाद्विनिष्क्रान्तः । प्रियदर्शनोऽपि तदाकाङ्क्षया तत्रस्थः प्रतीक्षमाणस्तिष्ठति । अथ चिरादनागते गङ्गदत्ते प्रियदर्शनोऽन्यकोटरनिवासिनीं गोधामुवाच—भद्रे क्रियतां स्तोकं साहाय्यम् । यतश्चिरपरिचितस्ते गङ्गदत्तः । तद्गत्वा तत्सकाशं कुत्रचिज्जलाशयेऽन्विष्य मम संदेशं कथय । यदागम्यतामेकाकिनापि भवता द्रुततरं यद्यन्ये मण्डूका नागच्छन्ति । अहं त्वया विना नात्र वस्तुं शक्नोमि । तथा यद्यहं तव विरुद्धमाचरामि तत्सुकृतमन्तरे मया विधृतम् । गोधापि तद्वचनाद्गङ्गदत्तं द्रुततरमन्विष्याह भद्र गङ्गदत्त स तव सुहृत्प्रियदर्शनस्तव मार्गं समीक्षमाणस्तिष्ठति । तच्छीघ्रमागम्यताम् इति । अपरं च तेन तव विरूपकरणे सुकृतमन्तरे धृतम् । तन्निःशङ्केन मनसागम्यताम् । तदाकर्ण्य गङ्गदत्त आह—

> बुभुक्षितः किं न करोति पापं क्षीणा नरा निष्करुणा भवन्ति ।
> आख्याहि भद्रे प्रियदर्शनस्य न गङ्गदत्तः पुनरेति कूपम् ॥ ३२ ॥

तारस्वरेण उच्चैः । दुराक्रन्द दुष्टः आकिंचित्करत्वादतीतकालत्वाद्वा आक्रन्दो यस्य तत्सं० । कवलितं भक्षितम् । मयावस्थितेन मयि स्थिते । देवताभ्य उपकल्पिता पूजा उपयाचितानि च येन । उपयाचितं स्वमनोरथसिद्धये देवतायै दातुमिष्टं वस्तु । गोधा निहाका जलजन्तुभेदः । स्तोकमल्पम् । सुकृतमन्तरे धृतं यदि तव विरुद्धमाचरेयं तर्हि मे सुकृतनाशः स्यादतस्तन्नाचरेयमित्यर्थः ।

---

१ पृथु. २ मत्वा. ३ धिङ्मां धिङ् मामित्येवं विललाप. ४ त्वदत्राणं कः करिष्यति. ५ पायो वा. ६ मयि विद्यमाने. ७ त्वया सह परिचितमास्ते । तद्गत्वा मण्डूकमान्विष्य क्वचिज्जलाशये गंगदत्ताय मम. ८ येन. ९ समाग०.

एवमुक्त्वा स तां विसर्जयामास। तन्नो दुष्टजलचर अहमपि गमिष्यत इव त्वद्गृहं न कथंचिदपि यास्यामि। तच्छ्रुत्वा मकर आह——भो मित्र नैतद्युज्यते। सर्वथैव मे कृतघ्नतादोषमपनय मद्गृहागमनेन। अथवात्राहमनशनात्प्राणत्यागं तवोपरि करिष्यामि। वानर आह मूढ किमहं लम्बकर्णो गर्दभो यो दृष्टापायोऽपि स्वयमेव तत्र गत्वा मृतः।

आगतश्च गतश्चैव दृष्ट्वा सिंहपराक्रमम्।
अकर्णहृदयो मूर्खस्तेन मृत्युवशंगतः॥ ३३॥

मकर आह—भद्र स को लम्बकर्णः। कथं दृष्टापायोऽपि मृतः। तन्मे निवेद्यताम्। वानर आह—

कथा २।

अस्ति कस्मिंश्चिद्वनोद्देशे करालकेसरो नाम सिंहः प्रतिवसति स्म। तस्य च धूसरको नाम शृगालः सदैवानुयायी परिचारकोऽस्ति। अथ कदाचित्तस्य हस्तिना सह युद्ध्यमानस्य शरीरे गुरुतराः प्रहाराः संजाता यैः पदमेकमपि चलितुं न शक्नोति। तस्याचलनाच्च धूसरकः क्षुत्क्षामकण्ठो दौर्बल्यं गतः। अन्यस्मिन्नहनि तमवोचत्—स्वामिन् बुभुक्षया पीडितोऽहम्। पदात्पदमपि चलितुं न शक्नोमि। तत्कथं ते शुश्रूषां करोमि। सिंह आह भोः गच्छान्वेषय किंचित्सत्त्वं येनेमामवस्थां गतोऽपि व्यापादयामि। तदाकर्ण्य शृगालोऽन्वेषयन्कंचित्समीपवर्तिनं ग्राममासादितवान्। तत्र लम्बकर्णो नाम गर्दभस्तडागोपान्ते प्रविरलदूर्वाङ्कुरान्कृच्छ्रादास्वादयन्दृष्टः। ततश्च समीपीभूय तेनाभिहितः—माम नमस्कारोऽयं मदीयः संभाव्यताम्। चिराद्दृष्टोऽसि। तत्कथय किमेवं दुर्बलतां गतः। स आह—भो भगिनीसुत किं कथयामि। रजकोऽतिनिर्दयोऽतिभारेण मां पीडयति। घासमुष्टिमपि न प्रयच्छति। केवलं दूर्वाङ्कुरान्धूलिमिश्रितान्भक्षयामि। तत्कुतो मे शरीरे पुष्टिः। शृगाल आह—माम यद्येवं तदस्ति मरकतसदृशशष्पप्रायो नदीसनाथो रमणीयतरः प्रदेशः। तत्रागत्य मया सह सुभाषितगोष्ठीसुखमनुभवंस्तिष्ठ। लम्बकर्ण आह—भो

अकर्णहृदयः अविद्यमाने कर्णौ च हृदयं च कर्णहृदयं यस्य। श्रवणमननरहितश्च। उद्देशः प्रदेशः। क्षुधा बुभुक्षया क्षामः कण्ठः यस्य। शुश्रूषा सेवा। कृच्छ्रात् कष्टेन। रजको निर्णेजकः। घासः तृणम्। मरकतसदृशानि मरकतवद् हरितानि शष्पाणि बालतृणानि प्रचुराणि यस्मिन् स मरकतप्रायः। नदीसनाथो नद्या युक्तः।

---

१ इव दृष्टापायोऽपि. २ मूर्खो दृ०...गत्वात्मानं व्यापादयामि. ३ मूर्खो यो गत्वा पुनरागतः. ४ ०पवर्तिना भूत्वा. ५ दुर्बलः. ६ पुत्र. ७ दमयति. ८ मातुल ९ तदागच्छ येन०सुखमनुभवावः.

भगिनीसुत युक्तमुक्तं भवता । परं वयं ग्राम्याः पशवोऽरण्यचारिणां वध्यास्तत्किं तेन भव्यप्रदेशेन । शृगाल आह—माम मैवं वद । मद्भुजपरिरक्षितः स देशः । तत्रास्ति कस्यचित्परस्य तत्र प्रवेशः । परमनेनैव दोषेण रजककदर्थितास्तत्र तिस्रो रासभ्योऽनाथाः सन्ति । ताश्च पुष्टिमापन्ना यौवनोत्कटा इदं मामूचुः—यदि त्वमस्माकं सत्यो मातुलस्तदा किंचिद्ग्रामान्तरं गत्वास्मद्योग्यं कंचित्पतिमानय । तदर्थे त्वामहं तत्र नयामि । अथ शृगालवचनानि श्रुत्वा कामपीडिताङ्गस्तमवोचत्—भद्र यद्येवं तदग्रे भव येनागच्छामि । अथवा साध्विदमुच्यते—

नामृतं न विषं किंचिदेकां मुक्त्वा नितम्बिनीम् ।
यस्याः सङ्गेन जीव्येत म्रियेत च वियोगतः ॥ ३४ ॥

तथा च । यासां नाम्नापि कामः स्यात्संगमं दर्शनं विना ।
तासां दृक्संगमं प्राप्य यन्न द्रवति कौतुकम् ॥ ३५ ॥

तथानुष्ठिते शृगालेन सह सिंहान्तिकमागतः । सिंहोऽपि व्यथाकुलितस्तं दृष्ट्वा यावत्समुत्तिष्ठति तावद्रासभः पलायितुमारब्धवान् । अथ तस्य पलायमानस्य सिंहेन तलप्रहारो दत्तः । स च मन्दभाग्यस्य व्यवसाय इव व्यर्थतां गतः । अत्रान्तरे शृगालः कोपाविष्टस्तमुवाच भोः किमेवंविधः प्रहारस्ते यद्गर्दभोऽपि तव पुरतो बलाद्गच्छति । तत्कथं गजेन सह युद्धं करिष्यसि । तदृष्टं ते बलम् । अथ विलक्षस्मितं सिंह आह—भोः किमहं करोमि । मया न क्रमः सज्जीकृत आसीत् । अन्यथा गजोऽपि मत्क्रमाक्रान्तो न गच्छति । शृगाल आह—अद्याप्येकवारं तवान्तिके तमानेष्यामि । परं त्वया सज्जीकृतक्रमेण स्थातव्यम् । सिंह आह—भद्र यो मां प्रत्यक्षतया दृष्ट्वा गतः स पुनः कथमत्रागमिष्यति । तदन्यत्किमपि सत्त्वमन्विष्यताम् । शृगाल आह—किं तवानेन व्यापा-

---

ग्राम्याः ग्रामे भवाः । भव्यः सुन्दरः । तत्तस्मात्कारणात् । परस्य शत्रोः । अनेनैव दोषेण पर्याप्तभोजनाभावेन । रजकेन कदर्थिताः पीडिताः । यौवनेन उत्कटा मत्ता यौवनोत्कटाः । मत्ते शौण्डोत्कटक्षीबा इत्यमरः । कामेन पीडितानि अङ्गानि यस्य । नामृतमिति—नितम्बिनीनां प्रशस्तः नितम्ब विद्यते आसां तासां सुन्दरीणां सङ्ग एवामृतं वियोगो विषमित्यर्थः । कामः रागोत्पत्तिः । तासां दृक्संगमं प्राप्य नरः न द्रवति इति यत् तत् कौतुकमाश्चर्यकरमित्यन्वयः । सर्वोऽपि तद्वशोभवतीति पिण्डितोर्थः । तलप्रहारश्चपेटाघातः। मन्दभाग्यस्य दैवहीनस्य व्यवसाय उद्यमः। एवं विधा प्रकारो यस्य । विलक्षस्मितं यस्मिन् कर्मणि तद्यथा तथा । क्रम आक्रमणाटोपः ।

---

१ भुजपञ्जर. २ तस्योपरि पपात । गर्दभोपि तं वज्रपातमिव मन्यमानः किमिदमिति विचिन्तयन्नक्षततनुरेव दैवात्कथमपि तस्मादपगतः । ३ प्रत्यक्षं. ४ भवतोनया चिन्तया । अत्रार्थेहमेव जागरूकस्तिष्ठामि ।

रेण। त्वं केवलं सज्जितक्रमस्तिष्ठ। तथानुष्ठिते श्रृगालोऽपि यावद्रासभमार्गेण गच्छाति तावत्तत्रैव स्थाने चरन्दृष्टः। अथ श्रृगालं दृष्ट्वा रासभः प्राह—भो भगिनीसुत शोभनस्थाने त्वयाहं नीतः। द्राङ् मृत्युवशं गतः। तत्कथय किं तत्सत्त्वं यस्यातिरौद्रवज्रसदृशकरप्रहारादहं मुक्तः। तच्छ्रुत्वा प्रहसञ्श्रृगाल आह—भद्र रासभी त्वामायान्तं दृष्ट्वा सानुरागालिङ्गितुं समुत्थिता। त्वं कातरत्वान्नष्टः। सा पुनर्न शक्ता त्वां विना स्थातुम्। तया तु नश्यतस्तेऽवलम्बनार्थं हस्तः क्षिप्तो नान्यकारणेन। तदागच्छ। सा त्वत्कृते प्रायोपवेशनोपविष्टा तिष्ठति। एतद्वदति यल्लम्बकर्णो यदि मे भर्ता न भवति तदहमग्नौ जले वा प्रविशामि विषं वा भक्षयामि। पुनस्तस्य वियोगं सोढुं न शक्नोमि। तत्प्रसादं कृत्वा तत्रागम्यतामिति। नो चेत्तव स्त्रीहत्या भविष्यति। अपरं च भगवान्कामः कोपं तवोपरि करिष्यति। उक्तं च—

स्त्रीमुद्रां झषकेतनस्य जयिनीं सर्वार्थसंपत्करीं
ये मूढाः प्रविहाय यान्ति कुधियो मिथ्याफलान्वेषिणः।
ते तेनैव निहत्य निर्दयतरं नग्नीकृता मुण्डिताः
केचिद्रक्तपटीकृताश्च जटिलाः कापालिकाश्चापरे॥ ३६॥

अथासौ तद्वचनं श्रद्धेयतया श्रुत्वा भूयोऽपि तेन सह प्रस्थितः। अथवा साध्विदमुच्यते—

जानन्नपि नरो दैवात्प्रकरोति विगर्हितम्।
कर्म किं कस्यचिल्लोके गर्हितं रोचते कथम्॥ ३७॥

द्राक् द्रुतं। अतिरौद्रः वज्रेण वज्रप्रहारेण सदृशः। कोपेनाविष्टः क्रोधवशः। एवंविधः करप्रहारः यस्य। सानुरागा कामपरवशा। कातरत्वाद्भीरुस्वभावत्वात्। नश्यतः पलायमानस्य। अवलम्बनार्थं ग्रहणार्थं। स्त्रीमुद्रेति—स्त्रीरूपा मुद्रा स्त्रीमुद्रा। झषः केतनं यस्य स झषकेतनः कामः। सर्वां चासौ अर्थसंपत्तां करोतीति। ये कुधियः कुत्सितमतयो विवेकशून्या इत्यर्थः। पुरुषाः झषकेतनस्य सर्वार्थसंपत्करीं स्त्रीमुद्रां प्रविहाय परित्यज्य मिथ्या वास्तवं स्त्रीसंगरूपं फलं विहायान्यन्नीरसं किंचिदन्विष्यन्तीति तथोक्ताः। ते तेनैव कामेनातिनिर्दयं प्रहृत्य केचिन्नग्नीकृता मुण्डिता वा जैनभिक्षुकाः क्षपणका वा कृताः। अपरे रक्तवस्त्रधारिणः। जटाधारिणः कपालधारिणश्च कृताः। जानन्निति—नरो ज्ञानवानपि विगर्हितं निन्दितं यत् कर्म करोति तद्दैवात् तथा भवितव्यतया एव करोति। अन्यथा एवं न चेत् लोके कस्यचित् गर्हितं कर्म कथं रोचते रोचेत। न कस्यापीत्यर्थः।

---

१ भागिनेय अभव्यस्थाने त्वयाहं नीतो यद्दैवान्मृत्युवशं न गतः। २ ०रागम्. ३ ०न उप., कृतमतिः. ४ मकरध्वजस्य. ५ महतीं. ६ क मौचिन्कर्म किं...कृतम्.

अत्रान्तरे सञ्जातक्रमेण सिंहेन स लम्बकर्णो व्यापादितः । ततस्तं हत्वा शृगालं रक्षपालं निरूप्य स्वयं स्नानार्थं नद्यां गतः । शृगालेनापि लौल्यौत्सुक्यात्तस्य कर्णहृदयं भक्षितम् । अत्रान्तरे सिंहो यावत्स्नात्वा कृतदेवार्चनः प्रतर्पितपितृगणः समायाति तावत्कर्णहृदयरहितो रासभस्तिष्ठति । तं दृष्ट्वा कोपपरीतात्मा सिंहः शृगालमाह आः पाप किमिदमनुचितं कर्म समाचरितं यत्कर्णहृदयभक्षणेनायमुच्छिष्टतां नीतः । शृगालः सविनयमाह स्वामिन् मा मैवं वद । यत्कर्णहृदयरहितोऽयं रासभ आसीत् तेनेहागत्य त्वामवलोक्य भूयोऽप्यागतः । अथ तद्वचनं श्रद्धेयं मत्वा सिंहस्तेनैव सह संविभज्य निःशङ्कितमनास्तं भक्षितवान् । अतोहं ब्रवीमि । आगतश्च गतश्चैव इति । तन्मूर्ख कपटं कृतं त्वया । परं युधिष्ठिरेणेव सत्यवचनेन विनाशितम् । अथवा साध्विदमुच्यते—

स्वार्थमुत्सृज्य यो दम्भी सत्यं ब्रूते स मन्दधीः ।
स स्वार्थाद्भ्रश्यते नूनं युधिष्ठिर इवापरः ॥ ३८ ॥

मकर आह । कथमेतत् । स आह ।

कथा ३ ।

कस्मिंश्चिदधिष्ठाने कुम्भकारः प्रतिवसति स्म । स कदाचित्प्रमदोऽर्धभग्नकर्परतीक्ष्णाग्रस्योपरि महता वेगेन धावन्पतितः । ततः कर्परकोट्या पाटितललाटो रुधिरप्लावितततनुः कृच्छ्रादुत्थाय स्वाश्रयं गतः । ततश्चापथ्यसेवनात्स प्रहारस्तस्य करालतां गतः कृच्छ्रेण नीरोगतां नीतः । अथ कदाचिद्दुर्भिक्षपीडिते देशे स कुम्भकारः क्षुत्क्षामकण्ठः कैश्चिद्राजसेवकैः सह देशान्तरं गत्वा कस्यापि राज्ञः सेवको बभूव । सोपि राजा तस्य ललाटे विकरालं प्रहारक्षतं दृष्ट्वा चिन्तयामास । यद्वीरः पुरुषः कश्चिदयम् । नूनं तेन ललाटपट्टे संमुखप्रहारः । अतस्तं संमानादिभिः स-

---

रक्षपालं रक्षकम् । लौल्यात् यदौत्सुक्यं लालसा तस्मात् । कोपेन परीतः व्याप्तः आत्मा यस्य । श्रद्धेयं विश्वासार्हम् । संविभज्य विभागं कृत्वा । प्रमदः प्रकृष्टो मदो मद्यजनितो यस्य । अर्धो भग्नो यः कर्परस्तस्य तीक्ष्णं च तदग्रं च तस्य । करालतां गतो रूढमांसो जातः । विकरालं भीषणं । संमुखप्र०—शत्रोः संमुखे युध्यमानस्य प्रहारो लग्नः ।

---

१ रक्षकं. २ गते सिंहे. ३ कृतयथोचितविधिः कृत०. ४ यदस्य कर्णसहितं हृदयं भक्षितं. ५ श्रुत्वा. ६ सु. ७ प्रमत्तः, प्रमादात्.

वर्षा राजपुत्राणां सकाशाद्विशेषप्रसादेन पश्यति । तेपि राजपुत्रास्तस्य तं प्रसादातिरेकं पश्यन्तः परमेर्ष्याधर्मं वहन्तो राजभयान्न किंचिदूचुः । अथान्यस्मिन्नहनि तस्य भूपतेर्वीरसंभावनायां क्रियमाणायां विग्रहे समुपस्थिते प्रकल्प्यमानेषु गजेषु संनह्यमानेषु वाजिषु योधेषु प्रगुणीक्रियमाणेषु तेन भूभुजा स कुलालः प्रस्तावानुगतं पृष्टो निर्जने । भो राजपुत्र कोस्मिन्संग्रामे प्रहारोयं ते ललाटे लग्नः । स आह—देव नायं शस्त्रप्रहारः । युधिष्ठिराभिधः कुलालोहं प्रकृत्या । मद्गेहेनेककर्पराण्यासन् । अथ कदाचिन्मद्यपानं कृत्वा निर्गतः प्रधावन्कर्परोपरि पतितः । तस्य प्रहारविकारोयं मे ललाट एवं विकरालतां गतः । तदाकर्ण्य राजा सव्रीडमाह—अहो वञ्चितोहं राजपुत्रानुकारिणानेन कुलालेन । तद्दीयतां द्रागेतस्य चन्द्रार्धः । तथानुष्ठिते कुम्भकार आह—मा मैवं कुरु । पश्य मे रणे हस्तलाघवम् । राजा प्राह । भोः सर्वगुणसंपन्नो भवान् । तथापि गम्यताम् । उक्तं च—

> शूरोसि कृतविद्योसि दर्शनीयोसि पुत्रक ।
> यस्मिन्कुले त्वमुत्पन्नो गजस्तत्र न हन्यते ॥ ३९ ॥

कुलाल आह । कथमेतत् । राजा कथयति—

कथा ४ ।

कस्मिंश्चिद्वनोद्देशे सिंहदंपती प्रतिवसतः स्म । अथ सिंही पुत्रद्वयमजीजनत् । सिंहोपि नित्यमेव मृगान्व्यापाद्य सिंह्यै ददाति । अथ कदाचित्तेन किमपि नासादितम् । वने भ्रमतोपि तस्य रविरस्तंगतः । अथ तेन स्वगृहमागच्छता शृगालशिशुः प्राप्तः । स च बालकोयमिति मत्वा यत्नेन दंष्ट्रामध्यगतं कृत्वा सिंह्या जीवन्तमपि समर्पितवान् । ततः सिंह्याभिहितम् । भोः कान्त आनीतं किंचिदस्माकं भोजनं त्वया । सिंह आह

अन्यस्मिन्नहनि एकदा । विग्रहे युद्धे समुपस्थिते इत्यन्वयः । वीराणां संभावना दानमानादिना गौरवं । संनह्यमानेषु कंकटाद्याच्छादनेन युद्धाय सज्जीक्रियमाणेषु । प्रकृष्टा गुणा वीर्यादयो येषां तथा क्रियमाणेषु । दीयतां चन्द्रार्धः अर्धचन्द्रदानेन निष्कास्यताम् । शूरश्चेति एवं सत्यपि यस्मिन्कुले त्वमुत्पन्नः तस्मिन् न कस्यापि तत्कुलोत्पन्नस्य गजहननसामर्थ्यमित्यर्थः ।

---

१ किं ते नाम का च जातिः । कस्मि०. २ जातया. ३ अनेककर्परसंकुले प्रांगणप्रदेशे मद्यपानविकलः कर्परोपरि. ४ निधिः. ५ शूरश्च ०यश्च. ६ मिथुनं वसति. ७ अथान्यस्मिन्नहनि. ८ कृतानुकम्पेन दंष्ट्रामध्ये विधृत्य यत्नेन जीवन्नानीय सिंह्याः समर्पितः । इ. पा.

प्रिये मयाद्यैनं शृगालशिशुं परित्यज्य न किंचित्सत्त्वमासादितम्। सं च मया बालोयमिति मत्वा न व्यापादितः। उक्तं च—

स्त्रीविप्रलिङ्गिबालेषु प्रहर्तव्यं न कर्हिचित्।
प्राणत्यागेपि संजाते विश्वस्तानां विशेषतः॥ ४०॥

इदानीं त्वमेनं भक्षयित्वा पथ्यं कुरु। प्रभातेन्यदुपार्जयिष्यामि। साह— भोः कान्त त्वया बालकोयमिति मत्वा न व्यापादितः। तदहं कथं स्वोदरार्थे विनाशयामि। उक्तं च—

अकृत्यं नैव कर्तव्यं प्राणत्यागेपि संस्थिते।
न च कृत्यं परित्याज्यं एष धर्मः सनातनः॥ ४१॥

तस्मान्ममायं तृतीयः पुत्रो भविष्यति। इत्युक्त्वा तमपि स्वस्तनक्षीरेण पुष्टिमनयत्। एवं ते त्रयोपि शिशवः परस्परमज्ञातजातिविशेषा एकत्र विहारिणो बाल्यमतिवाहयन्ति। अथ कदाचित्तत्र वने भ्राम्यन्वनगजः समायातः। तं दृष्ट्वा तौ सिंहसुतौ द्वावपि कुपिताननौ तं प्रति प्रचलितौ यावत्तावत्तेन शृगालसुतेनाभिहितम्। अहो गजोयं युष्मत्कुलशत्रुः। तन्न गन्तव्यमेतस्याभिमुखम्। एवमुक्त्वा गृहं प्रधावितः। तावपि ज्येष्ठबान्धवभङ्गान्निरुत्साहतां गतौ। अथवा साध्विदमुच्यते—

एकेनापि सुधीरेण सोत्साहेन रणं प्रति।
सोत्साहं जायते सैन्यं भग्ने भङ्गमवाप्नुयात्॥ ४२॥
अत एव हि वाञ्छन्ति भूपा योधान्महाबलान्।
शूरान्धीरान्कृतोत्साहान्वर्जयन्ति च कातरान्॥ ४३॥

अथ द्वावपि गृहं प्राप्य पित्रोरग्रतो विहसन्तौ ज्येष्ठभ्रातृचेष्टितमूचतुर्यथा गजं दृष्ट्वा दूरतोपि नष्टः। सोपि तदाकर्ण्य कोपाविष्टः प्रस्फुरिताधरपल्लवस्ताम्रलोचनस्त्रिशिखां भ्रुकुटिं कृत्वा तौ निर्भर्त्सयमानः परुषतरवचनान्युवाच। ततः सिंह्यैकान्ते नीत्वा प्रबोधितोसौ-वत्स मैवं कदाचिज्जल्प भवदीयलघुभ्रातरावेतौ। अथासौ प्रभूतकोपाविष्टस्तामुवाच किमहमेताभ्यां शौर्येण रूपेण विद्याभ्यासेन कौशलेन वा हीनो येन मामुपह-

स्त्रीति— प्राणत्यागे संजात उपस्थितेपि। स्त्रियश्च विप्राश्च लिङ्गिनः परिव्राजकादयः बालाश्च तेषु। तं प्रति तमाक्रमितुमित्यर्थः। भङ्गात्तेजोहान्या। रणं प्रति सैन्यं सोत्साहं जायते। एकस्मिन्नपि भग्ने भङ्गमुत्साहभङ्गम्। धीरान् निश्चितमतीन्। नष्टः प्रद्रुतः। अधरः पल्लव इव अध०, प्रस्फुरितोधरपल्लवो यस्य। तिस्रः शिखा यस्याः ताम्। अतिवक्रामित्यर्थः।

१ विना. २ अयमपि स्वजातीयो बालश्चे०. ३ दितो विशेषात्स्वजातीयश्च। ४ प्राणात्यये०. ५ कृत्यं स्यात् ६ विमुञ्चेत. ७ दृष्टः. ८ ज्येष्ठत्रासात्. ९ वीरान्. १० विद्याभ्यासको.

सतः। तन्मयावश्यमेतौ व्यापादनीयौ। तदाकर्ण्य सिंही तस्य जीवितमिच्छन्ती अन्तर्गृहस्य प्राह—

शूरोसि कृतविद्योसि दर्शनीयोसि पुत्रक।
यस्मिन्कुले त्वमुत्पन्नो गजस्तत्र न हन्यते ॥ ४४ ॥

तत्सम्यक् शृणु वत्स त्वं शृगालीसुतः कृपया मया स्वकीयक्षीरपानेन पुष्टिं नीतः। तद्यावन्नैतौ त्वां शृगालं जानीतस्तावत द्रुतं गत्वा स्वजातिमध्ये भव नो चेदाभ्यां हतो मृत्युपथं समेष्यसि। सोपि तद्वचनं श्रुत्वा भयव्याकुलमनाः क्षणात्प्रनष्टः। तस्मात्त्वमपि यावदेते राजपुत्रास्त्वां कुलालं न जानन्ति तावद् द्रुततरमपसर। नो चेदेतेषां सकाशाद्विडम्बनां प्राप्स्यसि। कुलालोपि तदाकर्ण्य सत्वरं प्रनष्टः—

अतोहं ब्रवीमि स्वार्थमुत्सृज्य यो दम्भी इति। तद्भो दुष्ट मकर त्वमपि कुलालवत्स्ववचनेन प्रकटीकृतः। अथवा साध्विदमुच्यते।

आत्मनो मुखदोषेण बध्यन्ते शुकसारिकाः।
बकास्तत्र न बध्यन्ते मौनं सर्वार्थसाधनम् ॥ ४५ ॥

उक्तं च—

सुगुप्तं रक्ष्यमाणोपि दर्शयन्दारुणं वपुः।
व्याघ्रचर्मप्रतिच्छन्नो वाकृते रासभो हतः ॥ ४६ ॥

मकर आह—कथमेतत्। स आह—

कथा ५।

अस्ति कस्मिंश्चिदधिष्ठाने शुद्धपटो नाम रजकः प्रतिवसति स्म। तस्यैको रासभोस्ति। सोपि घासाभावादतिदुर्बलतां गतः। अथ तेन रजकेनाटव्यां भ्रमता व्याघ्रचर्म प्राप्तम्। ततश्चाचिन्तयत्। अहो शोभनमापतितम्। अनेन चर्मणा परिच्छाद्य रासभं रात्रौ यवक्षेत्रेषूत्सृजामि येन व्याघ्रं मत्वा समीपवर्तिनः क्षेत्रात्र निष्कासयन्ति। तथानुष्ठिते रासभो रात्रौ यथेच्छं यवभक्षणं करोति। प्रत्यूषे भूयोपि रजकः स्वाश्रयं

व्याघ्रस्य चर्म व्या० तेन प्रतिच्छन्न आच्छादितः। वाकृते रावहेतोः। घासो यवसं गवाद्यदनीयं तृणम्।

१ स्वस्तनक्षीरेण. २ स्वजातीयानां मध्ये ३ मृत्युमेष्य०. ४ शनैः शनैरपसृत्य स्वजात्या मिलितः. ५ प्राप्य मरिष्यसि ६ द्रुततरं ७ युधिष्ठिर इव सत्यवचनात्त्वं तामापदमापन्नः इ. पा. ८ ततो भद्र आगतेन त्वया मां प्रति वधोपायप्रयासः प्रारब्धः परं स्ववाग्दोषेणैव प्रकटीभूतः। ९ मदोद्धतो नाम च गर्दभोस्ति. १० क्वापि. ११ एतच्चर्म परिधाप्य. १२ यावत्; कणिशशालिषु. १३ उत्सृक्ष्यामि...०सयिष्यन्ति. १४ रात्रिशेषे.

नयति । एवं गच्छता कालेन स रासभः पीवरतनुर्जातः । कृच्छ्राद्बन्धनमपि नीयते । अथान्यस्मिन्नहनि स मदोद्धतो दूराद्रासभीशब्दं शृण्वंस्तारस्वरेण शब्दायितुमारब्धः । अथ ते क्षेत्रपाला रासभोयं व्याघ्रचर्मप्रतिच्छन्न इति मत्वा लकुटपाषाणशरप्रहारैस्तं व्यापादितवन्तः । अतोहं ब्रवीमि । सुगुप्तं रक्ष्यमाणोपि इति । तत्किं श्यामलकवदत्यपमानसहनादर्धचन्द्रदानेन यास्यसि । मकर आह—कथमेतत् । स प्राह—

कथा ६ ।

अस्त्यत्र धरापीठे विकण्टकं नाम पुरम् । तत्र महाधन ईश्वरो नाम भाण्डपतिः । तस्य चत्वारो जामातृका अवन्तीपीठात्प्राघूर्णका विकण्टकपुरे समायाताः । ते च तेन महता गौरवेणाभ्यर्चिता भोजनाच्छादनादिभिः । एवं तेषां तत्र वसतां मासषट्कं संजातम् । तत ईश्वरेण स्वभार्योक्ता । यदेते जामातरः परमगौरवेणावर्जिताः स्वानि गृहाणि न गच्छन्ति । तत्किं कथ्यते । विनापमानं न यास्यन्ति । तदद्य भोजनवेलायां पादप्रक्षालनार्थं जलं न देयं येनापमानं ज्ञात्वा परित्यज्य गच्छन्तीति । तथानुष्ठिते गर्गः पादप्रक्षालनापमानात्सोमो लघ्वासनदानाद्दत्तः कदशनतो यातः । एवं ते त्रयोपि परित्यज्य गताः । चतुर्थः श्यामलको यावन्न याति तावदर्धचन्द्रप्रदानेन निष्कासितः । अतोहं ब्रवीमि ।

गर्गो हि पादशौचाल्लघ्वासनदानतो गतः सोमः ।
दत्तः कदशनभोज्याच्छ्यामलकश्चार्धचन्द्रेण ॥ ४७ ॥ इति ।

तत्किमहं रथकारवन्मूर्खो यतः स्वयमपि दृष्ट्वा ते विकारं पश्चाद्विश्वसिमि । उक्तं च—

प्रत्यक्षेपि कृते पापे मूर्खः साम्ना प्रशाम्यति ।
रथकारः स्वकां भार्यां सजारां शिरसावहत् ॥ ४८ ॥

मकर आह । कथमेतत् । स आह—

कथा ७ ।

कस्मिंश्चिदधिष्ठाने कश्चिद्रथकारः प्रतिवसति स्म । तस्य भार्या पुंश्चली

मदोद्धतो यौवनमदोत्कटः । अवन्तीपीठात् पीठं निवासस्थानं । भोजनं चाच्छादनं च भो० नं तदादि यस्य तेन । आवर्जिताः प्रवणीकृताः । गर्गः एतन्नामकः । कदशनतः कुत्सितमशनं क० तद्दानात् । पुंसः स्वपुरुषात् चलतीति पुंश्चली असती ।

१ अशृणोत् । तच्छ्रवणमात्रेणैव स्वयं. २ अस्ति क० ने वीरधरो नाम. ३ भार्या कामदमिनी । साच पुं०.

जनापवादसंयुक्ता। सोपि तस्याः परीक्षार्थं व्यचिन्तयत्। कथं मयास्याः परीक्षणं कार्यम्। न चैतद्युज्यते कर्तुम्। यतः।

नदीनां च कुलानां च मुनीनां च महात्मनाम्।
परीक्षा न प्रकर्तव्या स्त्रीणां दुश्चरितस्य च॥ ४९॥

वसोर्वीर्योत्पन्नामभजत मुनिर्मत्स्यतनयां
तथा जातो व्यासः शतगुणनिवासः किमपरम्।
स्वयं वेदान्व्यस्यञ्छमितकुरुवंशप्रसविता
स एवाभूच्छ्रीमानहह विषमाः कर्मगतयः॥ ५०॥

कुलानामिति पाण्डवानामपि महात्मनां नोत्पत्तिरधिगन्तव्या यतः क्षेत्रजा इति। स्त्रीदुश्चरितं संधुक्ष्यमाणमनेकदोषान्प्रकटयति स्त्रीणामिति। तथा च।

यदि स्यात्पावकः शीतः प्रोष्णो वा शशलाञ्छनः।
स्त्रीणां तदा सतीत्वं स्याद्यदि स्याद्दुर्जनो हितः॥ ५१॥

तथापि शुद्धामशुद्धां वापि जानामि लोकवचनात्। उक्तं च—

यन्न वेदेषु शास्त्रेषु न दृष्टं न च संश्रुतम्।
तत्सर्वं वेत्ति लोकोऽयं यत्स्याद्ब्रह्माण्डमध्यगम्॥ ५२॥

एवं संप्रधार्य तामवोचत्। प्रिये अहं प्रातर्ग्रामान्तरं यास्यामि। तत्र दिनानि कतिचिल्लगिष्यन्ति। तत्त्वया किंचित्पाथेयं मम योग्यं कार्यम्। सापि तदाकर्ण्य हर्षितचित्तौत्सुक्येन सर्वकार्याणि संत्यज्य सिद्धमन्नं घृतशर्कराप्रायमकरोत्। अथवा साध्विदमुच्यते—

दुर्दिवसे घनतिमिरे दुःसंचारासु नगरवीथीषु।
पत्यौ विदेशयाते परमसुखं जघनचपलायाः॥ ५३॥

अथासौ प्रत्यूष उत्थाय स्वगृहान्निर्गतः। सापि तं प्रस्थितं विज्ञाय प्रहसितवदनाङ्गसंस्कारं कुर्वाणा कथंचित्तं दिवसमत्यवाहयत्। ततश्च पूर्वपरिचितं विटगृहं गत्वा तमभ्यर्थ्योक्तवती। यद्ग्रामान्तरं गतः स दुरात्मा मे पतिः। तदद्य त्वयास्मद्गृहे प्रसुप्ते जने समागन्तव्यम्। तथानु-

मुनिः पराशरः। मत्स्यतनया सत्यवती। शतं गुणाः तेषां निवासः बहुगुणाश्रय इत्यर्थः। शमित उच्छिन्नो यः कुरुवंशस्तस्य प्रसविता। स एव तथोत्पन्नोपि। अधिगन्तव्या परीक्ष्योपलब्धव्या। क्षेत्रजाः न तु औरसाः। मृतस्य क्षेत्रे भार्यायां गुरुनियुक्तायां नियोगधर्मेण जातः पुत्रः क्षेत्रजः। पाथेयं पथि हितं। दुर्दिवसे घनच्छन्ने दिने। जघनचपला पुंश्चली।

१ अथ. २ जानामि चैनां लोकवचनादसतीम्। ३ यच्च. ४ प्रभातेहं ५ विधेयं. ६ तद्वचनं श्रुत्वा. ७ वर्षति जलदे महाटवीप्रभृतौ। पत्युर्विदेशगमने. ८ परिचितं कंचिद्विटगृहं गत्वाभ्यर्थ्योक्त०.

ष्ठिते स रथकारोऽप्यरण्ये दिनमतिवाह्य प्रदोषे स्वगृहमपरद्वारेण प्रविष्टः शय्यातले निभृतो भूत्वा स्थितः । अत्रान्तरे स देवदत्तः शयन आगत्योपविष्टः । तं दृष्ट्वा रथकारो रोषाविष्टचित्तो व्यचिन्तयत् । किमेनमुत्थाय विनाशयाम्यथवा द्वावप्येतौ सुप्तौ हेलया हन्मि । परं पश्यामि तावच्चेष्टितमस्याः शृणोमि चानेन सहालापान् । अत्रान्तरे सा गृहद्वारं निभृतं विधाय शयनतलमारूढा । तस्यास्तच्छयनमारोहन्त्या रथकारशरीरे पादो लग्नः । ततो व्यचिन्तयत् । नूनमेतेन दुरात्मना रथकारेण मत्परीक्षणार्थं भाव्यम् । तत्स्त्रीचरित्रविज्ञानं किमपि करोमि । एवं तस्याश्चिन्तयन्त्याः स देवदत्तः स्पर्शोत्सुको बभूव । ततश्च तया कृताञ्जलिपुटयाभिहितं भो महानुभाव न मे गात्रं त्वया स्प्रष्टव्यं यतोऽहं पतिव्रता महासती च । नो चेच्छापं दत्त्वा त्वां भस्मसात्करिष्यामि । स आह यद्येवं तर्हि किमर्थं त्वयाहमाहूतः सा प्राह भोः शृण्वेकाग्रमनाः । अहमद्य प्रत्यूषे देवतादर्शनार्थं चण्डिकायतनं गता । तत्राकस्मात्खे वाणी संजाता । पुत्रि किं करोमि । भक्तासि मे त्वम् । परं षण्मासाभ्यन्तरे विधिनियोगाद्विधवा भविष्यसि । ततो मयाभिहितं–भगवति यथा त्वमापदं वेत्सि तथा तत्प्रतीकारमपि जानासि । तदस्ति कश्चिदुपायो येन मे पतिः शतसंवत्सरजीवी भवति । ततस्तयाभिहितं वत्से सन्नपि नास्ति यतस्त्वदायत्तः स प्रतीकारः । तच्छ्रुत्वा मयोक्तं देवि यन्मत्प्राणैर्भवति तदादेशय येन करोमि । ततो देव्याभिहितम् यद्यद्यदिने परपुरुषेण सहैकस्मिञ्छयने समारुह्यालिङ्गनं करोषि तत्तव भर्तृसक्तोपमृत्युस्तस्य संचरति त्वद्भर्ता पुनर्वर्षशतं जीवति । तेन मया त्वमभ्यर्थितः । ततो यत्किंचित्कर्तुमनास्तत्कुरुष्व । न हि देवतावचनमन्यथा भविष्यतीति मे निश्चयः । सोऽपि रथकारो मूर्खस्तस्यास्तद्वचनमाकर्ण्य पुलकाङ्किततनुः शय्यातलान्निष्क्रम्य तामुवाच । साधुपतिव्रते साधु कुलनन्दिनि साधु । अहं दुर्जनवचनशङ्कितहृदयस्त्वत्परीक्षार्थं ग्रामान्तरव्याजं कृत्वात्र निभृतं खट्वातले लीनः स्थितः । तदेह्यालिङ्गय

निभृतः छन्नः । अञ्जलेः पुटं अ० टं कृतमञ्जलिपुटं यया । महानुभाव महासत्त्व । एकमेव अग्रं यस्य तदेकाग्रं मनो यस्य । शतं संवत्सरान् जीवतीति । मत्प्राणैर्मम प्राणव्ययेनापि । पुलकैः रोमाञ्चैः अङ्किता तनुर्यस्य । ग्रामान्तरव्याजं ग्रामान्तरगमननिमिषम् ।

१ शय्याधःस्थले. २ समागत्य तत्र शरणे उप. ३ हन्मि. ४ व्यापादयामि. ५ अथ. ६ स्पर्शनीयं. ७ अत्रानीतः. ८ आकस्मिकी. ९ त्वमेतज्जानासि... वेत्सि. १० यदि तत्. ११ पुनरन्यद्वर्षशतद्वयं. १२ अधस्तलात्. १३ साधु पवित्रे.

मामे। एवमुक्त्वा तामालिङ्ग्य स्वस्कन्धे कृत्वा तं देवदत्तमभ्युवाच। भो महानुभाव मत्पुण्यैस्त्वमिहागतः। त्वत्प्रसादात्प्राप्तमद्य मया वर्षशत-प्रमाणमायुः। ततस्त्वमपि मां समालिङ्ग्य स्कन्धं मे समारोह। इति जल्पन्ननिच्छन्तमपि देवदत्तं बलादालिङ्ग्य स्कन्धे समारोपितवान्। त-तैश्च तूर्यध्वनिच्छन्देन नृत्यन्सकलगृहद्वारेषु बभ्राम। अतोहं ब्रवीमि। प्रत्यक्षेपि कृते पापे इति। तन्मूढ दृष्टविकारस्त्वम्। तत्कथं तव गृहं ग-च्छामि। अथवा यन्मां त्वं विश्वासयसि तत्ते दोषो नास्ति यत ईदृशी स्वभावदुष्टा युष्मज्जातिर्या शिष्टसङ्गादपि सौम्यत्वं न याति। अथवा स्वभावोयं दुष्टानाम्। उक्तं च—

सद्भिः संबोध्यमानोपि दुरात्मा पापपौरुषः।
घृष्यमाण इवाङ्गारो निर्मलत्वं न गच्छति ॥ ५४ ॥

अथवा साध्विदमुच्यते—

सूर्यं भर्तारमुत्सृज्य पर्जन्यं मारुतं गिरिम्।
स्वजातिं मूषिका प्राप्ता स्वजातिर्दुरतिक्रमा ॥ ५५ ॥

मकर आह—कथमेतत्। सोब्रवीत्—

कथा ८।

अस्ति कस्मिंश्चिदधिष्ठाने तपोवने शालङ्कायनो नाम तपोधनो जाह्नव्यां स्नानार्थं गतः। तस्य च सूर्योपस्थानं कुर्वतस्तत्र प्रदेशे मूषिका काचि-त्खरतरनखाग्रपुटेन श्येनेन गृहीता। तां दृष्ट्वा स मुनिः करुणार्द्रहृदयो मुञ्च मुञ्चेति कुर्वाणस्तस्य पाषाणखण्डं प्राक्षिपत्। सोपि पाषाणखण्डप्र-हारव्याकुलेन्द्रियो भ्रष्टमूषिको भूमौ निपपात। मूषिकापि भयत्रस्ता कर्तव्यमजानती रक्ष रक्षेति जल्पन्ती मुनिचरणान्तिकमुपाविशत्। श्येनेनापि चेतनां लब्ध्वा मुनिरुक्तः। यद्भो मुने न युक्तमनुष्ठितं भवता

पर्जन्यं मेघम्। अतिशयेन खराणि खरतराणि नखाग्राणि तेषां पुटेन खरतरं नखाग्रपुटं यस्य तेन इति वा। पाषाणखण्डस्य प्रहारस्तेन व्याकुलानि इन्द्रियाणि यस्य। भ्रष्टो मूषको यस्मात्। कर्तव्यमजानती किंकर्तव्यतामूढा।

---

१ अस्मात्परं—त्वं स्वभर्तृभक्तानां मुख्या नारीणां यदेवं ब्रह्मव्रतं परसङ्गेपि पालितवती। मदायुर्वृद्धिकृतेऽपमृत्युविनाशार्थं च त्वमेव कृतवती। तामेवमुक्त्वा सस्ने-हैमालिंगितवान्। इत्यधिकं पुस्तकान्तरे. २ शतद्वय. ३ ततश्च नृत्यं कृत्वा हे ब्रह्मव्रतधराणां धुरीण त्वयापि मय्युपकृतमित्याद्युक्त्वा स्कन्धादुत्तार्य यत्र यत्र स्वजनगृहद्वारादिषु बभ्राम तत्र तत्र तयोरुभयोरपि तद्गुणवर्णनमकरोत्। इ. पा. ४ स्वयोनिं. ५ अस्याः कथायाः पूर्वभागः पुस्तकद्वये भिन्न उपलब्धोन्ते निवे-शितस्तत्रैव द्रष्टव्यः।

यदहं पाषाणेन ताडितः । किं त्वमधर्मान्न बिभेषि । तत्समर्पय ममैनां मूषिकाम् । नो चेत्प्रभूतं पातकमवाप्स्यसि । इति ब्रुवाणं श्येनं प्रोवाच सः । भो विहंगाधम रक्षणीयाः प्राणिनां प्राणाः । दण्डनीया दुष्टाः । संमाननीयाः साधवः । पूजनीया गुरवः । स्तुत्या देवाः । तत्किमसंबद्धं प्रजल्पसि । श्येन आह । मुने न त्वं सूक्ष्मधर्मं वेत्सि । इह हि सर्वेषां प्राणिनां विधिना सृष्टिं कुर्वताहारोपि विनिर्मितः । ततो यथा भवतामन्नं तथास्माकं मूषिकादयो विहिताः । तत्स्वाहारकाङ्क्षिणं मां किं दूषयसि । उक्तं च ।

यद्यस्य विहितं भोज्यं न तत्तस्य प्रदुष्यति ।
अभक्ष्ये बहुदोषः स्यात्तस्मात्कार्यो न व्यत्ययः ॥ ५६ ॥
मद्यं यथा द्विजातीनां मद्यपानां यथा हविः ।
भक्ष्यमभक्ष्यतामेति तथान्येषामपि द्विज ॥ ५७ ॥
भक्ष्यं भक्षयतां श्रेयो अभक्ष्यं तु महदघम् ।
तत्कथं मां वृथाचारं त्वं दण्डयितुमर्हसि ॥ ५८ ॥

अपरं मुनीनां न चैष धर्मो यतस्तैर्दृष्टमदृष्टं श्रुतमश्रुतमलौल्यत्वमशत्रुत्वं प्रशस्यते । उक्तं च —

समः शत्रौ च मित्रे च समलोष्टाश्मकाञ्चनः ।
सुहृन्मित्रे ह्युदासीनो मध्यस्थो द्वेष्यबन्धुषु ॥ ५९ ॥
साधुष्वपि च पापेषु समबुद्धिर्विशिष्यते ।
साधूनां निरवद्यानां सदाचारविचारिणाम् ॥ ६० ॥
योगी युञ्जीत सततमात्मानं रहसि स्थितः ।

तत्त्वमनेन कर्मणा भ्रष्टतपाः संजातः । उक्तं च —

मुञ्च मुञ्च पतत्येको मा मुञ्चेति द्वितीयकः ।
उभयोः पतनं दृष्ट्वा मौनं सर्वार्थसाधनम् ॥ ६१ ॥

शालङ्कायन आह -- कथमेतत् । श्येन आह —

सूक्ष्मधर्मं धर्मस्य प्रतनुतत्वं । विहितं शास्त्रेणानुज्ञातं । प्रदुष्यति दोषार्हं भवति। व्यत्ययः स्वभक्ष्यातिक्रमः । श्रेयः कल्याणं । अभक्ष्यं भक्षयतां महदघं पापम् । वृथा आचारो यस्य तादृशमिव । यद्वा माऽवृथाचारमिति पठनीयम् । दृष्टमदृष्टं प्रशस्यते तैः दृष्टमपि किंचिददृष्टवत्स्यादित्यर्थः । श्रुतमिति किमपि श्रुत्वा न तत्र प्रवर्तेरन् किंतु अश्रुतवन्त इव अविकृतास्तिष्ठेयुरित्यर्थः । समं लोष्टमश्मा कांचनं च यस्य । सुहृदो मित्रं तस्मिन् । यद्वा सुहृदश्च मित्राणि च सुहृन्मित्रं तस्मिन् । एतादृशो मुनिः विशिष्यते प्रशस्यते । निरवद्यानामनिन्द्यानाम् । सन्साधुश्चासौ आचारश्च तेन विचरन्तीति तेषाम् ।

कथा ९.

कस्मिंश्चिन्नदीतट एकतद्वितत्रिताभिधानास्त्रयोपि भ्रातरो मुनयस्तपः कुर्वन्ति। तेषां च तपःप्रभावादाकाशस्था धौतपोतिका निरालम्बा जलार्द्रा भूस्पर्शनभयेन स्नानसमये तिष्ठन्ति। अथान्येर्युमयेव काचिन्मण्डूकिका केनापि गृध्रेण बलेन नीता। अथ तां गृहीतां विलोक्य तेषां ज्येष्ठेन करुणार्द्रहृदयेन भवतेव व्याहृतम्। मुञ्च मुञ्चेति। अत्रान्तरे तस्य धौतपोतिकाकाशाद्भूमौ पतिता। तां पतितां दृष्ट्वा द्वितीयेन तद्भयार्त्तेन मा मुञ्च मामुञ्चेत्यभिहितं यावत्तावत्तस्यापि पपात। ततस्तृतीयो द्वयोरपि धौतपोतिकां भूमौ पतितां दृष्ट्वा तूष्णीं बभूव। अतोहं ब्रवीमि—मुञ्च मुञ्च पतत्येक इति।

तच्छ्रुत्वा मुनिर्विहस्याह। भो मूर्ख विहंगम कृतयुगे धर्मः स आसीत्। यतः कृतयुगे पापालापतोपि पापं जायते तेन धौतपोतिके पतिते अशिष्टालापेन न सदपवचनदोषतः। एष पुनः कलियुगः। अत्र सर्वोपि पापात्मा। तत्कर्म कृतं विना पापं न लगति। उक्तं च—

संचरन्तीह पापानि युगेष्वन्येषु देहिनाम्।
कलौ तु पापसंयुक्ते यः करोति स लिप्यते ॥ ६२ ॥

उक्तं च—

आसनाच्छयनाद्यानात्संगतेश्चापि भोजनात्।
कृते संचरते पापं तैलबिन्दुरिवाम्भसि ॥ ६३ ॥

तत्किं वृथाप्रलपितेन। गच्छ त्वम्। नो चेच्छापयिष्यामि। अथ गते श्येने मूषिकया स मुनिरभिहितः। भगवन् नय मां स्वाश्रयम्। नो चेदन्यो दुष्टपक्षी कश्चिन्मां व्यापादयिष्यति। तदहं तत्रैवाश्रये त्वद्दत्तान्नाहारमुष्ट्या कालं नेष्यामि। सोपि दाक्षिण्यवान्सकरुणो व्यचिन्तयत् कथं मया मूषिका हस्ते धृता नेया जनहास्यकारिणी। तदेनां कुमारिकां कृत्वा नयामि। एवं सा कन्यका कृता। तथानुष्ठिते कन्यासहितं मुनिमवलोक्य पत्नी पप्रच्छ। भगवन् कुत इयं कन्या। स आह—एषा मूषिका श्येनभयाच्छरणार्थिनी कन्यारूपेण तव गृहमानीता। तत्त्वया यत्नेन रक्ष-

---

धौतपोतिका धौतवस्त्राणि। निरालम्बा आश्रयेण विनापि ऊर्ध्वस्थितास्तिष्ठन्ति। तद्भयार्तेन पोतिकापतनभयाकुलेन। मुञ्च मुञ्चेति वदन् एकः पतति स्वतपःप्रभावाद्भ्रश्यते। उभयोः पतनं दृष्ट्वा तृतीयो मौनं भेजे तत्सर्वार्थ० इत्यर्थः। पापेन सह पापस्य वा आलापेन। अशिष्टेन श्येनेन सह य आलापस्तेन। न सतः अपवचनं निन्दा तद्दोषतः। त्वया दत्ता अन्नाहारमुष्टिरतया। दाक्षिण्यवान् दाक्षिण्यं परच्छन्दानुवर्तित्वमौदार्यं वा तद्वान्। उपनेता उपनयनस्य कर्ता।

णीया। भूयोऽप्येनां मूषिकां करिष्यामि। सा प्राह—भगवन् मैवं कार्षीः। अस्यास्त्वं धर्मपिता। उक्तं च—

जनिता चोपनेता च यस्तु विद्यां प्रयच्छति।
अन्नदाता भयत्राता पञ्चैते पितरः स्मृताः॥ ६४॥

तत्त्वयास्याः प्राणाः प्रदत्ताः। अपरं ममाप्यपत्यं नास्ति। तस्मादेषा मम सुता भविष्यति। तथानुष्ठिते सा कन्यका शुक्लपक्षचन्द्रकलिकेव नित्यमेव वृद्धिं प्राप्नोति। सापि तस्य मुनेः शुश्रूषां कुर्वती सपत्नीकस्य यौवनमाश्रयात्। अथ तां यौवनोन्मुखीमवलोक्य शालङ्कायनः स्वपत्नीमुवाच। प्रिये यौवनोन्मुखी वर्तत इयं कन्या। अनर्हा सांप्रतं मद्भवनस्य। उक्तं च—

अनूढा मन्दिरे यस्य रजः प्राप्नोति कन्यका।
पतन्ति पितरस्तस्य स्वर्गस्था अपि तैर्गुणैः॥ ६५॥

तत्कस्मैचिच्छ्रेष्ठवराय प्रदीयते। उक्तं च—

वरं वरयते कन्या माता वित्तं पिता श्रुतम्।
बान्धवाः कुलमिच्छन्ति मिष्टान्नमितरे जनाः॥ ६६॥

तथा च। यावन्न लज्जते कन्या यावत्क्रीडति पांसुना।
यावत्तिष्ठति गोमार्गे तावत्कन्यां विवाहयेत्॥ ६७॥
माता चैव पिता चैव ज्येष्ठभ्राता तथैव च॥
त्रयस्ते नरकं यान्ति दृष्ट्वा कन्यां रजस्वलाम्॥ ६८॥

तथा च।

कुलं च शीलं च सनाथतां च विद्यां च वित्तं च वपुर्वयश्च।
एतान्गुणान्सप्त परीक्ष्य देया कन्या बुधैः शेषमचिन्तनीयम्॥ ६९॥

अन्यच्च।

दूरस्थानामविद्यानां मोक्षधर्मानुवर्तिनाम्॥
शूराणां निर्धनानां च न देया कन्यका बुधैः॥ ७०॥

तद्यद्यस्या रोचते तद्भगवन्तमादित्यमाकार्य तस्मै प्रयच्छामि। उक्तं च—

अनिष्टः कन्यकाया यो वरो रूपान्वितोऽपि यः।
यदि स्यात्तस्य नो देया कन्या श्रेयोभिवाञ्छता॥ ७१॥

साह—को दोषोऽत्र विषये। एवं क्रियताम्। अथ मुनिना समाहूतः

चन्द्रकलिका प्रतिपच्चन्द्रः। शुश्रूषा सेवा। आशु शीघ्रं यौवनमयात्प्राप। यौवनोन्मुखी तारुण्यप्रान्तवर्तिनी। अनूढा अविवाहिता। तैः प्रसिद्धैः गुणैः स्वर्गस्था अपि। यद्वा तद्गुणैरिति पठनीयं। रजःप्राप्तिनिमित्तैर्दोषैः इत्यर्थः। सनाथतां नाथेन रक्षित्रा पित्रादिना सहितः सनाथस्तस्य भावस्तत्ताताम्। आकार्याहूय.

१ रविराहूतः। वेदमन्त्रामन्त्रणप्रभावात्तत्क्षणादेवाभ्युपगम्यादित्यः प्रोवाच। इ. पा.

सविता तत्क्षणमेवाभ्युपेत्य प्रोवाच । भगवन् वद कुतं किमर्थमहमाहूतः । स आह—एषा मत्कन्या यदि त्वां वृणोति तद्विवाहय । एवमुक्त्वा स भगवांस्तस्या दर्शितः । प्रोवाच च । पुत्रि किं तव रोचत एष भगवांस्त्रैलोक्यदीपः । सा प्राह—तात अतिदहनात्मकोऽयम् । नाहमेनमभिलषामि । अस्मादपि यः कश्चिदुत्कृष्टतरः[२] स आहूयताम् । अथ तस्यास्तद्वचनमाकर्ण्य भास्वरोऽपि तां मूषिकां विदित्वा निःस्पृहस्तमुवाच । भगवन् अस्ति ममाप्यधिको[३] मेघो येनाच्छादितस्य[४] मे नामापि न ज्ञायते । अथ मुनिना मेघमप्याहूय कन्याभिहिता । एष ते रोचते । सा प्राह[६] कृष्णवर्णोऽयं जडात्मा च । तदस्मादन्यस्य कस्यचित्प्रधानस्य मां प्रयच्छ । अथ मुनिना मेघोऽपि पृष्टः भोस्त्वत्तोऽप्यधिकः[७] कोऽप्यस्ति । स आह—मत्तोऽप्यधिकोऽस्ति वायुः । वायुना हतोऽहं सहस्रधा यामि । तच्छ्रुत्वा मुनिना वायुराहूतः । आह च पुत्रिके किमेष वायुस्ते विवाहाय उत्तमः प्रतिभाति । सा प्राह—तात प्रबलोऽप्ययं चञ्चलः[८] । तदभ्यधिकः कश्चिदानीयताम् । मुनिराह । भो वायो तवाभ्यधिकोऽस्ति कश्चित् । स आह—मत्तोऽप्यधिकोऽस्ति[९] पर्वतो येन संस्तभ्य बलवानप्यहं ध्रिये । अथ मुनिः पर्वतमाहूय कन्याया अदर्शयत् । पुत्रिके त्वामस्मै प्रयच्छामि । साह तात कठिनात्मकोऽयं स्तब्धश्च । तदन्यस्मै देहि माम् । अथ स मुनिना पृष्टः । यद्भोः पर्वतराज तवाप्यधिकः कश्चिदस्ति । स आह—सन्ति ममाप्यधिका मूषका ये मे[११] देहं बलात्सर्वतो भेदयन्ति । तदाकर्ण्य मुनिर्मूषकमाहूय तस्या अदर्शयत् । पुत्रिके[१२] एष ते प्रतिभाति मूषकराजो येन यथोचितमनुष्ठीयते । सापि तं दृष्ट्वा स्वजातीय एष इति मन्यमाना पुलको[१३]द्धूषितशरीरा प्रोवाच । तात मां मूषिकां कृत्वास्मै प्रयच्छ येन स्वजातिविहितं गृहधर्म[१४]मनुतिष्ठामि । तच्छ्रुत्वा[१५] तेन स्त्रीधर्मविचक्षणेन तां मूषिकां कृत्वा मूषकाय प्रदत्ता । अथवा साध्विदमुच्यते—

न सुवर्णं न रत्नानि न च राज्यपरिक्रियाम् ।
तथा वाञ्छन्ति कामिन्यो यथाभीष्टतमं वरम् ॥ ७२ ॥

उत्तमो योग्यतमः । यथोचितं मूषिकारूपदानादि । पुलकैः उद्धूपितं शरीरं यस्याः ।

---

१ मदीया कन्यका तिष्ठति । यद्येषां त्वां वृणोति तर्हि उद्वहस्व. २ प्रकृष्टतरः ३ उत्तमः. ४ ०तोऽहमदृश्यो भवामि । ५ अस्मै त्वां प्रयच्छामि । ६ मुनिमाह यन्मां मेघादपि श्रेष्ठाय प्र०. ७ भो मेघ; तवाप्य०. ८ चपलः. ९ श्रेष्ठतरः १० ममाप्यधिकाः पर्वताः सन्ति यैः...बलवन्तोऽपि वयं ध्रियामहे. ११ मच्छरीरं बलाद्विदारयन्ति. १२ आह च पुत्रिके त्वामस्मै प्रयच्छामि किमेष प्रतिभाति ते मूषिकराजः । १३ प्रोद्धूषित-रान्ता. १४ गृहस्थ०...अनुभवामि । १५ ततः सोऽपि स्वतपोबलेन तां मूषिकां कृत्वा तस्मै प्रादात् । इ. पा.

तद्यथा सा मूषिका देवपदं त्यक्त्वा स्वजातिदोषेण नीचसंगमं गता तथा त्वमपि मया संगतोऽपि स्नेहगृहीतोऽपि स्वजातिधर्मदुष्टः संजातः । अतोऽहं ब्रवीमि—सूर्यं भर्तारमुत्सृज्य इत्यादि । तन्मूर्ख स्त्रीलुब्ध स्त्रीजित अन्येऽपि ये त्वद्विधा भवन्ति ते स्वकार्यं विभवं मित्रं च परित्यजन्ति तत्कृते । उक्तं च—

> या ममोद्विजते नित्यं साद्य मामवगूहते ।
> प्रियकारक भद्रं ते यन्ममास्ति हरस्व तत् ॥ ७३ ॥

मकर आह—कथमेतत् । सोऽब्रवीत्—

कथा १० ।

अस्ति कस्मिंश्चिदधिष्ठाने कामातुरो नाम महाधनी वृद्धवणिक् । तेन मृतभार्येण कामोपहतचेतसा काचिन्निर्धनवणिक्सुता प्रभूतं वित्तं दत्त्वोद्वाहिता । अथ सा दुःखाभिभूता तं वृद्धवाणिजं वीक्षितुमपि न शक्नोति । अथवा साध्विदमुच्यते—

> श्वेतं पदं शिरसि वीक्ष्य शिरोरुहाणां
> स्थानं परं परिभवस्य तदेव पुंसाम् ।
> आरोपितास्थिशकलं परिहृत्य यान्ति
> चाण्डालकूपमिव दूरतरं तरुण्यः ॥ ७४ ॥

तथा च ।

> गात्रं संकुचितं गतिर्विगलिता दन्ताश्च नाशं गता
> दृष्टिर्भ्राम्यति रूपमेव ह्रसते वक्त्रं च लालायते ।
> वाक्यं नैव करोति बान्धवजनः पत्नी न शुश्रूषते
> हा कष्टं जरयाभिभूतपुरुषः पुत्रैरवज्ञायते ॥ ७५ ॥

अथ कदाचित्सा तेन सहैकशयने पराङ्मुखी स्थिता यावत्तिष्ठति तावत्तस्य गृहे चौरः प्रविष्टः । सापि तं चौरमवलोक्य भयव्याकुलमनास्तं

स्वजातिनिष्ठा धर्माः स्वजातिधर्मास्तैर्दुष्टो विकृतः । शिरोरुहाणां केशानां । परिभवस्य तरुणीकृततिरस्कारस्य । आरोपितमस्थिशकलं तन्निदर्शकं यस्मिन् ।

---

१ अस्मात्परं—चौरेण चाप्युक्तम्—हर्तव्यं ते न पश्यामि हर्तव्यं चेद्भविष्यति । पुनरप्यागमिष्यामि यदीयं नावगूहते ॥ अरिमर्दनः पृष्टवान्—का च नावगूहते । कश्चायं चौर इति विस्तरतः श्रोतुमिच्छामि । दीप्ताक्षः कथयति । इति पुस्तकान्तरे तृतीयतन्त्रान्तर्गताया अस्याः कथायाः प्रारम्भेऽधिकः संदर्भः । २ काम. तो. ३ वणिक्पुत्रो वृद्धः. ४ निर्धनस्य दुहिता. ५ वृद्धतमं. ६ द्रष्टुम ७...शशाक. ७ वर्णं सितं. ८ यस्तु. ९ चक्षुः. १० मप्युपहतं. ११ पं पुत्रोऽप्य. १२ लिता.

वृद्धमप्यालिङ्गितवती। सोऽपि विस्मयात्पुलकाङ्कितसर्वगात्रश्चिन्तयामास। अहो किमेषा मामद्यावगूहते। अहो चित्रमेतत्। ततश्च यावन्निपुणतयाव-लोकयति तावच्चौरः प्रविष्टः कोणैकदेशे तिष्ठति। पुनरचिन्तयत्। नूनमे-षा चौरस्य भयान्मामालिङ्गति। तज्ज्ञात्वा चौरमाह—

या ममोद्विजते नित्यं साद्य मामवगूहते।
प्रियकारक भद्रं ते यन्ममास्ति हरस्व तत् ॥ ७६ ॥

भूयोऽपि निर्गच्छन्तमवादीत्। भो चोर नित्यमेव त्वया रात्रावागन्त-व्यम्। मदीयोऽयं विभवस्त्वदीय इति। अतोऽहं ब्रवीमि—या ममोद्विजते नित्यं इत्यादि। किं बहुना। तेन च स्त्रीलुब्धेन स्वं सर्वमपि चौरस्य समर्पितम्। त्वयापि तथानुष्ठितम्। अथैवं तेन सह वदतो मकरस्य जलचरेण केनाप्यागत्याभिहितम्—भो मकर त्वदीया भार्यानशनोपविष्टा त्वयि चिरयाति प्रणयाभिभवाद्विपन्ना। सोऽपि तच्छ्रुत्वातीव व्याकुलमनाः प्रालपत्। अहो किमिदं संजातं मम मन्दभाग्यस्य। उक्तं च—

न गृहं गृहमित्याहुर्गृहिणी गृहमुच्यते।
गृहं तु गृहिणीहीनं कान्तारादतिरिच्यते ॥ ७७ ॥
वृक्षमूलेऽपि दयिता यत्र तिष्ठति तद्गृहम्।
प्रासादोऽपि तया हीनो अरण्यसदृशः स्मृतः ॥ ७८ ॥

तथा च।

माता यस्य गृहे नास्ति भार्या च प्रियवादिनी।
अरण्यं तेन गन्तव्यं यथारण्यं तथा गृहम् ॥ ७९ ॥

तन्मित्र क्षम्यतां मया तेऽपराधः कृतः। संप्रत्यहं तद्वियोगाद्वह्निप्रवेशं करिष्यामि। तदाकर्ण्य वानरः प्रहस्य प्रोवाच। भो ज्ञातस्त्वं मया प्रथम-मेव यत्स्त्रीजितः स्त्रीवश्यश्च। सांप्रतं पुनः प्रत्ययः संजातः। तन्मूढ आ-नन्दे कार्ये त्वं कस्माद्विषादं गतः। तादृग्दुष्टभार्यायां मृतायामुत्सवः कर्तुं युज्यते। उक्तं च—

या भार्या दुष्टचरिता सततं कलहप्रिया।
भार्यारूपेण सा ज्ञेया विदग्धैर्दारुणा जरा ॥ ८० ॥
तस्मात्सर्वप्रयत्नेन नामापि परिवर्जयेत्।
स्त्रीणामिह हि सर्वासां य इच्छेत्सुखमात्मनः ॥ ८१ ॥

निपुणतया सूक्ष्मदृष्ट्या। विपन्ना मृता। प्रियः कलहो यस्याः।

---

१ वृद्धमपि तं पतिं गाढं समालिलिंग. २ पश्यति तावद्गृहकोणैकदेशे चौरं दृष्ट्वा व्यचिं०. ३ अस्य. ४ शंकया मां समा०. ५ एवं वज्रपातसदृशं वचनमा-कर्ण्यातीव ०हृदयः प्रलपितमेवं चकार. ६ अरण्यसदृशं फलम्. ७ यत्किंचि-न्मयापराद्धम्. ८ स्त्रीवियोगाद्वैश्वानरम्. ९ च. १० चारित्रा.

के नाम न विनश्यन्ति मिथ्याज्ञानान्नितम्बिनीम्।
रम्यां ये उपसर्पन्ति दीपाभां शलभा इव ॥ ८२ ॥
अन्तर्विषमया ह्येता बहिश्चैव मनोरमाः।
गुञ्जाफलसमाकाराः स्वभावादेव योषितः ॥ ८३ ॥
यदन्तस्तन्न जिह्वायां यज्जिह्वायां न तद्बहिः।
यद्बहिस्तन्न कुर्वन्ति विचित्रचरिताः स्त्रियः ॥ ८४ ॥
ताडिता अपि दण्डेन शस्त्रैरपि विखण्डिताः।
न वशं योषितो यान्ति न दानैर्न च संस्तवैः ॥ ८५ ॥
आस्तां तावत्किमन्येन दौरात्म्येनेह योषिताम्।
विधृतं स्वोदरेणापि घ्नन्ति पुत्रमपि स्वकम् ॥ ८६ ॥
रूक्षायां स्नेहसद्भावं कठोरायां सुमार्दवम्।
नीरसायां रसं बालो बालिकायां विकल्पयेत् ॥ ८७ ॥

मकर आह—भो मित्र अस्त्वेतत्। परं किं करोमि। ममानर्थद्वयमेतत्संजातम्। एकस्तावद् गृहभङ्गोऽपरस्तु त्वद्विधेन मित्रेण सह चित्तविश्लेषः। अथवा भवत्येवं दैवोपहतानाम्। उक्तं च—

यादृशं मम पाण्डित्यं तादृशं द्विगुणं तव।
नाभूज्जारो न भर्ता च किं निरीक्षसि नग्निके ॥ ८८ ॥

वानर आह—कथमेतत्। सोऽब्रवीत्—

कथा ११।

कस्मिंश्चिदधिष्ठाने हालिकदंपती प्रतिवसतः स्म। सा च हालिकभार्या पत्युर्वृद्धभावात्सदैवान्यचित्ता न कथंचिद्गृहे स्थैर्यमालम्बते। केवलं परपुरुषान्वेषणा भ्रमति। अथ केनचित्परवित्तापहारकेण धूर्तेन सा लक्षिता विजने प्रोक्ता च—सुभगे मृतभार्योऽहं तव रूपलावण्यदर्शनेन हृदये स्मरबाणेन पीडितः। तदीयतां मे रतिदक्षिणा। ततस्तयाभिहितम्—भोः सुभग यद्येवं तदस्ति मे पत्युः प्रभूतं धनम्। स वृद्धभावात्प्रचलितु-

मिथ्या स्त्री रम्या इत्ययथार्थं ज्ञानं तस्मात्। प्रशस्तो नितम्बोऽस्याः सा नितम्बिनी। अन्तः मनसि। संस्तवैः स्तुतिभिः। स्वोदरेण विधृतं स्वपुत्रमपि इत्य०। रूक्षायां निःस्नेहायां। बालो मूढः। य एवं करोति स मूढ इत्यर्थः। हालिकः कृषीवलः। हलेन सीरेण खनतीति। परपुरुषस्यान्वेषणं गवेषणं यस्याः।

१ य उप. दीपाभां. २ हिर्वृत्त्या. ३ मण्डनैर्नच कुंकुमैः ४ नात्र. ५ पुत्रं स्वकं रुषा. ६ संभारं ७ दैवयोगात्. ८ न जारो नच. ९ पत्नी. १० किंचिदपि. ११ नन्वेषमाणा परि. १२ अन्यदा. १३ स्मरपीडितश्च.

मप्यसमर्थः । अतस्तद्धनमादायाहमागच्छामि । पश्चात्त्वया सहान्यत्र गत्वा यथेच्छं रतिसौख्यमनुभवामि । स आह—रोचते ममाप्येतत् । तत्प्रत्यूषेऽत्र स्थाने [3]समागन्तव्यं येन शुभतरं किंचिन्नगरं गत्वा त्वया सह जीवलोकसुखमनुभवामि । सापि तथेति प्रतिज्ञाय प्रहसितवदना स्वं गृहं गत्वा रात्रौ भर्तरि [6]प्रसुप्ते सर्वं धनमादाय प्रत्यूषे तत्कथितस्थानमुपाद्रवत् । धूर्तोऽपि तामग्रे कृत्वा दक्षिणां दिशमाश्रित्य सत्वरगतिः प्रस्थितः । अथ तयोर्व्रजतोर्योजनद्वयमात्रेणाग्रतो नदीं समुपस्थितां दृष्ट्वा धूर्तश्चिन्तयामास—किमहमनया यौवनप्रान्ते वर्तमानया करिष्यामि । किंच कदाचिदस्याः पृष्ठतः कश्चित्समागमिष्यति । तन्मे महाननर्थः स्यात् । तत्केवलं वित्तमादाय गच्छामि । इति निश्चित्य तामुवाच—प्रिये सुदुस्तरेयं नदी । तत्तावदहं द्रव्यमात्रं पारे धृत्वा समागच्छामि । ततस्त्वामेकाकिनीं पृष्ठमारोप्य सुखेनोत्तारयिष्यामि । सा प्राह [12]सुभग एवं क्रियताम् । एवमुक्त्वा तस्मा अशेषं वित्तमर्पयामास । अथ तेनाभिहितम्—प्रिये परिधानाच्छादनवस्त्रमपि समर्पय येन जलमध्ये निःशङ्का व्रजसीति । तथानुष्ठिते धूर्तो वित्तं वस्त्रयुगलं चादाय यथाचिन्तितं विषयं गतः । सापि कण्ठनिवेशितहस्तयुगला सोद्वेगा नदीतीरे यावदुपविष्टा तिष्ठति तावत्तत्रान्तरे काचिच्छृगालिका वदनगृहीतमांसपिण्डा [16]तत्राजगाम । आगत्य च यावत्पश्यति तावन्नदीतीरे महामत्स्यः सलिलान्निष्क्रम्य बहिः स्थित आस्ते । तं दृष्ट्वा सा मांसपिण्डमुत्सृज्य तं मत्स्यं प्रत्युपाद्रवत् । अत्रान्तरे आकाशादवतीर्य कोऽपि गृध्रस्तं मांसपिण्डमादाय पुनः खमुत्पपात । मत्स्योऽपि शृगालिकां दृष्ट्वा नद्यां प्रविष्टः । अथ सा व्यर्थश्रमा तं गृध्रं विलोकयन्ती शृगालिका तया नग्निकया सस्मितमभिहिता—

> गृध्रेणापहृतं मांसं मत्स्योऽपि सलिलं गतः ।
> मत्स्यमांसपरिभ्रष्टे किं निरीक्षसि जम्बुके ॥ ९० ॥

तच्छ्रुत्वा शृगालिका तामपि पतिधनजारपरिभ्रष्टां दृष्ट्वा सोपहासमाह—

> यादृशं मम पाण्डित्यं तादृशं द्विगुणं तव ।
> नाभूज्जारो न भर्ता च किं निरीक्षसि नग्निके ॥ ९१ ॥

यौवनस्य प्रान्तोऽन्तिमावस्था तत्र वर्तमानया । योजनयोर्द्वयं योजनद्वयं तदेव योज०म् । वदनेन गृहीतो मांसपिण्डो यया । द्वौ गुणौ यस्य तत् द्विगुणम् ।

---

१ येन. २ ममाप्येत. ३ शीघ्रमेव समा. ४ सुन्दरं. ५ कः सफलीक्रियते. ६ प्रसुप्तस्य पत्युः. ७ एवं च सप्रमोदं तया सह वार्तासुखमनुभवन् योजनद्वयेऽतीते. ८ अर्धजरत्या. ९ महानदी. १० येन त्वां ११ नयामि. १२ भद्र. १३ भद्रे. १४ केवलं वित्तमा० वाञ्छितवि० धूर्तः १५ नदीपुलिनदेशे. १६ तत्रागमत्. १७ णापि. १८ नु पश्यसि. १९ कोपयुक्तया शृगाल्याभिहितम्. २० न जारो न च.

एवं तस्य कथयतः पुनरन्येन जलचरेणागत्य निवेदितम्—यदहो त्वदीयं गृहमप्यपरेण महामकरेण संगृहीतम् । तच्छ्रुत्वासावांतदुःखितमनास्तं गृहान्निःसारयितुमुपायं चिन्तयन्नाह । अहो पश्यत मे दैवोपहतत्वम् ।

मित्रं चामित्रतां यातमपरं मे प्रिया मृता ।
गृहमन्येन च व्याप्तं किमद्यापि भविष्यति ॥ ९२ ॥

अथवा युक्तमिदमुच्यते । छिद्रेष्वनर्था बहुलीभवन्तीति । तत्किं करोम्यनेन सह युद्धं किंवा साम्नैव संबोध्य गृहान्निःसारयामि किंवा भेदं दानं वा करोमि । अथवामुमेव वानरं मित्रं पृच्छामि । उक्तं च—

यः पृष्ट्वा कुरुते कार्यं प्रष्टव्यान्स्वहितान्गुरून् ।
न तस्य जायते विघ्नः कस्मिंश्चिदपि कर्मणि ॥ ९३ ॥

इति विचिन्त्य भूयोपि जम्बूपादपमारूढं कपिमपृच्छत् । भो मित्र पश्य मे मन्दभाग्यतां यत्संप्रति गृहमपि मे बलवत्तरेण मकरेण रुद्धम् । तदहं त्वां पृच्छामि कथय किं करोमि । सामादीनामुपायानां मध्ये कस्यात्र विषयः । स आह—भोः कृतघ्न मया निषिद्धोपि किं भूयो मामनुसरसि । नाहं तव मूर्खस्योपदेशमपि ददामि । उक्तं च यतः ।

उपदेशो न दातव्यो यादृशे तादृशे नरे ।
पश्य वानरमूर्खेण सुगृही निर्गृही कृता ॥ ९४ ॥

मकर आह--कथमेतत् । सोब्रवीत्—

कथा १२ ।

कस्मिंश्चिदरण्ये वृक्षशाखाकृतकुलायौ पक्षिदंपती प्रतिवसतः स्म । अथ कदाचिन्माघमासेऽकालवृष्टिसमाहतोऽसौम्यवातकम्पिततनुः कश्चिद्वानरस्तदेव वृक्षमूलमुपागतः । सोपि दन्तवीणां वादयन्संकुचितकरचरणश्चटकया सानुकम्पमभिहितः ।

हस्तपादसमायुक्तो दृश्यसे पुरुषाकृतिः ।
शीतवाताहतो मूढ कथं न कुरुषे गृहम् ॥ ९५ ॥

प्रष्टव्यान् प्रष्टुमर्हान् । यथार्थवादिन इत्यर्थः । साम्ना सान्त्वनेन । भेद उपजापो द्वैधं वा अत्र विषयः प्रस्तुते उपयोगि । शोभनं गृहं यस्याः सा सुगृही । वृक्षशाखायां कृतः कुलायो नीडो याभ्याम् । असौम्यः चण्डो यो वातस्तेन कम्पिता तनुर्यस्य ।

---

१ दैवम्. २ अस्य स्थाने—क्षते प्रहारा निपतन्त्यभीक्ष्णमन्नक्षये वर्धति जाठराग्निः । आपत्सु वैराणि समुद्भवन्ति वामे विधौ सर्वमिदं नराणाम् ॥ इति पश्चमे. पु०. ३ करोमि । किमनेन सह युद्धं करोमि. ४ व्यं; स्वान्. ५ प्रष्टुमभ्यागतः. ६ ह्न पापचारिन्.

सोपि तदाकर्ण्य व्यचिन्तयत्। अहो आत्मसंतुष्टो जीवलोको यदेषा क्षुद्रचटकात्मानं बहु मन्यते। युक्तं चैतत्।

स्वचित्तकल्पितो गर्वः कस्य नाम न विद्यते।
उत्क्षिप्य टिट्टिभः पादौ शेते भङ्गभयाद्दिवः॥ ९६॥

एवं विचिन्त्य तामाह—

सूचीमुखि दुराचारे रण्डे पण्डितमानिनि।
तूष्णीं भव करिष्यामि नो चेत्त्वां निर्गृहीमहम्॥ ९७॥

एवं तेन निषिद्धापि यदा पुनराश्रयकरणोपदेशेन तमुद्वेजयति तदासौ तं वृक्षमारुह्य तस्याः कुलायं खण्डशः कृत्वा बभञ्ज। अतोहं ब्रवीमि उपदेशो न दातव्य इति। तच्छ्रुत्वा मकर आह—भो मित्र सापराधस्यापि मे कथय पूर्वस्नेहात्। वानर आह नाहं कथयिष्यामि यतस्त्वयाहं भार्यावाक्येन समुद्रे प्रक्षेपणाय नीतः। तदेतन्न युक्तम्। यद्यपि भार्या सर्वलोकादपि वल्लभा भवति तथापि न मित्रबान्धवादयो भार्यावाक्येन समुद्रे प्रक्षिप्यन्ते। तद् धिङ् मूर्ख यत्त्वया स्त्रियोर्थमेतत्कार्यमनुष्ठातुमारब्धम्।

न हि स्त्रीणां कथंचिद्विश्वासमुपगच्छेत्।

यदर्थे स्वकुलं त्यक्तं जीविताधं च हारितम्।
सा मां त्यजति निःस्नेहा कः स्त्रीणां विश्वसेन्नरः॥ ९८॥

मकर—आह कथमेतत्। सोब्रवीत्।

कथा १२।

अस्ति कस्मिंश्चिदधिष्ठाने कोपि ब्राह्मणः। तस्य च प्रियातिप्राणप्रिया। सापि कुटुम्बेन सह प्रतिदिनं कलहं कुर्वाणा न क्षणमपि विश्राम्यति। सोपि ब्राह्मणः कलहमसहमानो भार्यावाल्लभ्यात्स्वकुटुम्बं परित्यज्य ब्राह्मण्या सह विप्रकृष्टदेशान्तरं गतः। अथ महाटवीमध्ये ब्राह्मण्याभिहितम्। आर्यपुत्र तृषा मां बाधते। तदुदकं कुतोप्यानय। अथासौ तद्वचनानन्तरं यावदुदकं गृहीत्वागच्छति तावत्तां मृतामपश्यत्। अतिवल्लभतया विषादं कुर्वन्यावद्विलपति तावदाकाशे वाचं शृणोति। यदि भो ब्राह्मण त्वं स्वजीवितस्यार्धं ददासि ते जीवति ब्राह्मणी। तच्छ्रुत्वा ब्राह्मणेन शु-

सूचीव भेदकत्वान्मुखं यस्याः। वाल्लभ्यात्स्नेहात्। अन्यो देशो देशान्तरं विप्रकृष्टं दे० विप्र०।

१ टिट्टिभी. २ अशक्तोहं गृहारम्भे शक्तोहं गृहभञ्जने। इ. पा. ३ पूर्वस्नेहमनुस्मृत्य हितोपदेशं देहि। ४ भवता. ५ प्रक्षेप्तुम्. ६ मित्राणि बान्धवाश्च. ७ तन्मूर्खो मूढचेतनो यत्. ८ भार्या प्राणेभ्योप्यतिप्रियासीत्. ९ कृष्टं. १० क्वाप्यन्वेषय.

चीभूय तिसृभिर्वाचाभिः स्वजीवितार्धं दत्तम्। वाक्यसममेव जीविता सा ब्राह्मणी। अथ तौ जलं पीत्वा वनफलानि भक्षयित्वा गन्तुमारब्धौ। ततः क्रमेण कस्यचिन्नगरस्य प्रवेशे पुष्पवाटिकां प्रविश्य ब्राह्मणो भार्यामभिहितवान्। भद्रे यावदहं भोजनं गृहीत्वा समागच्छामि तावत्त्वयात्र स्थातव्यम्। इत्यभिधाय ब्राह्मणो नगरमध्ये जगाम। अथ तस्यां पुष्पवाटिकायां पङ्गुररघट्टं खेलयमानो दिव्यागिरा गीतमुद्गिरति। तच्च श्रुत्वा कुसुमेषुणाभिहतया तया तत्सकाशं गत्वाभिहितम्। भद्र यदि मां न कामयसे तन्मदीया स्त्रीहत्या तव। पङ्गुरब्रवीत्—किं व्याधिग्रस्तेन मया करिष्यसि। साब्रवीत् किमनेनोक्तेन। अवश्यं त्वया सह मया संगमः कर्तव्यः। तच्छ्रुत्वा तथा कृतवान्। सुरतानन्तरं साब्रवीत्—इतः प्रभृति यावज्जीवं मयात्मा भवते दत्तः। इति ज्ञात्वा भवानप्यावाभ्यां सहागच्छतु। सोऽब्रवीत्—एवमस्तु। अथ ब्राह्मणो भोजनं गृहीत्वा समागत्य तया सह भोक्तुमारब्धः। साब्रवीत्—एष पङ्गुर्बुभुक्षितः। तदेतस्यापि कियन्तमपि ग्रासं देहीति। तथानुष्ठिते ब्राह्मण्याभिहितम्—भो विप्र सहायहीनस्त्वम्। यदा ग्रामान्तरं गच्छसि तदा मम वचनसहायोपि नास्ति। तत एनं पङ्गुं गृहीत्वा गच्छावः। सोऽब्रवीत्। त्वं न शक्नोष्यात्मानमात्मना वोढुं किं पुनरिमं पङ्गुम्। सा प्राह—पेटाभ्यन्तरस्थमेनमहं नेष्यामि अथ तत्कृतकवचनव्यामोहितचित्तेन तेनापि प्रतिपन्नम्। तथानुष्ठिते चान्यस्मिन्दिने कूपोपकण्ठे विश्रान्तो ब्राह्मणस्तया पङ्गुपुरुषासक्तया संप्रेर्य कूपान्तःपातितः। सापि पङ्गुं गृहीत्वा कस्मिंश्चिन्नगरे प्रविष्टा। तत्र च शुल्कचौर्यरक्षानिमित्तं राजपुरुषैरितस्ततो भ्रमद्भिस्तन्मस्तकस्था पेटा दृष्टा बलादाच्छिद्य राज्ञोग्रे नीता। राजा यावत्तामुद्घाटयति तावत्पङ्गुं ददर्श। ततः सा ब्राह्मणी विलापान्कुर्वती राजपुरुषानुपदमेव तत्रागता राज्ञा पृष्टा को वृत्तान्त इति। साब्रवीत्—ममैष भर्ता व्याधिग्रस्तो दायादसमूहैरुद्वेजितो मया स्नेहव्याकुलितमनसा शिरसि कृत्वा त्वत्सकाशमानीतः। एतच्छ्रुत्वा राजाब्रवीत्-मम त्वं भगिनी। ग्रामद्वयं गृहीत्वा

कुसुमेषुणा कामेन। कृतकं कपटयुक्तं वचनं तेन व्यामोहितं विवेकासमर्थं चित्तं यस्य। प्रतिपन्नमङ्गीकृतम्। पङ्गुश्चासौ पुरुषश्च तस्मिन्नासक्तया। संप्रेर्य प्रक्षिप्य। शुल्कं घट्टादौ देयं (जकात इति प्राकृते) तस्य चौर्यं परिहरणं तस्माद्रक्षा तन्निमित्तम्। स्नेहेन व्याकुलितं मनो यस्याः।

---

१ प्रदेशे. २ ग्रामं गतः. ३ णार्दितया ब्राह्मण्या. ४ यर्हि. ५ मत्सक्ता...तव भविष्यति. ६ ब्राह्मण. ७ रथां पेटां दृष्ट्वा. ८ व्याकुलचित्तया. ९ भवदीयनगरे. १० यद्, ब्राह्मणि.

भर्त्रा सह भोगान्भुञ्जाना सुखेन तिष्ठ। अथ स ब्राह्मणो दैववशात्केनापि साधुना कूपादुत्तारितः परिभ्रमंस्तदेव नगरमायातः। तया दुष्टभार्यया दृष्टो राज्ञे निवेदितः। राजन् अयं मद्भर्तुर्वैरी समायातः। राज्ञापि वधोर्थं समादिष्टः। सोब्रवीत् देव अनया मम सक्तं किंचिद्गृहीतमस्ति। ततो यदि त्वं धर्मवत्सलस्ततो दापय। राजाब्रवीत्—भद्रे त्वयास्य सक्तं किंचिद्गृहीतमस्ति तत्समर्पय। सा प्राह देव मया न किंचिद्गृहीतम्। ब्राह्मण आह—यन्मया त्रिवाचिकं स्वजीवितार्धं तव दत्तं तद्देहि मे। अथ सा राजभयात्तत्रैव त्रिवाचिकमेव जीवितं मया दत्तमिति जल्पन्ती प्राणैर्विमुक्ता। ततः सविस्मयं राजाब्रवीत्—किमेतदिति। ब्राह्मणेनापि सकलोपि पूर्ववृत्तान्तस्तस्मै निवेदितः। अतोहं ब्रवीमि यदर्थं स्वकुलं त्यक्तं इति। वानरः पुनराह—साधु चेदमुपाख्यानकं श्रूयते—

न किं दद्यान्न किं कुर्यात्स्त्रीभिरभ्यर्थितो नरः।
अनश्वा यत्र ह्रेषन्ते शिरः पर्वणि मुण्डितम्॥ ९९॥

मकर आह—कथमेतत्। वानरः कथयति—

कथा १४।

अस्ति प्रख्यातबलपौरुषोऽनेकनरेन्द्रमुकुटमरीचिजालजटिलीकृतपादपीठः शरच्छशाङ्ककिरणनिर्मलयशाः समुद्रपर्यन्तायाः पृथिव्या भर्ता नन्दो नाम राजा। तस्य सर्वशास्त्राधिगतसमस्ततत्त्वः सचिवो वररुचिर्नाम। तस्य च प्रणयकलहेन जाया कुपिता। सा चातीववल्लभानेकप्रकारं परितोष्यमाणापि न प्रसीदति। ब्रवीति च भर्ता—भद्रे येन प्रकारेण तुष्यसि तं वद। निश्चितं करोमि। ततः कथंचित्तयोक्तम्—यदि शिरो मुण्डयित्वा मम पादयोर्निपतसि तदा प्रसादाभिमुखी भवामि। तथानुष्ठिते प्रसन्नासीत्। अथ नन्दस्य भार्यापि तथैव रुष्टा प्रसाद्यमानापि न तुष्यति। तेनोक्तम्—भद्रे त्वया विना मुहूर्तमपि न जीवामि। पादयोः पतित्वा त्वां प्रसादयामि। साब्रवीत्—यदि खलीनं मुखे प्रक्षिप्याहं तव पृष्ठं समारुह्य त्वां धावयामि। धावितस्तु यद्यश्ववद्ध्रेषसे तदा प्रसन्ना

धर्मवत्सलो धर्मपरायणः। प्रख्यातं बलं पौरुषं च यस्य। अनेके च ते नरेन्द्राश्च ०न्द्राः तेषां मुकुटानां मरीचयः किरणास्तेषां जालेन जटिलीकृतं पादपीठं यस्य। शरदि यः शशांकश्चन्द्रस्तस्य किरणा इव निर्मलं यशो यस्य। समुद्रः पर्यन्तः सीमा यस्याः तस्याः। सर्वाणि च तानि शास्त्राणि सर्वशा० तेषामधिगतानि सर्वेतत्त्वानि येन। अधिगतसर्वशास्त्रसमस्ततत्त्व इत्येव साधीयः। खलीनः कविका।

१ वधः, वध्यः. २ हेष. ३ नरेन्द्रवृन्द. ४ प्रससादासौ. ५ लोहबन्धनं. ६वद् है.

भवामि। राज्ञापि तथैवानुष्ठितम्। अथ प्रभातसमये सभायामुपविष्टस्य राज्ञः समीपे वररुचिरायातः। तं च दृष्ट्वा राजा पप्रच्छ—भो वररुचे किंपर्वणि मुण्डितं शिरस्त्वया। सोऽब्रवीत्—न किं दद्यान्न किं कुर्यात् इति। तद्भो दुष्टमकर त्वमपि नन्दवररुचिवत्स्त्रीवश्यः।

अथ तच्छ्रुत्वा मकर आह। भो वयस्य मे कृतद्रोहबुद्धेः परमकृपया ममोपरि प्रसादं कृत्वा शोभनोपायः कथ्यतां येनोपायेन सुखेन गृहं प्राप्नोमि। तच्छ्रुत्वा कपिराह। भो दुर्बुद्धे भवान्कथितमपि न संविधास्यति। यथा।

> सतां वचनमादिष्टं यो मोहादवमन्यते।
> स एव नाशमाप्नोति सिंहाद्दासेरको यथा॥ १००॥

मकर आह। कथमेतत्। सोऽब्रवीत्।

कथा १५.

अस्ति कस्मिंश्चिदधिष्ठाने मन्दमतिनामा रथकारः प्रतिवसति स्म। तेन स्वकर्मानभिज्ञेनोष्ट्री गृहीता। तस्याः खादनपानादिकं कुर्वन्कालं नयति। ततो महतोष्ट्रेण संगमो जातः। सा गर्भं दधार। अथ प्रसवसमये प्रसूता। दासेरको जातः। अथ नगरनिकटवाटिकायां धवखदिरपलाशाम्रजम्बून्यग्रोधादीनां पल्लवभक्षणादहर्निशं पीवरतनुरुष्ट्री संजाता। सोऽपि दासेरको महानुष्ट्रः संजातः। ततः स नित्यमेव दुग्धं गृहीत्वा स्वकुटुम्बं परिपालयति। रथकारेण वल्लभत्वाद्दासेरकग्रीवायां घण्टा बद्धा। पश्चाद्रथकारो व्यचिन्तयत्—अहो किमन्यैर्दुष्कृतकर्मभिः। यदेतस्मादेवोष्ट्रीप-

---

दासेरक उष्ट्रः। वाटिका उपवनम्। दुष्कराणि आयाससाध्यानि कर्माणि तैः।

---

१ सभो०. २ मोहान्न कुरुते ध्रुवम्; मदेन न करोति यः ३ स विनाशमवाप्नोति घण्टोष्ट्र इव सत्वरम्; स करटवद्दुर्बुद्धिर्वेलातिक्रमणे मृतः ४ उज्ज्वलको नाम. ५ स चातीव दारिद्र्योपहतश्चिन्तितवान्—'अहो धिगियं दरिद्रतास्मद्गृहे। यतः सर्वोऽपि जनः स्वकर्मणैव रतस्तिष्ठति। अस्मदीयः पुनर्व्यापारो नात्राधिष्ठानेऽर्हति इति। यतः सर्वलोकानां चिरंतनाश्चतुर्भूमिका गृहाः सन्ति। मम च नात्र। तत्किं मदीयेन रथकारत्वेन प्रयोजनम्। इति चिन्तयित्वा देशान्निष्क्रान्तः। यावत्किंचिद्वनं गच्छति तावद्गह्वराकारवनगहनमध्ये सूर्यास्तमनवेलायां स्वयूथाद्भ्रष्टां प्रसववेदनया पीड्यमानामुष्ट्रीमपश्यत्। स च दासेरकयुक्तामुष्ट्रीं गृहीत्वा स्वस्थानाभिमुखः प्रास्थितः। गृहमासाद्य रज्जुं गृहीत्वा तामुष्ट्रिकां बबन्ध। ततश्च तीक्ष्णं परशुमादाय तस्याः कृते पल्लवानयनार्थं पर्वतैकदेशे गतः। तत्र च नूतनानि कोमलानि बहूनि पल्लवानि छित्त्वा शिरसि समारोप्य तस्याग्रे निचिक्षेप। तया च तानि शनैः शनैर्भक्षितानि। पश्चात्पल्लवभक्षणप्रभावादहर्निशं. ६ नीत्वा. ७ एतदेवो०नमस्य... भरणपोषणे भव्यं.

रिपालनादस्य कुटुम्बस्य भव्यं संजातम् । तत्किमन्येन व्यापारेण । तत एतस्या उपरि द्रम्मा गृह्यन्ते । एवं विचिन्त्य गृहमागत्य प्रियामाह । भद्रे, समीचीनोऽयं व्यापारः । मयास्या उष्ट्र्या उपरि बहवो द्रम्मा ग्रहीतव्याः । तव संमतिश्चेत्कुतोऽपि धनिकात्किंचिद्द्रव्यमादाय मया गुर्जरदेशे गन्तव्यं कलभग्रहणाय । तावत्त्वयैतौ यत्नेन रक्षणीयौ यावदहमपरामुष्ट्रीं गृहीत्वा समागच्छामि । ततश्च गुर्जरदेशं गत्वोष्ट्रीं गृहीत्वा स्वगृहमागतः । किं बहुना । तेन तथा कृतं तथा तस्य प्रचुरा उष्ट्राः करभाश्च संमिलिताः । अथ तेन महद्यूथं कृत्वा रक्षापुरुषाणां प्रतिवर्षं करभमेकं च निवेद्याहर्निशं दुग्धपानमादिष्टम् । एवं स रथकारो नित्यमेवोष्ट्रव्यापारं कुर्वन्सुखेन तिष्ठति । अथ ते दासेरका अधिष्ठानोपवन आहारार्थं गच्छन्ति । कोमलवल्लीर्भक्षयित्वा महासरसि पानीयं पीत्वा च सायंसमये सर्वे मन्दं मन्दं लीलया गृहमागच्छन्ति । स च पूर्वदासेरको मदातिरेकात्पृष्ठ आगत्य मिलति । ततस्तैरभिहितम् । अहो मन्दमतिरयं दासेरको यूथाद्भ्रष्टः पृष्ठे स्थित्वा घण्टां वादयन्नागच्छति । यदि कस्यापि दुष्टसत्त्वस्य संदर्शे पतिष्यति तन्नूनं मरिष्यति । अथ तेषां तद्वनं गाहमानानां कश्चित्सिंहो घण्टारवमाकर्ण्य समायातः । यावदवलोकयति तावदुष्ट्रीदासेरकाणां यूथं गच्छति । एकस्तु पृष्ठे क्रीडां कुर्वन्वल्लीं चरन्यावद्गच्छति तावदन्ये दासेरकाः पानीयं पीत्वा स्वगृहे गताः । सोऽपि वनान्निष्क्रम्य यावद्दिशोऽवलोकयति तावन्न कथंचिन्मार्गं वेत्ति । यूथाद्भ्रष्टो महाशब्दं कुर्वन्मन्दं मन्दं यावत्किंचिद्दूरं गच्छति तावच्छब्दानुसारेण सज्जितक्रमो भूत्वा सिंहोऽग्रे स्थितः । यावदुष्ट्रः समीपमागतस्तावत्सिंहेनोल्लल्य ग्रीवायां गृहीत्वा मारितः । अतोऽहं ब्रवीमि । सतां वचनमादिष्टम् इति । अथ तच्छ्रुत्वा मकर आह । भद्र

प्राहुः साप्तपदं मैत्रं जनाः शास्त्रविचक्षणाः ।
मित्रतां च पुरस्कृत्य किंचिद्वक्ष्यामि तच्छृणु ॥ १०१ ॥
उपदेशप्रदातॄणां नराणां हितमिच्छताम् ।
इह लोके परत्रे च व्यसनं नोपपद्यते ॥ १०२ ॥

भव्यं कल्याणम् । संदर्शे० दृग्गोचरो भवति । उल्लल्य आक्रम्य । अपप्रयोग एषः ।

---

१ ततश्च द्रम्मानादाय गुर्जराग्रामे गत्वा करभाः संक्रीताः । २ पुरुषो धृतः । तस्य वर्षं प्रति वृत्या करभमेकं प्रयच्छति । अन्यच्चाहर्निशं दुग्धपानं तस्य निरूपितम् । ३ उष्ट्रीकरभ. ४ वल्लीर्यथेच्छया. ५ तैः कलभैः. ६ यथा यू० ७ मुखे. ८ मृत्युमवाप्स्यति. ९ चिरात्. १० पश्यति वेत्ति च. ११ मन्दं मन्दं बृहच्छब्दं. १२ सारी [illegible] क्रमं कृत्वा निभृतोऽग्रे. १३ लम्फयित्वा. १४ देशोप.

तत्सर्वथा कृतघ्नस्यापि मे कुरु प्रसादमुपदेशप्रदानेन ।

उपकारिषु यः साधुः साधुत्वे तस्य को गुणः ।
अपकारिषु यः साधुः स साधुः सद्भिरुच्यते ॥ १०३ ॥

तदाकर्ण्य वानर आह । भद्र यद्येवं तद्गत्वा तेन सह युद्धं कुरु ।

हतस्त्वं प्राप्स्यसि स्वर्गं जीवन्गृहमथोपि वा ।
युध्यमानस्य ते भावि गुणद्वयमनुत्तमम् ॥ १०४ ॥

उक्तं च यतः—

उत्तमं प्रणिपातेन शूरं भेदेन योजयेत् ।
नीचमल्पप्रदानेन समं तुल्यपराक्रमैः ॥ १०५ ॥

मकर आह । कथमेतत् । सोऽब्रवीत् ।

कथा १६.

अस्ति कस्मिंश्चिद्वनोद्देशे महाचतुरको नाम शृगालः । तेन कदाचिदरण्ये स्वयं मृतो गजः समासादितः । तस्य समन्ताद्भ्रमति परं कठिनां त्वचं भेत्तुं न शक्नोति । अत्रान्तरे भ्रमंस्तत्र देशे कश्चित्सिंहः समायातः । तं दृष्ट्वा स क्षितितलविन्यस्तमौलिः संयोजितकरयुगलः प्रोवाच । स्वामिन् त्वदीयोहं लाकुटिकस्त्वदर्थे गजमिमं रक्षामि । तदेनं भक्षयतु स्वामी । तं दृष्ट्वा सिंह आह । भो नाहमन्यहतं सत्त्वं कदाचिद्भक्षयामि । तन्मया प्रसादीकृत एष ते गजः । तच्छ्रुत्वा शृगालः सानन्दमाह । युक्तमिदं स्वामिनो निजभृत्येषु । उक्तं च ।

अन्त्यावस्थोपि महान्स्वामिगुणान्न जहाति तु शुद्धतया ।
न श्वेतभावमुज्झति शङ्खः शिखिभुक्तमुक्तोपि ॥ १०६ ॥

तदाकर्ण्य सिंहो गतः । अथ तस्मिन्गते कश्चिद्व्याघ्रः समायातः । तमपि दृष्ट्वाऽसौ व्यचिन्तयत् । एकस्तावद्दुरात्मा प्रणिपातेनापवाहितः । तत्कथमिदानीमेनमतिवाहयिष्यामि । नूनं शूरोयं न खलु भेदं विना साध्यो भविष्यति । उक्तं च ।

अनुत्तममुत्कृष्टम् । क्षितितले निहितः मौलिर्येन । लकुटं यष्टिं गृह्णातीति लाकुटिकः । शिखिभुक्तः अग्निदग्धः । आदौ शि० पश्चान्मुक्तः शि० क्तः ।

---

१ तर्हि तत्र गत्वा. २ कठिनत्वात्. ३ अथात्रावसर इतश्चेतश्च विचरन् कश्चित्सिंहस्तत्र प्रदेशे समाययौ । अथ सिंहं समागतं. ४ मिलत्;—लिमण्डलः;—मौलिः प्रणम्य प्रोवाच. ५ अथ सिंहः । तं प्रणतं इ. च. पा. ६ अस्मादनन्तरम्—वनेपि सिंहा मृगमांसभक्ष्या बुभुक्षिता नैव तृणं चरन्ति । एवं कुलीना व्यसनाभिभूता न नीतिमार्गं परिलंघयन्ति । इत्यधिकं पु० रे. ७ तत्रैव गजोयं मया. ८ एको दु० सिंहस्तावत्. ९ तदस्य कथमतिवाहनं भविष्यति.

न यत्र शक्यते कर्तुं साम दानमथापि वा ।
भेदस्तत्र प्रयोक्तव्यो यतः स वशकारकः ॥ १०७ ॥

किंच सर्वगुणसंपन्नोपि भेदेन बध्यते । उक्तं च ।

अत्यच्छेनाविरुद्धेन सुवृत्तेनातिचारुणा ।
अन्तर्भिन्नेन संप्राप्तं मौक्तिकेनापि बन्धनम् ॥ १०८ ॥

एवं संप्रधार्य तस्याभिमुखो भूत्वेषदुन्नतकंधरः ससंभ्रममुवाच । माम कथं भवानत्र मृत्युमुखे प्रविष्टः । एष गजः सांप्रतं सिंहेन व्यापादितः । स च मां रक्षपालं निधाय स्नानार्थं गतः । तेन च गच्छता मम समादिष्टम्–यदि कश्चिदिह व्याघ्रः समागच्छति तन्मम सुगुप्तं निवेदनीयं येन वनमिदं मया निर्व्याघ्रं कर्तव्यम् । यतः पूर्वं व्याघ्रेणैकेन मया हतो गजः शून्ये भक्षयित्वोच्छिष्टतां नीतः । तद्दिनादारभ्य व्याघ्रान्प्रति कुपितोस्मि। तच्छ्रुत्वा व्याघ्रः संत्रस्तस्तमाह। भो भगिनीसुत देहि मे प्राणदक्षिणाम्। त्वया तस्यात्र चिरायागतस्य मदीया कापि वार्ता नाख्येया । एवमुक्त्वा सत्वरं प्रनष्टः । अथ तस्मिन्गते तत्र कश्चिद्द्वीपी समायातः । तमपि दृष्ट्वा व्यचिन्तयत्–दृढदंष्ट्रोयम् । तदस्य पार्श्वाद्गजचर्मच्छेदं कारयामि । एवं निश्चित्य तमुवाच । भो भगिनीसुत किमिति चिराद्दृष्टोसि कथं च बुभुक्षित इव लक्ष्यसे । तदतिथिरसि मे । एष गजः सिंहेन हतस्तिष्ठति । अहं चास्य तदादिष्टो रक्षपालः । अतो वदामि । यावत्सिंहो न समायाति तावदस्य गजस्य मांसं भक्षयित्वा तृप्तिं कृत्वा व्रज । स आह । माम यद्येवं तन्न कार्यं मे मांसाशनेन । यतो जीवन्नरो भद्रशतानि पश्यति । उक्तं च ।

यच्छक्यं ग्रसितुं ग्रस्यं ग्रस्तं परिणमेच्च यत् ।
हितं च परिणामे यत्तदाद्यं भूतिमिच्छता ॥ १०९ ॥

तदहमितोपयास्यामि । शृगाल आह । भो अधीर विश्रब्धो भूत्वा भक्षय त्वम् । तस्यागमनं दूरतोहं ते निवेदयिष्यामि । अथ द्वीपिना तथानुष्ठिते चर्मभेदं जातं विज्ञाय तेनाभिहितम् । भो भगिनीसुत गम्यतां गम्यताम । एष सिंहः समायाति । तच्छ्रुत्वा चित्रकोपि दूरं प्रनष्टः । अथ यावदसौ तत्कृतद्वारेण किंचिन्मांसं भक्षयति तावदपरः शृगालः संक्रुद्धः समागतः । तमात्मतुल्यपराक्रमं दृष्ट्वेमं श्लोकमपठत् ।

अत्यच्छेन अतिधवलेन अतिशुद्धेन च । अविरुद्धेन अविद्धेन अनुकूलेन च । सुवृत्तेन सुवर्तुलेन शोभनाचरणेन च । अन्तर्भिन्नेन कृतच्छिद्रेण नष्टचित्तैकाग्र्येण च । मौक्तिकेन मुक्ताफलेन मुक्तिं वाञ्छता पुरुषेण च । द्वीपी चित्रकः । आत्मना तुल्यः पराक्रमः यस्य तस्याभिमुखं कृतं प्रयाणं येन ।

---

१ अस्तःस्थेन. २ गर्वादु०. ३ एतद्रक्षणे नियुक्तो मया. ४ भयत्रस्तमनाः स आह. ५ किंवदन्ती. ६ अयं चित्रकः. ७ दन्तात्. ८ अपरं बुभुक्षितः समागतस्त्वमातिथिश्च. ९ जम्बुकेन.

उत्तमं प्रणिपातेन शूरं भेदेन योजयेत् ।
नीचमल्पप्रदानेन समशक्तिं पराक्रमैः ॥ ११० ॥

ततस्तदभिमुखकृतप्रयाणस्तं जित्वा स्वदंष्ट्राभिर्विदार्य दिशोभाजं कृत्वा स्वयं सुखेन चिरकालं तन्मांसं बुभुजे । एवं त्वमपि तं रिपुं स्वजातीयं युद्धेन परिभूय दिशोभाजं कुरु । नो चेत्पश्चाद्बद्धमूलादस्मात्त्वमपि विनाशमवाप्स्यसि । उक्तं च यतः ।

संभाव्यं गोषु संपन्नं संभाव्यं ब्राह्मणे तपः ।
संभाव्यं स्त्रीषु चापल्यं संभाव्यं ज्ञातितो भयम् ॥ १११ ॥

तथा च ।

सुभक्ष्याणि विचित्राणि शिथिलाश्चैव योषितः ।
एको दोषो विदेशस्य स्वजातिर्यद्विरुध्यते ॥ ११२ ॥

मकर आह । कथमेतत् । सोऽब्रवीत् ।

कथा १७ ।

अस्ति कस्मिंश्चिदधिष्ठाने चित्राङ्गो नाम सारमेयः। एकदा तत्र चिरकालं दुर्भिक्षं पतितम् । अन्नाभावात्सारमेयादयो निष्कुलतां गन्तुमारब्धाः । अत्रान्तरे स चित्राङ्गः क्षुत्क्षामकण्ठः सुभिक्षं श्रुत्वान्यदेशं गतः । तत्र च कस्मिंश्चित्पुरे कस्यचिद्गृहमेधिनः शिथिलगृहिणीप्रसादेन तृप्तिं गच्छति । परं बहिर्निर्गतोऽन्यैः सारमेयैश्चतुर्दिशं दंष्ट्राभिर्विदार्यते । ततस्तेन विचिन्तितम् । अहो वरं स्वदेशो यत्र दुर्भिक्षेऽपि सुखेन स्थीयते । न कोऽपि युद्धं करोति । तत्स्वदेशं गच्छामि । इत्यवधार्य स्वस्थानं प्रति जगाम । अथासौ देशान्तरात्समायातः सर्वैरपि स्वजनैः पृष्टः-भोश्चित्राङ्ग कथयास्माकं देशान्तरवार्ताम् । कीदृग्देशः । किंचेष्टितो लोकः । क आहारः । कश्च व्यवहारस्तत्र इति । स आह । किं कथ्यते देशस्य विषये ।

सुभक्ष्याणि विचित्राणि शिथिलाश्चैव योषितः ।
एको दोषो विदेशस्य स्वजातिर्यद्विरुध्यते ॥ ११३ ॥

सोऽपि मकरस्तदुपदेशं श्रुत्वा मरणे कृतनिश्चयो वानरमनुज्ञाप्य स्वाश्र-

---

सारमेयः-सरमाया अपत्यं पुमान् । शिथिला चासौ गृहिणी च तस्या प्रसादेन ।

---

१ सुभिक्षाणि .२ पौरयो. ३ महद्दुर्भिक्षमभवत् । ४ अन्नाभावेन सकलापि सारमेयजातिर्निष्कुलतां गच्छति । ५ तद्भयादेशान्तरं गतः. ६ प्रमादेन प्रतिदिनं गृहं प्रविश्य विविधान्नानि भक्षयन्परां तृप्तिं गच्छति. ७ मदोद्धतसारमेयैः सर्वदिक्षु परिवृत्य सर्वाङ्गं. ८ स्वनगरं. ९ तथाकरोत्. १० विहारः. ११ विदेशस्य स्वरूपविषयः १२ कृतमर०.

यं गतः । तत्र च तेन स्वगृहप्रविष्टेनाततायिना सह विग्रहं कृत्वा दृढसत्वावष्टम्भनाच्च तं व्यापाद्य स्वाश्रयं सुखेन च लब्ध्वा चिरकालमतिष्ठत् । अथवा साध्विदमुच्यते ।

अकृत्वा पौरुषं या श्रीः किं तयापि सुभोग्यया ।
जरद्गवोपि चाश्नाति दैवादुपगतं तृणम् ॥ १४ ॥

इति । समाप्तं चेदं लब्धप्रणाशं नाम चतुर्थं तन्त्रम् ॥

इति श्रीविष्णुशर्मविरचिते पञ्चतन्त्रके चतुर्थं तन्त्रं समाप्तम् ।

कथा ८ पृ० २०. अस्याः पूर्वभागः पुस्तकान्तरे उपलभ्यो यथा—

अस्ति विषमशिलातलस्खलिताम्बुनिर्घोषश्रवणसंत्रस्तमत्स्यपरिवर्तनसंजनितश्वेतफेनशबलतरङ्गाया गङ्गायास्तटे जपनियमतपःस्वाध्यायोपवासयागक्रियानुष्ठानपरायणैः परिपूतपरिमितजलजिघृक्षुभिः कन्दमूलफलशैवलाभ्यवहारकदर्थितशरीरैर्वल्कलकृतकौपीनमात्रप्रच्छादनैस्तपस्विभिराकीर्णमाश्रमपदम् । तत्र याज्ञवल्क्यो नाम कुलपतिरासीत् । तस्य जाह्नव्यां स्नात्वोपस्प्रष्टुमारब्धस्य करतले श्येनमुखात्परिभ्रष्टा मूषिका पतिता । तां दृष्ट्वा न्यग्रोधपत्रेऽवस्थाप्य पुनः स्नात्वोपस्पृश्य च प्रायश्चित्तादिक्रियां कृत्वा च मूषिकां तां स्वतपोबलेन कन्यकां कृत्वा समादाय स्वाश्रममानिनाय । अनपत्यां च जायामाह—भद्रे गृह्यतामियं तव दुहितोत्पन्ना । प्रयत्नेन संवर्धनीया इति । ततस्तया संवर्धिता लालिता पालिता च यावद्द्वादशवर्षा संजज्ञे । अथ विवाहयोग्यां तां दृष्ट्वा भर्तारमेवं जायोवाच—भो भर्तः किमिदं नावबुध्यसे यथास्याः स्वदुहितुर्विवाहसमयातिक्रमो भवति । असावाह—प्रिये साधूक्तम् । उक्तं च-

---

आततं यथा तथा अयितुं शीलं यस्य । अथ स्थानहरस्तेन । तदुक्तं—अग्निदो गरदश्चैव शस्त्रपाती धनापहः । क्षेत्रदारहरश्चैव षडेते ह्याततायिनः ॥ इति । दृढं च तत्सत्त्वं मनोधैर्यं च तस्यावष्टम्भनमालम्बनं तस्मात् । जरन् चासौ गौश्च । विषमा याः शिलास्तासां तलेषु स्खलितं च तदम्बु च ०म्बु तस्य निर्घोषस्तस्य श्रवणे तेन संत्रस्ता ये मत्स्यास्तेषां परिवर्तनेन संजनितो य श्वेतः फेनस्तेन शबलाः तरङ्गा यस्याः । परिपूतं च तन्मितं च जलं तद् ग्रहीतुमिच्छुभिः । —शैवलनामभ्यवहारोशनं तेन कदर्थितानि शरीराणि यैः । वल्कलैः कृतानि कौपीनान्येव ०मात्रं प्रच्छादनं येषा तैः । कुलपतिः—मुनीनां दश साहस्रं योन्नदानादिपोषणात् । अध्यापयति विप्रर्षिरसौ कुलपतिः स्मृतः ॥

---

१ तयालब्धभो. २ कुरंगोपि सम०. ३ योग. ४ तस्य तावत्. ५ आशु शिश्रिये ।

स्त्रियः पूर्वं सुरैर्भुक्ताः सोमगन्धर्ववह्निभिः।
भुञ्जते मानुषाः पश्चात्तस्माद्दोषो न विद्यते ॥ ५६ ॥
सोमस्तासां ददौ शौचं गन्धर्वाः शिक्षितां गिरम्।
पावकः सर्वमेध्यत्वं तस्मान्निष्कल्मषाः स्त्रियः ॥ ५७ ॥
असंप्राप्तरजा गौरी प्राप्ते रजसि रोहिणी।
अव्यञ्जना भवेत्कन्या कुचहीना च नग्निका ॥ ५८ ॥
व्यञ्जनैस्तु समुत्पन्नैः सोमो भुङ्क्ते हि कन्यकाम्।
पयोधराभ्यां गन्धर्वा रजस्यग्निः प्रतिष्ठितः ॥ ५९ ॥
तस्माद्विवाहयेत्कन्यां यावन्नर्तुमती भवेत्।
विवाहश्चाष्टवर्षायाः कन्यायास्तु प्रशस्यते ॥ ६० ॥
व्यञ्जनं हन्ति वै पूर्वं परं चैव पयोधरौ।
रतिरिष्टांस्तथा लोकान्हन्याच्च पितरं रजः ॥ ६१ ॥
ऋतुमत्यां तु तिष्ठन्त्यां स्वेच्छादानं विधीयते।
तस्मादुद्वाहयेन्नग्नां मनुः स्वायंभुवोऽब्रवीत् ॥ ६२ ॥
पितृवेश्मनि या कन्या रजः पश्यत्यसंस्कृता।
अविवाह्या तु सा कन्या जघन्या वृषली स्मृता ॥ ६३ ॥
श्रेष्ठेभ्यः सदृशेभ्यश्च जघन्येभ्यो रजस्वला।
पित्रा देया विनिश्चित्य यतो दोषो न विद्यते ॥ ६४ ॥

अतोऽहमेनां सदृशाय प्रयच्छामि नान्यस्मै। उक्तं च—

ययोरेव समं वित्तं ययोरेव समं कुलम्।
तयोर्विवाहः सख्यं च न तु पुष्टविपुष्टयोः ॥ ६५ ॥

तथा च। कुलं च शीलं च इ०।

शौचं शुचिताम्। मेध्यत्वं पूतत्वम्। अव्यञ्जना तारुण्यचिह्नरहिता।

१ धरेषु. २ गति.

अथापरीक्षितकारकम् ।

अथेदमारभ्यते अपरीक्षितकारकं नाम पञ्चमं तन्त्रं यस्यायमादिमः श्लोकः ।

कुदृष्टं कुपरिज्ञातं कुश्रुतं कुपरीक्षितम् ।
तन्नरेण न कर्तव्यं नापितेनात्र यत्कृतम् ॥ १ ॥

तद्यथानुश्रूयते । अस्ति दाक्षिणात्ये जनपदे पाटलिपुत्रं नाम नगरम् । तत्र मणिभद्रो नाम श्रेष्ठी प्रतिवसति स्म । तस्य च धर्मार्थकामकर्माणि कुर्वतो विधिवशाद्धनक्षयः संजातः । ततो विभवक्षयादपमानपरंपरया परं विषादं गतः । अथान्यदा रात्रौ सुप्तश्चिन्तितवान् । अहो धिगियं दरिद्रता । उक्तं च ।

शीलं शौचं क्षान्तिर्दाक्षिण्यं मधुरता कुले जन्म ।
न विराजन्ति हि सर्वे वित्तविहीनस्य पुरुषस्य ॥ २ ॥

मानो वा दर्पो वा विज्ञानं विभ्रमः सुबुद्धिर्वा ।
सर्वं प्रणश्यति समं वित्तविहीनो यदा पुरुषः ॥ ३ ॥

प्रतिदिवसं याति लयं वसन्तवाताहतेव शिशिरश्रीः ।
बुद्धिर्बुद्धिमतामपि कुटुम्बभरचिन्तया सततम् ॥ ४ ॥

नश्यति विपुलमतेरपि बुद्धिः पुरुषस्य मन्दविभवस्य ।
घृतलवणतैलतण्डुलवस्त्रेन्धनचिन्तया सततम् ॥ ५ ॥

गगनमिव नष्टतारं शुष्कं सरः श्मशानमिव रौद्रम् ।
प्रियदर्शनमपि रूक्षं भवति गृहं धनविहीनस्य ॥ ६ ॥

न विभाव्यन्ते लघवो वित्तविहीनाः पुरोपि निवसन्तः ।
सततं जातविनष्टाः पयसामिव बुद्बुदाः पयसि ॥ ७ ॥

सुकुलं कुशलं सुजनं विहाय कुलकुशलशीलविकलेपि ।
आढ्ये कल्पतराविव नित्यं रज्यन्ति जननिवहाः ॥ ८ ॥

अपरीक्षितस्य कारकः स एवाभेदोपचारात्तन्नामकं तन्त्रम् । कुत्सितं यथा स्यात्तथा दृष्टं कुदृष्टम् । विज्ञानं-मोक्षे धीर्ज्ञानमन्यत्र विज्ञानं शिल्पशास्त्रयोः । इत्यमरः । शिशिरस्य ऋतोः श्रीः शोभा । धनविहीनस्य गृहं नष्टाः तारा यस्मात्तत् नष्टतारं गगनमिव इत्यादि । वित्तविहीना अतो लघवः पुरो निवसन्तोपि न विभाव्यन्ते लक्ष्यन्ते । सुकुलं शोभनं कुलमस्य । आढ्ये श्रीमति ।

---

१ ०परीक्ष्यकारित्वं. १ मोक्षक०, मोक्षादिक०. ३ भ्रष्ट.

विफलमिह पूर्वसुकृतं विद्यावन्तोपि कुलसमुद्भूताः।
यस्य यदा विभवः स्यात्तस्य तदा दासतां यान्ति ॥ ९ ॥
लघुरयमाह न लोकः कामं गर्जन्तमपि पतिं पयसाम्।
सर्वमलज्जाकरमिह यत्कुर्वन्तीह परिपूर्णाः ॥ १० ॥

एवं संप्रधार्य भूयोप्यचिन्तयत्। यदहमनशनं कृत्वा प्राणानुत्सृजामि। किमनेन व्यर्थजीवितव्यसनेन। एवं निश्चयं कृत्वा सुप्तः। अथ तस्य स्वप्ने पद्मनिधिः क्षपणकरूपी दर्शनं गत्वा प्रोवाच। भोः श्रेष्ठिन् मा त्वं वैराग्यं गच्छ। अहं पद्मनिधिस्तव पूर्वपुरुषोपार्जितः। तदनेनैव रूपेण प्रातस्त्वद्गृहमागमिष्यामि। तत्त्वयाहं लकुटप्रहारेण शिरसि ताडनीयो येन कनकमयो भूत्वाक्षयो भवामि। अथ प्रातः प्रबुद्धः सन्स्वप्नं स्मरंश्चिन्ताचक्रमारूढस्तिष्ठति। अहो सत्योयं स्वप्नः किंवासत्यो भविष्यति न ज्ञायते। अथवा नूनं मिथ्या भाव्यं यतोहं केवलं वित्तमेव चिन्तयामि। उक्तं च।

व्याधितेन सशोकेन चिन्ताग्रस्तेन जन्तुना।
कामार्तेनाथ मत्तेन दृष्टः स्वप्नो निरर्थकः ॥ ११ ॥

एतस्मिन्नन्तरे तस्य भार्यया कश्चिन्नापितः पादप्रक्षालनायाहूतः। अत्रान्तरे च यथानिर्दिष्टः क्षपणकः सहसा प्रादुर्बभूव। अथ स तमालोक्य प्रहृष्टमना यथासन्नकाष्ठदण्डेन तं शिरस्यताडयत्। सोपि सुवर्णमयो भूत्वा तत्क्षणाद्भूमौ निपतितः। अथ तं स श्रेष्ठी निभृतं स्वगृहमध्ये कृत्वा नापितं संतोष्य प्रोवाच। यदेतद्धनं वस्त्राणि च मया दत्तानि गृहाण। भद्र पुनः कस्यचिन्नाख्येयो वृत्तान्तः। नापितोपि स्वगृहं गत्वा व्यचिन्तयत्। नूनमेते सर्वेपि नग्नकाः शिरसि दण्डहताः काञ्चनमया भवन्ति। तदहमपि प्रातः प्रभूतानाहूय लकुटैः शिरसि हन्मि येन प्रभूतं हाटकं मे भवति। एवं चिन्तयतो महता कष्टेन निशातिचक्राम। अथ प्रभातेभ्युत्थाय बृहल्लकुटमेकं प्रगुणीकृत्य क्षपणकविहारे गत्वा जिनेन्द्रस्य प्रदक्षिणात्रयं विधाय जानुभ्यामवनिं गत्वा वक्त्रद्वारन्यस्तोत्तरीयाञ्चलस्तारस्वरेणेमं श्लोकमपठत्।

जयन्ति ते जिना येषां केवलज्ञानशालिनाम्। -
आ जन्मनः स्मरोत्पत्तौ मानसेनोषरायितम् ॥ १२ ॥

अन्यच्च।

लोकः कामं गर्जन्तमपि पयसां पतिं अयं लघुः इति न आह इत्यन्वयः। जीवितव्यसनेन जीवितोत्कटेच्छया। मिथ्या भाव्यमनेन स्वप्नेनेति शेषः। हाटकं सुवर्णं। विहारो मठः। जिनेन्द्रो बुद्धमूर्तिः। ऊषरायितं बीजांकुरोत्पत्त्यभावात्।

---

१ विकलं, सुरूपतागुणयुक्ताः. २ नो व्य०. ३ रूपेण. ४ भिक्षार्थं स्व०. ५ नख.

सा जिह्वा या जिनं स्तौति तच्चित्तं यज्जिने रतम् ।
तावेव च करौ श्लाघ्यौ यौ तत्पूजाकरौ करौ ॥ १३ ॥

तथा च ॥ ध्यानव्याजमुपेत्य चिन्तयसि कामुन्मील्य चक्षुः क्षणं
पश्यानङ्गशरातुरं जनमिमं त्रातापि नो रक्षसि ।
मिथ्याकारुणिकोसि निर्घृणतरस्त्वत्तः कुतोन्यः पुमान्
सेर्ष्यं मारवधूभिरित्यभिहितो बुद्धो जिनः पातु वः ॥ १४ ॥

एवं संस्तुत्य ततः प्रधानक्षपणकमासाद्य क्षितिनिहितजानुचरणो नमोस्तु वन्द इत्युच्चार्य लब्धधर्मवृद्ध्याशीर्वादः सुखमालिकानुग्रहलब्धव्रतादेश उत्तरीयनिबद्धग्रन्थिः सप्रश्रयमिदमाह । भगवन्नद्य विहरणक्रिया समस्तमुनिसमेतेनास्मद्गृहे कर्तव्या । स आह । भोः श्रावक धर्मज्ञोपि किमेवं वदसि । किं वयं ब्राह्मणसमाना यत आमन्त्रणं करोषि । वयं सदैव तत्कालपरिचर्यया भ्रमन्तो भक्तिभाजं श्रावकमवलोक्य तस्य गृहे गच्छामस्तेन कृच्छ्रादभ्यर्थिताः । तद्गृहे प्राणधारणमात्रामशनक्रियां कुर्मः । तद्गम्यतां नैवं भूयोपि वाच्यम् । तच्छ्रुत्वा नापित आह । भगवन् वेद्मि अहं युष्मद्धर्मम् । परं भवतो बहुश्रावका आह्वयन्ति । सांप्रतं पुनः पुस्तकाच्छादनयोग्यानि कर्पटानि बहुमूल्यानि प्रगुणीकृतानि तथा पुस्तकानां लेखनाय लेखकानां च वित्तं संचितमास्ते । तत्सर्वथा कालोचितं कार्यम् । ततो नापितोपि स्वगृहं गतः । तत्र च गत्वा खादिरमयं लकुटं सज्जीकृत्य कपाटयुगलं द्वारे समाधाय सार्धप्रहरदिवससमये भूयोपि विहारद्वारमाश्रित्य सर्वान्क्रमेण निष्क्रामतो गुरुप्रार्थनया स्वगृहमानयत् । तेपि सर्वे कर्पटवित्तलोभेन भक्तियुक्तानपि परिचितश्रावकान्परित्यज्य प्रहृष्टमनसस्तस्य पृष्ठतो ययुः । अथवा साध्विदमुच्यते ।

एकाकी गृहसंत्यक्तः पाणिपात्रो दिगम्बरः ।
सोपि संवाह्यते लोके तृष्णया पश्य कौतुकम् ॥ १५ ॥

ध्यानेति ध्यानमिषेण । अनंगः कामस्तस्य शरैः आतुरः पीडितस्तम् । लब्धः धर्मवृद्धिर्भवत्वित्याशीर्वादो येन । सुखमालिकाया अनुग्रहस्तेन लब्धो व्रतादेशो व्रतोपदेशो येन । विहरणं भिक्षार्थं पर्यटनं तस्य क्रिया । गृहं संत्यक्तं येन । संत्यक्तगृहः इत्यर्थः ।

---

१ यच्च निर्मलम् । स एव केवलं श्लाघ्यो यो जिनं पूजयेत्सदा । इ. पा. २ व्रतोप. ३ भगवन्मम भगवता पार्श्वनाथेनादेशः प्रदत्तो यन्मदीयतपस्विनां भक्तिं न करोषि तत्ते कुलक्षयो भविष्यति । ततः प्रातरुत्थाय मया भयभावेनैतत्कृतम् । भगवन्न वेद्मि अहम् । ४ दत्तं. ५ किं बहुना यद्येवं न मन्यसे तदनशनं मे । इत्युक्त्वा दंतकाष्ठं भक्षयित्वा उपविष्टः । ततस्तेन क्षपणकेन प्रतिपन्नं सर्वथा तत्कालो० ६ रैकसः, ०रद्वयोद्देशे.

जीर्यन्ते जीर्यतः केशा दन्ता जीर्यन्ति जीर्यतः।
चक्षुः श्रोत्रे च जीर्येते तृष्णैका तरुणायते ॥ १६ ॥

अपरं गृहमध्ये तान्प्रवेश्य द्वारं निभृतं विधाय लकुटप्रहारैः शिरस्यताडयत्। तेपि ताड्यमाना एके मृता[1] अन्ये भिन्नमस्तकाः फूत्कर्तुमारब्धाः[2]। अत्रान्तरे तमाक्रन्दमाकर्ण्य कोटरक्षपालैरभिहितम्। भो भोः किमयं महान्कोलाहलो नगरमध्ये। तद्गम्यतां गम्यताम्। ते च सर्वे गत्वा[3] यावत्पश्यन्ति तावद्रुधिरप्लावितदेहाः पलायमानाः क्षपणका दृष्टाः। तैः स नापितो बद्धः। हतशेषैः क्षपणकैः सह धर्माधिष्ठानं नीतः। तैर्नापितः पृष्टः। भोः किमेतद्भवता कुकृत्यमनुष्ठितम्। स आह किं करोमि। मया श्रेष्ठिमणिभद्रगृहे दृष्ट एवंविधो व्यतिकरः। सोपि सर्वं मणिभद्रवृत्तान्तं यथादृष्टमकथयत्। ततः श्रेष्ठिनमाहूय भणितवन्तः। भोः श्रेष्ठिन् किं त्वया कश्चित्क्षपणको व्यापादितः। ततस्तेनापि सर्वः क्षपणकवृत्तान्तस्तेषां निवेदितः। अथ तैरभिहितम्। अहो शूलमारोप्यतामसौ दुष्टात्मा कुपरीक्षितकारी नापितः। तथानुष्ठिते तैरभिहितम्।

कुदृष्टं कुपरिज्ञातं कुश्रुतं कुपरीक्षितम्।
तन्नरेण न कर्तव्यं नापितेनात्र यत्कृतम् ॥ १७ ॥

अथवा साध्विदमुच्यते।

अपरीक्ष्य न कर्तव्यं कर्तव्यं सुपरीक्षितम्।
पश्चाद्भवति संतापो ब्राह्मण्या[5] नकुले यथा ॥ १८ ॥

मणिभद्र आह। कथमेतत्। ते धर्माधिकारिणः प्रोचुः।

कथा १.

कस्मिंश्चिदधिष्ठाने देवशर्मा नाम ब्राह्मणः प्रतिवसति स्म। तस्य भार्या प्रसूता सुतमजनयत्। तस्मिन्नेव दिने नकुली नकुलं प्रसूता। अथ सा सुतवत्सला दारकवत्तमपि नकुलं स्तन्यदानाभ्यङ्गपोषणादिभिः[6] पुपोष। परं तस्य न विश्वसिति यत्कदाचिदेष स्वजातिदोषवशादस्य दारकस्य विरुद्धमाचरिष्यतीति। एवं जानाति स्वचित्ते। उक्तं च।

कुपुत्रोपि भवेत्पुंसां हृदयानन्दकारकः।
दुर्विनीतः कुरूपोपि मूर्खोपि व्यसनी खलः ॥ १९ ॥

जीर्यतो वृद्धभावं गच्छतः। हतेभ्यः शेषैः हतशेषैः। कुदृष्टं न सम्यग्दृष्टम्।

---

१ पंचत्वमुपागताः. २ मुपचक्रमिरे. ३ तदादेशकारिणस्तत्सहिता वेगात्तद्गृहं गताः. ४ नग्नकाः. ५ ब्राह्मण्यां नकुलार्थतः. ६ मर्दना.

एवं च भाषते लोकश्चन्दनं किल शीतलम् ।
पुत्रगात्रस्य संस्पर्शश्चन्दनादतिरिच्यते ॥ २० ॥
सौहृदस्य न वाञ्छन्ति जनकस्य हितस्य च ।
लोकाः प्रपालकस्यापि यथा पुत्रस्य बन्धनम् ॥ २१ ॥

अथ सा कदाचिच्छय्यायां पुत्रं शाययित्वा जलकुम्भमादाय पतिमुवाच ब्राह्मण जलार्थमहं तडागे यास्यामि । त्वया पुत्रोयं नकुलाद्रक्षणीयः। अथ तस्यां गतायां पृष्ठे ब्राह्मणोपि शून्यं गृहं मुक्त्वा भिक्षार्थं क्वचिन्निर्गतः। अत्रान्तरे दैववशात्कृष्णसर्पो बिलान्निष्क्रान्तः । नकुलोपि तं स्वभाववैरिणं मत्वा भ्रातू रक्षणार्थं सर्पेण सह युद्धा सर्पं खण्डशः कृतवान् । ततो रुधिराप्लावितवदनः सानन्दं स्वव्यापारप्रकाशनार्थं मातुः संमुखो गतः । मातापि तं रुधिरक्लिन्नमुखमवलोक्य शङ्कितचित्तावश्यमनेन दुरात्मना दारको भक्षित इति विचिन्त्य कोपात्तस्योपरि तं जलकुम्भं चिक्षेप । एवं सा नकुलं व्यापाद्य यावत्प्रलपन्ती गृह आगच्छति तावत्सुतस्तथैव सुप्तस्तिष्ठति । समीपे कृष्णसर्पं खण्डशः कृतमवलोक्य पुत्रवधशोकेनात्मशिरो वक्षःस्थलं च ताडयितुमारब्धा । अत्रान्तरे ब्राह्मणो गृहीतनिर्वापः समायातो यावत्पश्यति तावत्पुत्रशोकाभितप्ता ब्राह्मणी प्रलपति-भो भो लोभात्मन् लोभाभिभूतेन त्वया न कृतं मद्वचः । तदनुभव सांप्रतं पुत्रमृत्युदुःखवृक्षफलम् । अथवा साध्विदमुच्यते ।

अतिलोभो न कर्तव्यो लोभं नैव परित्यजेत् ।
अतिलोभाभिभूतस्य चक्रं भ्रमति मस्तके ॥ २२ ॥

ब्राह्मण आह । कथमेतत् । सा प्राह ।

कथा २.

कस्मिंश्चिदधिष्ठाने चत्वारो ब्राह्मणपुत्राः परस्परं मित्रतां गता वसन्ति स्म । ते चापि दारिद्र्योपहताः परस्परं मन्त्रं चक्रुः । अहो धिगियं दरिद्रता । उक्तं च ।

वरं वनं व्याघ्रगजादिसेवितं जलेन हीनं बहुकण्टकावृतम् ।
तृणानि शय्या परिधानवल्कलं न बन्धुमध्ये धनहीनजीवितम् ॥२३॥

तथा च ।

बन्धनं स्नेहबन्धम् । रुधिरेणाप्लावितं वदनं यस्य । गृहीतो निर्वापो भिक्षा येन। पुत्रस्य मृत्युः पु० तस्य दुःखं स एव वृक्षस्तस्य फलम् । व्याघ्राश्च गजाश्चादौ येषां ते व्या-दयस्तैः सेवितम् । धनेन हीनः धन० तस्य जीवितम् ।

---

१ सौहृदस्य. २ यदनेन. ३ गणैः समन्वितम्.

स्वामी द्वेष्टि सुसेवितोपि सहसा प्रोज्झन्ति सद्बान्धवा
राजन्ते न गुणास्त्यजन्ति तनुजाः स्फारीभवन्त्यापदः।
भार्या साधुसुवंशजापि भजते नो यान्ति मित्राणि च
न्यायारोपितविक्रमाण्यपि नृणां येषां न हि स्याद्धनम्॥ २४॥

शूरः सुरूपः सुभगश्च वाग्मी शस्त्राणि शास्त्राणि विदांकरोतु।
अर्थं विना नैव यशश्च मानं प्राप्नोति मर्त्योत्र मनुष्यलोके॥ २५॥

तानीन्द्रियाण्यविकलानि तदेव नाम
सा बुद्धिरप्रतिहता वचनं तदेव।
अर्थोष्मणा विरहितः पुरुषः स एव
बाह्यः क्षणेन भवतीति विचित्रमेतत्॥ २६॥

तद्गच्छामः कुत्रचिदर्थाय। इति संमन्त्र्य स्वदेशं पुरं च स्वसुहृत्सहितं बान्धवयुतं गृहं च परित्यज्य प्रस्थिताः। अथवा साध्विदमुच्यते।

सत्यं परित्यजति मुञ्चति बन्धुवर्गं
शीघ्रं विहाय जननीमपि जन्मभूमिम्।
संत्यज्य गच्छति विदेशमभीष्टलोकं
चिन्ताकुलीकृतमतिः पुरुषोत्र लोके॥ २७॥

एवं क्रमेण गच्छन्तोवन्तीं प्राप्ताः। तत्र सिप्राजले कृतस्नाना महाकालं प्रणम्य यावन्निर्गच्छन्ति तावद्भैरवानन्दो नाम योगी संमुखो बभूव। ततस्तं ब्राह्मणोचितविधिना संभाव्य तेनैव सह तस्य मठं जग्मुः। अथ तेन ते पृष्टाः। कुतो भवन्तः समायाताः। क्व यास्यथ। किं प्रयोजनम्। ततस्तैरभिहितम्-वयं सिद्धियात्रिकास्[3]तत्र यास्यामो यत्र धनाप्तिर्मृत्युर्वा भविष्यतीत्येष निश्चयः। उक्तं च।

दुष्प्राप्याणि बहूनि च लभ्यन्ते वाञ्छितानि द्रविणानि।
अवसरतुलिताभिरलं तनुभिः साहसिकपुरुषाणाम्॥ २८॥

तथा च।

पतति कदाचिन्नभसः खाते पातालतोपि जलमेति।
दैवमचिन्त्यं बलवद्बलवान्ननु पुरुषकारोपि॥ २९॥

स्फारीभवन्ति विपुलीभवन्ति। न्याये आरोपिता विक्रमा यैरतानि मित्राण्यपि यान्ति परित्यज्य गच्छन्ति। न विकलान्यविकलानि अनुपहतानि। बाह्यो त्याज्यः। अभीष्टा लोका यस्मिन्। महाकालः तत्रस्थं शिवलिङ्गम्। ब्राह्मणस्य उचितः ब्रा० तः विधिस्तेन। सिद्ध्यर्थं यात्रिकाः। अलं पर्याप्तं यथा तथा अवसरे तुलिताः ताभिः। दैवं बलवदित्यचिन्त्यं ननु पुरु० इत्या०।

---

१ गः सुवा. २ क्षणेन सोप्यन्य एव. ३ सहपथिकाः. ४ कारणब.

अभिमतसिद्धिरशेषा भवति हि पुरुषस्य पुरुषकारेण ।
दैवमिति यदपि कथयसि पुरुषगुणः सोऽप्यदृष्टाख्यः ॥ ३० ॥
भयमतुलं गुरुलोकात्तृणमिव तुलयन्ति साधु साहसिकाः ।
प्राणानद्भुतमेतच्चरितं चरितं ह्युदाराणाम् ॥ ३१ ॥
क्लेशस्याङ्गमदत्त्वा सुखमेव सुखानि नेह लभ्यन्ते ।
मधुभिन्मथनायस्तैराश्लिष्यति बाहुभिर्लक्ष्मीम् ॥ ३२ ॥
तस्य कथं न चला स्यात्पत्नी विष्णोर्नृसिंहकस्यापि ।
मासांश्चतुरो निद्रां यः सेवति जलगतः सततम् ॥ ३३ ॥
दुरधिगमः परभागो यावत्पुरुषेण पौरुषं न कृतम् ।
जयति तुलामधिरूढो भास्वानिह जलदपटलानि ॥ ३४ ॥

तत्कथ्यतामस्माकं कश्चिद्धनोपायो विवरप्रवेशशाकिनीसाधनश्मशानसेवनमहामांसविक्रयसाधकवर्तिप्रभृतीनामेकतम इति । अद्भुतशक्तिर्भवाञ्छ्रूयते । वयमप्यतिसाहसिकाः । उक्तं च ।

महान्त एव महतामर्थं साधयितुं क्षमाः ।
ऋते समुद्रादन्यः को बिभर्ति वडवानलम् ॥ ३५ ॥

भैरवानन्दोऽपि तेषां सिद्ध्यर्थं बहूपायं सिद्धिवर्तिचतुष्टयं कृत्वार्पयत् । आह च गम्यतां हिमालयदिशि । तत्र संप्राप्तानां यत्र वर्तिः पतिष्यति तत्र निधानं प्राप्स्यथासंदिग्धम् । तत्र स्थानं खनित्वा निधिं गृहीत्वा व्याघुट्यताम् । तथानुष्ठिते तेषां गच्छतामेकतमस्य हस्ताद्वर्तिर्निपपात । अथासौ यावत्तं प्रदेशं खनति तावत्ताम्रमयी भूमिः । ततस्तेनाभिहितम्-अहो गृह्यतां स्वेच्छया ताम्रम् । अन्ये प्रोचुः भो मूढ किमनेन क्रियते । तत्प्रभूतमपि दारिद्र्यं न नाशयति । तदुत्तिष्ठाग्रतो गच्छामः । सोऽब्रवीत् यान्तु भवन्तो नाहमग्रे यास्यामि । एवमभिधाय ताम्रं यथेच्छया गृहीत्वा प्रथमो निवृत्तः । ते त्रयोऽप्यग्रे प्रस्थिताः । अथ किंचिन्मात्रं गतस्याग्रेसरस्य वर्तिर्निपपात । सोऽपि यावत्खनितुमारब्धस्तावद्रूप्यमयी क्षितिः । ततः प्रहर्षितः प्राह यद्भो गृह्यतां यथेच्छया रूप्यम् । नाग्रे गन्तव्यम् । तावूचतुः भोः पृष्ठतस्ताम्रमयी भूमिरग्रतो रूप्यमयी । तन्नूनमग्रे सुवर्ण-

सोऽपि दैवमिति पुरुषगुणः पुरुषकृतं कर्मैव । तदुक्तं हितोपदेशे – पूर्वजन्मकृतं कर्म तद्दैवमिति कथ्यते । इति । अदृष्टमित्याख्या यस्य । साहसिका गुरुलोकाद् अतुलं नास्ति तुला यस्य तदतिमहदपीत्यर्थः । भयं प्राणांश्च साधु तृणमिव तुलयन्ति इत्यन्वयः । क्लेशस्याङ्गमदत्त्वा क्लेशानकृत्वा । सुखमेव सुखेनैव । मधुभिद् मधुरिपुर्विष्णुः । परभाग उत्कर्षः । शाकिनी पिशाचभेदः । महामांसं नरमांसम् । ...साधनवर्तिश्च प्रभृतिर्येषाम् । व्याघुट्यतां निवृत्यताम् । प्रभूतेनापि भारभूतेन ।

१ अत्यन्तसिद्धिः. २ गम्यताम्.

मयी भविष्यति। तदनेन प्रभूतेनापि दारिद्र्यनाशो न भवति। तदावामग्रे यास्यावः। एवमुक्त्वा द्वावप्यग्रे प्रस्थितौ। सोपि स्वशक्त्या रूप्यमादाय निवृत्तः। तयोरपि गच्छतोरेकस्याग्रे वर्तिः पपात। सोपि प्रहृष्टो यावत्खनति तावत्सुवर्णभूमिं दृष्ट्वा द्वितीयं प्राह। भो गृह्यतां स्वेच्छया सुवर्णम्। सुवर्णादन्यन्न किंचिदुत्तमं भविष्यति। स प्राह मूढ न किंचिद्वेत्सि। प्राक्ताम्रं ततो रूप्यं ततः सुवर्णं तन्नूनमतः परं रत्नानि भविष्यन्ति येषामेकतमेनापि दारिद्र्यनाशो भवति। तदुत्तिष्ठाग्रे गच्छावः। किमनेन भारभूतेनापि प्रभूतेन। स आह। गच्छतु भवान्। अहमत्र स्थितस्त्वां प्रतिपालयिष्यामि। तथानुष्ठिते सोपि गच्छन्नेकाकी ग्रीष्मार्कप्रतापसंतप्ततनुः पिपासाकुलितः सिद्धिमार्गच्युत इतश्चेतश्च बभ्राम। अथ भ्राम्यन्स्थलोपरि पुरुषमेकं रुधिरप्लावितगात्रं भ्रमच्चक्रमस्तकमपश्यत्। ततो द्रुततरं गत्वा तमवोचत्। भोः को भवान्। किमेवं चक्रेण भ्रमता शिरसि तिष्ठसि। तत्कथय मे यदि कुत्रचिज्जलमस्ति। एवं तस्य प्रवदतस्तच्चक्रं तत्क्षणात्तस्य शिरसो ब्राह्मणमस्तके चटितम्। स आह भद्र किमेतत्। स आह यन्ममाप्येवमेवैतच्छिरसि चटितम्। स आह तत्कथय कदैतदुत्तरिष्यति। महती मे वेदना वर्तते। स आह। यदा त्वमिव कश्चिद्धृतसिद्धिवर्तिरेवमागत्य त्वामालापयिष्यति तदा तस्य मस्तके चटिष्यति। स आह। कियान्कालस्तवैवं स्थितस्य। स आह सांप्रतं को राजा धरणीतले। स आह वीणावत्सराजः। स आह। अहं तावत्कालसंख्यां न जानामि। परं यदा रामो राजासीत्तदाहं दारिद्र्योपहतः सिद्धिवर्तिमादायानेन पथा समायातः। ततो मयान्यो नरो मस्तकधृतचक्रो दृष्टः पृष्टश्च। ततश्चैतज्जातम्। स आह। भद्र कथं तवैवं स्थितस्य भोजनजलप्राप्तिरासीत्। स आह। भद्र धनदेन निधानहरणभयात्सिद्धानामेतद्भयं दर्शितम्। तेन कश्चिदपि नागच्छति। यदि कश्चिदायाति स क्षुत्पिपासानिद्रारहितो जरामरणवर्जितः केवलमेवं वेदनामनुभवतीति। तदाज्ञापय माम्। मुक्तोस्मि। सांप्रतं स्वगृहं यास्यामि। इत्युक्त्वा गतः। अथ तस्मिंश्चिरयति स सुवर्णसिद्धिस्तस्यान्वेषणपरस्तत्पदपङ्क्त्या यावत्किंचिद्वनान्तरमागच्छति तावद्रुधिरप्लावितशरीरस्तीक्ष्णचक्रेण मस्तके भ्रमता सवेदनः क्वणन्नुपविष्टस्तिष्ठति। ततः समीपवर्तिना भूत्वा सबाष्पं पृष्टः भद्र किमेतत्। स

ग्रीष्मसम्बन्धी अर्कः ग्रीष्मार्कस्तस्य प्रतापेन संतप्ता तनुर्यस्य। भ्रमच्चक्रं मस्तके यस्य। चटितं निष्क्रम्य स्थितम्। तत्परिमाणमस्य तावान् कालस्तस्य संख्याम्।

---

१ पालयामि. २ भ्राम्यन्यावत्तिष्ठति. ३ त्वां मुक्त्वा तस्य ४ नव्यः. ५ क्षाप्य. ६ मां गृहाय।

आह विधिनियोगः। स आह। कथं तत्। कथय कारणमेतस्य। सोपि तेन पृष्टः सर्वं चक्रभ्रमवृत्तान्तमकथयत्। तच्छ्रुत्वासौ तं विगर्हयन्निदमाह भो निषिद्धस्त्वं मयानेकशो न शृणोषि मे वाक्यम्। तत्किं क्रियते। विद्यावानपि कुलीनोपि बुद्धिरहितः किं करोति। अथवा साध्विदमुच्यते।

वरं बुद्धिर्न सा विद्या विद्याया बुद्धिरुत्तमा।
बुद्धिहीना विनश्यन्ति यथा ते सिंहकारकाः॥ ३६॥

चक्रधर आह कथमेतत्। सुवर्णसिद्धिराह।

कथा ३.

कस्मिंश्चिदधिष्ठाने चत्वारो ब्राह्मणपुत्राः परं मित्रभावमुपगता वसन्ति स्म। तेषां त्रयः शास्त्रपारं गताः परंतु बुद्धिरहिताः। एकस्तु बुद्धिमान्केवलं शास्त्रपराङ्मुखः। अथ तैः कदाचिन्मित्रैर्मन्त्रितम्। को गुणो विद्याया येन देशान्तरं गत्वा भूपतीन्परितोष्यार्थोपार्जना न क्रियते। तत्पूर्वदेशं गच्छामः। तथानुष्ठिते कंचिन्मार्गं गत्वा तेषां ज्येष्ठतरः प्राह। अहो अस्माकमेकश्चतुर्थो मूढः केवलं बुद्धिमान्। न च राजप्रतिग्रहो बुद्ध्या लभ्यते विद्यां विना। तन्नास्मै स्वोपार्जितं दास्यामः। तद्गच्छतु गृहम्। ततो द्वितीयेनाभिहितम्-भोः सुबुद्धे गच्छ त्वं स्वगृहे यतस्ते विद्या नास्ति। ततस्तृतीयेनाभिहितम्-अहो न युज्यत एवं कर्तुं यतो वयं बाल्यात्प्रभृत्येकत्र क्रीडिताः। तदागच्छतु महानुभावोस्मदुपार्जितवित्तस्य संविभागी भविष्यतीति। उक्तं च।

किं तया क्रियते लक्ष्म्या या वधूरिव केवला।
या न वेश्येव सामान्या पथिकैरुपभुज्यते॥ ३७॥

बुद्धिरहितो विवेकहीनः। शास्त्रेभ्यः पराङ्मुखं यस्य।

---

१ सोब्रवीदेनच्चक्रारोहणं. २ सुवर्णसिद्धिस्तमाह. ३ विद्यातः. ४ न पश्यन्ति. ५ पारगाः ६ मिलितैः. ७ गत्वार्थोपार्जनं कुर्मः। अथ किंचिन्मार्गं गत्वा मन्त्रं चक्रुः। अहो परदेशगतैर्विद्यायार्थो लभ्यते। ततो यो यां विद्यां जानाति स आत्मीयां निवेदयतु येन सर्वेषां धृतिर्भवति। तत्रैकेनोक्तमहं विश्वकर्ममतं सम्यग्जानामि। यदि मृतकस्यापि त्वक्चर्मास्थीनि लभ्यानि तद्भूयोपि स्वस्थाने नियोजयामि। ततो द्वितीयेनोक्तं मम मन्त्रशक्तिरस्ति। ततोहं तेषामुपरि मांसं त्वचं रक्तं च संचारयामि। ततस्तृतीयेनोक्तमहं मृतकसंजीवनीं विद्यां जानामि। यथा मृतोपि जीवति। ततश्चतुर्थेनोक्तमहमविद्यः परमेकां बुद्धिं जानामि। एवं विचिन्त्य परं हृष्टमनसः प्रस्थिताः। इत्यधिको ग्रन्थः पुस्त०. ८ समभागी.

तथा च ।

> अयं निजः परो वेति गणना लघुचेतसाम् ।
> उदारचरितानां तु वसुधैव कुटुम्बकम् ॥ ३८ ॥

तदागच्छत्वेषोऽपीति । तथानुष्ठिते तैर्मार्गाश्रितैरटव्यां मृतसिंहस्यास्थीनि दृष्टानि । ततश्चैकेनाभिहितम् । अहो विद्याप्रत्ययः क्रियते । किंचिदेतत्सत्त्वं मृतं तिष्ठति । तद्विद्याप्रभावेण जीवसहितं कुर्मः । अहमस्थिसंचयं करोमि । ततश्चैकेनौत्सुक्यादस्थिसंचयः कृतः । द्वितीयेन चर्ममांसरुधिरं संयोजितम् । तृतीयोऽपि यावज्जीवं संचारयति तावत्सुबुद्धिना निषिद्धः । भोस्तिष्ठतु भवान् । एष सिंहो निष्पाद्यते । यद्येनं सजीवं करिष्यसि ततः सर्वानपि व्यापादयिष्यति । इति तेनाभिहितः स आह धिङ् मूर्ख नाहं विद्याया विफलतां करोमि । ततस्तेनाभिहितम्-तर्हि प्रतीक्षस्व क्षणं यावदहं वृक्षमारोहामि । तथानुष्ठिते यावत्सजीवः कृतस्तावत्ते त्रयोऽपि सिंहेनोत्थाय व्यापादिताः । स च पुनर्वृक्षादवतीर्य गृहे गतः । अतोऽहं ब्रवीमि । वरं बुद्धिर्न सा विद्या इति । अतः परमुक्तं च ।

> अपि शास्त्रेषु कुशला लोकाचारविवर्जिताः ।
> सर्वे ते हास्यतां यान्ति यथा ते मूर्खपण्डिताः ॥ ३९ ॥

चक्रधर आह । कथमेतत् । सोऽब्रवीत् ।

कथा ४ ।

कस्मिंश्चिदधिष्ठाने चत्वारो ब्राह्मणाः परस्परं मित्रत्वमापन्ना वसन्ति स्म । बालभावे तेषां मतिरजायत । भो देशान्तरं गत्वा विद्याया उपार्जनं क्रियते । अथान्यस्मिन्दिवसे ब्राह्मणाः परस्परं निश्चयं कृत्वा विद्योपार्जनार्थं कान्यकुब्जे गताः । तत्र च विद्यामठे गत्वा पठन्ति । एवं द्वादशाब्दानि यावदेकचित्ततया विद्याकुशलास्ते सर्वे संजाताः । ततस्तैश्चतुर्भिर्मिलित्वोक्तम् । वयं सर्वविद्यापारे गताः तदुपाध्यायमुत्कलापयित्वा स्वदेशे गच्छामः । तथैव क्रियतामित्युक्त्वा ब्राह्मणा उपाध्यायमुत्कलापयित्वानुज्ञां लब्ध्वा पुस्तकानि गृहीत्वा प्रचलिताः । यावत्किंचिन्मार्गं यान्ति तावद् द्वौ पन्थानौ समायातौ । उपविष्टाः सर्वे । तत्रैकः प्रोवाच । केन मार्गेण गच्छामः । एतस्मिन्समये तस्मिन्पत्तने कश्चिद्वणिक्पुत्रो मृतः । तस्य दाहार्थं महाजनो गतोऽभूत् । ततश्चतुर्णां मध्यादेकेन पुस्तकमवलोकितम्-महाजनो येन गतः स पन्था इति तन्महाजनमार्गेण गच्छामः ।

अस्थिसंचयमस्थ्नां पुनर्घटनां । उत्कला० आपृच्छ्य । महाजन इति महाजनाचारितमेवानुष्ठातव्यमिति वास्तवोऽर्थः ।

---

१ अहो अद्य. २ जीवन. ३ मनुज्ञापयित्वा. ४ नीत्वा. ५ पण्डितानां मध्या.

अथ ते पण्डिता यावन्महाजनमेलापकेन सह यान्ति तावद्रासभः कश्चित्तत्र श्मशाने दृष्टः। अथ द्वितीयेन पुस्तकमुद्धाट्यावलोकितम्।

उत्सवे व्यसने प्राप्ते दुर्भिक्षे शत्रुसंकटे।
राजद्वारे श्मशाने च यस्तिष्ठति स बान्धवः॥ ४० ॥

तदहो अयमस्मदीयो बान्धवः। ततः कश्चित्तस्य ग्रीवायां लगति। कोपि पादौ प्रक्षालयति। अथ यावद्दिशामवलोकनं कुर्वन्ति ते पण्डिताः तावत्कश्चिदुष्ट्रो दृष्टः। तैश्चोक्तम् एतत्किम्। तावत्तृतीयेन पुस्तकमुद्धाट्योक्तम् धर्मस्य त्वरिता गतिः। एष धर्मस्तावत्। चतुर्थेनोक्तम् इष्टं धर्मेण योजयेत्। अथ तैश्च रासभ उष्ट्रग्रीवायां बद्धः। केनचिद्रजकस्याग्रे कथितम्। यावद्रजकस्तेषां मूर्खपण्डितानां प्रहारकरणाय समायातस्तावत्ते प्रनष्टाः। यावदग्रे किंचित्स्तोकं मार्गं यान्ति तावत्काचिन्नद्यासादिता। तत्तस्या जलमध्ये पलाशपत्रमायातं दृष्ट्वा पण्डितेनैकेनोक्तम्। आगमिष्यति यत्पत्रं तदस्मांस्तारयिष्यति। एतत्कथयित्वा तत्पत्रस्योपरि पतितो यावन्नद्या नीयते तावत्तं नीयमानमवलोक्यान्येन पण्डितेन केशान्तं गृहीत्वोक्तम्।

सर्वनाशे समुत्पन्ने अर्धं त्यजति पण्डितः।
अर्धेन कुरुते कार्यं सर्वनाशो हि दुःसहः॥ ४१ ॥

इत्युक्त्वा तस्य शिरश्छेदो विहितः। अथ तैश्च पश्चाद्गत्वा कश्चिद्ग्राम आसादितः। तेपि ग्रामीणैर्निमन्त्रिताः पृथक्पृथग्गृहेषु नीताः। तत एकस्य सूत्रिका घृतखण्डसंयुक्ता भोजने दत्ताः। ततो विचिन्त्य पण्डितेनोक्तम् यद्दीर्घसूत्री विनश्यति। एवमुक्त्वा भोजनं परित्यज्य गतः। तथा द्वितीयस्य मण्डका दत्ताः। तेनाप्युक्तम्। अतिविस्तरविस्तीर्णं तद्भवेन्न चिरायुषम्। स च भोजनं त्यक्त्वा गतः। अथ तृतीयस्य वटिकाभोजनं दत्तम्। तत्रापि पण्डितेनोक्तम्। छिद्रेष्वनर्था बहुलीभवन्ति। एवं तेपि त्रयः पण्डिताः क्षुत्क्षामकण्ठा लोकैर्हास्यमानास्ततः स्थानात्स्वदेशं गताः। अथ सुवर्णसिद्धिराह। यत्त्वं लोकव्यवहारमजानन्मया वार्यमाणोपि न स्थितस्तत ईदृशीमवस्थामुपगतः। अतोहं ब्रवीमि अपि शास्त्रेषु कुशलाः इति। तच्छ्रुत्वा चक्रधर आह–अहो अकारणमेतत्। बहुबुद्धयोपि विनश्यन्ति दुष्टदैवेन नाशिताः। स्वल्पबुद्धयोप्येकस्मिन्कुले नन्दन्ति संततम्। उक्तं च।

अकारणं लोकव्यवहाराज्ञानमल्पं कारणम्। बहुबुद्धयो महाबुद्धयः।

---

१ आतुरे. २ फेनिकाघृत॰ संयुक्तं भोजनं दत्तम्. ३ खाजिका.

अरक्षितं तिष्ठति दैवरक्षितं सुरक्षितं दैवहतं विनश्यति।
जीवत्यनाथोऽपि वने विसर्जितः कृतप्रयत्नोऽपि गृहे न जीवति॥४२॥

तथा च।

शतबुद्धिः शिरःस्थोऽयं लम्बश्च सहस्रधीः।
एकबुद्धिरहं भद्रे क्रीडामि विमले जले॥ ४३ ॥

सुवर्णसिद्धिराह कथमेतत्। स आह—

कथा ५.

कस्मिंश्चिज्जलाशये शतबुद्धिः सहस्रबुद्धिश्च द्वौ मत्स्यौ निवसतः स्म। अथ तयोरेकबुद्धिर्नाम मण्डूको मित्रतां गतः। एवं ते त्रयोऽपि जलतीरे कंचित्कालं वेलायां सुभाषितगोष्ठीसुखमनुभूय भूयोऽपि सलिलं प्रविशन्ति। अथ कदाचित्तेषां गोष्ठीगतानां जालहस्ता धीवराः प्रभूतैर्मत्स्यैर्व्यापादितैर्मस्तके विधृतैरस्तमनवेलायां तस्मिञ्जलाशये समायाताः। ततः सलिलाशयं दृष्ट्वा मिथः प्रोचुः–अहो बहुमत्स्योऽयं ह्रदो दृश्यते स्वल्पसलिलश्च। तत्प्रभातेऽत्रागमिष्यामः। एवमुक्त्वा स्वगृहं गताः। मत्स्याश्च विषण्णवदना मिथो मन्त्रं चक्रुः। ततो मण्डूक आह। भोः शतबुद्धे सहस्रबुद्धे श्रुतं धीवरोक्तं भवद्भ्याम्। तत्किमत्र युज्यते कर्तुं पलायनमवष्टम्भं वा। यत्कर्तुं युक्तं भवति तदादिश्यतामद्य। तच्छ्रुत्वा सहस्रबुद्धिः प्रहस्य प्राह। भोः मित्र मा भैषीर्यतो वचनश्रवणमात्रादेव भयं न कार्यम्। न भेतव्यम्। उक्तं च।

सर्पाणां च खलानां च सर्वेषां दुष्टचेतसाम्।
अभिप्राया न सिध्यन्ति तेनेदं वर्तते जगत्॥ ४४ ॥

तत्तावत्तेषामागमनमपि न संपत्स्यते। भविष्यति वा तर्हि त्वां बुद्धिप्रभावेणात्मसहितं रक्षयिष्यामि यतोऽनेकां सलिलगतिचर्यामहं जानामि। तदाकर्ण्य शतबुद्धिराह। भो युक्तमुक्तं भवता। सहस्रबुद्धिरेव भवान्। अथवा साध्विदमुच्यते।

बुद्धेर्बुद्धिमतां लोके नास्त्यगम्यं हि किंचन।
बुद्ध्या यतो हता नन्दाश्चाणक्येनासिपाणयः॥ ४५ ॥

तथा च।

न यत्रास्ति गतिर्वायो रश्मीनां च विवस्वतः।
तत्रापि प्रविशत्याशु बुद्धिर्बुद्धिमतां सदा॥ ४६ ॥

शतं बुद्धयो यस्य। सलिले गतिर्भ्रमणं तस्याः चर्या प्रकारः। अगम्यमसाध्यम्।

---

१ कुतोऽन्नामः. २ स्थितानां. ३ अवष्टम्भः. ४ आदेशनीयम्. ५ स्मरण. ६ अस्मात्परं–सार्थममिधानं तव इत्य० प. पुन०.

ततो वचनश्रवणमात्रादपि पितृपर्यायागतं जन्मस्थानं त्यक्तुं न शक्यते। उक्तं च। न तत्स्वर्गेऽपि सौख्यं स्याद्दिव्यस्पर्शनशोभने।

कुस्थानेऽपि भवेत्पुंसां जन्मनो यत्र संभवः ॥ ४७ ॥

तन्न कदाचिदपि गन्तव्यम्। अहं त्वां स्वबुद्धिप्रभावेण रक्षयिष्यामि। मण्डूक आह। भद्रौ मम तावदेकैव बुद्धिः पलायनपरा। तदहमन्यं जलाशयमद्यैव सभार्यो यास्यामि। एवमुक्त्वा स मण्डूको रात्रावेवान्यजलाशयं गतः। धीवरैरपि प्रभात आगत्य जघन्यमध्यमोत्तमजलचरा मत्स्यकूर्ममण्डूककर्कटादयो गृहीताः। तावपि शतबुद्धिसहस्रबुद्धी सभार्यौ पलायमानौ चिरमात्मानं गतिविशेषविज्ञानै रक्षन्तौ जाले पतितौ व्यापादितौ च। अथापराह्णसमये प्रहृष्टास्ते धीवराः स्वगृहं प्रति प्रस्थिताः। गुरुत्वाच्चैकेन तेषां शतबुद्धिः शिरसि कृतः। सहस्रबुद्धिः प्रलम्बमानो नीयते। ततश्च वापीकण्ठोपगतेन मण्डूकेन तौ तथा नीयमानौ दृष्ट्वाभिहिता स्वपत्नी प्रिये पश्य पश्य—

शतबुद्धिः शिरस्थोऽयं लम्बते च सहस्रधीः।

एकबुद्धिरहं भद्रे क्रीडामि विमले जले ॥ ४८ ॥

अतोऽहं ब्रवीमि नैकान्ते बुद्धिरपि प्रमाणम्। सुवर्णसिद्धिराह यद्यप्येतदस्ति तथापि मित्रवचनमनुल्लङ्घनीयम्। परं किं क्रियते। निवारितोऽपि मया त्वं न स्थितोऽतिलौल्याद्विद्याहंकाराच्च। अथवा साध्विदमुच्यते।

साधु मातुल गीतेन मया प्रोक्तोऽपि न स्थितः।

अपूर्वोऽयं मणिर्बद्धः संप्राप्तं गीतलक्षणम् ॥ ४९ ॥

चक्रधर आह। कथमेतत्। सोऽब्रवीत्।

कथा ६.

कस्मिंश्चिदधिष्ठाने उद्धतो नाम गर्दभः प्रतिवसति स्म। स सदैव रजकगृहे भारोद्वहनं कृत्वा रात्रौ स्वेच्छया पर्यटति। ततः प्रत्यूषे बन्धनभयात्स्वयमेव रजकगृहमायाति। रजकोऽपि ततस्तं बन्धनेन नियुनक्ति। अथ तस्य रात्रौ पर्यटतः क्षेत्राणि कदाचिच्छृगालेन सह मैत्री संजाता। स च पीवरत्वाद्वृतिभङ्गं कृत्वा कर्कटिकाक्षेत्रे शृगालसहितः प्रविशति। एवं

दिव्यानां स्पर्शनं तेन शोभनस्तस्मिन्। यत्र संभवो जन्म तस्मिन् कुस्थानेऽपि पुंसां यत्सौख्यं भवेत् तत् इत्यन्वयः। एकान्ते अत्यन्तम्। गीतलक्षणं गीतप्रावीण्यचिह्नम्। वृतिः कंटकादिवेष्टनम्।

---

१ पितृपितामहोपार्जितं. २ स्पर्शेन शोभिने. ३ सु ४ भद्र ५ अतः परं–कुटिलचोरेण इत्यधि०. ६ स्कन्धे. ७ कृतोन्नामो. ८ वारितोऽपि न शिक्षसे. ९ सांप्रतं गीतजं फलम्. १० उद्धतमदः. ११ कर्म.

तौ स्वेच्छया चिर्भटिकाभक्षणं कृत्वा प्रत्यहं प्रत्यूषे स्वस्थानं व्रजतः। अथ कदाचित्तेन मदोद्धतेन रासभेन क्षेत्रमध्यस्थितेन शृगालोऽभिहितः। भो भगिनीसुत पश्य पश्य। अतीव निर्मला रजनी। तदहं गीतं करिष्यामि। तत्कथय कतमेन रागेण करोमि। स आह। माम किमनेन वृथानर्थप्रचालनेन यतश्चौरकर्मप्रवृत्तावावां निभृतैश्च चौरजारैरत्र स्थातव्यम्।

उक्तं च। कासी विवर्जयेच्चौर्यं निद्रालुश्चेत् स चौरिकाम्।
जिह्वालौल्यं रुजाक्रान्तो जीवितं योऽत्र वाञ्छति ॥ ५० ॥

अपरं त्वदीयं गीतं न मधुरस्वरम्। शङ्खशब्दानुकारं दूरादपि श्रूयते। तदत्र क्षेत्रे रक्षापुरुषाः सुप्ताः सन्ति। त उत्थाय वधं बन्धं वा करिष्यन्ति तद्भक्षय तावदमृतमयीश्चिर्भटीः। मा त्वमत्र व्यापारपरो भव। तच्छ्रुत्वा रासभ आह। भो न त्वं वेत्सि गीतरसं वनाश्रयत्वात्। तेनैतद्‌ब्रवीषि।

उक्तं च। शरज्ज्योत्स्नाहते दूरं तमसि प्रियसंनिधौ।
धन्यानां जायते कर्णे गीतझङ्काररजा सुधा ॥ ५१ ॥

शृगाल आह। माम अस्त्येतत्परं न वेत्सि त्वं गीतम्। केवलमुन्नदसि तत्किं तेन स्वार्थभ्रंशकेन। रासभ आह। धिग्धिङ् मूर्ख किमहं न जानामि गीतम्। तद्यथा तस्य भेदाञ्छृणु।

सप्त स्वरास्त्रयो ग्रामा मूर्छनाश्चैकविंशतिः।
तानास्त्वेकोनपञ्चाशदित्येतत्स्वरमण्डलम् ॥ ५२ ॥
स्थानत्रयं यतीनां च षडास्यानि रसा नव।
रागाः षड्‌विंशतिर्भावाश्चत्वारिंशत्ततः स्मृताः ॥ ५३ ॥
पञ्चाशीत्यधिकं ह्येतद्गीताङ्गानां शतं स्मृतम्।
स्वयमेव पुरा प्रोक्तं भरतेन श्रुतेः परम् ॥ ५४ ॥
नान्यद्गीतात्प्रियं लोके देवानामपि दृश्यते।
शुष्कस्नायुस्वराह्लादात्त्र्यक्षं जग्राह रावणः ॥ ५५ ॥

तत्कथं भगिनीसुत मामनभिज्ञं वदन्निवारयसि। शृगाल आह। माम यद्येवं तदहं तावद्वृतेर्द्वारस्थितः क्षेत्रपमवलोकयामि। त्वं पुनः स्वेच्छया गीतं कुरु। तथानुष्ठिते रासभरटनमाकर्ण्य क्षेत्रपः क्रोधाद्दन्तान्घर्षयन्प्र-

---

कासी कासवान्। सुधा अमृततुल्यानन्दः। ग्रामाः स्वरसंघातभेदाः। मूर्च्छनाः स्वरारोहावरोहक्रमभेदाः। पञ्चाशीति—सप्तस्वरा इत्यनेन त्रीणि स्वरसप्तकानि गृह्यन्ते तेनेयं संख्या लभ्यते। त्र्यक्षं शिवं जग्राह वशीचकार।

---

१ अलमनेनानर्थप्रलपनेन. २ कासयुक्तस्त्यजेत्. ३ चेत्, निद्रालुब्धश्च. ४ अत्र गीतव्या०. ५ यदा स्त्री सहते द्यूतं...संगमे। ६ विंशति ७ संस्कार. ८ ताला... तिस्रो मात्रा लयास्त्रयः। ९ भिज्ञम्. १० उर्ध्वकन्धरां कृत्वा शब्दायितुमारब्धः। ततो रा०.

भावितः। यावद्रासभो वृषस्तावल्लकुटप्रहारैस्तथा हतो यथा प्रताडितो भूपृष्ठे पतितः। ततश्च सच्छिद्रोलूखले बद्ध्वा गतो भूयोपि प्रसुप्तः। रासभोपि स्वजातिस्वभावाद्गतवेदनः क्षणेनाभ्युत्थितः। उक्तं च।

सारमेयस्य चाश्वस्य रासभस्य विशेषतः।
मुहूर्तात्परतो न स्यात्प्रहारजनिता व्यथा ॥ ५६ ॥

ततस्तमेवोलूखलकमादाय वृतिं चूर्णयित्वा पलायितुमारब्धः। अत्रान्तरे शृगालोपि दूरादेव तं दृष्ट्वा सस्मितमाह।

साधु मातुल गीतेन मया प्रोक्तोपि न स्थितः।
अपूर्वोयं मणिर्बद्धः संप्राप्तं गीतलक्षणम् ॥ ५७ ॥

तद्वक्षानपि मया वार्यमाणोपि न स्थितः। तच्छ्रुत्वा चक्रधर आह। भो मित्र सत्यमेतत्। अथवा साध्विदमुच्यते।

यस्य नास्ति स्वयं प्रज्ञा मित्रोक्तं न करोति यः।
स एव निधनं याति यथा मन्थरकौलिकः ॥ ५८ ॥

स्वर्णसिद्धिराह। कथमेतत्। सोब्रवीत्।

कथा ७.

कस्मिंश्चिदधिष्ठाने मन्थरको नाम कौलिकः प्रतिवसति स्म। तस्य कदाचित्पटकर्माणि कुर्वतः सर्वपटकर्मकाष्ठानि भग्नानि। ततः स कुठारमादाय वने काष्ठार्थं गतः। स च समुद्रतटं यावद्भ्रमन्प्रयातः। ततश्च तत्र शिंशपापादपस्तेन दृष्टः। ततश्चिन्तितवान्। महानयं वृक्षो दृश्यते। तदनेन कर्तितेन प्रभूतानि पटकर्मोपकरणानि भविष्यन्ति। इत्यवधार्य तस्योपरि कुठारमुत्क्षिप्तवान्। अथ तत्र वृक्षे कश्चिद्व्यन्तरः समाश्रित आसीत्। अथ तेनाभिहितम्। भोः ममाश्रयोयं पादपः सर्वथा रक्षणीयो यतोहमत्र महासौख्येन तिष्ठामि समुद्रकल्लोलस्पर्शनाच्छीतवायुनाप्यायितः। कौलिक आह। भोः किमहं करोमि दारुसामग्रीं विना मे कुटुम्बं बुभुक्षया पीड्यते। तस्मादन्यत्र शीघ्रं गम्यताम्। अहमेनं कर्तयिष्यामि। व्यन्तर आह। भोस्तुष्टस्तवाहम्। तत्प्रार्थ्यतामभीष्टं किंचित्। रक्षैनं पादपमिति। कौलिक आह। यद्येवं तदहं स्वगृहं गत्वा स्वमित्रं स्वभार्यां च पृष्ट्वागमिष्यामि। ततस्त्वया देयम्। अथ तथेति प्रतिज्ञाते व्यन्तरेण स कौलिकः प्रहृष्टः स्वगृहं प्रति निवृत्तः। यावदग्रे गच्छति तावद्ग्रामप्रवेशे निजसुहृदं नापितमपश्यत्। ततस्तस्य व्यन्तरवाक्यं निवेदयामास। यदहो मित्र मम कश्चिद्व्यन्तरः

समुद्रस्य कल्लोला बृहत्तरंगास्तेषां स्पर्शनं तस्मात्।

१ पत्नीं. २ व्यन्तरसंवाचिकप्रहृष्टः।

सिद्धः। तत्कथय किं प्रार्थये। अहं त्वां प्रष्टुमागतः। नापित आह— भद्र यद्येवं तद्राज्यं प्रार्थयस्व येन त्वं राजा भवस्यहं त्वन्मन्त्री। द्वावपीह सुखमनुभूय परलोकसुखमनुभवावः। उक्तं च।

राजा न्यायेपरो नित्यमिह कीर्तिमवाप्य च।
तत्प्रभावात्पुनः स्वर्गे स्पर्धते त्रिदशैः सह॥ ५९॥

कौलिक आह अस्त्येतत्परं तथापि गृहिणीं पृच्छामि। स आह भद्र शास्त्रविरुद्धमेतद्यत्स्त्रिया सह मन्त्रो यतस्ताः स्वल्पमतयो भवन्ति। उक्तं च।

भोजनाच्छादने दद्यादृतुकाले च संगमम्।
भूषणाद्यं च नारीणां न ताभिर्मन्त्रयेत्सुधीः॥ ६०॥

यत्र स्त्री यत्र कितवो बालो यत्र प्रशासिता।
राजन्निर्मूलतां याति तद्गृहं भार्गवोऽब्रवीत्॥ ६१॥

तावत्स्यात्सुप्रसन्नास्यस्तावद्गुरुजने रतः।
पुरुषो योषितां यावन्न शृणोति वचो रहः॥ ६२॥

एताः स्वार्थपरा नार्यः केवलं स्वसुखे रताः।
न तासां वल्लभः कोपि सुतोपि स्वसुखं विना॥ ६३॥

कौलिक आह। तथापि प्रष्टव्या सा मया यतः पतिव्रता सा। अपरं तामपृष्ट्वाहं न किंचित्करोमि। एवं तमभिधाय सत्वरं गत्वा तामुवाच। प्रिये अद्यास्माकं कश्चिद्व्यन्तरः सिद्धः। स वाञ्छितं प्रयच्छति। तदहं त्वां प्रष्टुमागतः। तत्कथय किं प्रार्थये। एष तावन्मम मित्रं नापितो वदत्येवं यद्राज्यं प्रार्थयस्व। साह। आर्यपुत्र का मतिर्नापितानाम्। तन्न कार्यं तद्वचः। उक्तं च।

चारणैर्वन्दिभिर्नीचैर्नापितैर्बालकैरपि।
न मन्त्रं मतिमान्कुर्यात्सार्धं भिक्षुभिरेव च॥ ६४॥

अपरं महती क्लेशपरंपरैषा राज्यस्थितिः। संधिविग्रहयानासनसंश्रयद्वैधीभावादिभिः कदाचित्पुरुषस्य सुखं न प्रयच्छतीति। यतः।

यदैव राज्ये क्रियतेभिलाषस्तदैव याति व्यसनेषु बुद्धिः॥
घटा नृपाणामभिषेककाले सहाम्भसैवापदमुद्गिरन्ति॥ ६५॥

यत्र यस्मिन्गृहे स्त्री प्रशासित्री। कितवो द्यूतकृत्। चारणाः कुशीलवाः। राज्यस्थितिः राज्यपरिपालनकर्म।

---

1 दान०, व्यय०. 2 तद्गृहं क्षयमायाति भार्गवो हीद०. 3 रतिः.

तथा च ।

रामस्य व्रजनं बलेर्नियमनं पाण्डोः सुतानां वनं
वृष्णीनां निधनं नलस्य नृपते राज्यात्परिभ्रंशनम् ।
सौदासं तदवस्थमर्जुनवधं संचिन्त्य लङ्केश्वरं
दृष्ट्वा राज्यकृते विडम्बनगतं तस्मान्न तद्वाञ्छयेत् ।। ६६ ।।

यदर्थं भ्रातरः पुत्रा अपि वाञ्छन्ति ये निजाः ।
वधं राज्यकृते राज्ञां तद्राज्यं दूरतस्त्यजेत् ॥ ६७ ॥

कौलिक आह सत्यमुक्तं भवत्या । तत्कथय किं प्रार्थये । साह त्वं तावदेकं पटं नित्यमेव निष्पादयसि । तेन सर्वा व्ययशुद्धिः संपद्यते । इदानीं त्वमात्मनोन्यद्बाहुयुगलं द्वितीयं शिरश्च प्रार्थयस्व येन पटद्वयं संपादयसि पुरतः पृष्ठतश्च । एकस्य मूल्येन गृहे यथापूर्वं व्ययः शुध्यति द्वितीयस्य मूल्येन विशेषकृत्यानि क्रियन्ते । एवं सौख्येन स्वजातिमध्ये श्लाघ्यमानस्य कालो यास्यति । लोकद्वयस्योपार्जना भविष्यति । सोपि तदाकर्ण्य प्रहृष्टः प्राह साधु पतिव्रते साधु । युक्तमुक्तं भवत्या । तदेवं करिष्यामि । एष मे निश्चयः । ततोसौ गत्वा व्यन्तरं प्रार्थयामास । भो यदि ममेप्सितं प्रयच्छसि तद्देहि मे द्वितीयं बाहुयुगलं शिरश्च । एवमभिहिते तत्क्षणादेव द्विशिराश्चतुर्बाहुश्च संजातः । ततो हृष्टमना यावद्गृहमागच्छति तावल्लोकै राक्षसोयमिति मन्यमानैर्लगुडपाषाणप्रहारैस्ताडितो मृतश्च । अतोहं ब्रवीमि । यस्य नास्ति स्वयं प्रज्ञा इति । चक्रधर आह । भोः सत्यमेतत् । सर्वोपि जनोश्रद्धेयामाशापिशाचिकां प्राप्य हास्यपदवीं याति । अथवा साध्विदमुच्यते केनापि ।

अनागतवतीं चिन्तामसंभाव्यां करोति यः ।
स एव पाण्डुरः शेते सोमशर्मपिता यथा ॥ ६८ ॥

सुवर्णसिद्धिराह । कथमेतत् । सोब्रवीत् ।

कथा ८.

कस्मिंश्चिन्नगरे कश्चित्स्वभावकृपणो नाम ब्राह्मणः प्रतिवसति स्म । तस्य भिक्षार्जितैः सक्तुभिर्भुक्तोर्वरितैर्घटः परिपूरितः । तं च घटं नाग-

व्यसनं पानस्त्रीमृगयादिषु सक्तिः । वृष्णीनां यादवानाम् । ईप्सितं वाञ्छितं । अश्रद्धेयां श्रद्धानर्हाम् । आशा एव पिशाचिका ताम् । अनागतवतीमागामिनमर्थमुद्दिश्येत्यर्थः ।

१ रामप्रव्रजनं वने निवसनम्. २ कारागारनिवेशनं च मरणं संचिन्त्य लंकेश्वरे सर्वः कालवशाद्विनश्यति नरः कः कं परित्रायते ॥ इ. पा. ३ याचस्व. ४ स्थितिर्भवति. ५ तेन.

दन्तेवलम्ब्य तस्याधस्तात्खट्वां निधाय सततमेकदृष्ट्या तमवलोकयति। अथ कदाचिद्रात्रौ सुप्तश्चिन्तयामास यत्परिपूर्णोऽयं घटस्तावत्सक्तुभिर्वर्तते। तद्यदि दुर्भिक्षं भवति तदनेन रूपकाणां शतमुत्पद्यते। ततस्तेन मयाजाद्वयं ग्रहीतव्यम्। ततः षाण्मासिकप्रसववशात्ताभ्यां यूथं भविष्यति। ततोजाभिः प्रभूता गा ग्रहीष्यामि गोभिर्महिषीर्महिषीभिर्वडवाः। वडवाप्रसवतः प्रभूता अश्वा भविष्यन्ति। तेषां विक्रयात्प्रभूतं सुवर्णं भविष्यति। सुवर्णेन चतुःशालं गृहं संपद्यते। ततः कश्चिद्ब्राह्मणो मम गृहमागत्य प्राप्तवयस्कां रूपाढ्यां कन्यां दास्यति। तत्सकाशात्पुत्रो मे भविष्यति। तस्याहं सोमशर्मेति नाम करिष्यामि। ततस्तस्मिञ्जानुचलनयोग्ये संजातेऽहं पुस्तकं गृहीत्वाश्वशालायाः पृष्ठदेश उपविष्टस्तदवधारयिष्यामि। अत्रान्तरे सोमशर्मा मां दृष्ट्वा जनन्युत्सङ्गाज्जानुप्रचलनपरोऽश्वखुरासन्नवर्ती मत्समीपमागमिष्यति। ततोऽहं ब्राह्मणीं कोपाविष्टोऽभिधास्यामि। गृहाण तावद्बालकम्। सापि गृहकर्मव्यग्रतयास्मद्वचनं न श्रोष्यति। ततोऽहं समुत्थाय तां पादप्रहारेण ताडयिष्यामि। एवं तेन ध्यानस्थितेन तथैव पादप्रहारो दत्तो यथा स घटो भग्नः। सक्तुभिः पाण्डुरतां गतः। अतोऽहं ब्रवीमि। अनागतवतीं चिन्ताम् इति। सुवर्णसिद्धिराह एवमेतत्। कस्ते दोषो यतः सर्वोऽपि लोभेन विडम्बितो बाध्यते। उक्तं च।

> यो लौल्यात्कुरुते कर्म नैवोदर्कमवेक्षते।
> विडम्बनामवाप्नोति स यथा चन्द्रभूपतिः॥ ६९॥

चक्रधर आह। कथमेतत्। स आह।

कथा ९.

कस्मिंश्चिन्नगरे चन्द्रो नाम भूपतिः प्रतिवसति स्म। तस्य पुत्रा वानरक्रीडारता वानरयूथं नित्यमेवानेकभोजनभक्ष्यादिभिः पुष्टिं नयन्ति स्म। अथ वानरयूथाधिपो यः स औशनसबार्हस्पत्यचाणक्यमतवित्तदनुष्ठाता च तान्सर्वानप्यध्यापयति स्म। अथ तस्मिन्राजगृहे लघुकुमारवाहनयोग्यं मेषयूथमस्ति। तन्मध्यादेको जिह्वालौल्यादहर्निशं निःशङ्कं महानसे प्रविश्य यत्पश्यति तत्सर्वं भक्षयति। ते च सूपकारा यत्किंचित्काष्ठं

प्राप्तवयस्कां प्राप्तविवाहयोग्यदशामित्यर्थः। जानुभ्यां चलनं भ्रमणं तस्य योग्ये सक्तुभिः सक्तुपिष्टेनेत्यर्थः। अंगपतितैः स ब्राह्मणः पाण्डुरतां गतः। उदर्कं परिणामम्। उशनसा शुक्राचार्येण प्रोक्तमौशनसम्। एवं बार्हस्पत्यादि। तदनुष्ठाता तन्मतेन वर्तमानः। लघुः कुमारः लघवः कुमारा वा तस्य तेषां वा वाहनं तस्य योग्यम्।

---

१ वेन. २ प्राप्तवराम्. ३ गृह्यतां तावद्बालकोयम्. ४ नैव बुद्धिम्. ५ चिदग्रं.

मृन्मयं भाजनं कांस्यपात्रं ताम्रपात्रं वा पश्यन्ति तेनाशु ताडयन्ति। सोऽपि वानरयूथपस्तद् दृष्ट्वा व्यचिन्तयत। अहो मेषसूपकारकलहोऽयं वानराणां क्षयाय भविष्यति यतोऽन्नास्वादलम्पटोऽयं मेषो महाकोपाश्च सूपकारा यथासन्नवस्तुना प्रहरन्ति। तद्यदि वस्तुनोऽभावात्कदाचिदुल्मुकेन ताडयिष्यन्ति तदूर्णाप्रचुरोऽयं मेषः स्वल्पेनापि वह्निना प्रज्वलिष्यति। तद्दह्यमानः पुनरश्वकुट्यां समीपवर्तिन्यां प्रवेक्ष्यति सापि तृणप्राचुर्याज्ज्वलिष्यति। ततोऽश्वा वह्निदाघमवाप्स्यन्ति। शालिहोत्रेण पुनरेतदुक्तम्। यद्वानरवसया अश्वानां वह्निदाघदोषः प्रशाम्यति। तन्नूनमेतेन भाव्यमत्र निश्चयः। एवं निश्चित्य सर्वान्वानरानाहूय रहसि प्रोवाच। यत

मेषेण सूपकाराणां कलहो यत्र जायते।
स भविष्यत्यसंदिग्धं वानराणां क्षयावहः॥ ७०॥

तस्मात्स्यात्कलहो यत्र गृहे नित्यमकारणः॥
तद्गृहं जीवितं वाञ्छन्दूरतः परिवर्जयेत्॥ ७१॥

तथा च।

कलहान्तानि हर्म्याणि कुवाक्यान्तं च सौहृदम्।
कुराजान्तानि राष्ट्राणि कुकर्मान्तं यशो नृणाम्॥ ७२॥

तन्न यावत्सर्वेषां संक्षयो भवति तावदेतद्राजगृहं संत्यज्य वनं गच्छामः। अथ तत्तस्य वचनमश्रद्धेयं श्रुत्वा मदोद्धता वानराः प्रहस्य प्रोचुः। भो भवतो वृद्धभावाद्बुद्धिवैकल्यं संजातं येनैतद्ब्रवीषि। उक्तं च।

वदनं दशनैर्हीनं लाला स्रवति नित्यशः।
न मतिः स्फुरति क्वापि बाले वृद्धे विशेषतः॥ ७३॥

न वयं स्वर्गसमानोपभोगान्नानाविधान्भक्ष्यविशेषान्राजपुत्रैः स्वहस्तदत्तानमृतकल्पान्परित्यज्य तत्राटव्यां कषायकटुतिक्तक्षाररूक्षफलानि भक्षयिष्यामः। तच्छ्रुत्वाश्रुकलुषां दृष्टिं कृत्वा स प्रोवाच। रे रे मूर्खा

आसन्नमनतिक्रम्य वर्तते इति यथासन्नं च तद्वस्तु च तेन। असंदिग्धमसंशयम्। कलहान्तानि कलहः अन्तः येषां कलहेन अन्तो येषामिति वा तानि। कलह उत्पन्ने विनश्यन्तीति भावः। कुत्सितं वाक्यं कुवाक्यं। कुत्सितं कर्म तदन्तो यस्य कुत्सितकर्मसमकालमेव विनश्यतीत्यर्थः। स्वर्गेण समान उपभोगो येषाम्। अमृतादीषदूना अमृतकल्पा इत्यर्थः।

---

१ एतन्नास्तिकचित्. २ यत्राधिकारिणां नित्यं कलहो दृश्यते गृहे। ३ १वं विका०. ४ लालाक्रान्तं गतश्रुति.

यूयमेतस्य सुखस्य परिणामं न जानीथ। पाकरसास्वादनप्रायमेतत्सुखं परिणामे विषवद्भविष्यति। तदहं कुलक्षयं स्वयं नावलोकयिष्यामि। सांप्रतं वनं यास्यामि। उक्तं च।

मित्रं व्यसनसंप्राप्तं स्वस्थानं परपीडितम्।
धन्यास्ते ये न पश्यन्ति देशभङ्गं कुलक्षयम्॥ ७४॥

एवमभिधाय सर्वांस्तान्परित्यज्य स यूथाधिपोऽटव्यां गतः। अथ तस्मिन्गतेऽन्यस्मिन्नहनि स मेषो महानसे प्रविष्टो यावत्सूपकारेण नान्यत्किंचित्समासादितं तावदर्धज्वलितकाष्ठेन ताड्यमानो जाज्वल्यमानशरीरः शब्दायमानोऽश्वकुट्यां प्रत्यासन्नवर्तिन्यां प्रविष्टः। तत्र तृणप्राचुर्ययुक्तायां क्षितौ तस्य प्रलुठतः सर्वत्रापि वह्निज्वालास्तथा समुत्थिता यथा केचिदश्वाः स्फुटितलोचनाः पञ्चत्वं गताः केचिद्बन्धनानि त्रोटयित्वार्धदग्धशरीरा इतश्चेतश्च हेषायमाणा धावमानाः सर्वमपि जनसमूहमाकुलीचक्रुः। अत्रान्तरे राजा सविषादः शालिहोत्रज्ञान्वैद्यानाहूय प्रोवाच। भोः प्रोच्यतामेषामश्वानां कश्चिद्दाहोपशमनोपायः। तेऽपि शास्त्राणि संचिन्त्य प्रोचुः। देव प्रोक्तमत्र विषये भगवता शालिहोत्रेण यत्—

कपीनां मेदसा दोषो वह्निदाहसमुद्भवः।
अश्वानां नाशमभ्येति तमः सूर्योदये यथा॥ ७५॥

तत्क्रियतामेतच्चिकित्सितं द्राग्यावन्नैते दाहदोषेण विनश्यन्ति। सोऽपि तदाकर्ण्य समस्तवानरवधमादिष्टवान्। किं बहुना। सर्वेऽपि ते वानरा विविधायुधलगुडपाषाणादिभिर्व्यापादिता इति। अथ सोऽपि वानरयूथपस्तं पुत्रपौत्रभ्रातृसुतभागिनेयादिसंक्षयं ज्ञात्वा परं विषादमुपागतः। स त्यक्ताहारक्रियो वनाद्वनं पर्यटति। अचिन्तयच्च। कथमहं तस्य नृपापसदस्यानृणताकृत्येनापकृत्यं करिष्यामि। उक्तं च।

मर्षयेद्धर्षणां योऽत्र वंशजां परनिर्मिताम्।
भयाद्वा यदि वा कामात्स ज्ञेयः पुरुषाधमः॥ ७६॥

अथ तेन वृद्धवानरेण कुत्रचित्पिपासाकुलेन भ्रमता पद्मिनीखण्डमण्डितं सरः समासादितम्। तद्यावत्सूक्ष्मेक्षिकयावलोकयति तावद्वनचरमनुष्या-

---

पाकरसस्य आस्वादनं प्रचुरं यस्मिन्। भगिन्या अपत्यं पुमान् भागिनेयः। अविद्यमानं ऋणमस्य असौ अनृणस्तस्य भावोनृणता तस्याः कृत्यं वैरनिर्यातनार्थं कृत्यमित्यर्थः। ईक्षिकावलोकनं दृष्टिरित्यर्थः।

---

१ पावक. २ संत्य०. ३ नृपसचिवादीनां स्वकुलनाशकर्तॄणां नाशं क०. ४ सूक्ष्मतया.

णां पदपङ्क्तिप्रवेशोऽस्ति न निष्क्रमणम् । ततश्चिन्तितम् । नूनमत्र जलान्ते दुष्टग्राहेण भाव्यम् । तत्पद्मिनीनालमादाय दूरस्थोऽपि जलं पिबामि । तथानुष्ठिते तन्मध्याद्राक्षसो निष्क्रम्य रत्नमालाविभूषितकण्ठस्तमुवाच—भो अत्र यः सलिले प्रवेशं करोति स मे भक्ष्य इति । तन्नास्ति धूर्ततरस्त्वत्समोऽन्यो यत्पानीयमनेन विधिना पिबसि । ततस्तुष्टोऽहम् । प्रार्थयस्व हृदयवाञ्छितम् । कपिराह—भोः कियती ते भक्षणशक्तिः । स आह—शतसहस्रायुतलक्षाण्यपि जलप्रविष्टानि भक्षयामि । बाह्यतः शृगालोऽपि मां दूषयति । वानर आह-अस्ति मे भूपतिना सहात्यन्तं वैरम् । यद्येनां रत्नमालां मे प्रयच्छसि तत्सपरिवारमपि तं भूपतिं वाक्प्रपञ्चेन लोभयित्वात्र सरसि यथा प्रविशति तथा करोमि । सोऽपि श्रद्धेयं वचस्तस्य श्रुत्वा रत्नमालां दत्त्वा प्राह—भो मित्र यत्समुचितं भवति तत्कर्तव्यमिति । वानरोऽपि रत्नमालाविभूषितकण्ठो वृक्षप्रासादेषु परिभ्रमञ्जनैर्दृष्टः पृष्टश्च भो यूथप भवानियन्तं कालं कुत्र स्थितः । भवतेदृग्रत्नमाला कुत्र लब्धा या दीप्त्या सूर्यमपि तिरस्करोति । वानरः प्राह—अस्ति कुत्रचिदरण्ये गुप्ततरं महत्सरो धनदनिर्मितम् । तत्र सूर्येऽर्धोदिते रविवासरे यः कश्चिन्निमज्जति स धनदप्रसादादीदृग्रत्नमालाविभूषितकण्ठो निःसरति । अथ भूभुजा तदाकर्ण्य स वानरः समाहूतः पृष्टश्च—भो यूथाधिप किं सत्यमेतत् । रत्नमालासनाथं सरोऽस्ति क्वापि । कपिराह-स्वामिन् एष प्रत्यक्षतया मत्कण्ठस्थितया रत्नमालया प्रत्ययस्ते । तद्यदि रत्नमालाप्रयोजनं तन्मया सह कमपि प्रेषय येन दर्शयामि । तच्छ्रुत्वा नृपतिराह यद्येवं तदहं सपरिजनः स्वयमेष्यामि येन प्रभूता रत्नमालाः संपद्यन्ते । वानर आह स्वामिन् एवं क्रियताम् । तथानुष्ठिते भूपतिना सह रत्नमालालोभेन सर्वे कलत्रभृत्याः प्रस्थिताः । वानरोऽपि राज्ञा दोलाधिरूढेन स्वोत्सङ्ग आरोपितः सुखेन प्रीतिपूर्वमानीयते । अथवा साध्विदमुच्यते ।

तृष्णे देवि नमस्तुभ्यं यया वित्तान्विता अपि ।
अकृत्येषु नियोज्यन्ते भ्राम्यन्ते दुर्गमेष्वपि ॥ ७७ ॥

तथा च ।

इच्छति शती सहस्रं सहस्री लक्षमीहते ।
लक्षाधिपस्तथा राज्यं राज्यस्थः स्वर्गमीहते ॥ ७८ ॥

बाह्यतो जलाद्बहिः । वाक्प्रपञ्चेन वाचोविस्तारेण । ईदृशी रत्नमाला ईदृग्रत्नमाला तया विभूषितः कण्ठो यस्य । दोला यानविशेषः ।

---

१ धर्षयति. २ केनचिद्रूप०. ३ प्रवेशयामि. ४ राज्याढ्यः

जीर्यन्ते जीर्यतः केशा दन्ता जीर्यन्ति जीर्यतः ।
जीर्यतश्चक्षुषी श्रोत्रे तृष्णैका तरुणायते ॥ ७९ ॥

अथ तत्सरः समासाद्य वानरः प्रत्यूषसमये राजानमुवाच । देव अर्धोदिते सूर्येऽत्र प्रविष्टानां सिद्धिर्भवति । तत्सर्वोऽपि जन एकदैव प्रविशतु । त्वया पुनर्मया सह प्रवेष्टव्यं येन पूर्वदृष्टस्थानमासाद्य प्रभूतास्ते रत्नमाला दर्शयामि । अथ प्रविष्टास्ते लोकाः सर्वे भक्षिता राक्षसेन । अथ तेषु चिरायमाणेषु राजा वानरमाह । भो यूथाधिप किमिति चिरायते मे जनः । तच्छ्रुत्वा वानरः सत्वरं वृक्षमारुह्य राजानमुवाच । भो दुष्टनरपते राक्षसेनान्तः सलिलस्थितेन भक्षितस्ते परिजनः । साधितं मया कुलक्षयजं वैरम् । तद्गम्यताम् । त्वं स्वामीति मत्वा नात्र प्रवेशितः । उक्तं च ।

कृते प्रतिकृतिं कुर्याद्धिंसिते प्रतिहिंसितम् ।
न तत्र दोषं पश्यामि दुष्टे दुष्टं समाचरेत् ॥ ८० ॥

तत्त्वया मम कुलक्षयः कृतो मया पुनस्तवेति । अथैतदाकर्ण्य राजा शोकाविष्टः पदातिरेकाकी यथायातमार्गेण निष्क्रान्तः । अथ तस्मिन्भूपतौ गते राक्षसस्तृप्तो जलान्निष्क्रम्य सानन्दमिदमाह ।

हतः शत्रुः कृतं मित्रं रत्नमाला न हारिता ।
नालेनास्वादितं तोयं साधु भो वटवानर ॥ ८१ ॥

अतोऽहं ब्रवीमि । यो लौल्यात्कुरुते कर्म इति । एवमुक्त्वा भूयोऽपि स चक्रधरमाह । भो मित्र प्रेषय मां येन स्वगृहं गच्छामि । चक्रधर आह । भद्र आपदर्थे धनमित्रसंग्रहः क्रियते । तन्मामेवंविधं त्यक्त्वा क्व यास्यसि । उक्तं च—

यस्त्यक्त्वा सापदं मित्रं याति निष्ठुरतां सुहृत् ।
कृतघ्नस्तेन पापेन नरके यात्यसंशयम् ॥ ८२ ॥

सुवर्णसिद्धिराह । भोः सत्यमेतद्यदि गम्यस्थाने शक्तिर्भवति । एतत्पुनर्मनुष्याणामगम्यस्थानम् । नास्ति कस्यापि शक्तिस्त्वामुन्मोचयितुम् । अपरं यथा यथा चक्रभ्रमवेदनया तव मुखविकारं पश्यामि तथा तथाहमेतज्जानामि यद् द्रागगच्छामि मा कश्चिन्ममाप्यनर्थो भवेत् । यतः—

कृते अपकारे प्रतिकृतिं प्रत्यपकारं कुर्यात् । हिंसिते हिंसायां कृतायाम् । यातमनतिक्रम्य वर्तते यथायातस्तेन । यस्त्यक्त्वेति नैष्ठुर्येण मित्रं त्यजतीत्यर्थः । गम्यस्थाने उपायसाध्येऽर्थे ।

---

१ निवृत्तः २ नालेन पिबता तोयं भवता साधु वा०.

यादृशी वदनच्छाया दृश्यते तव वानर ।
विकालेन गृहीतोसि यः परैति स जीवति ॥ ८३ ॥

चक्रधर आह । कथमेतत् । सोब्रवीत् ।

कथा १०.

कस्मिंश्चिन्नगरे भद्रसेनो नाम राजा प्रतिवसति स्म । तस्य सर्वलक्षणसंपन्ना रत्नवती नाम कन्यास्ति । तां कश्चिद्राक्षसो जिहीर्षति । रात्रावागत्योपभुंक्ते । परं कृतरक्षोपधानां हर्तुं न शक्नोति । सापि तत्समये रक्षःसांनिध्यजामवस्थामनुभवति कम्पादिभिः । एवमतिक्रामति काले कदाचित्स राक्षसो मध्यनिशायां गृहकोणे स्थितः । सापि राजकन्या स्वसखीमुवाच । सखि पश्यैष विकालसमये नित्यमेव मां कदर्थयति । अस्ति तत्तस्य दुरात्मनः प्रतिषेधोपायः कश्चित् । तच्छ्रुत्वा राक्षसोपि व्यचिन्तयत् । नूनं यथाहं तथान्योपि कश्चिद्विकालनामास्या हरणाय नित्यमेवागच्छति । परं सोप्येनां हर्तुं न शक्नोति । तत्तावदश्वरूपं कृत्वाश्वमध्यगतो निरीक्षयामि किंरूपः स किंप्रभावश्चेति । एवं राक्षसोऽश्वरूपं कृत्वाश्वानां मध्ये तिष्ठति । तथानुष्ठिते निशीथसमये राजगृहे कश्चिदश्वचौरः प्रविष्टः । स च सर्वानश्वानवलोक्य तं राक्षसमश्वतमं विज्ञायाधिरूढः । अत्रान्तरे राक्षसश्चिन्तयामास । नूनमेष विकालनामा मां चौरं मत्वा कोपान्निहन्तुमागतः । तत्किं करोमि । एवं चिन्तयन्सोपि तेन खलीनं मुखे निधाय कशाघातेन ताडितः । अथासौ भयत्रस्तमनाः प्रधावितुमारब्धः । चौरोपि दूरं गत्वा खलीनाकर्षणेन तं स्थिरं कर्तुमारब्धवान् । स तु केवलं वेगाद्वेगतरं गच्छति । अथ तं तथागणितखलीनाकर्षणं मत्वा चौरश्चिन्तयामास-अहो नैवंविधा वाजिनो भवन्त्यगणितखलीनाः । तन्नूनमनेनाश्वरूपेण राक्षसेन भवितव्यम् । तद्यदि कंचित्पांसुलं भूमिदेशमवलोकयामि तदात्मानं तत्र पातयामि । नान्यथा मे जीवितव्यमस्ति । एवं चिन्तयत इष्टदेवतां स्मरतस्तस्य सोऽश्वो वटवृक्षस्य तले निष्क्रान्तः । चौरोपि वटप्ररोहमासाद्य तत्रैव विलग्नः । ततो द्वावपि तौ पृथग्भूतौ परमानन्दभाजौ जीवितविषये लब्धप्रत्याशौ संपन्नौ । अथ तत्र वटे कश्चिद्राक्षससुहृद्वानरः

सर्वैः लक्षणैः सम्पन्ना । जिहीर्षति हर्तुमिच्छति । कृतं रक्षोपधानं यस्याः ताम् । विकालः अयोग्यकालस्तस्य समये । विकालस्य नाम्नो राक्षसस्य समये आगमनकाले इति राक्षसावगतोर्थः । निशीथेऽर्धरात्रे । नगणितमग० खलीनस्याकर्षणं येन ।

---

१ कम्पज्वरादि०. २ मेव समागम्य. ३ स एष किं. ४ न्ति नैवमगणित. ५ वितं.

स्थित आसीत्। तेन राक्षसं त्रस्तमालोक्य व्याहृतम्। भो मित्र किमेवं पलाय्यते लीकभयेन। त्वद्भक्ष्योयं मानुषः। भक्ष्यताम्। सोपि वानरवचो निशम्य स्वरूपमाधाय शङ्कितमनाः स्खलितगतिर्निवृत्तः। चौरोपि तं वानराहूतं ज्ञात्वा कोपात्तस्य लाङ्गूलं लम्बमानं मुखे निधाय चर्वितवान्। वानरोपि तं राक्षसाभ्याधिकं मन्यमानो भयान्न किंचिदुक्तवान्केवलं व्यथार्तो निमीलितनयनस्तिष्ठति यथा भवान्। राक्षसोपि तं तथाभूतमवलोक्य श्लोकमेनमपठत्।

> यादृशी वदनच्छाया दृश्यते तव वानर।
> विकालेन गृहीतोसि यः परैति स जीवति॥ ८४॥

प्रनष्टश्च। तत्प्रेषय मां येन गृहं गच्छामि। त्वं पुनरनुभुङ्क्ष्वात्र स्थित एव लोभवृक्षफलम्। चक्रधरः प्राह। भो अकारणमेतत्। दैववशात्संपद्यते नृणां शुभाशुभम्। उक्तं च।

> दुर्गं[1] त्रिकूटः परिखा समुद्रो रक्षांसि योधा धनदाच्च वित्तम्।
> शास्त्रं च यस्योशनसा प्रणीतं स रावणो दैववशाद्विपन्नः॥ ८९॥

तथा च।

> अन्धकः कुब्जकश्चैव त्रिस्तनी राजकन्यका।
> वयोप्यन्यायतः सिद्धाः संमुखे कर्माणि स्थिते॥ ८६॥

सुवर्णसिद्धिराह कथमेतत्। सोब्रवीत्।

कथा ११.

अस्त्यत्र धरातल उत्तरपथे मधुपुरं नाम नगरम्। तत्र मधुसेना नाम राजा बभूव। तस्य कदाचिद्विषयसुखमनुभवतस्त्रिस्तनी कन्या बभूव। अथ तां त्रिस्तनीं जातां श्रुत्वा स राजा कञ्चुकिनः प्रोवाच। यद्गोस्त्यज्यतामियं त्रिस्तनी गत्वा दूरेरण्ये यथा कश्चिन्न जानाति। तच्छ्रुत्वा कञ्चुकिनः प्रोचुः। महाराज ज्ञायते यदनिष्टकारिणी त्रिस्तनी कन्या भवति। तथापि ब्राह्मणा आहूय प्रष्टव्या[2] येन लोकद्वयं न विरुध्यते। यतः।

> यः सततं परिपृच्छति शृणोति संधारयत्यनिशम्।
> तस्य दिवाकरकिरणैर्नलिनीव विवर्धते बुद्धिः॥ ८७॥

त्रिकूटः पर्वतविशेषः। मधुपुरं मथुरेति प्रसिद्धा पुरी।

---

१ दुर्गः. २ विमृश्यम्.

तथा च ।

पृच्छकेन सदा भाव्यं पुरुषेण विजानता ।
राक्षसेन्द्रगृहीतोऽपि प्रश्नान्मुक्तो द्विजः पुरा ॥ ८८ ॥

राजाह । कथमेतत् । ते प्रोचुः ।

कथा १२.

देव कस्मिंश्चिद्वनोद्देशे चण्डकर्मा नाम राक्षसः प्रतिवसति स्म । एकदा तेन भ्रमताटव्यां कश्चिद्ब्राह्मणः समासादितः । ततस्तस्य स्कन्धमारुह्य प्रोवाच भो अग्रे सरो गम्यताम् । ब्राह्मणोऽपि भयत्रस्तमनास्तमादाय प्रस्थितः । अथ तस्य कमलोदरकोमलौ पादौ दृष्ट्वा ब्राह्मणो राक्षसमपृच्छत् भोः किमेवंविधौ ते पादावतिकोमलौ । राक्षस आह भो व्रतमस्ति । नाहमार्द्रपादो भूमिं स्पृशामि । ततस्तच्छ्रुत्वात्मनो मोक्षोपायं चिन्तयंस्तत्सरः प्राप्तः । ततो राक्षसेनाभिहितम्-भो यावदहं स्नानं कृत्वा देवतार्चनाविधिं विधायागच्छामि तावत्त्वयातः स्थानान्नान्यत्र गन्तव्यम् । तथानुष्ठिते द्विजश्चिन्तयामास । नूनं देवतार्चनविधेरूर्ध्वं मामेष भक्षयिष्यति । तद्द्रुततरं गच्छामि येनैष आर्द्रपादो न मम पृष्ठमेष्यति । तथानुष्ठिते राक्षसो व्रतभङ्गभयात्तस्य पृष्ठं न गतः । अतोऽहं ब्रवीमि पृच्छकेन सदा भाव्यं इति । अथ तेभ्यस्तच्छ्रुत्वा राजा द्विजानाहूय प्रोवाच । भो ब्राह्मणाः त्रिस्तनी मे कन्या संपन्ना । तत्किं तस्याः प्रतिविधानमस्ति न वा । ते प्रोचुः देव श्रूयताम्—

हीनाङ्गी वाधिकाङ्गी वा या भवेत्कन्यका नृणाम् ।
भर्तुः स्यात्सा विनाशाय स्वशीलनिधनाय च ॥ ८९ ॥
या पुनस्त्रिस्तनोपेता याति लोचनगोचरम् ।
पितरं नाशयत्येव सा द्रुतं नात्र संशयः ॥ ९० ॥

तस्मादस्या दर्शनं परिहरतु देवः । तथा यदि कश्चिदुद्वाहयति तदेनां तस्मै दत्त्वा देशत्यागेन नियोजयितव्य इति । एवं कृते लोकद्वयाविरुद्धता भवति । अथ तेषां तद्वचनमाकर्ण्य स राजा पटहशब्देन सर्वत्र घोषणामाज्ञापयामास अहो त्रिस्तनीं राजकन्यां यः कश्चिदुद्वाहयति स सुवर्णलक्षमाप्नोति देशत्यागं च । एवं तस्यामाघोषणायां क्रियमाणायां म-

कमलस्योदरं तदिवकोमलौ । आर्द्रौ पादौ यस्य स आर्द्रपादः । हीनं न्यूनं अङ्गं यस्याः सा हीनाङ्गी । निधनाय नाशाय ।

१ अग्रसरः.

हान्कालो व्यतीतः । न कश्चित्तां प्रतिगृह्णाति । सापि यौवनोन्मुखी संजाता सुगुप्तस्थाने स्थिता यत्नेन रक्ष्यमाणा तिष्ठति । अथ तत्रैव नगरे कश्चिदन्धस्तिष्ठति । तस्य च मन्थरकनामा कुब्जोऽग्रेसरो यष्टिग्राही । ताभ्यां तं पटहशब्दमाकर्ण्य मिथो मन्त्रितम् । स्पृश्यतेऽयं पटहो यदि कथमपि दैवात्कन्या लभ्यते तथा सुवर्णप्राप्तिश्च भवति । सुखेन सुवर्णप्राप्त्या कालो व्रजति । अथ यदि तस्या दोषतो मृत्युर्भवति दारिद्र्योपात्तस्यास्य क्लेशस्य पर्यन्तो भवति । उक्तं च ।

लज्जा स्नेहः स्वरविशदता बुद्धयः सौमनस्यं
प्राणोऽनङ्गः स्वजनममता दुःखहानिर्विलासाः ।
धर्मः शास्त्रं सुरगुरुमतिः शौचमाचारचिन्ता
सस्यैः पूर्णे जठरपिठरे प्राणिनां संभवन्ति ॥ ९१ ॥

एवमुक्त्वान्धेन गत्वा स पटहः स्पृष्टः । भो अहं तां कन्यामुद्वाहयामि यदि राजा मे प्रयच्छति । ततस्तै राजपुरुषैर्गत्वा राज्ञे निवेदितम्—देव अन्धकेन केनचित्पटहः स्पृष्टः । तदत्र विषये देवः प्रमाणम् । किं क्रियतामिति । राजा प्राह—

अन्धो वा बधिरो वापि कुष्ठी वाप्यन्त्यजोपि वा ।
प्रतिगृह्णातु तां कन्यां सलक्षां स्याद्विदेशगः ॥ ९२ ॥

अथ राजादेशात्तै रक्षापुरुषैस्तं नदीतीरे नीत्वा सुवर्णलक्षेण समं विवाहविधिना त्रिस्तनीं तस्मै दत्त्वा जलयाने निधाय कैवर्ताः प्रोक्ताः । भो देशान्तरं नीत्वा कस्मिंश्चिदधिष्ठानेऽन्धः सपत्नीकः कुब्जकेन सह मोचनीयः । तथानुष्ठिते विदेशमासाद्य कस्मिंश्चिदधिष्ठाने कैवर्तदर्शिते त्रयोऽपि मूल्येन गृहं प्राप्ताः सुखेन कालं नयन्ति स्म । केवलमन्धः पर्यङ्के सुप्तस्तिष्ठति । गृहव्यापारं मन्थरकः करोति । एवं गच्छता कालेन त्रिस्तन्याः कुब्जकेन सह विकृतिः समपद्यत । अथवा साध्विदमुच्यते ।

यदि स्याच्छीतलो वह्निश्चन्द्रमा दहनात्मकः ।
सुस्वादः सागरः स्त्रीणां तत्सतीत्वं प्रजायते ॥ ९३ ॥

अथान्येद्युस्त्रिस्तन्या मन्थरकोऽभिहितः । भोः सुभग यद्येषोऽन्धः कथंचिद्व्यापाद्यते तदावयोः सुखेन कालो याति । तदन्विष्यतां कुत्रचिद्विषं येनास्मै तत्प्रदाय सुखिनी भवामि । अन्यदा कुब्जकेन परि-

---

दारिद्र्येणोपात्तो जनितस्तस्य । विशदता स्पष्टता । सुमनसो भावः सौमनस्यम् । प्राणो बलम् । सुरगुरुवन्मतिः । कैवर्ता धीवराः । अन्येद्युः अन्यस्मिन् दिवसे ।

---

१ मधुरता. २ यौवनश्रीः. ३ कान्तासंगः. ४ पवनसमता. ५ पूर्णे सर्वे.

भ्रमता मृतः कृष्णसर्पः प्राप्तः । तं गृहीत्वा प्रहृष्टमना गृहमभ्येत्य तामाह सुभगे लब्धोयं कृष्णसर्पः । तदेनं खण्डशः कृत्वा प्रभूतशुण्ठ्यादिभिः संस्कार्यास्मै विकलनेत्राय मत्स्यामिषं भणित्वा प्रयच्छ येन द्राग्विनश्यति यतोस्य मत्स्यस्यामिषं सदा प्रियम् । एवमुक्त्वा मन्थरको बाह्ये गतः । सापि प्रदीप्तवह्नौ कृष्णसर्पं खण्डशः कृत्वा स्थाल्यामाधाय तक्रमादाय गृहव्यापाराकुला तं विकलाक्षं सप्रश्रयमुवाच । आर्यपुत्र तवाभीष्टं मत्स्यमांसं समानीतं यतस्त्वं सदैव तत्पृच्छसि । ते च मत्स्याः वह्नौ पाचनाय तिष्ठन्ति । तद्यावदहं गृहकृत्यं करोमि तावत्त्वं दर्वीमादाय क्षणमेकं तान्प्रचालय । सोपि तदाकर्ण्य हृष्टमनाः सृक्कणी परिलिहन्द्रुतमुत्थाय दर्वीमादाय प्रमथितुमारब्धः । अथ तस्य मत्स्यान्मथ्नतो विषगर्भबाष्पेण संस्पृष्टं नीलपटलं चक्षुर्भ्यामगलत् । असावप्यन्धो बहुगुणं मन्यमानो विशेषान्नेत्राभ्यां बाष्पग्रहणमकरोत् । ततो लब्धदृष्टिर्जातो यावत्पश्यति तावत्तक्रमध्ये कृष्णसर्पखण्डानि केवलान्येवावलोकयति । ततो व्यचिन्तयत् अहो किमेतत् । मम मत्स्यामिषं कथितमासीदनया । एतानि तु कृष्णसर्पखण्डानि तत्तावद्विजानामि सम्यक् । त्रिस्तन्याश्चेष्टितं किं मम वधोपायक्रमः कुब्जस्य वोताहो अन्यस्य वा कस्यचित् । एवं विचिन्त्य स्वाकारं गूहन्नन्धवत्कर्म करोति यथा पुरा । अत्रान्तरे कुब्जः समागत्य निःशङ्कतयालिङ्गनचुम्बनादिभिस्त्रिस्तनीं सेवितुमुपचक्रमे । सोप्यन्धस्तमवलोकयन्नपि यावन्न किंचिच्छस्त्रं पश्यति तावत्कोपव्याकुलमनाः पूर्ववच्छयनं गत्वा कुब्जं चरणाभ्यां संगृह्य सामर्थ्यात्स्वमस्तकोपरि भ्रामयित्वा त्रिस्तनीं हृदये व्यताडयत् । अथ कुब्जप्रहारेण तस्यास्तृतीयः स्तन उरसि प्रविष्टः । तथा बलान्मस्तकोपरि भ्रामणेन कुब्जः प्राञ्जलतां गतः । अतोहं ब्रवीमि । अन्धकः कुब्जकश्चैव इति । सुवर्णसिद्धिराह भोः सत्यमेतत् । दैवानुकूलतया सर्वं कल्याणं संपद्यते । तथापि पुरुषेण सतां वचनं कार्यम् । यः पुनरेवमेव वर्तते स त्वामिव विनश्यति । तथा च ।

एकोदराः पृथग्ग्रीवा अन्योन्यफलभक्षिणः ।
असंहता विनश्यन्ति भारण्डा इव पक्षिणः ॥ ९४ ॥

चक्रधर आह । कथमेतत् । सोब्रवीत् ।

प्रभूतानि शुण्ठ्यादीनि तैः । विषं गर्भे यस्य स विषगर्भः स चासौ बाष्पश्च तेन । प्राञ्जलतां सरलताम् ।

---

१ दैवमङ्गीकृत्य न नयस्त्वय्यन्यो यथा त्वया मम वचनं नानुष्ठितम् । तथापि.

२ न पु० यो तते.

कथा १३।

कस्मिंश्चित्सरोवरे भारण्डनामा पक्ष्येकोदरः पृथग्ग्रीवः प्रतिवसति स्म। तेन च समुद्रतीरे परिभ्रमता किंचित्फलममृतकल्पं तरंगाक्षिप्तं संप्राप्तम्। सोऽपि भक्षयन्निदमाह। अहो बहूनि मयामृतप्रायाणि समुद्रकल्लोलाहृतानि फलानि भक्षितानि। परमपूर्वोऽस्यास्वादः। तत्किं पारिजातहरिचन्दनतरुसंभवम्। किं वा किंचिदमृतमयफलमव्यक्तेनापि विधिनापतितम्। एवं तस्य ब्रुवतो द्वितीयमुखेनाभिहितम्—भो यद्येवं तन्ममापि स्तोकं प्रयच्छ येन जिह्वासौख्यमनुभवामि। ततो विहस्य प्रथमवक्त्रेणाभिहितम्—आवयोस्तावदेकमुदरमेका तृप्तिश्च भवति। ततः किं पृथग्भक्षितेन। वरमनेन शेषेण प्रिया तोष्यते। एवमभिधाय तेन शेषं भारण्ड्याः प्रदत्तम्। सापि तदास्वाद्य प्रहृष्टतमालिङ्गनचुम्बनसंभावनानेकचाटुपरा बभूव। द्वितीयं मुखं तद्दिनादेव प्रभृति सोद्वेगं सविषादं च तिष्ठति। अथान्येद्युर्द्वितीयमुखेन विषफलं प्राप्तम्। तद् दृष्ट्वापरमाह भो निस्त्रिंश पुरुषाधम निरपेक्ष मया विषफलमासादितम्। तत्तवापमानाद्भक्षयामि। अपरेणाभिहितम्—मूर्ख मा मैवं कुरु। एवं कृते द्वयोरपि विनाशो भविष्यति। अथैवं वदता तेनापमानेन फलं भक्षितम्। किं बहुना द्वावपि विनष्टौ। अतोऽहं ब्रवीमि। एकोदराः पृथग्ग्रीवाः इति। चक्रधर आह। सत्यमेतत्। तद्गच्छ गृहम्। परमेकाकिना न गन्तव्यम्। उक्तं च—

> एकः स्वादु न भुञ्जीत नैकः सुप्तेषु जागृयात्।
> एको न गच्छेदध्वानं नैकश्चार्थान्प्रचिन्तयेत्॥ ९५॥

अपि च।

> अपि कापुरुषो मार्गे द्वितीयः क्षेमकारकः।
> कर्कटेन द्वितीयेन जीवितं परिरक्षितम्॥ ९६॥

सुवर्णसिद्धिराह। कथमेतत्। सोऽब्रवीत्।

कथा १४.

कस्मिंश्चिदधिष्ठाने ब्रह्मदत्तनामा ब्राह्मणः प्रतिवसति स्म। स च प्रयोजनवशाद्ग्रामे प्रस्थितः स्वमात्राभिहितः यद्वत्स कथमेकाकी व्रजसि। तदन्विष्यतां कश्चिद्द्वितीयः सहायः। स आह अम्ब मा भैषीः। निरुपद्र-

अध्यक्तेनालक्षितेन। आलिंगनं च संभावना चानेकाः चाटवश्च तत्परा।

---

१ सकोपा. २ सर्पात्पान्थः परीक्षितः.

वोयं मार्गः। कार्यवशादेकाकी गमिष्यामि। अथ तस्य तं निश्चयं ज्ञात्वा समीपस्थवाप्याः सकाशात्कर्कटमादाय मात्राभिहितः—वत्स अवश्यं यदि गन्तव्यं तदेष कर्कटोपि सहायः। तदेनं गृहीत्वा गच्छ। सोपि मातुर्वचनादुभाभ्यां पाणिभ्यां तं संगृह्य कर्पूरपुटिकामध्ये निधाय पात्रमध्ये संक्षिप्य शीघ्रं प्रस्थितः। अथ गच्छन्ग्रीष्मोष्मणा संतप्तः कंचिन्मार्गस्थं वृक्षमासाद्य तत्रैव प्रसुप्तः। अत्रान्तरे वृक्षकोटरान्निर्गत्य सर्पस्तत्समीपमागतः। सोपि कर्पूरसुगन्धसहजप्रियत्वात्तं परित्यज्य वस्त्रं विदार्याभ्यन्तरगतां कर्पूरपुटिकामतिलौल्याद भक्षयत्। सोपि कर्कटस्तत्रैव स्थितः सन्सर्पप्राणानपाहरत्। ब्राह्मणोपि यावत्प्रबुद्धः पश्यति तावत्समीपे कृष्णसर्पो निजपार्श्वे कर्पूरपुटिकोपरि मृतस्तिष्ठति। तं दृष्ट्वा व्यचिन्तयत् कर्कटेनायं हतः। इति प्रसन्नो भूत्वाब्रवीत्-भोः सत्यमभिहितं मम मात्रा यत्पुरुषेण कोपि सहायः कार्यो नैकाकिना गन्तव्यम्। ततो मया श्रद्धापूरितचेतसा तद्वचनमनुष्ठितम्। तेनाहं कर्कटेन सर्पव्यापादनाद्रक्षितः। अथवा साध्विदमुच्यते—

मन्त्रे तीर्थे द्विजे देवे दैवज्ञे भेषजे गुरौ।
यादृशी भावना यस्य सिद्धिर्भवति तादृशी॥ ९७॥

एवमुक्त्वासौ ब्राह्मणो यथाभिप्रेतं गतः। अतोहं ब्रवीमि। अपि कापुरुषो मार्गे। इति

ततश्च सुवर्णसिद्धिरपि तं चक्रधरं ब्राह्मणो यथानुज्ञाप्य स्वगृहं गतः। समाप्तं चेदमपरीक्षितकारकं नाम पञ्चमं तन्त्रम्।

इति श्रीविष्णुशर्मविरचिते पञ्चतन्त्रके अपरीक्षितकारकं नाम पञ्चमं तन्त्रं समाप्तम्।

समाप्तं चेदं पञ्चतन्त्रकं नाम नीतिशास्त्रम्।

---

१ गुरुका. २ पो विदारितवक्त्रोऽर्धभक्षितकर्पूरपिटिको मृतः ३ स्थितः ४ द्वितीयः कापुरुषोपि सखा कार्यः. ५ अस्मात्प्राक्=क्षीणः स्रवति शशी रविवृद्धो वर्धयति पाथसां नाथम्। अन्ये विपदि सहाया धनिनां श्रियमनुभवन्त्यन्ये॥ इत्यधिकं पद्यं ए. पु०.

NOTES.

P. 1. **पञ्चतन्त्रम्**—The title of the whole work in five books composed by Vishnus'arman. पञ्चतन्त्राणि यस्मिन् शास्त्रे तत्।

कथामुखं—The Introductory part of the story.

कुमारः—Kártikeya, the elder son ot S'iva. **युग**–The four Yugas (*i. e.* their presiding deities). **दिति**—A daughter of Daksha, wife of Kas'yapa and mother of the demons called daityas after her. **अदितिसुताः**—the gods, also called A'dityas. **मातरः**—The divine mothers, eight in number and represented as attending on Skanda and sometimes on S'iva. **गण**—A class of demi-gods who are represented as Siva's attendants, under the command of Ganes'a.

N. B. This sl. was found by H. H. Wilson also in one of the Mss. before him. He remarks–One Ms. indeed, calls upon all the Hindu pantheon, on Brahmà...............and all the other objects of Hindu reverence, to be propitious to the reader; but this is a solitary reading, and a probable interpolation.

पराशरः--A celebrated sage, father of Vyâsa and author of a Smṛiti. **ससुताय**-*i. e.* with Vyása. **चाणक्य**-A reputed statesman and diplomatist who flourished in the latter part of the fourth century B. C. He is the author of a treatise on political science and state craft called after him—Chàuakyanîti and of many other books. **नयशास्त्र**—Science of politics with precepts on conduct in life generally.

अर्थशास्त्र-The science of politics and also of practical life giving such rules of conduct as tend to the increase of prosperity. **तद्यथानुश्रूयते**-It is thus related. अनश्रूयते-heard traditionally, narrated in succession. **दाक्षिणात्य**—Situated in the south, southern; fr. दक्षिणा indec. and त्यक. **सकलार्थि** &c – who was the very wish-granting tree (fulfiller of desires) to the whole multitude of supplicants, the pair of whose feet was covered with a stream of rays proceeding from the gems in the diadems of eminent noble kings, who was an adept in all the arts &c. दुर्मेधसः—lit. whose intellect was greatly perverted, depraved in mind. शास्त्रविमुख—Averse to the study of the S ástras. आहूय—Abs. or indec. p. p. of ह्वे with आ.

P. 2. विवेकरहिताः—destitute of discrimination, thoughtless, inconsiderate. न सौख्यं &c.—does not conduce to my–or bring me any–happiness. अथवा—or rather (used to modify or correct a previous statement).

2. Of sons unborn, (born and) dead, and illiterate, those not born and those dead are to be preferred; for these latter cause but little (or momentary) pain while a foolish son would burn (cause pain) as long as life endures.

वरं from वृ to choose-what is chosen or preferred; used adverbially followed by न, as in the next sl. in the sense of this is better or to be perferred, not that. दुःखाय-*scil.* भवतः give or cause.

3 Better is an abortion,............better is a child dead (as soon as) born; better it is even to have a daughter born; better if the wife be barren; and it is also better if the child be ever lodged in the womb; than an illiterate son though endowed with the qualities of (or possessing excellent) beauty and wealth; (or endowed with.........and other good qualities).

What is to be done with (what is the good of) a cow which neither brings forth a calf nor gives milk.? What is the use of that son being born who is neither learned nor full of devotion?

बुद्धिप्रबोधन—the awakening *i. e.* unfolding of intellect, mental faculties. The reading–प्रकाशः manifestation has also the same meaning. अनुष्ठीयतां-should be adopted or put into execution. वृत्ति–means of livelihood or subsistence. पञ्चशती–is rather unusual, the usual form being पञ्चशतं. सिद्धिं यान्तु–let it be so managed that my desires will be crowned with success or fulfilled. द्वादशभिः &c.-Grammar is studied in twelve years. The Inst. is used to denote the time required for the completion of an action. श्रूयते—mark the meaning—knowledge was originally imparted orally.

मन्वादीनि-Manu stands for मनुस्मृति; the codes of religious and secular laws composed by Manu and others. कामशास्त्र-The science of love or erotic science. वात्स्या०—such as those composed by Vátsyà. and others. Vátsyáyana is identified by some with Chànakya. धर्मार्थकाम—These are the three *Purusharthas* which every human being ought to secure, the fourth being Moksha. जीवितव्यविषयः—The scope or condition of life. जीवितव्य pot. p. here used as a noun. प्रभूत०—कालेन ज्ञेयानि to be known (*i. e.* completely studied or mastered) शब्दशास्त्र—usually means 'grammar,' but here seems to be used in a wider sense, referring to all writings referred to above other than those on art, such शिल्पशास्त्र, आलेख्यविज्ञान, शस्त्रविद्या &c. संक्षेप०--संक्षेपः प्रमाणं यस्य elementary treatises; lit. abridged works. अनन्त०-अविद्यमानोन्तः यस्यासौ अनन्तः तादृशः पारः यस्य lit. the other end of which is without a limit; of unlimited extent. किल—Verily; or, as it is said. फल्गु—what is unsubstantial or unessential.

6. Verily the science of words is of an unlimited extent; life also (on the contrary) is short and the obstacles many: its essence therefore, should be taken (grasped, mastered) leaving out what is worthless, as milk is drawn from out of water by swans. *Cf.* नत्वस्यदुग्धजलभेदविधौ प्रसिद्धां &c. Bh. Ni. 18 तत्—Then (to turn to the matter in hand). पारंगमः—proficient or adept in. छात्रसंसदि—in the assembly of pupils (the student world) *i. e.* who is a reputed teacher. समर्पयतु the subj. is देवः or भवान्. झटिति—quickly, in a short space of time. प्रबुद्ध—enlightened, well read in the Shàstras.

मूर्खत्वं—the ignorance or illiterate condition. मनुजः—*i. e.* one having such a son. गुणिगण—see Hit. Pràstávikà.

P. 3. **प्रोवाच**—said earnestly. **शासनशतेन**—a hundred royal grants. **सत्यवचनं**—words expressive of truth about me, or my truthful words. **०शतेन**—The inst. is used to denote the price at which a thing is bought. **पुनः**—But again. **मास०**-मासानां षट्कं तेन in the space of six months. **अभिज्ञान्**—Well versed in, conversant with, the political science. **स्वनाम०**-I will forego my name. This is a sort of oath. It means—I solemnly bind myself to do this. **असंभाव्या**—which could not have been possibly conceived, or well thought of; inconceivable. **परां निर्वृतिं** &c.-attained great happiness or ease of mind, felt greatly relieved. **मित्रभेदः**—Lit. the separation of friends; hence, by transference of a name, the work describing it. See com. Explain similarly लब्ध०—(work describing the loss of what was gained) and अपरी० (descriptive of the doer of an inconsiderate act). **काकोलूकीय**-The book treating of-describing-the war between the crows and the owls. **पाठिताः**—were taught, p. p. of पठ् cau. **यथोक्ताः संवृत्ताः**—they became (turned out) what it was said they would be (*i. e.* proficient in the Nitîs'àstra. **बालावबोधनार्थं**—for the enlightenment (instruction) of the young or uninitiated). **प्रवृत्तं**—has been in circulation (use), or promulgated. **किंबहुना** why say more or expatiate (on its use), to be brief.

7. Whosoever always studies this science of politics or hears it (read to him and acts on it) never suffers a defeat even at the hands of Indra (is never thwarted in his pursuits.)

सिंहनादः—Loud and bold proclamation. **लिप्सु**-desirous of obtaining; des. n. from लभ् **व्यावृत्त** &c.—Turned away from all the objects of senses; not seeking wordly pleasures any more. **सरस्वतीविनोदं**—a sport or pastime of *i. e.* I will show you what pleasant things the goddess of learing (a learned man) achieves. **नार्हति** &c.—देवमार्ग the path by which pious men go to the worlds of bliss-the meaning is-then I should not attain the worlds of bliss.

Mitrabheda.

अथ—like Om is an auspicious word (particle) and is, therefore, used at the beginning of a work.

1 A great friendship that was growing between a lion and a noble bull was destroyed by a wicked and exceedingly ambitious jackal.

गोवृष—is a strange Comp; but words like **वृष** when added to other words in a Karm. lose their original import and have the sense of 'excellence;' see H. Gr. § 221. (b.)

P. 4. **धर्मोपा०**—who had acquired a large fortune by just means. **चिन्ता समुत्पन्ना**—A thought crossed or arose in his mind. **प्रभूतेपि** &c.-Although one has ample wealth, the means of acquiring money (lit. the production of) should be devised and put into practice or execution. **न सिद्ध्यति**—is not acquired or accomplished, does not come into our possession. **स पुमान्**—he is regarded as a man (others have no value with rich men). **शिल्पं**—mechanical skill; workmanship. There is not that kind of knowledge, gift &c. which is not sung (eulogised) of (as possessed by) the wealthy by supplicants: i. e. they attribute every kind of knowledge &c. to rich men (although they may not possess these). *Cf.* यस्यास्ति वित्तं स नरः कुलीनः &c.

5 **स्वजनायते**—(even a stranger) acts as a relative towards (the rich). **दुर्जनायते**—Acts wickedly towards (does not hesitate to offend or do injury to).

6 All actions proceed (are properly accomplished) from wealth, increased and then well amassed (by proper management) as do rivers from mountains when (sufficiently) high and well sloping.

7 That a man not deserving of respect is respected, or one not fit to be approacshed is approached, or that one who ought not (lit. does not deserve) to be saluted is saluted, is (all due to) the power of wealth.

8 Like (the vigour of) the organs of sense on eating,

all actions (business of every kind) depend on wealth: for this reason wealth is said to be the means of accomplishing every thing.

9 This world of mortals seeking (hankering after), wealth, resorts even to a cemetery (has recourse to even despicable or horrible means); and leaving one's father even goes far (to distant climes.)

गतवयसां—Advanced in age. अर्थेन हीना:—destitute of riches (अर्थः). भवति—accrues, is gained. विद्योपार्जनेन—by acquiring knowledge (with a view to gain one's livelihood). व्यवहार:—usury, dealing in money, lending money at interest. वाणिक्कर्मन्—the profession of a merchant, trading. वाणिज्य-वणिजः कर्म ०ड्येन &c.–The money acquired by trading is not looked down upon or found fault with, *i. e.* is considered as honourably acquired.

11. Begging is practised by the low *i. e.* is considered as a mean (dishonourable) profession; and alas ! a king does not reward (service) adequately; husbandry entails a great deal of labour (or is fraught with dangers)(with the reading अवृष्टया—stands in danger of being ruined by want of rain); the acquistition of knowledge is exceedingly difficult owing to a behaviour of humility towards a Guru (प्रभुरगाहनः सेवनाविधिः v. l.—the act of attending on a Guru. is beset with great difficulties (and thus the acquistion of knowledge is not an easy task); from (if one were to practice) usury poverty (sometimes) results owing to the loss of the purse transferred to the hands of (the money lent to) others; (since all these professions have something or another to be found fault with) I think there is no mode of earning one's livelihood superior to (or, no profession is better than) trading.

P. 5. 12. Of all the means (of acquiring wealth) the storing up of merchandise is the best (or, is the only one so called); for that alone is the best (lit. commended) for the production of wealth; any other than that is of a doubtful nature (uncertain as to its result). सप्त विधा यस्य of seven kinds. गान्धिक०—गन्धः पण्यमस्य a vendor of perfumes. —व्यवहारः—dealing in perfumes or fragrant wares. निक्षेपप्रवेशः—Lit. receiving deposits; hence a Banking business (carried on by a single individual). गोष्ठिककर्म—A Company's business. परिचितग्राहकागमः-Lit. the coming, for purchasing goods, of customers of one's acquaintance, hence securing first customers and then carrying on trade. मिथ्या० -telling false prices and making money thereby. कूटतुलामानं —weighing goods in a false balance *i. e.* defrauding customers to gain money. भाण्डानयनम्-importing salable wares or goods.

13 Of all articles of sale, perfumery is the best; what is the good of commodities like gold and others! since in the former case what is bought for one is sold for a hundred.

14 When a deposit is made in the house the merchant (receiving it) prays to his (favourite) deity saying-If the depositor dies (would die) I will make you the proferred present. उपयाचित—is a present promised to a deity for the fulfilment of a desired object. What is meant is—It is not a safe course to deposit money with a merchant for interest.

15 A man entrusted with a Company's business thinks, delighted at heart—I have to-day obtained the whole earth full of wealth; why want any other thing.

16 A shopkeeper, eagerly looking at a customer acquainted with him coming, rejoices at the prospeet of getting his money as a man does on the birth of a son.

17 Always cheating persons of one's acquaintance by measures imperfectly filled up as also by telling false prices is the natural (peculiar) duty (course of conduct) of the *Kiràtas*. The Kira'tas are a degraded wild tribe living

on the borders of forests (किरं पर्यन्तभूमिं अतन्ति traverse इति). *Cf.* Ra'tnavali. II. 3.

18. People who go to distant foreign countries, get, by being assiduous, twofold or threefold (of the original amount) by selling goods with due care (or judiciously विधानतः).

मथुरागामिनि—Lit going towards *i.e.* which had a market for them or which were in demand at Mathura'. **मथुरा**—a famous ancient city, still going by the same name, situated on the right bank of the Yamuna' near Agra and the birth place of Krishna. It was founded by S'atrughna. **गुरुजना॰**—Permitted by, taking leave of, his elders. **मङ्गलवृषभौ**—मङ्गल्युक्तौ वृषभौ म॰ स., bulls with auspicious marks, such as a white spot on the forehead or breast, a long tail &c. **धुर्वोढारौ**—able to bear the yoke. **कच्छ**—a watery bank. **अवतीर्ण**—p. p. of तॄ with अव; descended to. **पङ्कपूरमासाद्य**—having got down into deep mud. **कलितचरणः**—his legs held fast in the mud. Some take कलित to mean 'broken'. **तदवस्थं**—सा अवस्था यस्य who was in that condition.

P. 6. **स्नेहार्द्र**&c.—स्नेहेनार्द्रं हृदयं यस्य with his heart wet(melted) with pity. तिसृणां रात्रीणां समाहारः त्रिरात्रं—for three nights. **प्रयाणभङ्गम॰**—broke his journey; discontinued his journey and halted there. **सार्थिकैः**—The fellow-merchants. **समाकुले**—abounding in, haunted or frequented by. **बह्वपाये॰**—बहवो अपाया यस्मिन् full of dangers. **संदेहे॰**—exposed to peril, placed in danger.

19 A talented man should not (*i. e.* a wise man is he who does not) allow much to be destroyed for the sake of (to save) a little;(for) wisdom lies in this viz. the, saving of much at the sacrifice (cost or expense) of little. **रक्षापुरुषान्**—guardians. **निरूप्य**—Lit. having marked out as fit persons; hence having appointed. **नीत्वा**—Leading; together with. **अन्येद्युः**-The next day; irregularly formed from अन्य and अहन् (अन्यस्मिन्नहनि). **सार्थवाहः**-The leader of the caravan

अभीष्टः—a favourite of. संस्कृत—was burnt with solemn rites. और्ध्वदेहिक०—(ऊर्ध्वदेहाय साधवः) obsequies, funeral rites. वृषोत्सर्ग—The letting loose of a bull; वृषस्य उत्सर्गः आदिर्यासां ताः—when a person is dead a bull is set free, as a part of the obseqnial rites, to wander unchecked over the earth. आयुःशेषतया-आयुषः शेषः तस्य भावः तत्ता तया As he had to live longer, as his life had not yet ended (his days were not numberd). आप्यायित०-०यितं शरीरं यस्य with his body refreshed or invigorated. मरकतसदृशानि-resembling emerald, dark-green. कतिपयैः &e.—In a few days. पीनः—fat, stout; p. p. of प्यै. ककुद्मान्. got a huge hump. विदारयन्&c-used to tear up and to bellow aloud. The root आस् joined to the pre. p. of a root gives it the sense of the present continuous.

20. A thing unprotected stands (continues to exist) if protected by fate;.but what is well taken care of perishes if condemned (struck down) by fate: one left in a forest with no one to protect, lives (if guarded by fate), while one, living in a house perishes, although efforts be made to save one (if under the frown of destiny).

पिपासा—thirst; desi. n. fr. पा to drink;--आकुलः troubled by, oppressed with. व्याकुल०—व्याकुलं agitated हृदयं यस्य terrified or frightened at heart. ससाध्वसं—full of terror. आकारं—the outward expression of face giving an indication of one's inward state; concealing his bewildered features; not showing that he was frightened. चतुर्मण्डला०—remained with the quadruple circle or ring formed around. सिंहः—*i. e.* the lion (the king) in the centre. Immediately around him are his followers(personal staff, high officers of state, body guard &c.) forming the second circle. काकरवाः—Lit. crying out like crows; hence those giving hint of the approaching danger to the inner circles. काकरवर्ग—*v. l.* the body of ordinary servants or sentinels (मध्यमवर्ग); काकर probably derived from किंकर. किंवृत्ताः—scouts, men posted or sent outside to gather information &c. भ्रष्टाधिकारौ—भ्रष्टः अधिकारः ययोः who had lost their (ministerial) office.

P. 7. **मन्त्रयत:**—held a mutual consultation; began to discuss the matter between themselves. The root is usually Atm. **भद्र**-dear brother; भद्र implies affection. **अयं तावत्**-As for this (our royal master). **व्यूहरचना**—Battle-array (having formed). **दौर्मनस्य**—affliction, a bewildered state of the mind. **किमावयो** &c:—What have we to do with this matter; why meddle in this affair ?'

21. A man who wishes to meddle in affairs with which he is not concerned (which are no business of his) meets with destruction like the ape that pulled out the wedge.

अभ्यास—nearness, neighbourhood **षण्ड**—a cluster or clump of, a grove. **कर्मकरा:**-workmen, artisans. **स्थपति**—a carpenter. **मध्याह्न०**—मध्यमह्नः मध्याह्नस्तस्य वेला; **आनुषङ्गिकं**—That used to frequent the place, that was in the habit of coming there. **अर्धस्फाटित**:-half split or sawed. **दारुमय**:-दारुण: विकार: made of. **खदिर** &c—had a wedge made of the khadira tree driven into it. **दारुपर्यन्तेषु**—प्रासादशृङ्गाणि च दारुपर्यन्ता: the sides of the pieces of wood च तेषु (and not प्रासादशृंगदारूणि as Mr. Apte has it). **यथेच्छया**—यथा इच्छा यथेच्छा तया used adverbially. **प्रत्यासन्नमृत्यु**:—Whose death was close at hand. **चापल्यात्**—through rashness or meddlesome spirit. **संगृह्य**-having held firmly. **यावत्**—The moment he; no sooner did he &c. **स्वस्थानाच०**—dislodged or moved from its place.

22. **उपकारकारणात्**--Because one can do a service to or be of use to. **संश्रय**—close attendance on, service under.

P. 8. 24. **प्रथितं**--may be an adv,, or adj. qualifying जीवितं. **आर्यगुणै**:--such as noble birth, character, mercifulness &c. See com. The life which is led by men, although it be for a moment, distinguished and characterised by preeminent knowledge, bravery, prosperity and other noble virtues—the same those who know the truth call life (worth the name), else even a crow lives and eats oblations. **कुनदिका**-a small river, a rivulet. **अञ्जलि**—the cavity (of the maw of); *Cf.* श्रवणाञ्जलि-Veni. I. **कापुरुष**:—a mean man, one without ambition (who is always well contented &c). जातु—at all, ever. यौवन०—who deprives his mother of her youth. वंश-स्याग्रे—to the top of his (1) family; (2) the bamboo staff.

27. In this revolving world (where birth and death, follow each other in rotation) who, I should like to know, that dies is not born again? He is counted (regarded) as born in this world, who outshines (others in) his family.

28. Fruitful is the existence of even that grass which grows on the bank of a river, since it serves as support to the hands of persons in danger of being drowned in water.

29. Rarely are born in this world good men who move on (run their career) steadily and loftily and who remove the affliction (misery) of men, as are clouds which drift on slowly (being condensed) aloft and remove the heat of the people.

30. Learned men authoritatively assert the greatness of a mother to be unsurpassed in that she (chances to) conceive a foetus which (when born) becomes an object of veneration even to the great.

31. A man who does not manifest his power suffers indignities, although strong: for fire when latent in wood can be touched (lit. transgressed) but not when ablaze.

P. 9. अप्रधानौ—Not the chief (responsible) persons.

32. That silly man who, not being chief, speaks unasked before a king, meets not only with disrespect but contempt.

33. A speech should be addressed there where when spoken &c.; just as a dye takes a firm hold on a white garment.

35. A king attaches himself to that man alone who is near (in close attendance upon) him, although he may be uneducated, not high born or unrefined: as a general rule kings, women and creeping plants cling to what stands in immediate proximity. पार्श्वत:—here added in the sense of the loc.

36. Those servants who seek (ascertain) the causes of the royal displeasure or favour gradually gain ascendency even over a king who is haughty (lit. treats others haughtily).

37. There is no other resort than a king to those who are possessed of learning, who have lofty aims, (ambition), who are distinguished for their artistic skill and valour and who know how to serve.

38. महोत्साहान्—through the flattering estimation of, setting a high value upon; hence through the pride of. or—हान् qualifying 'kings'. उपयान्ति—approach, serve. Beggary throughout life is the punishment(lit. atonement) for those &c.

39. Those perverse-minded men (who cannot take a right view of things) who have declared kings as hard to please, have given expression to their own carelessness, laziness and stupidity (inability to serve).

P. 10. 40. वशीकृतान्—brought under control, tamed (by means of remedies). Of what account (lit. measure) is a king to (*i. e.* it is not a difficult task for) the talented who commit no blunders (in serving).

41. परां गतिं—(attains) a high post. मलय—is known for its sandal-wood trees.

42. आतपत्राणि &c. are the marks of royal pleasure according to Indian ideas. सदा goes with भवन्ति understood. One always gets these when a king is pleased.

कर्तुमनाः—कर्तुं मनो यस्य desirous of doing. The inf. loses its nasal before मनस् and काम. भीतपरिवारश्च—and his followers also are frightened. संधि &c.—These are the *Shadgunas* or six expedients employed in politics by statesmen. *Sandhi* or maintenance (or conclusion) of peace; Vígraha or fighting (when necessary) ; *Yâna* or marching against ; A'sana sitting quiet (during a campaign, awaiting opportunities) ; *Samâsraya* or resorting to a fortress or the like; and *Dvaidha*-duplicity, double dealing. **संनिधास्ये**—I shall win him over.

43. **उदीरितोर्थः**—a thing expressed in words. **गृह्यते** is understood. **चोदिताः**—driven or impelled on by means of words. **ऊहति**—guesses. **परे०**—for talent has for its fruit the knowledge of the secret thoughts of others.

तथा च मनुः—see Ms. VIII. 26. One's internal thoughts are known from the expression of the face, gestures (or movements of the limbs, giving indications of inward feelings), mode of walking, actions, speech, and the changes (of form) of the eyes and the mouth. इंगित has a different meaning here, for which *cf*. Rag. I. 20. Sis. IX. 9.

निर्भयं कृत्वा—having removed his fear. **वशीकृत्य**—न वशः अवशः; अवशं वशं सम्पद्यमानं कृत्वा. **सेवाधर्मः**—the duties or obligations of service. **यथैव**—just as.

P. 11. **पाण्डवानां**—After completing twelve years of a forest-life, the Pándavas had to pass one year incognito. This they resolved to pass in the service of king Viràta. On this occasion the sage Dhaumya explained to them the duties of servants. **विज्ञातः**—carefully known or understood.

45. The following three seek the earth as rich with or bearing the flowers of gold (*i. e.* make their fortune in this world). पुष्पाणि अस्याः संजातानि सा पु०.

46. Construe वाक्यविशेषतः या प्रभुहिता सेवा सा आश्रया According to a special direction one should adopt that mode of service which conduces to the welfare of one's master. And a man knowing this principle should resort to a king through that channel alone and no other.

सुकृष्टादूषरादिव—as from barren or worthless ground although well ploughed.

48. **सेव्य०**-सेवितुमर्हः सेव्यः तस्य गुणास्तैरन्वितः one endowed with the qualities of a true master should be served although destitute of wealth and ministers (or subjects *i e.* deprived of his kingdom). जीवनं मर्यादीकृत्य आजीवनं as long as life endures, throughout life. **कालान्तरात०**—although after a lapse of time

49. A wise man, although he has to sit idle like a post and gets lean being oppressed with hunger, should not seek livelihood from an unprincipled master (lit. one not self-controlled).

50. A servant dislikes a master who is niggardly and uses harsh words: why should he not rather blame (lit. hate or find fault with) himself since he does not know whom to serve or not to serve. The meaning is—A man should not serve a bad master. If he does it is his fault since he does not use his discretion in making a choice.

51. सदा &c.—The expression is faulty here. The meaning intended is स नृपतिः सदापुष्पफलार्कवत् त्याज्यः; अर्क (Maráthi रुई) is a plant the flowers and fruits of which no body cares to collect (as useless for the purpose of decoration or eating —although it has some medicinal properties). As however the line stands—॰ फल must be taken to mean—always having resources or means and wealth.

Trans.—Servants should give up a king, possessed of resources and wealth though he may be, approaching (taking service under) whom they do not find a comfortable living, as hungry travellers resorting (सेवकाः) to an Arka plant leave it, not finding relief, although it is always endowed with flowers and fruits.

52. देवी—the queen. कुमार—the heir-apparent.

53. प्रोक्तः-when called, जीवेति प्रब्रुवन् saying-sir, of long life (lit. may you live long), he, who, clever in executing business, कृत्यं निर्विकल्पं (unhesitatingly or without putting forth doubts) करोति &c.

55. He who does not hold consultation (or talk in private) with the servants of the harem (for that would lead to suspicion) &c.

P. 12 56. He, who does not transgress the bounds of duty (or propriety) even when in difficulties, thinking that he is ever in high esteem with the king, &c. कृच्छ्रेषु

may better be taken with प्रभु (when there is some temptation to servants to be overbearing).

58. He who regards gambling as (frightful as) a messenger of Yama *i. e.* always avoids it)......and the wives (of the king) as phantom forms of women (and not real entities as far as they themselves are concerned)—

59. He who is always intent on showing hatred to those whom the king hates and acts agreeably towards those whom the king loves &c.

Sl.s bet. 57-58 तद्वत् तथा यः रणं शरणं house मन्यते &c.

60. When people converse, one good sentence (or speech) gives rise to another (*i. e.* the excellence of conversation depends upon one's skill and thoughtfulness just as a fresh seed springs up from (the old) one when grown luxuriantly owing to the excellence of timely rain. The comparison to the seed shows that by वाक्य must be understood well-thought of speech.

61.—Talented men depict, as flashing forth before us (picture vividly to our mind's eye) failure that would result from impediments forseen, and brought on by an injudicious use of policy and success as resulting from expedients properly foreseen and the wise employment of policy. नीतिगुण०—Separate अनीति० in the first case. When a king enters upon a particular line of policy, wise ministers point out to him the dangers of a bad policy &c.

62. शुकेन तुल्यं शुकवत् as in the case of parrots. Good words bristle charmingly in the speech of some as in the case of parrots, lie in the heart of some as in the case of the mute, while they bound beautifully both, in the speech &c.

अप्राप्तकाल०—Inopportune, not suited to the occasion. निषेवता—A grammatical anamoly as the root सेव् is Atm. बुद्धयव०—is charged with want of sense or discretion (or judgment).

64. व्यालाकीर्णा:—(1) Surrounded by rogues; (2) haunted by wild beasts. सुविषमा—very hard to penetrate; (2) very

rugged or full of declivities. कठिणाः– (1)hard-hearted; (2) hard to touch. दुःखसे०–(1) served with difficulty; (2) resorted to with pain.

65. Kings like serpents are—भोगिनः (1) given to enjoyments; (2) possessed of hoods; कञ्चुका०–(1) clad in armour; (2)coverd with sloughs; (1) of crooked policy; (2) going in a zigzag way; (1) of merciless or cruel deeds; (2) acting ferociously; (1) easily prejudiced; (2) extremely wicked; (1) won over by counsel; (2) tamed down by spells.

66. Kingship (the dignity or position of a king) like Brahmanaship, which is difficult to attain and to which all people pay homage, is wronged (defiled, insulted) even by a small misdeed (or wrong done by a servant).

Sls. bet. 65-66. द्विजिह्वाः–(1) Changing their words; double-tongued. छिद्रानु०—taking advantage of one's weak points; (2) moving towards holes. स्वल्पमपि &c. Those who, although favourites, do the least injury to a king &c. पापचेतसः may qualify महीपतेः also.

67. Royal fortune is difficult to be courted, difficult to be obtained and hard to be retained: but when it settles with one, it remains long like water in a reservoir.

68. Adapting (accommodating) oneself to whatever may be the mind's disposition of a person, a talented man should quickly win him over (bring him under his power).

69. Moreover (च) ministering to the master's desire (or, acting in accordance with the bents of the master's mind) is a proper (or advantageous) mode of behaviour (सुवृत्त) for servants. Or, the proper conduct of servants consists in &c. छन्दानु०—by those who act up to the wishes or whims of, (humour).

70. Addressing words of praise when the king is angry &c. अभिमते to one who is his favourite. अमन्त्रं &c.–is a mode of winning over or subduing without the use of spells or rites. शिवास्ते०—May your path (journey) be happy. It is a kind of blessing, meaning-may you be successful in your undertak-

ing or business,-यथा &c.-according to your desire (अभिलषितमनतिक्रम्य); do what you desire. वेत्रलता-A cane-staff चिरंतनः—चिरंभवः of long standing. तन added to adverbs of time has the sense of 'relating to'. मध्यवर्ती—entitled to a rank or taking a seat in the second circle (officers immediately below the king). निर्दिष्ट—pointed out to him.

P. 14. नखकुलिशा०—decked with the thunderbolt-like nails. मान०—So as to show respect first, introducing his speech respectfully. अपि०—introduces a question. कस्मात्०-How is it that you are seen after a long time *i. e.* how was it that you did not come to see me for a long time. न क्रिंचिद् &c.—Your Majesty does not at all want us (has no need whatsoever of our services). प्राप्तकालं—what the time demands. अधम—the lowest.

71. Rich men have to do with (use) grass as a means (instrument) of picking the teeth &c.; how-much more so then with men endowed with speech and hands! अन्वयागताः-hereditary. आपत्स्वपि—Although we are not restored to our office yet &c. तथापि—Still *i. e.* although *we* follow Your Majesty.

73. स्थानेषु-in their proper places. प्रभवामीति-Because one has the power to do it. अनभिज्ञो &c.—*i. e.* A king who does not appreciate merits has no followers (they leave him). क्रमायातोपि—although directly descended from the line.

74. समीयमानः p. p. of the nom. verb from सम (समीयते). When placed on a level with (treated as an equal of) his unequals, when respect is not shown to him along with his equals and when he is not appointed to high or responsible posts (or placed at the head of affairs)-owing to these three causes does a servant leave a king. यच्च &c.—however, when a king, through thoughtlessness, appoints...to low and dishonourable posts and they do not just stick to them &c.

75. कनक०—Fit to be set in a gold ornament. त्रपु-tin. विरौति-jingles. भवति &c.—The man who sets it there is found fault with.

76. What respectable man, having a course open to him elsewhere, will &c. where no distinction between (men who ought to be on the) right and (on the) left is observed (*i. e.* all are promiscuously treated).

77. काचे अर्थं मणिरिति...इति येषां बुद्धिः विकल्पते mis-conceives *i. e.* who are not able to judge well. Not a servant, even in name, will stay near (will be willing to serve) those &c.

78. Where a master deals with (treats) his servants equally without distinition (without distinguishing between good and bad servants), there the energy of those capable of good work is damped.

79. A king can not be without servants nor can the servants exist without a king: this their relation is mutually dependent. What is meant is—the greatness of kings depends on their servants and *vice-versa*

80. A king who has no servants, although conferring favours upon men, does not shine by himself, as does not the sun without his rays (when hidden by clouds &c.) although luminous. तेजस्वी may also go with the king.

81. The nave is supported by the spokes and the spokes are planted into the nave. Thus proceeds also the wheel of the relation &c.

अर्घास्ति—have any value. आभीरदेश--a residence of cowherds; or a country of that name situated on the mountain Vindhya to the west of the river Tápi; see A. Dic.

82. Even the hair, always borne on the head and treated with oil, turns gray if deprived of the oil (स्नेह); how should not servants then be alienated if not treated with affection although (previously) ever greatly honoured and treated affectionately. स्नेह and विरज्यन्ते have a double application.

83. अर्थमात्रं-अर्थं एवार्थं०—only money; संमान०–if mere respect be shown to them; if only honoured. प्राणैरपि do a service to the king even at the cost of their lives.

84. विचक्षणाः—wise, sagacious.

85. Having entrusted a business (कृत्यं) to whom a master rests with an easy mind &c.

86. A king has a friend (lit. a helper) in him who, having done a good service to him, calculated to serve his best interest and difficult to be performed, says nothing about it through modesty.

87. मितं measured, in a few words. अर्हः—a deserving or proper servant.

88. यः भूपस्य हानिकरं destructive to the interest. of—(किंचिद्) दृष्ट्वा तस्य नाशाय (for the removal of) अनादिष्टोऽपि &c.

89. दुरुक्तः—harshly spoken to, reproved in words, पापं evil, misfortune.

90. न पीड्यते—*i. e.* (when he has to serve a king) who does not mind hunger &c.

91. सांग्रामिकीं &c.—भविष्यां refers to संग्राम; having got the intelligence that war is impending or about to take place स्वामिनं प्रति प्रसन्नास्यो भ०—will meet his master with a joyous countenance.

P. 16. 92. नियोगसंस्थिते यस्मिन्—who being in service *i. e.* during whose administration.

94. कौशेयं-(कोशादुत्थितं fr. कोश) Silk (or a silk-garment) has for its source worms; gold can be had from stones...a lotus spring up from mud....*Rochanā* is the outcome of cow's bile: the meritorious attain celebrity by the manifestation of their merits; what have they to do with their origins.

95. अप०—doing damage; while a cat is cherished or desired (to be kept in the house,) since it is useful (lit. does a good service) &c.

96. दारुकृत्यं नास्ति—no purpose of timber can be served. प्रयोजनं नास्ति (no useful end can be served). विज्ञाप्यं &c. I have something to tell Your Majesty.

98. अपि स्वल्पतरं—Although insignificant or trivial ऐकान्तिके-in solitude or private. षट्कर्णः-When reaching six ears (*i. e.* heard by three men). पिंगलका०—understanding (divining) the meaning or wish of. द्वीपिन्—a panther. वृक a wolf.

P. 17. सविलक्षस्मित—with a smile of embarrassment. (confusion or perplexity.) अनाख्येयं—such as cannot be or is not fit to be told.

100. दारेषु &c.—something ought to be concealed from the wife &c. विपश्चित्—a wise man. महतोऽल्पतरोऽथात् According to the exigency (or the greatness or importance) of the matter or business in hand.

101. Having communicated his grief to a master who distinguishes between merits (appreciates special merit) or to a servant possessed of merits (such as devotion to his master, honesty &c.) or to a wife following her husband (in all the vicissitudes of life) or to a friend of mind one with his (his bosom) friend, a man becomes happy. With the reading मित्रे चानुपचर्ये—the meaning will be–to a sincere (or unselfish, disinterested) friend. न उपचर्यः that should be waited upon or attended to अनुप० one who does not require much attention to be paid to him. सत्व–*m. n.* an animal, a beast. शब्दानु०–His prowess must be in keeping with or correspond to his voice *i. e.* his prowess must be as great as his voice. Notice the cons:—when the pot. par. of भू is used impersonally the predicate (here अनुरूप) is also put in the Inst. case.

102. पैशुन्यात्—back-biting, slandering; or wickedness, treachery. वाचा &c.—But a timid or weak-minded man is frightened out of his wits by words or sound. आतुर *v. l.*—a weak man, one incapable of doing any thing. पूर्वोपार्जितं—पूर्वैरुपार्जितं acquired by your forefathers, ancestral. भेरी—a large kettle drum. पटह—a kettle drum. काहल—a large drum.

103. अत्युत्कट &c.—यस्य महीनाथस्य धैर्यं न हीयते &c The king whose courage does not fail him when a very powerful or fierce enemy attacks him &c. उत्कट one acting proudly; fr. उत् meaning उद्गतमदवृत्तिः and aff. कट added स्वार्थे.

104. Even when fate frowns. धीर the wise, or strong—minded. शोषितानि सरांसि येन. उद्धतः—boisterous with its waves

proudly swelling. Although the sultry season can dry up lakes it has no power over the sea.

106. शक्ति० and निःसार०—have a double application—मान may mean honour or अभिमान self-respect, pride. Similar is the course of action of a man without honour (or self respect) and grass-bending owing to want of strength and light through absence of substance.

P. 18. 107. What is the use of the beauty of him who does not become firm (offer resistence) when assailed by another's prowess like that of an ornament made of lac which does not retain its firmness when subjected to heat. तदेवं &c.—Taking all this into consideration, my lord should pluck up or summon courage, be firmhearted. क्षुत्क्षामकण्ठः—With his throat parched with hunger. वायुवशात्—Under the influence of, as they were acted on by, the wind. प्रोच्चारितशब्दस्य &c. Before I cross the range of the animal that has uttered this cry, whose roar is loudly heard. नैदयुज्यते—This is not a wise course of action. पितृपैतामहं—hereditary.

109. विमर्शयेत् &c.—who acts rationally, (takes a step after due consideration) and does not take action precipitately, will never suffer mental affliction; will not have to repent afterwards. आपतितं-has come upon me, I have come by this. मांस०—मेदस् marrow. The comp. should have been Sam. Dwandwa. परुषचर्मा०—covered with tough skin. निराशीभूतः—disappoinded; this should be निराशभूत or निराशो भूतः; or the form may be defended as निर्गता आशा निराशा सास्यास्तीति निराशी तथाभूतः or this may mean deprived of his jaw. (आशी which primarily means सर्पदंष्ट्रा). दारु०-दारु शेषो यस्य reduced merely to wood परिग्रहः—retinue, the body of servants. भयव्याकुलित०—with their minds agitated with fear, their hearts unhinged by fear.

110. पुरुषविशेषं—a particular man, (a fit or unfit person).

P. 19. शब्दस्वरूप—The nature of the sound *i. e.* what

sort of animal is that whose roar it is. यथोचितं—उचितमनतिक्रम्य as the circumstances would require you to act, what may be advisable to do. गन्तुमुत्सहते—have you the courage or can you make bold, to go. किं स्वाम्या०—What, has a good servant any choice or alternative left to him as to what he ought or ought not to do when his master commands, *i. e.* a good servant must execute the command of his master at any risk; he must obey orders implicitly.

111. स्वाम्यादेशात्—When the master commands, a good servant entertains no fear in any matter, is not afraid to do any thing *i. e.* nothing deters him from carrying out his master's command. आहेयं—of a serpent.

112. समं विषममेव मन्यते—just considers whether a thing ordered is easy or difficult to be performed; *i. e.* hesitates to excute an order. न स संधार्यः &c.—he should not be kept in service by a king if he (at all) desires his welfare. उभयवेतनः &c.-Getting wages from both or being paid by both (by me and by my enemy, for the service promised to be rendered to us in turn).

दुष्टबुद्धिः—ill-disposed, having evil intentions against me. चिकीर्षितं—what is desired to be done, object (p. p. of the desi. of कृ). अन्यत्—as qualifying स्थानान्तरं is redundant as स्थाना० means अन्यत् स्थानं; so we should omit this or read स्थानं; or this may mean 'a second changed place' as the lion had already come to one स्थानान्तर.

114. अविश्वस्ताः—Those who do not put undue confidence in others, those who are always on the alert and act cautiously

116. शत्रुर्न सिद्ध्यति—An enemy is not reduced to submission or brought under sway. Even gods cannot subdue an enemy without securing his confidence. For the lord of the gods cleft the fœtus in Diti's womb through confidence gained.

Diti—daughter of Daksha, and wife of Kas'yapa and the mother of the Daityas. She begged of her husband a son who would destroy Indra, The boon was granted on condition that she should bear the babe in her womb for a hundred years remaining perfectly holy. Indra knowing what was in store for him attended upon Diti with utmost humility and watched his opportunity: One night, in the last year of the prescribed period, Diti retired to rest without washing her feet. Indra then entered her womb and dissected the embryo into seven parts. But as the parts cried out, he further divided each of them into seven portions. All these lived and became known afterwards as the 49 maruts.

P. 20. शोभनमापतितं—A good or lucky thing has come to pass. एतस्य सन्धि &c.—Now Sanj. will come into my power or will be entirely at my disposal by my having it in my power to bring about a friendly union between the two or by setting them at war.

117. A king does not follow or act up to the advice of his ministers, either through gentility or friendship, until a calamity (or sorrow) overtakes him.

118. A king perpetually in trouble is to the advantage of ministers; hence ministers desire a king to be in adverse circumstances. Or a king in trouble is always &c.

119. नीरोगः—A man in good health. स्वामिप्रसादात्—Through your Majesty's grace (which enables servants to execute their business.)

121. A king is declared by Manu to be the representative of all gods. One should, therefore, regard him as a god and not deal with him treacherously.

122. विशेषः—a special characteristic. भवान्तरे—In another life. दीनोपरि—*cf.* Mar. वर.

123. प्रभञ्जनः—a hurricane. मृदूनि—soft *i. e.* always yielding. नीचैः प्रणतानि–bending very low. स्वभाव &c.—This is but the in-born disposition (or natural characteristic) of the great; a great person displays his valour against the great. समुच्छ्रितान् &c.—but commits havoc upon (lit. affects violently) the lofty, unyielding trees.

P. 21. 124. An elephant, though struck with the feet of intoxicated bees, hovering about, being strongly attrached by the ichorous fluid on his temples, does not get angry (with the bees), possessed of enormous strength as he is: one possessed of strength exhibits anger only towards one of equal might.

स refers to the bull; सत्त्व is both m. and n. नियोजयामि—the obj. is तं. कृपण—narrow minded, insignificant. सोच्छ्वासं—With a sigh of relief.

125. A business is not so well accomplished by means of weapons &c. as when brought about by force of talent. प्रसादनिग्रहादिकं—such business as rewarding merit or good service, punishing crime, and the like.

साक्षेपं—Reprovingly, with an air of reproof. आकारयति—calls, summons you to his presence. फलेन &c.—You will know it by the result (*i. e.* when he will punish you for your audacity.) साधुसमाचारः—A Bah. comp.; of good character, one from whom good things only can be expected. वचनपटुः—clever in speech, eloquent (able to persuade or convince).

126. पर्यन्त—the border all round, boundary. But a king's mind can never be fully known or guaged. समये—At the proper time. प्राकृतं—ordinary. कालिन्दीपरिसरे on the ground adjoining to or near Yamuna.

P. 22. शष्पभोजिनः—graminivorous animals. व्याल॰—haunted by, abounding in, ferocious animals. चण्डिका—Name of Pàrvatî in her fierce form. वाहन—a vehicle. विषयीभूत—is the territory of, under the sway of. प्रतिपन्न—Agreed to, accepted.

अभयदक्षिणा—The gift of the promise of safety. दापयितव्या—Pot. p. of the cau. of दा. तदत्र—प्रमाणं Your Majesty is the authority in this (present) matter, is to decide or direct what next to do.

मन्त्रिश्रोत्रिय—Excellent minister. हृदयेन &c.—having (as if.) consulted my mind *i. e.* my inmost thoughts (you have said just what I should have said.) याचयित्वा—stands for the primitive याचित्वा.

127. A kingdom is supported (its stability maintained) by ministers of unshakable mental calibre, not crooked, or dishonest (*i. e.* straightforward, or fair in their dealings), free from shortcomings (or having no weak points), and well tried, as a house is by pillars of solid strength, straight, without holes and well examined. धार्यते—is cau. for primitive; or नृपेण and निर्मात्रा should be supplied as subjects.

128. The talent of ministers is put to test in the action they take when a well-organised scheme fails (or peace is suddenly broken) and of physicians when the critical stage of a disease (caused by the disturbance of the three bodily humours) is reached. Who is not wise when things are in their normal condition (स्व original state स्थ abiding in).

प्रसादसं॰ --Lit. turned towards, ready to favour. वचन॰—Brought within the power of my advice; ready to act up to or abide by my advice. धन्यतरो मम—Happier than. The gen. is sometimes used for the abl. with the comparative.

129. Fire is (as pleasure giving as) nectar in winter, &c. संमान—the neu. is unusual. or सम्यग् मानं measure; a proper estimation of one's ability by a king.

सप्रश्रयं—Courteously, respectfully. विश्रब्धं—without any misgiving, fearlessly. राजप्र॰-on attaining royal favour you should act with me on terms of mutual agreement. स्वप्रभुतया—asserting your supremacy, arrogantly. तव संकेतेन—In consultation with you. राज्यधुरमुद्व॰—I shall bear up the yoke of the kingdom *i. e.* I shall carry on the administration, bear the responsibility of government. राज्यधुरं should be धुरां; but the form may be defended by the maxim 'The rules about the changes &c. at the end of comp.s are optional. भोज्या—Fit to be enjoyed; we shall enjoy.

130. Riches will come to men (acting in concert) according to the principle of hunting—one urges men (lit.

human subjects) to their duties (various spheres of action) while another kills (punishes) them (when they go wrong), as they do the game (one raises or drives the game, others kill it).

N. B. This probably means—Two clever men working in union can make their fortune by inducing men to do certain things and then by threatening to punish them-having the means of rewarding or punishing men in their hands.

131. He, who, through pride, does not honour men in proximity with (in immediate attendance on) a king, whether they are the best or low or midding, falls from his position, as did Dantila.

P. 23. वर्धमानं—Now called Burdwan. नाना०—master of merchandise of various sorts. पुरकार्यं &c.—Executing people's as well as state business, rendering signal services to the citizens and to the king. तादृक् चतुरः—Because he did what was not possible for ordinary men to do, *viz.* to please the people and the king at the same time.

132. He, who attends to the good of the king, incurs the hatred (or dislike) of the people, while one who acts for the good of the people is abandoned by great kings; when there is thus great opposition (between the two modes of behaviour) equal on both sides, it is difficult to find one who works (equally) in the interest of the king and of the countrymen (the subjects). पार्थिवेन्द्र-may also be taken in the sense of a king, पृथिव्या अयं पार्थिवः earthly इन्द्रः.

संप्रवृत्तः—Was commenced or being performed. राज०—राज्ञः संनिधौ near लोकः, the people in immediate attendance on the king. सान्तःपुरः-Together with the ladies of the harem. अभ्यर्चितः—duly honoured. गृह०—who was a sweeper in the palace. अवज्ञया—contemtuously. अर्धचन्द्रं दत्वा &c.—was seized by the neck and tured out, foreibly drivan away. अर्धचन्द्रं दा to place about the neck the hand with the thumb and the fore-finger stretched out so as to resemble the creseent moon. चिन्तयन् आस्ते—kept on thinking.

133. Why should that man who is unable to retaliate an injury, get shamelessly uneasy about it in this world? Is a gram, although flying up, able to break the frying pan (in which it is fried)?

योगनिद्रां &c.—While the king was in a state of half sleep and half wakefulness. धृष्टत्वं—audacity, boldness. द्यूतासक्तस्य—as I was engaged in gambling, sleep powerfully seized me. सेर्प्यं—in a spirit of jealously. स्वगतं—scil. आह. अप्रतिहत०—whose course is unobstructed, who has free access everywhere.

P. 24, 134. तदभ्यासा &c.—it being constantly revolved in the mind.

135. Whatever thoughts, good or evil, might be lurking in the minds of men—the same, although well guarded, can be known from one's utterances in a dream or under intoxication.

135. They converse with one person, look, full of a mour, at another, while they think of a third who is cherished in the heart: who possibly is beloved by women!

136. With a rosy hue imparted to their lower lip (lit. with the lustre of their lower lip rendered reddish-white) by their smiles they talk profusely with one; they look at another, different from this (इतः) with eyes beaming and dilated like full-blown lotuses; while mentally they brood over another still, who is a stranger to noble conduct but possesses attractive (lit. manifold) riches: on whom do women with charming eye-brows fix their love which may appear to be significant in the truest sense of the term!

138. Fire is not satiated with &c.; the sea is never over-filled with &c.

139. O Nárada, women's chastity is due to the fact that (or women come to be chaste because), there is no secluded place (for them to go wrong), or fit opportunity or no suitor. 140. इयं मम कामिनी मयि रक्ता attached to me &c.

141. He who carries out their biddings (excecutes

their business)—whether easy of performance or very arduous, lowers himself in every way in the estimation of the public by his acts.

142. प्रार्थयते—offers suit to. ईषच्च—does even a trifling service (च—अपि).

143. Women who cannot keep within proper bounds always keep within due limits owing to want of suing on the part of men &c.

144. No one is unwelcome to them; they have no consideration of age &c. पुमानित्येव—merely because he is a man (and for no other consideration).

145. A man who is deep in love with women becomes enjoyable to them like a red garment, which being worn on the hips is dragged on hanging down by the skirt.

146. As red lac is squeezed and then thrown down on the feet by women so is a man attached to them forcibly deprived of his wealth and made to fall at their feet.

बहुविध—in various ways. प्रसाद०जातः-withdrew his favour from. (lit. became averse to showing or was not disposed to show, favour). राजद्वारे—Even access to the royal palace was refused to him.

147: Who on getting money does not become proud (*i. e.* every one gets proud)! the difficulties of what sensualist have come to an end ? (*i. e.* of no one); &c &c. खण्डितं—wounded. नाम possibily, I should like to know. गोचरं गतः-fallen into the grip of, gone within the reach of. गौरवं गतः—met with respect. वागुरा—a net. क्षेमेण यातः—has come out safe, escaped unhurt.

148. शौचं—शुचे र्भावः purity. कामोपशान्ति—gratification or satisfaction of the carnal appetite. सम्बन्धिन्—a relative of, one connected with. विष्कम्भित—rejected, obstructed or debarred from entering, p. p. of स्कंभ् with. वि. I. A. 5. 9. P. राजप्रसा०—०दमधिष्ठितः in the enjoyment of royal favour; a royal favourite. अर्ध०-will get a blow with the palm bent to a semicircle.

149. संमानहीनोपि—Although not holding a respectable or honourable post.

150. कापुरुषः—mean-hearted. भीरु cowardly. पराभूति an insult, ill-treatment. For the second line some read यदाप्नोति फलं &c.; see foot-note:—A meritorious man does not reap that benefit, even in part, which &c.

विलक्षा० &c.-With an abashed look, full of sorrow and crest-fallen.

P. 26. निशामुखे—at the outset of the night, in the evening. भर्त्सयित्वाप०-I dishonoured you with a reproof because &c., and did not drive you away out of a wilful desire (राग, to insult you). स्वर्गराज्यो०—which could be measured with &c. *i. e.* was very costly. कृतसंमानस्य of me, thus honoured (कृतः समानो यस्य Bah.)

151. Oh, very similar is the action of the rod of a balance and of a wicked man—they are raised with a little and also sink down with a little *i. e.* a trifling cause serves to please or incense a wicked man as a small weight added or taken away causes the arm of a balance to sink or rise.

अविवेक०—Indiscrimination, thoughtlessness. अप्रस्तुतं—what is incoherent, or nonsensical. गृहकर्म०—As you are a domestic of the palace. आसक्ति—attachment or addiction to. तथा आविष्टेन—thus forcibly seized or overpowered by sleep. अयमसंभाव्यो व्यति०—as this incident or occurrence not likely to happen. वराकः—poor (innocent) man. शिथिलतां व्रजन्ति are not so promptly or properly managed. पीना०—on him having a huge and long hump (पीनमायतं च ककुदस्य।) नख० &c.—This is a mark of royal favour. see *supra*. p. 14.

P. 27. यथा वर्ध०—how he was separated from Vardh. &c. सादरतरं—with greater respect (as he was struck with the candour and nobility of manner of the bull.) मद्भुज०—Protected in the cage of my arms. भाव्यं—Pot. p. of भू-गुरूणां &c.—not to be inhabited by large beasts. सुभाषितगोष्ठी-

a conversation on choice subjects or excellent topics; or सुभाषितयुक्ता गोष्ठी—a talk containing pithy sayings.

152. Union (a meeting) with good men brought about accidentally and but once knows no decay (जरा lit. old age which is the symbol of decay) and becomes everlasting. It requires no repetition (for its being strengthened).

अनेक०—प्रागल्भ्येन—whose mental faculties were developed by the deep study (lit. he having plunged into) the various s'ástras. स्तोकैः—in a few (days). मूढमतिः—whose mind was not cultured, whose talent was undeveloped. अरण्यधर्मात् &c.—He was weaned from his wild duties and made to follow those of domestic animals *i. e.* he was made to give up his ferocious habits. दूरीभूतस्तिष्ठति was not admitted to the royal presence. कांदिशीकः—fr. किम् and दिश् (in which direction should we go) संवृत्तः repaired to different regions, fled in all directions.

153. Servants leave a king from whom no benefit accrues, although he be well born and high-spirited, as birds leave a fruitless tree though deep rooted (कु the earth and लीन buried) and lofty.

154. Servants, although well-born, devoted and having honours bestowed on them do leave a king when their allowance is withheld (or their wages are not paid).

155. The king who does not allow the proper time of payment to pass (*i. e.* pays his servants in time). &c.

आसंसारं-throughout this worldly existence; in this matter-of-fact world परस्परं &c.-The world is engaged in this universal contest for life by using such remedies as Sa'ma and others. The means usually employed in state policy are four, viz.—(1) Sàman-peace, negotiation; (2) Da'man-money-payment to secure a particular object; (3) Danda—the use of actual force, warfare; and (4) Bheda-sowing dissention, effecting a split in the rank and file of the enemies.

156-58. With snares formed by means of Sa'ma and

others, according to their ability, kings watch (for their prey) over countries, physicians over their patients &c. &c. and live, as acquatic animals do over acquatic animals (and live on them). प्रमादिनः—careless men. गृहमेधिन्—one who leads a married life; a householder (गृहैर्दारैर्मेधते संगच्छतेऽसौ). शिल्पिनः —People skilled in the different arts; artisans.

P. 28. 159. The plans (intentions) of serpents &c, do not (often) succeed and hence the world continues to exist.

160. The snake on the body of S'iva, oppressed with hunger, wishes to eat Ganapati's mouse; him (the snake) Kártikeya's peacock wishes to devour; while Pa'rvati's lion (her vehicle) desires to make a meal of the elephant (mouthed Ganapati-mistaken for an elephant): when such is the constitution of S'iva's household even, how can such a state of things be not found in the rest of the world, since such is but the nature of the world ?

क्रौञ्चरिपु—Kártikeya, so called as he once pierced with an arrow the mountain Krauncha. Parvatî has for her vehicle a lion. The gist of the sl. is that a spirit of strife and self-interest characterises the whole world.

अप्रधानतां गतौ—thrown off from the office of chief ministers. त्वद्दोष०—to ward off future blame to you; that no one should blame you afterwards for not timely warning the king against such conduct.

161. अम्बिकासुत—is Dhritara'shtra, who was warned by Vidura to have the dispute between the Kauravas and Pândavas amicably settled by giving the latter their due, that his whole family might not be afterwards destroyed.

162. When a king intoxicated with pride and an elephant furious with rut go astray, the ministers and drivers respectively that attend upon them are exposed to (deserve) blame. मदो० qualifies both भू० and कु०.

त्वया स्वहस्तेन &c.—idiom—you have drawn down ruin on yourself (lit. pulled or rubbled burning charcoal with your hands and got them burnt).

163. The Jackal owing to the fight between (two) rams, I on account of A'sha'dhabûtti and the female messenger through her being serviceable to another, suffered: in all these three cases the fault was of one's own making.

विविक्त—lonely, secluded; or holy, pure.

P. 29. सूक्ष्मवस्त्र—fine garments or clothes. महती वित्त-मात्रा &c.—he came to have a good parcel of money. मात्रा measure. कक्षा—the armpit, अन्तर cavity.

164. आय—acquisition, getting—व्यय—expenditure. Fie upon wealth which is the abode of hardships.

दृढशिला०—It is not possible to break open the wall owing to its being compactly built with stone. मायावचनैः—deceitful words. विश्वस्तः &c.—Inspired with confidence he might confide in me.

165, A man who has no desire (or who is indifferent) can never be an officer (as he cannot humour a king &c.) one who is not lustful can never love ornaments; अविदग्ध—one who is not clever, has no wit; one who speaks plainly cannot be a deceiver.

असारः—unsubstantial, unreal ०गिरिनदी &c.—Youth flies with the rapidity of a river running down a mountain (lit. is comparable with the speed &c.); life as fleeting (short-lived) as the fire of grass; and enjoyments as evanascent as the shadows of autumnal clouds. प्रथमे वयसि-in the first stage of life, or youth. विरक्तिभावः—may be taken as—विरक्ति, (भाव being pleonastic) since there is such absence of attachment to worldly objects in you; or भाव may mean 'apperance or manifestation of.'

166. I consider him to be tranquil-minded in whom all passion is annihilated. Who does not come to have S'ama (absence of passion) when the vital fluids in the body are dried up?

167. Old age (*i. e.* its effect, the moderation of passion) first makes its appearance in the mind of the good and then in the body; but &c.

168. Consecrated with the Mantra of S'iva, whoever wears matted hair and applies holy ashes to his body, be he a S'udra or &c. becomes S'iva himself.

P. 30 पादौ गृहीत्वा—having clasped his feet. दीक्षया &c.–Favour me by teaching me the initiatary Mantra. निःसंगता–keeping aloof from company, seclusion. प्रशस्यते—is recommended for.

170. A king is ruined by bad counsel; &c लालनात् over indulgence. अनध्ययनात्–by not studying the Veda; character is spoiled by having to wait upon a wicked man. अप्रणय —want of courtesy. अनय-bad management; or iniquitous conduct. अनवेक्षण-inattention.

व्रतग्रहणा॰—After your acceptance of the solemn vow. कुटीरक—a hut. भवदा॰—I will strictly follow your injunctions (lit. your direction is the authority *i. e.* absolute). कृतशयन॰—Who had agreed to the condition as to sleeping (outside the convent). पवित्रारोपण—Pavitra is a kind of ring made of the kusha grass, Durvá &c.—आरोपण is a ceremony performed on a certain day every year when the members of a sect or family gather together, invoke a particular deity and put on Pavitras. तस्य गच्छतः—on his way. कन्था—a patched garment or wallet worn by ascetics. योगेश्वर—lord of the Yogins, S'iva. साव॰—You should carefully guard. छात्र॰ delighted at heart at the virtues of his pupil. सुवर्ण॰—in a herd of rams (lit. whose bodies were covered with golden fleece).

P. 31. हुडु—a ram. रोषवशात्—through fury. अपसरणं कृत्वा—having moved apart. जिह्वालौल्यात्—through greediness (lit. eagerness of the tongue to eat). रङ्गभूमि—the scene of battle. संघट्ट—Collision. रक्ता॰—through eagerness to taste the blood. शिरःसंपात—the clash of their heads. उद्दिश्य—in the direction of, towards. औत्सुक्येन—then through anxiety, he having cleansed his body &c.

चेतनां लब्ध्वा—having regained consciousness. फूत्कर्तुं—to

send forth loud hissing sounds (Expressive of mental agitation and pain).

पदपद्धति—the track of his foot-prints. पद्धति properly means a path or way beaten by the feet (पद्‌भ्यां हतिः) here a series of. नगरे (प्रस्थितः)—should have been नगरं or नगराय. कौलिक—a weaver. सूर्योढः—brought by the sun *i. e.* stopping his course at sunset; hence arrived at evening twilight ०गृह्यतामतिः०—Let the duties towards a guest be done (lit. accepted or undertaken) *i. e.* show me the hospitality due to a guest.

191. By receiving the guest who comes to householders in the evening, travelling with the sun, householders attain the dignity (or are exalted to the rank) of a god.

172. तृणानि—*i. e.* seats made of grass. सूनृता—agreeable. हर्म्येषु–Harmya which usually means 'a mansion or residence of a wealthy man' (हर्म्यादि धनिनां वासः) simply means here 'a house or dwelling;' or the reading एतान्यपि सतां गेहे should be adopted. न उच्छिद्यन्ते—are never exhausted *i. e.* are always to be found. Manu III. 101.

173. Cons. अतिथेः स्वागतेन &c. पादशौच—water for washing the feet.

पुंश्चली—an unchaste woman. देवदत्त—the name of her sweet-heart (paramour.)

P. 32. 174. A libidinous woman feels great delight when the day is cloudy or when there is pitchy darkness and the streets are difficult to pass through (when her movements cannot be easily noticed), or when her husband goes to a foreign land. Ratirahasya IX. 45.

175. Women, addicted to covert sexual enjoyment, consider as straw (set little value on) a bed spread on a bedstead, a devoted husband and a charming couch.

176. The lovesport (of her husband) burns the marrow of an unchaste woman, his love her bones and his coaxing words are jarring to her ears. There can be no happiness for husband and wife not drawn to each other by love.

177. A falling off from her family honour, people's censure, confinement and even peril to life,—all this a woman attached to a person other than (her husband) accepts (rather than be chaste.) See Kut. M. 799, 794, 810.

गतास्तरणां—गतमास्तरणं यस्याः without a covering or bed. **संभाव्य** having seen. **अप्रमत्तेन भाव्यं** you should be careful (watch my house carefully). **शृङ्गारविधि** &c.—having put on a decoration suited to amorous purposes. **मदवि॰**—with limbs drooping owing to intoxication. **मुक्तकेशः**—with his hair hanging loose. **व्याघुट्य**—suddenly wheeling back. **कृताद्भुत॰**—unusually attired. The sentence beginning with प्रागेव and ending with आस्ते is paranthetical. The weaver, who had already been indignant at heart owing to the evil reports about her he had heard (reaching him from ear to ear), but who had always concealed his real features, now got convincing proof on seeing her behavior of that kind, and entering the house in a fit of passion (lit. in the power of anger) &c.

P. 33. **स्थूणा**—a post. **दृढबन्धनेन**—with a strong rope. **मदविह्वलः**—*i. e.* with the wine swimming in his eyes.

अत्रावसरे—**अत्रास्मिन्न॰** **कुलटा**—अटतीति अटा कुलस्य अटा wandering to her lover's house; an adulterous woman.

180. I consider the life of those as laudable like that of camels, who are resolved to make an effort to seize the sweet fruit lying in difficult places.

181. When (the existence of) a second world is doubtful, when the evil talk of the people is much varied (evil tongues say a variety of things) and when a paramour is at command, blessed are those who enjoy the fruit of their youth.

178. Liquor manifests all the symptoms of *Sannipâta, viz.*—Stupifaction (or prostration), falling on the ground and talking incoherently or irrelevently.

179. The condition resulting from contact with Varuni (liquor, the western quarter) is experienced even

by the sun *viz.* *Karaspanda* (shaking of the hands–throbbing of the rays), *Ambaratya'ga* (dropping of the garments–leaving the sky), *tejohâni* (loss of energy-loss of splendour) and *sarâgatâ* (becoming furious–turning ruddy). *Varuni*–the west, so called after Varuna, its regent.

प्रतिकूल०—words of contradiction and change of dress. लगुडप्रहारैः ०देहां विधाय—having given her a sound drubbing (lit. with the body well thrashed or completely broken down with the strokes of the stick)

182. If by a stroke of good luck an adulterous woman finds in private a man, ugly though he may be, she cannot at all, even with difficulty attach herself to (lit. enjoy) her husband though handsome.

सूर्यकर०—touched by the rays of the sun *i. e.* will not rise from sleep till the sun shines. संकेतस्थानं—the appointed place or rendezvous. विमदः—विगतो मदो intoxication यस्य. स्वरभेदभयात्--for fear of the change of voice (being noticed) *i. e.* betraying herself by the difference of voice. वित्त० क्षुत्क्षामकण्ठ—supply इति after this; Dev. who was sleepless owing to the loss of his money and being famished with hunger.

P. 34. दुष्टतरं—more painful. धर्षयितुं—to insult, to outrage. व्यङ्गयितुं--to maim, to mutilate. Inf. of the denomi. of व्यङ्ग.

183. अनिलः—the god of wind. द्यौः &c.–*i. e.* their presiding deities. Mah. Bha. Adip. ch 74. 30.

तादृग्रूपां—तादृग् रूपं यस्याः सा—having the same form as before. अक्षता—not wounded or maimed; whole. भ्रान्तिरपि even an illusory thought about and not really in thought even. उल्मुक--a fire-brand. विस्मितमनाः--विस्मितं मनो यस्य with his mind full of amazenent; astonished at heart.

184. The deceitful tricks which were known to S'ambara, to Namuchi &c.--all these, summed up, women know.

185. They smile in response to one who smiles, and win over one whom they do not (really) love, as occasion arises (lit. according to the exigency of the time). अप्रिय may also mean–unfriendly or unfavourable.

186. All the craft (or the code of stratagems), that was known to Us'anas (Sukràchàrya, the preceptor of the demons) and to Bṛhaspati, cannot be placed above (cannot surpass) that known to the talent of women; how can they be kept under control (or within proper bounds)?

187. Those who represent untruth as truth and *vice versa*, how can they be guarded by wise men?

188. One should not get excessively attached to women nor wish their power (over one) to grow *i. e.* allow them to gain asendency over oneself. For with men dotingly fond of them they play as with crows shorn of their wings.

189. With a sweet tongue (lit. mouth) they (women) talk charmingly but strike with a cold (loveless—cruel) heart. &c.

P. 85. 190. Hence it is that (the nectar of) their lower lip is drunk (the lip is kissed) while their heart is beaten with closed fists by men deluded by a particle of happiness as is a lotus by bees attracted by its honey.

191. By whom is this machine in the form of woman, resembling poison mixed with nectar, created in this world for the destruction of virtue ? It is a whirlpool of risks, an abode of acts of immodesty, the residence of adventurous deeds or enterprises, the meeting place of faults, a dwelling for hundreds of frauds, the birth-place (lit. field) of mistrusts, which is difficult to be comprehended even by able and eminent men (the choicest of the chosen) and which is the repository (lit. a box for) all kinds of deceitful tricks.

192. The qualities mentioned herein although bad in themselves, constitute beauty when existing in the various limbs of a woman's body. Thus कार्कश्य hard-heartedness is a bad quality but hard-ness in the case of the breasts

of women is a mark of beauty. Translate—They are seen to possess का. in their breasts; तर० (sparkling lustre; ogling, casting side-glances) in their eyes; अ० (elegance; falsehood) in their face; &c. &c. कौ०—waviness or curliness; crookedness; मा०-gentleness; dulness or stupidity; स्थूलता fulness, plumpness (of lips); clumsiness. भी०—bashfulness or timiditiy ; cowardliness. माया०—-affectionate treatment, employment of deceitful tricks, trickery. Why should those fawn—eyed women whose merits are this whole multitude of demerits be dear to (loved by) men ?

193. कार्यहेतोः—with an eye to the accomplishment of their objects; with the object of getting their ends. शील character. श्मशान० &c.—women should be avoided like pots in a cemetery (the harbingers of destruction).

Sl. between 193-4 व्याकीर्ण scattered about यः केसरः the mane तेन करालं fierce मुखं येषां. भूरिमदस्य (abundant rut) राजिः line of, तया &c. परम०—exceedingly timid-hearted; they yield to the power of women.

194. At first they act (agreeably) to the wishes of a man only so long as they do not know that he is deeply attached to them; but afterwards when they see that he is caught into the snares of love they drag him on like a fish that has swallowed the bait.

195. Unsteady by nature like a wave of the sea, and displaying Rága (love, a red tinge) for a short space of time like a line of evening clouds, women (courtesans) who have gained their object (or made their fortune) abandon a man who has lost his wealth like red lac that has been squeezed. चलस्वभावा—स्वभावचला.

196. अनृत untruthfulness. साहसं adventurousness, spirit of daring or enterprice. अति०—Excessive greediness or avariciousness. स्वभा०—inborn (defects).

Sl. bet. 196.97. They infatuate, they exhilarate, they mock:—having entered the guileless hearts of men what effect do these fawn-eyed ones not produce there ?

197. अन्तर्विष०—Filled with poison internally (*i. e.* full of wicked thoughts; bitter to taste).

P. 36. महत् छिद्रं—how should this great defect be concealed, how should this matter be passed off. कार्यकरणापेक्षया—with a view to accomplish her object or design. क्षुरभाण्ड—the razor-case. उत्सुकतया—In his eagerness, as he was in a hurry.

सदाचार०—behaving virtuously; following (the path of) good conduct.

जर्जरीकृत्य—belabouring her with. धर्माधि—the seat of justice; the Magistrate's court. सभ्यान्—the judges. तूष्णींभूतं-Keeping quiet, remaining tongue-tied.

198. A man who is alarmed at his own act on having perpetrated an evil deed becomes one whose tone is altered, whose face changes colour, who looks shy (or has a suspicious look) and whose lustre is gone.

199.—who walks in with faltering steps, with the colour fled from his countenance and his brow covered with perspiration and speaks indistinctly.

200. परिज्ञेय:--should be found out or recognised (as an offender).

20). (While) a man who is innocent (lit. pure, without a guilty conscience) has a bright countenance, is in good spirits, speaks clearly, presents an angry look and speaks in the court vindictively and with firm-ness (without trepidation).

P. 37. दुष्ट०—presents the signs of a guilty person or offender. स्त्रीधर्षणात् &c.—Since he has laid violent hands on a woman; on account of his outrage on a woman. शूल०—let him be impaled.

202. A Brahmana, &c. enjoy an exemption from death (capital punishment); the law enjoins that they should be maimed.

वित्तनाश०—dismissing his sorrow consequent on &c.

203. Even Brahmá cannot fathom a fraud cleverly devised. A certain weaver impersonating himself as Vishnu &c.

स्नेहपरौ—acting with affection towards; loving.

P. 38. यात्रा०—a great festival on account of a fair. तत्र—तस्मिन् ०संकुले where there was a mixed crowd of actors, dancers and bards. सनाथां—endowed with, possessing. कञ्चुकी०—surrounded (attendded upon) by chamberlains and eunuchs. विषार्दित &c. as if affected by poison or possessed by malignant evil spirits or planets. ०दुःखित:—grieved at his misery. आप्तपुरुषै:—by his relatives or friends. शीतो०—cooling remedies or appliances. उपदिष्टैः—prescribed by. उपचर्यमाण:—being attended to or treated. कथंचित्—regained consciousness or came back to his senses with great difficulty. काष्ठप्रदा०—By preparing a funeral pyre for me. प्रणया०—Excess of love.

पिहित—or अपिहित covered with.

204. Nothing that exists in this world is beyond the reach of &c. असाध्यं—not to be removed or cured. मकरध्वज—the god of love. तद्वेदना—the pangs of love.

मत्तेभ०—as large as (lit. having the expanse of) the frontal globes of rutting elephants. कुंकुमा०—moist with saffron paste.

रागी &c.—The lower lip resembling the *bimba* fruit is रागी (red and passionate); नीचा—depressed, and base. कुटिलक—curly or curved; अलकं hair (or read अलिक the forehead):-let these cause pain when pictured by the mind. But the cheeks being white (without any defect) should not do so.

P. 39. दिष्ट्या—Fortunately, thank God. ०धिष्ठित—presided *i. e.* watched over. असत्यवचनेन by words that cannot prove true *i. e.* by false assurances. कील०—moving by means of pins or pivots. वैन०—Garuda, named after his mother Vinatá (विनताया अपत्यं पुमान्). चिरज—old. शङ्ख &c.—These are the weapons and insignia of Vishnu.

कौस्तुभ—is the gem Vishnu wears on his bosom. ०विज्ञानं—the art of moving the pivots guiding the motion of the eagle. सप्त०—living on the top-floor of the seven-storied palace. स्वकीय०—by false witty (amorous) speeches of your own. वात्स्यायनो०—According to the procedure laid down by Vàt. कीटिका—a worm (an insignificant creature before you). पावनः—the purifier or deliverer. उपकल्प्य—having duly fitted me or assigned me to you. सुभगे—O blessed or fortunate one.

किं पुनः—what again then of *i. e.* how much less then &c. गान्धर्वेण—Gandharva is one of the eight forms of marriage mentioned by Hindu law-givers. The mutual consent of the bride and bridegroom is the essential thing in it, no other ceremony being required for its conclusion. See Manu. III. 27. सान्वयं—with his descendants. अधरोष्ठ०—her tender lower lip. (lit. her lip resembling a tender leaf.) खण्डनं—its being bitten or injured. विभाव्यन्ते—can be known or perceived to be like those of.

P. 40. समेत्य—gathering together, in a body.

205. The birth of a daughter (Lit. that a daughter is born) is a source of great anxiety. वितर्कः—Lit. indecision, perplexity.

206. When born she (a daughter) afflicts (lit. takes away) the mind of the mother; and as she grows up the anxiety of the relatives also grows. When given in marriage to another she is (likely) to commit a foul (sinful) deed; it is difficult to separate daughters from misery (worry to the parents.)

तस्य कृतान्तः &c.—The warrant of death is upon him; *i. e.* his days are numbered; he is sure to be punished with death. ०वयवां—the limbs of whose body were scratched with nails. कलङ्कः—disgrace, stigma or stain. शील०—Why have you damaged (wrecked) your character. कृतान्ता०—looked at *i. e.* marked as his victim. एवंगतेपि—Even though things have come to such a pass, even though you have gone so far in your indiscretion. [कोपाटोप°—in a manner frightful on account of the vehemence of anger. भय°—भयं च लज्जा च ताभ्यां नतं hung down आननं यस्मिन्कर्मणि. चेत्—If.]

पुलका°—having all her limbs covered (lit. marked) with the hair standing on end. दिष्टया वर्धसे-Lit. you rise by your good fortune (दिष्टि); hence, I congratulate you on. निशीथे-at mid-night. वर्षाणां शतं व°; वर्षशतादीषन्न्यूनं almost equal to a hundred years. निभृतो भूत्वा—lying concealed.

P. 41. यथोक्त—as mentioned before. °प्लावित—washed over or deluged with. वश्या भ°—will come under my sway. सीमा°—the border kings. मर्यादा°—encroached upon their boundaries; or, treated them insultingly (transgressed the bounds of decorum). संबोध्यः-should be so informed, the matter should be made so clear to him that; *i. e.* you should so persuade or request him that &c. कियन्मात्राः—of what account or significance. उद्वास्य—having devastated. प्राकार°—only the rampart (*i. e.* the capital) was left to him. °विशेषान्—such choice perfumes as camphor, aloe, musk and others. °पेयानि—°पेयांश्च is the reading found in the existing editions. But the *M.* gen. is difficult to understand. To take it as a Bah. qualifying °विशेषान् is without propriety; and the च also becomes redundant. So it is corrected into पेयानि च. Perhaps the author wanted to write पेयादिपदार्थान्. स्थानभङ्गो भ°-We shall be driven from our place; the city will be lost: साशङ्काः—stricken with fear.

207. निर्विष—without venom. फणाटोपो°—The display of the hood strikes terror.

स्थानार्थमुद्यतस्य—making efforts to defend, or engaged in defending the place &c. सुन्दरतरं—a more welcome or desirable thing, very excellent (as the reward would be a place in the eternal world as mentioned in the next sl.)

P. 42. निस्तेजसः—destitute of valour or energy. सुसंनद्धसैन्यः—With his army well-equipped or drawn up. स्मृतमात्रः—Just as he was remembered, merely by being remembered. दारुमय°—दारुणो विकारो दारुमयः गरुडः तस्मिन् ।

विहितनियमः—making a solemn declaration, with a firm resolve (to die). संक्रमणं कुरु-enter into, transfer your spirit to. कौलिकसाहसा०—whose mind was diverted or who was delighted at heart with the weaver's adventure or enterprise. अवाप्ततेजसा—who had gained fresh vigour or additional power. जीवलोकसारं—the essence of or the most desirable thing in this mortal world.

P. 43. एवंविधे व्यतिकरे—When matters have taken such a turn, under such circumstances. किंकार्यं &c.—what will be advisable for us to do; or what shall we be able to do? बुद्धिस्फुरणं भ०—my talent will be stimulated *i. e.* will suggest a remedy to me.

209. But his talent when employed (set into operation) by a man of genius can destroy &c. What is meant is—The schemes devised by a man of genius are surer and wider in their effect than even steel instruments.

बुद्धिप्रा०—The ripeness of talent *i. e.* although you possess talent of a superior order. असमर्थोऽपि &c.—Although I am physically unable yet I am able (to accomplish my object) by using a stratagem.

210. What one can accomplish by means of a stratagem is not possible to be achieved by physical exertions or valour. कनकसूत्र-a gold necklace. निपातितः—destroyed. प्राणसंशयः—Uncertainty or risk of life. लुब्धः—the greedy creature.

212. हेति—Weapons. उपायज्ञः—one skilled in using expedients or devising remedies.

P. 44. 213. A crane perished through excess of the greediness of tongue by being seized by (or in the grip of) a crab. ०सनाथं—full of. मुक्ताफल०—resembling strings of pearls. कुलीरकः—a crab. समेतः—accompanied by. सादरं-earnestly. माम—Uncle (as a term of address). आहारवृत्तिः-taking of food. ०नेत्राभ्यां—marked with eyes &c. (the Inst is उपलक्षणार्थे); ०नेत्रेण would have been better. सनिश्वासेन—Sighing, heaving sighs. परमवैराग्य०—owing to the extreme want of desire (unwillingness) on my part (to eat fish). प्रायो०-A sitting without food till death follows. द्वादश०—A twelve years' drought is close at hand, is impending.

रोहिणी०—Name of the fourth asterism figured by a cart. It is also called प्राजापत्यं श० after Prajàpati, its presiding deity. The passage of the planets Saturn, Mars. Venus &c. through it is supposed to foreshadow evil. वराह०—A celebrated Indian astronomer who flourished in the 6th century. His principal works are Bṛhatsamhità and Bṛhatjàtaka. He died in 587. A. D.

214. When Saturn (the son of the Sun) in his heavenly journey passes (भिद् lit. to pierce through) through &c. वासवः—Indra, the god of rain.

215. When the cart of Praja'pati is passed through (by planets) the earth, being covered over with ashes and pieces of bones (of the persons burnt) appears to practise the vow of a Kápálika (a skull-bearing ascestic), after having committed sin, as it were. See Var. Bṛh. Sam. IX. 25.

When a planet passes through the cart of Rohinî there is want of rain followed by a terrible famine. The earth, not yielding corn, causes the death of creatures and thus commits sin. It becomes parched and arid and is covered with the ashes and bones of the persons that die in consequence of the drought. In this condition it is described as practising the vow of the Kápàlikas who also, to atone for their sins, go about naked, with their limbs covered with ashes and a human skull in the hand for collecting alms.

216. रुधिरः—Mars, so called on account of its reddish colour. तस्माद्भेदाद्यदनिष्टं तदेव सागरः. The whole world is (plunged and) destroyed in the sea of the calamities resulting from that. See Bṛh. Sam. XLVII. 14. The metre of the sl. is mixed (विषम) as the first 3 pàdas are in the Rathoddhatá metre and the fourth in Svágatà.

Additional sl. अशरणीकृताः—rendered helpless. शिशु–their children asking for food and drinking water heated by the solar rays and mingled (with dust). See Bṛh. XII. where the reading is ॰पिठराम्बु.

P. 45. क्रीडित—used here actively in the sense of 'who have played with.' स्वस्वजनैः—by their respective relatives. गोधा—an alligater. शिशुमार—(शिशुन् मारयति) the Gangetic porpoise. बीजशेष॰—Not even so much as their seed will be left here. बीजं शेषः बीजशेषः बीजशेष एव बीज. उद्धरिष्यति ought to be taken here as used intrasitively; or supply कश्चित् as the subj. It will be, however, better to read उद्धरिष्यते pass. The reading उर्वरिष्यति–'will be left'–found in the El. College Ms. appears to be better. पद्मिनी॰–beautiful with beds of lotuses. तत्र विश्वासं &c.—having confidence in him. दुष्टाशयः—wicked-minded; or having evil intentions. स्वेच्छया—at leisure. मिथ्यावार्ता॰–by telling them false news and messages. नित्यामिव–as usual; he got his livelihood or fed himself as usual; or as if it was a permanent source of gaining his livelihood. The reading नित्यमेव is simpler. अन्य॰ दिने—one day, after that. निर्विण्ण–tired of, disgusted with. व्यञ्जन॰–(I shall use him) as a condiment (that will give relish to me). वध्यानां शिला वध्यशिला the stone against which the victims were dashed. स्थले न प्रभवति—has no power or cannot prevail on land. प्राणयात्रा—means of sustenance. स्मर्यतां &c.—Remember your favourite deity (that she might bless you at the time of death); hence 'be prepared for death.' दंश—a tooth. मृणाल॰—मृणालस्य नालमिव धवला white like a lotus-stalk. इत्युक्तवति &c.—The loc. abs. is unidiomatic as the same (स) is the subject of the main sentences, गृहीतः and मृतः; इत्युक्तवान्स would have been better. कुशल॰ तिष्ठति—is a question. Is there any cause of safety (which makes you return)? सोत्सुकाः &c.–we are waiting here full of anxiety and with patience. आयुःशेषतया—As I had yet to live (as the lease of my life was not yet over).

अभिप्रायं ज्ञात्वा—having divined his intention or object. राजाधिष्ठानं—The residence or capital of a king. प्रमादिनः—who may be careless. कनकसूत्रं—a string or necklace of gold. हार—a pearl necklace. तद्ग्रहणेन—In the act of its being taken away; for its being taken back. आत्मेच्छया—According to their will; *i. e.* they flew up to go to where their will would lead them (without fixing upon any particular spot as their destination). जलासन्नं—near or on the margin of the lake (goes with न्यस्त &c.; who had placed their gold necklaces &c. on the bank &c.). वर्षधराः—eunuchs.

प्रसारित०—With its hood spread out or the body raised. यस्य बुद्धिः &c.—*cf.* the Eng. 'Knowledge is power'. व्यापादयन्नोपरराम—did not cease killing *i. e.* ever went on killing, continuously killed. सारंग—a spotted antelope.

P. 47. समयधर्मः—A solemn contract or agreement (धर्म a duty that is binding). राजधर्मः—a duty proper for a king.

218. यथाबलं—(1) consulting his resources, or royal power; (2) according to his bodily strength. रसायन—properly a medicine containing purified mercury; hence any potent or powerful remedy. A *Rasâyana* must be taken in very small doses, otherwise it will do harm. पुष्टि—(1) prosperity; (2) nourishment. What the sl. purports to say is this—A king should not seek to enrich his treasury all at once but should draw as much money from his subjects as he can do with safety and that too by gentle means. The meaning of the sl. is made clear in the following slokas.

219. Land (a kingdom), though unproductive, yields fruit (a good revenue) when pressed for payment by constitutional means as the *araṇi*, though rough, gives rise to fire when churned in due form and with the recitation of the Vedic verses. विधि in the first case means—the course prescribed by state policy, the method of government. मन्त्र—counsel, the advice of ministers; hence विधिना मन्त्र० means—by constitutional methods. मथिता—chured for (revenue) *i.e.* mode to pay taxes &c. मथिता may have the sense

of being roughly handled. When a king governs his country according to the dictates of policy and the advice of his ministers people pay the taxes levied although the taxation may weigh heavy upon them at times.

220. The protection of subjects conduces to glory and swells the treasure in the form of heaven (*i. e.* the obtainment of स्वर्ग becomes surer and surer every day &c.), but their oppression assuredly leads (स्थितं) to the destruction of religious merit and to sin and infamy.

221. The king-cowherd should take the milk in the shape of wealth of the cow of subjects gradually protecting and nourishing her (at the same time); and he should follow a course (policy) of justice.

222. A king, who, through a wrong sense of his kingly power, destroys his subjects like a goat, will enjoy pleasure but once and not a second time at all.

223. A king desirous of benefit (revenue) should, with special efforts, look after the growth of his subjects with the water of gifts and honour (should take care to see that his subjects are in a prosperous condition and kept well pleased with the bestowal of gifts and honours) just as a gardener, wishing for fruit, tends the young saplings with special care by pruning (दान) them, by keeping them in good order (मान) and by suppling them with water.

224. A king acting the part of a lamp, although drawing up oil in the shape of wealth from his subjects is not observed to do so by any one by reason of his intrinsic bright qnalities.

Herein a good king is compared with a lamp. Just as a lamp gradually sucking up oil by its wicks is not observed to do so (nobody minds the consumption of oil) owing to the bright light it gives, so a king, with shining good qualities, although taking money from his subjects is not observed to do so by his subjects owing to the blessings derived from his rule.

225. Just as a cow is reared up and milked in time so are subjects taken care of and made to give to the king his due. When a creeper is watered and (thus) grows luxuriantly it yields flowers and fruits. The meaning is that a king wishing to have a large revenue must attend to the general prosperity and well being of his subjects.

226. Just as the minute germ of a seed when nourished with care yields fruit in time so do subjects when well protected.

227. Gold, vehicles of various kinds and other things of that sort, a king obtains from his subjects.

228. Kings who bestow favours on the people prosper, while they meet with destruction if the people are destroyed; there is no doubt as to this.

P. 48. निर्वृतिभाजः—full of happiness, relieved of their anxiety. वैराग्ययुक्तः—one disgusted with or tired of life. जातिक्रमात्—According to the order of the species (in which the animals were to go) वारः -turn. वेला० कृत्वा—having trangressd the appointed time. भव्यः—excellent, capital. कोपाविष्ट—highly incensed or enraged. सृक्कणी—the corners of the mouth. प्रातराहा० &c.—I will strip the wood of all its animals for my morning meal. प्रज्वलितात्मा—his soul inflamed or burning with rage. प्रस्ताव—turn. अन्तराले—on the way. विवरान्निर्गम्य-rushing out from a cave. समय०—according to the requirement of the agreement. In the next line it means—on terms of an agreement or forming an agreement with me. चौररूपी—Lit. of the form of a thief, thief-natured; an imposter. विश्वास०—keeping four hares here as hostages.

P. 49. 229. (The acquisition of) land, an ally or gold (money)—these are the three fruits of (objects to be sought by) war. When a single one of these is not to be obtained one should not make war under any circumstances.

230. Where the gain is not very great and where

defeat is certain—there (under such circumstances) a wise, man should not proceed by giving (act in such a wary as to give) rise to war.

स्वभूमिहेतोः—For the sake of (*i. e.* to recover or keep up) one's land. This was the lion's motive in seeking a fight. परिभवाच—or when an insult has been offered. The cunning hare purposely adds this just to inflame the lion's spirits.

दुर्गाश्रयः—दुर्गमाश्रयो यस्य protected by a fortress. विष्कं०—obstructed, stopped. दुःसाध्यः—difficult to be overcome or subdued.

231. The object which is not gained by means of &c. is gained by means of a single fort. The reading तत्कार्यं सि ध्यति is faulty as regards the metre, as ति is short.

232. प्राकारस्थः—stationed on or behind a rampart, protected by the rampart (of a fort). धरतीति धरः धनुषो धरः धनु०; a bowman, an archer. शतं—a hundred (soldiers of the enemy). संधत्ते—holds out against, resists, keeps at bay. प्रशंसन्ति—speak approvingly of, recommend. विचक्षणः-विचष्टे इति one well-versed in.

233. Formerly Indra had a fort built for him through the divine power of Vis. at the advice of his preceptor &c.

Hiranyakas'ipu—son of Kas'yapa and Diti. By virtne of a boon obtained from Brahma, he usurped Indra's sovereignty and oppressed the three worlds. Owning to his oppression of his son, Prahláda, he was killed by Vishnu, as Nṛsimha.

234. He (Indra) pronounced a blessing that &c. स्युः-सान्ति there are.

235. यथा दंष्ट्रा०—without the venomed fang. मदहीन.—out of rut. वश्यो जायते—falls into the power of.

236. He, who does not put down an enemy and a disease as soon as they make their apperance (the moment they are produced), is killed by the same gaining strength (when grown), though he may be powerful.

237. By one desiring one's welfare a rising enemy

should not be neglected (connived at); for the wise declare the two as of equal power when growing, *viz.* a disease and he (an enemey). Sis. II 10.

P. 50. 238. Cons. क्षीणबलोपि शत्रुः मदान्धैः पुरुषैः प्रमाददोषात् उपेक्षितः सन् प्रथमं साध्यो भूत्वापि &c. An enemy, although weak (lit. possessed of little strenght) if neglected by men blinded with pride through the fault of carelessness, then he, although manageable at first, becomes difficult to be subdued afterwards like a disease, which, though slight at first and easily curable, reaches the incurable stage if neglected in the beginning &c.

239. He, who will go (against—attack-his enemies) after having properly estimated (guaged) his strength and consulted his self-respect and energy, kills many though one (single-handed or unaided) as Bhárgava (भृगोः गोत्रापत्यं पुमान्) did the kshatriyas. Or मानोत्साहौ may be taken as obj. to व्रजेत्—he who will manifest his self respect and energy after a due consideration &c. Bhárgava is better known as Parashura'ma.

240. He, who without computing his own strength as well as that of his enemy, faces (attacks) him through eagerness (in haste), meets with destruction like a moth in fire (flying towards the fire). वह्नौ पतङ्गवत् स नाशं याति.

241. He, who through the pride of his strength (बलात्), marches forth to destrory a powerful enemy, comes back, shorn of his pride, though strong, just as an elephant though powerful returns humbled (विमद) and with his tusks broken when going to crush an elevation (प्रोन्नतं a raised bank).

अग्रे व्यवस्थितः—stood in the front, started ahead. सिंहनादं मुमोच—uttered the roar (characteristic of a lion). प्रतिशब्देन &c.—there arose from the well a sound doubly as loud as the roar on account of the echo. यदि भवान्कथयति—If you permit me, if you approve of my plan. यथा॰—अभिप्रेतमनतिक्रम्य—as desired by you. राजप्रयोजनं-

my sovereign's interest. व्याकुलतया—Owing to perplexity, not being at ease.

242. Cons. यस्य पराभवं नेच्छेत् तस्य यदशुभं &c. तद् ब्रूयात्. One should point out to him whose defeat (ruin) one does not wish for, what may be good (to his interest) or bad, what may be repugnant to (lit. fit to be hated by) him or agreeable to him.

P. 50. साभिप्रायं—अभिप्रायेण सहित with some purpose underlying it, full of meaning; earnest. द्रोहबुद्धि—entertains treacherous thoughts, has evil designs against (your Majesty). इति &c.—And so he spoke to me confidentially (lit. taking me into his confidence) and in private. दृष्टा—I have ascertained or marked. सारा०—his strength and his weak points. सकल०—I will gain sovereignty over all the beasts. with (having) you for my prime minister. वज्र०–resembling a mighty (सार) blow of the thunderbolt. संजीवके निबद्ध: fixed राग love येन.

243. प्रमाणं—the chief or central authority. तं मोहात् &c.–Pride takes possession of him on account of his being drunk with power; through pride he gets disgusted (dissatisfied) with a state of servitude; when filled with disgust a desire for independence takes hold of (lit. sets foot in) his mind; and then owing to his desire for independence he even seeks the life of the king.

संजी० तावत्—As to, as far as Sanj is concerned. भृत्यो०–That one is a servant or not a servant does not lead to any definite conclusion; does not prove any thing. एक एव अन्तो यस्य तदे० न एकान्तिकमनेका० It is not invariably true that a servant will always be faithful or that one who is not a servant will be disloyal.

244. यो राज्ञां श्रियं *i. e.* sovereignty &c. People wait upon a king because they are unable (to wrest his *sovereignty from him*).

तस्योपरि चित्त०—The disposition of my mind (my feelings)

towards him cannot change *i. e.* I cannot bring myself to entertain evil thoughts towards him.

245. अनेक॰—affected with many distempers; broken down by many ailments or diseases. Although doing wrongs or acting disagreeably, a beloved person is ever a beloved person.

अतएव&c.—And hence does this come to be a fault or blunder (of policy). It is a mistaken policy ever to regard a favourite as such *i. e.* never to distrust him.

246. The person on whom a king fixes his eye more often (*i. e.* whom he regards with special favour) the same whether low-born or of noble descent, becomes the receptacle of wealth.

P. 52. अपरं—moreover. the other consideration is. गुण॰—a special merit or qualification. तदस्मात्न॰–That object cannot be gained through him. पुनः—but, on the other hand. रिपुसाधनं—Vanquishing or subjugation of the enemies. दूषयित्वा–having accused him of felony. हन्यतां supply एषः.

247. संसदि उक्तो भवति is praised in an assembly. तस्य &c.—His fault should not be mentioned by one afraid of belying or going against one's own solemn declaration. प्रतिज्ञा—affirmation, a solemn statement; भङ्ग going counter to. What is meant is this—When a king pronounces his opinion about a person in a court, he is supposed to do so after due deliberation; if he changes it afterwards he is likely to be accused of being over-hasty in his judgment.

सर्वथा—All things considered; from every point of view. न तं प्रति &c.–we cannot show any anger towards him (Having promised safety to him, we cannot destroy him under any circumstances).

248. This is taken from Kum. II (sl. 55) where it forms part of the answer of Brahman to the gods, requesting him to free them from the oppression of the demon Ta'raka. इतः–from me;–he ought not to be destroyed by

me; for it is not proper for one to cut down a poisonous tree after having reared it up oneself.

विषवृक्षोपि—on this Mállinàth observes—विषवृक्षोपि स्वयं च्छेत्तुं न सांप्रतमनर्हः । असांप्रतमित्यनेन निपातेनाभिहितत्वाद्वृक्ष इति द्वितीयान्तो न भवति अनभिहिते कर्मणि द्वितीयाभिधानात् । As the relation of the object and verb is expressed here by a particle, विष० is put in the Nom. Case, असांप्रतं being equivalent to न युज्यते ।

249. In the first place one should not show favour to (lit. grant the request of) supplicants; but when shown, it should be cherished every day; that one should throw down a person after having raised (elevated) him, brings shame to him; for, to a person already stationed on the ground, there is not fear of a fall (for when a man is raised to a higer station and then degraded that is humiliating to him; but when he is not raised at all, there is no chance of his falling down).

250. What credit (or praise) is due to the goodness of one who is good to one's benefactors (those who confer favours upon one) &c.

न विरुद्धं &c.—I will not act in a hostile manner; not do evil to him.

251. He loses his life who does not kill one whose wealth is equal to his, whose power is equally balanced, who knows his weak points (or shortcomings) and who is persevering and able to deprive him of half of his kingdom. अर्थ may also mean 'the object to be gained;' hence who is equally ambitious.

विरक्तिं गतः—is dissatisfied with or disattached to you. मांसादः—मांसमत्तीति. अवध्य०—not to be obtained owing to your inactivity in killing (your resolution not to kill) your victims. If the reading be वार्ध्यं dissolve वध्यव्यवसायवाह्यं (to be obtained) न भवतीति अ०. येन–*i. e.* flesh to eat (मांसाशनेन). आखेटके मतिः &c. You will never think of, will never be inclined or disposed to hunt.

252. भृत्यैः—better read मर्त्यैः by men.

P. 53. 253. Not even the name of the water lying on heated iron is known (no trace of it is found or left); the same water, when lying on a lotus leaf, assumes the beautiful form of pearls (lit. shines by assuming &c.); the very water, when dropped into the shells of the ocean when the sun is in the constellation Svàti, is converted into pearls (themselves): generally a man comes to have qualities of the best or middle or the worst sort according to the company he keeps.

254. सङ्गदोषेण—through the fault of associating with; (सङ्गरूपः दोषः) or, in consequence of the bad influence of. विक्रिया—change of disposition or character;—go astray. प्रसङ्ग.—association with. गोहरणे—for seizing by force the cows of Vira'ta.

255. प्रतिश्रयः—asylum, shelter.

शयन०—bed chamber. sleeping apartment. श्वेततर—very white; here तर has the sense of excess (अतिशयेन श्वेतौ पटौ तयोर्युगलं). यूका—a louse. मत्कुणः—A bug. असाधोरपि—even to a wicked man.

256. Come; you are welcome; take comfort (or refresh yourself); here is a seat for you; you appear very weak, don't you ? (नु); is it all well with you ? I am glad to see you:—it behoves good men, at all times, to accord a reception in such terms even to a low-born person coming to their house: such is the duty of householders laid down by writers on religious law (स्मृति) which is a speedy way to heaven (an easy means of securing heaven).

समाश्वस्—श्वस् is treated here as a root of 1st conj.. ०:._ ply अपि before कुशलं or किं after it. युज्यति—used for युज्यते for the sake of the metre.

आहार०—of different tastes such as pungent, bitter, astringent, and sour, owing to the vitiating property (or injurious nature) of the food taken.

विविध &c:—विविधानि व्यञ्जनानि condiments च...चोष्यं articles to be sucked (such as the juice of a mango fruit &c.) च लेह्यं (things to be licked) च स्वाद्वाहारश्च तेषां वशात् owing to सौख्यं संपादयामि I shall gratify my tongue.

P. 54. 257. तन्मात्रं &c.—That much alone (*viz.* the gratification of the tongue) is the essence of existence (the object of life) to which the effort of man is directed.

258. If action in this world will not contribute to the pleasure of the tongue then no one &c., or will be under any one's control.

बुभुक्षा—भोक्तुमिच्छा Lit. desire to eat; hunger; desid. n. fr. भुज्. निद्रावशं गतस्य—When sunk into deep sleep; when sleeping soundly. अग्नि०—fire mouthed *i. e.* you give a smart bite. चपल—capricious; have no control over yourself; you will bite him even when it is not time to do so. अभीष्टतरं-much to be coveted, exceedingly delicious. जिह्वा०—through extreme eagerness caused by the greediness of tongue.

260. सुतप्तमपि &c.—*cf.* शैत्यं हि यत्सा प्रकृति र्जलस्य Rag. V. 54.

261. Even though fire were to be cool and the cool-rayed (moon) burning by nature, it would not be possible to change the nature of beings (*i. e.* it is rather possible that the fire would be cool &c. than that a creature should change its nature).

सूच्यग्र०—As if pierced with the point of a needle. इति—so saying. सूक्ष्मदृष्ट्या—with a keen or searching glance. चापल्यात्—quickly.

262. One who discards one's own kinsmen and admits to one's presence strangers assuredly suffers death as did the king Kakudruma (of the following story).

P. 55. तीक्ष्ण०—sharp. प्रत्यासन्न०—into the house of a washerman that was hard by. नीलीरस—indigo-juice. आक्रान्तः—overpowered, attacked. अजानन्तः—not recognising him as. निजरङ्गः—its own dye.

263. One (permanent) is the grasp of the Adamantine.

glue, of a fool &c. *i. e.* these stick fast to whatever they catch hold of. **वज्रलेप**—a kind of cement so adhesive that things fixed with it remain permanently together. For its preparation see Var. Bṛhatsam. Chap. 57.

हरगल०—resembling in colour the neck of Hara, or poison or the Tamala leaf; **हरगल०** may also be taken as **हरगले यद्गरलं** the poison on the neck of Hara.

263. **चेष्टितं**—actions. **तस्य**—तस्मिन्. **भाव्या०**—distracted or bewildered with fright. **ताम्बूला०**—the office of the Keeper of the betelnut box. Formely it was an office given to very confidential and trustworthy persons only. **आलापमात्रमपि०**—did not condescend to talk to them even. **राज्यक्रिया०**—while he was thus dircharging the duties of a king, carrying on state business. **प्रभुधर्मेण०**—in conformity with his royal duties.

P. 56. **शृगाल०**—a pack of jackals. **अश्रावि** Aor. pass. of **श्रु. पुल०**—पुलका अस्याः संजाता असौ पुलकिता तनुर्यस्य with his body horripilated or covered with the hair standing on end. **परिपूर्ण**—overflowing with. **तारस्वरेण**—in a loud voice. **वाहिताः**—misled, made fools of; or, made to carry loads, used as servants; he has lorded it over us.

प्रत्ययः—convincing proof. वधिष्यामि—used for हनिष्यामि by oversight (as **वध्** is not found used in classical **Sans.**) except as a substitute for **हन्** in the Aor. and Benedictive). **सभाव०**—At the time of attending or coming to the council. **अस्थ०**—seated in a place not proper for him *i. e.* above his rank. **क्रूरदृष्ट्या**—With a fierce or cruel look (in a defiant attitude). **सोद्वेगा०**—उद्वेगेन सहितः सोद्वेगः आकारो यस्य with a dejected countenance or look.

265. **विवेकज्ञाः**—who know how to discriminate, men of discrimination (since friends are attracted to them). **कार्यार्थे**—on business, wishing to have their object accomplished.

266. Those who serve kings have their wealth at another's (*i. e.* the king's) disposal (or in another's

power परस्मिन् आयत्ताः); their mind is always ill at ease (or never free from anxiety); and they have no surety of their own lives. (For if they incur the king's wrath their lives might also be threatened).

267. शरीरस्य स्वा०—their mastery over their bodies; their independence; the fools have lost &c.

268. In the first place, birth causes very great pain (to be born in this world is painful); (to add to that) there is constant misery (a state of wretchedness; and to make matters worse) one has to earn one's livelihood by servitude; Oh the series of calamities!!

269. श्रूयन्ते—are heard as mentioned or recorded. Another reading is व्यासेन परिकीर्तिताः । व्याधितः—व्याधिरस्य संजातः one of a sickly constitution or debilitated by diseases. प्रवासी—a (homeless) wanderer (whose life is, therefore, wretched). नित्य०—one perpetually doomed to serve.

270. He is unable to eat at pleasure; sleepless through anxiety he is not required to be roused from slumber (or, he does not rise free from sleep *i. e.* he is not allowed to sleep soundly); and he cannot converse freely (lit. without fear) and yet a servant lives (drags on a miserable length of life) in this world!

P. 57. 271. Those who have called servitude 'a canine mode of life' have wrongly said so; for a dog acts according to his will (pleasure) in this world, while a servant acts according to the direction of his master (a dog has a free or independent course of action; a servant has not).

272. Sleeping on the ground (lit. the ground serving as a bed भूरेवशय्या), observance of celibacy, getting lean and eating lightly (scanty food) or quickly-these a servant does like an ascetic: the difference is that made by sin and merit (in one case they lead to sin in the other to religious merit).

273. If a man were to suffer part of the hardships such as exposure to cold or heat and the like, which he (as a servant) undergoes for the acquisition of wealth, he would be free from the trammels of worldly existence (he would get *Moksha*).

274. What is the use of that *Modaka* (a kind of sweet-meet–hence eating rich food) which though soft, well-rounded, very sweet and attractive, is obtained from service. The meaning is–a life of dependence, however luxurious it may be, is wretched). **सचिवानां**–is कर्तरि षष्ठी, सचिवैः मन्त्रभेदं &c. It is not proper for ministers to disclose the secret plans of their masters. **मन्त्र**—a plan formed by a king in consultation with his ministers; a particular line of policy to be followed in a particular affair.

275. He, who, being appointed a minister (lit. well posted in the ministerial office), divulges &c.

276. The minister, who gives out the secret policy of a king, causes his murder without a weapon—so has Nárada declared himself, शस्त्रेण वधः शस्त्रवधः न० श० अ०.

स्नेह एवपाशस्तेन बद्धः-bound to you by the ties of friendship.

277. When a man meets with death in some way or other, owing to his having placed confidence in another, the latter incurs the sin of that murder, since it arises out of that (confidence). Manu has made this statement.

चतुष्कर्णतया-Lit. in a manner to be heard by four ears *i. e.* in my hearing alone. **न युक्तमिदं** &c.—It is not proper that we should live (get our livelihood) by being treacherous to (by treacherously killing) a friend.

278. Even after killing a Bràhmana, a man can absolve himself of the sin by making a fitting atonement, but never those who prove faithless to friends.

सामर्षेण—अमर्षेण सहितेन full of anger; indignantly. **कुबुद्धे**—you blockhead.

P. 58. 279. A wise man should kill an enemy whom

it is not possible to overcome by any other means, even though he might have given his daughter in marriage to him; there is no sin if such an enemy is killed.

280. When engaged in battle, a man should not pause to consider what is fit and what is not fit to be done: for, formerly &c.

द्रोणपुत्रः—As'vattha'man. धृष्ट०—son of Drupada, king of the Pánchàla country and brother of Draupadî. In killing him while asleep As'vatha'man only returned tit for tat in as much as Dhri. had killed Drona while sitting in a contemplative mood with weapons laid down. सुगुप्त—profoundly secret. यत्ते प्रतिभाति—whatever you think proper or advisable to do under these circumslances. सवैराग्यं—वैराग्येन सहितं यथा तथा despondently.

281. Women fall into the hands of bad men; a king is generally wanting in (lasting) affection, wealth seeks a miser and rain falls on mountains and inaccessible places (where it is not wanted).

283. भैक्ष्यं—food got by begging, alms. नाधिकारेण—by holding office (under a king *i. e.* by serving a king whose displeasure nobody knows when one will incur).

284. कुल—some read 'बलम्'. विवाह-alliance by marriage, matrimonial connection. पुष्ट०—The rich and the poor or strong and weak. Mah. Bha'r. Adi. Adh. 131. 10.

285. अनुप्र०—enter into. समान०—friendship exists (or is proper) between those whose dispositions and pursuits or habits agree (are similar). व्यसन does not mean here a calamity but that to which a man attaches himself heart and soul; his pursuits; it may mean here habits (generally vicious or bad) such as smoking, drinking, hunting &c.

प्रसादयामि—Mark the root sense; even though I were to try to clear his mind of the dirt of anger; to please him by removing his anger.

286. He, who gets angry, having some cause in view, is surely pacified (has his anger cooled down) when that cause

is removed; but how can that man be pleased who dislikes (or hates) another without cause. द्वेष is the opposite of राग and means want of affection, dislike.

287. Of servants who are attached (to their master) and obliging (always attending to the good of their master) who devote themselves to pursuits, calculated to do good to others, who know the principle of faithful service and who are far from being treacherous (to their lord), destruction is certain when they commit faults; as to success in their object (credit for their work) they may or may not get it; therefore, service of the lord of the earth, as of the lord of waters (taking to royal service as to a sea-faring life) is always attended with danger or uncertainty.

288. Supply नरै: after भाव॰. In this world even a service (a favour conferred) by some, loving through real affection, is looked upon with displeasure, while direct injury done by others, serves to give pleasuse. So on account of the difficulty of properly guaging (understanding) the nature of) the minds of kings which are the receptacte of a variety of feelings, the duties of servitude prove to be extremely intricate being beyond the grasp of even Yogins (men who have obtained superhuman powers).

भावास्निग्ध—भाव feeling; loving from the heart; having real affection. दुर्ग्राह्य—difficult to be fathomed; hence properly grasped. योगिन्—Those attaining superhuman power by the practice of contemplation; those who have the power to perceive things out of the ken of the senses.

मत्प्रसाद—favour shown to me. अदोष-innocent (although I have done no wrong to him.

289. सपत्न्य: &c.—As co-wives being exasperated do not bear the favours shown (by their husband) to their fellow-wife although of charming form.

290. The merits of meritorious persons are eclipsed by one possessed of superior merits; the flame of a lamp sheds its light at night but not after the sun has risen.

पात्र-receptacle of merits, hence a man possessed of merits.

वचनरचनया—by your well arranged speech; *i. e.* you will so frame your speech that he will be pleased. लघूनां—weak, insignificant.

291. पण्डिताः—clever. क्षुद्राः—mean-minded. मायोप०—living by fraud or clever tricks (मायया उपजीवन्तीति)-कृत्यमकृत्यं a good or bad deed. कुत्सितं कृत्यमकृत्यं the meaning of the negativ particle अ being कुत्सा or reproach.

अस्ति—प्रतिवसति स्म-अस्ति is often used at the beginning of a tale or narrative as an introductory particle. गोमायु—a jackal गां विकृतां (harsh) वाचं मिनोति (utters) इति.

P. 60. सार्थभ्रष्ट—सार्थाद् भ्रष्टः that had straggled or strayed away from a caravan. ग्राम्यः-domestic. तव भोज्यः—fit food for you, fit to be eaten by you.

292. He, who kills even an enemy coming to his house, confident (of safety) and not apprehending danger from any quarter, will be guilty of sin (equal in gravity to that) arising from the murder of a hundred Brâhmaṇas. विश्वास्य—having inspired confidence in him. तस्य पृच्छतः—as he (the lion) asked him. सार्थ०—Proceeding from, consequent on, or relating to his separation from &c. भारोद्वहन०—do not subject yourself to the hardship of carrying loads. शष्पाग्राणि—the spires of tender grass. दन्तमुशल०—दन्तौ मुशले इव तयोः प्रहारैः with the strokes of the pestle-like tusks. कथमपि प्राणैः&c —somehow *i. e.* through good luck did not lose his life. अप्रभुत्वेन—owing to their inability to kill. यावत्—When. विश्वस्तः—full of confidence, without any misgivings. विज्ञाप्य तथाक०—having persuaded our master I shall so manage it that.

P. 61. पथ्याशी—पथ्यमश्नातीति Your Majesty too has to eat wholesome food and at the proper time. पथ्यक्रिया—the partaking or eating of wholesome food. पिशित flesh. पापाधम—basest of sinners.

293. तथा प्रधानं—is of such superlative importance. तदा एव दोषः भवति you will be guilty of the sin of &c. वधाय नियोजयति—offers himself up for being killed. क्षुन्निरोधात्—On account of your checking *i. e.* not satisfying hunger; if you allow yourself to be starved.

तत्किमेतैः &c.-What is the use of these our lives &c. अनिष्टं—something untoward or undesirable *i. e.* death.

294. स सर्वयत्नैः-with all efforts *i. e.* every effort should be made to save &c.; for, न नाभि०-the spokes (of a wheel) cannot move on when the nave has given way (is broken). For the sense of वह् compare *supra*, sl. 43. Or वह् may be taken transitively. The spokes are not able to support any weight (as the wheel is then broken).

महती—great *i. e.* very serious or dangerous; His Majesty is in a critical or precarious condition. कुर्मः—Let us make, offer up. स्वामिप्रसादस्य &c.—We shall discharge the debt we owe to our master for favours received.

295. That servant in whose sight (presence) his master suffers misery, while he keeps body and soul together, goes to hell.

बाष्प०-बाष्पेण पूरिता दृग् येषाम्. आप्यायनं-nourishment, satisfaction.

296. भक्त्या०—through devotion (and not through compulsion);—he attains the highest (परं=परमं) position, free from &c.

P. 62. 297. The flesh of a crow, as also the remains of a dog's food and these too, scanty and wanting in substance—What is the use of eating these which produce no satisfaction.

गतं—scil. by you (भवता). You have repaid the debt you owed to your master for having fed you; you have shown that you are true to your master's salt. साधुवादः—Lit. साधु साधु इति वादो वदनं the expression of 'bravo, bravo' or well done; hence praise, approbation. अपरः—*i. e.* स्वामिनः.

298. The lives of servants are always at the disposal or service of their master, being brought up with (their) wealth; since such is the case (or, since the lives of servants &c.) no blame (or sin) arises resulting from their being taken away.

नखायुध०—नखा आयुधानि यस्य since you have nails for your weapons.

299. कण्ठगतैः—even when life is about to pass away. विशेषात् &c.—and particularly when it affords but scanty food.

कौलीन्यं—कुलीनस्य भावः conduct befitting high birth; nobleness or magnanimity.

मम प्राणैः—At the cost of my life; *i. e.* having killed me. अक्षयः—Lit. that knows no end; eternal. प्रभूततरं-exceedingly great.

301. Faithful (अनु० lit. obedient) servants who die in the cause of their master get a permanent residence in heaven and leave behind an undying fame on earth.

शोभनानि वाक्यानि—handsome speeches.

प्राप्तकालं विज्ञा०—I will also address him a speech, which is suited to the time or which befits the occasion. समर्थयन्ति—will appland or commend.

P. 63. 302. Those evils which a man wishes even in his mind to over-take his kinsmen, just befall him &c. स्वजातौ भवाः स्वजात्याः born in the same family.

303. That post (or, that resort to) which those who offer sacrifices in due form or even those who gain superhuman power by abstraction do not attain, excellent servants who quit their lives for their master attain.

क्षुद्रपरि०—has mean-hearted servants about him.

304. People (subjects) do not feel affection for a king whose ministers are corrupt or dishonest; (for) he will act like a gander attended upon by vultures.

305. A King though of the form (nature) of a vulture

is fit to be served by councillors of the form of (resembling) swans; while one &c.

306. Affected by the poison of the ear what will a foolish man not do? he will even be a Buddhist mendicant or (be a Kàpàlika and) drink wine in a human skull.

307. Although struck with the foot or beaten with a hard stick, a snake kills, as is well-known (किल), him whom it touches with its fang. But this quality possessed by a wicked and dangerous man is surely something indescribable, in that he touches one at the ear while he destroys another root and branch.

308. Extraordinary (lit. contrary to that of the world) is the way of killing of the serpent in the shape of a wicked man: he comes in close contact with (whispers something into) the ear of one &c.

309. Even of a Guru (a preceptor, father &c.) who is conceited, who does not see what is proper or what is not proper to do and who takes to the wrong path, the abandonment is sanctioned (by the S'àstra). अकार्य—अप्रशस्तं कार्यमकार्यं; here the sense of the negative particle is अप्राशस्त्य unfitness, impropriety.

310. He who has given offence to the great should not feel confident (of safety) at the thought that he is at a distance: for, the arms of a talented man stretch long with which he destroys the offender.

311. Construe—ये सुशीला धीराः......प्राणान् समुज्झन्ति ते क्षणेन यान् लोकान् यान्ति तान् स्वर्गैषिणो नराः तीर्थैः......न यान्ति.

Men desirous of heaven do not obtain those worlds by bathing at holy places, by practising penance or by giving hundreds of gifts accompanied with a good present of money (सुष्टु वित्तं येषु), which noble warriors obtain in a moment by dying in battles.

312. If they die, heaven is obtained; if they live the

best of fame: these two advantages are not outside the reach of the valiant.

313. That fruit (reward) is immediately obtained by those who fall (lit. are killed) in a battle, which is obtained by men by means of sacrifices in which handsome Dakshiṇa' is given, which are performed in due form, which are undertaken for the propitiation of the gods (lit. for making oblations) and in which Brahmaṇas are honoured with presents duly bestowed, and by such means as living in a hermitage in a holy place, offering oblations to the gods, practising penance, (नियम) and observing such vows as Chándráyana and others.

P. 65. तीक्ष्ण—sharp, piercing, pointed. प्रबोध्य—having explained matters to him, having awakened, to a proper sense of his position—करोमि. I shall so work him up that &c. कः संग्रामः what *i. e.* how unequal.

314. On seeing that an enemy is powerful one should verily hide (and thus protect) oneself, while the mighty should display their valour pleasantly (in the spirit of mercy *i. e.* without undue severity). शरच्चन्द्र०—As the light of the autumnal moon is bright but not dazzling so their valour should be tempered with mercy,—said in contrast with प्रगोपयेत् or one should keep into the back ground, not risk a fight.

315. अविज्ञाय—without having properly estimated or ascertained. वैरमा०—begins hostilities. टिट्टिभ—a kind of lapwing. ऋतुसमयमासाद्य—when the season of breeding came. आसन्नप्रसवा—आसन्नः प्रसवो यस्याः whose delivery was at hand, when she was near confinement. विचिन्त्यतां—be carefully marked or found out. समुद्रवेला चटति—the tide of the sea reaches or overflows this place. का मात्रा &c.—what power has the sea got that &c. दूषयि०—will injure or harm.

विश्रब्धा—free from all fear, without the apprehension of danger.

316. If a mother is to be called 'The giver of birth to a son' by having a son who, afraid of a defeat or injury, leaves his own place, then on whose account can she be designated 'a barren woman ?'

पक्षिकीट:—miserable or insignificant bird.

P. 66. 317. Who possibly has no pride brought about by one's thoughts about one's own greatness (lit. conceived in one's mind)?; (*e.g.*) the tittibha lies with its legs turned upwarder for fear of the sky being dismembered (and falling down). The tittibha in its pride believes that it would support the sky, were it to give way.

प्रमाणं—proof; see how it bears out its words; or, the limit of its power. कुतूहलादपि—at least out of curiosity. वेलाव्या॰—under the pretext of the tide (*i. e.* outwardly showing that the eggs were taken away by the tide.) अहंकारमा॰—through (lit. having recourse to) vanity or egotism.

318. हितका॰—He who does not act up to the advice of friends desiring his welfare, he, the evil-minded one, &c. दुर्बुद्धि:—दुष्टा बुद्धिर्यस्य whose mind in perverted, who has not the wisdom to know his interest.

देवर्षिमहर्षी &c.—देवर्षि a sage raised to the dignity of a god, such as अत्रि, भृगु, अंगिरस &c. महर्षि—one of the ten Prajápatis, Marîchi and others; see Ms. I. 34; or a great sage. There are seven kinds of ऋषिs mentioned; see our note on महर्षि S'ak. p. 183. (notes p. 108). अस्तमय—sunset. ॰संश्रयं कुरुत:—used to repair to their nest. तदु:ख॰—Grieved at his misery. जम्बाल॰—having only its mud left to it कथं भवान् &c.—How will you fare, what will be your condition? व्याकुल॰—Perplexity, anxiety. जीवितव्यं – We cannot continue to live now &c.

319. विधुर—adverse. धैर्यात् &c.—for, if one has courage one can sometimes find a way out of the difficulty. As

when a ship is wrecked even in the midst of the sea, the voyager wishes (tries) &c.

320. When calamities befall, a wise man should strive (यतते stands for यतेत) with an effort &c.

P. 67. सनाथं—युक्तं full of. कोटिभागयोः संगृह्य—having seized it with myself hanging by it, at the extremities &c. नयथः—you will carry me (नेष्यथः). गच्छता—passing (through space). व्यवस्थितं—situated. वक्तुमनाः—wishing to say this. वक्तुं मनो यस्य. The nasal of the inf. is dropped before काम and मनस्.

321.—अना०—one who provides for the future (lit. what is not come), prudent. प्रत्यु०—ready-witted यद्भविष्यः—one who says—what is to happen must happen (यद्भविष्यति तद्भवति इति), a fatalist. सुखमेधेते—prosper happily, continue to live in happiness. मत्स्यजी०—Fishermen. आहारवृत्तिः सं०—We have got enough for our maintenence. कुलिशपातोपमं—कुलिशस्य पातः तेन उपमा यस्य terrible like the falling—(stroke) of the thunderbolt.

322. शत्रोः—ab. (weak men should flee away from &c.) संश्रितव्यः—should properly be संश्रयितव्यः. नान्या०—they have no other course open to them.

323. Those wise men who have a pleasant (safe) resort open, elsewhere though it may be, do not (wait to) see the downfall (overthrow) of their country or the destruction of their family.

अभीष्टं &c.—It is my desire also; I also like the same.

P. 68. 324. Afraid of going to foreign lands, full of many tricks and imbecile, crows, weak-minded men and deer perish in their own places.

325.—याति=यायात् or यास्यति why will he (*i. e.* he will not) suffer ruin out of (undue) love for his country. It is only weak-minded or poor-spirited men that &c. The meaning is—Enterprising men go to even distant places and prosper rather than perish in their own country, while timid men, unwilling to leave the land of their ancestors, perish where they are.

वाङ्मात्रेणापि &c.-depending merely on their words; merely because they have said &c. **पितृ०**—come to us from our grandfather and father *i. e.* ancestral. **आयु०**—If the lease of our life is spent up; if our death has approached. **एव**—perforce, certainly.

326. See sl. 20, *supra.*

यत्प्रतिभाति—what appears to be reasonable or proper to you. **तज्जला०**—स चासौ जलाशयश्च.—Karm compound.

आलोड्य—having stirred it up *i. e.* ransacked it. **यद्रु०**—together with Yat. &c. **कस्ते** &c.—*i. e.* of what consequence ? how unequal will be &c.

327. The anger of powerless men (simply) tends to their (own) distress (only makes them uneasy without doing the least injury to those who offend them); an earthen pot, boiling fiercely, burns its sides only considerably.

328. See *supra*, sl. 24.

उत्साहस ०—Power of energy.

329. **अमर्षण:**—Lit. one who does not tamely bear or put up with an insult, unforgiving; hence a spirited man, a man of mettle. A spirited man faces an enemy especially when in full power, just as the enemy of the moon (Ràhu) attacks the moon when full-orbed, even to this day.

330. The lion plants his foot on the head of an infuriated elephant, with the darkish ichoral fluid exuding from his temples, although by far his superior in size.

P. 69. 341. The *pádas* (rays-feet of even the young (morning) sun (a man of lustre-spirit) fall on the mountains (kings): where is use made of the age of those who are born with (naturally possessed of) heroic lustre? *i. e.* their age is not considered or taken into account; *cf.* तेजसां हि न वयः समीक्ष्यते । Rag. XI. 1.

शुष्कत्व०-To the condition of being a dry bed only *i. e.* not a drop will be left. जाह्नवी-the river Ganges, so named after Jahnu, being regarded as his daughter. See Hit. I. 1. and notes thereon अष्टादश०—should be अष्टादशभिः. विप्रुष्— *f.* a drop.

332. अनिर्वेदः—निर्वेद dejection, being dispirited; अ० the absence of dejection or disgust; energetic work, perseverance. श्रियो मूलं—*cf.* Eng. ' A faint heart never won a fair lady.' Trans.—Energetic or indefatigable work is the root (prime cause) of wealth : my beak is as hard as iron (लोहेन संनिभा) the days and nights are long enough: cannot the sea then be dried up?

333. परभागः—परश्चासौ भागश्च. The highest portion or part; hence an exalted post, excellence or eminence. तुलामधिरुह—(1) to enter the zodiacal sign libra; (2) to ascend a balance, to be weighed against, hence to prove equal to, to be equally powerful. Supreme excellence is beyond one's reach (lit. difficult to be obtained) only so long as one does not put forth manly efforts: even the luminous sun dispels the masses of clouds when he enters the sign libra (is equally balanced against his enemies, the obstructing clouds).

विग्रहात्तु०—entering into hostilities.

334. The combination of many things, although insignificant (wanting in strength), is irresistible: a rope is made out of grass by which &c.

335. चटका०-should be ०कूटाभ्यां. एवं महाजन०. &c. An elephant met with his destruction through hostility (by becomingthe ene my) of many, *viz.* the sparrow, the woodpecker,the fly and the frog with his followers.

निलय—residence. घर्मार्तः oppressed with heat.

P. 70. मदोत्कर्ष—Excess of pride. पुष्कर—his trunk. विशीर्ण—p. p. of शॄ with वि. ०अभिभूता—overtaken with the calamity of, aggrieved by the destruction of. न कथंचिद् &c.-

could not by any means cease lamenting. **वृथा**—fruitless, unavailing.

336. **अनुशोचन्ति**—mourn over, keep grieving for. **विधि-चोद्यं**—see com.

337. शोचितुमर्हन्ति इति शोच्यानि न शो० अशोच्यानि not fit to be lamented. See Gîtà II. 11. **मूढ**—one not having a proper conception of things; a fool. **द्वौ अनर्थौ**—two undesirable things, *viz.*, his ignorance and undeserved lamentation. In this world the (loss of) creatures is not to be lamented; that fool who mourns for them gets one misery as resulting from another and he (thus) falls a victim to two undesirable things.

338. Since the person deceased, being helpless, has to taste the tears, mixed with phlegm, shed by the relatives, one should not certainly lament, but perform the exequial rites according to one's means. This is a quotation from Yàjnavalkya.

गजापसद—a cursed elephant; अपसद् fr. सद् with अप one deserving to sit apart as the worst of the lot; hence cursed, wretched.

339. I consider him a great man who confers benefit on him who has done him a service in times of adversity and inflicts injury on him who has laughed at him when the times were hard.

340. **स सुहृद्** &c.—*cf.* A friend in need is a friend indeed. **वृद्धौ**—in prosperity.

341. He is a true friend who stands by one in &c. **भक्तिमान्**—devoted. **विधेयज्ञः**—who knows how to obey *i. e.* obedient. **निर्वृतिः**—happiness.

P. 71. **सुहृद्भूता**—सुहृद् भूता a compound सुप्सुपा. **वीणारवा**—Lit. uttering a sound like that of a lute. **इष्टा**—a desirable or beloved companion. **पराभूता**—wronged or injured. **कर्तुमर्हसि**—kindly help me &c. **किमुच्यते** &c.—why need words in this matter (to induce me to help you).

842. An agreeable service is done to friends that they should make a return of it: but again when there is a business to be done for the friend of a friend, have not friends done it (disinterestedly)? *i. e.* they have. The meaning is that friends ought to be useful to the friends of their friends.

343. Plans thought out (devised, a line of policy chalked out) by learned men (those who know their business well) who are well-intentioned, of unimpeachable conduct, well-versed in the science (of politics) and preeminent or conspicious by their intellect, fail not, under any circumstances, in their intended object.

तस्थुः-remained waiting. **अथ**.-upon that. **कियन्मात्रो** &c.-Of what account is an elephant before a large body (of men &c.) enranged (provoked by him) *i.e.* he can be easily vanquished. **कर्तव्यः**—should be acted upon; (my plan) should be carried out. **मदोद्धत**-swollen with the pride of rut. **येन**-which being done. **श्रवण०**—attracted by or eagerly desirous of the pleasurable sensation caused to the ear, he will close his eyes. **काष्ठकूट०**—*i. e.* the wood-pecker will go and pierce his eyes through. **मम गर्त०**—Hearing the croaking of me seated, with my followers, on the skirt of a pit &c. **एवं समवायः** &c.—समवायः—union, combination. Thus a combined effort should be made by which (we should all unite in the execution of the plan so that) the injury might be retaliated. **हतचक्षुः**—हते चक्षुषी यस्य whose eyesight was destroyed. **०समुदायेन**—in combination with.

P. 72. **संमन्त्र्य**—having taken counsel together, after consultation. **वृथाप्र०**—vain or bootless labour.

344. **मदमोहितः**-infatuated by pride. See *supra*. sl. 241.

वैरानृण्यं—अनृणस्य भावः आनृण्यं वैरस्य आनृण्यं requital of (the debt of) enmity, taking revenge; **गच्छति**—he will avenge the wrong done to us. **अथवा**—If on the other hand.

अवलेपं क०—shows his pride *i. e.* does not sympathise with us through pride, proves too proud to take notice of us.

345. शक्तिसमेते—powerful, endowed with the power of righting a wrong. सुखीभवति—*i. e.* one has the consolation of having done one's duty. See *supra* sl. 101.

तद् यामः—Therefore we go; *i. e.* let us go, then. करुणस्वरेण—in plaintive tones. फूत्कर्तुं &c.—began to wail, saying. अब्रह्मण्यं—Lit. something against the order established by the Veda; hence something that should not be allowed to take place, and hence here—a serious injury or calamity (that requires immediate attention):—Oh the calamity! What an insult! सदाचारः—of virtuous or good conduct (one that could not have done wrong). भवति &c.—The loc. abs. shows here defiance &c. 'Inspite of your being our lord &c. प्रनष्टं—utterly lost, all done up. स्वेच्छया—just as they like, wilfully (being free from all fear).

346. On seeing a foul deed done (with impunity) by one, another also does the same: people are the blind followers of one another: no one cares to know the truth.

347. चाट्ट—read चाट which means 'one who gains the confidence of a person with the object of deceiving him. Subjects should be protected from being molested by rogues robbers and persons of wicked conduct as also from the machinations and frauds (of designing persons).

348. धर्मष०—षष्ठो भागः षड्भागः A king who protects his subjects gets a sixth part of the religious merit of &c.; अधर्मात्—he also gets a sixth portion of their sins if he does not protect them. See—Manus. VIII. 304.

349. संताप—(1) heat; also (2) distress or pain caused by. The fire produced from the heat (distress) caused by the oppression of subjects does not cease until it has &c.

350. बन्धु *i. e.* the protector. अबन्धूनां—नास्ति बन्धुर्येषां. चक्षु—*i. e.* the guide of. न्यायवर्तिनां—those who abide by the law those whose conduct is just.

P. 73. 351-53 see sls. 223, 226-7 *supra*.

सदुःखदुखितः—sympathising with them in their misery or distress. साभिमानं—अभिमानेन सहितं यथा तथा। with the air of (wounded) pride. मदीयो &c.—pay him my humble respects.

354. See sl. 47 *supra*.

अपमानस्थानं—cause for insult. ०आश्रयभूतेन—who serves his divine self as the place of repose. प्रणयकुपितं—angry through love स्थाने—in the proper place, just.

355. लालयेत्—should treat affectionately as one does one's son. श्रेयः—welfare. *Cf*. sl. 97 *supra*.

356. See 83 *supra*.

त्रपाधोमुख—hanging down his face through shame.

त्वदाश्रयो०—elated or grown proud by being your abode or seat of rest.

P. 74. युष्मल्ल०—for fear of bringing shame to you (for having done something without your knowledge or permission).

357. A heriditary servant (*i. e.* one entirely devoted to the interest of his master) should not, at any time, do that which would be derogatory to (the dignity of) his master or cause pain to his mind, even though he has to lose his life.

358. Since punishment meted out to a servant for his fault is considered as punishment awarded to his master, the shame too, arising therefrom (the fault of the servant) must be considered as his.

The sense is this—When the servant of a great man commits a fault and one does not punish him for fear of offending his master thinking that he would consider the punishment as inflicted on himself, the master too ought to be ashamed of his servant's bad deeds and set things right. So in the present case Vishṇu must punish the sea his servant, for the wrong done to Garuda &c

आग्नेय०—Presided over by fire *i. e.* after it was discharged the arrow was to change into fiercely raging fire. उत्तरोत्तरस्नेहेन &c.—Until now I have been treated with an ever increasing affection and favour. And I have never seen him offended or gone out of temper. ते प्रत्ययः—this will convince you. त्रिशिखां—(having three lines *i.e.* knitting or raising the eyebrow). ०लिहत्—and not हन्.

सुप्रसादः—well-disposed, favourably inclined. निशामुखं the dusk or evening. प्राप्य—*i. e.* under cover of darkness.

तदनुप्रवेशः—accommodating oneself to his desire and winning him over. नीतिः—dictate of policy, a politic step.

361. विद्यमानैस्तैः—If life exists (*i. e.* be preserved).

P. 75. 362. उद्धरेत् &c.—One should raise oneself from a low state by any means, foul or fair (*i. e.* without any consideration of right or wrong); and when one is in a prosperous condition one should practise virtue or righteousness (secure religious merit to wipe off past sins).

363. That fool who uses artifices to preserve his wealth even when he has to lose his life (his life is in danger) loses his life; and life being lost his wealth (तत्) is also lost to him.

भीतिबीज०—I have sown the seeds of policy (discord); the future (the result) depends upon what is ordained by fate. दैवेन वि० दै०,—ते आयत्तं दै०.

362. Even when fate is adversely disposed, a wise man should do what is proper to be done for keeping off all blame from himself (that no blame should be attached to him for having omitted to do the necessary) and for the steadying of his own heart (self-satisfaction for having done his duty).

365. पुरुष०—that excellent or eminent man who is given to industry (persevering); here इन् shows habit. Cowardly people (*i. e.* men shrinking from exertion) say fate is fate (*i. e.* fate is all powerful; its course cannot be altered

by any human effort). Having undermined fate (withous thinking at all of fate) put forth manly efforts; if, after an effort is made, there is no success, what blame is there? (*i. e.* one is not to blame (or, see where the fault lay—where the effort was faulty); the meaning is—if a right effort be made it must be attended with success.

मिथ्याप्रज०—by false representations. भेद—split, rupture. सुखाश्रयौ—who were in the enjoyment of happiness. कोपसागरे नि०—hurled into the sea of uneasiness. कोप—disturbance of the peace of mind; disquietude.

366. That man who leads to the path of misery one who is not his opponent and who is in the enjoyment of happiness (happily situated) will be undoubtedly miserable through every existence.

भेदमात्रेणा०—You are satisfied with merely having caused a split between them. विरूपक०—in doing evil (lit. what is not suited to one's form), in ruining others.

367. A wicked man knows only how to spoil (or ruin) another's business but not to accomplish it (lead it to success). A mouse is able &c.

368. See *supra.* sl. 236.

P. 76. मन्त्रि०—by his having deprived us of our ministerial office.

369. He who wishes to seize the post of a person coming to him heriditarily is the natural enemy of that person; he should be extirpated although a favourite (or, apparently kindly disposed) towards him.

उदासीनतया—disinterestedly, without expecting any return from him.

370. If a good man give access to his post to a wicked man, the latter, coveting the same, becomes able to bring about his destruction; for this reason, men of ripe understanding should not allow access to the mean; for we-

learn from a popular saying that even a paramour may become the master of the house.

तस्योपरि &c.—I have contrived or planned this remedy to bring about his death: or it might lead to his desertion of the country.

371. Having rendered the heart callous and speech sweet like the juice of sugarcane one should kill an evil-doer in that case, (*i. e.* where otherwise injury might be done to one's self); one should not hesitate in such a case.

गुणत्रये—three advantages. उपस्थिते—are at hand or in prospect.

372 Getting another into difficulty and accomplishing his own end, a wise man should enjoy (its benefit) without allowing his intellect to be confused, as did Chaturaka in the forest.

वज्र०—Lit. having jaws as hard as adamant. वज्रमिव दंष्ट्रे यस्य । अन्यदिने—one day. प्रसववेदनया—by the throes of child birth, pains of travail. स्वयूथाद् भ्रष्टा—that had wandered away from the herd. दासेरक०—a young camel.

P. 77. शङ्कु०—spike-like or conical. अनेकप्र०—enjoying the pleasure derived from conversations on divers subjects. यौवन०—reached the stage of *i. e.* attained youth. मदवीर्यात्--through the strength of youthful vigour (lit. the condition of being in rut) क्षतविग्रहः—क्षतो विग्रहो यस्य whose body was wounded. (He inflicted so many wounds on his body that &c.). आश्रयसमा०—आश्रयेण समा०त तस्मात् owing to his having resorted to him for protection, by reason of his being his protegee. प्रतिबोध्य—having explained matters to him. तथा क०—I shall so work him up.

373. In this world to the talent of the acute-intellected there is nothing that cannot be destroyed or reached or attempted successfully; therefore one should use it.

निर्विकल्पं—without expressing doubts, unhesitatingly. स्वामिनो०-If I contribute to the welfare of or do what is to the benefit of. सुकृत०—I shall have done a hundred righteous deeds. द्विगुण०—by having it back twofold.

तन्मदीय०—communicate or report this (to him *i. e.* the lion) as my object, *viz.* let that, which is for the good of my lord, be dene. अत्र—in this tran-action, *viz.* द्विगुणला०. प्रतिभूः—security, guarantee. द्विगुण०—For double the amount (द्विगुणा चासौ वृद्धिः तया). धर्म०—Dharma being made the security. सुन्दर०—Very fair or fine. अप्रम०—Keep a vigilant watch over.

P. 78. क्षुधालुः—क्षुधां न सहते इति oppressed with hunger. प्रति०—shall represent before. विकल्प०—will not suspect. रिक्तीकृत०—having the heart drained of its blood. भ्रूकुटिं कृत्वा—knitting the eyebrow *i. e.* with a frown of anger. उच्छिष्टतां नीतः—reduced to the condition of being the remains of food eaten *i.e.* defiled by being eaten previously. किल—kindly. मम०—I shall not appear to be guilty. मामना०—disregarding me *i. e.* my bidding, inspite of my telling you not to eat it. व्याकुल०—frighten me. अनेन—by the lion. बृहन्मानं—a large multitude of camels. सक्तान्—related to. पितृ० *i. e.* the manes of. शष्पादोपि—although graminivorous.

374. अगम्य—not fit to be approached. उपगृ०—accepts, takes up; just as a mule holds up (bears) the fœtus which proves her death.

शान्ति—peace of mind; happiness; or cessation of hostility; see Bh. Vilása I. 125.

P. 79. 375. If in some cases (कश्चित्) misfortunes should overtake men striving to do their duty, as evil luck would have it, then talented men should stick to their duty all the more (lit. especially): for the common saying is well known in the whole world that a hot lotion (lit. made from fire) is beneficial to those burnt by fire.

नयः—in the sec. line means धर्म (नीति); and also policy—when a misfortune arises from a person it is a wise policy to conciliate the very man. Sanj. on a second thought says—Or, it is no use going to the lion. I should leave the thing to the operation of destiny, and so says—

376. Or rather, in this world, in the case of embodied beings who always reap the fruit of their own deeds and whose actions are well regulated, whatever is to happen, whether good or evil, inspite of their will (निकामं) and according to (lit. earned by) the innate disposition of their minds, does take place. There is no room here for (it is not a matter to be decided by) reasoning.

सुहित०—must be taken to mean here—the course of whose actions is well regulated—fixed, *viz.* good actions leading to good results and *vice versa*. निकामं—नि means cessation as in निवृत्ति, independently of the wish of creatures; or it may be taken with भवति meaning 'certainly.'

377. Calamity (adverse result) itself is more to the honour of one who emulates with the great : the breaking of their tusks is creditable to elephants when engaged in tearing up a mountain.

378. Even a mean person earns praise on even meeting with destruction from a great (man) like a bee seeking the rut juice beaten off by the ears of an elephant.

379. Like a house in which a cobra is lurking, or like a forest infested with wild animals, or like a lake beautiful with the beds of lovely lotuses abounding in alligators, the abode of kings which is the (chosen) resort of villains of various kinds, habitual liars and rogues, is, like the sea, approached (by men) but with pain and with a mind full of misgivings (or frightened). अन्तर्लीन० &c.-may also be taken with राज्ञां गृहं the abode of kings which is like (as fierce as) a house &c.

P. 80. प्रचकितः—greatly frightened, startled. संहृत०—contracting his body (*i.e.* assuming an attitude of defence).

विकर्तित—severely mauled or torn.

उल्लिख्य—having scratched or pierced. कथमपि &c.—having with difficulty escaped from him (freed himself from his grip). पुष्पित०—पुष्पाणि अस्य संजातानि असौ पुष्पितः। Resembling a Palasa tree in blossom (*i. e.* they were covered over with spots of red blood which looked like the flowers of the P. tree).

380. They are truly called ministers who, well versed in politics, settle by the power of their intellect, by peaceful means alone, affairs which else would lead to the risky course (साहस) of adopting violent measures (दण्ड) and which can be accomplished with great trouble; while the sovereignty of a king is placed in a balance (*i. e.* in a state of uncertainty–is endangered) by the impolitic acts of those who desire by forcible measures and wrong policy to attain results that bring in unsubstantial and scanty benefit.

उत्तम उग्रः दण्डः तद्रूपं साहसं. दण्ड here does not mean 'punishment' but the last of the four political expedients, *viz.* an appeal to arms or an open attack on the enemy. साहस refers to the risks of such a course.

मन्त्रबुद्धि—the power or ability to counsel. अथ—on the other hand. अभव्य—it will be an unwelcome thing; a disaster. प्राण०—on account of his life being in danger, he will die. (*i. e.* even though the lion fails to kill him, the effects of the fight will). What is meant is this--If the king dies, it will be a great calamity. Suppose the king does not die and Sanj. also is not killed; but this cannot be. Sanj. will die &c. And so there is loss at least of the minister; while sound statesmanship dictates that there ought to be always good feeling between the king and his Sachiva and that danger might arise from the loss of either. सामसिद्धि—Accomplishment of one's object by gentle or peaceful means. दण्डरुचे:—Since you love war you cannot make a good minister.

381. It is laid down by the self-born that policy begins with Sa'man or peace (*i. e.* is the first measure) and

ends with war (which is the last measure when others fail) Of these chastisement by an appeal to arms is extremely execrable: it should be employed as the last resource.

382. पित्तं &c.—If biliousness can be cured &c. कोर्थः &c.—why use the decoction of Patola (called कडु पडवल, snake-gourd).

383. विजानता–by one knowing policy. साम०–for, affairs accomplished by means of Sáman do not lead to bad results.

384. विद्विषि०— The darkness (in the form of difficulties) arising from an enemy entirely disappears (is dispelled) only by &c.

मन्त्रिगति—The course of action to be followed by a minister *viz*, that of providing against calamities. मन्त्र गति— would be a better reading as being in accord with what follows.

P. 81. आरंभो०–The remedies or measures to be adopted at the beginning of an undertaking. पुरु०—Having at command a good supply of men and means. देश०—The proper division or assignment of time and space (for the operation of policy). लग्न imminent. विपरीत०—having intellect of opposite nature.

385, 386. See sl.s 128, 367, *supra*.

387. Those kings, who, following the counsel of mean persons, do not follow the path pointed out by the wise, enter, thereby, (as it were), a cage of calamities, surrounded by troubles of all kinds, the way of escape from which is difficult to be found.

388. A king, who, though an abode of merits, has bad ministers about him, is not approached (by men *i. e.* no men like to serve him), like a pond that has ferocious alligators in it although full of clear sweet water.

389. The enemies enjoy the wealth of those kings who delight in the company of servants who talk of articles of different flavours but have never drawn (lit. troubl-

ed) a bow (who are clever at the table but have seen little of war).

P. 82. A piece of wood that can not he bent never bends; a razor cannot be used on a stone. Oh needle-beaked one, know that advice is not (should not be) given to a bad pupil (one that will not remember and follow it).

असौम्य—violent, strong. The reading सौम्य is against the context. प्रवर्षत् &c.—beaten or buffetted by the downpour of the streams falling from the rain-pouring clouds. न कथंचित् &c.—could not find comfort or rest any how. *Cf.* p. 70. l. 4. वह्नि॰—desiring to kindle them into a blaze, wishing to get a fire out of them. साटोपः—Lit. full of pride due to great preparation or readiness to pour down rain; the clouds yet appear to be in full swell. (*i. e.* the rain is not likly to cease soon.)

391. The discriminate man who wishes for his own welfare should not speak with (give advice to) one who is often hampered in his efforts, one who is a gambler and one who has sustained a defeat (because these persons get vexed easily and resent the advice given to them). विवेकज्ञः—one who knows how to discriminate between fit and unfit persons.

392. That indiscriminate man who enters into conversation with a hunter, with one whose efforts have been vain (or are misdirected), with a fool and with one addicted to vice, suffers defeat (contempt or disregard).

तमना॰—not minding, disregarding, his words. पक्षाभ्यां गृ॰—was seized by the wings and dashed against.

393. प्रकोपाय—only serves to irritate them—(and does not satisfy them).

P. 83. 394. Advice should not be given to any person whatsoever (*i. e.* without discrimination); fo lo, one having a good home was rendered homeless by an inconsiderate ape.

कम्पमान—stretching. **कृतावासौ**—who had taken their residence (built their nest) on. **वातासार**-tempestuous rain; or, a gust of wind. **प्रोद्धूषित**—violently or forcibly shaken. **दन्तवीणां०**—With his teeth chattering.

395. Endowed with hands and feet you appear to possess human shape; you are distressed by cold; why, fool, do you not construct a house?

कस्मान्न &c.—Why don't you restrain your tongue ?

396. Needle-mouthed,. ill-behaved, the cursed one, professing to talk good sense, does not fear to chatter like this: why should I not kill her then ! पण्डितवद्वदतीति प० नी। The reading ०मानिनी should have been noticed and preferred.

ममोपरि &c.—being anxious on my account.

396. Advice should be given to one who has faith (in the adviser) and especially when one seeks it. What is said by way of advice to one wanting in faith is like a cry in the wilderness.

अभिहितो यावत् &c.—The moment he was addressed, no sooner was he talked to than &c. **शिक्षापितः**—taught or instructed; p. p. p. of शिक्षापय् which is the Prákrit form of शिक्षय् cau. of शिक्ष्. **साधोः** &c. instruction given to a worthy person (pupil) leads to an excellent or blissful result. **साधु**—competent, able to grasp and retain what is taught to him. **गुण**—excellence. **संपद्यते** —tends to, produces.

398. What can scholarship do (what good result can it produce) when directed to or employed in the wrong place ? It is like a lamp set into a pot covered up with darkness (*i. e.* through the sides of which its light cannot come out.)

P. 84. **व्यर्थपा०**—Depending upon, or taking your stand on, your wisdom which you do not possess.

399. A wicked man, delighted at the misfortune of others does not mind his own ruin even; generally the (living) decapitated trunk dances at the commencement of a battle (when persons fall in numbers) although the head be lost.

400. विदितौ—known (*i. e.* the story about them). पुत्रेण &c.—(where in) the son (of one) caused his father's death with smoke owing to his vain (misdirected) wisdom.

401. बहुविध०—different kinds of languages, dresses &c. जन्मनः &c.—is equivalent to तस्य जन्म निष्फलं fruitless is the existence of.

402. A man does not properly acquire learnning, wealth and a knowledge of arts, so long as he does not travel from country to country over the earth with a heart full of joy (spirit).

403. कोश०—A part of land measuring only a Kosa will appear like a tract extentding over a hundred Yojanas.

P. 85. तन्मात्रं—that much (as much as may be required).

404. चलते—swerves or wanders from the proper path, is tempted. The Atm. may be for the metre,

405. वित्तवान्—*i. e.* the wealth of a rich man is enjoyed. बहुकु०—hava a large family. कुटुम्ब—the member of a family. धर्मबुद्धिः खलु &c. I am Dharmabuddhi (righteous-minded) indeed (as my name signifies, while you are दुरा०).

406. परदाराणि—The Neu. gender is irregular. परस्परं दूष०—Accusing. each other of the theft. धर्माधिकरण—The judgement hall, a court of justice. पुरुषैः—The officers appointed to dispense justice, judges. दिव्यार्थं नियोजितौ—asked to pass through some ordeal (such as holding a piece of red-hot iron in the hand &c.). दृष्टः—decided. न्यायः—case.

407. When there is a dispute, the documents about it

are called for (or, are required to be put in for examination); in the absence of a document witnesses are required; and when no evidence is forth-coming, an ordeal is resorted to as the last resource (ततः)-so declare the wise.

P. 86. Even when a S'ûdra can appear as a witness in a dispute, an ordeal is not to be resorted to (not sanctioned by law); what to say there where there are deities standing as witnesses.

परिणतिं गच्छति—Lit. will become ripe; *i. e.* will be secured by us permanently. **प्रोच्य**—having loudly declared that which &c. **सत्यश्रावणं**—When I shall make a solemn declaration of the truth.

409. see sl. 183.

विस्मयो०—with their eyes dilated or expanded through wonder. **यावत्** &c.—As they were considering what, according to law (lit. from a legal point of view), would be the proper punishment for the theft of wealth committed by Dh. &c. **वह्निभोज्य०**—with combustible materials. **स्फुटिते०**—With the eyes broken or bulged out. **प्रतिलम्ब्य**—having suspended him *i. e.* hanged him up.

410. A wise man should think out a remedy but he should (at the same time) consider the evil it might lead to (or the dangar that might result from it.) The cranes were devoured by a mungoose while the foolish crane was (helplessly) looking on.

P. 87. **भक्षितशिशु०**—On account of the dejection or grief caused by the young ones being devoured. **बाष्पपूर०**—his eyes covered over (swamped) with a flood of tears. **तादृक्चे०**—Acting in that way, in that situation. **सत्या०**—right and wrong (*i.e.* which might appear to be to his advantage but really prove to be ruinous).

411. Having made the speech soft (pleasing) like butter and the heart very hard, one should so advise

one's enemy (lit. an enemy is so advised) that he would perish with all his family.

पापबुद्धिः—of wicked intentions. प्राणसं०-since you have exposed to danger or imperilled the life &c. कौटिल्य—कुटिलस्य भावः crookedness.

412. Who will see, even after an effort, the passage by which the refuse of the food of pea-cocks is expelled (from their bowels), if the foolish creatures will not themselves (of their own accord) dance (by raising up their plumages) when delighted at the thunder of clouds.

तस्मान्न मया–Therefore you should not be in my company *i. e.* you are not fit to be my associate.

413. लौह०—made of a thousand weights (शेरs) of iron. हरेत् &c.—There it is possible for a hawk to carry off &c.

P. 88. 414. He is the worst (silliest) of men, who, having enjoyed pleasures in a country or a place by the force of his power, lives in the same, after he has lost his wealth.

415. That man, who utters pitiable words in the very place where once he, full of self-conceit, led a life of gaiety for a long time, comes to be censured by the people (is treated with scorn).

लौहभारघ०—made of a heavy mass of iron (*i. e.* iron weighing several lbs). स्नानोप०—carrying in his hands the accessaries of a bath such as fresh garments, a towel &c. चौर्यभयात् &c.—Afraid of (not daring to displease) him on account of the theft committed by him.

416. No one acts agreeably to the wishes of another merely through devotion except through fear or avarice or some motive for it (lit. cause leading to the effect).

417. Where an excessive regard is shown, without there being a cause for it, there a suspicion should be entertained, that would lead to happiness in the end.

P. 89. **परस्परं संबोध्य**—A proper understanding being brought about between the two; or the matter with regard to each being explained to the other.

419. Generally in this world the low-born calumniate the high-born, the un-fortunate the son of fortune, misers a donor (one who is munificent), the honest the dishonest, the money-less those possessed of riches, the deformed those having a lovely body, the impious the pious, and foolish men those who are well versed in the various S'a'stras.

420. The learned are an object of hatred to the illiterate, the penniless to those having a large fortune, those devoted to religious observances to those who are habitual sinners and chaste ladies to those who are unchaste.

हितमप्य॰—In doing good to him you have done him injury.

421. It is better to have a wise man for one's enemy than a fool for a friend, &c. *Cf.* समुन्नयन्भूतिमनार्यसंगमाद्वरं विरोधोपि समं महात्मभिः । Kir. I. 8.

अतिभक्ति॰—Very much attached to, greatly devoted to.

P. 90. **वार्यं विदधति**—While he was fanning him. **निषिद्धा**—driven off. **स्वभाव॰**—Naturally inconsiderate or rash. **शित॰**—sharp-edged. **पूर्वजन्म॰**—on account of the impression (left on his mind) by his actions in a previous life. **विक्रीणतः**—selling. In this sense, however, the root is Atm. See Pa'n. I. 3. 18.

शास्त्रोक्तानि—sacred or scriptural precepts, sayings from the S'a'stras.

422. An unchaste woman becomes (affects to be) bashful;......; a hypocrite shows himself to be considerate and a cunning man becomes a sweet-talker.

उद्यमो विहितः—made preparations to go. **मम चटितम्**—come into my hands. **भवद्विरह॰**—by the mere mention of the separation from you. **धृतिं न धत्ते**—does not take pleasure in any thing. किराताः—किरं पर्यन्तभूमिं अतन्ति इति People of a degraded tribe living a life of hunting or depradation and infesting the border grounds of forests. जर्जरीकृत्य—being belaboured. विलो°—searched. तदापि मां—*i. e.* तदा मामपि. अरत्नं—who have no jewels with me. मुञ्चामि—I shall procure their release.

423. न विमु°—does not spare (lit. let go his hold on). (प्राणिनां) ध्रुवः—is sure to overtake, is certain in the case of.

424. सूर्यस्य &c.—he reaches the world of highest bliss, having penetrated through the orb of the sun.

P. 91. आर्द्रहृदयः—his mind moved or affected by.

425. One who betrays his friend &c. °दिवाकरौ—supply तिष्ठतः as long as the sun and the moon endure *i. e.* for all times.

426. A king is sure to be ruined on the loss of his territory as of his talented servant; but this equality between the two (land and a servant) is not properly expressed; for &c. *i. e.* an able servant is of greater importance than land.

427. See *supra* sl. 247.

428. प्राणद्रोहं ग°—When (any one of these) aims at one's life. सर्वभक्षी—eating every thing *i. e.* even things condemned by the S'a'stras.

429. घृणी—Merciful, tender-hearted. प्रेष्यः &c. a servant who is disobedient (lit. going against the wishes of his master). अधिकृतः—one estrusted with an office, a responsible officer. यश्च°—one who does not know or remember what is done for one's self by others *i. e.* who is ungrateful.

430. Now full of truth, now uttering falsehoods, now harsh now of agreeable address, sometimes cruel, at others merciful, now given to hoarding money, now liberal, at one time incurring a heavy expenditure, at another having

a good treasure at command—does the policy of a king, like a harlot, appear in a variety of forms.

All the adjectives in this sl. apply equally to royal policy and a harlot.

Fcot—notes. अकृतो० one who does not injure or punish others (*i. e.* one who is mild.) तार्क्ष्य—Garuda. पण्डिता:—those who have a true knowledge of the soul and the nature of the world.

P. 92. कुब्जके—The Ms. reads ०कः; but it makes no sense, so it is changed to कुब्जके (or read-कात). रङ्गवाटी—a theatre, an enclosed place for sports. सर्वावसर०—When all had free access to the king. समाधिं कृत्वा—having concentrated his mind on it; having put himself in a contemplative mood.

P. 93. गूढमन्त्रेण-speaking mystically or secretly. आकार्य-having called. देशान्तरिन्—a stranger, प्रतियो०—*i. e.* the stranger is asked to supply the last two lines. पृष्टवान्—asked (the man who gave him the information). ब्राह्मण सं०-introducing himself as a Bra'hmana. शुकेन कृत्वा-By means of the parrot. विशेषकार्ये—to gain our special object. स्वविद्या मु०—Proud of his art.

P. 94. निष्कृतिः—atonement. न च विश्वासेन सन्तु०—you should not approach him trustingly (*i. e.* should deal with him cautiously. अन्यायिकं—injustice.

P. 95. भृगुकच्छ—The border of a table-land. घटनीयं—to be made into ornaments.

P. 96. प्राग्भार-a large store. वल्लिवृद्धिभ्य०-The calamity arising from allowing the creeper to grow.

NOTES.

TANTRA II.

P. 97. मित्रप्राप्तिकम्-मित्रप्राप्ति 'The acquisition of friends' and secondly 'the work descriptive of it,' by the 'rhetorical transference of an epithet'.

1. बुद्धिमन्तः—Buddhi here means 'political insight, the power to know what measures to take in an emergency; sound statesmanship. Trans.—Wise men, gifted with genius and well-informed, accomplish their purposes quickly, although without means, like the crow, the mouse the deer and the tortoise.

महिला०—is Mahilapur or Meliapur, a town situated near Madras (called Mayilpur, or the city of the Peacock, in Tamil, the Maliarpha of Ptolemy). See Wilson's works Vol. IV. p. 11.

०स्थः—situated. महो०—very lofty. उच्छ्राय height. आवृत०—The hollows of which were occupied by. छाया०—which refreshed (comforted) multitudes of travellers by its shade. न्यग्रोध०—a banian tree (the off-shoots of which go downwards and take root).

2. The beasts of the forest (मृग) lay (rested) under its shade; its leaves all round were occupied by multitudes (flights) of birds; its hollows were inhabited by insects; troops of monkeys dwelt on its stretching branches; and the honey in its flowers was fearlessly drunk off by bees: thus affording happiness to multitudes of different creatures, that tree alone was all worthy of praise. A tree other than such is a burden to the earth. (or, every other tree was &c.) This sl. is attributed to the poet Bîjaka in Sàrgadhara's Paddhati, No. 972 (Peterson).

लघु०—Swift-flier; light of foot (लघु पतनं यस्य). प्राणया०-

in quest of food. उद्दिश्य—with the intention or object of going to. स्फुटित०—with chilblained feet, splay-footed. ऊर्ध्व०-with hair raised up (being tied into a knot). ०राकारः-*i. e.* looking as hedious as.* आश्रयव०—where I have my residence. लुब्धक—a hunter. कालकूट—deadly poison-कालमपि कूटयति (burns)-also called हालाहल-was the most virulent poison that sprang up from the churned ocean.

P. 98. - सिन्दुवार०—white like the flowers of the Sind. tree (सिन्दुवारः श्वेतपुष्पः). वाक्यार्गलया &c.—held back, kept in check, by the bolt in the form of. चित्रग्रीव—Lit. specklenecked (चित्रा ग्रीवा यस्य). सहस्र०—सहस्रं परिवारो यस्य with a retinue of a thousand followers. निवार्य०—warned against, disuaded from. निबद्धः—was confined or caught into the net.

3. Unexpected death overtakes those who are overpowered by (lit. too much attached to) the greediness of tongue or those who live in the midst of water and who are ignorant (not cautious enough to save themselves), as it does the ignorant fish which live in water and which are drawn (to the bait) by the greediness of tongue.

अथवा—or rather, (why blame them ?). This is used to modify or correct a previous statement. दैव०—Owing to the adverseness of fate.

4. How could Rávaṇa not know that it was wrong (a crime) to carry away, by force, the wife of another (Sìtà)?

---

* The description of the fowler in the Mass. before Wilson, it appears, was more detailed. *Cf.* his remark—

The fowler is very minutely described in the Pancha Tantra, as an inhabitant of the city, living by bird-catching, of an uncouth figure, with splay feet, and clumsy hands; round as a ball; sturdy, though advanced in years; clad in red garments, with his hair bound into a knot on his head, carrying a net and staff, and followed by dogs; in short, he looked like Destiny with the fatal noose; like the personification of Sin; like the heart of iniquity; like the monitor of the wicked; like the friend of Death." Wilson's works Vol. IV. p. 28.

How could Ráma also not see the impossibility of a gold deer (being born)? Or how could Yudhishthira bring calamity upon himself by playing at dice (gambling) all at once (thoughtlessly)? Generally the intellect of those whose reasoning (discerning faculty) is bewildered (clouded) by an impending calamity fails them (loses its acuteness).

पौलस्त्य—Rávaṇa, son of Vis'ravas and grandson of the sage Pulastya. दार—Lit. भ्रातॄन् दारयन्ति (cause the separation of) इति दाराः. The word is *Mas.* and used in the pl. number. हेमह०—This was Màrîcha, who assumed the form of a golden deer at the instance of Rávaṇa and appeared before Sîta while dwelling in Panchavatî with Ráma and Lakshmaṇa, in order to entice away Ráma. युधि०-Lit. firm in battle. This is an aluk Sama'sa. सहसा-through thoughtlessness. Yud. always acted thoughtfully and yet he gambled.

5. The intellects of (even) great men go astray (proceed in the wrong way) when they are caught into the snares of the god of death (are doomed) and whose power of judgment is obscured by Destiny.

प्रोद्यत०—With his stick raised. मत्वा—On perceiving that; being aware of the fact that.

6. He, whose presence of mind does not fail him in all (kinds of) difficulties, surmounts them without doubt, through the force of this (his behaviour *i. e.* his firmness of mind).

7. The attitude of the great is the same whether in prosperity or adversity. The sun is red when he rises, and red in appearance also when he sets.

हेलया with ease. सपा० with the net on. नोचेत्—If on the other hand; else, if. भयवि०-allowing yourselves to be bewildered or overpowered by fear.

8. Threads although very thin and long (and so the more liable to give way), if many and lying evenly resist great tension (lit. many pullings) on account of their

multiplicity. The same similitude applies to (or, the same is the case with) the good (*i. e.* good men, although very weak can resist many difficulties and come out successful if acting in union with others &c.) The sl. is from Mah. Bhár. V. 36. 59.

P. 99. 9. These, although mere birds, are carrying away my net being united; there is no doubt, however, that they will fall down as soon as they quarrel (among themselves).

पृष्ठल०—being in close pursuit of them. दृष्टेरगो०—when they passed beyond the range of his sight.

10. What is not to happen can never take place; and what is destined to take place comes to pass though no effort be made (for it). What is not destined to be (remain in one's possession) passes away even though lying on the palm of the hand (so sure in one's possession).

11. When fate is adverse, if one comes by some fortune somehow, that passes off taking with it something else also, like the treasure S ankha (one of the nine treasures of Kubera).

यावत्—in the bargain, to add to my misfortune. कुटुम्ब०—The means of supporting my family. वर्तन—maintenance. स्वस्थैः—with easy minds, free from fear. प्रागुत्तर०—To the north-eastern side of.

12. When calamity befalls all men equally no one but a friend would give assistance even though it be in mere words. संदधे—Perf of धा with सम् has given and will give.

संबोधित—advised. ०दुर्ग—the fort (in the form) of his hole having a thousand (*i. e.* a large number of) openings or passages. Here सहस्र is used for a large number. अकुतो०—without fear from any side ; in perfect safety.

13. Just as a snake without fangs, or an elephant destitute of rut is reduced to submission by every one (or, falls into the power of all) so is a king without a fort.

14. Not even with a thousand elephants or a hundred thousand horses that end is gained by kings in a battle which is gained by them by having one fort. सिध्यते—the Atm. is probably for the metre. See I. 231.

15. An archer (warrior) stationed on the wall (of a fort) can well engage a hundred. प्रशंसन्ति—speak highly of, commend. विचक्षणाः—conversant with. see I. 232.

P. 100. तारस्व०—in a loud voice; तारश्चासौ स्वरश्च तेन। महती—trying, critical. व्यसना०—state of my danger; or the danger I am in. व्यसना०—critical situation. गुरुतर—very great. पुल०—horripilated, with the hair standing on end. स्थिर-मनाः—with a steady (fearless) mind.

16. Friends, full of affection and giving (who are a source of) delight to the eyes, come to the house of the magnanimous (alone) every day.

आदित्यस्य &c.—see foot-note. अपूर्वाणि—ever new *i. e.* they never cloy or become stale, ever give the same delight.

17. The happiness which is produced in the mind of him to whose house guests come every day is not found even in heaven. चित्ते च तस्य &c.—*v. l.* (see foot-note) no pleasure is equal to the delight which is found in his heart (he enjoys).

18. In accordance with the law of fate (कृतान्त) a man obtains the fruit of his good or bad actions (done in a previous life) from that (person or thing) by that cause, in that manner, at that time, the same, that much of it and there, from which, by which cause, in which manner, at which time, which, of which measure, and where it may be due to him.

19. A bird descries flesh (bait) from a distance of a hundred and fifty yojanas (a yojana=8 or 10 miles); but the same bird does not notice, as fate would have it, the net standing near.

20. Seeing the eclipsing (lit. tormentation) of the sun

and the moon by the planet Ràhu, the confinement of elephants, snakes and birds and the poverty of the talented I come to think-'alas, Fate is all powerful !'The sl. occurs in Bartrihari; see Nit. s'at. 91.

P. 101. 21. The birds that sport (move) in a part of the sky meet with calamities; fishes are caught by experts from the deep with its unfathomable waters; of what consequence is a bad deed or a good deed in this world or what is the use of getting a position of advantage in this world? For the god of destruction, with his hand stretched forward, catches all creatures (alike) even from a distance. The reading of the last line in the Hitopades'a is कालोहि व्यसनप्रसा॰ which is better.

भद्र—a term of address expressive of affection. Good friend. स्वामिनोऽन॰—servants come after their master; the master has precedence over the servant. वराकाः—poor creatures. एतावन्मात्रं—even this much.

22. When a king always shows great respect to his servants they, seeing that (taking that *i. e.* the respect shown, into consideration), do not leave him even when without wealth.

23. Confidence (of subjects) is the root of wealth; owing to that the elephant is the chief of a herd; while the lion, though lord of beasts, is not surrounded (attended upon) by the animals of the forest. उपयुज्यते = *V. l.* is used as such, is treated as.

अपरं—besides, the other consideration is this. कदाचित्—goes with भवति.

24. That master, who lives in happiness while his well-behaved servants are experiencing misery, goes to hell and comes to grief in this as well as in the next world.

25. The king who has compassion for and divides gains equally among his servants can be well expected to protect even the three worlds.

26. Since a man who has friends accomplishes objects,

even such as are difficult to be accomplisded, one should make friends that are one's equals.

P. 102. **बन्धमोक्षः— बन्धात् मोक्षः how he was set free from the bonds. अहो बुद्धिः &c.—Oh, how admirable the talent of this Hiranyaka, his strength and the provision of his fort. ईदृगेव &c.—Then such exactly is the way (*i. e.* securing such trusty friends to assist in time) to effect (lit. which has for its object) the freedom (or release) of birds from bondage. बन्धनात् मोक्षः बन्ध०क्षः स आत्मा यस्य। अहं च** but I, I on the other hand.

27. Wise men, even though endowed with fullness (abundance, opulence) should make friends: for the sea, though entirely full (of water), awaits the rise of the moon (to swell up).

चित्रग्रीव०—imitating the voice of Chi. बन्धन०—बन्धनं शेषः यस्य remaining still confined in the net. विशेषाद०—hiding himself inside still more. गुरुका०—on a weighty or important business. मैत्रीविरो०—मैत्र्या विरोधस्तस्य भावात्. owing to friendship being contrary or opposed to the natural course of things. विरोधभावात्—(see V. 1.) owing to our antipathy.

28. Friendship and marriage are proper between those whose wealth is equal and whose families are of equal rank, and not between the fat and the lean (rich and poor). I. 284. Mah. Bhár. I. 132, 10.

29. That foolish man, who, evil-minded (wanting in good sense) forms friendship with one who is his unegual, being inferior or superior to himself, meets with ridicule.

एषोहं—Here do I &c. प्रायोप०—I will have recourse to sitting here without food till I die, see IV. p. 3.

30. One should not make an alliance with an enemy even though the peace be compactly formed. पावक—Lit. the purifier, fr. पू. शमयत्येव does extinguish or put out.

P. 103. **अनुचितं—what is not proper (for you to say),**

what does not stand to reason. कृत्रिम—due to some act (on the part of persons, such as insulting one, deceiving one &c.), resulting from some cause.

31. The enmity due to some cause quickly terminates by means of remedial acts (good acts done to counteract the effcet of bad acts causing the enmity); natural enmity does not come to an end without the offering up of life (terminates with death alone).

कारणेन निर्वृत्त—brough about by, arising from, a cause. तदर्होपकार०—by doing acts of kindness fit for (calculated to remove) it (*i. e.* the cause). कथमपि—by any means. शष्पभुजः-graminivorous animals. ईश्वर—rich men. सपत्नी०-rival or co-wives. श्रोत्रिय—a Brâhmana who strictly adheres to the rules of conduet laid down by the Vedas; भ्रष्ट०—those who swerve from the duties enjoined by the Vedas; hence pious and impious men. पतिव्रता—a woman entirely devoted to her husband, (पतिरेव व्रतं यस्याः), a chaste lady. कुलटा—अटतीति अटा कुलस्य अटा lit. one who wanders to a house; a comp. of the S'akandhwádi class; a debauched or unchaste woman. न कश्चित् &c.-not that every one kills every one, but one afflicts-causes anguish to-the soul. अकारण०—This is not the proper cause अप्रशस्तं कारणम्.

32. From some cause one becomes a friend and also from a cause one becomes an enemy, of another; therefore, a wise man should employ (form) friendship and not enmity in this world.

मित्रधर्मार्थ—for the discharge of friendly duties (that we may behave towards each other as friends). नीति०—the quintessence of, most essential principle of-policy.

33. दुष्ट—estranged, made an enemy. संधातुं—to make friends with, to win over. उपगृ०—seizes upon, accepts. अश्वतरी—a female mule. See IV. 15. वैरया०—avenge enmity or bear enmity. संभाव्यं—this idea should not be fondly entertained.

34. A lion took away (destroyed) the dear (valuable) life of Pánini, the grammarian; an elephant suddenly demolished the sage Jaimini, the author of Mímámsà; an alligator killed, on the sea-shore, Pingala, the store-house of the knowledge of metres (the first writer on Prosody); of what use are accomplishments to brutes whose minds are enveloped in ignorance and which are very furious.

35. In the case of men friendship is due to mutual deeds of obligation, of beasts and birds to some cause, of fools to fear or greed; and of the good to (mere) sight.

36. Like a jar of earth a wicked man is broken off (estranged, made an enemy) easily and reunited (won over) with difficulty; but a good man, like a jar of gold, is difficult to be broken off and easily to be reunited (won over).

P. 104 37. As the juice of a sugar-cane is sweeter and sweeter at every joint in order from the end so is the friendship of the good; while of those of the opposite sort (bad men) it is the reverse of this.

38. The friendship of wicked men and that of good men–the one great at the commencement but gradually decreasing, the other small in the beginning but attaining growth after wards, differ like the shadow (of an object) in the first half and the second half of the day.

शपथैः प्रत्ययः—Faith in your oaths.

39. One should not place confidence in an enemy though united by (the taking of) oaths; Vṛtra was killed by Indra after taking an oath not to kill him. See Mah. Bhàr. V. 10, 15.

40. Even gods cannot conquer an enemy without securing his confidence; the embryo of Diti (the mother of demons) was torn asunder by Indra through faith. See I. 116. Hari. Vam. I. 3. 131.

41. अत्र—in such a case. See I. 115.

42. Having entered inside even through a very small hole (a weak point) an enemy gradually destroys (one) afterwards, as does a flood of water a boat.

43. One should not repose confidence in one who is not trusted nor should one confide in one who has one's confidence; for the fear arising from confidence nips off the very roots.

44. One who never trusts (any one) although weak is not destroyed even by very powerful persons; but those who put confidence (in others) though strong are quickly destroyed even by the weak. **बलेन उत्कटाः**—distinguished by **बलो०**.

45. The policy of good action (thoroughness) advocated by Vishnugupta, of 'the acquisition of friends' by Bhárgava and of 'distrust' (not putting absolute confidence in any one) by Bṛhaspati-thus threefold is the adoption of policy.

सुकृत्य, मित्राप्ति and **अवि०** are the three characteristic principles propounded by Cháṇakya, Sukra and Bṛh. in their respective treatises on Niti.

46. He who puts confidence in his enemy secured with a large sum of money, and in his wife that has entirely ceased to love him, has his life terminated there. **महता** &c may also mean **सारेण सतापि** though having a large fortune.

निरुत्तरः—not knowing what answer to give, unable to (meet his argument with a) reply. **बुद्धिप्रा०**—lit. the development of intellect; hence 'his proficiency in or the depth of his knowledge of, the science of polity. **अथवा**—or rather. **मैत्रीपक्ष०**—my great partiality for *i. e.* my ardent desire to form friendship with him.

40. Wise men say that friendship is formed between good men when they walk together seven steps (or exchange seven words); accordingly you have become my friend; please listen to what I say.

P 195. **आलाप**—friendly talk. **गुणदोष** &c,—holding discourses on merits and demerits, wise sayings and the narration of stories. यथैव &c.—If thus you cannot have faith in me. विदग्ध०—विदग्ध what is well burnt; hence polished, refined. ०वचनः—of clever address. सत्य०—true of word; truthful in his utterances. परं कदाचित् &c.—Before this some such words as प्रकाशं ब्रूते are necessary.

48. Timidly and timidly at first does an enemy move on the ground with gentle steps, but with great ease (boldly) afterwards like &c. जार a paramour. अङ्गना—a beautiful woman (प्रशस्तमंगं यस्याः सा). प्रहेलया in the second case means, sportively, with dalliance.

पर० कृतोप०—obliging each other. मेध्यानि बलिशे०—holy remains of sacrificial oblations; मेध्य lit. belonging to a sacrifice. पक्वान्न०—choice dainties; the neu. is against grammar. Or we may dissolve पक्वान्नानां विशेषा येषु तानि। तत्काला०—when he came at the usual time.

49. He gives and receives; tells his secrets and asks those of his friend; dines with his friend and calls him to dine with him: thus sixfold is the sign of friendship.

50. No one can be pleased in any way without an obligation conferred (or favour done), since even the gods grant (lit. become the givers of) the desired object on the promise of a gift to be made to them (for the favour). उपयाचितं दानं तेन and not उपयाचितस्य दानं as the gift is not made before a wish is granted.

51. There will be affection, in this world, so long as a gift is being given; a calf leaves off its mother (a cow) on seeing the cessation of milk (when it no more gets milk from the cow).

52. माहात्म्यं—greatness, great power. सद्यः—at once. प्रत्य०—carrying or bringing on conviction, convincing.

53. For this reason a gift (something given) is, indeed, dearer than even its offspring even to a beast that is destitute of (the power of) discrimination; since a she

buffalo, althougt having a young one, always gives the whole of her milk (to a man) when oil-cake (called पेंड in Mara.) is given to her. Messrs Apte and Godbole, not having understood this sense of *Khala* have been led into confusion and have given a strange rendering of this.

54. Having shown affection, close (or inseparable) like the union of nails and flesh, the mouse and the crow formed a friendship against nature.

रञ्जितः—delighted at, pleased by. तथा विश्वस्तः—came to have so great a confidence in him that.

P. 106. सगद्गदं—chokingly, in a faltering tone (गद्गदेन सहितं यथा तथा). विरक्ति—want of affection, disgust for, (I am tired of this place). बुभुक्षा—hunger; desid. n. fr. भुज् lit. desire for eating. बलिमा०—even so much as an oblation (of boiled rice offered to crows). प्रगुणी०—got ready and setup. आयुः०—as I have yet to live, my life not being ended. उद्धरितः—should be उद्धृतः. दक्षिणा०—in the southern country. वनगहन—the dense part of a forest.

55. When a country is visited by a drought (or, is famine-stricken) and corn is entirely destroyed, blessed are those, my boy, who do not see the devastation of their country and the destruction of their family.

56. What is too great a load to the able, what is remote to the industrious, what country is foreign to the learned and who is a stranger (unfriendly) to the sweet-speaking ? Each one of these is a question of appeal, the answer being in the negatine (none).

सविस्तरं—in detail, at length. आकाश०—moving in the sky (unable to move on earth). यदि रक्ष०—If you wish to save my life. नान्यथा&c.—else I cannot have my way there. उ०गति०—the different modes of flying.

58. Sampáta (an even, easy flight) , Vip. (a sudden dart), a great flight, flight downwards, a crooked flight, a flying in a zigzag way, a flight upwards and a quick flight.

P. 107. **शनैः**—goes with **प्रस्थितः**. **संपातो०**—set out, journeyed on, following the Sampáta (easy) mode of flight. **मूषक्रा०**—mounted on or ridden by a mouse. **देशका०**—who knew place and time (*i. e.* what was to be done at a particular place and time), wise, prudent. **असामा०**—extraordinary, uncommon. **तीरस्थ**—situated or growing on the bank. **सोत्कण्ठ**—full of longing, eager (to see you).

59. Of what use (or consequence) is sandal paste mixed with camphor or cold snow? All those are not worth (or, come up to) a sixteenth part of (the refreshing effect produced by the touch of) a friend's body. **कलां नार्हन्ति** &c.- is an idiom often used by poets in the sense of 'not at all worth comparing with, &c. *cf.* न स पार्थस्य संग्रामे कलामर्हति षोडशीम् । Mah. Bhàr. III. 91, 23; see also I. 100, 68. Devi Bhág. IX. 21, 43; 31, 4; 48, 36 &c.; अन्यानि सर्वकर्माणि यज्ञा ये त्रिविधाः स्मृताः । निर्गुणध्यानयोगस्य कलां...।। S'ivatatvasudhànidhi XIII. 32. See also Manus. II. 86; Markan. P. 106. 33. &c. Sometimes, instead of **षो०**, **शततमी** is used; as in तन्मन्ये नार्थकामौ धर्मस्य शततमीमपि कलां स्पृशतः । Dk. II. 2.

60. By whom is this nectar, in the form of the two letters *viz.* Mitra, created? which gives protection against adversity and serves as a medicine to allay the heat of (affliction caused by) grief (or, **शोकसंतापयोः भेषजं** medicine aganist sorrow and anxiety). **केन** may also mean-by the creator (कः प्रजापतिरुद्दिष्टः इ. ए. को.)

निपुण० परिज्ञाय-having recognised him with a more careful observation. **आनन्दा०**—tears of joy. **चिरकालात्**—owing to a long time having elasped since we met last.

61. **वीर्यं**—Valour, prowess. **विचे०**—actions, particular doings. **संग०**—One should not associate or form friendship with.

62. What is the use of streams of water proceeding from the washing of the body? The embrace with a friend

which is obtained after a long time is invaluable (*i. e.* even a very large quantity of cold water used in washing the body will not have that cooling effect which a friend's embrace has).

अभ्यासे—in the vicinity of, near. नाम स्वल्पका०—the cause of this cannot be small *i. e.* must be very great.

63. Just as the streams of rain water, or the stars in the sky or the grains of sand, are without number (innumerable).

P. 108. 64. So are the merits of this magnanimous one, beyond calculation; but being greatly disgusted with the world he has come to you. *Cf.* सिकता वा यथा लोके यथा वा दिवि तारकाः । यथा वा वर्षतो धारा असंख्येयाः स्म केनचित् ॥ तथा गणयितुं शक्या गयेयज्ञे न दक्षिणाः । Mah. Bhàr. III. 95, 28; *cf.* also Markan. P. XV. 72.

मठाय०—a temple (serving like a monastery or convent) ताम्र०—Lit. having a red crest. भिक्षार्थमटनं. भिक्षाशेषं—the remnant of the food got by begging. नागदन्त—a peg; see V. p. 56 notes. अवल०—having hung it up by. कर्मकरा०—labourers, persons doing work for wages. संमार्ज०—cleansing the ground, smearing it with cow-dung and decorating it (with *rāngoli* drawings). सिद्धम०—cooked or ready food. अगम्यं—inaccessible to, or beyond the reach of your lordship. समारूढ—got into it. भक्ष्यवि०—several eatables. निद्रान्त०—was buried or lost in sleep. मम रक्ष०—to keep me off from the food; to save it from me.

जर्जरवंशः—an old (perforated) bamboo-stick (that it should crackle the more readily.) विग्रहप०—struggling with him the whole night. तीर्थयात्रा०—In the course of his visits to holy places. प्राघुणिक०—a guest. प्रत्युत्थान०—with the act of rising (from one's seat in response to a guest coming) संभाव्य—having honoured him. प्रतिपत्ति०—He was respectfully treated with the rites of hospitality. For प्रति०—meaning respect *cf.* S'ak IV. 17.

(सामान्यप्रतिपत्ति पूर्वकं &c.) कुशासंस्तर—a bed of Kus'a grass. धर्मकथा—a story relating to religions matters.

P. 109. व्याक्षिप्त०—having his mind greatly distracted. शून्यं—meaningless; with a vacant mind. तन्मनाः &c.—with his mind soley absorbed in that, he did not say any thing.

65. You are welcome; please come in; kindly take this seat; how is it that you are seen after a long time ?; what news do you bring us ? ; you are greatly emaciated (weak); are you all right ? I am glad to see you—it is always proper to go with a mind free from any misgiving to the houses of those who thus earnestly delight their friends coming to them.

66. They are bulls without horns who go to that house the master of which, on seeing a person coming, looks in the directions or downwards (*i. e.* shows indifference, instead of welcoming the guest).

67. That house, where there is no rising (on the part of its owner) to receive a guest, no talks full of sweet words or conversations about merits and demerits, should not be repaired to (should be avoided).

एकम०—by obtaining *i. e.* being the master of. गर्वितः—गर्वोऽस्य संजातोसौ. मठाश्रय०. &c.—you have secured hell under the form of your taking possession of this monastery.

68. If you have a mind to go to hell, accept the duties of a family-priest for one year; or, what need of any thing else, manage the affairs of a convenet for three days (and you will gain your object). This sl. contanis an attack on those priests who only look to money and not to the proper performance of religious duties.

शोच्य०&c.—you are elated with pride when you deserve to be pitied. गोष्ठीशै०-the cause of my indifference to or taking no interest in the conversation with you. उत्प्लुत्य—

having leapt up. ०त्रासार्थं—for frightening or scaring away. मुहुर्मु०—again and again. कुतूह०-a wonderful thing. तिरस्कृताः—thrown into the back ground, far surpassed. निधान—a treasure. प्रकूर्दते—displays great activity, jumps high; fr. कुर्द् 1 A. to play or sport.

69. Even the (mere) warmth of wealth increases the lustre (might, spirit) of embodied beings; what to say then about its enjoyment coupled with acts of charity !

P. 110. **70.** O mother, S'ándilî (a woman of the S'án. family) will not sell (exchange), all at once (thougtlessly) pounded and cleansed sesamum seeds for uncleansed ones; so there must be a motive (object) in this.

प्रावृट्का०—In the rainy season. व्रत०—for the purpose of observing a vow. वासार्थं—for being allowed to reside or for accommodation in his house. तद्वचनात्—at his advice or suggestion. शुश्रू०—waited upon or served by; p. p. of the desid. of श्रु. देवार्चन०—devoted to or engaged in. दत्ताव०—दत्तं अवधानं येन listening attentively to. शृणोमि—I heard. दक्षिणायन०—the summer solstice which begins about 22nd June. दक्षिणायन means the sun's apparent motion towards the south. संक्रान्ति—lit. the crossing of a zodiacal sign, is the apparent passage of the sun from one sign to another. The Dakshináyana begins when the sun enters the sign *Karka* or the Crab. The Karka Sam. and the Makara Sam. are the chief Sankrantis and the Hindus are required to bathe on these occasions-after anointing their bodies with pounded sesamum-to perform S'ráddha in honour of their manes (pitṛs) and to give sesamum sugared or sweetened with *guda* to Brahmaṇas, relatives, friends &c. अनन्त०—giving an endless fruit of the gifts given प्रतिग्रहार्थं—for receiving presents or gifts duly given. परुषतर—very harsh. निर्भं०—Reviling or scolding him. दारिद्र्यो०—stricken with poverty. This must be taken as a Gen. Abs.; you being poverty stricken how can food be obtained by any one (at your house). हस्तल०—fallen into your hand *i. e.* married to you.

71. Why should not even the half of a morsel be given to supplicants ? (*i. e.* one should at least give half from out of a morsel &c.); for, who will obtain and when, wealth according to one's desire ?

72. We have heard it authoritatively stated that a poor man obtains that religious merit by giving a Kákiní (a *Kawri*) which a rich man obtains by giving a costly gift.

73. A donor (one always disposed to give), though poor, is fit to be served, not so a miser, though great in riches; a well which has sweet water in it delights the people (by allaying thirst) and not the sea (though having plenty of water in it.)

74. What is the use of the vain title of Rájarája–(1) a king of kings, (2) Kubera-to which no greatness is brought by munificence ? Wise men call not 'the guardian of treasures (Kubera) Mahes'vara (the great lord).

75 The lord of elephants who always manifests *dàna* (charity, rut-juice flowing from the temples) does but deserve praise though grown lean; while an ass that is without *dána* is certainly to be despised though fat-bodied. There is a play on the word *dána* in this sl.; it means 'charity and also the ichorous juice exuding from an elephant's temples. The elephant, by shedding it, satisfies the bees; the ass does not do it.

सुशीलोपि &c. (see ft. note). सुशीलः well-formed. सुवृ०—well rounded. अदानात्—by its not giving out water. यात्यधः goes down, sinks in water. कुब्जा—crooked. काणा—squint-eyed *i. e.* ugly looking. दानात्—as it gives out water. कर्कटी—a kind of vessel.

P. III. 76. A cloud although giving mere (nothing

more than) water becomes dear to all people, while the sun with his Karas (hands--rays) always stretched forth, is not capable of being even looked at. Here, too, there is a pun on the word *Kara*; he that has his hand always stretched forth to receive but never gives).

स्वल्पात्स्व०—a little out of little. स्वल्पतर—a part of the little that one possesses.

77. That which is given by discriminating men (knowing how to distinguish between good and bad) at the proper place and time, there being a worthy recipient and a great devotion (on the part of the giver) leads to eternal happiness. The cons. is यत्र सत्पात्रं वर्तते महती श्रद्धा च तत्र &c. देशकालं &c. *v. l* ; here the cons. will be सत्पात्रं...इत्येतेषु सत्सु.

78. There should not be excessive (unreasonably great) desire nor should one give up desire altogether: a crest appears over the head of one overpowered by excessive greed.

पुलिन्दः—a mountaineer, a S'abara. पापर्द्धि—chase (lit. पापस्य ऋद्धिः increase of). प्रसर्पता—while wandering about (in search of game). अन्जन०—resembling the peak of a mountain of collyrium. क्रोड—a boar. समासा०—was found. कर्णान्ताकृष्ट०—having drawn a sharp arrow to the end of the ear. बालेन्दु०—having the lustre of (resembling) the young (crescent) moon. पाटितो०—his belly being torn open. पन्चत्वं गतः—died (lit. went to the state of being resolved back into the five elements forming the body). निराहा०-by want of food, starvation. सानुकूलः—favourably disposed. अचि०—unexpected.

79. The good or bad fruit secured by (the actions done in) a previous life comes to men as ordained by fate, even though no effort be made for it.

80. Just as a good or evil deed is done by a man (in a by-gone life) at a particular place or time or stage of age so is its fruit experienced by him.

तथाभक्ष०—I will eat it in such a way that. **स्नायुपा०**—the string of sinews attached to the end of the bow.

81. Wise men should enjoy the wealth acquired by themselves little by little like a Rasáyana (a sovereign or potent) medicine, and never wantonly (or carelessly).

एवं &c.—Thus resolved in mind. **चापचटि०**—चापस्य चटिता कोटिः तां the covered (*i. e.* with the string) end of the bow. **प्रवृत्तः**—began, set about. **तालु०**—the place of the palate. **निष्क्रान्ता**—Came out piercing the crown of the head.

82. **आयुः**—the period of life. **निधनं**—the time of death. **गर्भस्थ०**—while a creature is just in the womb.

प्रबोधिता—enlightened upon, advised. **स्तोक०**—a small quantity of. **लुञ्चित्वा**—having cleansed them by pounding them &c, **०संमर्द्य**—having put them in hot water and pressed them. **०दत्तवती**—exposed them to the sun (for being dried). **०व्यग्रायाः**—while she was engaged in her household duties. **नैपुण्यं**—cleverness, skill. **परा०**—पराक् मुखं यस्यासौ परा०खः न प० अप०; अप० परा०खः संपन्नः परा०खीभूतः तस्य turned adverse, unfavourably disposed. **सर्वोऽपि**—any body. **अनेन विधिना**—in this way; lit. on this proposal. **०गृहिणी**—the house-lady, the mistress of the house. **यावत्** &c.—just as she proceeded to take in exchange. **दृष्ट्वा**—having consulted Kamandaka's treatise on Niti (polity). **अग्राह्याः**-unacceptable, not fit to be taken in exchange. **क्रमणमार्गः**—the way by which he comes and goes. **एकाकी**—एक एव alone, the term. आकिन् is added in the sense of 'unassisted'; Pán. V. 3. 52. **पश्यतो मे**—While I am looking on, in my very presence. **बाढमस्ति**-yes, there is. **स्वहस्तिका**-a pick-axe. **बोद्धव्यं**—you should rise or wake up. **जनचरणा०**—Before the ground is dirtied by the treadings of men's feet (*i. e.* before the foot-prints of the mice are effaced by the foot-steps of men). **साभिप्रा०**—his words having a meaning in them, words expressive of the purpose or object he has in view. **अभिप्रा०**—from his motive or object.

P. 113. **83.** Shrewd men know the mettle (intrinsic merit or strength) of a man although they see him but once; experts know accurately the measare of a *pala* by weighing a thing on (the palm of) their hand (*i. e.* they know that a thing is exactly a *pala* in weight &c). Pala = 4 Karshas; a Karsh = $\frac{5}{6}$ tolà.

84. The very inclination of the mind of men indicates, long beforehand, a coming event, good or bad, as determined by (their acts in) their previous existence; a young pea-cock, that has not yet got its plumage, its distinguishing mark, can be known to be a peacock when moving away from a lake with stately steps backwards (like a grown up peacock).

"When the young peacock, whose tail has not yet grown, has drunk water, he does not turn round, but walks backwards just like an old bird. The latter must do so in order not to soil the feathers of his tail." Buhler.

बृहत्का०–बृहन् कायो यस्य having a big body, stout. कुमार्ग०—going by the wrong path. हत०—हतेभ्यः शेषाः those that survived the killed, those that escaped being killed. रुधिर०-copiously staining the ground with their blood.

85. A stag that had cut off a snare, smashed the fabrication of a trap, forcibly torn asunder a net and gone far off from a forest covered with the wreathing mass of flames of fire spreading all round, fell into a well as he was running on after having escaped with a sudden. (lit. quick) bound from the range of the arrow of hunters: of what avail is strenuous effort when fate is adverse ! करोतु &c.—lit. what can manly exertion do ? Here the Imp. is used like the Pot.

चर्चितां bedaubed or stained with. निःशंकः-free from fear. उद्वेगकरं—causing mental agitation. सोद्वेगः—उद्वेगेन सहितः—full of sorrow, dejected. निरु०—-निर्गतः उत्साहः spirit, energy यस्य.

P. 114. कूर्दनो०—jumping activity, energy to leap.

86. That a man always displays vivacity (feels energetic), or that he despises the people or utters insolent words, is all due to the power arising from wealth.

विशेषा०—jumped with a special effort or energy. अप्राप्त एव—just without reaching it.

87. Every one is powerful owing to wealth; look at this mouse that is reduced to the level of his kind being deprived of wealth. व्यर्थं विगतोर्थः यस्य तम्.

88. दंष्ट्रा—fangs. नामधा०—merely has the name; नाम धारयतीति. अङ्गुलि०—must be taken with कूर्दन; power to jump to the height of even an inch (lit. a finger).

89. All the efforts (lit. actions) of a man without wealth and possessed of little talent come to a stand-still (lit. are cut off, cease to reach the end) like small rivers in the hot season.

90. Just as Kàkayavas (a kind of empty-barren-corn) or wild sesamum seeds are said to exist merely in name and lead to no fruit (*siddhi*—are not reproductive) so are men without wealth (*i. e.* they exist merely in name and fail to accomplish any object.)

91. All the other qualities (than wealthiness) of a poor man, though actually possessed by him, do not shine forth; wealth is the manifester of (brings to light or reveals) qualities, as the sun is of created things.

92. A man born poor does not suffer so much affliction in this world as does he, who, having obtained wealth and lived in happiness, is deprived of it afterwards.

93. Even the existence of a tree, grown upon a sterile spot, (lit. salt ground), dry, worm-eaten and burnt by fire on all sides, is covetable (वरं fr. वृ to choose) and not that of a mendicant (or, is preferable to that &c.; or, better to be born as a tree &c. than as a poor man).

94. Poverty which is destitute of prowess (eclipses one's prowess) is the ground of suspicion every where since a man goes away leaving a poor man although come to confer a benefit (or favour).

P. 115. 95. The desires of poor men having risen again and again (constantly) in their heart merge (melt away, are suppressed) just there, like &c.

96. A person obscured by the the darkness of poverty is not noticed by any body in this world although standing in the front with effort and there be broad day light.

भग्नो०—With my energy gone, dispirited. गण्डो०—used as a pillow for the cheek; *i. e.* kept under the cheek. मिथः—to one another, among themselves. भर्तु०—to support or feed us. पृष्ठ०—following, attending upon him. बिडाला०—such pestilences as cats and the like; miseries or perils such as those coming from cats and the like. त-त्किम०—Then what is the use of pleasing him, why serve him !

97. That master, from whom no benefit accrues but miseries only are encountered, should be abandoned from a great distance, and especially by servants.

मम संमुखे—before me. Better read ०खः.

98. Dead (practically) is a poor man; dead (useless) is......which is unattended by issue; dead (vain) also is that S'ráddha to which no S'rotriya (a pious Bráhmaṇa learned in the Vedas and their *angas*) is invited; and dead (fruitless) is the sacrifice in which no *dakshiná* is given.

एवं मे &c.—While I was thus reflecting or in such a state of mind. विहं० कु०—mocked at me. योग०गतेन--while I was in a reverie or absorbed in thoughts about my state; for the meaning of यो० see I. 23. It is properly the sleep induced by Yoga or mental abstraction in which there is consciousness although all bodily actions are suspended. गण्डोप०-made to serve as a pillow &c. निद्रा०—while he is in deep (lit. under the power of) sleep. आधिप०—sovereignty or mastery over.

99. Cons:—धनैर्हीनाः जना मनोरथशतैः चेतः परं व्यथयन्ति न अनुष्ठानैः कुलजाः &c. Men who are destitute of wealth torment their mind a great deal by hundreds of desires and not by acts (their execution), as do widows born in a noble family.

100. Poverty means misery to men and is a great source of humiliation, since they are considered as dead, although living, even by their relatives.

101. Construe—दौर्ग॰तः नरः दैन्यस्य पात्रतामेति &c. A man obscured by (labouring under) penury is always subjected to misery, is an object of indignity and an abode of calamities.

102. Relatives feel ashamed of him and conceal their relationship with him who has no money (lit. Kauries); and his friends also cease to act like friends.

103. Men's poverty is humility incarnate; it is the abode of mishaps and it is another form of death.

P. 116. A penniless man is avoided by people shrinking back in horror (from him), as is the dust kicked up by shegoats or raised by a broom or the shadow of a bedstead projected by a lamp. It is supposed to be inauspicious to stand in the shadow of a bed.

105. There is some use to be made at times even of clay that remains after it is used for cleaning the body after stools; it is only the man without wealth with whom no one has any thing to do.

106. A poor man, although come to the house of a rich man with the object of making a gift is considered to have come to ask for something; fie, indeed, upon the poverty of men.

धनिनां-the pl. denotes a class and stands for धनिनः. वित्त० विद्धतः—while removing or taking back my wealth.

107. Even the manes (departed ancestors) do not

accept the handful of water offered by him who, even after seeing his wealth taken away, preserves his life (*i. e.* sits quiet or does not try to recover it for fear of losing his life).

108. The worlds of eternal bliss are his who sacrifices his life for the sake of a cow, or a Bráhmaṇa, for the recovery of his wife or wealth taken away and in a battle. युद्धे may also be connected with गवार्थे &c. in fighting for saving a cow &c.

निद्रावशं &c.—when he had sunk into (lit. was under the influence of) sleep.

109. A man obtains the thing he is destined to get; even God is not able to prevent it (from being so obtained); therefore, I do not mourn my lot nor am I amazed at it; what is ours cannot belong to others.

लिखितै०—in which only one sl. is written. एतया बुद्ध्या—with such sense in you (talent for business); when you think so lightly of wealth. निर्भर्त्स्य—being scolded or taken to task. विप्रकृष्ट—distant, remote.

P. 117. अभिनव०—अभिनवं च तद् रूपं च यौवनं च ताभ्यां सम्पन्ना endowed with extraordinary beauty and blooming youth. ०द्वितीया—accompanied by. तद्दर्श०—तस्य दर्शनं तद्दर्श० तेन समः कालः यस्य at the very time he was seen. कुसुम०—struck by the arrows of Cupid, smitten with love. मनोभ०—मनसि भवतीति मनोभवः; by the god of love. पश्चिमा०—I am reduced to the last stage. मरणं श०—death will be my refuge or resort, I shall die. सौधा०—suspended (left hanging) from (the upper terrace of) her palace. सौध lit. (सुधा white plaster or mortar) लेपः अस्य. दृढ०—a strong leather strap or thong. निश्चित्य—having settled the matter.

111. स्वामि०—the wife of one's master or servant. ब्रह्मघा०—*i. e.* he is said to be guilty of the greatest sin.

112. One should not do that act by which one gets infamy or is condemned to hell or falls off from heaven.

पार्श्वे—by the side of. कौतु०—curiosity having taken possession of his mind *i. e.* curious to know what it could mean. आश्वस्त०—whose mind was set at ease that, who felt convinced that &c. आच्छाद०—clothing. तदङ्ग०—whose limbs were covered with horripilation arising from the joy caused by contact with his body. त्वद्द०—attached to you or fallen in love with you at your very sight. त्वदृ०-excepting you; त्वां वर्जयित्वा a Namul form.

P. 118. उत्तार्यमु०—he was made to get down or descend and let off. खण्ड०—a dilapidated temple, a temple in ruins. स्वैरिणी—a libidinous or licentious woman. दत्तसं०—with whom an appointment was made. संकेत-an engagement or agreement made by lovers to meet at a particular place and time. दण्डपा०-a head police man, a constable. रहस्य०-that the secret might be kept or not divulged. प्रतिपद्य—having accepted the proposal, having agreed to do so. मति०—through misunderstanding *i. e.* went to the wrong place to sleep. तस्य रक्ष०—seems to refer to दण्डपा. अस्मद्ग०—is the same as मद्ग०. घनतरा०—misled by (failing to recognise him owing to) the execedingly dense darkness. गान्धर्व०—having got herself married to him according to the Gán. form of marriage (which requires mutual consent only). विकसित०—with the lotus of her face full blown *i. e.* a smile blooming on her lotus-like face. असमी०—without due investigation, thoughtlessly. ईदृक् &c.—such is the ultimate result (विपाक the ripening of). विमृश्य—having thus reflected. वीथि०—by the public or main road. अन्यविषय०—a. resident or inhabitant of another place (or province). प्रत्यासन्ने ल०—When the auspicious time &c. fixed for marriage was close at hand. राजमार्गा०—At the door of the merchant's house situated near the high road. वेदिकायां—On a dais in the Mandapa erected (for the purpose). कृत०—who had on the marriage string and put on an auspicious dress. कौतुक—the marriage thread (which is worn also before marriage). आरोहकं—the rider. प्रणश्यज्जन०—frightening or throwing the people into confusion owing to the clamour of men fast running away. उद्देश०–spot, place. प्रणश्य दिशो &c.–betook to the quarters having run away *i. e.* fast disappeared in the different quarters. भयतरल०–whose eyes were tremulous through fright. मा भैषीः—Aor. of भी, with the अ dropped after मा. सुधीरं—very firmly or boldly. स्थिरी०—having steadied or calmed down the agitation of her mind. दक्षिण० संगृह्य—having seized her with the right hand. महासा०—through great intrepidity or spirit of daring. परुष०—harsh words, words of rebuke. निर्भ०—Act. p. p. of भर्त्स्, chid, reproved. अन्यहस्त०—gone *i. e.* committed to the hand of another. विरुद्धं—contrary to the usual practice, an improper thing. प्रदाय—having promised to give in marriage. प्राणसंश०—from peril or danger to life. मम जी०—while I live, as long as there is life in me.

P. 119. अनेन वार्ता &c.—While such occurrences were taking place, while these incidents were happening, the night passed away. व्युष्टा p. p. *fem.* of उष् with वि, 1. Par. तत्र संजाते &c.—As a great crowd of people collected there. वार्तान्व०–the course of events. कर्णपर०—hearing the events as transferred from ear to ear, by hearsay. महाजन०-श्रुत्वा—hearing that a great concourse of people had gatherd these.

अखिल०—अखिलश्चासौ लोकवृत्तान्तश्च तं—hearing all those worldly incidents. पृथक् &c.–knowing the various accounts, and having ascertained the truth. सर्वा० युतां—along with all kinds of ornaments and a retinue. इति नगरविदितं-who was known to the people as *i. e.* who was proclaimed to the people as his son. यौवराज्य &c.—crowned him heir-apparent, युवा चासौ राजा च युवराजः तस्य भावः। It was an ancient custom in India for a king to appoint his eldest son, when he came of age and was properly educated, as the heir apparent or Yuvara'ja and to entrust to him certain offices under him. See Rag. III. 35 and notes thereon.

स्वशक्त्या—according to his means. संभाव्य—having honoured. पितृमातरौ—should more correctly be मातापितरौ, as the mother ought to take precedence in a comp.; see H. G. §198. (*c*) अभ्यर्हितं पूर्वम्. ०वावृतौ—accompanied by or together with all the members of the family. स्वगोत्रेण—in the company of all his relatives. परं विषाद०—plunged into great distress. अयं—*i. e.* Laghupatanaka. असंदि०—undoubtedly. क्षुत्क्षामः—parched up with or reduced by hunger. क्षुधा क्षामः p. p. of क्षै 1. P. भक्ष्यस्थाने स्थितमपि—although you were his proper food.

113. One should secure that friend, the most desirable one (उत्तम), whose mind undergoes no change in prosperity (वित्ते lit. when he has wealth) and who ever remains a true friend.

114. असंशयं—अविद्यमानः संशयः यस्मिन् The wise say that the testing of friends should be made in this world by these signs, so as to leave no doubt (about their sincerity) as that of the sacrificial fire is enjoined by those learned (in the sacrificial rites.)

115. He, who continues to be a friend when the time of adversity comes, is a true friend; when the time of prosperity comes even a wicked man becomes a friend.

अत्रविषये—as regards this subject. नीतिवि०—against the rules of conduct.

116. No body is absolutely the friend of any one or the enemy of any one; for one is seen to be destroyed by a friend or saved by an enemy through some purpose (object to be gained).

P. 120. 117. सिद्धमन्नं—cooked food. ०पभोग्यानि—capable of being enjoyed. विवेकिनः—those who can distinguish between what is permanent and what is short-lived; hence able to take a proper view of things. जिता०-जित आत्मा येः self-controlled.

118. Not even five steps do these hard-hearted riches accompany a man when going even to Yama's house (*i. e.* dead), although they be well collected, protected like life and not even used (as ornaments) on any part of the body. **वियोजितैः**—विशेषेण योजितैः, नियोजितैः would have been better. **पञ्चपदी**—पञ्चानां पदानां समूहः lit. five steps are not gone over.

119. **आमिष** flesh. **भक्ष्यते वित्त०**-so is a rich man fed upon every where *i. e.* his wealth is used in different ways &c.

120. A king charges with crimes a man who is very rich although he be innocent (in order to extort money from him); while a poor man though guilty of an offence is left unmolested every where (as nothing can be got out of him). प्राप्तः दोषः यं असौ प्रा०.

121. **नाशे** &c.—pain is felt when it is lost or is to be spent; fie upon wealth which is the resort of troubles.

122. If these people were to wish for final beatitude and suffer even a hundredth part of those hardships which they, being full of ignorance and so longing for wealth, suffer, they would get it.

वैराग्यं न कार्यं—you should not show indifference to or cease to take interest in the concerns of this world owing to &c.

123. What is considered to be his own or a foreign country in the case of a man, steady-minded and of high talent (प्रशस्तं मनोस्यास्तीति) ? Whatever country he resorts to, the same he makes his own by the might of his arms; the lion quenches his thirst with the blood of the lords of elephants he kills, just in that forest which he, armed with his jaws, claws and tail, enters.

न कथंचिदपि &c.—does not suffer misery under any circumstances.

124. See *supra* sl. 56. **प्रज्ञा०**—a store of intelligence, a treasure of wisdom. **न प्राकृत०**—are not to be compared with an ordinary person, *i. e.* you stand far above ordinary men.

125. The goddess of wealth comes, of her own accord, to reside with a man who is endowed with energy, who is not dilatory, who knows the theory and practice (of doing a thing), who is not addicted to vices, who is brave and who is grateful and firm in friendship. **अदीर्घ०**—not procrastinating or slow in accomplishing a business.

P. 121. **कर्मप्राप्त्या**—by the operation of destiny (lit. coming of the result of past actions). **अनात्मीयं**—what is not one's own *i. e.* what one is not destined to enjoy.

126. A man is not able to enjoy wealth (even) after acquiring it (when fate so wills it) like Saumilaka who was bewildered on reaching a large forest. **मूढ**—cannot mean here 'foolish.' It means who was perplexed, who did not know what to do owing to adverse fate.

०रञ्जितानि—chequered or variegated with the weaving of threads in different ways. **पार्थिवो०**—पार्थिवानामुचितानि fit for kings (to wear). **भोज०**—more than what was necessary for procuring food and clothing. **स्थूलवस्त्र०**—who knew only how to weave coarse cloth. **महर्द्धि०**—possessed of a large fortune; were in highly prosperous circumstances. **०समृद्धान्**—rich in. **अधारणकं**—lit. does not owe me anything; does not yield me anything proportionate to my labours; I shall not prosper here; *cf.* the Mar. word धारजणें (धारजिणी नसणें). **मिथ्याप्र०**—it is a wrong saying that.

127. प्राप्त्या पूर्वजन्मकृतकर्मफलप्राप्त्या इत्यर्थः. That birds fly into the sky or descend to the surface of the earth (in search of a thing) is according to the results of their

actions in a previous existence (*i. e.* even the movements of birds in search of food &c. are regulated by the law of Karman); for nothing comes to us that is not given previously (and thus laid in store for us).

128. What is not destined to happen does not surely happen, and what is fated to take place takes place even without an effort (on our part); what is not destined to be (with us) vanishes although placed on the palm of the hand (so near in our possession).

129. Just as a calf finds out its mother even from the midst of thousands of cows, so the action done in a previous life follows its author (doer).

130. **तिष्ठेत्व०**—तिष्ठेत् तु अथ construe अथ नराणां प्राक्तनं कर्म शयानेन सह शेते &c. आत्मना सह तिष्ठेत् it remains with (sticking to) the soul *i. e.* the law of Karman operates throughout one's existence.

131. Just as shadow and light are always connected with each other so are action and its doer invariably linked to each other. **संश्लिष्टौ** the *mas.* is aganist gram.; it should be संश्लिष्टे.

व्यवसाय०—be devoted to, or engaged in your business here with close application. **ऽव्यवसायं विना**—here व्य० means a strenuous effort, adventure (such as going to a foreign land &c.)

P. 122. 132. Just as clapping is not possible with one hand, so the fruit of action is not known to appear forth if unaccompanied with an effort (industry)

133. Lo ! The food oblained at meal-time through the working of fate (luckily) can not enter the mouth by any means without the exertion of the hand (unless the hand is used)

134. The goddess of wealth approaches (comes to abide with) the lion-like (eminent) man who is industrious;

it is the weak-minded (lazy persons) who say—it is fate, it is fate (that gives); setting aside fate entirely put forth manly effort to the best of your strength; for if after an effort is made there be no success where is the fault in the case ? (*i. e.* one is not to blame); or, see-where was the fault ? Where was I wrong ? See Hit. I. 37. Intro.

135. Objects desired to be accomplished succeed by industry and not by idle wishes; the animals of the forest do not certainly enter the mouth of a lion that is asleep (if he sleeps).

136. Desires are not accomplished, O king, without exertion; it is the cowardly who say—what is destined to happen comes to pass.

137. **प्रयच्छति**–The subject to this is **कर्मकरणं**. If a man exerts himself (lit. does an act) to the best of his ability and (yet it) does not lead to success he is not to blame in that case; for his manly effort is thwarted or rendered vain (lit. concealed) by fate.

सुवर्णश०—three hundred coins of gold. **पर्यटतः**—while he was travelling through. **व्याल०**—through the fear of the wild beasts. **स्थूलतर०**—having climbed up to the root of a huge branch of a banian tree. **निशीथे**—at mid-night. **रौद्रा०**—of frightful aspect. **कर्तः**—Voc. sing. of **कर्तृ** the disposer of things. **समृद्धिर्नास्ति**—is not destined to have any more wealth than &c. **कर्मन्**—the god of action. **व्यवसा०**—to industrious people. **तत्परिणति**—the end or final result of that (whether they are to enjoy what they get or not) rests with you. **प्रबुद्धः**—awakened or roused from sleep. **सुवर्ण०**—the purse containing the gold. **साक्षेपं**—आक्षेपेण सहितं यथा स्यात्तथा revilingly, cursing his fate. **हेलया**—easily, or, so suddenly. **व्यर्थ०**—whose efforts have been vain or rendered fruitless.

P. 123. सुश्रान्तोपि—although greatly exhausted or fatigued. कृतगृहो०—with eagerness to go home or reach his house. तादृशौ—of the sort described before. दृष्टि०—coming within the range of sight. उपाल०—dost thou blame me. उपालभसे is more usual. दुःखमा०—aggrieved or distressed. उद्बध्य०—व्यापा०—I will hang myself up and put an end to my existence. स्वकण्ठे &c.—having thrown the noose round his neck. यावत्प्र०—just as he was going to throw himself down. मैवं साहसं &c.—do not take such a precipitate step, desist from this adventure. वराटिकाम-पि स०—I will not bear to see you possess even a cowrie more than what is necessary for &c. सह् is rarely used in the Parasm. सहे is more usual. भवदीयसा०—with your (spirit of) adventure. तथा० &c.—Moreover, my sight. cannot be obtained in vain (must carry with it its reward). भोगरहितेन—which can not be enjoyed.

138. What is to be done with that wealth which remains an exclusive possession (is confined to one man) like a wife, and which is not enjoyed by all passers by being common property like a harlot. See V. 37.

139. The man who has a store of wealth is served in this world though he may be miserly, low-born and always avoided by good men (as unworthy to associate with).

140. Good mate, I have carefully observed for ten and five years those two, which hang loose and are yet firmly attached, (to see) whether they would fall down or not.

तीक्ष्ण०—sharp-horned. मदाति०—through excess of the vigour of youth. विदारयन्—tearing up. It is a common sport with bulls. *Cf.* मदोत्कटाः ककुद्मन्तः सरितां कूलमुद्रुजाः। &c. Rag. IV. 22. मरक० शष्पाणि—tender grass resembling (green like) emerald. प्रलोभ०—excessively covetous or greedy; प्रकृष्टो लोभः यस्य.

P. 124. **पुलिनं—the sandy bank of a river. पृष्ठाद्वया० भाव्यं—you should closely follow him, be always at his heels. तत्किं वृथा०—why do you then set me to labour which will prove vain or bootless. अपरं—another thing or consideration is this.**

141. ध्रुवाणि things which are certain (he is sure to get) **निषेवते—seeks, runs after.**

142. A small river is easily filled up; so is the cavity of the hands of a mouse; a mean fellow who is easily contented is satisfied even with little.

उत्साहवता०—should always be energetic.

143. The goddess of wealth abides there permanently where there is an energetic commencement of work, a firm checking of hesitation (lit. idleness) and a combination of wise policy and valour.

144. 'It is fate (that does every thing)'—so thinking one should not give up one's industry; for no oil can be produced from sesamum without exertion. अनुयोगं विना &c.—*V. l.* without steady labour.

145. Wealth, even though given to that unlucky man, who, dull of intellect, gets satisfied with little, passes off (lit. is washed off) from him.

146. Worthy of salutation (praise-worthy) are those who abide by their resolution once formed; a (mere) high station is not of any use : of what consequence is the poor chátaka bird that has Indra for its water-bearer ? कृत०—कृतः निश्चयः कृत० a resolution once formed; सोस्त्येषां those who stick to that. The second line is meant to illustrate the statement in the first line. The chàtaka is an insiguificant bird and yet it never swerves from its determination to drink rain water alone. Indra, the mightiest of gods, is the god of rain; and as such, in spite of his greatness he has to do the servile duty of supplying water to the little bird.

निर्विण्णा—tired of, disgusted with. **पतनप्रायौ**—almost about to drop down. **नान्यथा** &c.—you should not act in any other way, should follow the bull alone.

P. 125. 147. A man is able, in this world, to manage all his affairs independently (of his own free will) so long as he is not forcibly held back by being checked (lit. wounded) by the goad in the form of his wife's words (advice).

148. A man incited (impelled) by the words of a woman thinks what is unfit to be done as fit to do, what is difficult to go to as of easy access and what is not fit to be eaten as fit to eat.

निर्वेदात्—through dejection or sorrow. **गुप्तधनः**—गुप्तं धनं यस्य one whose wealth is guarded (and not to be enjoyed by one as one likes). **उप०**—उपभुक्तं धनं येन one who enjoys his wealth (but has not any thing to spare beyond what is required for the necessities of life. **स्वरूपं**—nature, the manner in which they enjoy their wealth. Another reading for स्वरूप is चेष्टितं which means their actions, behaviour. **एकस्य** &c.—you should make your choice of one of these. **अभक्षितेन**—which cannot be enjoyed. **दत्त०**—दत्तं च तद्भोग्यं च तेन which can be given away or enjoyed safely (but not saved). **अदर्शनं गतः**—disappeared, vanished from view. **लब्ध्वा**—having found it (the house). **निर्भर्त्स्य०**—having scolded, reproved (for having entered the house). **हठात्**—forcibly (notwithstanding he was asked to leave the house). **भक्तिव०**—without respect (with reluctance). **अधिकः**—additional. **लाभप्रा०**—the acquisition of gain; it is my duty to allow a man to gain his due. **विसू० खिद्य०**—suffering from diarrhoea. **०कारोषेण**—*v. l.* here दोष means a malady, ailment. **रुजाभि०**—overcome by pain. **क्षणं**—for a moment. This reading, however, does not suit the context. It is better to read ०भूतोऽक्षणं without rest or ease. **तद्दोषेण**—on account of the effect of that disease (*i. e.* counteract it). अभ्युत्था०—with such rites of hospitality as rising up to receive him &c. विहित०—who was honoured by being provided with food, clothing &c. महाश०—getting on a splendid (spacious) bed.

P. 126. । उद्धारक०—the act of repaying or compensating. व्यवहा०—from the house of a merchant (on credit.) राजप्रसा०—प्रसादाज्जायते इति the outcome of the king's favour; *i. e.* sent by the king as a mark of favour (being led to do so by Karman to enable him to meet the expense incurred).

150. The fruit of the (study of the) Vedas is the keeping up of the sacred fire (*i. e.* the study of the Vedas ought to induce a man to be an *agnihotrin*) and the fruit of sacred lore is character and wealth; the marrying of a wife has for its fruit conjugal pleasure and offspring and the fruit of (the possession of) wealth is charity and enjoyment.

न कार्यं &c.—I do not at all want to be, I have nothing to do with being. भोज्य०—If it be barren of, if it fails to give enjoyment.

151. If people are to be considered as wealthy by that wealth which is buried in the house, why should we not call ourselves rich by that same wealth (since they derive as little benefit from it as we).

152. Giving away in charity is the real saving of money just as giving escape to the water lying in a lake is the proper mode of its preservation (keeping it in a good condition).

153. As regards wealth, it should be given away in charity and enjoyed, but should not be merely stored up; for lo, how others take away the wealth (honey) of the bees stored up by them.

154. Charity, enjoyment and loss–these three are the ways in which money finds its passage out; he who neither gives away his wealth nor enjoys it, has the third course left to his money (to pass off).

स्थित्यर्थं &c.—for merely keeping it hoarded up, since it leads to trouble.

155. Serpents drink in (live upon) the wind and yet they are not weak; wild elephants, although they live upon dry grass, gain strength; the best of sages pass their time (subsisting on) roots and fruits; contentment is the highest treasure of man.

156. Whence can those, who are greedy of wealth and run here and there in search of it, get that happiness which is the possession of those who are satisfied with the nectar of contentment and whose minds are tranquil ?

157. Great is the happiness enjoyed by those who feast on (lit. drink) nectar–like contentment; while uninterrupted misery is the lot of those men who are discontented.

158. When the mind is curbed all the organs of sense are also curbed; when the sun is hidden by the clouds his rays too would be concealed.

159. Great sages, who are tranquil-minded, say that putting an end to desire means the peace of mind; desire is not removed (lit. does not turn back) by the enjoyment of objects as thirst is not by resorting to fire.

160. What, indeed, do men not do for the sake of wealth ? They censure even those who do not deserve to be censured and highly praise those who are unworthy of praise.

161. Desire for wealth, even when a man has it for the sake of religious duties, does not do him any good (and should therefore be given up); for it is better not to touch

mud, keeping at a distance, than to wash it off afterwards. For शुभा०—there is another reading सुखावहा which is not so good.

162. In this world there is no other treasure equal to (the merit arising from) charity; there is no other enemy than greed; there is no ornament equal to (precious like) good disposition; and there is no other kind of wealth which equals contentment. The reading विधि for निधि in the first line means 'duty, an act enjoined by sacred law'.

163. That there should be want of wealth in the form of self-respect is the highest form of poverty: S'iva's (only) wealth is an old bull; and yet he is the greatest of gods.

The idea expressed here is this—It is not really want of money, but want of self-respect, that constitutes real poverty, as exemplified in the case of S'iva, who, though having no other kind of wealth than his old bull, is yet most dreaded and regarded as the greatest god owing to his sense of self-respect.

164. सुलभाः—Can easily be found. 2nd l.:—but it is difficult to find one who speaks or listens to (acts upon) what is wholesome though unpleasant.

165. They are called real friends who speak to men things which are wholesome though disagreeable.

एवं जल्पतां &c.—while they were thus discoursing. लुब्धक०—frightened by hunters. ससंभ्रमं—in confusion or hurry. शरस्तम्बं—a cluster of reeds (S'ara grass). ०शयं—the reservoir of water; pool. आस्थितः—betook to, resorted to. सम्यक्—carefully.

P. 128. ०संभवः—proceeding from. देशका०—what was fit for or suited to the place and occasion. प्रभूतश्व०—breathing heavily, panting. उद्भ्रान्तदृ०—with frightened or bewildered looks.

166. A man bewildered by fear breathes forcibly and rapidly, looks about (lit. in the directions) and finds no peace.

त्रास—fear, fright. प्रहारादुद्धारितः—escaped from being struck by the arrows of hunters. व्यापा० भ०—must have been destroyed. शरणा०—शरणमागतस्तस्य मे to me who have come to you for protection. शरण properly means a protector; hence शरणं गम् means to approach one as a protecter, to seek one's protection. लुब्धकानाम०—inaccessible to, beyond the reach of, hunters.

167. Two remedies are here (in this S'ástra) prescribed (pointed out) for one's escape when an enemy appears:—one is from the (skilful) movement of the hands (*i. e.* displaying valour by using one's weapons skilfully); the other arises from the fleetness of feet (*i. e.* by having recourse to a swift flight).

घन—dense, thick. स्वगृहो०—स्वगृहस्योन्मुखाः स्वगृ०; उद्गतं मुखं येषां ते उन्मुखाः—with their faces towards their homes, homewards. प्रचुर—many. विश्रब्धः—being free from fear. मित्रभा०—who had become friends, who had formed friendship with one another. युक्तं—fitly, aptly, appropriately.

168. Men of talent, who wear the cloaks of horripilation caused by their tasting the flavour of good sayings (conversation on charming subjects) live happily even without the company of women. What is meant is—The touch of a woman's body causes the hair to stand on end; this is done in the case of talented men by the pleasurable sensation caused by good or pithy sayings in the course of their conversation and so they feel happy.

169. What donation can he, who does not lay by a store of pithy sayings, give in sacrifices in the form of discourses ? *I. e.* what witty saying can he put forth when

there is an occasion for doing so in the course of a conversation ? he will have to keep quiet and so will have to cut a sorry figure.

170. How can he have a good saying (play his part well in a conversation) who does not grasp what is once said to him or who does not reproduce it himself or does not possess a store of choice sayings ? संपुटिका—a box for keeping ornaments and other valuables; hence, here a collection of good or pithy sayings.

गोष्ठी०—At the time of their meeting (when they usually met). व्याकुली०—distressed, uneasy at heart.

P. 129. गर्ता०—in a perilous pit or ditch.

०लौल्यात्—through greediness to eat tender grass.

171. An evil is feared in the case of a person gone even to the garden attached to his house by those lovingly attached to him through fond affection; what then in the case of a person living in the midst of a forest in which there is fear on account of the many dangers (actually seen) ?

मन्दगति०—through our slow motion *i. e.* our inability to move swiftly. ०नियन्त्रितः—held fast or firmly caught in a trap. शोक०—शोकेन व्याकुलितं मनो यस्य whose mind was agitated or perturbed by sorrow. विशेषेण०—tormented at heart all the more.

172. Generally the agitation (agony) caused by grief in the case of men, although slackened or even destroyed, is again accelerated at the sight of a friend (or relative).

बाष्पावसाने—At the end of *i. e.* after having shed tears. युक्तं संप०—A proper (good) thing has happened that I have seen you.

173. If a friend is seen when loss of life is at hand it brings consolation to both afterwards, whether he lives or dies.

प्रणयात्—through friendly affection. मम वा॰ वाच्यौ—should be thus addressed at my request.

174. Whatever harsh things I might have spoken (to you) unknowingly or knowingly, the same should be forgiven me by you two, with a mind full of affection (lit. filling up your mind with nothing but love *i. e.* only loving remembrances).

अस्मद्विधैः &c.—When you have friends like us yet living? An instance of the Inst. Absolute. अपरं &c.—Again, those who are men of fortitude (सत्) do not allow themselves to be flurried in the time of calamity.

175. Construe संपदि यस्य हर्षो न विपदि विषादो न रणे च भीरुत्वं न तं भुवन॰कं सुतं &c. विरलं—rarely.

आश्वास्य—having cheered up. चित्राङ्ग॰—Chi'.s being caught into the trap or net. चित्राङ्गपाश॰ &c.—who had formed a resolution to free Chi. from the bonds.

P. 130. किंचिज्जीविता॰—touched by *i. e.* entertaining some faint hope of life.

176. Wise men should secure friends who are spotless (sincere), that a calamity should be removed; for no one who is without friends in this world can surmount a difficulty.

दक्षमतिः—दक्षा clever, competent मतिर्यस्य sagacious, circumspect. कर्तय—cut; Impera. of the Cau. of कृत् 6 Conj. here used in the sense of the primitive. विरक्ति—want of confidence, disbelief in the influence or teaching of. He means—when science fails to produce its intended effect what is the good of studying it. तेन त्वां पृच्छा॰—*i. e.* how you came to be caught &c. बुद्धिरपि &c.—Even reasoning or power of discernment is overpowered by fate.

177. The talents (power of judgment) even of the great go wrong (lit. move crookedly) *i. e.* they are led to take a wrong step. See *Supra* Sl. 5.

178. Even profoundly learned men are not able, by the power of their talent to wipe off the line of characters formed (written) on the forehead by the Creator (*i. e.* go against the predestined course of destiny). It is a common belief that on the forehead of every creature his future is written by the Creator. *Cf.* यद्धात्रा निजभालपट्ट-लिखितं तन्मार्जितुं कः क्षमः । लिखितमपिललाटे प्रोज्झितुं कः समर्थः । &c.

संतप्त०—pained or tormented at heart. **आस्तां तावत्** &c.—In the first place let the talk about the hunter be aside. **अनीतिर०**—he has acted against the rules of policy, has done an impolitic act. **अस्य कारणात्**—on his account. **खं**—the sky. **दिगन्तरं**—अन्यां दिशं दिगन्तरं to another direction *i. e.* will bound off. **एष पुनः** &c.—He, again, is an acquatic animal and I am greatly anxious at heart as to how he would fare on land. **मित्रव्यस०**—the burning heat of the fire of a friend's calamity.

179. Who can bear separation from a beloved person or from (*i. e.* loss of) wealth if there be no union with friendly persons which is like (lit. a little short of) a powerful medicine (in relieving pain). सह्याः should be सह्यौ.

180. It is better to abandon life than to suffer separation from persons like you; for, life can again be obtained in a second existence but not persons of your description.

P. 131. **आकर्ण०**—शरा अस्यन्ते are thrown अनेन इति **शरासनं**. आकर्णं पूरितं श० नं येन who had fully drawn his bow (lit. pulled the bow-string to the ear). **स्नायु०**—the bonds made of sinews. **मृगगम०**—with dejected countenance owing to the escape of the deer. **व्यर्थश्रमः**—whose labour (effort) was rendered vain. **स्थलमध्ये**—on the ground. **संप्रा०**—provided. **पर्यदे०**—lamented; Imperf. of दिव् with परि, 10th. Conj. **कष्टमाप०**—a calamity has befallen (us).

181. Before I have gone to the end of one misery, as to the other side of the ocean, another has befallen me! Misfortunes multiply when there are weak points (misfortunes never come single).

182. For तच्च read यच्च. It is difficult to get a bow made of a good bamboo and a friend and a wife born in a pure race—a bow which is elastic and also becomes straight and which does not give way in the hour of danger, and a friend and a wife who are humble, straightforward and do not lose courage in adversity.

183. सोदर्ये—in a brother (lit. born of the same womb), निरन्तरे—close, sincere.

यदि तावत्—If in the first place. मार्गश्रा०—of me like one fatigued on the road (while journeying). विश्राम०—that was my resting place (a source of consolation). अपरमपि—another consideration is this.

184. These three are the fruits of (benefits) arising from) a friend, *viz.* a great gain in adversity, the communication of a secret and release from calamily.

अनवरतं—ceaselessly, continuously. व्यसन०—व्यसनानि difficulties, misfortunes एत्र शरास्तैः, ०भ्रंश—loss of. जीवित०—the condition of life.

185. The body has calamities near at hand; wealth is evanescent; and unions are followed by disunions—this is true just in the case of all creatures. सर्वमुत्पादि भंगु०—*v. l.* everything that is created is transitory.

P. 132. 186. | When there is a wound strokes fall upon it constantly; gastric fire becomes stronger when wealth decreases; and hostilities arise in calamities;—misfortunes multiply when there are loop—wholes. वर्धति should be वर्धते.

187. By whom is this jewel *viz. Mitra*, which consists

of two letters created which affords protection when a danger comes and which is the abode of joy and confidence ?

आक्रन्दपरौ—crying aloud; आक्रन्दः परं ययोः. दृष्टिगोच०—is not taken beyond the range or out of the reach of sight. मोक्षो०—a remedy to set him free or to effect his release.

188. He, who, on having met with a calamity simply laments through perplexity, just adds to his lamentation and never goes to the end of it (his difficulty). स आत्मन क्रन्दनं वर्धयत्येव &c.; or construe क्रन्दनं तस्य व्यसनं वर्धयत्येव his crying adds to his misery simply; he &c.

189. The only remedy against calamity, as declared by those versed in Nîti (the science of conduct) is an energetic effort to root it out unaccompanied by dejection. It will be better to read विषादपरिवार्जितः.

190. That is the best result of (plan formed after) deliberation which is arrived at for the preservation of what is already acquired, for the acquisition of what is yet to be acquired and for the release of one smitten with calamity. अतीतलाभ lit. a gain that has been an accomplished fact.

क्रियतां मद्वचः—Let my advice (plan) be followed (acted upon). अस्य *i. e.* of the hunter. मन्दैः चञ्चु०—with gentle strokes of my bill. उल्ले०—will scratch, peck at him. ०प्रत्ययेन—by the belief engendered by (the conviction brought about by) my pecking at him. ०वेष्टनानि—the binding strings made of *Darbha* grass. द्रुततरं—very quickly. भद्रोयं &c.—Happy (or excellent) is the plan devised (thought out) by you. मुक्तो मन्त०—should be considered as delivered or released.

191. The energetic condition (degree of hopefulness

or cheerfulness) of the mind indicates beforehand, in the case of all creatures, whether a business is to succeed or not: a wise man knows this and no other.

मार्गासन्न॰—lying on the margin of a pond situated near the road. ॰सनाथं—with the crow perched upon him. वेदनया—by the pain caused by his being caught &c. वराकः—the poor creature. सविशेष॰—his life not being spent up then. यावत्प्र॰—as soon as he entered, with great difficulty, this forest &c. वश्यः—entirely in my power being securely tied. इत्यवधार्य—thus reflecting, so thinking.

P. 133. उपाद्र॰—Ran towards. वज्रोपम॰—with the strokes of his jaws hard like (lit. comparable to) adamant. खण्डशः कृ॰—was cut to pieces. अप्राप्तस्या॰—even before he could come up to him. Gen. Abs. विलक्षः—abashed, discomfited.

192. O god of destruction, in the first place this stout deer though caught into the net was snatched away from me by you; then I got the tortoise; but he too is lost to me certainly owing to your bidding: here I wander in the forest, emaciated with hunger and abandoned alike by my children and wife ! Do what (mischief) you have not done (me) yet; I am ready even for that.

परमान॰—experiencing great joy. सुभाषित॰—by the diversion got from choice sayings and the narration of stories. व्याजेनः—fraudulently, insincerely.

193. He, who gains friends in this world and does not act crookedly towards them, does not, under any circumstances, suffer the pain of humiliation (or, defeat).

TANTRA III.

P. 134. काकोलू०—describing the enmity (or, war) between crows and owls.

1. One should not trust a person once made hostile nor an enemy who has become a friend: see–the cave that was full of owls was burnt down by the fire set by crows.

अनेकशाखा०—having many branches. ०खगस०—*v. l.* inhabited by birds of various kinds. This reading is rejected because the tree is described as the special lodge of crows. च्छन्न:—covered with very thick foliage. ०परिवार:—having a large retinue of crows; attended by many crows. विहित०—having built a fortress. अरिम०—Lit. the destroyer of enemies (अरीणां मर्दन.). गिरिगुहा०—residing in (who had taken shelter in) the cave of a mountain serving as a fort. पूर्वविरोध०—owing to previous enmity. यं कंचित् &c.—whatsoever crow he came across. नित्याभि०—By his constant attacks. ०दुर्ग—the fortress situated on &c. समन्तात्—all round (*i. e.* not a crow was left outside that).

2. He who being full of sloth neglects his enemy and a disease moving (gaining strength) freely, is slowly killed by them.

3. He who would not put down (destroy) an enemy and a disease as soon as manifested (he or it appears), is, though very strong, killed by him or it afterwards, gaining strength.

अथान्येद्यु:—Now, one day. उत्कट:—powerful; or furious. उद्यम०—endowed with industry, energetic, काल०—who knows the proper time for action. निशागमे—At nightfall or approach of night. अस्मत्प०—causes the destruction of or works havoc upon our partisans.

P. 135. **कथमस्य &c.—What steps should be taken to retaliate or counteract this. किंयुज्यते—which is proper to be adopted, संधि &c.—See notes Tan. I p. 12.**

4. अत्र—अस्मिन् विषये or एतादृशे प्रस्तावे. A minister should say something (give advice) even though unasked under such circumstances: but when consulted he should quickly (without loss of time) say what is wholesome, whether it be agreeable or disagreeable.

5. He, who, being asked, does not say what is beneficial and salutary in the end, he—a minister and a speaker of sweet things (at the same time) is said to be simply an enemy.

What is meant is this—a minister, when consulted, should not simply seek to please his master by saying what is agreeable to him but guide him rightly.

6. Read in the text after the fifth Sl.—सुलभाः पुरुषा राजन् सततं प्रियवादिनः । अप्रियस्य च पथ्यस्य वक्ता श्रोता च दुर्लभः ॥ It is always easy, O king, to find men who speak sweetly; but it is difficult to find one who speaks or one who (without being irritated) listens to what is wholesome although disagreeable.

7. Therefore, O king, let a consultation be held after retiring to a secluded place so that we shall find out the cause of his (enemy's) action and effectively check him.

अन्वयागत—heriditary. एवं स्थिते—matters standing thus; under such circumstances. कालप्र०—striking at the proper time, seizing the proper opportunity to attack. संधेयः—worthy of being entered into an alliance with.

8. बलीयसि &c.—शत्रौ बलीयसि सति तं प्रणमतां &c. The riches (royalty) of those, who bow to their enemy when he proves stronger but who strikes when the proper time comes, do not go away from them just as rivers do not flow in a

direction contrary to the current. प्रतीप—irregularly derived fr. प्रति against and अप् water or the current of water. निम्नगाः—निम्नं गच्छन्तीति निम्नगाः see Kam. Nit. IX. 50.

9. That enemy, who is very truthful (lit. rich in truth), pious, noble, possessed of a multitude of relatives, powerful and victorious in many battles, is fit to be made peace with. *Cf*. Kam. Nit. IX. 42.

10. A friendly alliance should be formed even with a wicked person on knowing that there is danger to life, since when life is saved every thing else is also saved. For the first *l*. see Kam. Nit. IX. 45.

योनेक &c.—He, who has been victorious in many battles, is, for that reason, fit to be made peace with.

11. Enemies quickly fall into the power of him with whom the victor-of-many-battles forms a friendly alliance, owing to his prowess. see Kam. Nit. IX. 52.

12. One should desire to form peace even with one's equal, since victory in a battle is uncertain; no dangerous step should be taken (or, one should not risk his interest); so counsels Bṛhaspati. See Kam. Nit. IX. 59.

13. Victory in a battle, in the case of men fighting in this world, is doubtful: therefore that (a battle) should be had recourse to when the other three remedies (साम, दान and भेद) have been tried (*i. e.* after they fail.) युध्यताम्—The Par. is irregular; it is, however, found in the Veda and in epie poetry.

14. A man, who, blinded by pride, does not make peace (with another), causes, when forcibly struck even by his equal, the destruction of both, as does an unbaked earthen pot when struck by another. मानाद्यः—*v. l.* may mean-with whom self-respect is the chief consideration (मान आद्यो यस्य) or separate मानात् through pride यः.

15. Const. अशक्तस्य शक्तिमता युद्धं तस्य मृत्यवे &c. The fight of a weak man with a powerful one leads to his destruction; for the powerful man stands unharmed having destroyed his enemy as does a stone after breaking a jar (of earth).

16. Acquisition of territory, an ally and gold (money)–these three are the benefits to be derived from war: when not even one of these is to be gained one should not have recourse to it. See Kam. Nit. X. 28 where the second half is read as—यद्येतान्नियतं भावि तदा विग्रहमा० see Tan. I. 229

17. A lion, digging the hole of a mouse, filled with pieces of stone, gets his claws broken; or if he gets the fruit (of his labours, it is (simply) a mouse.

18. Therefore, one should not occasion war nor should wage it under any circumstances in a case where there would be no substantial gain but simply fighting.

19. One, desirious of unfailing (continued) wealth (royalty) should imitate the action (mode of behaviour) of the cane plant (which always yields and never assumes an unbending attitude) when attacked by a more powerful enemy, and never that of a serpent (which rises up suddenly and meets with destruction). See Kam. Nit. X. 32, 33.

21. **काले काले**—Assuming the contraction of a tortoise (*i. e* a humble attitude) a talented man should even bear blows (inflicted by the enemy); and at times (*i. e.* whenever he would get favourable opportunities) he should rise like a black serpent (*i. e.* at once wreak his vengeance). See Kam. Nit. X. 35 where the reading is काले प्राप्ते when the proper time comes. This reading is better.

22. Seeing that war is imminent (about to break out) one should avert it by efficient means of peace, on account of the uncertainty of victory; one should not rise (in arms) recklessly. **समुत्सृजेत्**—*v. l.* One should give up rashness.

23. There is no precept to the effect that one should fight with a powerful person; a cloud never moves in a direction contrary to the wind. निदर्शन—a rule of political science.

साममन्त्रं सन्धि०—counsel for conciliation leading to the conclusion of peace or calculated to bring about the cessation of hostilities.

P. 137. न मम प्रतिभाति—does not appear advisable to me.

24. सुश्लिष्ट—well-formed. See II. 30. अत्यन्तलुब्धः—exceedingly greedy, very avaricious, covetous. धर्मं०—Impious, unrighteous.

25. One should not enter into an alliance with a man who is destitute of truthfulness and righteousness (or the principle of truthfulness); for, although firmly allied, he, on account of his wickedness, will change beforelong.

26. An enemy who is cruel, very avaricious, lazy, regardless of truth, blundering (in policy), timid, unsteady, foolish and a despiser of warriors, can easily be rooted out (extirpated).

27. संधानकी०—mention of or proposal for peace. भूयो० कोपं &c.—will be highly exasperated; or, will cause greater disturbance (*cf.* अन्तःकोप, प्रकृतिकोप &c.).

27. In the case of an enemy manageable by (the use of) the fourth remedy (*i. e. Danda* or war) the proposal for peace is a wrong piece of policy; what wise man (physician) will sprinkle water over the body of a person (with the object of cooling him) attacked with fever which has not yet reached the stage of treatment and which is curable by inducing perspiration only. The verse is taken from S'is. II. 54.

28. Talks about (negotiations for) peace, serve, on the contrary, to inflame an enemy already angry, as drops

of water falling all of a sudden on ghee which is very much boiled, (only) agitate it. अकारणम्-is no proper or adequate reason.

29. The lion, taking his stand on his high spirit (his great strength) plants his foot (paw) on the head of an intoxicated elephant, though the latter is superior in bulk. See Kâm. Nît. XIII. 16.

30. A small (weak) man, endowed with the power of energy, can kill even a big (or, physically strong) man, as a lion does an elephant :—so say the Bhâradwâjas. *Cf.* Kâm. Nît. IX. 56.

31. Those enemies who can not be killed by (sheer) force, should be killed by using deceit, as Bhîma killed Kîchaka by assuming the disguise of a woman.

32. Enemies yield to the power of one whose punishment is very severe as (people do to that of) the god of death who punishes cruelly (or who holds the fierce rod); but they treat as straw him who puts up with every thing (is very mild).

P. 138. 33. What is the good of his being vainly born, whose lustre (valour) does not overpower that of spirited men (or, his powerful enemies) and who is, (therefore, only) the destroyer of his mother's youth.

34. That wealth, which is not marked (lit. whose body is not smeared) with the saffron in the form of the blood of the enemies, does not bring pleasure to the mind of talented men, though covetable.

35. What praise can belong to the life of that king whose territory is not copiously sprinkled with the blood of his enemies and with the water of the tears of their wives.

बलाधिकः—superior in strength. निर्मर्यादः—one who has

transgressed the bounds of propriety or acted villainously. **यान**—marching away, flight.

36. Neither peace nor war, nothing else than a march against or from, is considered advisable in dealing with one who is superior in strength, wicked and acting improperly (**मर्यादारहितेन** lit. not keeping within the bounds of propriety).

37. Yána (marching off) is of two kinds:—one is for saving one's life and wealth (treasure) when in peril (when there is danger from the enemy threatening the loss of both); the other is of the form of an expedition by one (a king) desirous of conquest (*i. e.* one is flight for safety; the other an expedition by a powerful king confident of success.). **यात्रा०**—यात्रा a march for attack लक्षणं distinguishing mark यस्य and is nearly equivalent to यात्रारूपं of the form of. **जिगीषु**—Noun in उ formed from the desiderative base of **जि**.

38. The expedition into an enemy's territory by a conqueror, eminently powerful, is said to be very opportune (lit. commended) either in the month of Kârtika or Chaitra and in no other. **कार्तिके**—See Rag. IV. 14. मार्गशीर्ष and फाल्गुन are also recommended as proper months for leading an expedition into an enemy's territory. See Man. Smṛ. VII. 282. These months are recommended because they are the months of plenty and are free from the obstruction of rain. Besides there is no danger of corn-fields being devastated.

39. (But) when the enemy is involved in a difficulty or has weak points, all times are spoken of (recommended) as fit for leading an attack. *Cf.* Man. Smṛ. VII. 183.

40. Having well effected the protection of one's own country by means of men who are brave, friendly (or trustworthy) and possessed of great strength one should

march against another's country already occupied by one's spies. प्रणिधिव्या०—The attacking king should first know every particular about the enemy's country by means of his spies. See Man. Smṛ. VII. 184.

41. He, who attacks an enemy's country without knowing its roads or any thing about provisions (आसार), water and corn (*i. e.* without knowing how to procure these or make arrangments for these), (not only fails to conquer that country, but) does not even return to his own country (*i. e.* is vanquished by his enemy and destroyed). विविधासार *V. l.* provisions of various kinds.

तत्ते युक्तं &c.—So it is advisable for you to effect a flight (the first kind of Yána).

P. 139. तत्र—read तत्र. Therefore, O lord, it is not at all (एव) proper for you to adopt the second kind (of Yána *i. e.* to undertake an expedition); you should neither enter into a war nor propose peace with that powerful and wicked enemy.

कारणापे०—Wise men have recourse to flight with some object in view or looking to the cause forcing them to adopt such a course.

43. The reason why a ram falls back (retreats) (when fighting) is that he should (be able to) strike (with greater force); the lion too contracts his body when wishing to leap (upon his prey) through great rage; with their motives concealed in their hearts and keeping their deliberations and movements secret, talented men put up with anything (किमपि) disregarding it altogether (*i. e.* waiting for an opportunity they suffer any insults not caring for them).

44. He, who, finding that his enemy is powerful, quits his country, lives and gets his kingdom again like Yudhishthira (the eldest of the Pândavas).

When Dharma lost his kingdom by gambling and was

asked to go into exile with his wife and brothers, he did so, knowing that his enemies were strong and his own party weak. He returned after living for twelve years in the forest and one year incognito, strengthened his party and wrested back his kingdom from the Kauravas.

45. The weak man, who, through pride, fights with a more powerful enemy, does what is desired by him (his enemy) and brings destruction upon his own family.

तद् बलवता &c.—Therefore, now that you are assailed (pressed hard) by a powerful enemy, it is time for you to flee &c. न प्रतिभान्ति—do not appear to me to be advisable. आसन maintaining one's ground. विशेषतः—especially. प्रतिभाति—commends itself to my judgment.

46. स्वस्थानमा०—having got into its own place. प्रच्युतः—driven or dislodged from. परिभूयते—is despised or overpowered.

47. Attacked (besieged) by a powerful enemy a king should take shelter in a forest putting forth efforts: and stationed there he should call his friends to his help that he should effect his escape (or release). See Kâm. Nît. IV. 55.

48. He, who, with his mind bewildered by fear on hearing of the approach of an enemy, leaves his own place, will not enter it again.

49. Like a serpent without fangs or an elephant without rut, a king, who is out of (leaves) his own place, is easily assailable by all creatures. गम्य—lit. approachable *i. e.* any one can go to him and insult him or attack him, ०जन्तुषु—Loc. for the Inst. It will be better to read जन्तुभिः

50. एकोपि शक्तानां शत्रूणां शतमपि योद्धुं सहेत &c.—Even one man......will be able to fight with even a hundred powerful enemies &c.

P. 140. 51, 52. The two S'lokas ought to be taken

together. They constitute what is called युग्म *i. e.* two S'lokas forming one grammatical sentence. *Cf.* द्वाभ्यां युग्ममिति प्रोक्तं त्रिभिः श्लोकैर्विशेषकम् । कलापकं चतुर्भिः स्यात्तदूर्ध्वं कुलकं स्मृतम् ॥

Therefore, having strengthened a fortress, furnishing it with brave warriors and provisions, surrounding it with a rampart and a ditch and embellishing it with machinery, and other things, one should wait in it, always bent on fighting: for if one lives (*i. e.* comes out victorious) one gets a kingdom, if one dies, one goes to heaven.

53. Even weak men who live in one place are not overpowered (troubled) by even a strong man acting adversely as creepers growing together (lit. in one place) are not injured by even a strong wind blowing in a contrary direction. बलिना—should also be taken with मरुता. साध्यन्ते *v. l.* for बाध्यन्ते means ' brought under power; reduced to submission'.

54—56. Since even a large tree, strong and deep-rooted (well-imbedded in the earth) but growing singly can be uprooted by a strong (प्रसह्य) wind, but (अथ) the trees which grow in a mass and are firmly rooted are not uprooted even by a violent wind on account of their growing in one place; so enemies consider a man who is single (unassisted) although possessed of valour, as capable of being vanquished and then they kill him.

इव in S'l. 54 has no particular meaning; S'l. 55. should better have been omitted. S'lokas 54, 56—see Mah. Bhâr. Van. 36. 63, 64.

आसनसं०—What is known by the name of *A'sana* or maintaining one's ground. षाड्गुण्य—same as षड्गुणाः the six expedients. संश्रय—taking shelter or making an alliance with (a more powerful king especially).

57. What can a spirited man, though strong, do if without a helper (allies)? Fire, kindled in a place where there is no wind, is extinguished of itself.

विपत्प्रती०—who will free you from the difficulty or avert the calamity? वाङ्मात्रेणापि—by mere speech even (much less by actual help).

58. The wind becomes the assistant (helper) of the fire that burns forests; but the same (wind) puts out a lamp: who has friendship for the lean (weak)? गौरवं *v. l* for सौहृदं means 'regard or respect for.'

एकान्तः—an absolute rule; the only course of action. संश्रयः—living together; hence 'union.'

P. 141. 59. Just as a bamboo growing in a cluster thick and surrounded by other bamboos, cannot be cut down, so a king who has a number of assistants (संघातवान्) cannot be destroyed though weak: See Kâm. Nît. IX. 46.

यदिपुनः &c.—If then there be a resort to (or one gets the support of) the best of men what to say then (that the combination will be irresistible). उत्तमस्योत्तमेन वा संश्रयः.

60. To whom is the company of a great man (or, men) not elevating? (*i. e.* whom will it not elevate or raise in rank): the water lying on a lotus-leaf possesses the lustre (or, beauty) of a pearl.

न प्रतीकारो भवति—there can be no resistance on our part &c. अभिप्रायः—opinion, counsel or advice. चिरंतनं—old, who had been long in his service. अत्र स्थितस्य &c.—Loc. Abs.; notwithstanding your presence here, although you were here. परीक्षार्थं—for testing them (*i. e.* their knowledge); or it may mean—(परितः ईक्षा) for taking a comprehensive view of the matter. समादिशसि—will advise. नीतिशास्त्र०—what was in conformity with the (dicta of the) science of polity नीतिशास्त्रं नीतिशास्त्रस्य वा आश्रयः

यस्य based on the science of politics; or it may be an Avya. Comp.; नीतिशास्त्रस्य आश्रयः यस्मिन्कर्मणि तद्यथा तथा in a manner to be supported by the principles of &c. तदुपयुज्यते &c. All that is made use of at the time proper for each, (as there is an occasion for or as circumstances arise for, the use of each). द्वैधीभाव—double-dealing or duplicity; keeping apparently friendly relations with the enemy with a view to throw him off his guard and to destroy him.

61. When an enemy is wicked and powerful one should deal with him distrustfully (cautiously) taking one's stand on duplicity, now proposing peace, now fighting.

तच्छत्रुं &c.—Therefore an enemy is easily extirpated by those who, themselves distrustful, secure his confidence and hold forth hopes (to him).

62. Men well-versed in politics allow an enemy to grow strong once, though they have to uproot him: phlegmatic affection, when increased by means of molasses, is easily cured.

63. एकभावः—एकः भावः feeling यस्य; acting with sameness of heart; hence honest, sincere. The man who acts honestly with women, an enemy, a treacherous friend and especially with harlots, does not live (*i. e.* he will be destroyed by them.)

64. The duties towards gods, Bráhmaṇas, one's own self and one's preceptor, should be performed with a devoted mind; the rest (other things) depends on (must be done with) duplicity (*i. e.* double dealing is necessary in other cases, honesty will not do).

65. Oneness of action (sincerity) is always commendable in the case of ascetics whose souls are purified (lit. imbued with the knowledge of the Supreme soul); but not in the case of men who are attached to women and especially of kings.

लोभाश्रयाच्च—by having recourse to cupidity (to be excited in the enemy.)

P. 142 **प्रकटी०**—bring them to light by means of emissaries or spies (प्रणिधि).

66. **गन्धेन**—by smell or scent. **पश्यन्ति**-see things. **चारैः**—by means of spies.

67. **तीर्थ**—an auxiliary, a helper; an official connected with a king or in immediate attendance on him. See below.

He, who knows the *Tîrthas* (*i. e.* the real character of the helping officials) on his own side and on those of his enemies, particularly by means of secret spies, will never come to grief (or find himself in difficulty or be reduced to a miserable plight).

कतिसंख्यानि—what is their number. कति संख्या येषां. **तैर्ज्ञातैः**—when they are known. An instance of Inst. Absolute.

68. Have you known (I hope you have) the eighteen *Tîrthas* on the side of the enemy and fifteen on yours by means of three secret (lit. not known as such) spies. See Mah. Bhâr. III. 5. 38.

तीर्थशब्देन &c.–By the word '*Tirtha*' an official (आयुक्तकर्मा) is meant. आयुक्तं कर्म यस्य one to whom a duty of state is entrusted; hence an official. **तद्व यदि**—तद् refers to तीर्थ. **कुत्सितं**—corrupt, treacherous. If the officials on the side of the enemies be not faithful (not discharging their duties faithfully) then this leads to the destruction of the master (the king). **प्रधानं**—eminently good, excellent. **वृद्ध्यै स्यात्**—will contribute to the prosperity of. **तद्यथा**—They are as under. (5) **दौवारिकः**—a door-keeper or warder; fr. द्वार + इक meaning 'pertaining to'. (6) **अन्तर्वं०**—the superintendent of the women's apartments. (7) **प्रशास्तकः** (more usually प्रशास्ता) The chief adviser or counsellor general. (8) **समाहर्तृ**—A sort of master of the ceremonies.

(9) सौवि०—an introducer of persons, a gentle-man-usher; (10) प्रदेष्टृ the chief justice. (11) ज्ञापकः—the master of requests. (12) The chief officer of the army. (14) The treasurer or superintendent of the treasury. (15) The governor of the fort; (16) करपाल if this means anything it means ' the collector of customs or the receiver general of taxes. But more probably ' the कारापाल or the superintendent of prisons' is meant here. (17) Protector of the frontier or lord of the marches; (18) favourite servants. एषां भेदेन &c.—By the alienation of these or when these are won over, an enemy is quickly brought under control or subdued. मालिक—the chaplet-maker or florist. स्पशाध्यक्षः—the superintendent or chief of spies. सांवत्स०—the astrologer. ताम्बूल०—the bearer of the betel-nut-box. अङ्गरक्षकः—the body-guard. स्थानचि०—the quarter-master. विलासिनी—the concubine. वैरद्वारेण—by exciting the enmity of these (by one's self or by the enemy).

69. The physician, the astrologer and the preceptor are the spies to be appointed (to watch) one's own party; similarty (spies in the disguise of) serpent-exhibitors and lunatics know every thing that passes in the camp of the enemies.

वैद्य &c.—These should be employed because they have an easy access every where and enjoy the confidence of all. आहितु०—These also have easy access every where and can observe the designs of the enemy without being suspected.

P. 143. 70. Let spies who know their duty make an entrance into, by means of the *Tirthas* (officials that can be reached—flight of steps) and sound the bottom (the very secrets) of the large body of water in the form of the enemies. There is a play here on the wood तीर्थ which also means ' a flight of steps leading into the water. ' Just as one can reach the bottom of water by means of a flight of steps so the spies can penetrate the very heart of the enemy through the officials and know his secret plans.

प्राणान्तिकं—प्राणानामन्तः प्राणान्तः स सामीप्यमस्य which leads to the destruction of life, deadly. **विष्किर**-a cock; पद्भ्यां किरन्तीति विष्किराः gallinaceous birds. **सोद्वेगं**—with dejection, sorrowfully. **न कामपि** &c.—does not care for us at all, does not think of us.

71. **या**—read **यो**. He, who does not protect creatures (subjects) that are terror-striken and harassed by the enemies, is without doubt, the god of destruction (himself) in the form of a king.

72. If there be no king to safely guide (lit. the proper guide of) his subjects then they would suffer destruction, as a boat without a helmsman sinks in the sea. **अकर्ण०**—नास्ति कर्णधारो यस्याः सा. See Kám. Nît. I. 10.

73. 74. The two verses are to be taken together and form a युग्म. A man should abandon the following six, as one does a broken boat in tha sea, *viz.* a preceptor who does not teach (lit. explain) satisfactorily (प्र), a sacrificial priest who does not keep up his knowledge by constant study, a cowherd fond of staying in the village (*i. e.* who does not take the cattle to better pasture grounds outside a village) and a barber fond of going to the forest (neglecting his duty and therefore who cannot do his work well). See Mah. Bhár. Van. 33. 79-80. and XII. 57. 43—45.

भद्रा०—of a handsome form; beautiful aspect (भद्रः आकारो यस्य.). **साधिते** &c.—when the water of various sacred rivers had been brought. **प्रगुणीकृते** &c.—after the collection of 101 herbs had been got ready. **प्रदत्ते**—had been set up. **वर्तिते** &c.—After the picture of the globe of the earth chequered with mountains, *seas and the seven continents had been drawn. आपूरितेषु &c.-when the golden jars, lamps and trumpets had been filled respectively with water, oil and wind from the mouth.

सज्जीकृतेषु &c.—when auspicious things such as mirrors &c. had been made ready. वेदोच्चारण० &c.—when the Bràhmanas were engaged in repeating the Vedas in one voice (all together). समुदितानि मुखानि mouths *i. e.* voices येषां तेषु. अग्रमहिषी—the chief queen. कृकालिका—a proper name.

P. 144. ०समागमः-assemblage of. मिथः-among themselves.

75. धूर्तः—clever, shrewd (shrewdest, cleverest). दंष्ट्रिणां of animals having jaws *i. e.* carnivorous animals. श्वेतभिक्षुः a mendicant wearing white garments-probably an ascetic of the S'vetâmbara sect (a class of Jaina Bhikshus). वचनं—advice or opinion.

76. Plans (policies, schemes), thought out by experts and discussed with many and from various points of view and well considered, do not fail under any circumsstances.

समेत्य—having joined them. निरूपितस्ति०—is determined or fixed upon, settled. प्रस्तावे—At the commencement, when his coronation is just to begin. कारण्डव—a kind of ducks. हारीत—a species of parrots.—पाश्वि० विद्यमानेषु—(Loc. Abs.) when these principal kinds of birds are in existence (available). कराल०—करालं dreadful, deformed मुखं यस्य of hideous aspect.

77. Crooked-nosed and very squint-eyed, formidable and of an unpleasant aspect-such is his face when not angry; what will it be when he is angry?

---

* The seven dwîpas are—Jambu, Plaksha, S'álmali, Kusha, Krauncha, S'àka and Puskkara. The seas are also seven (according to the Purâns) *viz.* Kshârodhadhi, Iks'urasodadhi, Surâ, Sarpis, Kshirodadhi, Dadhima and S'uddhodadhi. The seven mountanis are—

महेन्द्रो मलयः सह्यः शुक्तिमानृक्षपर्वतः । विन्ध्यश्च पारियात्रश्च सप्तैते कुलपर्वताः ॥

78. What object shall we gain by making this owl which is frightful by nature, very fierce, cruel and of a repulsive aspect, a king!

79. One mighty (lit. possessed of lustre, spirited) king proves a blessing to the world. 2nd line—युगान्ते भास्वन्त इव अत्र बहवो विपत्तये भवन्ति; if there are many, they lead to trouble (or destruction) as many suns at the end of a *Yuga* cause the destruction of the world.

ततस्य &c.—Then by the mere mention of his (Garuda's) name you will be beyond the reach of (lit. not to be approched or assailed by) your enemies.

80. When there is a master, even at the mere mention of the name of the great before wicked men, good results at once. Or गुरूणां may be taken with दुष्टानां; even the mere mention of the name of the lord before wicked men though powerful &c. This accords well with the following story.

P. 145. 81. Great success is achieved by the designation (mention of the name) of the great; the hares lived happily by making mention of the Moon.

अनावृष्टिः—drought, want of rain. यावत् continuing or lasting for. यावत meaning 'as long as' governs the Acc. ह्रद—a deep pool पिपासा°—overpowered by thirst. मृत°—almost dead. अपरे—some (केचित्). स्वस्थतां व्र°—will feel at ease. विविक्त—lonely, secluded from view. स्थलमध्य°—situated in the middle of a tract of land. पाताल°—Gangâ is supposed to flow in the sky, on the earth and in the lower regions.

तथानु°—That being done *i. e.* the journey being undertaken. सर्पद्भिः—by them travelling or journeying on. अवगाह्य—having bathed or plunged into. तेपि—*i. e.* the holes or burrows of the hares. भग्नपाद°—had their legs, heads and necks, broken. जीवशेषाः जाताः—had just life left in them. °क्षुण्णसमावासाः—whose dwellings were trampled down or destroyed by the treadings of the elephants. जर्जरित०—with bodies severely injured. ०प्लुताः—रुधिरेण प्लुताः covered with blood. हत०—हताः शिशवो येषां whose young ones were killed. बाष्प०—with their eyes covered with the moisture of tears.

82. स्पृशन्नपि—though merely touching. जिघ्रन्—Smelling (exhaling venomous breath). मारयन्नपि—even while paying respect (although outwardly showing respect).

किमन्यत्र—read ०न्यत्.

83. कुलस्यार्थे—for the sake of, *i. e.* to save.

P. 146. 84. क्षेम्या—क्षेमाय साधुः habitable, comfortable, prosperous. For his own sake, a king should abandon, without hesitation (thinking about it), his land though contributing to his comforts, yielding corn and causing increase of cattle.

पितृ०—coming down or inherited from the great-grandfather, ancestral.

बिभीषिका—some means of frightening them, a scarecrow. A noun from the desider. of भी.

86. कर्तव्या &c.—the hood should greatly be expanded.

फटाटोपः &c.—the display of the hood strikes terror.

०षिकास्थानं—object or cause of fright. सा च &c.—The causing of such fright depends upon a clever messenger (*i. e.* must be skilfully managed). मिथ्यादूतः—a pretended or false messenger. यत्—to say that, with the message that. निषेधयति—forbids you; orders you not to come here. अस्मत्परिग्रहः—my followers or protegees. श्रद्धेयव०—words appearing to be credible, trustworthy or reliable. वचन०—clever in arranging or getting up a speech; knows how to address appropriate words. दूत०—skilled in, who knows, the duty or business of a messenger.

87. That is a desirable messenger for a king, who

possesses a handsome form (or, who knows how to conceal his features), who is free from avarice, eloqnent, well versed in the different S'ástras and able to know the minds (divine the thoughts) of others.

88. आचरेत्—is used here in the sense of नियोजयेत्. He, who deputes as a messenger to a king's court one who is foolish, avaricious and especially one telling lies, fails in his object.

०तदन्वि०—Let such a messenger be found out, if you wish to be entirely (सु) free from this calamity.

निरूपितः—appointed or depnted. अगम्य—beyond the reach of, inaccessible to, the elephants. लीलया—sportively (and so carelessly).

P. 147. यथार्थं०—No fault should be found with a messenger who speaks the truth (delivers the true message). दूतमुखाः—speak through messengers.

89. Even when weapons are raised and relatives killed, messengers ought not to be killed by a king, even when they utter harsh words.

अतीतदि०—*i. e.* Yesterday. मथित—trodden down, destroyed by your herd. समाधिस्थः—engaged or lost in meditation. निभृतं—silently. व्रजे—read व्रज. ०भङ्गात्—owing to the disturbance caused to his contemplation. गमनाय प्र०—set out to go. व्यसनिन्—addicted to vices. पृष्ठ०—in the habit of back-biting, disposed to speak ill in one's absence.

90 Formerly a hare and Kapinjala (name of a sparrow) seeking justice and going to a mean judge for decision both met with destruction. अर्थपति means here the lord of अर्थs or law-cases, one who decides a case.

P. 148. देवार्षि०—संनेन—by narrating the old accounts (stories) of divine sages, Bráhmana sages &c, and by telling each other the curiosities seen in the course of our wanderings. पक्वशा०—full of ripe S'āli (a kind of rice) corn. सोद्वे०—dejected at heart. उताहोस्वित्—or. कपिञ्जलनिरा०—As I had despaired of Kapiñjala's return. पीवर०—पीवरा तनुर्यस्य fat in body.

91. Men do not experience (find) that happiness &c. which they enjoy, though poor, in their country, their town and their own house.

साक्षेप—revilingly, blaming him for it. आवसथस्थान—place of residence. परुषाणि—harsh things.

92. One cannot establish one's mastery over a pond, a well, a tank, a temple and trees after they are once abandoned.

P. 149. 93. | Enjoyment is proof (of ownership) in that case in which things such as land and others are enjoyed for ten years in one's presence (with one's knowledge); neither a witness nor documentary proof (अक्षराणि lit. a writing) is necessary for it.

94. This law (न्याय) applies to men, as stated by the great sages; in the case of beasts and birds ownership lasts so long as they are in possession of a thing.

स्मृति &c.—If you regard the Smṛti law as binding or as an authority. तीक्ष्णदंष्ट्र:—The sharp-jawed (तीक्ष्णा दंष्ट्रा यस्य). कृत०—having taken Kus'a grass in his hand. ऊर्ध्व०—ऊर्ध्वौ बाहू यस्य with arms raised. अर्धपाद०—touching the earth with the half parts of his feet. धर्मोपदेशना—a discourse on religious matters;-delivered this exhortation on religion. असार:—अविद्यमान: सार: यस्य without substance, unreal. इन्द्रजाल०—Family-relation is like jugglery, a mere delusion; or, is short-lived; vanishes in a moment. धर्मं मुक्त्वा &c.—leaving righteousness; here मुक्त्वा has the sense of—except, without. नान्या &c.—There is no other course open to man (to save himself) than righteousness (doing religious duties and securing merit thereby).

95. The bodies are not everlasting (*i e.* are perishable in a moment); prosperity is not at all permanent; and death is always close at hand (ready to overtake a creature); therefore, a store of religious merit should be made.

96. धर्म॰—without the securing or laying by of any religious merit. स &c.—He does not (cannot be said to) live though emitting breath like a blacksmith's bellows.

97. कौपीनं—कूपपतनमर्हतीति कौ॰ sin; it also means the secret parts (तत्सम्बन्धात्तद्द्वारीप्याद्वा पुरुषलिङ्गमपि । तत्सम्बन्धात्तदाच्छादनमपि a piece of cloth which covers those parts). Proficiency in religious matters without the performance of religious rites is as useless as the tail of a dog which neither covers the private parts nor keeps off mosquitoes or gnats. The 1st line may also be taken with पाण्डित्य—which does not make one wear a Kaupîna (lead an ascetic's life) nor removes passions (which are like दंश &c.).

98. पुलाका—worthless corn; shrivelled grain; स्यात्पुलाकस्तुच्छधान्ये Amara. Those who do not regard religion as the cause (of all that happens) are like the Pu. in corn &c. See Mah. Bhár. XII. 181. 7.

99. श्रेयः—better, more valuable or of greater consequence. पिण्याक—oil-cake. मानुषात्—मानुषस्येदं मानुषं a human concern; religious duty is of greater consequence than human affairs (secular concerns).

100. Men, regardless of religion (who do not attend to their religious duties) are created like beasts, for the use of others, being mere voiders of urine and ordure and eaters of food.

P. 150. 101. Those versed in politics commend steadiness (patience) in all actions; but speedy is the course of religious duty, which is attended with many obstacles.

(religious duties should be promptly executed since these are beset with &c.).

102. The principle of *Dharma* is briefly explained to you, O people; what have you to do with a detailed description ? Doing good to others leads to merit; giving trouble to others, to sin.

103. Hear the essence of religon; and having heard it lay it to your hearts:-The 2nd line may mean—(1) आत्मनः परेषां च प्रतिकू० न स० One should not do what is unfavourable to oneself or others; or (2) one should not do unto others what one regards as unfavourable to one's self; or (3) प्रतिकूलानि आत्मनः समाचरेत् न परेषां one should do what is against one's interest with regard to one's self (if he has to do so at all) and not to others. धर्मवादी—an expounder of the principles of religion; a preacher of religion.

व्रतवै०—विकलस्य भावो वैकल्यं deficiency; his vow may be interfered with or disturbed. ०द्वारेण—according to the rules of law. हीन०—हीनं वदतीति हीनो वादोस्येति वा one who makes a defective statement; one whose cause is wrong. अहिंसैव &c.—refraining from doing injury to life is the only path of virtue (or sanctioned by religion).

104. Since *Dharma* is said by the wise to be grounded on '*ahims'ā* (abstaining from injuring or destroying life) one should protect (not kill) even a louse, a bug &c.

105. He who kills even carnivorous animals is said to be a cruel man and goes to the horrible hell; what to say then of him who kills harmless ones.

परमार्थ—the real meaning. अजाः &c.—By Aja is meant rice seven years old.

106. If by cutting trees (for making sacrificial posts &c.)... and sheding a profusion of blood (lit. causing mud with blood) one can go to heaven, &c.

जयपरा०—But I will decide as to who should be the winner and who the loser. **यथावत्**—properly, rightly, justly. **न्यायं**—the dispute or matter at issue.

P. 151. **०परमार्थं**—the real nature or cause of your dispute.

107. **मानात्**—through pride (*i. e.* to keep up one's prestige). **न्यायम०**—delivers a wrong judgment, decides a case unjustly (lit. not according to justice).

101. **अश्व०**—read अश्वानृते. He, who gives a wrong decision about a horse, kills (is guilty of killing) one creature &c.

109. He, who seated in a court (of law), does not speak out distinctly (does not give his decision in clear terms *i. e.* does not declare the truth fearlessly) should be abandoned from a great distance (*i. e.* such a judge should be dismissed like one to be avoided from a great distance); or it is justice that he should declare the truth (the king should see that he does justice).

विश्रब्धौ—free from any misgiving, full of confidence. **तूर्णं**—quickly. **विश्वासितौ** &c.—Their confidence was so much gained by him that &c. **उत्सं०**—lying on the lap. **दंष्ट्राक्र०**—with his saw-like jaws. **शब० मार्गेण** &c.—*i. e.* you too will meet with the same fate as that of &c. (die like them). **यथाभिमतं**—as each liked, each according to his choice. **अभिषे०**—about to be crowned. **केनापि हे०**—with some object in view; for some purpose. **विघ्नितः**—obstructed. **सान्वयं**—together with our relatives, descendants &c.

110. What is pierced with arrows grows again;...... but the wound caused by speech in the form of words badly spoken and obscene is never healed. **रोहते**—The Atm. is against gr., though found in epic poetry. The sl. is fr. Mah. Bhár. V. 34. 75; XIII. 104. 33.

P. 152. 111 When a man utters, without cause, in this world, a speech which takes no note of (in which there is no consideration of) place and time, which is not good for the future, which is disagreeable and which is derogatory to one's dignity, it is not a speech but poison itself.

112. A talented man, though endowed with strength, should not turn another into his enemy: what wise man will needlessly swallow poison, thinking he has a doctor (to save his life) ?

113. A wise man should not, under any circumstances (कथंचित), give utterance to the reproach of another in an assembly; and even that should not be spoken, though true, which, when said, would cause pain.

114. He, indeed, is a talented man who does a thing after having discussed it again and again with his well meaning friends and himself carefully (प्र) considered its propriety (lit. the ground for doing it) by the power of his own intellect; and he is the abode of wealth and glory.

भवतं—read भवनं. **अन्वया०**—hereditary. **एवं गते**—such being the case, under these circumstances. **षाड्गु०**—Other than the six usual expedients. **स्थूलो०**-a big *i. e.* powerful measure.

115. Men, possessed of varied talent and having good worldly knowledge, are able to deceive even those who are preeminently powerful, as did the rogues a Bráhmaṇa with respect to a goat.

कृताग्नि०—who had taken the vow of keeping the sacred fire. **आच्छादिते**—over-cast. **पशु०**—to ask for a goat. **आगामि०**—next or coming new-moon-day. **यक्ष्यामि य०**—I will offer a sarcifice *i. e.* the दर्शेष्टि. **शास्त्रोक्तः**—such as is mentioned (recommended) in the S ástras. **पीवर०**—having a fat body, stout.

P. 153 **द्रुत०**—running here and there. **संमुखा ब०**—came facing him, confronted him. **अद्यतनीय**—of to-day; to-day's fall of frost or cold will be useless (*i. e.* it will have no effect upon us). ०परिवर्तनं &c.—having changed his dress. अपमार्गेण—(coming before him) by a side way. आहिता०—आहितः kept up अग्निः येन. बाला०—O you young (foolish) keeper of fire. जन०—against the practice of the world. हास्य०—a ridiculous deed, what will expose you to laughter.

116. समस्पर्शाः प्र०—are declared to be of equal (equally unholy) touch. प्रतिपाद०—represent as. अध्वान्तरं—a Gen. Tat. (अध्वनः अन्तरं) a short distance on his way. मृतवत्सः—a dead calf.

117. तिर्यञ्च—a beast, a lower animal. कुधीः—a foolish or ignorant person. पञ्चग०—will be purified by taking the Pan. or practising the Chá. vow. पञ्च०—so called from its being made up of the five products yielded by a cow. They are क्षीरं दधि तथा चाज्यं मूत्रं गोमयमेव च। *i. e.* milk, curds, clarified butter, (ghee) urine and cow-dung. चान्द्रा०—is a religious observance or expiatory penance which consists in regulating the daily quantity of food according to the waxing and waning of the moon: thus it consists of fifteen mouthfuls on the full-moon-day, is then diminished by one mouthful every day till it is reduced to nothing on the new moon-day and is increased again in a like manner in the bright fortnight. See Yàj. Smṛ. III. 324 *et seg.* and Man. Smṛ. XI. 217.

118. 2nd line. Bathing, with the garments on, is prescribed for the removal of his sin.

स्वगृहमु०—with intent to go to, in the direction of.

P. 154. 119. There is no one in this world that is not deceived (*i. e.* every one is deceived) by the modesty of new servants (as they are anxious to gain the favour of their master, and hence theire modesty), by the words of guests, by the weepings of amorous ladies and by the prolix speeches of designing persons. विरोधः—enmity, opposition.

120. One should not excite the enmity of many (many should not be turned into foes); महा०—great many men. नागेन्द्र—a huge serpent.

अतिदर्पः—Lit. having great pride (अतिगतो दर्पो यस्य) बिलानु०—the way directly leading to his hole (the usual entrance to his hole). महाका०—on account of the hugeness of his body. व्याकुलीकृतः—was harassed or distressed. कति व्या०—several he killed. प्रभू०—on account of the great number of the ants. क्षत०—with his whole body perforated. नान्यथा कर्तव्यः—can not be disobeyed *i. e.* will necessarily be acted on. विपक्षभूतं कृत्वा—turning me into, treating me as an enemy.

यथा &c.—Having smeared my body with blood brought (from some source) in such a way that the spies of the enemy might be convinced of it (might believe it to be true). सुप्रणी०—by a well planned act; in a well-organised manner. अभियु०—made them favourable, having gained their favour. ज्ञातं &c.—I have known it well (am convinced of this) that we shall not gain our object by any other means.

121. Men, well-versed in policy, call that a fort which is provided with the means of escape, while that which is destitute of the means of egress is a prison in the form of a fort.

न च &c.—nor should you feel any pity for me.

P. 155. When war breaks out, one should look upon (consider) one's servants, although dear as life, desirable, protected and fondled, as dry fuel (*i. e.* who must sacrifice their lives for the king).

123. One should always take care of one's servants as of life and nourish them like one's own body for the

sake of one day, (that they should be serviceable to him one day) *viz.* that on which there is an encounter with the enemy.

निषेधनीयः—Be forbidden or prevented (from following the line of policy determined upon). शुष्क०-vain or useless hence a sham quarrel. उच्छृङ्खल०—उद्गता शृङ्खला a chain, hence restraint वैस्यस्तैः with unrestrained *i. e.* desparaging words. निग्रहं—punishment. द्विषत्प्र०—who acted as the enemy's spy. अमात्य०—the calamity that had overtaken the minister. पुण्यैर्लभ्यते—It is through (by the force of) religious merit that an enemy is found who being frightened takes to flight ?

124. When an enemy is in the act of fleeing that is one weak point (a fit opportunity to attack him); another is when he takes shelter in another place when he is easily subdued, the royal servants being engaged (and therefore not prepared to resist an attack).

125. An enemy cannot be subdued even by gods without taking advantage of his weak point. सम्प्राप्य—having discovered. See I. 116.

अधःपरि०—Having surrounded it from below. बन्दिभिः—by the bards. यावन्न—*i. e.* before they take shelter &c.

126. An ennmy taking shelter behind even a hedge cannot be conquered by one desirous of conquest; what to say then of one who has taken shelter in a fort furnished with excellent provisions.

P. 156. एतस्मिन्प्र०—When things were being thus discussed, at this conjuncture. ‹स्मद्वृत्तान्ता &c.—without getting any tidings or information about us. यथागतं—as they came (*i. e.* without accomplishing any thing to mark their coming).

127. बुद्धिलि०—The sign or characteristic of talent (here the faculty of judgment and determination).

तद्वरं &c.—Therefore, better is a thing not undertaken than to have it obstructed in the very beginning. विस्मया०—full of (lit. possessed by) amazement. अतीतदि०—The day gone by, yesterday. युष्मद्व्यापा०—युष्माभिर्व्यापादिताः युष्म० killed by you.

128. A man inferior in power should not, if he desires his own welfare, wish even in mind to stand (even think of standing) on hostile terms with one more powerful; for, in this world one who acts the part of a reed is not killed; while it is clear that one who behaves like a moth (recklessly rushes upon danger) suffers destruction.

उपायन०—By giving presents.

129. दृष्ट्वा—on seeing *i. e.* discovering. रक्षितैः तैः—Ins. abs.; if it (life) be saved.

त्वत्पक्ष०—suspecting me to be your partisan. मे शरणं—my protection or refuge. पञ्च म०—In some eds only four ministers are mentioned. See p. 83.

P. 157. अविचारितं—Lit. without any consideration or thinking about the matter; at once.

129. A weak enemy should be killed before he attains power; for, after he gains power according to his own valour he becomes invincible or one difficult to be conquered. स्वस्य पौरुषं स्व०; तस्य बलं स्व० लं; प्राप्तं स्व० येन.

130. Since (यत्) an opportunity presents itself but once to a man eagerly expecting it, it is difficult for him to get it again if he does not wish to do a thing at the proper time.

131. See the funeral pile that is lighted up and my hood that is broken, the friendship which is re-formed after being destroyed grow not again by means of affection.

कृषिं कु०—Though engaged in cultivating his lands. उष्णका०—at the close of the sultry season. घर्मार्तः—distressed or oppressed with heat. प्रसारित—stretched over. This should be प्रसृतं; or read प्रसारितबृह० as one word. क्षेत्र०—The deity (presiding over) the field. इत्यवधार्य-having formed this resolution. शराव:—a shallow vessel or earthen pot. निवेद्य—having offered. (*Cf.* the Mar. word नैवेद्य). दीनार—a gold coin. निरूप्य—having appointed. इत्येवं सम्प्र०—same as अवधार्य above.

P. 158. अमुक्त०—न मुक्तममुक्तं अमुक्तं जीवितं येन; not losing his life. तीव्र०—with fangs containing deadly venom. संस्कृत:—burnt in the due form. तथैव सम०—thought that to be so.

132. He, who does not show favour to those who seek his protection, loses what is actually in his possession, as did the swans in Padmasara.

जाम्बूनद०—formed of gold, golden. द्वैधं—a quarrel, a conflict. एवं—प्रमाणं—such being the case, Your Majesty is the authority *i. e.* is to order what is to be done next. तारस्वरेण—with a loud voice, loudly. यौवनो०—Through the infatuation or inconsideration of youth.

P. 159. बहु०—costly, of great value. बहु मूल्यं यस्य. अ-कण्ट०—अविद्यमानाः कण्टकाः यस्मिन् without thorns *i. e.* rival kings or dangerous enemies.

133. A story is told that an enemy who sought protection was duly honoured by a pigeon and presented with his flesh.

134. A certain fowler (lit. bird-hunter) who was of mean behaviour and like the god of death to animals, used to roam over a great forest.

135. He had no friend, &c.; he was left by them all on account of his cruel deeds.

136. 2nd line.—and who cause terror to creatures, are like serpents.

138. अन्येद्युः—one day.

139. Now, while he was in the forest all the directions became dark with clouds and there was a heavy fall of rain with violent wind as at the time of the destruction of the world.

140. मुहुर्मु°—again and again, constantly. अन्वेषयन्-looking for, seeking. This should properly be अन्विष्यन्. परि°—shelter.

P. 160. 141-2. **When he saw for an hour that the sky had the stars clearly displayed (*i. e.* that the rain had ceased) he got to a tree &c. तस्याहं &c.—I seek his protection. भिद्यमानं—pierced with, shivering from, cold. गतचेतसं-गतं चेतः यस्य fainting from.**

143. सुचिरो—who had lived there for a long time.

144. शून्यं—void of interest.

145. A woman, who is devoted to her husband, who considers her husband as her life, and who is intent on (takes delight in) doing what her husband likes and what is to his interest &c.

150. मितं—what is measured, little.

151. प्राणैरपि—even by offering your life, at the cost of your life.

152. शाकुनिकः—शकुनैर्जीवतीति One who lives by killing birds, a fowler. शीता°—he is suffering from cold and hunger; offer worship (welcome) to him.

153. अस्य—*i. e.* a stranger coming. दुष्कृतं—his sin.

P. 161. 154. **मा चा°—do not show hatred to him. अकृथाः—Aor. 2nd pers. sing. A.; the Aor., with the aug. अ dropped, is often used with the prohibitive particle मा in the sense of the Impera. अनेन......वदेति—thinking that** he took your beloved a prisoner. अहं स्वकृतैरेव प्राक्तनैः कर्मभिः बद्धा I am caught by the bonds of actions done by myself in a previous life.

156. मद्बन्ध०—due to or caused by my imprisonment. धर्मे &c.—having fixed your mind on duty.

157. धर्मयुक्ति०—conforming to duty and propriety. अघृष्टः उप०—approaching him humbly or modestly.

158. संतापश्च &c.—you should not be uneasy at heart: you are in your own house here.

161. 2nd line.—Warm your limbs here unsuspiciously and being free from fear.

162.—We all, tenants of the forest, live upon what we get by chance (उद्धृत lit. what comes to our hand). I have nothing in my possession by which I can satisfy your appetite.

163. One maintains a thousand men, another &c.; while I, an insignificant creature, not having done any meritorious deed, find it difficult to maintain my own self even.

164. अनेकपरि०—in a house (a house-holder's stage of life) beset with troubles of various kinds.

165. I will, therefore, so use my body of miserable existence (or, which is maintained with difficulty) that I shall not have to say, when a guest comes, that I have nothing to give him.

166. तर्पयिष्ये—will satisfy. मुहूर्तं प्र०—wait for a short space of time.'

P. 162. 167 धर्मात्मा—धर्मः आत्मा यस्य he of a charitable nature. Having spoken these words, the bird, of a charitable disposition, went round the fire and entered it as he would his own dwelling.

168. कृपया पीड०—greatly affected by the feeling of pity.

169. न तस्या०—certainly he does not love himself. भुज्यते—is enjoyed (its consequence is suffered).

170. I, therefore, evil-minded (पापा पापे वा मतिर्यस्य) and given to wicked deeds (पापं कर्म पा० तस्मिन् रत:) taking delight in doing evil deeds) &c.

171. Surely this magnanimous Kapota, thus offering up his flesh, has well shown (set) to me, a wicked creature, an example of an opposite nature (*i. e.* of kindness, mercy).

172. From to-day, I will mortify my body, denying it comforts of every kind, just as the hot season dries up small quantities (reservoirs) of water.

173 Bearing (exposing myself to) cold, wind and heat, with my limbs emaciated and dirty (regardless of the beauty of person) I will devote myself to the discharge of high religious duties by observing fasts of various kinds.

174. शलाका—The small stick fixed in the cage as a perching rod.

176. किं नार्या जी०—what benefit is a woman to get by continuing to live.

177. कुलपूजा—read कुलं पूजा separately. Pride (or self-respect), vanity, egotism, high birth, respect at the hands of relatives and power to command menials and servants—all these vanish at widowhood.

178. कृपणं piteously. दुःखमस्याः संजातमिति दुःखिता भृशं दुः० भृश०. excessively afflicted with grief.

179. दिव्य—celestial, heavenly. विमानस्थं—seated in a celestial vehicle or balloon *i. e.* transformed into a god.

P. 163. 180. He, too, having obtained a heavenly (resplendent) body, spoke the following words which were true to their meaning.

182. The deified Kap. enjoyed happiness &c. प्राक्पुण्य०—That was the result of their previous meritorious deeds.

183. हर्षा०—transported with joy. घनं—dense. बहुनिर्वे०-full of great disgust (for the world.)

184. विरता०—with all desire gone. निर्दग्धा०—his sins entirely burnt up *i. e.* being quite free from sin. उपकारिण:-conferring a benefit, doing a favour. पुनर्न—omit न. What to say then that it ('well-being) is desired of one seeking protection. विप्रकृत—injured, harassed by. पुष्टये भ०—will be for adding to our prosperity and will show us their weak points.

185. हितायैव भ०—just for the good or benefit of one. विवदन्त:—should be विवदमाना:, as वद् with वि is Atm. in this sense.

प्रतिग्रह०—whose only wealth was the presents or donations given by others. परिवर्जित:—who was destitute of, *i. e.* had not the means of enjoying, such pleasures as the use of fine garments, ointments &c. प्ररूढ०—covered over with hair, beard, and nails grown.

P. 164. शीतोष्ण० शरीर:—whose body was blighted up with cold, heat, wind, rain and the like. शिशु०—a couple of young cows or calves. बालभा०—from the time they were young. यवस—grass. संवर्ध्य—having fostered or reared up. पुष्टिं नीतं—nourished. बन्धनपाशं—a rope or cord for tying them. प्रविरल०—read in the com.—प्रविरला तीक्ष्णदन्तानां (तीक्ष्णाश्च ते दन्ताश्च तेषां) पंक्तिर्यस्य having thin rows of sharp (pointed) teeth. उन्नत०—with the bridge of his nose prominent or raised up. प्रकर०—with the red corners of his eyes clearly displayed. उपचित०—with protuberant veins. नतगात्र:—with limbs depressed. शुष्क०—with hollow cheeks. सुहुत &c.—whose body, hair and beard were tawny like fire well kindled with sacrificial oblations. क्रूर०—क्रूराणि कर्माणि यस्य whose actions are cruel. जातप्रत्यय:—who was inspired with confidence. षष्ठान्नकाल०—one who eats only at the time of the sixth meal *i. e.* on the evening of every third day (as an expiatory act. See Man. Smṛ. XI. 200.). एककार्यौ—having the same object in view (*viz.* to do injury to the Bráhmaṇa). कालमन्वे०—Looking for an opportunity. नैष न्यायः—this is not proper (for you to do). बुध्येत—would wake up. अनर्थकं—useless, to no purpose. अन्तरायः—an obstacle. अहम०—as they were thus disputing, each saying that he would accomplish his object first, and a quarrel ensued. सावधा०—being careful or on his guard.

P. 165. इष्टदेवता०—By meditating on and repeating the spells pertaining to the proper (lit. desired) deities. उद्गूर्ण०—with a stick or club raised or held up.

186. मर्माणि—weak or vulnerable points. रक्ष०—keep secret.

देव०—Lit. देवस्येव शक्तिर्यस्य; having the strength or power of a god. जठर०—on account of a serpent residing in the cavity (lit. the ant-hill) of his stomach. प्रत्यङ्ग०—अङ्गे अङ्गे in every limb. अनेको० &c.—Although treated with various appliances and the use of medicines prescribed in good medical works by eminent physicians, having various remedies at command, he could not be restored to health (or cured). स्वास्थ्य०—स्वस्थस्य भावः the state of being restored to one's original state. विहितं भुंक्ष्व—enjoy the fruit of the actions done in the previous life or lives. वैदेशि०—विदेशे भवः तस्य a foreigner or stranger. निजवि०—the fruits of her own past deeds. तथा इ०—accepting the command with the words 'so it will be done'. अल्प०—अल्पः परिवारो यस्याः with a small retinue or number of attendants. प्रतिपद्य—having accepted or considered as. आवासरक्षा०—having told him to take care of or look after the house. कृत्वा क्रय०—having done buying and selling business. कृतमूर्धा—resting his head on.

P. 166. कदर्थयसि—torment, trouble, दूषितं—contaminated, defiled. हाटक०—full of gold coin. उद्घाटि०—disclosed, laid bare. जीर्णास्का०—by drinking mustard seeds boiled with old sour rice-gruel. विटपा०—concealed behind the branches (of trees). मर्मम०—touching or affecting their vital parts. अव्यङ्ग—free from bodily defect. विविधो०—better read विहितोप०—the enjoyment of the fruit of her deeds in a previous life. तथा चानुष्ठितं—and that was done accordingly *i. e.* Sthirajîvi's life was spared. अन्तर्लीनं वि०—with a concealed or inward smile.

187. विमानना—disrespect; understand. भवति after this.

मूलो०—destroyed with the root (*i. e.* the king).

188. Coustrue—ये हितं—ते मित्ररूपा रिपवो हि इति विचक्षणैः संभाव्यन्ते. Those, who, disregarding benificial advice, act adversely (or in a manner contrary to one's interest) are certainly (हि) enemies in the form of friends.

189. A king, who, having got imprudent (or impolitic) ministers, acts against time and place, loses also what he actually possesses, just as darkness vanishes at sunrise. अकिंचित्करेण—not able to serve any purpose.

P. 167. उपसंगृ०—having me in stock (or service). समुद्धर्तुं—to rescue me from misery. वैरयात०—for the requital of enmity or retaliation. कृतकवचन०—clever in speaking feigned or pretended (deceptive) words. उलूकया०—born in the species of.

190. हितवादि०—speaking out what was to the interest of his master.

मया मध्यस्थेन—By me residing in the middle of the cave. इङ्गितादिकं विचा०—reflecting over my secret thoughts (or aims) and other things. सावधा०—will take precautions, will be on their guard. शुचिः—honest. भवत्पाद०—भवतः पादौ

भवत्पादौ भव० पद्मे इव तयोः रजः तेन पवित्रीकृता तनुर्येन यस्य वा my body rendered pure by the dust of your lotus-like feet. **तथा इति प्रति०**—when his request was acceded to. **प्रकामं**—excellent, best. **प्रकृष्टमांसा०**—a sumptuous meal of flesh. **पोष्य०**—being fed or nourished.

191. **पाशबन्धकः**—the fowler, the man who fixed the nets.

P. 168. **शकुनिबन्धन०**—engaged in the avocation of catching birds. **सापायेन**—(whose possession is) fraught with danger. **राज्ञे निवेद०**—I will myself present the bird to the king. **विकसित०**—नयने च वदनं च नयनवदनं (स. द्वं०); विकसितं न० नं यस्य whose lotus—like eyes and face brightened. **अश्रद्धेय०**—अश्रद्धेयं च तद् व्याधवचनं च अश्र०नं तस्मिन्प्रत्ययः अश्रद्धेय०—यः अश्र०: एव ०मात्रं तेन परिगृहीतस्तेन—accepted merely through confidence in the incredible words of a hunter. **उन्नतपक्ष०**—on the lofty arched gateway. **एतावदेव**—so far; this much.

192. He, who takes action before a thing comes to pass (*i. e.* provides for the future or takes precaution beforehand), shines (lives happily); he, who does not provide for what is to happen, comes to grief; old age came over me while living here; still I never heard the words of a cave (knew a cave to speak).

खरनखरः—Lit. having sharp or piercing nails.

P. 169. **केनापि—न्तव्यम्**—Some beast must come &c. **निभृतः**—silent. **सिंह०**—a line of the footprints of a lion. **ज्ञास्यामि**—ascertain the truth. **फूत्कर्तुं**—to hiss out. **तूष्णीं भूय**—resuming silence; becoming quiet. Here **तूष्णीं** is treated as a preposition; also तूष्णीं भूत्वा. **समयः**—agreement. **त्वं वक्त०** &c.—I should address you and that you should call out to me (respond to my call). **अस्य समा०**—when he comes.

193. Such actions as the movements of the hands and feet and also the speech, of those whose minds are agitated with terror do not proceed; and their tremor is also great (they tremble greatly). वेपथु from वेप्+अथु; *Cf.* श्वयथु fr. श्वि, दवथु from दु &c.

भोज्यतां &c.—will become my prey. प्रतिरव॰—filled with its echoes. दीर्घदर्शी—far seeing, fore-sighted, prudent.

195. क्रमा॰—descended in order (of generations), heriditary. न चिरात्—not at a distant date, before long.

P. 170. 196. Wise men should consider them to be enemies in the form of ministers, who, giving up a good line of policy, serve adversely (in a manner opposed to the interest of their master).

स्वकुलाये—in his own nest.

197. A man, doomed by fate, makes friends with an enemy, hates and destroys a friend, considers good as evil and an evil thing as beneficial.

कुलाय॰—under the pretext of building a nest. दाहसाध्या-capable of being readily burnt or destroyed by fire. वनका॰-a stick from the wood. कुम्भीपाक॰—equal to that of falling into Kum. (a kind of hell in which sinners are baked like a potter's vessels). ॰न्यायो भ॰ *v. l.* will die in the manner of &c. ममागमनं—समा॰ *v. l.* our meeting.

198. When a business to be promptly attended to arises and a man delays (its execution), the deities, being angry, undoubtedly put obstacles in his way.

199. When any action, and especially one about to be attended with fruit, is not done at once, time saps its juice (*i. e.* it does not prove to be so advantageous when not done in time).

गृहया॰—read गृहाया॰ when you return home (to your own place). निर्व्याकुल॰—with an easy mind (lit. free from anxiety or agitation). द्वारस्था० रन्तः—not being able to get out on account of the door being blocked up.

P. 171. 200. It is better for men of meritorious deeds to fall into blazing fire than to be in company with their enemies even though it be for an hour.

आगामि ०—with the desire of or having an eye to the fruit aimed at (lit. to be obtained in the future).

201. Even poison swallowed with the object of accomplishing an end acts like nectar, in the case of all creatures: no hesitation should be made in such a case.

202. A wise man, even though powerful, should, looking for better times, reside even with a mean person, disagreeable on account of harsh (lit. thunderbolt-like) words; did not Bhîma, possessed of extraordinary strength live, as a cook, in the house of the king of the Matsya country, with his hands occupied in holding the laddle, dirtied with smoke and engaged in troublesome tasks ?

203. A talented man, expecting better days to come, should do the deed he has in his mind, of whatever kind, whether difficult or good or censurable; did not Arjuna whose hands had become hard on account of his touching the thick and flashing string of his bow,. Gândiva, live, with his girdle shining in his sportive dances ?

गाण्डीव—the name of the bow of Arjuna, which he had obtained from the god of fire when he assisted him in consuming the Khándavavana. See Mahábhá. I. 225 &c. सव्यसाची—Arj. so called because he could pull his bow with equal force with either of his hands.

204. A wise man, earnestly wishing for success, should conceal his own might, although endowed with calibre and energy, and should depend upon the workings of fate. Did not the Majestic son of Dharma (Dharma, the eldest

Pàndava) suffer trouble for a long time in the house of Viràta, together with his brothers who were equal in valour to Indra, Kubera (the lord of wealth) and Yama ? (or although he had at his service his brothers &c.)

205. The two sons of Mádrî, endowed with beauty and noble birth, and possessed of strength, became the servants of Viràta, being engaged as the keepers of cattle (and horses).

P. 172. Did not Draupadî rub sandal in the house of the king of the Matsyas, being contemptuously addressed by the ladies in their pride as Sairandhrî ? even she, who, by her matchless beauty, by the qualities of youth, by birth in a noble family and by complexion, was like the goddess of wealth (Lakshmî), was reduced to a miserable condition according to the turn of adverse time (destiny).

Slokas 202—6 refer to the residence of the Pàndavas in the house of Viràta under different disguises. Thus Dharma lived as Kamka, Bhîma as Ballava or cook, Arjuna as Bṛhannatà, Nakula as master of the horses, Sahadeva as a cowherd and Draupadî as Sairandhrî, doing menial work. See Tan. 1. p. 11.

असिधारा०—the vow of lying or standing on the edge of a sword. ०समागमः—an assemblage or company of. अप्रातिहत०—whose intellect is unobstructed in i. e. penetrates or has deep insight into. यथावस्थितं as it really was, in its true state (rightly understood my motive or intention). ०शोपजीविनः—who simply enjoyed the titles of ministers. अतत्व०—not versed or skilled in the principles of policy.

207. A servant, who comes as a deserter from the enemy, disaffected and ready to join their company, should be set down as a spy from his having such duties to perform; he must always be discontented and corrupt.

208. Enemies strike at their foes whenever they observe them to be careless with regard to their sitting, or lying down, or marching or while engaged in taking drink or food.

209. Therefore, a wise man should, with every effort and diligently, save his own life, the abode of the collection of three (*viz.*Dharma, artha and Ka'ma); for if he is careless he is destroyed,

210. Whom, eating unwholesome things (or, not observing regimen), do diseases not afflict ? (*i. e.* they afflict every one). What bad minister does not stand guilty of mistakes in policy ? whom does wealth not make proud (or haughty) ? whom does Death not strike down ? and whom do carnal pleasures, when resorted to, not give pain?

211. The reputation of a greedy person is lost; friendship of a wicked man; the family of one who gives up the actions proper for it; virtue of one given to amassing wealth; learning of one addicted to vice; happiness of a miser and the sovereignty of a king who has careless ministers. (*i. e.* when a man becomes greedy he loses his reputation; a wicked man loses the friendship of others &c.)

अरिसंस०—by being in the company of the enemies.
साक्षात्—actually.

212. A wise man should gain his object by placing insult in the front and honour in the back graund (*i. e.* always expecting insult at the hands of others and not honour as long as he has to gain his end); for folly lies in losing on'es object.

213. A talented man should even bear his enemies on his shoulder, looking to the time (*i. e.* when the time is such); many frogs were killed (and devoured) by a huge black-serpent (by doing so).

वरुणा०—the western mountain. मन्दवि०—Lit. whose venom was mild, less deadly. सुखोपा०—How shall I live with easy means of subsistenceor easily maintain myself. धृतिपरी०—as if he was quite patient or contented. उदक-प्रान्त०—come to the surface of water; or on the margin or skirt of the pool. माम—Uncle (a term of address showing affection); *cf.* the Mará. word मामा. यथापूर्वं—as usual. विहरसि—movest about. क्रमः सज्जितः—I put myself in an attacking posture. ०प्रसक्तानां—deeply engaged in their courses of study. विभावितः—noticed, observed. ०मोहित-चित्तेन—my mind being bewildered by its resemblance. ०जीविकया—gettting thy livelihood through their favour.

P. 174. फणप्र०—better read फणाप्र० lit. on the region of his hood *i. e.* on his large hood. यथाज्येष्ठं—according to seniority; in order of age. स्थानं—room to sit.

214. A going by sitting on (riding) an elephant, or on horse-back, or driving in a car, or being carried in a vehicle borne by men, is not so pleasant to me as my being borne by Mandavîsha.

छद्मना—Cunningly, through craftiness. आहारवैकल्यात्—through want of food. अयमेव such is the curse pronounced by the Bràhmaṇa *i. e.* I cannot eat without permission.

नैरन्तर्येण—Unceasingly, continuously.

215. These frogs of various kinds have been secured by me with a stratagem; how long will they not be exhausted when devoured by me?

कृतकवचन०—with his mind led astray (his power of perception obscured) with affected words (by Mand.). वाह्यमानं—ridden by.

216. यथा वाह्योस्मि why I allow myslf to be ridden by or used as their vehicle by.

8

P. 175. अन्यासक्त०—अन्यस्मिन् आसक्तं मनो यस्याः सा; with her mind attached to another. विट—a paramour. घृतपूरान्—a kind of sweetmeat (made of flour mixed with milk, sugar, cocoanut &c.). भर्तुश्चौ०—without the knowledge of her husband. उत्पन्न०—whose ready wit was roused or called up; or who had presence of mind (उत्पन्न meaning inborn). यत्कारणं—for this reason—she thought to herself—' If I offer these to the goddess &c. स्नानानु०—having performed such acts as bathing the goddess, applying to her rubbed sandal, offering garlands of flowers, incense, oblations and other things. व्यजिज्ञपत्—respectfully or reverently asked. Aor. of the cau. of ज्ञा with वि. कृतक०—कृतकं च तद्वचनं च कृतकवचनं तेन वञ्चितं मानसं यस्याः; whose mind was misled (who was duped) by the artificially uttered words of her husband.

नाहं सुतरां &c.—I do not see at all; I have become totally blind. सुतरां compar. of सु. देवीप्रसा०-*i. e.* this is the result of the favour of. अभ्यासगतं—come close or within reach. पार्ष्णि—heels. विविधा०-of different tastes. व्यग्रहृ०-distracted at heart. विरुद्धं—contrary to expectation, disagreeable, untoward. आकारप्र०—wishing to conceal his real form (as giving a clue to his inward thoughts). दुष्टाभिसन्धि—his evil purpose or wicked design.

P. 176. 217. दहन्—when burning; 2nd line. But the wind which is gentle but charged with frost destroys even the roots.

महासत्त्वाः—of great mental strength or fortitude.

218. The greatness of the great, who wear the ornament of wise policy, lies in this that they do not give up what is undertaken even in a calamity giving rise to difficulties. प्राप्तेपि व्यस०—*v. l.* even though overtaken by difficulties.

219. Nothing, indeed, is begun by the weak-minded (lit. low men) for fear of obstacles; mediocres begin a thing

but desist (from their undertaking) when hampered by obstacles; but those possessed of excellent merits, (men of the best sort) although obstructed by a thousandfold difficulties do not abandon what they have once begun, रमू with वि is Par.

220. ऋणशेषं—part or remnant of a debt. निःशेषं कृत्वा—having totally removed it. न सीदति—does not come to grief.

संसिध्यति-bears fruit, comes to a prosperous termination or is crowned with success. शौर्यं &c.—valour alone does not lead to the accomplishment of an object.

221. न हि हताः—are not really killed. सुहताः—are totally killed (so as not to rise again).

प्रज्ञा०—talent, political insight.

222. When a man destined to prosper undertakes a thing, his intellect expands (is able to take a full view of the business to be accomplished), his memory becomes strong; his policy, leading to the desired results, is not thwarted; his speculative reasoning (or, foresight) proves successful; his mind attains loftiness and he takes delight in doing laudable deeds.

नय &c.—Sovereignty is obtained by a man endowed with (unerring) policy, munificence, &c.

P. 177. 223. A man, who takes delight in the company of a person who is munificent, brave and wise (learned), becomes meritorious (accomplished); having merits he gets wealth and from wealth majesty; possessed of majesty he can enforce command and thence acquire a kingdom.

०फलाति-read ०लाति. अनुकृत्येन—acting in conformity with the wishes of the enemies; अनु कृत्यं यस्य or better read त्वया नु कृत्येन by you going there as a कृत्य or a malcon tent (a man who deserts his master being ill-treated by him; *cf.* Kám. Nit. XII. 22. अनुप्रविश्य—humouring him (lit. having entered his heart).

224. Even when an object (such as the destruction of an enemy) is capable of being gained by stringent (or forcible) means, it is both good and proper to resort to it from the beginning. (For even) the best of trees which has a lofty top, which is the very essence of the forest and which is fit to be treated with consideration even by the respectable, is cut down (as when one has to gain one's end *viz.* to make a road through a forest). A Ms. reads the sec. l. as...भूतो जनानां...पार्थिवेन्द्रः.

किं तेनाभिहितेन &c.–what is the use of saying that which, afterwards, is unaccompained (unsupported) by action or which it is not easy to accomplish afterwards.

225. Construe:—अनिश्चितै...उक्ता गिरः फलैः विसंवादमुपागताः सत्यः लोके &c.—The words spoken by those who are not resolute, who shrink from a determind effort and who betray (show) hundreds of faults successively (अनु), when failing to attain their end (when not corresponding with fruit), become an object of laughter among men.

लघुषु—trifling, unimportant. अनादरः &c.—disregard should not be shown *i. e.* they should be promptly executed.

226. Some men, who with careless minds neglect a duty to be done, saying—'I can do this,...this is of small importance; this can be done without an effort; what anxiety with regard to this,—experience the pain of misery easy to obtain (so natural) in times of adversity.

227. One can sleep with an easy mind in a house &c. बद्धसर्पे the serpent in which is taken a captive or bound up. सद्य—better read सदादृष्ट० in which a serpent is always seen.

228. How can there be happiness, which must find room in a heart full of restlessness (अमर्ष) (*i. e.* where it can not exist) so long as those, who are earnestly anxious to maintain (lit. are ardently fond of व्यसनिनः) their self-respect, pride and valour, have not accomplished (lit. gone to the other side of) their purposes, which are momentous on account of the object to be gained being attainable by mighty efforts, for the accomplishment of which blessings have been given by relatives and friends (lit. loving *i. e.* interested persons), which depend upon wise policy, the spirit of adventure and loftiness of mind and which come up to the height of desire (fulfil ambition).

P. 178 अवसित &c.—The work undertaken by whom has come to a successful end. This should better have been अवसितारब्धकार्यस्य. अचल०—with the royal umbrella, the throne and royalty ever unshaken.

229. रक्षादि०—such qualities as giving protection to subjects and the others.

230. The king who has a liking for merits, dislike (aversion) to vices and affection for good servants, enjoys for a long time royalty, characterised by waving *chámaras* and banners and decked with the white umbrella.

आत्मा व्यंसयि०—allow yourself to be elated or puffed up with; fr. अस् with वि. यत्कारणं-since, for. वंशारो० दुरोराहा—It is as difficult to ascend (manage, secure) royalty (the goddess of) as it is to climb up a bamboo tree. क्षणविनि०-दुर्धरा-taking delight in falling off (vanishing) in a moment she is difficult to be held fast (made firm) although held up (secured) with hundreds of efforts. प्रशस्ता०—म्भिनी—Although cleverly propitiated she deceives in the end. विद्रुताने०—flying to (attracting) the minds of many, like वान० the monkey-species which is also विद्रुता०-*i.e.* विद्रुतमनेकस्मिन् चित्तं यस्याः; whose unsteady (lit. not fixed on one object) minds are differently attracted. पद्मपत्री०—who does not embrace any one firmly like water on a lotus-leaf which does not keep contact with (stick to) it. अतिचपला—(1) extremely fickle. (2) very fast. अस्थिरा not permanent or steady. दुरुपचारा—दुर्गम उपचारो यस्याः; difficult to be served or waited upon; (2) whose bite is difficult to be cured. सन्ध्याभ्र०—Like the line of evening clouds she is मुहूर्त०—(1) whose attachment is momentary (2) whose red colour lasts for a short time. स्वभावभं०—(1) naturally evanescent or transitory; (2) naturally fragile, easily broken. क्षीरप्र०-like the nature of a snake. क्षणदृष्ट०—vanishing after being seen for a moment.

232. बुद्धिर्व्यसनेषु &c.—one should direct one's mind to difficulties *i. e.* one should expect or foresee difficulties and take precautions. योज्या—should be set on or directed to. Excepting this the verse is the same as V. 65.

न च काश्चिद् &c.—No one is, indeed, beyond the reach of (unassailable by) calamities.

232. नियमनं—restriction, confinement. वृष्णीनां—of the Yàdavas. नाट्याचा०—teaching of dancing by Arjuná. See *supra* sl. 203.

सव कालवशात् &c.—Man, in this world, puts up with every thing, in obedience to the power of fate (lit. time); for other particulars See V. 66.

233. क्व स दश० गतः—*i. e.* what is left of him after all, although so exaled. Similarly, where is Sagara, who fixed the bounds of the sea ! Sagara was a king of Ayôdhyá, of the solar race and a remote ancestor of Ráma. He was so called because, when born, he was affected with poison (*Sa* with, and *gara* poison). His sons, while engaged in the search of the sacrificial horse, excavated the earth and the tremendous chasm thus formed was filled with water and came to be known as the Ságara or sea.

P. 179. वैण्यः—Pṛthu, son of Vena. He was produced from the right arm of his dead father. He was a great king and the earth received its name Pṛthvi from him. See Pṛthu for other particulars in Apte's S. E. dictionary. मनुः—The son of Sûrya and the progenitor of the solar race; See Rag. I. 12. See A.'s Dic. ननु—Surely; were they not ? प्रबोध्य नि०—They were called into existence or prominence and laid low—(destroyed).

234. मान्धाता—A great king of the solar race, son of Yuvanás'va. त्रिलोक०—Victorious over the three worlds. सत्यव्रतः—सत्यं व्रतं यस्य; lit. who observed the vow of truthfulness. Name of Dharma, the eldest Pàndava. नहुषः—A king of the lunar race, the son of A'yus and grandson of Purûravas and father of Yayâti. He was a powerful and pious king. He was temporarily raised to the post of Indra when the latter lay concealed under waters to atone for his sin of Bráhman murder (for he had killed Vṛtra who was a Bràhmaṇa). Anxious to win the love of Indráṇî, he, at her desire, caused himself to be conveyed to her house in a palanquin borne by the seven sages. On his way he asked the sages to move on quickly saying ' Sarpa, Sarpa '. At this Agastya got angry and cursed him to be a ' Sarpa or serpent ', and he dropped down in aserpentine form from which he was relieved by Yudhishthira.

मन्यन्ते &c.—These, who shared with Indra his seat, with their chariots and best of elehants, are thought to be so made by the great Kâla and also taken off from the world.

235. That king (any king), his ministers &c. were seen (brought under his influence) by कृतान्त (Fate) and destroyed.

मत्तकरि०—unsteady like the ears of a rutting elephant. न्यायैक०—solely intent on doing justice.

तावद्—In the first place; or एष तावद् as for him, he &c. वेलाप्र॰—by the influence of the particular hour of time. वियो॰—alienated, separated from.

129. Of kings whose minds are set on war, the treasure is exhausted &c. तेन सह—with the enemy (Meghavarṇa).

130. The self born (Brahmá) has declared that policy should begin with &c. and end with Danda or war. (forcible measures); दण्ड is the worst of them all.

P. 180. 131. Works, accomplished by means of a policy of peace, never produce bad consequences. Like the minds of the good they always contribute to pleasure.

132. The wise man who employs the policy of punishment &c.—is like the man who drinks the decoction of *patola* (कडुपडवळ Mar.) in a bilious affection when it can be easily put down by means of sugar.

133. पर्ण॰—the rustling of leaves. (*i. e.* that are so cautious).

साम्ना—by gentle means.

134. Is not the lotus-plant scorched up by the falling of snow or frost &c.

135. He wades gently through water out of compassion for creatures (lest they might be hurt by his treadings). Oh, the acquatic bird, crane, is very righteous ! ! (*i. e.* the crafty bird does it simply to delude and destroy his enemies the fish.

136. स्वेद्य॰—whose fever is to be reduced by perspiration being induced. See *supra* sl. 27. तद्भेद॰-even a wicked enemy can be subdued by means of treachery.

137. Since even an enemy, pre-eminent by valour, is overcome &c.

138. राज्यकामं &c.—who is desirous of a kingdom and is powerful.

139. One should render the chief person on the side of the enemy an object of suspicion (or, win him over to one's side) by false (cunningly written) writings and liberal gifts of money, as Chàṇakya did Ràkshasa.

Rákshasa, the minister of the Nandas, wishing to restore the Nanda dynasty entered into an alliance with Malayaketu, the son of Parvataka. and planned an expedition against Kusumapura, the capital of Chandragupta. Chàṇakya, however, by his stratagems succeeded in making him an object of supicion to the prince who dismissed him from his service afterwards.

140. A king should seduce the army (of the enemy) by bribery, since it can then be easily overpowered, like good timber when eaten through by worms.

P. 181. 141 See IV. sl. 108 p. 36.

रक्ष्यः—should be prevented. उपप्र०—attracted or seduced by bribes.

142. A man, overpowered (or swayed) by greed, looks to money and not to the calamity (his action leads to) &c.

143. A wise king satisfies his enemy to remove his desire (to do evil) by gentle means &c.. For Vádava see IV. p. 8. sl. 26. and notes.

144. An enemy may be the killer of his father (so cruel); but even he, when lured by bribes, will repose confidence in and deliver himself up to his enemy.

145. दुर्गस्थाः—(1) Stationed in a fort; (2) living in a difficult place (fishes).

शत्रोरुप०—Men avoid giving bribes &c.

146. See *supra* sl. 62.

P. 86. 147. रिपोः—for रिपौ. When a king employs other means than force in the case of an enemy, the latter, knowing him to be a coward, marches against him of his own accord (even though unprovoked).

148. 1st line.-What is the use of that wealth, though splendid (or, increasing) which is obtained without the display of valour !

149. Wealth is certainly mentally possessed by every one; but in reality it is possessed by those who follow a very rigorous policy (lit. inflict severe punishment).

150. 2nd line:-But it is enjoyed, like a harlot, by those who are industrious and who pay money in the form of valour in a battle.

151. द्विषतां मूर्धसु पादम् अदत्वा पुरुषः श्रियं नाश्नुते. A man does not enjoy (or, get) wealth without placing his foot on the heads of his enemies, variegated with the jewels in their crowns and with their rays spreading upwards.

152. Wealth is drawn to themseves (by men) with arms which are of the size of the trunk of a powerful elephant and which are reddish brown by the bright rays of the shining (स्फुरत्) sword drawn in haste. See Kám. Nít. XIII. 14.

153. The wealth of the enemy reduced to submission by being overpowered by valour becomes, of her own accord, the wife of one, although gone to sleep on the lap of another (the enemy).

154. A man, always trying to rise, should adopt the course of action of the lion and enjoy the *Srî* of the enemy by seizing her by the hair (forcibly) as one does an immodest woman. See Kám. Nít. XIII. 11.

दण्डसाध्यः—advocating the object to be gained as depending on 'force'.

P. 183. उपादत्ते—seizes, attacks. ज्ञातिः—a member of a species attacks another of the same species.

156. Those, who, in this world, being destitute of mercy a· full of apprehension, strike those who utter words of pity, who have sought their protection and who have received many wounds, go to Raurava and other hells. Another reading of the 2nd line is कृतोपकारेषु भये सुखे वा.

157. दक्षिणा॰—rich in Dak. and other things.

158. See IV. 22.

159. Even the crows do not eat the flesh of those, when dead, who, being honoured and having gained their object, do not become grateful.

P. 184. 160. When unknown persons (whose character is not known) enter the fort of a king, there is no doubt that enemies also quickly enter it.

स्वभुज॰—The cage in the form of the valour of their arms.

161. सहजं—inborn, natural. मणिदी॰—a jewel serving as a lamp.

162. धनदः—Kubera *i. e.* whose wealth came from Kubera. See IV. 85.

परिग्रहा॰—even against the advice of my followers or ministers. स्थिरजी॰—why should Sthir. say much. कुलीनता॰—He outwardly means—(1) nobility of birth; really—(2) the family I belong to.

163. As is the destiny of a man so are his inclinations or thoughts; such is his mind, such are his impressions and such his servants, (*i. e,* every thing conforms to the will of fate).

164. A man in distress will lay all his grivances before a king; &c. दोषवान्—guilty of a crime or going wrong.

तद्दुर्गविष०—Th difficult or dangerous position of his fort (which afforded no means of escape). **यथोक्तं दुर्गं०**—has all the disadvantages of a fort as described before. **असारं**—weak, of feeble structure.

P. 185. **मां प्रति**—with regard to me.

हितः—also he inwardly means—अहितः च. **तत्त्वानुरक्तः**—(1) really attached to you; (2) **तत्त्वे अनु०**—attached to truth; true to my mission. **एतावत्कालं**—for so long a time.

177—8. see p. 80; 218—9.

P. 186. 179. 2nd l.—These grow again and again; therefore, no remnant should be left.

180.—see *supra* 221.

देवप्र०—This is the result of Your Majesty's glory indicating future prosperity. **कृत्या०**—mere executers of duties assigned to us.

181. see 222.

तत्तव भवि०-I knew by the errors of judgment committed by the enemies of you, who were destined to prosper, that they were doomed by fate. **विज्ञाः**—shrewd, sagacious. **भवि०** whether they are destined to prosper or to be ruined.

182. see II. 84.

संमुखः—turned towards *i. e.* favourable. **बुद्धि०**—endowed with sound judgment or unerring talent.

P. 187. **183.** **वर्धितुमि०**—wish to raise to prosperity.

बुध्या सं०—endow him with right understanding. Mahàbhà. V. 35. 40.

184. **हिंसितुमि०**—wish to destroy or ruin. **विश्ले०**—deprive him of talent.

185. When talent is clouded and destruction is at hand, a wrong policy, which appears as right policy, never leaves the mind.

NOTES.

TANTRA IV.

P. 189. लब्धप्रणाशम्—लब्ध० the loss of what was gained; hence ०शं the book descriptive of it.

समुत्पन्नेषु का०—Loc. Abs. He alone whose intellect (presence of mind) does not fail him when occasions (lit. things or works to be accomplished) arise (*i. e.* under trying circumstances), surmounts (extricates himself from) a difficulty, as did the monkey when in the midst of water. समुत्पन्नेषु का० may also be taken as a simple Loc. One's intellect as regards works to be accomplished &c. The Abs., however, is better.

तद्यथानुश्रू०—The story runs thus (lit. is heard from mouth to mouth, related). उपकण्ठे—near the shore of. स्म—gives to the pres. the sense of the past tense; लट् स्मे Pán. III. 2. 118. कराल०—करालं jagged or pointed, hence frightful मुखं यस्य. ०सनाथे—Lit. having a master (नाथ); hence full of very soft sand. न्यविशत्—विश् with नि is more generally used in the sense of 'encamping, as in सेनानिवेश. समभ्या०—welcome.

2. A guest, who comes after the daily sacrifice (Vais'va-deva) is performed, whether welcome or hateful, whether a fool or a learned man, leads (the householder) to heaven. वैश्वदेव—a daily sacrifice offered with fresh food to all the gods before the morning and evening meals; see Manu III. 84. 121.

3. One should not ask a guest coming at the close of the Vais. and on the occasion of a S'ráddha (an anniversary, श्रद्धया विहितं श्राद्धं) his Charana (the school or branch of the Veda to which he belongs, such as that of the A'pastamba &c.'; विद्या—sacred knowledge (*i. e.* of the Vedas and their *angas*.) &c.

4. दूर०—Wearied or tired by the fatigue of a long journey.

5. अपूजितः—Unhonoured, not hospitably received. विनिश्वसन्—breathing heavily (being dissatisfied or feeling insulted). गच्छन्ति &c.—The deities and his manes leave him with their faces turned away.

P. 190. एवंविधानि—Of this sort, such. भद्रे—a title of address indicative of affection. प्रीतिपूर्वम्—with feelings of joy, affectionately. अमृत०—full of, saturated with, nectar. तद्यदि &c.—If you have anything to do with me, your wife, (if you at all care for me, or want me for your wife). जरा०—The tasting of nectar is supposed to grant immunity from old age or death. प्रतिपन्नः—has become; is accepted as. मिथ्या०—Vain or foolish idea (or resolve or obstinacy.)

6. The mother gives birth to one kind of brother, speech to another. The wise declare that the brother by speech is superior to (is more important than) the brother by whole blood (lit. born of the same womb.)

अन्यथा०—not complied with or disobeyed (*i. e.* you have ever complied with my request). अनु०—Out of love for her. सम्यक्—properly, in your true colours. (*i. e.* as faithless to me and loving another.)

7. प्रयच्छसि—goes with वचनं and वाञ्छितं. यत् goes with every sentence. Since you do not reply to me joyfully nor do you grant any of my desires; since, for the most part, you heave sighs (indicative of unbearable separation) in quick succession and hot (burning) like flames of fire durning nights, &c. शिथि०—slackness, coldness. आदरात्—eagerly, lovingly. धूर्त—O cunning one, O deceiver. स्थिता—is certainly abiding in, has taken possession of.

पादो०—having seized or taken hold of his wife's feet (as a mark of submission). कोप०—याः—who had flown into the highest pitch of anger. सुदीनं—very meekly or submissively.

P. 191. 8. O passionate one, when I have prostrated myself at your feet and have become your servant (am ready to minister to your desires like a slave) why do you, darling of my heart, get angry with me ?

अश्रु० —with her eyes flooded with tears.

9. O clever deceiver, that dearly loved one, on whom you have fastened a hundred sweet desires, is, indeed, stationed in your heart, attractive (though she is) by her feigned affection. One like myself has no admittance here (into your heart); have done, therefore, with this mockery of falling at my feet.

अपरं—moreover, another consideration is this that. भणितेपि—although I actually tell you. कः—of what consequence or significance. प्रायोप०—know that (*i. e.* be sure that) I will starve myself to death. See Tant. I. p. 44 and note thereon. चिन्ता०—his mind perturbed or distracted by anxiety.

10. वज्रलेप—the diamond-cement, things joined by which remain indelibly together. See I. 263. ग्रह—lit. seizure , grasp; in the case of नारीणां it means—the idea they once entertain (*i. e.* they never give it up). कथं स मे &c.—How can it be possible for me to kill him ? सोद्वेगं—full of dejection, sorrowful. चिरवेलया—long after the usual time. निष्ठुरत०—Very harsh. उपजीव्य—having lived on the bounty of. प्रत्युप०—a return of the obligation. गृह०—Even by simply bringing him to our house. प्रायश्चि०—There is no atonement (for the sin of this your ingratitude.)

11. An expiatory rite is prescribed by the good (*i.e.* writers of Smṛtis) for one who kills a Bráhmana...for one who breaks his vows...;but there is none such for the ungrateful. Râmà. IV. 34. 12. *Cf.* I. 278. The sl. occurs in Tantra 3rd also.

देवरं—Acc. sing. of देवृ or देवर.

P. 192. कलहा०-pre. p. of the den. fr. कलह. इयती-इयत्परिमाणमस्याः so much. ०चतुष्का-Who has drawn the ornamental square figures in powder (of chalk, burnet chaff &c. called in Mar. रांगोळी) which are usually drawn round the seat and dish or plaintain leaf (for-dining) of a distiguished guest &c. प्रगुणित &c.—who has put on her best (प्रगुणित excellent) garments, jewěls, rubies and other ornamens suitable for the occasion (or which it is proper to wear &c.); or this may mean-who has kept ready &c. for presentation. In this case dissolve the compound as प्रगुणितानि आभरणानि यया। वन्दनमाला-A garland hung over a gateway like an arch. सोत्कण्ठा—उत्कण्ठया सहिता full of eager expectation.

·12. A man wiser (than others) should avoid a friend who is of the form of a weaver (*i. e.* selfish), who, being greedy always keeps pulling towards himself (*i. e.* secures his own interest). In the case of the weaver—who always draws towards himself the batten and the threads of the weft.

13. He (a friend is one who) gives and receives in his turn, tells his own secrets and asks (those of his friend), dines at the house of his friend and invites him to dine with himself. These are the six signs of friendship.

समुद्रान्ते—On the other side of the sea. अकृतभयः—without entertaining any fear. जल०प्लाव्यते—my body is washed over (deluged) with the billows or waves of water. मे वशः संजातः—has fallen into my power, is safe in my grip. तिलमात्रं—even a jot. वाक्येन-in compliance with my wife's word. ०विश्वास्य—having secured your confidence (lit. having caused you to confide in me). आमृष्टस्य—purified *i. e.* purged of its impurities; hence sweetened with. दोहद—a strong desire; usually this means the desire or longing of pregnancy. प्रत्यु०-प्रत्युत्पन्ना मतिर्यस्य ready witted, possessed of presence of mind.

P. 193. शून्यहृदयः—without the heart, not having the heart with me. शून्यमविद्यमानं हृदयं यस्य. अनश० तिष्ठति—lit. will rise from, will give up, her fasting. जल्पित०—who had promised to various deities worship with proper materials (for the safety of his life). दीर्घतर०—by a prodigious leap,

14. विश्वसेत्—is an anomalous form. It should properly be विश्वस्यात्. One should not trust an untrustworthy person, nor one in one's confidence either; for the danger arising from confidence (*i. e.* a person enjoying one's confidence) cuts off the very roots (of the confider). See Mah. Bha'. I. 142. 63.

15. He who wishes to gain over (make friends with) a friend once estranged (lit. affected by ill-feeling, evil-disposed) courts (invites) death like a female mule by conceiving.

सविलक्ष—with abashment, feeling ashamed of himself.

स्वचित्त०—The object I had at heart, my secret motive. कथंचित् &c.—by some means comes to confide in me. हास्येन—by joking. ते अभि०—I ascertained what you would think of the matter. प्राघूर्णक०—In the manner of a guest. (The Mara. word पाहुणा is derived from this word; also occurring as प्राघुणं० प्राघुणकं &c.).

16. What sinful deed will a hungry man not do? Men reduced in wealth become cruel; good dame, tell Priyadarshana that Ganga. will not again come to the well.

P. 194. अस्ति—An introductory particle used at the beginning of tales. Originally it must have meant 'There is-as the story goes, there lived &c. दायादाः—दायमाददते इति: lit. those who take (inherit) a share of the paternal estate; hence all one's relations. See Ya'j. S. II. 263. उद्वेजितः-harassed or teased. अरघट्ट०—having mounted on a bucket attached to the water-machine (Mar. रहाट). प्रत्य०—How can I retaliate the injury.

17. I consider that man to be born again (after having been dead, as it were, owning to the insults suffered) who chastises (lit. wrongs in return) both the persons *viz.* him who has wronged him in times of adversity and him who has laughted at him when in straitened circumstances. *Cf.* Tant. I. 339.

18. To gain one's object one should set an enemy against an enemy; and against a powerful one, one more powerful still; for (thus) there will be no trouble in bringing about his (the enemy's) destruction; or, when the enemies are destroyed there will be no (further) molestation.

19. A wise (diplomatic) man should eradicate (root out) a powerful enemy, harassing him by a powerful one that he may gain happiness, as one removes a pointed (तीक्ष्ण) thorn by means of one (equally) pointed.

परिभाव्य—Having thus reflected in his mind. प्रियदर्शन—dear one (lit. one of charming aspect or one whose sight is longed for). संधानं—connection, (bond of) friendship. दुर्गं—in this hole serving me like a fortress.

20. One should not associate with a man whose character is not known &c. संश्रयः—place of residence. बृह०—A reputed writer on law and of a treatise on Niti (especially 'distrust or अविश्वास).

मन्त्रवादी—a reciter of (one who knows) the spell (of charming a serpent). औषध०—One skilled in the use of drugs which deaden a serpent. वैरमाश्रित्य—taking his stand on his enemity *i. e.* wishing to have his enemity avenged. कस्यचित्० &c.—calls me that I should bite some one (his enemy). अश्रद्धेयं—what cannot be believed, this is incredible, that grass should come in contact with (seek the company of) fire.

21. He who is the victim of another never approaches

him, even in a dream; why do you talk unmeaningly thus !

स्वभाव०—A natural enemy. परपरि०—owing to my having suffered insults at the hands of my enemies; being contemned or humiliated by my enemies.

P. 195. 22. When one's all is going to be lost and even life is threatened (is in danger) one should bow even to one's enemies and save life and wealth. संजाते should be taken to mean 'is about to be lost.'

पाषाण०—walled with stones piled up. नास्ति मम &c.—I cannot find entrance there. स्थान—a proper place, living in which &c.

23. That which it is possible to eat, which can be digested when eaten and which proves beneficial in the end (when assimilated in the system) a man, desirous of his welfare, should eat.

सुखोपायेन—by easy means; easily. तथा -Thus, to make the matter clear. तस्य—*i. e.* of the well. जलोपान्ते—near the water. कदाचित् &c.—Sometimes and with difficulty. सुखा०—contributing to happiness. कुला०—Lit. the burning charcoal to his family, the destroyer of his family (कुलस्य अंगारः). This sometimes also means 'the bane of one's family (कुले अंगार इव).

24. The wise man who is reduced in strength (प्राणैः परिक्षीणः whose life blood is sapped) and is without helpers should contrive to gain a livelihood which might prove to be the means of getting all kinds of happiness. Mah. Bha'. V. 34. 14.

तव वचनेन – According to your direction. अरघट्ट०--by the passage afforded by the buckets attached to the water-wheel. धृत्वा--having placed or lodged. मण्डूका०—No more frogs being left. निःशे०—extirpated.

P. 196. मित्रकृत्यम—(You have accomplished) the object or business of your friend. दृष्टं—Occupied. अत्रस्थस्य—To me who must stay here. स्ववर्गीय—of your own class (family). व्याकुल०-distracted or perplexed at heart. निषेध० If I contradict or forbid him.

25. He, who forms friendship with his enemy who is his superior in valour, eats poison, no donbt, with his own hands.

26. Men of prudence (foresight) please with the gift of a part their enemy prepared to deprive them of their whole property as the sea does the sub-marine fire (with a small quantity of its water). Vâdava or Vâdavágni, also called Aurva (because produced from the wrath of that sage) was cast into the ocean by Aurva where it dries up a space of twelve *kosas* in extent.

27. The weak man who does not yield up peacefully even a little to a stronger person when asked to do so, or does not give what is pointed out to him, gives afterwards (when compelled to do so) a far greater quantity (lit. a Khári of flour). A Khâri is equal to a maund and a half.

28. When the loss of the whole impends, a wise man parts with a half (to save the other half); and he gets his purpose served (or, his want satisfied) with the half; for the loss of the whole is difficult to be borne.

29. A talented man should not allow much to be sacrificed for the sake of little: true wisdom lies in this that much should be saved as the cost of a trifle. See I. 19.

30. Just as a man with dirty clothes sits any where he likes (without the fear of soiling his clothes) so a person fallen from a virtnous course of conduct does (not care to) keep up what little character he has.

P. 197. तारस्वरेण—in a loud voice. धिग्धिक्प्रलाप०—incessantly uttering the cries of—fie upon me, woe me! न विरराम—*i. e.* continually kept on crying.

31. Why do you cry (now), you, whose cry is of no avail and who have brought down ruin on your family; when our partisans are destroyed who will save us! आत्मनो निष्क्र०—*i. e.* how to effect your own escape and to encom-

pass his death. गच्छता कालेन -In the course of time. कवलितं Lit. made mouthfuls of, eaten up; a denom. fr. कवल a mouthful. मयावस्थितेन—While I live. Inst. Abs. विविधदेवतो०—Having promised to offer worship and presents to various deities तदाकांक्षया—eagerly expecting his return. गोधा—a lizard. स्तोक—a little. येन—by which you are to say. तव विरुद्धं—against you *i. e.* do harm to you. सुकृतमन्तरे &c.—Then I pledge (lit. place in the middle as a safe-guard) my religious merit. This is a sort of oath. He means—I won't do you harm on pain of losing my religious merit. विरूपकरणे—In the matter of doing you harm. निःशंकेन—with a mind free from all misgiving; fearless. दृष्टापायः—When I have seen danger in it.

P. 198. कृतघ्नतादोषम् &c.—Remove the blame of ingratitude attaching to me. He means—By my words I have appeared ungrateful to you. I wish to prove my gratitude. But that can be done only when you come to my house and return unharmed—all safe. Of course the Makara is trying (to lure him into his snare again). तवोपरि—*i. e.* the sin will fall to your lot (for having forced me to have recourse to this).

33. अकर्णहृदयः—having neither ears (to hear) nor a heart (mind to think).

करालकेसरः—Lit. having a rugged mane. परिचारकः—a servant, a waiter on. प्रहाराः—strokes *i. e.* wounds. क्षुत्क्षा०—His throat parched with hunger; क्षाम p. p. p. of क्षै I. P. to waste away &c. अन्यस्मिन्न०—One day. अन्वेषयन् आससाद—In the course of his search came to or reached. ०पान्ते—on the margin or border of. प्रविरल०—the sprouts of the Durvâ grass thinly grown. माम—Uncle (Mar. मामा). संभाव्य०—should be duly accepted (honoured). अतिभारेण—by putting on me heavier loads than I can bear. घास०—a handful of grass. मरकत०—Abounding in tender grass resembling (green like) emerald. नदीस०—And with a river running through it.

P. 199. भव्य—grand, beantiful. मद्भुज॰—Protected by the power of my arms. अनेनैव दोषेण—owing to this very want of good luck (viz. being ill-fed). कदर्थिताः—ill treated (by washermen). अनाथाः—helpless; also, without a husband. यौवनो॰—Lit. bursting with youth. काम॰—his limbs (body) being powerfully affected by passion.

34. Excepting (beyond) a fair woman there is nothing that may be called nectar or poison (*i. e.* a woman is both these); by being in company with whom one lives or separated from whom one dies.

35. It is a wonder if one does not melt (is not affected with passion) on meeting with the glance of those (women) by the mere mention of whose name passion is inflamed, without union or sight.

व्यथाकुलितः—afflicted or overpowered with pain. पलायमानस्य—as he was running. तल॰—a stroke or slap with his paw. व्यवसाय—exertion or effort (proved fruitless like).

एवं॰—Of this sort *i. e.* so weak. बलात्—by force. विलक्ष॰—with a smile of confusion or shame मया &c.—I had not put myself into an attacking posture (क्रम); I was not ready for the spring. क्रम the position of attack assumed by an animal. मत्क्रमा॰—come within the reach of my spring or leap. प्रत्यक्ष॰—with his own eyes; actually.

P. 200. तथाक्र॰—*i. e.* the lion having assumed a position of attack. चरन्-grazing. द्राग्मृत्यु॰—I should have instantly perished or entered the jaws of death (had I not fled away) or it may mean—I was quickly led into the jaws of death. अतिरौद्र &c.—from the very fierce and thunderbolt-like stroke of whose hand I escaped. कातरत्वान्नष्टः-you fled away through timidity. अवरूध॰—To hold you back or to stay you (from flying). तत्प्रसादं कृत्वा—showing us favour, or you will be pleased (to come).

36. Those fools, wanting in good sense, who having left off the victorious banner of the god of love, in the shape of the woman, leading to the acquisition of wealth of every kind, (or, securing all desires and wealth), go in search of vain fruits (such as are obtained by leading a life of celibacy, by observing fasts &c.) are, by that very god, very mercilessly struck down and made (to wander about) naked and shaven (as Jaina and Buddha ascetics), some again being turned into wearers of red garments, some of matted hair and others of human skulls. रक्तप०-these are vagrant *smārta* ascetics. कापालिकाः—so called because they wore garlands of human skulls and also carried a skull in their hand to gather their alms in &c. They formed a sect which worshipped S'iva and Durga in their terrific forms of Bhairava and Chandī. The verse attributes the asceticism of such mem to the anger of Cupid.

श्रद्धेयतया—as deserving of confidence, with faith.

37. A person does a reprehensible deed although knowing it to be so, being (entirely) led to it by destiny; else how can a man, in this world, like a deed deserving condemnation ? जानन् may also mean—a man of knowledge. दैवात्—under the influence of adverse fate.

P. 201. रक्षपालं—a guard. निरूप्य—having appointed (to keep watch over the body). नद्यां—should better be नदीं. लौल्यो०—through the eagerness of greed. प्रतर्पित०-Having satisfied his *Pitṛs* (departed ancestors) with libations of water (*i. e.* after having performed the *Brahmayajna*).

N. B. The student should remember that these are the stories of human concerns, though animals take part in them. Hence the lion is represented here as offering worship to the gods &c., duties which propery belong to men only.

कोपपरी०—Lit. with his soul entirely (परि) in the power of anger, burning with anger. उच्छिन्नतां नीतः—reduced to the condition of being the residue of food eaten. For food is supposed to be defiled or rendered unfit for holy purposes when part of it is eaten. See I. p. 78. सविनयं-humbly and respectfully. संविभज्य—dividing it with. निःशंकितमनाः-with a mind free from all suspicion (as to the corpse being defiled by the jackal). विनाशितं—frustrated; foiled.

38. That imposter, who having given up his own interest (to the detriment of his interest) speaks the truth, is dull-headed (a fool); (for) he certainly fails to gain his object and is like a second Yudhishthira (the potter).

प्रमदः-deeply intoxicated. अर्ध०-On the sharp point of a half-broken *karpar* (a kind of earthen pot; Mar खापर). कोटि-point or end. पाटित—wounded; lit. broken open or torn. प्लावित—-covered over, bathed in. अपथ्य०—On account of his having eaten unwholesome food. करालतां &c.—The wound festered; lit. assumed a rugged surface. नीरोगतां०-was healed up. दुर्भिक्षपी०-The country being famine-stricken. संमुखप्रहारः—The stroke of a weapon when fighting an enemy face to face. सकाशात्—In the presence of. सविशेषेण &c.—looked upon him with (*i. e* showed him) special favour.

P. 202. प्रसादा०—excess of, exceptional, favour. परमेर्ष्यां० &c.—although entertaining feelings of the greatest jealousy. अन्यस्मिन्न०-One day. वीरसंभावनायां &c.-when honour was being done to the warriors (warlike men). विग्रहे समु०-hostilities having arisen; when a war was imminent. प्रकल्प्यमानेषु—were being arrayed (with respect to their strength, size &c.) and fitted up (for battle). संनह्य०—were being covered with armours and equipped for war. प्रगुणी०-when the warriors were being encouraged by being entrusted with special offices for taking part in the coming war. प्रस्तावा०—In a manner befitting the occasion; or in the course of the business in hand. निर्जने—in private. प्रहारवि०—the effect of *i. c.* the wound caused by the blow. सव्रीडं—being ashamed. त्वरितं &c.—Let him be quickly turned out by being seized by the neck. अर्धचन्द्र is more usual; see I. p. 23. हस्तलाघव०-Lit. the skill of the hand; my skill in wielding the sword or using the bow.

39. Thou art brave; thou hast mastered the lores; and thou art handsome to look at, my boy! Nevertheless the family in which thou art born kills not (or, is not known to kill) an elephant (lit. no elephant is killed by any one born in &c.)

वनोद्देश—a region of the forest. अजीजनत्—gave birth to (two cubs), 3rd Aor. of जन् caus. स च बालकोयमि०—स hangs loose in the sentence and does not properly stand for सिंहः; it should be तं च (शिशुं). The reading in the foot-note is better.

P. 203. परित्यज्य—excepting.

40. Even when one's life is in peril, one should not strike (dead, kill) a woman, an ascetic (or one bearing on his person the mark of a linga of S'iva), a Bráhmaṇa, a child, and especially those who have placed confidence in one.

पथ्यं कुरु—eat your food, have your meal (which is necessary for you).

41. An act which is unfit to be done should not at all be done (lit. cannot be fit to be done) even when there is imminent risk to life (lit. when the abandonment of life is at hand); nor should a duty be given up (lit. omitted to be done): such is the holy law that obtains for all times.

परस्परं-&c.—without mutually knowing the particular species to which they belonged. विहारिणौ &c.—they passed their childhood playing or sporting together. कुपिता०—With angry or excited looks. प्रचलितौ—ran or marched towords.

यावत्ता०—just as they set out to attack. युष्मत्कुल०—The natural enemy of your race. भक्तात्—On account of their eldest brother taking to flight (lit. yielding to fear); or owing to the want of energy of. निरुत्सा०—lost their energy; their spirits flagged.

42. By reason of even one person, resolute and energetic, the whole army becomes energised (eager) for war; but by the break-down (or taking fright of one) it will break down (or lose courage).

43. Hence it is that kings desire to have warriors &c. धीरान्—firm-minded, resolute. कृतो०—energetic or spirited. वर्ज०—discard, avoid.

प्रहसन्तौ—laughing at, deriding. ऊचतुः—spoke of, described, the action of &c. that he fled away &c. प्रस्फु०—with his leaf-like lower lip throbbing त्रिशिखां &c.—knitting his eye-brows; the three Sikhás are the two ends and the middle part raised up in the act of knitting. परुषतर—very harsh. एकान्ते नी०—having taken (him) to a private or secluded place. प्रबोधितः—advised or remonstrated with. लघु—younger. प्रभूत—exasperated with anger. हीनः—inferior.

P. 204. जीवित०—desirous of his life *i. e.* wishing to save his life. स्वजातिमध्ये in the midst of your own species.

भयव्याकुल०—distracted with fear at heart. एतेषां स०—from them; at their hands. विडम्बना—disgrace, mortification. प्रकटीकृतः—you were exposed, your real nature was known.

45. Parrots and starlings are confined (in cages) for the fault of their mouths (their power of speaking and singing). बक—a crane. मौनं &c.-silence is golden (lit. leads to the accomplishment of all objects).

46. Although carefully guarded and presenting a horrid body, being dressed in a tiger's skin, the ass was killed because of his voice (braying).

रासभ—an ass. घास—grass (that is eaten in mouthfuls as by cows &c.) शोभनमा०—A good thing has happened, this is a god-send. यवक्षे॰—corn-fields (यव barley). न नि-ष्कासि॰—will not drive away or turn out.

P. 205. पीवर॰—stout or fat in body. कृच्छ्रात् &c.-was even tied down with difficulty (did not easily allow himself to be tied down). शब्दायितुं—to bray. लकुट॰—striking him with sticks &c. श्यामलक—Name of a person.

धरापीठ—The surface of the earth. महा—महत् large धनं fortune यस्य. भाण्डपतिः—a merchant. प्राघूर्णकाः—as guests (*i. e.* without being invited).

महता गौरवेण &c.—They were received with great honour and well treated with food, clothing &c. परमगौरवेणा॰—pleased (or, attracted) by the high honour or great reception accorded to them. तत्किं &c.—what do you say to this ? I think, they will not go without being insulted. अपमानं ज्ञा॰—knowing *i. e.* feeling insulted. लघ्वास॰—(taking insult) at a small seat being given to him. कदश॰—being served with coarse food. यावन्न॰—since he would not go.

47. पाद॰—owing to the matter with regard to (water for) washing the feet. विकारं—the changed state of your feelings, you being altered.

48. A fool is quieted (appeased) although sin (a wicked deed) be committed in his presence: a carpenter bore on his head his wife with her paramour.

पुंश्चली—Lit. wandering to another man; a bad character; faithless to her husband.

P. 206. जनाप॰—was badly or scandalously talked of; was branded with infamy. परीक्षार्थं॰—reflected or fell athinking as to how to test her (chastity).

49. नदीनां—*i. e.* fathom the depth of rivers. कुलानां—*i. e.* of the purity of the origin of. महात्मनां—magnanimous (and therefore above such scrutiny).

50. The sage (Paràshara) had intercourse with (Satyavatî) a fisherman's daughter, born of the seed of

Vasu (one of the eight gods of that name); and so (as the result of the connection) was born Vya'sa, the repository of hundreds of virtues; what more to say ! He divided and arranged the Vedas; and yet he, the illustrious one, became the progenitor of the Kuru race when brought to a termination; alas ! irreconcilable are the ways of destiny !

मत्स्य०—Because Satyavatî was found in the belly of a fish by a fisherman. For the origin of Vyása and other things mentioned in the sl. see Mahábhárata Adip. 105, 6. व्यस्यन्—pre. p. of अस् with वि; lit. dividing for arrangement. विषम—uneven, opposed in their nature.

कुलानामिति—As regards the statement (of sl. 49) that the origin of families should not be too closely examined. अर्ध०—should be ascertained; should be pried into. क्षेत्रजाः—born of the same mother (by different fathers). संधुक्ष्य०—Prep. p. of the pass. of संधुक्ष् 1 A. to kindle; when stirred up; when inquired into. अनेक०—discloses a number of blemishes or short-comings. स्त्रीणामिति—so far about the statement—स्त्रीणां &c.

51. प्रोष्ण—very hot. शश०—the hare—marked, the moon (शशः लाञ्छनं यस्य). दुर्जनो हितः—If a wicked man be ever well-disposed then chastity is possible in the case of women (women can be chaste).

तथापि लोकवच०—still, following *i. e.* considering the talk of the people I will ascertain whether she is chaste or not.

52. What is not found in the Vedas or the S'ástras; what is neither seen or heard (in the world)—all that the people know; as also that which may exist in the world. *i. e.* people talk all manner of things without caring to to know the truth.

एवं सं०—Having come to this conclusion; thus resolved. कतिचिदि०—some days will have to be passed there. पाथे-

थं—provisions for a journey. औत्सुक्येन—through great eagerness. सिद्ध०—Ready food mostly consisting of ghee and sugar.

53. On a cloudy day, when there is dense darkness, when the streets of a city are difficult to pass through and when the husband is gone to a foreign country, great delight is felt by a lewd woman. दुर्दिवसे &c.—are to be taken as independent causes of the joy. Or घनति० &c. may be taken as qualifying दुर्दि०; when there is darkness caused by the clouds (घन), when the streets &c.—(owing to the showers of rain;) *cf.* the reading वर्षति जलदे which should be preferred in this case.

प्रहसि०—प्रहसितं वदनं यस्याः with a smiling countenance. अङ्ग०—the decoration of the body. कथंचित्—with great difficulty. विट—a paramour, a lover. प्रसुप्ते०—(when the inmates of your house) will be in deep slumber or fast asleep. तथानु०—After things were thus arranged.

P. 207 शय्या०—under the bed stead. निभृतो भूत्वा—carefully concealing himself. शयने—शरणे *v. l.* in the house, or the secret apartment. हेलया—easily. परं तावत्—But let me first (before I take any step). निभृतं वि०—having made (shut) the door fast. नूनं &c.—Surely it must be the vile or wicked carpenter (who lies thus concealed) to try me. भाव्यं—Pot. p. p. किंच०—I will make him get some idea of or understand in some measure what women's actions are (what ready wit they possess). कृता०—who had formed the cavity of (folded) her hands. महानु०—महाननुभावो यस्य. O noble one ! पतिव्रता०—devoted to my husband and highly chaste. भस्मसा०—I will completely reduce you to ashes. एकाग्र०—with a mind entirely devoted to me *i. e.* with undivided attention. चण्डिका०—The temple of Chandikà, the goddess Durgá in her fierce form. तत्र संजाता—There a voice in (from) the sky (खे) was suddenly heard. त्रिधि०—In accordance with the decree of fate; as ordained by providence. तत्रापि &c.—Although there is one (a remedy) still it is as good as non--existent (unavailable); since it depends upon you to make use of it (which you are not expected to do). यदि मत्प्राणैः &c.—If it can be used at the cost of my life, if it can be done at the sacrifice of my life. भर्तृसक्रो०—The untimely death impending on (threatening) your husband will be transferred to him (the other man). तेन—for that reason, with this object in view. न हि अन्यथा०—will never be falsified. निश्चयः—After this the Nir. ·Ed. and Ms. read—ततः (तच्छ्रुत्वा Ms.) अन्तर्हासविकाशमुखः स तदुचितमाचचार which should have been inserted in the text. अन्तर्हास०—his face brightening with an internal smile. पुलका०—His body (marked) bristling with the hair standing on end. कुल०—the delighter of the family. दुर्जन०—दुर्जनानां वचनैः शङ्कितं (शङ्का अस्य संजाता तत्) हृदयं यस्य. With my heart (mind) full of suspicion owing to &c. व्याजं कृत्वा—under the pretext of; pretending to go to.

P. 208. ब्रह्मव्रतं—(see foot-note)-the vow of chastity. परसङ्गेऽपि—even though you had to keep company with a stranger. अनिच्छन्तमपि—even against his will. तूर्यध्वनि०-dancing to the sound of a *tûrya* (a kind of musical instrument). दृष्टविकारः—one in whom a change of feelings or affection is observed. स्वभाव०—naturally wicked. शिष्ट०—even through the company of a respectable man. अथवा—or rather. This is used to correct or modify a previous statement.

54. A wicked soul (an evil-natured man) whose prowess is exercised in doing sinful deeds never attains purity of intention (becomes a good—natured man) though properly advised by good men; just as a charcoal, how-so ever rubbed, never becomes white.

55. Having given up (discarded) Sûrya (the sun-god), the god of rain, Wind and the presiding deity of mo-

untains, a female-mouse accepted one of her species : one's own race is difficult to be transgressed (*i. e.* it is difficult for one to get over or overcome the promptings or instincts of one's race.)

तपोवन—a penance-forest (*i. e.* a forest inhabited by penance-practising sages) or grove. सूर्यो०—as he was offering prayers to the sun. खरतर०—by a hawk with very sharp-pointed nails or talons. तस्य प्राहि०—threw at him. पाषाण०—his senses overpowereed by the stroke of. भ्रष्ट०—with the fem. mouse dropping from his hold. कर्तव्य०—at a loss to know what to do. चेतनां लब्ध्वा—having recovered his senses or regained consciousness.

P. 209. अधर्मात् &c.—Are you not afraid of a breach of duty or an irreligious deed. प्रोवाच—sternly said. विहंगाः०—Thou wretch of a bird; vile bird. असम्बद्धं—irrelevant, nonsensical अन्नं—Vegetable food. विहिताः—are designed as food.

56. What is ordained as one's proper food does not make one guilty of sin; if one eats what is not proper for one to eat, there is great sin in it; therefore no exchange of duty should be caused (*i. e.* one should not ask another to do what is not proper to be done).

57. Cons.:—मद्यमन्येषां भक्ष्यमपि द्विजातीनामभक्ष्यतामेति&c.—As wine in the case of Bràhmaṇas, as sacrificial food in the case of those habituated to drink wine, becomes unfit to be eaten though proper for others to eat, so is the case, oh Bràhmaṇa, with others also. In this sl. the व्यत्यय is explained. The meaning is—every one is justified in eating his proper food.

58. Good attends those who eat their proper food; what is improper to be eaten (if eaten) leads to great sin; how can it be then proper for you to punish me as one acting improperly ? Supply इव after वृथाचार. It will be

better to read अदु० not acting improperly; or वृथाचार oh you who are not acting properly.

अपरं &c.—Moreover, such is not the duty (*i. e.* to punish others) of sages: for they should consider what is seen as unseen, and what is heard as unheard, and be free from greediness and enmity: such conduct is commended for them.

59.—60. Of sages blameless (praiseworthy) and following the path of good conduct (virtue) he is esteemed the highest who is the same to friend or foe, who treats a lump of earth, a stone or gold as of equal value, who is indifferent to well--wishers and friends, who remains neutral towards those who are the object of hatred or relations and who regards equally the good and the sinful. A practiser of Yoga should always devote himself to abstraction, remaining in a secret place.

These lines, with the exception of साधूनां &c. are quoted from the Bhagavatgîtà but very indifferently. Thus the first line is made up of parts from XII. 18. and VI. 8; the two lines. सुहृ०—विशिष्यते make one sl. in the Gîtá *viz.* VI. 9. and the line योगी forms part of the next sl. The line सुहृन्मित्रे is again changed, the original reading being सुहृन्मित्रार्युदासीनमध्यस्थद्वेष्यबन्धुषु ।

भ्रष्टतपाः &c.—By this act you have fallen from your asceticism; you have lost the high virtue of your penance.

61. Crying out ' let go your hold, let go your hold, one fell off from virtue, and another by saying 'don't let go'; seeing the fall of both (the third remained quiet): silence leads to the accomplishment of all objects. Or we may supply तृतीयः and अभजत; तृतीयः सर्वार्थ०मौनमभजत the third had recourse to silence, the means of acquiring all objects.

P. 210. धौतपो०—washed garments. निरालम्बाः—निर्गत आलम्बो यासां without support. पतिता—The hawk means–his interference with another's duty lessened the stock of his religious merit and caused the fall of his garment. तद्भ-याा०—distressed with the fear of that (*i. e.* the falling of his garment). तूष्णीं—*adv.* silent. पापाला०—even by talking with a sinner. अशिष्टाला०—by talking with one not respectable. सद्प०—through the fault of casting reproach on a good man. पापात्मा—sinful by nature. कर्म कृतम् &c.—one does not incur sin unless a deed is actually done.

62. In the other ages (than Kali) the sins of men transferred themselves to others (as by associating with a sinner &c. see next sl.); but in the Kali age which is full of sin, he alone stands guilty of sin who (actually) commits it.

63. In the Kṛta age sin travelled to (infected) another from his sitting or sleeping or going or associating or dining with (a sinner).

तत्किं वृथा०—Why waste words on the subject? दाक्षिण्य०–full of kindness, or sympathy. शरणा०—seeking protection.

P. 211. (अ) कार्षीः—2nd pers. sing. of the Aor. of कृ, the अ being dropped after the prohibitive particle मा. धर्मपिता—a religious father (*i. e.* by a religious act).

64. These five, *viz.* the generator, he who performs the sacred thread-ceremony, he who imparts knowledge (educates), and he who protects from danger, are declared in Smṛitis to be fathers (*i. e.* to occupy the position of). *cf.* Rag. I. 24.

शुक्ल०—the digit of the moon in the bright half of a month. *cf.* Kum. I. 25. आशु अयात quickly attained. यौवनो०-bordering on adolescence. अनर्हा—unfit.

65. The manes of him in whose house his unmarried daughter attains puberty, fall, although they be in heaven, owing to the demerit arising from that. कस्मैचित् &c.—to some supereminent or distiguished bridegroom.

66. A girl chooses an excellent husband, the mother looks to wealth (ornaments &c.), the father to learning (the education of the bridegroom), the relatives to family (desire connection with a person of family) and other people to dainties (only).

67. One should get a daughter married before she begins to blush, while she plays with dust and while she stands on tha path of cattle.

68. दृष्ट्वा &c.—On seeing a girl in menses (before marriage).

69. High family (nobility of birth), good disposition, the state of having guardians (or supporters), scholarship, wealth, handsomeness of bodily make and (youthful) age:—having ascertained these seven qualities (necessary in a bridegroom) wise men should give away their daughters : other things need not be considered or inquired into.

70. Wise men should not give a daugher in marriage to those who live at a (great) distance, who are devoted to duties leading to absolution, who are (recklessly) brave and who are penniless.

71. By a man desiring a happy result his daughter should not be given to a bridegroom who is not liked by her though he be endowed with beauty.

को दोषो &c.—What is wrong in this? What harm is there!

P. 212. अतिदहनात्मकः-of an exceedingly burning nature. उत्कृष्ट०—superior to. निस्पृहः—having no liking for her. नामापि &c.—Not a trace of me is to be observed; I am tolally hidden. कृष्णवर्णः—of a dark complexion. जडात्मा-जडः आत्मा यस्य dull by nature; also जलात्मा (ड् and ल् being interchangeable) composed of water. सहस्रधा—in a thousand directions or ways. उत्तमः—most desirable. येन संस्तभ्य—being stopped by whom I remain bound up in or confined to (one place). कठिना॰—hard in body. स्तब्ध—steady, fixed in one place. ते प्रतिभाति—appear suitable to you, does he come up to your liking? यथोचित॰—what is proper can be done. पुलको॰—decked with horripilation. स्वजाति॰—I will perform the duties proper for or peculiar to my race. ०वि-चक्षणेन—by him conversant with the duties of women.

72. Not gold, not jewels, not even the comforts of royalty women desire so much as they do a husband most coveted (or loved) by them.

P. 213. देवपदं—the rank or position of a deity. स्नेह॰—though favoured with friendship. स्वजाति॰—you were spoiled or affected by the innate qualities of your race. स्त्रीलुब्ध—unduly fond of your wife, uxorious. स्त्रीजित—swayed or subdued by your wife. तत्कृते—*i. e.* for the sake of your wife.

73. उद्विजते—treats me with disgust, shrinks from me. अवगू॰—embraces. प्रियकारक—O you who have done me an agreeable service; my benefactor. कामोप॰—कामेन उपहतं चेतो यस्य whose mind was overpowered (disturbed) by passion. उद्वाहिता—married.

74. शिरसि शिरोरुहाणां श्वेतं पदं वीक्ष्य &c–Beholding the whiteness of the hair on the head (lit. the whole place of hair on the head turned white)—and that is the great cause of men's discomfiture—young women go far away avoiding (such a man) as people do from a Chándàla's well having a piece of bone suspended over it.

This is taken from Bhar. Vair. Sa't. Mis. 38, where the reading for श्वेतं पदं is वर्णं सितम्. It was customary in ancient times to mark the wells set apart for the use of, or owned by, Chàndalas to suspend a bone over them, that they might easily be recognised.

75. (In old age) the limbs are shrivelled, the gait falters, the teeth fall off, the eye-sight quivers (becomes unsteady), beauty itself wanes, the mouth dribbles saliva,

the relatives do not at all obey orders (or act up to one's words), and the wife does not wait upon (or serve her husband): alas, oh pity ! a man decrepit with (or broken down by) old age is despised even by his own sons !

This is also quoted from Bhar. with some change of readings; see Vair. 111. लालायते. denom fr. लाला. शुश्रूषते—desiderative of श्रु which is Atm. अवज्ञायते-A denom. fr. अवज्ञा. पराङ्मुखी &c.—पराङ्मुखं यस्याः while she lay with her face turned away from him.

P. 214. पुलका०—पुलकैः अंकितानि सर्वाणि गात्राणि यस्याः सा with all her limbs marked with bristling hair. आहो—oh wonder ! निपुणतया—with skill *i. e.* minutely, with a searching glance. कोणैकदेशे-in a part of a corner (of the room). एवं विवदतः-while he was thus disputing with him. त्वयि चिरयति—as you delayed. प्रणया०—died from the disappointment of (unrequited) love. (Depending on her love for you she sat down without food awaiting your return. Your not returning in time gave a shock to her feelings, too great for her to bear and she died).

77. A house is not a (real) home, they (the wise) say; it is the wife that is said to be (to constitute) the home: for a house without a wife surpasses even a forest (in dreariness or desolation).

78. Where there is a beloved even at the root of a tree that is a home; even a palace without her is said to be like a wilderness.

79. यथारण्यं &c.—To him a home is like a desert.

स्त्रीवश्यश्च—and a slave of your wife, under her thraldom. प्रत्ययः-direct experience (now conviction is brought home to me). आनन्दे कार्ये—when you should rejoice; instead of feeling delighted why do you feel grieved?

80. A wife, whose actions are wicked and who loves quarrelling, should be known by the wise to be (simply) orrible old age in a wife's form.

81. Therefore a man who desires happiness for self should, with every effort, avoid &c.

P. 215. 82. Who, indeed (or possibly), do not perish that, through misapprehension, (or, a wrong notion) approach a beautiful woman (lit. with large hips) thinking her to be attractive, like moths flying towards the flame (of a lamp) ?

83. For, these women are, by their very nature, inwardly (at heart) full of poison and attractive (heart-bewitching) by their outward appearance, thus resembling the *Gunja'* fruits in form. विषमयाः—a grammatical inaccuracy; the correct form is—मय्यः.

84. That which is in their heart is not on their tongue; what is on their tongue is not in their expression; what they express they do not put into execution: strange is the behaviour of women !

85. विखंडि०—cut into pieces, dismembered. न वशं यान्ति—do not submit or yield (to the power of). संस्तवैः—by praises or flatteries.

86. Let this be aside; why talk of any other wickedness on the part of women ? they kill, through anger, even the child of their womb. (lit. borne in the womb.)

87. A fool (one ignorant of the nature of women) will falsely attribute an affectionate good feeling to (or suppose it to exist in) a young woman who is unfeeling, great delicacy to her who is hard-hearted and sentiment to her who is destitute of it.

अनर्थ०—two mishaps or calamities. गृह०—the loss of home. स्वच्छि०-the severance of heart *i. e.* alienation of affection, loss of friendly feeling. दैवो०-condemned by fate, those under the frown of fortune.

88. पाण्डित्यं—cleverness, circumspection. साधुत्वं &.—

yours is doubly of the same sort. माभूत् &c.–neither the paramour nor &c. is left to you. निरीक्षसि—The Par. is probably for the metre; the root is usually Atm.

हालिक॰—A couple of peasants. अन्य॰-अन्यस्मिन् चित्तं यस्याः सा who thought of others; whose mind was attached to other persons (than her husband). स्थैर्यमा॰—remain steady. पर॰-in search of, hunting for other men. परवित्ता॰—who was in the habit of robbing others of their wealth. धूर्त॰—a swindler, a rogue. विजने—in private. सुभगे—Oh fortunate one. रूपं॰—by seeing the loveliness of your form. रति॰—the free gift of your love.

P. 216. शुभतरं--more delightful or prosperous. तथेतिप्र॰-having undertaken to do so. यौवन॰--on the border (last stage) of youth. सुदुस्तरा-very difficult to cross. द्रव्यमात्रां-your purse of wealth. उत्तार॰-I will take you over. परिधा॰-your wearing garments. निःशंका—*i. e.* without the fear of wetting them. यथाचि॰—to the place planned or fixed upon. कण्ठ॰—placing her both hands on her neck. सोद्वेगा—full of grief, pensive. वदन॰—having in her mouth a piece of flesh. उपाद्र॰—ran or rushed towards. अवतीर्य—darting down from. व्यर्थ—foiled in her efforts; whose efforts proved vain.

90. |मत्स्य॰—You who have lost the fish as well as &c. पतिधन॰—who had lost both, her husband's wealth &c.

P. 217. महा॰—by a powerful or huge alligator. गृहीतं—occupied, taken possession of. निःसारयितुं—to oust or drive him out. दैवोप॰—My being struck down or persecuted by fate.

92. My friend is turned into an enemy: and to add to my misfortune (अपरं) &c.; what further is there in store for me?

अथवा &c.—Or why, it is well observed. छिद्रेष्व॰—Misfortunes never come single; misery follows upon misery.

क्षते &c. (see foot-note)—Strokes fall again and again on a wound (क्षते) ; gastric fire (hunger) increases when there is scarcity of food; enmities spring into existence (arise) in adversity; all this results when fate is adverse !

साम्ना—by peaceful means. For the four means of success see I sl. 481. प्रबोध्य—having advised; see I. p. 65. भेद—sowing seeds of or creating discord. दान—bribery; a gift.

93. He who acts (lit. does a thing) having consulted those worthy persons (elders and friends) who are his well-wishers and whose advice is fit to be sought, meets with no obstacle (lit. obstacles do not come in his way) in any undertaking.

रुद्ध—Occupied. कस्यात्र वि०—which should be employed in the present case (lit. which has scope here)!

94. यादृशे &c.—To any man whatsoever (*i. e.* indiscriminately). निर्गृहीकृ०—was deprived of her dwelling, was made homeless. see I p. 83.

कुलाय—a nest. अकाल० &c.—Beaten by an untimely shower of rain and his body shaken by a violent wind. दन्तवी०—his teeth chattering. संकुचित—contracted, drawn in. सानु०—pityingly.

95. see I. 395.

P. 218. आत्मसं०-pleased with his own good condition; self-satisfied. आत्मानं०—thinks highly of herself; gives herself airs.

96. Who, indeed, has no pride caused by his own thoughts about himself ? A lap-wing lies with feet up turned for fear of the sky falling down (or, giving way-that it might support it).

97. You needle-mouthed (uttering harsh words as piercing to the heart as the point of a needle), and ill-be-

haved wench, who consider herself wise, hold your tongue; else I will &c.

उद्वेज०—tired out his patience, troubled or teased him. पूर्वस्ने०—taking into consideration our former friendship. भार्या०—At the request (bidding) of. वल्लभा—dearer (the ab. लोकात् expresses the sense of the compa). न हि स्त्रीणां &c.—One should not, under any circumstances, confide in women.

98. She for whose sake I quitted my family and parted with half of my life, even she, setting aside her affection for me (or being cold-hearted) abandons me. Who can place confidence in women !

अतिप्रा०—the greatest darling of his heart. कलहं—विश्राम्यति—could never desist from or cease quarrelling with, always picked a quarrel with. ०वात्सल्या०—out of his fondness or affection for. विप्रकृष्ट distant. आर्यपु०—husband ; (lit. the son of the father-in-law; a husband was thus addressed). यावत्-just as. विषादं कु०-grieving for. शुची०—having purified himself (by bathing or touching the cavities of the body with water &c). Such purification is necessary for every religious act, such as a solemn gift &c.

P. 219. तिसृभिः &c.—by repeating the words 'I give' three times—which is necessary for the solemnity of the act. *Cf.* the maxim—त्रिसत्या हि देवाः । Taittirya Aranyaka II. 18. 6. वाक्यस०—the moment the words were uttered. प्रवेशे—at the entrance (the border ground) of. पुष्प०- a flower-garden. खेलय०—turning, moving. दिव्यगि०—with a heavenly (ethereal) voice *i. e.* exquisitely melodious. कुसुमेषु—the (flower-arrowed), god of love. ०हतया—smitten with love. मदीया स्त्रीहत्या-the sin of woman-murder caused by my death. ०ग्रस्तेन—broken down (disabled or enfeebled) by diseases. वचनसहायः—a companion to talk to. न शक्नोषि—you are not able to walk, yourself (lit. to carry or bear up your own self) what to say of—much less–this cripple. तत्कृतकवचन०—whose mind was deluded by her hypocritical (cunning) speech. तेनापि प्र०—he accepted her proposal, granted her request. पङ्गुपु०—who was attached to (deep in love with) the lame man. संप्रेर्य—being pushed. शुल्कचौर्य०—for the purpose, or with the object, of guarding against or preventing the avoidance of the payment of the toll and other duties. आच्छिद्य—being snatched off or forcibly taken away. राजपुरुषानु०—closely following the foot-steps of the royal officers. स्नेहव्या०—with my heart distracted owing to my affection for him.

P. 220. राज्ञे नि०—The king was informed against him; he was accused before the king. वधार्थं समा०—He was ordered to be put to death. मम सर्वं—belonging to me, what was entirely mine. धर्मवत्सलः—a lover of justice (doing what is right). दापय—Cau. of दा; ask (compel) her to give it back. त्रिवाचिकं—given with a threefold declaration. उपाख्यानकं—an anecdote, a minor story.

99. What will a man, earnestly asked by women not give or do? since in such cases those who are not horses neigh like a horse or on such an occasion the head is shaven! The fourth line should better have been शिरोऽपर्वणि &c.

प्रख्यात०—whose strength and prowess were well known. अनेक०—whose foot-stool was densely covered with the streaming rays of the diadems of numerous kings. ०यशाः—whose fame was clear (spotless) like the rays of the autumnal moon. ०पर्यन्तायाः—stretching to (bounded by). सर्व०—who had mastered all the principles of all the S'a'stras. वररुचिः—Lit of fine taste. प्रणय०—Owing to a love-quarrel. अनेक०—Although she was being propitiated in various ways. येन प्रकारेण—the means by which. निश्चितं—surely. प्रसादा०—inclined to, ready to. खलीन—a bridle.

P. 221. कृतद्रोह०—Although I entertained thoughts against your person. शोभनो०—A good (effective) remedy. संविधास्यति—adopt or use it.

100. He, who, through folly (or, a wrong notion about himself) disregards (does not act upon) the advice given by the good (wise), does meet with destruction, as did the young camel at the hands of a lion.

स्वकर्मा०*—who did not know his profession well. अहर्नि- goes with पल्लव०. किमन्यैः &c.—what is the use of other difficult professions!

P. 222. भव्यं-welfare, happy maintenance. द्रम्माः-a kind of coin. (cf. Greek Drakhmè) equal in value to about four annas, sixteen drammas being equal to a nis'ka (a dra. = 16 panas; a pana = 4 Kákinis; a Kàkini = 20 vara'takas or kauris). अस्या उपरि—*i. e.* by selling her. करभ०—to purchase young camels. निवेश्य—having assigned. आदिष्टं—was ordered *i. e.* they were permitted to drink milk. अधि- ष्ठानो०—the garden in the vicinity of their residence. लीलया—sportively, playfully. पूर्व०—the first-bred, (the eldest of them). मदाति०—through excess of youthful pride. पृष्ठे आ०—Coming afterwards (having lagged behind). पृथा०—straying away from. संदर्शे—within the sight of. यावद्गु०—as he proceeded to go home. न कथंचित् &c.—could not by any means find his way. ०सारेण—by following his voice. सज्जित०—having assumed an attacking posture. उच्छलित्वा०— having jumped upon; a grammatical irregularity.

101 Men skilled in the S'a'stras say that friendship is formed after walking seven steps (with a person, or by

---

* Foot-not-दारिद्र्यो०-Overcome or smitten with poverty. स्वकर्म० रतः-in happy circumstances by following his own trade. अर्हति—is not properly carried on. चतुर्भू०—four-storied, having four floors. गह्वरा०-in the midst of thickets resembling a cave. प्रस०-suffering from the throes of travail.

exchanging seven words with him). Referring to or regarding (lit. putting forward) friendship &c.

102. No mishap, whether in this world or in the next, ever befalls those men who, being well-wishers, give good advice.

P. 223. 103.—What merit is there in the goodness of him who acts well towards his benefactors? He is said by the wise to be (truly) good who does an agreeable service to those who have done him injury.

104. अथोपि वा—अथो यशः *V. l.* is also good. But if you fight, you will have two supremely excellent results. अनुत्तमं—a Bah. comp. न विद्यते उत्तमं यस्मात्.

105. One should deal with (gain over) one's superior by bowing to him (by acting humbly), with a brave man by using discord, a mean person by making a small gift and with one's equal by displaying equal valour.

महाच॰—Lit. very clever. कठिनां—hard, tough. क्षितितल॰—having placed his head on the surface of the earth (as a mark of great respect). संयोजित—having joined (as a mark of humility). लाकुटिकः—a staff bearer, a servant (more usually लागुडिकः; here a sentinel. प्रसादीकृतः—given as a present.

वनेपि &c. (see ft.-note).—Const.—मृगमांस॰—who live on the flesh of the animals (killed by themselves) बुभुक्षिताः अपि तृणं &c.

युक्तमिदं &c.—This is worthy of your lordship towards servants.

106. A great man, though reduced to the last state does not leave off his qualities as a master on account of his (innate) purity (unmixed greatness): a conch, though put into fire and taken out does not give up its whiteness.

अपवाहितः—was removed, got rid of. साध्यः—can be managed or brought into my power (made to act as I like)

P. 224. **107. Where it is not possible to use Sáman (peaceful means) or concession (gift) the policy of Bheda (dis-cord) should be adopted; for that is an efficient means of winning over (or reducing one to subjection.) बध्यते—brought under power, is confined.**

108 This sl. is capable of having a double meaning:-(1) Even a pearl, though exceedingly pure (white), unperforated (or compactly formed), well rounded and very beautiful, gets confined (*i. e.* woven in a necklace) when bored through. (2) A man desirous of final emancipation, though quite free from all taint of the mind, not holding views contrary (to the teachings of the Veda; or though of a uniform course of conduct), well-behaved and very charming to look at, gets fettered down to the world when unable to concentrate his mind on the Supreme soul (lit. when his mind is not in union with the Supreme soul).

अभिमु०—facing him and with neck a little raised. मृत्यु०—the jaws of death. सुगुप्तं—very secretly. शून्ये—in solitude *i. e.* when there was none to guard it. उच्छि०—was defiled by having been previously eaten. प्राण०—*i. e.* generously save my life. चिरायात्राग०—for a long time after he comes back here. द्वीपिन्—a leopard. दृढद०—has strong jaws. अस्य पार्श्वात्—by his means (I shall get the skin opened by him). चिराद्दृष्टोसि—Read चिराद् दृष्टोसि. How is it that I see you &c. तन्न कार्यं—Then I have nothing to do with the eating of the flesh (as it will mean certain death to me). यतः&c.—for if a man lives he can see (enjoy) hundreds of good things.

109. See *supra* sl. 23. अधीर—chicken-hearted. ०द्वारेण—by the opening made by him. आत्मतु०—of a prowess equal to his own.

P. 225. **तदभि०—Marching upon him. दिशोभाजं—दिशः भजत इति दिशोभाक् तं; here the acc. term. is not dropped;**

having made him lie scattered in the directions *i. e.* having thrown portions of his flesh in all quarters. बद्धमू०—when he takes root *i. e.* gets strength in course of time, gets a firm footing.

111. Wealth (prosperity) can be expected in (from) cows, penance in a Brahmana, rashness in women and fear from one's own kinsmen.

112. There are good articles of food of various sorts; and the women too are loose (in their home-management): there is only one disadvantage in a foreign country in that one's own race is adversely set. शिथिल—loose, not very careful in managing home affairs, so that one can expect much from them. *Cf.* the Mara'thi word सैल (सढळहाताच्या).

चित्रांगः—Lit. चित्रं spotted अङ्गं यस्य. सारमेयः—a dog. Properly the son of Saramà, who is represented in the Rig-Veda as the bitch of the gods (of Indra), the mother of the two dogs, called Sárameyas after her, who each had four eyes and were the watch dogs of Yama. She is said to have pursued and recovered the cows of the Angiras stolen by the Panis. She is supposed to represent the dawn, the cows being the rays of the sun hidden by the night. चिरकालं—lasting for a long time. निष्कुलतां &c.—were in course of being totally destroyed (lit. annihilated family by family): धान्यैर्घ श्रु०—hearing that there was plenty of corn &c. गृहमे०—A householder. प्रमादेन—is not a good reading as the woman could not have been always careless. तृप्ति०—ate food to his satisfaction. चतुर्दिशं—In all the four quarters, on all sides. किंचेष्टितः—what are the pursuits or occupations of the people ? व्यव०—dealings, transactions. अनुज्ञाप्य—having taken leave of.

P. 226. आतता०—the usurper; see com; also Manusmriti VIII. 350-1. दृढसत्वा०—By summoning up great courage.

114. What is the use of that wealth, which though

well enjoyable is obtained without any manly effort ? Even an old bull eats grass obtained luckily (readily found, *i. e.* without any effort on his part).

विषम०—The waves of which were variegated (श०) with the white foam produced by the turnings of the fishes frightened on hearing the splashing sound of the water dashing against the surfaces of rugged rocks (or stones). ०परायणैः—who were devoutly engaged in the performance of such acts as offering sacrifices, observing fasts, studying the proper portions of the Vedas, practising penance, observing vows and silently repeating prayers. परिपूत०—who drank pure and a measured quantity of water. ०शरीरैः—who had mortified their bodies by eating roots &c. प्रच्छादनैः—whose raiment consisted only of small strips made of barks. आकीर्णे—occupied all round. कुलपतिः—a patriarch; see com. उपस्प्रष्टुमा०—as he began to rinse the mouth by sipping in water and ejecting it &c. प्रायश्चित्ता०—having performed the rites of atonement (for the defilement caused by the touch of the mouse). लालिता—fondled. नावबुध्यसे—do not realise the fact that. ०तिक्रमः—that the proper time of her marriage is passing.

P. 227. **56.** see Rigveda, Ashtaka VIII. 3 last portion.

57. तासां—to them. शौचं—purity. शिक्षितां—refined, polite. सर्व०—purity or holiness of every kind. निष्कल्मषाः—sinless.

58. A girl is called Gauri while she has not yet attained puberty (lit. while menstruation has not appeared in her). अव्यञ्जना—before she has the marks of youth. *Cf.* however the verse from S'abdakalpadruma often quoted—अष्टवर्षा भवेद्गौरी नववर्षा च रोहिणी । दशमे कन्यका प्रोक्ता अत ऊर्ध्वं रजस्वला ॥

61. Construe—व्यञ्जनं (the manifestation of the signs

of puberty) प्रथमं इष्टान् लोकान् हन्ति (deprives the parents of) ततः पयोधरौ हतः &c.

62. When a girl remains in her paternal house after menstruation, it is laid down that she should offer herself (to a husband, choose her husband). स्वायंभुवः—son of the Self-born Brahmà.

63. असंस्कृता—Unmarried. अविवाह्या—she is unfit to be married, she is socially degraded and is said in Smritis to be a Vrishalî (a woman of the Sûdra class).

64. जघन्येभ्य—persons of lower orders; *i. e.* such a girl should be married to a man of any class.

65. see I. 284.

TANTRA V.

P. 228.| अपरिक्षित०—Describing or having for its theme one who did a rash or inconsiderate deed.

1. A man should not act upon what he has imperfectly seen or known or heard or examined, as was done by a barber (as related) in the following story.

पाटलि०—is the old name of Patna, the ancient capital of Magadha or Bihar. If the same town is meant, the author must have put it in through inadvertence, as it is situated in northern India. Perhaps he meant Mahilàropya, which was a southern city, but forgot to mention it, as he has done else where; see II. p. 1. धर्मार्थ०—while discharging duties relating to religion, the acquisition of wealth (अर्थ) and the satisfaction of desire (conjugal happiness or the enjoyment of worldly pleasures). These are three of the four Purushàrthas or objects of human pursuit after which the fourth or Moksha can be sought. विधि०—As fate would have it, through the will of providence. अपमाद०—owing to the series of insults he had to suffer. परं&c.—he felt exceedingly sorry. अहो धिगियं &c.—Oh misery ! fie upon this poverty ! धिक् may be used with the Nom. as here, or with the Acc. as in धिग्वो जाल्मान् Uttar., धिगिमां देहभृतामसारतां Rag. VIII. 51, &c.

2. Character, purity of conduct (or integrity of purpose) forbearance, politeness, amiableness, and high birth-these do not appear to advatage when a person is without wealth (poor).

3. Self respect, vanity, worldly knowledge, grace, and beneficence-all these vanish simultaneously when a man is reduced to penury.

4. याति लयं—goes on diminishing. आहता—struck or blown off. शिशि०—the beauty of winter. भर—maintenance, supporting.

5. विपुल०—of great or high talent. मन्द०—whose fortune has declined. ०चिन्तया—with the anxiety or worry of procuring &c.

6. Like the sky from which the stars have vanished or like a lake that has got dry or like the cemetery that presents a horrid view, the house of a poor man looks ghastly (or ugly) although (originally) of charming aspect.

7. Men destitute of wealth being (thus) dwarfed down are not noticed although dwelling before (the eyes of rich men) like bubbles that constantly vanish the moment they appear on the surface of water. सततं जा०—may also be taken with वित्तवि० who are always treated as dead although born (living).

8. Leaving a man who is high born, accomplished and of good disposition (when poor), the multitudes of people attach themselves to a rich man, as though he were a wish-granting tree, although destitute of noble birth, skill and character. कुलकुशल—here कुशल is used like a noun.

P. 229. **9. The merit arising from actions done in a previous life is fruitless in this world, since even men endowed with learning and born in a noble family become the slaves of (serve) any person who has wealth at the particular time. Or सुकृतं may better be taken to mean the previous good deeds or past favours of a man (since even learned men forsake such a man when poor and serve him who has wealth &c.)**

10. People do not say-this ocean is light-hearted, although it keeps roaring as it pleases: all that the opulent do is far from being shameful in this world (or, does not reflect or cast any shame on them).

व्यर्थजी॰—This vain fondness for (the continuation of) life. पद्मनिधिः—a treasure amounting to ten crores of coins. क्षपणक—etymologically दोषान् क्षपयतीति; a Buddhist or Jaina mendicant. रूपी—in the form of. वैराग्य—विगतो रागो यस्य स वैरागी तस्य भावो वैराग्यं disgust for the world;-don't be tired of the world. अक्षयो भवामि—will stay with you permanently; your wealth will be everlasting. चिन्ताच॰—Lit. placed on the wheel of thought; was perplexed by a variety of thoughts. मिथ्या भा॰—The dream might prove to be false or ineffective.

11. The dream seen by a person who is diseased or afflicted with grief or stricken with anxiety or overwhelmed with the pangs of love or intoxicated turns out false.

पादप्रक्षा॰—'It is not clear what this practice was. However, it appears that the custom of calling barbers to wash the feet and do other menial works did prevail among the Buddhist and Jainas before.' Godbole.

यथानि॰—As already mentioned. यथासन्न॰—with a cudgel that happened to be near or at hand. निभृतं—secretly. पुनः—but then. नग्नकाः—the Buddhist ascetics. प्रगुणीकृत्य—having got ready. विहार—the monastery of the Bud. mendicants. जिनेन्द्रस्य—the statue of the lord of the

Jinas or the Buddhas (who have triumphed over the internal enemies). The epithet Jinendra is often applied to S'ákyamuni or Buddha.

जानुभ्यां०—having knelt down (in veneration). वक्त्र०—having covered (lit. placed on the opening of) his mouth with the end of his upper garment (that the saliva from his mouth should not fall out).

12. Victorious are (all homage to) those Buddha ascetics who are distinguished by the highest knowledge (which leads to salvation), whose minds have been, from their (very) birth, the salt (barren) ground for the production of the feelings of love. जयन्ति—the pres. indicative is used, instead of the Imper. when inferiors express a wish for the welfare of superiors or persons in a higher station.

ऊषरा०—p. p. of the denom. from ऊषर which means salt, unproductive, soil.

P. 230. 13. That is a tongue (others are merely lumps of flesh) which praises Jina; &c. रतं—devoted to (finds pleasure in). Those hands alone are praiseworthy which offer worship to him. श्लाघा in श्लाघ्यौ may also be taken (by लिंगवचनविपरिणाम) with जिह्वा and चित्त; सा जिह्वा श्लाघ्या, तच्चित्तं श्लाघ्यं &c.

14. What woman are you thinking of under (lit. having recourse to) the pretext of meditation ? Open your eyes for a moment and look at these persons wounded by the shafts of the bodiless one (god of love): although able to protect, you protect us not. Vainly are you merciful (you only pretend to be merciful); who else can be more cruel than you ? May Buddha Jina, who was thus vehemently addressed by love-stricken women, protect you !

This is the opening Sl. of the Nàgánanda-a play by S'rí Harsha. ध्यानमेव व्याजः a pretext तत्. आतुर—afflicted with. मार—lit. the slayer, is a name of Cupid or the god of love. With the Buddhists it signifies, like the Satan of the Bible, the spirit of evil or the devil. मारवध्वः—or the instruments of Mâra, sit before Jina and try to seduce him but in vain.

प्रधान०—the chief of the Kshapanakas. लब्ध०—who got the blessing—'May your religious faith prosper'. The usual form of a blessing given by a Bud. ascetic is धर्मो वर्धतां or धर्मवृद्धिर्भवतु. सुख०—who was given insruction in vows leading to the attainment of uninterrupted or continued (lit. a series of) happiness. उत्तरीय०—who had a knot tied to his upper garment (probably in recognition of the favours received). सप्र०—respectfully विहरण०—going out for alms. श्रावक—lit. a reverent hearer; a term of address generally applied to Jaina, and sometimes to a Buddha, layman (see Mudrârâ. p. 111.). The Buddha laymen are more often called उपासकः. तत्काल०—Wandering about for being received with hospitality at the time (*i. e.* without any definite aim). कृच्छ्राद० (गच्छामः)—greatly importuned. प्राणधा०—Just sufficient to support life, to keep body and soul together. कर्पटानि—pieces of cloth. कालो०—what befits the occasion. कपाट० समाधाय—having well placed or adjusted the two leaves of the door. सार्धप्र०—when it was a prahara and a half (about half past 10 O' clock). क्रमेण नि०—as they issued out one after another. गुरु०—with great inportunity.

15. Behold the wonder ! Even he who is all alone, who has left off home, who carries in his hand a bowl for alms and who has the quarters for his garment (is naked) is led away by desire. एकाकी. *i. e.* without any family connections. गृह०—is a bad comp, it should be संत्यक्तगृहः.

P. 231. 16. As a man grows old his hair gets old (wears away); so do his teeth (*i. e.* decay) and his eyes and ears (*i. e.* they lose their power of seeing and hearing); his desire only gets strong (lit. youthful).

निभृतं विधाय—having carefully closed. एके—some. अन्ये—others, with their pates cloven or broken. फूत्क०—began to wail. आक्रन्द—the cries of lamentation. कोट०—the guards or sentinels at the city fort or police station. कोलाहलः—uproar, mixed noise. प्लावित—bathed in, covered with. धर्मा०—The court of justice. तै—*i. e.* धर्माधिकारिभिः the judges and other officers of the court. कुकृ०—wicked deed. एवं विधा sort यस्य. व्यति०—an incident, procedure. शूलमारो०—Let him be impaled.

18. Nothing should be done without being properly examined; it should be done after careful investigation; else it would lead to repentance afterwards, as in the case of a Brahmana's wife with regard to an ichneumon.

सुत०—who loved (new born) children. स्तन्य०—by giving it her milk, by rubbing its body with unguents, attending to its nourishment &c. पुपोष—brought or reared it up. स्वजाति०—yielding to or following the evil instincts of its own species. अस्य—विरुद्धं &c.—might act harmfully towards; *i. e.* do harm or injury to.

19. Even a bad son who is ill-bred, ugly, foolish and vicious gives delight to the hearts of men.

P. 232. 20. किल—it is said. पुत्र०—but the touch of a son's body excels that of rubbed sandal (in its coolness–gladdening influence).

21. People do not desire (long for) so much the bond of affection of a brother, a father, a well-wisher or a protector as they do of a son,

शाययित्वा—having laid him down to sleep. गृहमरक्षितं &c.—Leaving the house vacant *i. e.* unguarded or unprotected. स्वभाववै०—thinking it to be its natural enemy *i. e.* impelled by its natural antipathy. आप्लावितव०—with its mouth covered with. स्वव्यापार०—to show what it had done; to display its feat. रुधिर०—रुधिरेण क्लिन्नं wet मुखं यस्य. शंकित०—with a mind full of suspicion; or, alarmed at heart. विचिन्त्य—having decided or come to the conclusion. तथैव—*i. e.* just as she had left him. पुत्रवध०—her killing the Mungoose that she had regarded as her son. गृहीतनिर्वापः—having collected alms. ०भितप्ता—afflicted with. प्रलपति—addressed him these doleful words. लोभात्म०—greedy-natured. ०भिभूतेन—over powered by.

22. One should not have too much greed, nor should one give up greed (just desire) altogether; for a wheel whirls over the head of one overpowered by excessive greed.

23. Better is a residence in a forest inhabited by tigers elephants, and other beasts, void of water and full of thorny shrubs, as also a grassy bed and a bark garment for clothing, than a life of poverty among one's relatives.

P. 233. 24. The master, though well served, dislikes those men who have no wealth; (even) good relatives leave them all at once; their merits do not shine forth, their sons forsake them; their difficulties multifly; their wives, though born of noble families, do not serve them well (साधु *i.e.,* as they ought to do), and their friends whose valour is based on justice, desert them. साधुसुवं०--Read साधु सुवं०. न्याया०—*i. e.* whose exertions are guided by the consideration of what is right and who, therefore, may be expected to be of service to them.

25. Let a man be brave, good looking, amiable and eloquent; let him be an expert in the use of weapons and well-versed in the S'âstras; he does not at all get fame and respect in this world of mortals. सुभग should not be taken here in the sense of fortunate or lucky, as he can not then be poor.

26. His senses with their powers unimpaired are the same, his name the same, his acute (lit. not obstructed any where) intellect the same, his speech the same, and the man too the same; but when without the warmth of

wealth, he becomes in a moment one to be avoided: this is strange. See Bhartrih. Nit. Sat. 40.

27. In this world a man whose mind is perplexed with anxiety disregards truth, leaves off the multitude of his relations and abandoning even his mother and leaving his birth-place, quickly repairs to a foregin land, the people whereof he likes (desires to associate with).

सिप्रा–The river on the bank of which Ujjain stands, the modern Betwa. **महाकाल**—name of the celebrated Linga of Siva at Ujjain, one of the 12 Jyotirlingas and often referred to by Kálidása; see Rag. VI. 34; Meghaduta 30–38. The twelve Jyotirlingas are thus mentioned in the S'iva Purána—सौराष्ट्रे सोमनाथं च श्रीशैले मल्लिकार्जुनम् । उज्जयिन्यां महाकालमोंकारपरमेश्वरम् (ओंकारममरेश्वरं, ओंकारं च महेश्वरे इ. पा.) ॥ केदारं हिमवत्पृष्ठे डाकिन्यां (भीमायां) भीमशंकरम् । वाराणस्यां च विश्वेशं त्र्यंबकं गौतमीतटे ॥ वैद्यनाथं चिताभूमौ (परली इति प्रसिद्धपुरे) नागेशं दारुकावने । सेतुबन्धे च रामेशं घुश्मेशं (घृणेशं इ. पा) च शिवालये (वेरूळ इति ख्याते) ॥ (एतेषां दर्शनादेव पातकं नैव तिष्ठति ।) **०विधिना संभाव्य**–having honoured him in the form proper for a Bráhmana. **सिद्धि०**—Pilgrims wandering about to gain Siddhi (superhuman power obtained by magic and such other means enabling one to gain one's object). or **सिद्धि०** may simply mean–to gain our object.

28. Coveted things of varions sorts and difficult to obtain are gained by means of the bodies of adventurous men which rise quite equal to the occasion. (That is adventurous persons who run any risk regardless of the safety of their bodies gain their object).

29. Water sometimes falls from the sky; it also comes (flows) from the lower region (the bowels of the earth) into an excavation (a well, a tank &c.) (*i. e.* man gets it without an effort and also with an effort by digging a well &c.); so fate, though powerful, should be disregarded (lit. should not be considered); manly effort too, is, indeed, powerful. The first half may also be translated as–A man sometimes falls

from the sky (*i. e.* some height) into a ditch (owing to the working of fate); but he also rises to the surface of water from the lowest abyss (as the result of his own exertion).

P. 234. 30. Every desired object of a man is accomplished, without exception, by means of manly exertion; and even what you call fate is (the result of) human exertion called *Adṛshta.* (the invisible one) *i. e.* the sum of his good or bad actions (धर्माधर्मौ) done in a previous life which exerts a secret influence over and predetermines the various conditions of his present life, and which is regarded as a quality of the soul.

31. Adventurous people count as light as straw, and it is to their credit, the extraordinary fear coming from powerful (or elderly) persons, as also their lives:-wonderful is this line of action followed by the generous-minded. एतद् &c. एतद् उदाराणामुदारैः चरितमाचरितं चरितमद्भु० इ०.

32. Without subjecting the body to pain or hard-labour (*i. e.* if one is not prepared to expose one's body to hardships) happiness of different kinds is not obtained in this world. The slayer of Madhu (Vishnu, even) embraces Lakshmi with arms fatigued by the churning of the ocean (*i. e.* even Vishnu did not obtain Lakshmi by easy means). Lakshmi was one of the 14 jewels obtained from the milky ocean when churned by the gods and the demons. See Bhág. Pu. VIII. 8.8-23. Mah. Bhar. I. 18, 19.

33. How can (Lakshmi), the wife of that Vishnu, though appearing in the terrible form of the man-lion, not be unsteady, when he, lying on water, enjoys sleep for four months. Here the fickleness of Lakshmî is humourously attributed to Vishnu's inactivity. Vishnu is supposed to sleep in the milky ocean, reclined on the body of Sesha, for four months, from the 11th of the bright half of A'shádha to the 11th of the bright half of Kártika.

34. So long as a man does not put forth manly

exertions, supreme excelleuce (great fortune) is not to be obtained: even the sun, in this world, succeeds in dispelling the clouds when he enters the zodiacal sign libra (proves by his might to be equal to his enemies, the clouds). The sun does not attain brightness until he displays his valour; so a man does not attain prosperity without exploit. Some take परभाग to mean-the property or portion of the enemy, but this is far-fetched. It also ill suits the second line. The sun does not acquire any property of the clouds but gains supreme brightness by his victory.

विवर—A cavern. शाकिनीसाधन०—Propitiating a शाकिनी (a particular female demon). श्मशा०—resorting to the charnel ground for attaining miraculous power by means of spells &c. महामांस०—selling human flesh (see Mál. Mad V.) and the flesh of such higher animals as a cow, horse &c. as the S'áktas offer to their Deví. साधक-वर्ति—a magic wick. अद्भुत०—you are reported to possess extraordinary or wonderful powers.

35. Great men alone are able to accomplish the object of great men. Who but the sea can bear (support) the submarine fire ?

बहूपाय—the efficacy of which was accomplished by different modes of preparing it. असंदि०—undoubtedly. यथे-च्छया—as much as you desire.

P. 235. भारभूतेन—which is merely a burden. ग्रीष्मार्क०—his body heated by the sultry sun. सिद्धिमार्ग०—straying from the path safe for the seekers of Siddhi. घटितं—suddenly transferred itself to. उत्तरि०—would come down. वीणावत्स०—Wilson says—Udayana or Vatsa, the king of Kaus'ámbi, is probably intended here; he was celebrated for his skill on the Vínà or Lute. see Wilson's works, Vol. IV. p. 60. कालसंख्यां—the measure, the exact period. भ्रमदेन &c.—This is done by Kubera to strike terror into the hearts of those possessing magical charms. रहितः—without feeling. वर्जित:—free from. चिरयाति—as he tarried, did not turn back, long. ०परः—engaged in his search. तत्पद०—following the line of his footsteps. तीक्ष्ण—sharp-edged. सवेदन—in agony क्रणन्—groaning.

P. 236. विधिनियोग—the decree of fate. विगर्हयन्—reproaching. निषिद्धः—disuaded, asked to desist from going further.

36. Better to have good sense than learning as such; for good sense is superior to the mere study of letters; those wanting in common sense perish, as did the revivers of the lion.

परं मित्र०—Who had become intimate friends. पारंगताः—Gone to the other side of, *i. e.*, completely mastered. को गुण०—What is the good of possessing knowledge, if. उपार्जना—Acquisition. मूढः—Illiterate, destistute of. learning. प्रातिग्रहः—grants, the favour of. बाल्यात्प्र०—from childhood. महानुभाव—the good fellow. संवि०—Let him share or participate in.

37. What is to be done with (what is the use of) that wealth which, like a wife, is confined to one man and which, not being a common property like a harlot, is not enjoyed by all passers by.

P. 237. 38. This is mine, this is a stranger-such is the reckoning (consideration) of the little-minded. To the generous-minded the world itself is their family (*i.e.*, they regard the whole world as.)

मार्गाश्रितैः—as they were travelling their way, journeying on. विद्याप्र०—Let us try or put to test our knowledge. विद्याप्र०—by the virtue of our special knowlege. जीवस०—let us endow it with life, reanimate it. संचयक०—put together. औत्सु०—through eagerness. संयोजितं०—supplied the skin etc. उत्पा०—is being called into existence or revived. विद्याया०—I will not allow my knowledge to be in vain or barren. प्रती०—hold, wait till.

39. All those are exposed to ridicule, who, though

well versed in the S'ástras, are ignorant of the ways of the world, as were the foolish Pandits.

बालभाव &c.—A thought occurred to them while they were yet boys. अन्यस्मि०—One day. कान्य०—To the city of Kan., modern Kanauj. The sing. shows that the city is meant. विद्या०—a school or college. एकचित्त०—As they studied with undivided attention or close application. उत्कला०—having asked the permission of. The affix त्वा is again irregularly added. This is the cau. of कल् with उद् irregularly formed. Other instances found in story books are मोचापयति, जीवापयति &c. नीत्वा v.l.-having taken with them. महाजन:—a large crowed of men. अवलो०—consulted his book and said—That path should be followed which is taken by a large conclave of men (the real meaning is—that is the proper course of action which is followed by the majority). The is the fourth line of a sl. from the Mah. Bhár. which runs thus—तर्कोऽप्रतिष्ठः श्रुतयो विभिन्ना नैको मुनिर्यस्य वचः प्रमाणम् । धर्मस्य तत्त्वं निहितं गुहायां महा० ॥ III. 313. 117.

P. 238. 40. He is a (true) relative (or friend) who stands by (assists) one when there is a festival, in difficulty, when there is a famine, when there is a calamity arising from an enemy, at the royal court, &c. The Pandit took तिष्ठति in the literal sense of-one who stands in a cemetery &c.

लगति—clung to. धर्मस्य &c.—The motion of Dharma is quick (as wrongly interpreted by the Pandit). The real meaning is—A religious duty should be done at once (*i. e.* the moment one thinks of it). The whole sl. stands thus—क्षणं चित्तं क्षणं वित्तं क्षणं जीवति मानवः । यमस्य करुणा नास्ति धर्मस्य......॥ इष्टं &c.—one should unite Dharma with a desired thing. The proper sense is—one should give a desired thing (and not a worthless one) as a religious gift. The whole sl. is—सत्कुले योजयेत्कन्यां पुत्रं विद्यासु योजयेत् । व्यसने योजयेच्छत्रुमिष्टं......॥ आगमिष्यति &c.—This is the half of an unknown sl. पत्रं—(1) a leaf; (2) a boat. नद्यामी०—

was being carried by the current of the river. केशान्ते—the end of his crest.

41. When the destruction (or, loss) of the whole impends, a wise man foregoes half (a part of it) and manages his business with the other half (the remainder) &c.

विहितः—this was the culminating point of their folly सूत्रिका—'maccaroni' called in Marathi शेवई. दीर्घसूत्री—दीर्घं सूत्रं यस्य; one who has (to do with) things like long threads. The real meaning is 'Delay is dangerous'. This also must be part of some verse. मण्डकाः--a kind of cake made of wheaten flour, much flattened and extremely thin, called in Mar. 'Mándá.' अतिवि०—that which has a wide extent does not last long (does not contribute to long life, shortens life as interpreted by the Pandit). वटिका—a kind of cake (called अंबोळी in Mar.) made of rice and Màsha ground together and has a number of little holes. छिद्रेष्व०—When there are weak points (loop. holes) misfortunes or difficulties multiply. हास्यमा०—ridiculed or laughed at by the people. This should be हस्य०. लोकव्य०—the ways of the world, the mode of behaviour in the world. अकारण—not an adequate or proper cause (he partly admits the truth of Su.'s remark). Here the meaning of the negative particle is तदल्पत्व or अप्राशस्त्य. बहुबु०—even men of great talent perish when led to ruin by adverse fate. नन्दन्ति-live happily.

P. 239. **42.** See I. 326.

43. Here is S'atabuddhi (the possessor of a hundred talents, being carried away being) placed on the head and Sahasrabuddhi. hanging down; while I, Ekabuddhi (having one kind of talent alone), oh beloved, sport in clear water.

शत०—the hundred-wit. वेलायां—on the edge. गोष्ठीग०—while they were assembled together. जलाशय —a reservoir of water. मिथः—among themselves. विषण्णव०—with faces dejected. अत्रहस्थै—remain here firmly.

44. The intentions (or objects) of ...... and of evil-minded men do not succeed; and hence does the world exist. See I. 159.

सलिलगति०—Modes of moving in water.

45. There is nothing in the world inaccessible to the talent of the talented. For it was by the force of talent that the Nandas, though armed with swords were slain by Chánakya.

Chánakya, assisted Chandragupta and enabled him to get the throne of the Nandas, kings of Magadha. See I. notes p. 1.

46. Where there is no access to the wind or to the rays of the sun, there the intellect of talented men penetrates.

P. 240. पितृपर्या०—Lit. handed down by or come from successive ancestors, heriditary.

47. The happiness which men experience in the place where they were born, although it be a bad one, will not be found even in heaven charming on account of the contact of celestial beings (or things).

पलायन०—Which dictates a flight, tells me to flee. जघन्य &c.—Caught all the tenants of water, of the low, middle and high order, such as &c. कर्कट—a crab. गतिविशेष०—by their knowledge of special movements. गुरुत्वा०—on account of its weight. एकान्ते—absolutely, exclusively. प्रमाणं—standard of action; cannot be depended upon. ०नीयं—should not be disregarded, or transgressed. ०हंकाराव--pride of learning.

49. Well sung, uncle; although disuaded by me you did not desist (from it); extraordinary is the gem tied round your neck: well earned is this mark of distinction (लक्षणं) for proficiency in music !

उद्धत:—Lit. puffed up or flushed with pride. भारो०—bearing bundles. वृतिभं०—breaking through the fence. कर्कटिका०—a field af cucumbers.

P. 241. चिर्भटिका—a kind of cucumber (Mar. चिबूड). निर्मला—free from clouds, clear, bright with moon-light. कतमेन रागेण—in what strain or mode of music.

वृथान०—Why stir up danger for nothing ? चौर्ये०—we are engaged in a theivish act. निभृतैः—silent. अत्र—when engaged in such acts.

50. A man suffering from cough should refrain from stealing; a sleepy man also should not think of a theft; and one affected with diseases should give up the greediness of tongue (a great fondness for eating);—if they care for life in this world.

मधुर०—has not a sweet melody. शंख०—resembles-is as jarring to the ears as- the sound of a conch. मा त्वं &c.—Don't concern yourself with a business which is not properly your own; do not do a rash deed. गीतरसं—the flavour of (pleasure arising from) song.

51. The nectar born of (arising from) the symphony of musical notes drops iuto the ears of blessed men (alone) at a time when the darkness is dispelled far away by the autumnal moon-light and when a beloved is near.

उन्नदसि—rattle or bray aloud. स्वार्थ०-which will come in the way of or lead to the loss of your own interest.

52. There are seven notes, three octaves, and twenty-one scales; the quavers are fortynine–these constitute the whole body of sounds.

53. There are three positions of the pauses, six *A'syas* (a technical term in music), nine sentiments, thirtysix *Ra'gas* (modes or airs) and forty emotions (or, feelings).

54. Thus the parts (or, divisions) of music are mentioned to be 185 in number. These were formerly clearly stated by Bharata, in addition to those mentioned in the Veda.

The seven Svaras are represented by सा, रि, ग, म, प, ध, नि and named as—निषादर्षभगान्धारषड्जमध्यमधैवताः । पञ्चमश्चेत्यमी सप्त तन्त्रीकण्ठोत्थिताः स्वराः॥ For *Gramas* and *Murchhanas* see com. तान is a protracted tone with different modulations in music, a Key. note &c. ताल—v. l. represents the marking of time of musical intervals by striking the hands &c. The number 185 is obtained by taking the Svaras as 21, 7 for each *grama*. भरत a sage of antiquity whose work on music and the dramatic art is well known.

55. There is nothing in this world more pleasing than music even to the gods. Rávana captivated (won over) the three-eyed God (S'iva) by the delight (pleasurable sensation) caused by the sounds proceeding from dried muscles (forming the strings of his musical instrument.)

अनभिज्ञं—unskilled in, ignorant of. रटन–braying. घर्षयन्–grinding, gnashing.

P. 242. प्रताडितः—being belaboured. उलूखलं—a mortar (with a hole in it). स्वजाति०—getting over his pain owing to the nature of its race, as is usual with animals of its kind.

56. In the case of a dog, a horse (mule) and particularly an ass, the pain caused by striking does not last longer than a *muhurta* (a space of 48 minutes).

चूर्णयित्वा—having broken to pieces, shattered.

58. A man who has no talent (power of judgment or discrimination) of his own and does not act up to (follow) the advice of his friend meets with death like Manthara, the weaver.

पटकर्मो०—while engaged in weaving cloth. ०काष्ठानि—the wooden tools or instruments used in weaving. कर्तितेन—when hewn or sawed into pieces. व्यन्तर—a sprite. समुद्र०-प्यायितः—refreshed or invigorated by breezes cool on account of their contact with the sea-waves. दारुसा०—wooden apparatus or tools. तथेति०—upon the sprite having agreed to it saying 'so it will be.

P. 243. सिद्धः—is favourably disposed towards, ready to grant a favour.

59. A king, always intent on doing justice, obtains glory in this world and again, by its power, rivals with the gods in heaven.

मन्त्रः—consultation. स्वल्पमतयः—whose intellect is of limited scope; who are narrow-minded.

60. भूषणा०—ornaments and other things. न ताभिः &c. but a wise man should not hold a consultation with them.

61. Oh king, that house is extirminated where a woman, or a gambler or a boy is the ruler (at the head of affairs)—so says (this is the opinion of) Bhārgava. भार्गव—otherwise known as Sukra or Us'anas is a well known writer on Niti.

62. So long as a man does not listen to the words (advice) of women he has a cheerful countenance and is attached to his elders.

63. These women, who ever consult their own interest, are solely intent on their own happiness; there is no one who is their favourite, not even their son, unless he contributes to their happiness.

का मतिः &c.—what power of judgment or counsel have barbers?

64. A wise man should not take counsel with wandering players, bards, mean persons; barbers, children and beggars.

राज्यस्थितिः—Royalty, the administration and management of a kingdom. संधि०-दिभिः—(Owing to the cares of) peace, war, marching against (an enemy), lying in wait or maintaining a post, taking shelter (with a powerful ally) and duplicity. These are technically called Gunas in treatises on State policy. See I p. 10. and notes.

65. The moment a man entertains a desire for a kingdom he (also) thinks of courting (lit. the mind seeks) difficulties; for at the time of coronation of kings the

pitchers pour down trouble along with water (on their heads).

P. 244. Considering the departure of Ráma (to the forest), the confinement of Bali, the residence of the sons of Pándu in a forest, the destruction of the Yádavas, king Nala's loss of his kingdom, king Saudása reduced to that plight, the slaughter of Arjuna (Kartavírya) and also marking how the lord of Lanká was subjected to indignity–and all this on account of a kingdom, one should not wish for it (a kingdom).

The Vrishnis, a subdivision of the Yadavas, perished owing to internal dissensions. Sauda'sa—son of Suda'sa, was a king of the Solar race who came to be known afterwards as Kalma's'apàda. According to the Mahábhàrata while he was hunting in a forest he encountered S'aktri, the eldest son of Vasishtha, whom he insulted and was cursed by him to be a man-eating demon.

67. Since (यदर्थे) brothers and even sons, and also relatives wish for (desire to encompass) the death of a king for the sake of his kingdom, one should leave that at a distance.

निष्पाद०—produce. व्ययशुद्धि-&c.—all our (ordinary) expenses are defrayed. विशेषकृ०—special purposes will be served; the duties to be done on special occasions will be performed. लोक०—both the worlds will be secured. अश्रद्धेया-deceptive. आशा०—the devil in the shape of desire (which never leaves a man); the delusive phantom of desire.

68. He who bestows thought on (enjoys sweet fancies about) what has not come to pass and what cannot well be expected to be possible, lies, turned white, as did the father of Somas'arman.

सक्तुभिः—with (ground) barley. भुक्तोर्वं०—that remained after he had eaten of it. नागदन्त०-a peg (originally probably a part of an elephant's tusk used as a peg).

P. 245. अवलम्ब्य—having suspended it by. खट्वा—a

sot. एकदृष्ट्या—with eyes solely directed to it; with fixed eyes. षाण्मा०—Owing to their bearing young every six-month. ताभ्यां—by their means. वडवा—a mare. चतुःशालं—Having four wings (halls or sets of rooms) on all four sides and a court in the middle. प्राप्तवय०—प्राप्तवरां *v. l.* will mean प्राप्तो वरो वरणं यया who will be chosen by me; or वर may mean 'dowery'. रूपाढ्यां—rich in beauty, very beautiful. जानुचलन०—when able to crawl on the knees. ०शाला—a stable of. अवधार०—will be attending to its contents, be reading it. ०त्संगात्—leaving the lap of. अश्वखुरा०—will approach or be near the hoofs of. व्यग्रतया—being deeply engaged in house duties. ध्यानस्थि०—Absorbed in thought or reverie. विडम्बि०—mocked or deceived. बाध्यते—is subjected to misery.

69. He, who does a deed through greed and pays no heed to the result, meets with mortification like king Chandra.

०रताः—fond of playing with. यूथाधिपः—the chief of the troop of. ०वित्—conversant with the principles propounded by Us'anas, Bṛhaspati and Chânakya, all well known writers on Nîti (state and domestic politics). अनुष्ठाता—who put them into practice, acted upon them. निः शंक०—fearlessly. महानस—the kitchen. सूपकाराः—cooks.

P. 246. कांस्य०—a vessel made of bell metal. आस्वादल०-excessively fond of tasting महाकोपाः—very passionate or irrascible. ०सन्नवस्तुना—with the thing that happens to be near. उल्मुक a fire brand. ऊर्णा०–covered with an abundance of wool. ०कुटि—stable. शालिहोत्र–a fam ous writer on veterinary theraputics and surgery. वसा—marrow. दाघदोषः—the injuries caused by burns are removed or cured. भाव्यं—this is sure to come to pass.

70. स०—It will undoubledly lead to the destruction of-

71. Therefore a man wishing to live should avoid from a distance the house where there is always a quarrel without cause.

72. Great houses are destroyed by dissensions (lit. dissension proves the end of), friendship by ill words, kingdoms when they have bad kings and the fair name of men by evil (ignominious) deeds.

बुद्धिवैक० &c.—your intellect or power of perception is weakened.

73. In the case of an infant, and especially of an old man, the mouth is without teeth, the saliva dribbles out every day and the intellect does not operate in any quarter.

स्वर्गस०—the pleasure obtained from which is like that obtained in heaven. भक्ष्यवि०—choice eatables. कषाय०—fruits which are astringent, pungent, bitter, salt and juiceless. कलुषा—soiled or bedimmed with.

P. 247. पाकरसा०—mostly consisting in your tasting the juice of ripe fruits.

74. Blessed are those who do not see a friend overtaken by calamity, their own place forcibly seized by another (or, an enemy), the destruction (or, subdugation) of their country &c.

जाज्वल्य०—with his body fiercely burning; prep. par. of the frequentative of ज्वल्. तृणप्रा० प्रलुठतः—As he rolled on the ground covered with a large stock of hay. स्फुटित—broken, blinded. त्रोटयित्वा-having broken or torn asunder. आकुलीचक्रुः—threw into confusion, caused great agitation among. सविषादः—full of sorrow, distressed. शालिहोत्र०—conversant with the work of S'áli. *i. e.* proficient in the art of treating the diseases of domestic animals. ०नोपायः—a remedy to ăllay the burning heat of.

75. The injuries caused to horses by being burnt with fire disappear (are cured) by means of the marrow of monkeys like darkness at sun-rise.

चिकित्सितं—treatment. भागिनेय—a sister's son. नृपापसद—a vile king. अपसद—lit. one sitting apart on account of one's ill deeds. अनृणता०&c.—how can I do injury to him by way of paying him out (retaliation).

76. He, who, through fear or self-interest (or, wilfully) puts up with the insult offered to the persons of his family by another (or, an enemy) should be known to be (considered as) the meanest of men.

०मण्डितं—adorned or beautiful with the beds of. सूक्ष्मेक्षि०—with searching eyes. वनचर—forest animals.

P. 248. पद०—the line of footsteps going towards (there is ingress and no egress). दुष्ग्राह—a monster. नाल—the hollow stalk of. धूर्ततर—exceedingly shrewd. दूषयति—can do harm to me, despise me. वाक्प्रपञ्चेन lit. with an amplification or diversity of speech, by means of my eloquence or clever speeches. लोभ०—having enticed him. तिरस्क०—throws into the back ground, surpasses. गुप्ततरं—quite secluded from view. प्रत्ययस्ते -you have a proof in this, you will be convinced by. प्रयोजनं—if you at all want a necklace &c. दोलाधि०—seated in a *dola* (a swing or a vehicle like a *men à.)*

77. A bow to thee, oh goddess, Desire, by whom even the wealthy are made to do unworthy deeds or seek inaccessible spots.

78. शती—a man who has a hundred (coins). ०धिप:—he who is a master of.

P. 249. सिद्धिर्भवति—The desired object is gained. आसाद्य—having got to. साधितं—avenged. ०प्रभवं—arising or sprung up from.

80. One should meet a deed by a counter deed (*i. e.* do an injury in return for an injury done), and a murder by a counter murder. I do not see any sin (or, crime) in this. One should act wickedly towards a wicked man.

शोकाविष्ट:-overwhelmed with grief. पदाति:—Walking on foot (पदा अततीति). यथायात०—taking the way by which he had come.

81 The enemy is killed; a friend is gained; the jewel-necklace is not lost; and water was drunk by means of a

lotus-stalk-well accomplished all this, oh monkey on the fig tree. (वटे वानरः वट॰).

अपवर्थे—for use in adversity. एवंविधं-in this plight.

82. That friend, who having deserted his friend when overtaken by calamity, becomes hard-hearted and (thus proves) ungrateful (to him) undoubtedly goes to hell owing to that sin.

गम्यस्थाने शक्तिः &c.—If one has the power to help in a case within one's reach (admitting of a remedy) एतत्तु॰ मनुष्या॰—beyond the reach of man. अपरं &c,—Besides the more I see the distortions of your face due to the pain caused by the turning of the wheel, the more I think of this that I should quickly go away that no calamity should befall me also.

P. 250. 83. From the colour that I see of your face, oh monkey, you are seized by Vikàla: he, therefore, lives who runs away (beyond his reach).

सर्वलक्षण॰—endowed with all auspicious marks. कृतरक्षो॰-whose protection was well ensured, who was well guarded. रक्षःसान्निध्यजामवस्थां—the condition of being possessed by. मध्यनिशा॰—at mid night or the dead of night. विकाल॰—(1) at an unseasonable hour; (2) at the time of Vikála (*i. e.* his coming, as understood by the demon). प्रतिषेधो॰-any remedy to keep him off or to prevent him from doing so किंप्रभावः—what is his prowess, how powerful he is. अश्वतमं—the best horse. कशाघातेन—with the stroke of the whip. स्थिरीकर्तुं—to stop him. वेगाद्वेग॰—more and more speedily, swifter and swifte still. अगणित॰—who disregarded the drawing or pulling in of the bridle-bit. एवमगणित॰—that thus disregard or do not mind the pull &c. पांसुल—full of dust; ल shows 'possession'. पातयामि—I will drop myself. जीवित॰—I cannot hope to live. इष्टदे॰—his tutelary deity. निष्क्रान्तः—passed under. वटप्ररो॰—having cought hold of a hanging off-shoot of the banian tree, just clung to it. लब्धप्रत्या॰—who regained hope.

P. 251 अलीक० –false, vain. शंकित०—diffident at heart. स्खलित०—with faltering steps, with a stumbling gait. ०भ्य-धिकं—superior to, more powerful than. व्यथार्तः—writhing with agony or pain. प्रनष्टः—Vanished, ran away. अकार०—not the proper cause. सम्पद्यते—befalls, comes to pass.

85. That Rávana, who had the mountain Trikûta for his fort, the ocean for the ditch, demons for warriors and Kubera for his treasuser (lit. whose wealth came form Ku). and who had the science of politica composed for him by Us'anas, perished in obedience to the will of fate.

86. A blind man, a hunch-back, and a princess with three breasts-all three gained their objects by wrong means when fate turned favourably towards them.

मधुपुर—the modern Mathurà. अनिष्ट०—causing evil. प्रष्टव्याः—should be consulted. न विरुध्यते—you will not offend against (*i. e.* you will not be guilty of doing what will expose you to blame in this world and deprive you of the next world.)

87. The intellcet of him who always enquires, listens (to the advice obtained), and lays it to heart constantly, ever grows like a day-lotus by the rays of the sun.

P. 252. 88. A wise man should be always enquiring; for a Bráhmana once effected his escape, although caught by a huge demon, because he asked a question.

अये सरः—the yonder tank. कमलोदर०—soft or tender like the interior of a lotus. व्रतमस्ति—I am under a vow. आर्द्रपादः–with wet feet. मोक्षोपायः–the way to escape or get out of his clutches. देवतार्चन०–the act of offering worship to the deities. ऊर्ध्वं—after the performance of. तस्याः प्रति-विधानं—any remedy to counteract the evil foreboded by her birth.

89. When a daughter is born to men, with limbs defective or in excess, she will be the cause of her husband's death as well as of the loss of her own character (or, virtue).

90. Again, a daughter, who, having three breasts, falls within sight, does kill her father quickly; there is no doubt as to that.

उद्वाहयति—marries. **देशत्यागेन** &c.—he should be asked to leave the country or banished the country **एवंकृते** &c. If this be done no offence will be offered to both the worlds (you will be acting in a way commendable to both the worlds). **पटहशब्देन**—by causing a drum to be beaten. **घोषणां**—proclamation. **०क्रियमाणायां**—Although the proclamation was being made.

P. 253. **यौवनो०**—About to reach womanhood, **अग्रेसरो यo**–his guide by holding a stick. **स्पृश्यते**–should be touched (sounded by way of accepting the offer). **०पात्तस्य**—brought on by. **क्लेशस्य**—our misery will end.

91. Modesty (or shame), affection, clearness of voice, discretion, goodness of heart (mental ease), vitality, passion, relationship with one's kinsmen, absence of pain, sports, discharge of religious duties, knowledge of the S'ástras (or, action in conformity with sacred precepts), a talent like that of Bṛhaspati, purity and the thought about (desire for) conforming to the rules of conduct—all these proceed in the case of men when the pot in the form of the belly is full of grain (*i. e.* when men are in affluent circumstances).

92. Let the man be blind or dead, affected with leprosy or a pariah, let him accept the girl with the lac of gold coins; he will have to leave (on conditon that he leaves) the country.

जलयान—a boat or ship. **कैवर्ता:**–the boatmen. **मूल्येन** &c.–having purchased a house. **गृहव्या०**—managed the household affairs. **विकृति:** &c.—a change of feeling (*i. e.* a feeling of love) for the hunch-back arose in the mind of-

93. दहना०—of a burning nature (which is impossible). **सुस्वाद:**—of good taste (*i. e.* has sweet water); then there can be chastity in women (women can be chaste).

अन्यदा—At another time *i. e.* sometime after.

P. 254. शुंठी—dry ginger. संस्कार्य-having flavoured it by mixing it with. विकल॰—with defective eyes *i. e.* the blind man. तक्रमादाय-having put buttermilk into the pot. सप्रश्रयं-respectfully, modestly पाचनाय—for being roasted. दर्वी—a ladle (mar. पळी). सृक्कणि &c.—licking the corners of the mouth. अथ तस्य &c.—Then as he was stirring up the fish, the black covering of film dropped from his eyes being fumigated with the vapour charged with venom. बहुगुणं—thinking it did him much good. लब्धदृ॰-being restored to sight, having regained his vision. चेष्टितं—action. वधोपाय—plan to bring about my death. अताहो-or. स्वाकारं गू॰-Concealing his real features or true state. सेवितुं—to enjoy. व्याकुलं-distracted or over-powered with. पूर्ववत्-as before *i.e.* feigning blindness. संगृह्य—having taken hold of. सामर्थ्यात्—through main force. प्राञ्जलतां गतः—became straight.

94. Those who are born of the same parents, but have different heads (live in discord), enjoy their earnings separately and are disunited, perish like the Bháranda birds which have one belly but separate necks and which being disunited eat fruits brought by each separately.

P. 255. भारण्ड—is a kind of bird supposed to live in the country of the Uttarakurus. तरंगा॰—thrown up by the waves. अपूर्व—wonderful, such as was never enjoyed before. हरिच॰—One of the five heavenly trees. अव्यक्तेन &c.-by fate remaining invisible. स्तोक—little, a small part. प्रहृष्टतमा—being exceedingly delighted. परा—became intent on giving him an embrace, a kiss, showing respect and addressing him sweet expressions. निस्त्रिंश—cruel. पुरुषा॰—base creature. निरपेक्ष—निर्गता अपेक्षा यस्मात् you who have no regard for another; who are indifferent. तवापमानात्—on account of the insult suffered at your hands.

95. One should not eat a sweet thing alone, one should not wake up alone while others are sleeping; one should not go on a journey alone; and one should not think of gaining wealth alone.

96. On a journey, a companion, although he be an insignificant person, does a good service; a crab that was taken as a companion, saved the life (of a person).

प्रयोजन०—on account of some business. निरुप०—free from harm or danger.

P. 256. कार्यव०—owing to the pressure of the business. कर्पूर०—in the midst of camphor tables. कर्पूरसहज०—on account of its natural fondness for the smell of camphor. प्रसन्न:—being delighted. श्रद्धा०—with a mind full of faith. सर्पव्यापा०—from being killed by.

97. As is the faith of a man in incantations, a holy place (or a respectable person), a Bráhmana, God, an astrologer medicine, one's preceptor (or, spiritual guide), so is the success obtained by him.

Thus ends the fifth Tantra. Here we should naturally of expect some reference to the king at whose instance Vishnus'arman made the compitalion for the instruction his sons or to the princes themselves as in the Hitopades'a. Wilson, however, thus gives the concluding portion as found in the copies consulted by him.

Vishnus'armá, having thus terminated these narratives, asked the princes, what more it was necessary for him to say. The princes replied–Most worthy preceptor, we have learnt from you all that is essential to the duties of a king. Then we have only to wish, answered Vishnus'armà, that this S'ástra may be considered as a mirror, reflecting light friendly to other sciences, and facilitating to those, who are acquainted with its contents, the acquirment of worldly wisdom.

When the king found his sons were instructed in this manner, in the course of six months, in the substance of all the Sástras, he was highly delighted with their improvement, and acknowledging that the sage had fulfilled his promise, loaded him with unprecedented wealth and favours.